蘇　逸　平

LEGENDARY HERO : 3000 YEARS TO & FRO

新本 穿梭時空三千年

謹以本書，獻給

蘇英聰、廖閱鵬、吳時燦

目錄

CONTENTS

推薦序一

自成一家的蘇逸平

倪匡

在華文世界裡，蘇逸平的作品大有水準，早已是有目共睹之事實也

小友蘇逸平又要出新書了，對我來說，他是個忘年之交的小友，但實際上蘇逸平早已是個名動天下的知名作家，現在，他推出了《新本穿梭時空三千年》，要我幫他寫個序，但我的寫作配額早在多年前已經用完，該當如何答應，倒是有些困擾。

穿梭時空三千年是蘇逸平的成名作，早年我在他初出道時便已經與他結緣，後來他是「倪匡科幻獎」的長駐評審，所以對他相當熟悉。我請他寄了原稿給我一讀，也讀完了。不過我得很誠實地承認，對於未來世界刻劃的科幻小說主流題材，我不太有興趣，自己也從未寫過，實在難以置喙，更別說評論了。我很誠實地告訴蘇逸平這個爲難之處，除了文字配額用完，還有題材的不熟悉，這個序要寫起來，還真的困難重重啊……

我據實以告，小友哈哈一笑：「這有什麼關係？能得您一閱，已經是平生樂事一樁了也！」於是沒有序，只有這短文一篇。

在華文世界裡，蘇逸平的作品大有水準，早已是有目共睹之事實也。

倪匡　二〇一五／八／十八　於香港

推薦序二

展開了新的時空世界

劉慈欣

科幻小說來自西方，是一種已經受歡迎日久的文體。

關於科幻小說的成色，有許多不同的說法，有的科幻評論者對於科幻小說的認定頗爲嚴苛，只要不俱備其中一個條件，就不被認定是正統的科幻小說。

另一種對於科幻小說的認定，認爲科幻小說應該是「科」加「幻」加「小說」，三種組成的分量不同，就決定了它是什麼樣的科幻小說。

科幻小說，如果沒有了「幻」的成分，那就是科學小說，將已知的科學加上故事的情節，但是並無幻想的成分，這是科學小說。所以，科幻小說的必要成分，要有「幻」這個成分，比方說，加入了「時光旅行」、「外星人」這類元素的，就可以算是科幻小說。如卡爾薩根的「Contact」、麥可克萊頓的「侏羅紀公園」，艾西莫夫的「兩百年人Bicentarial Man」，一者的幻想元素是外星人接觸，一者是基因複製出恐龍樂園，另一則是機器人的生命歷程，故事中除了科幻元素外，所有的細節都有很嚴謹紮實的科學依據，這樣的作品就是科幻小說，是「科」的部份很紮實，「幻」的部分扮演關鍵角色的小說。

另一種成分組成不同的「科幻小說」，就常常引起爭議了。「科」的部份很少，大部份是「幻」，或是「小說」的作品呢？

比方說，黃易老師的《尋秦記》，洋洋十數本的暢銷名作，但是真正屬於「科」的部份，只有一開始主角乘時光機跨越時空，從未來時代來到戰國末年，其餘的就都是「幻」和「小說」的部份了。這樣的作品，可以算是科幻小說嗎？在當代的一些小說分類中，據說是有人把《尋秦記》列爲科幻小說的。對於這點，有不少鐵桿的科幻迷並不認同，甚至覺得這樣的分類對於科幻小說太不尊重。

作家朋友蘇逸平顯然也常常有這樣的困擾，他的作品《穿梭時空三千年》縱使常被歸類爲科幻小說，但是據他說，這一點常常讓他陷入論戰當中，許多鐵桿科幻迷對於《穿梭時空三千年》被歸類爲科幻小說極爲不滿，逼得他後來只好出來表示這部作品應該是「幻想小說」或是「奇幻小說」。但是多年來，仍然動不動就會引起科幻迷和書迷們的論戰。

好啦，現在蘇逸平經過了十年的沉潛，又將《穿梭時空三千年》的故事重新開展，加上了幾個新的時空世界，完成了《新本穿梭時空三千年》，想來，那股時時刻刻跟著他的爭論又要出現了。

蘇逸平的小說，算不算得上是科幻小說？大眾化的小說（**我想我這樣說，他應該不會反對才是**），能不能出現真正的科幻小說？

在我個人的原則之中，有一個和一般科幻迷比較起來算是寬鬆一點的認定，那就是我認爲，不管是什麼樣的小說，都一定要有其道理，對於任何設定或是架構，都要言之成理，絕不能出現戲劇理論中的「機器神deus ex machina」。

在古希臘的戲劇中，每當出現劇情無法收拾，或是沒辦法結尾的時候，總會安排一個天神從天而降，把事情一把解決（因為神明無所不能），這個神明在後世就被稱爲是「機器神deus ex machina」，一個在小說戲劇情節中牽強扯入的解圍角色。

所以，如果你要寫一拳劈開地球的話，可以，但是你要解釋他有什麼樣的力量能夠劈開地球，而爲什麼反作用力不會讓他的身體組織粉碎。而且還要解釋地球被劈開後會產生什麼樣的天災地變，或是整個地球的重力和磁場會產生什麼樣的變化，裂開的部份會不會形成黑洞，而地球裂成兩半後，還要告訴讀者會不會產生太陽系的變動，行星軌道會不會偏移……

身爲讀你作品的人，我會想要知道細節和合理性的部份，而不是只看到一個裂開的地球，或是用巨大創可貼貼起來的受傷地球……那不是小說，只是卡通，或是漫畫。

同理，戰鬥間毀滅幾個星系、伸出橡皮手臂可以在數十公尺外和人對打，甚至是魔法、妖術、鬼魂，只要是能夠言之成理，就能爲大家接受。不是搬出一個「機器神」，告訴我「你相信就是」就能夠打發萬千聰明讀者的。要能夠提出一個讓我們能夠接受的理由，而不是嘻嘻哈哈帶過。

那麼，蘇逸平的《穿梭時空三千年》符合這樣的要求嗎？

我頗喜歡他在原來的《穿梭時空三千年》中的時空設定：「網狀時空理論」，這是一種平行世界的概念，在世界上許多科幻作品中都有，不能說是蘇逸平的首創，但是蘇逸平把它解釋得相當清楚：我們所知的，一條線下來的世界，其實只是眾多平行世界之一，當一件事產生分歧點的時候，不同決定的世界就此分叉出去，形成別的事件發生線的平行世界。一般來說，平行世界之間是永不相交的，所以我們不知道這些分歧出去平行世界的存在。在《穿梭時空三千年》的故事中，未來時代的人發明了時光機，卻永遠沒人能回來，就是因爲回去的不是我們這條線的已知世界，是別的分叉出去的平行世界。所以就算我們把一個人送回清朝的時間點，就算他在那個世界把所有人都殺了，我們的歷史還是看不到這件事，因爲他殺掉的是別的平行世界的人，跟我們這條線無關。

我聽蘇逸平說過，這個設定不是從科學的合理性著眼的，是爲了小說中編造舞臺的方便，不被歷史的既定事實限制。我相信這個平行時空的理論不只影響了很多年輕一輩的創作者，可能也激發了許多現在當紅作家的穿越靈感，因爲很好用，也可以自圓其說，導致了現在作品的穿越氾濫潮。

在《新本穿梭時空三千年》中，我看到了蘇逸平對於新故事的努力，縱使在十數年前原版《穿梭時空三千年》問世後，常被科幻迷不以爲然的幾個設定：核酸工程（一種施打後就能讓人得到知識的科技）、能在水火風組態間變換的生化員警、以及科幻作者的最愛也最怕：時光旅行……都依然留著，但是在這部重新展開的作品中，有幾個故事和設定是我覺得有花心思去構想的，也加上了新世紀的元素。

在綠火地球中，蘇逸平設定了一個出現世界末日的平行世界，人類本來要以數十艘太空船離開地球，但是其中一個國家（明顯是中國）因為文明中的一些智慧啓發決定留了下來。有趣的是，末日後倖存下來的人們，苟活了百年後，成了沒有工業純粹自然的民族，卻突然遭逢了從天空下來，除了鐵殼和砲火外什麼都沒有的種族發動攻擊。綠色自然和鐵火種族的對戰，恰恰形成了百多年前，西方殖民者以船堅砲利入侵千百年來靠農業生存的大地之族的往事。自然與砲火、人性與機械、愚昧與殘暴的對抗，是個很有趣的故事。

在少林這個時空中，蘇逸平更發揮了想像力，把千年前的少林寺和微軟的比爾・蓋茲連在一起。在這個故事中，蘇逸平很大膽地把少林寺的創始者達摩禪師虛構成一個不是武林高手，而是數學家工程師的人物，整個少林寺的武學來自一部達摩東渡時帶來的非矽晶式機械電腦，更把禪宗的「菩提本非樹」公案轉化成少林電腦爭論是否要有螢幕顯示器的戰爭，把木人巷和十八銅人解釋成電腦創造武學時的誤差。最後還把電腦鉅子蓋茲也捲進這場爭鬥之中。這樣的設定，覺得非常有趣味，在大眾閱讀的角度來說，是有趣的，而在科學的背景上，雖然不是很艱深的理論，卻算得上是言之成理。

巫術世界，是一個本來就有的故事，在這個故事中，蘇逸平假設了人類的文明發展歷程並沒有向科學的方向前進，而是因為某些因素，轉成了以巫術為主要生存技巧的世界。這個故事雖然有點趣味，但是在現實世界其實是可能性極低的，並沒有很深的科學精神。但是蘇逸平也許是體會到這個故事原本設定的先天不足吧？於是他在這個故事中加入了一群極不得志的年輕人，這幾個年輕人的身分揭露後頗讓人莞爾一笑，因爲他們是我們這個世界上最偉大的科學家們，有男有女，在巫術世界中是清一色的年輕人，因爲科學精神大於巫術能力，所以在這個世界都是鬱鬱不得志的失敗者。這群年輕的科學大師們在故事中得到了指點，各自得到了他們擅長的智慧，但是因爲人性中的私心和貪念，接下來他們做的第一件大事，卻是幾乎毀掉了整個世界。

蘇逸平的《新本穿梭時空三千年》是部閱讀起來頗有樂趣的作品，但他自己認爲「如果你不覺得它是科幻小說，就當它是幻想小說」吧！作者既然這樣說了，我就不再掠美，也就不再執著於探討它是不是一本科幻小說了。欣見這位文學世界裡的夥伴再次開始創作，也恰好有這個機緣以此序聊聊我的看法。那就順祝這本著作的出版一切順利吧！

自序
一本科幻小說的奇幻之旅

蘇逸平

《新本穿梭時空三千年》終於完成了！

完成一本書，對我來說本來應該是稀鬆平常的事，打從我一九九七年開始出書以來，我至少已經正式出版了上百本書，對於完成一本書，本該是駕輕就熟的事……

然而，這部《新本穿梭時空三千年》的完成歷程卻完全不同，和我那上百本書的命運完全不一樣，過程之中，發生了許多古怪、詭異的事，有的是干擾，有的是溫暖的感動，有許多的經歷都是從前不曾有過的。

我的小說作品從一九九七年第一部小說開始，在短短的六年間出版了七十九本著作。這是一個相當驚人的數字，在當時的年代中，似乎也找不到有類似字數的作家。但是在這六年的創作中，我也付出了代價，在持續的繃緊、擠壓過程中，我在二〇〇三年終於「爆」掉了，當時像是一條緊繃的發條長久拉緊後，突然彈性疲乏斷掉了，於是從二〇〇三年後，我再也沒有寫出一本長篇小說來，縱使在那之後我仍然寫了不少東西，但已經不再是小說的創作，寫的是別的類型作品，跟小說、創作已經全無關聯。

這樣的日子過了好幾年，在這個過程中，一直有讀者、出版社老闆鼓勵我是不是要再寫小說，當時我的感覺是，我人生中寫小說的配額（倪匡大師用語）已經用完了，六年間寫了近五百萬字的作品，大概已經把我一輩子要寫的素材全寫完了，所以也沒有答應過。這種情形，一直持續到了二〇一二年，在我停止寫小說後的近十年。

二〇一二年是個奇妙的年分，那一年是傳說中世界要滅亡的時間點，在那一年的十二月二十三日前，整個世界沸沸揚揚地傳說著，說馬雅文明預言整個世界會在十二月二十三日走到盡頭。

當時的我，也不能說沒有進行任何的創作，但是的確已經近十年沒有寫長篇的作品了。那時候，我在一個偶然的機會裡，遊戲似地在網路上寫些短短的鬼故事，寫著寫著，居然還累積了不少讀者。在這將近十年的歲月中，我還是一直以文字爲業，只是和從前寫小說不同的是，我做的是一種幫人做影子寫手的工作，老實說收入很不錯，工作也比寫小說輕鬆。而且在這段過程中，還不知不覺地凝聚了另一種可以說是「練功」似的能力，但是當時我並沒有發現。在這段過程中，我很微妙地接觸了許多和科學方向相反的玄學領域，更幸運的是，我接觸的這些領域中的人、事，都是有著現代知識的智慧者，他們把古代的玄學演繹成現代人能夠接受的模式，而我幫他們把這些東西轉化成我擅長的文字，在這個過程中，我不知不覺也得到了許多從前沒有想過的知識和訊息。

然後，在二〇一三年開始的時候，我突然覺得那種想要寫長篇的感覺回來了，彷彿是被上帝把那枝寫作長篇的筆遞回了手上，我有很多的新想法，想要重新地把它轉化成文字，變成讓人驚艷的精彩故事。有了這樣的想法，我開始和許多朋友們聊起對於新作品的看法，也從這些年結識的許多奇異高人們那兒得到不少想法。在這裡要謝謝我的文壇好友們，像是馬來西亞的名作家張草兄、知名的劇作家夏佩爾、網路上知名的難攻先生、對於ＩＴ產業極爲熟稔的陳皓朋兄……這些朋友們在當時的討論中給了我許多不同時空概念的想法，也提供了我許多不同的視野。這部《新本穿梭時空三千年》的成型，箇中有許多想法都得力於他們的分享。

於是，我決定把這次再出發的起始點，定位在我的科幻處女作《穿梭時空三千年》上頭。這部小說是我當年出道時的第一部小說，一開始曾在報紙的專欄上連載了兩個多月，出版後也得到許多讀者們的肯定。日後，《穿梭時空三千年》在華文市場中有著相當重要的地位，它曾經在網路上廣爲流傳，也啓發了許多現在知名作家們的創作靈感。曾有一位知名的年輕名家跟我見面時，很激動地告訴我，說《穿梭時空三千年》啓迪了他對於穿越小說的靈感，在他年少時期的寂寞心靈有著極重大的關鍵地位。

後來，我也輾轉聽過許多人告訴我，說他們在創作時用的故事、筆法，或多或少都受了《穿梭時空三千年》的影響，故事中，時光英雄雷葛新的冒險故事、時空戰警的炫麗戰鬥、穿越時空的設定，對於許多年輕一代的創作者們，有著不可取代的「濫觴」位階。

於是，在二〇一三年，我決定把十年來的新智慧、新想法，從《穿梭時空三千年》做爲起點，將它重新演繹一次。在謹慎的考量後，我決定在舊有的故事翻新之際，將它加事的架構訂好之後，就開始籌備完成小說。

三千年》，它們分別是《綠火地球》、《風水地球》、《少林地球》和《G遊記》，把故入完全嶄新的題材，我將本來想要寫成獨立作品的四部小說設定加入了《新本穿梭時空

當時，我也追上了時代的潮流，走了一個「集資」平臺的計劃。因爲這部重新復出的小說和我從前的寫作方式不同，它有著完整的企劃和架構，也有縝密的取材構想，這一些都需要時間和金錢，於是我在二〇一三年發動了一個「穿梭時空三千年小說寫作集資計劃」，讓支持我的讀者們以各種不同的金額，預先付出購買這本書及其相關周邊產品的贊助，讓我能在六個月的期間不用擔心經濟狀況地，完成這本小說。

在這裡，要向在這個集資計劃中贊助我的好朋友致上十二萬分的謝意，因爲這個計劃後來很成功，也募集到了目標設定的金額。所以，看起來一切進行得相當順利，因爲以我從前的創作模式來說，我常常可以在一個月內完成兩本書，現在要以六個月的期間完成一部作品，應該是很簡單的任務。要在約定的二〇一三年七月中旬完成《新本穿梭時空三千年》，似乎是很理所當然的事。

但是，老天爺是很調皮又叛逆的，日後發生的那麼多事，讓這部小說的完成之日嚴重地延後，直到二〇一五年的現在，才總算將它完成。

二〇一三年的六月，我敬愛的父親在炎夏的一個清晨，在睡夢中與世長辭。父親是我當年捨棄了美國微軟工程師工作，成爲作家的主要原因，除了他的健康因素之外，另一個重要的關鍵是父親始終支持我朝向自己的夢想前進，也一直以我身爲作家爲榮。

父親的過世，打亂了這部作品的進程。我在父親過世的數個月間，始終無法靜下心來將它完成。這樣渾渾噩噩地度過了二〇一三年，本想在二〇一四年初振作起來，將這部和大家約定好的作品完成。萬萬料想不到的是，另一個更大的風暴又突然向我席捲而來。

二〇一四年初，過年前夕，我因爲右小腿上一個指頭大小的燙傷，因爲不可知的原因，居然衍生成爲比蜂窩性組織炎還要嚴重的「壞死性筋膜炎」，一種致死率很高的細菌感染疾病。那年年初，我在一個半夜被家人送到醫院急診，當下緊急開了個醫生表示「死亡率三成」的緊急手術，之後又開了三次刀，住了四十天的加護病房。

那年的新年，對我來說是相當悲慘的回憶，細菌吃掉了大半條小腿的肉。我在醫院的加護病房過了年。因爲植皮手術的需要，剃了光頭。也在病床上躺了足足四十天。好不容易出了院，身體卻因爲這次的感染，大約休息了一年，最後才恢復了健康。

然後，終於我在二〇一五年完成了《新本穿梭時空三千年》，時間比預定足足延遲了兩年。但是非常高興的是，它完成的格局和面貌是極度完整的，和我當時構思的面貌完全一致。而在兩年後的現在，我更因禍得福地遇見了我的經紀人Jack Lee，Jack對於我的作品有著全面性的規劃和格局，因此新時代的《穿梭時空三千年》，以及延伸下去的時空英豪系列，將會是一種跳脫小說文字格局的新時代面貌，它將會在二〇一六起，以漫畫、電影、動畫的模式多樣化地出現。這是我對我的忠實讀者們所能呈獻的最好回報，在未來的時間內，大家將會看到立體化，全觀化的我的作品模式，也請大家期待。

在《新本穿梭時空三千年》中，我呈現給大家的，是許多新時代的世界觀，大家可以發現，我的作品風格與從前有著顯著的不同，新作品的世界觀是一種跳脫科學的宏觀，我將大量的玄學元素，以大家能夠理解的現代詮釋法放入小說之中，在這樣的風格裡出現了神族、巫術、靈界、時空震盪等設定，它的趣味性變得更加多元。我一向是個大眾型的作家，不專注於文以載道或是艱深的哲理，在十年後的今天，這樣的創作觀更加明顯了，「寫出大家都看得懂愛看的小說」，是我目前唯一的最高指導原則，所以今後大家看得到的，我的新作品，都會秉持的這樣的風格，而且會更鮮明。

十年前，也許您的視野和人生曾經因爲我的作品有所影響。十年後，我希望能以更成長更進步的故事讓您享受無比的閱讀樂趣。

這，是我現在寫小說唯一的期待。

蘇逸平　二〇一六年三月

序章 時空英雄之歌

「我穿越了三千年的時空，只為了見到你的淺淺一笑……」

雷葛新像是要把肺炸裂了一般地，在這個無垠的空間中死命奔跑，一心只是死命地盯著前方那個纖巧的身影，似遙遠，又逐漸接近，彷彿已經快要追到，但卻又有無盡的距離……

沉靜遙遠的濤聲，寶藍色的海洋在靜夜緩緩地拍著海浪。

雷葛新發現，自己再一次又來到了這個奇異的時空……

夜空遼闊靜寂，泛著同樣淡淡的珠玉色澤，與大海連成一線，分不清哪一邊是海，那一邊是天空。

空間中，幽幽地傳來了輕柔的曼聲而歌……

「時光英雄雷葛新，為了所愛，穿梭三千年的時空他逃離了凶殘的追捕，只為了見到她淺淺一笑……
他踏入桃花源的無涯守候，踩過豪門的血海起落
他拾取重創的神明盔甲，俯看綠與火的惡戰傾軋
巫術的壯美留不住他，菩提、電腦、少林，慧可的斷臂鮮紅飄雪
神界的永生留不住他，悟空、龍馬、八戒，三藏的女身輕蘿飛揚
星塵的淚水難使他回頭，神界之謎因他崩壞顯露
時光英雄雷葛新，為了一份失落的回憶，穿梭三千年的時空
只為了見到她的淺淺一笑……」

歌聲若隱若現，但是因爲歌中吟唱的內容人人都熟悉，是以不用細聽，歌聲便以非常清晰的形象，深深印在人的腦海。

只爲了見到她的淺淺一笑嗎……？

遠方的天空彷彿是點亮了什麼，像是有什麼光源在夜空中「噗」的一聲，遙遠地炸了開來。

寬廣的天空，這時候成了一個絕佳的顯像螢幕，淡淡的光花從光點處暈開，展開成了色彩鮮明的巨大圖形……

像是一幅幅巨大無比的走馬燈一般，在天空中如輪如風一般地掠過。

如無聲的華麗遊行，也像是繽紛五彩的電影，從海平線遠際的天空映射出來。

「刷」的一聲輕響，有一道身影從巨幅影像中掠過，由遠而近，衝向雷葛新的面前，氣勢驚人，彷彿就要直直地迎面而來。

但是那身影並沒有撲向他，而是越過他的上空，向更遠處奔去。而在那身影最接近他的那一瞬間，電光火石的一照面，看清楚了那個身影的臉，才發現那居然是他自己！

而在那身影的後面，則有無數看似火焰、水紋、旋風、閃電的身影，尾隨著他，像是有著累世冤仇般地同樣劃過上空，向更遠處拼命地追去。

「他逃離了凶殘的追捕，只爲了見到她淺淺一笑……」

夜空再次恢復了靜寂。

遠方的巨大夜色之幕，這時候又開始出現了光影，一閃一閃的節奏下，由模糊變清晰。

那是一群穿著閃亮奇異金甲的戰士，但是他們身上的裝備已然殘破，有的人臉上燒成焦炭，有的半邊臉甚至已經成爲白骨……

這群無聲的金甲戰士在夜空中顯現，因爲形影太過清晰，無聲的空間裡，卻彷彿聽得到痛苦者的哀嚎，以及盔甲碰撞的聲音。

他們在夜空的巨大之幕裡跳進一條河裡，努力地洗刷著身上的盔甲，動作既狂野又執著，彷彿這樣才能把上頭的惡靈洗掉……

「他拾取重創的神明盔甲，俯看綠與火的惡戰傾軋……」

洗刷盔甲的死靈戰士形影漸漸消失，隨之出現的，是幾個古怪的身影。

帶頭的，是一個渾身充滿精力的小個子，一身毛茸茸的金毛，手持亮晃晃的金屬棒子，另一手持著馬繩。馬上騎著的是一個比女子還要俊美的主教，跟在後頭的，是一個瘦長的蒼白男人，臉上戴著古二十世紀大戰時的飛行員豬鼻面罩，另一個挑著行李的，卻是個一身皆是縫補痕跡的生化怪人。

「神界的永生留不住他，悟空、龍馬、八戒，三藏的女身輕蘿飛揚……」

奇怪的是，雖然這幾個怪人只是巨大夜空中投射而出的光影，但是卻彷彿看得見雷葛新似的，每個人雖然都是朝向遠方走去，卻一致地回首凝視著他。

空間之中依然有人曼聲而歌地唱著那首「時光英雄雷葛新」，但空氣中卻開始出現奇異的氣息，這群人的形影雖然無聲，但卻隱隱然可以感覺到，他們回首依依不捨的表情中，說的是重覆的一句話。

「來吧……快來吧……我們等你……」

那群怪人的身影像是失焦的影像一樣，再次消失。

但是，什麼時候消失的，他一點也不知道。

因爲在這個時候，雷葛新的注意力已經完全轉移開來，再沒有注意到空中的巨大光影了，曼聲而歌的幽幽女聲，這時候逐漸地變得清晰，聚焦起來。

歌聲現在不再遙遠空靈，傳來的位置，彷彿只是不遠前的海邊沙灘。

寶藍的夜色中，白色的海灘晶瑩如玉。

在那裡，遙遠的另一端，有個纖巧的身影站在那裡……

於是他開始狂奔，想要看到那個背景的絕美容顏……

空間中仍幽幽傳來縹渺的歌聲。

「我穿越了三千年的時空，只為了見到你的淺淺一笑……」

雷葛新像是要把肺炸裂了一般地，在這個無垠的空間中死命奔跑，因為這是他生命中最重要的一件事。隨著狂野的奔跑，遠方的巨大夜空也隨著他前進，光影不住地變幻。

但他完全沒有心思看別的地方，一心只是死命地盯著前方那個纖巧的身影，似遙遠，又逐漸接近，彷彿已經快要追到，但卻又有無盡的距離。

一定要看到！雷葛新在心中這樣慌亂地想著。這是他生命中一直不停出現的影像，他知道自己畢生的唯一夢想，就是看到那淺淺的一笑……

纖巧的身影似乎又近了些，這一次……這一次很接近了，這一次一定要看到……

然後，整個宇宙就和過去千百次一樣，在這一個最關鍵時間點轟然碎裂！

然後，雷葛新也在這個浩瀚的碎裂中，沉落到了時空中的最深層。

西元一九九九年五月十五日　美軍以核彈攻擊「史赫可星人」

西元一九九九年六月十九日　南太平洋「可魯瓦島」爆發怪病，「昆蟲世紀」因而展開序幕

西元二〇三七年　第一部時光加速器完成，但是投入時光旅程後，永遠不曾再回來

西元二〇三八年　第二次「千禧年電腦危機」出現，產生了異變產物「電腦人」，並且在扭曲的磁場空間中出現「時光魔界」，造成世界大亂，歷時數十年才告平息

西元二〇六九年　第一劑「潘朵拉核酸」合成劑問世

西元二一二二年　「西元前星戰時期」開始，半人馬星人正式侵略地球

西元二一二五年　「超人計劃」問世，在實驗過程中，死傷了兩千餘名地球上最精銳的人才

西元二一二五年七月二日　「四十勇士圍龍城」之役，四十名超人戰士由地球出發

西元二一二五年七月十四日　「狂人」莫里多駕駛「龍城」撞上地球，死傷近千萬

西元二一二六年　「超人戰爭」時期開始

西元二一五九年　地球生物全數滅絕，從此只在南極找得到少數的地衣類植物

西元二一七六年　金星殖民區人員回到地球重建文明

西元二一九九年　十三遮蔽幕完成，人類文明重回地球

西元二二九一年　「生化人平等條款」正式頒布，從此人工合成的生化人也成為地球公法承認的人種之一

西元二三四五年　時光英雄雷葛新侵入潘朵拉核酸局，與「風、火、雷、電」生化警察交鋒後，進入「穿梭時空三千年」時空

西元二三四五年　雷葛新就縛，由聯邦法庭主導「時空大審」

西元二三四六年　特戰隊大廳發生時光巨變，狄孟魂、姚笙、陽風、丹波朱紅等人捲入史西元前時空

第1章

時光英雄雷葛新

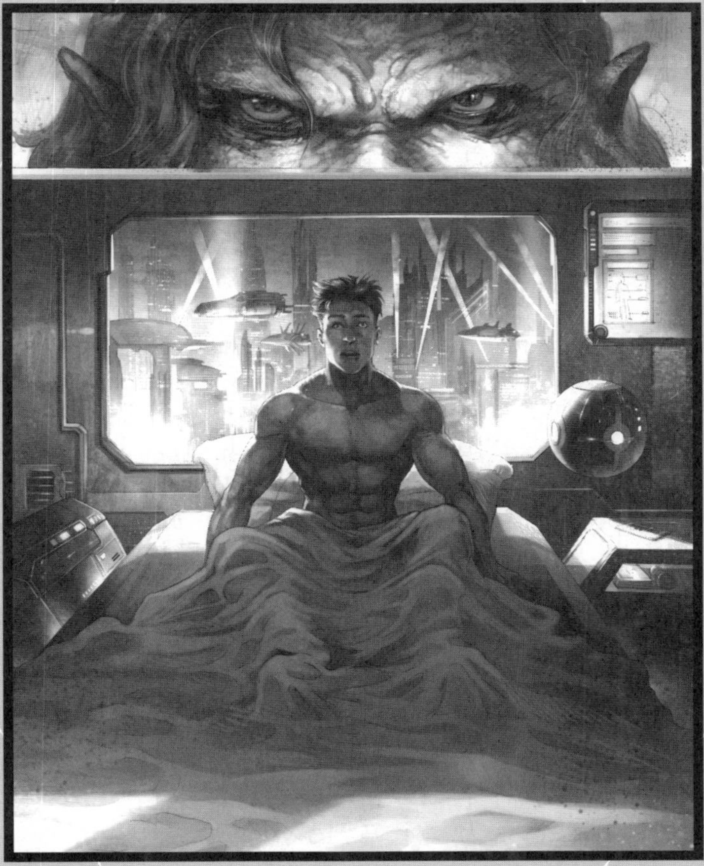

「時光英雄雷葛新，為了所愛，穿梭三千年的時空，為了一份失落的回憶，他穿梭萬千宇宙，跨越人神的足蹤，只為了見到她的淺淺一笑……」

時間，是公元二三四五年。

那具山貓公司出品的人工太陽此刻正在巨大的藍天裡閃爍著熾烈的光芒，空氣中有炎熱的味道。

遙望遠方，地平線盡頭的天際一片白雲也沒有。

根據山貓公司印發的人工太陽手冊上所說，這座最新科技人工太陽「貓耳」七三六型能夠模擬出古代世界的各種天氣型態。包括那些只能在古書上出現的美麗詞句：風和日麗的晴天、傾盆大雨的夏夜、秋風蕭瑟的九月午後以及粉妝玉琢的雪地清晨，據說都鉅細靡遺地涵蓋在山貓公司總部的一具超大型量子生物型資料處理器裡面。

換句話說，在這樣一個奇妙的空間裡，存在著二十四世紀地球人已經無緣親見的各種天氣，在那裡，處理器晝夜不休地模擬著狂風、烈日、秋陽、驟雨以及三月陽春等錯縱複雜的天氣，並且很微妙地共存在生物電腦中的小小空間裡。

生活在這個年代的人大多頗能接受這樣的設定及安排，經由人工方式在太陽下覺得熱，在冬天裡覺得冷，下雨天則被淋得一頭濡溼……

不過話又說回來，不能接受又能如何呢？經歷過核酸超人戰爭時期慘烈摧殘的二十四世紀地球如今已成不適於活物生存的致命鬼域，如果沒有人工太陽，生活在全地球十三座巨蛋型遮蔽幕的所有生物將會在幾天內死於絕對低溫。

按照古代的說法，這一天是個風和日麗的好天……既然人家這麼說，就算它是吧！一大早全球電視臺的連線氣象預知站表示：

經過各方面的數據綜合（它們的開場白總是如此），今後三天將持續著相同的天氣，想仿效古風在原野上附庸風雅地野餐一番的人們可以開始準備了云云。

就在這個時候，位於城市西南區的公務員人工智慧大廈裡，雷葛新本來正在人工陽光映入的床上酣睡，上班時間已經過了好一會，他的生物型鬧鐘卻在重要時刻出錯，理應在清晨七時三十分將清醒激素擴散在房間的設定卻臨時故障。

雷葛新在一個色澤寶藍的夢境中突地從高空墜下，驚醒過來，有一陣子還弄不太清楚到底自己身在何方。

昨夜的夢境，就像是熔岩裡的寒冰一樣，總是在他睜開眼睛的瞬間消溶不見。

他重重揉了幾次眼睛，看見牆上的復古式螢光古阿拉伯數字鐘上的時間，才知道大勢已去。

09：11。

早晨九點十一分，距離上班時間已經過了十一分鐘！

「我的媽呀！」他大聲叫道，然後一傢伙跌下床鋪。

雷葛新在清晨九時十三分匆忙跳進衣服重製儀裡，讓空氣中的氮分子組成今天要穿的生物材質衣服，均勻地噴灑在他的身上，不到兩分鐘，他便已經火速衝出大門，搭上第一座太陽能電梯。

從電梯略見斑駁的透明窗口望出去，公元二十四世紀的城市全景在俯瞰的眼中逐漸加大，是幅算得上賞心悅目的場景。

容納三百萬人口的中型城市錫洛央，此刻正在山貓人工太陽的映照下，綻放柔和的金屬光澤，像一幅古代原始電腦晶片放大圖。

雷葛新很清楚，如果此刻時光倒流，回到四個世紀前的二十世紀第一工業時代，當時的世界大城的市容可不會這樣賞心悅目。就如同昨晚那部害他今晨沒爬得起來的古裝電影「星際終結者ID4」描述的一般，古代名城紐約的髒亂市容比起被異星人炸掉後的慘狀也沒好上多少。

然而，與現今這種看似完美的天堂世界相較，雷葛新卻奇異地對古代那種紛亂但帶有無窮生機色彩的城市極度的嚮往。

不過，今天沒有時間胡思亂想，太陽能電梯以高速下落，抵達地面，雷葛新走出大樓大門，到了對街的一具銀亮建築物旁邊，這種裝置酷似古代的電話亭，他將手腕伸入建築物的一個小孔，生化掃瞄光束掃過他腕骨上的DNA條碼，機器裡傳出柔和的女聲。

「核酸局雇員雷葛新，地下天網傳送帶將在十七秒後傳送，抵達核酸局時間，一分十四秒，請準備就位。」

雷葛新走進傳送亭，他的身體在明亮的光線下沉入地底七公尺，坐在「天網」傳送機的小室中時，總算能夠輕鬆地喘了喘氣。

四周的投射壁上這時映照出電腦模擬的透明地下景象，彷彿是坐在一艘地底的潛水艇，悠遊在城市地底似的。

這是雷葛新調到核酸局工作以來的第一個月，雖說工作有點乏味，然而他心裡頭想，其實也沒有什麼好抱怨的了，畢竟到這樣的政府一級高薪機構做事是很多人夢寐以求的肥缺。比方說，他的前主管，市檔案處主任就睜大眼睛，無法置信地簽下他的轉職證明，並且一改之前的倨傲態度，「務必請您到了核酸局有空幫在下張羅張羅」。

但是事實上，自己爲什麼可以轉到這種城市的一級重鎮單位，雷葛新也完全搞不清楚。他自認爲工作能力普通，也不擅長和人交際，缺乏積極的野心，唯一的優點是和同事們處得還不錯，但這只是喝合成咖啡時可以聊聊的特質，和城市最有競爭力的優秀人才相比，一點也沒有什麼優勢。

管他的，反正人家把好機會雙手奉上來，難道還要說「不用了，謝謝」嗎？

沉靜的小型輸送匣在地底前進，一路上城市地底的模擬景物在雷葛新的胡思亂想裡不住倒退。

雷葛新挺喜歡在虛擬空間漫遊的孤獨之感，只可惜這種在地底悠遊的時間總是不長，繞過市中心的分流道，拐個彎就已到了核酸總局。

傳送機裡這時候傳來同樣的女聲甜美地說道：「雷葛新，核酸局已經到了，請你準備上陸，請努力工作，祝你一天愉快。」

投射壁上的陸面風光逐漸消褪。雷葛新理了理頭髮，走出傳送匣。放眼看過去，對街聳立入雲霄的就是格局宏偉，號稱太陽星系最堅固建築的後創世紀核酸史料總局。

時間已是早晨九點二十一分，距離上班時間已經遲了二十一分鐘，局裡的考核規定明確地把上下班的時間列入重要考量之一。早在二十一世紀時科學家就已經發現，工作效率的優劣不在於時間，而在於品質，但是爲什麼在這樣的一級星際機構裡，還有這種陳腐的官僚式規定呢？雷葛新一邊在腦裡不著邊際地抱怨，一邊火速越過大街。

就在這一剎那，毫無預警地，整條本來尚稱平靜的大街突然就天翻地覆了起來。

雷葛新正通過了大街街心的一半，突然間，左側的地平線「砰」的一聲巨響，一部米黃的核動力自用小貨車帶著濃煙衝天而起，飛過雷葛新的上方，重重地在他的右方街道上著地，隨之起火燃燒。

轟然的巨響出現之際，馬路上的人車紛紛閃避，「砰砰」的交撞聲，煞車聲、撞擊聲此起彼落。

小貨車上的車門打開，兩名穿著同樣黃顏色抗幅射裝的人從車裡翻滾出來。

雷葛新目瞪口呆地看著這一幕，身後這時又傳來一長串刺耳的空氣渦輪煞車聲，他回頭一看，幾十部藍白相間的市警陸空兩用車閃爍著警燈在濃煙中出現。

「趴下！趴下！你們都趴下來！」從車上逃出的兩人之一狂聲大呼，朝遠離小貨車的方向一躍。雷葛新愣在當場，只聽得尖銳的「清」一聲從耳際劃過，市警方無視於夾在兩方之中的雷葛新，立刻發射出一枚高爆彈，閃亮的銀點越過雷葛新，擊中黃色小貨車，將它「轟隆」一聲炸得支離破碎，灼亮的金屬片四散飛揚。

這時候，雷葛新才意識到處境的危險，陡地身形一矮，伏在地上。逃過爆炸一劫的兩名黃衣人同時解開外衣，取出類似手提箱的武器，閃亮出無聲的艷藍色光束向市警隊還擊。一時之間，趴在地上的雷葛新頭頂上空交會著雙方的重型火力，偶爾相互碰撞，落下燙人的火花。

市警隊的高爆性火力以數量佔優勢，但是命中率不佳，而兩名匪徒的量子武器則百發百中，被藍光貫穿的物體那一瞬間總給人毫髮無傷的錯覺，然而那只是毀滅前幾分之一秒的迴光返照罷了，藍光一旦穿過車體或人體，立刻像失去支撐的結構建築一般傾垮下來，冒出一陣白煙。

被量子光束擊中的市警車已經毀掉好幾輛，每輛的下場都是一箭穿心、化爲煙塵。兩名黃衣人絲毫無懼於市警隊的火網，且戰且進，逐漸向核酸局的大門口接近。原來，他們的目標是攻進核酸局。

雷葛新伏在地上，仰頭望著他們在灼熱的火網中向核酸局大門口逐漸接進，那兩人的面罩這時已經扯下，其中一人是個面色冷傲的瘦高男人，另一個則出人意料地是個嬌小的美女，在硝煙瀰漫的空間中，兩人的臉上卻是堅定的沈靜神情。

眼看著市警隊的火力已然無法阻止兩個人攻向核酸局的大門。便在這個時候，空氣之中突然泛出淡淡的水氣芳香。在核酸局的大門之前，景物突地如水幕般開始模糊不清起來。

市警隊的指揮官愣了一下，揮手讓手下停止攻擊。站在十來部全毀的警車後邊，幾十名警察放下武器，專心地看接下來這一場極爲罕見的交戰景象。

這時候，核酸局前的水幕已經變得更爲具體，像是一幅巨大的藍色波紋牆一般，擋住了來犯二人的去路。

那兩名企圖攻進核酸局的男女在水幕般的空間阻擋之下依然奮力挺進，個頭嬌小的女人一反手，量子武器的光束變得更爲熾亮，以十倍的威力向核酸局大門發射，只是，那光束卻在水幕前只是亮了一亮，全數被水分子般的力場吸收。

那男人虎地一下跑過女人的前頭，從口袋中掏出兩顆紫色的制式質子手榴彈，這是二十四世紀個人攻擊武器中最強力的彈種，如果使用得宜，一個人足以毀掉一個師團。不過那是種玉石俱焚的攻法，因爲質子彈的涵蓋範圍之下，連攻擊者也會受波及。

兩顆質子手榴彈如果真的爆炸，包括兩名匪徒、雷葛新、路人，甚至更遠處的市警隊都絕無倖理。

市警隊中有人發出驚呼，還有人就地臥倒，也顧不得如果真的爆炸，臥倒和直立其實也沒有太大差別。紛亂中只有雷葛新不知道這種終極武器的厲害，仍然愣愣地保持伏地的姿勢，仰望那兩名匪徒在光幕之前逐漸無計可施。

個頭嬌小的女匪徒再度向核酸局前的水幕發射質子光束，這時候，水幕突地精光大盛，原本柔和的水性轉爲激烈，波紋開始憤怒起來，將光束反射回兩人的腳前，擊碎地面，激起一大陣煙塵，逼得他們倒退幾步，女人還因而狼狽跌倒。

那男人一咬牙，拇指一推，便向水幕方向丟出質子榴彈。

眾人在那一剎那間幾乎心臟一致停止。眼見得兩枚泛紫金光澤的質子手榴彈劃出一道弧形，全部人玉石俱焚的命運似乎已無可避免……

核酸局大門口前的水幕逐漸向中心凝聚，彷彿是慢動作一般，兩顆威力無比的質子手榴彈穿透水幕，水幕卻像是一張無比堅韌的橡皮網，兩顆彈頭堪堪穿透，再被水力場扯回。凝縮中的水分子幻化出一個淡淡的人形，隨著顫動的波紋開始清晰地成形，出現在眾人幾近軟癱的驚嚇眼神之中。

兩名匪徒這時也彷彿忘了自己的動作，愣愣地站在雷葛新前方不遠處，仰視著人形波紋逐漸成形，從天空下降，雙手各拎著一顆質子手榴彈。

「波」的一聲，質子手榴彈在水紋人形的手中炸開，紫紅色的光芒只在水分子力場中略爲亮了一亮，原先可以殺害數千人於一瞬的終極力量，如今卻只像是在五公尺外吹爆一個牛皮紙袋。

水紋在爆炸後更爲凝聚，人形緩緩落地，著地之際，已經幻化成爲一個壯碩如牛，臉上長滿鬍渣的大漢。

大漢身著核酸警隊的制式服裝，但是雷葛新從未在局裡見過這種職階的核酸警察，也沒看過有人穿這種如大海般湛藍的顏色制服。

眾人一片目瞪口呆的眼神中，兩名匪徒中的男人最先回過神來，他眼睛一瞇，便往壯碩男人身上開了一槍量子光束。

壯碩男人饒有興味地看著量子光束從自己身上透體而過，又看了男匪徒一眼，陡地眼神精光大盛，身體卻沒有如一般物體般崩垮碎裂。

「我是核酸警隊『水』支隊隊長陽風，」他叉著腰，俯視著兩名匪徒說道，聲音粗豪，震得人耳朵嗡嗡作響。「現在正式宣布將兩位逮捕。」

那名男人不死心地又往陽風隊長開了一槍，光束仍然對他毫髮無傷。

陽風隊長一招手，原先站在核酸局門口的警衛走過來，準備採取逮捕行動。

兩名匪徒驚惶地四下張望，看見了狼狽趴在他們身後的雷葛新。

此刻的雷葛新並沒注意到眼前急轉直下的狀況，只是盯著陽風隊長高大的身軀發怔。他想起來在還沒到核酸局服務之前，曾有一次聽過某個自稱在核酸警隊退下來的老保全員說過，核酸警隊的成員大多是人工培養出來的轉換態生化人，因爲只有生化人才有絕對的忠誠度，足以負擔保衛核酸局的枯燥艱難任務。

轉換態生化人是二十四世紀的生化人族群之一，但是他們的形成以及科技背景卻始終是個謎。一直到公元二十四世紀的現在，仍然有本格派的科學家堅決認爲這種能在肉體和風、水、雷、火各種形態間轉換的生化人種只是個騙局，因爲他們就算想破了頭，也想不出來什麼樣的科技能讓有機分子和風、水、雷、火等組態間變換。

「三十年超人戰爭時期」之後，因爲地球人口數目嚴重凋零，革命性的「平等條款」在後創世紀公元二三九一年頒布，條文中將生化人正式納入人類族群之中。生化人科技脫胎於古二十世紀末基因複製工程，但是經過多年的科技演變，二十四世紀的生化人統一由聯邦政府的「生化醫療研發處」生產，機構內有設備完善，生化人暱稱「姆媽」的巨型人工子宮，由人工合成的基因開始（其時生化人基因已不再取自人類），到爲期四個月的機械式分娩，全程與真正的人類種族已毫無關聯。在聯邦條款的保護下，生化人享有和人類一樣的所有權利，也可以和人類通婚、交友（縱使生化人和人類真正談得來的為數極少）。

一般來說，生化人個性沈默，邏輯性強，是以各軍方、警察單位特別偏好生化人的成員。

據說，核酸局在這些檯面上的核酸警察之外，還有一個神秘的單位獨立於編制之外，掌管著不為人知的任務。這個單位的成員嚴格地要求一定要是生化人，而且是生化人之中能力最強，來歷也最神秘的「轉化態生化人」。

據那名老保全員說，連他自己在核酸局工作了六十年也只見過這個單位的成員一次，那一次他見著的是一個「火」支隊的核酸警察，出現及消失都有熊熊烈火伴隨云云。

按照「後創世紀百科」上的記載，傳說中的轉化型生物人以雷、火、水、風四態最多，顧名思義，他們就是一種能以人形或上列四態存在的奇異族類，但是這種族類因為是政府的最高科技產品，所以一般人對他們的瞭解程度也僅限於遠遠地觀察，在他們偶爾出現時看上幾眼，再加上富想像力的揣測而已。

顯然，眼前這位陽風隊長就是一個「水」態生化人。

兩名走過來的核酸警察越過陽風隊長，向兩名匪徒逼近。男匪徒再度游目四望，向女匪徒做一個手勢，後退幾步，就把尚在發呆的雷葛新一把拽起來，用槍押住。

「別動，兄弟，我不想傷你，」他低聲說道，隨即揚聲對陽風隊長大聲叫道：「別過來，再接近一步，這個你們局裡的人就沒命！」

兩名匪徒押著雷葛新且退且走，前來逮捕他們的核酸警察回頭向陽風隊長探了探眼色，陽風隊長點點頭，兩人動作一致地迅速舉起高爆槍，便向兩名匪徒和雷葛新的方向開火。

「媽的！你們真的開槍？」雷葛新被男人冷不防狼狽拉倒，耳邊聽見男人大聲吼罵，男人手中的量子槍「卡察」地輕響一聲，三個人很有默契地一起著地摔倒，落地前，雷葛新彷彿看見陽風隊長張開粗壯的手臂。

一陣寒意從男人扼住他脖子的手臂上傳來，雷葛新身體一碰到地面便直覺地閉上眼睛等死，等著再次交火的灼亮火網送掉他的小命。然而四周卻是一片靜寂，沒有高爆槍聲，也沒有量子光束的「茲茲」聲響，只是從身後傳來的寒意越來越盛。

那男匪徒的聲音此刻變得有些模糊，雷葛新一轉頭，卻看見他的身上、臉上覆滿了白霜霜的物體，彷彿是剛從冰雪世界過來的雪族。

「走……」他的聲音越來越是微小，但是不曉得爲什麼，雷葛新卻從他的眼神中微妙地感覺到善意。「你們走……」

男人用盡身體最後一股力量，一腳踹在雷葛新的腰上，把他和女匪徒一起踹離了好幾步，自己則被一股漫天而來、不曉得是水是冰的光影緊緊罩住，再也無法動彈。

此刻那女匪徒的手上再無勁力，本來拉住他的手也已經鬆開，這是個轉身脫逃的大好良機，但是雷葛新微一側臉，卻發現她的面罩已經鬆脫，露出娟秀的臉。

「你……你走吧，這事本來就與你無關……」女匪徒淒然地說道：「他既然已經逃不了，我也不想獨自再活下去。」

不曉得是什麼地方突然湧現的一種奇異感覺，雷葛新在這一刹那間，突然覺得自己經歷過這樣的場景，在電光火石的那一瞬間，任何理性的思考都不見了，此刻充溢在他心中的唯一念頭，就是：「我要幫她！我要幫她逃出去！」

於是他假裝一個踉蹌，彷彿是被女子拉了一下，但這卻是一個假動作，實際上是他反手拉住了女子的手臂。

「快！假裝妳押著我，」雷葛新低聲說道，拜平常看的那些古代動作片之賜，他知道這種押住人質的做法常常可以讓人在極度惡劣的情景下逆轉整個局面。「只要逃到路口，妳就可以逃掉了！」

女子微微一怔，一時間也不曉得爲什麼這個素昧平生的傢伙會這樣好心，但她的確已經完全失去了逃生的念頭，兩人這樣掙扎了一下，女子一個反手將手掌印上了雷葛新的脖子，只覺得微微一痛。

只聽見「嗤嗤嗤嗤」幾聲輕響，女子的身上同樣被似水似雪的物體團團包住，兩人分開從不同的方向跌倒。

而雷葛新看得見她的最後一眼，便是她眼中露出的複雜眼神，那是一種帶著柔美，同情，但全然沒有恐懼的眼神。

原來，即使雷葛新願意假裝被挾持，想要幫她逃離現場，也是全然不可能的事。早在陽風隊長出手之際，全場的核酸警隊就已經全面停火，因爲他們知道只要有生化警察出手，不管什麼樣的對手，一定會被當場制服。

雷葛新仰躺在大馬路上，張開眼睛只見到一片藍天，核酸警隊中一個人的大臉這時出現，佔住了一大半的天空。

「沒事了，」他說，一邊攙起雷葛新。「起來。」

雷葛新這時候有點恍神，冷不防有一個如破鑼般的聲音從身後響起。

「沒事？才怪！」從警隊隊伍衝過來的是個穿著「風」隊制服的警察，只是和陽風比起來，這位生化警察的長相就猥瑣了許多，只見他身形中等，臉色淡黃，眉頭一高一低，眼睛也是一大一小，下巴留著一撮鼠鬚鬍子。

「先抓起來再說！你怎麼知道他不是同黨？」只見他睜著怪眼，瞪著那名將雷葛新攙扶起來的核酸警察。「這人平白無故會和他們搞在一起，難道不用先查一查？我薩都就第一個懷疑他是同黨！」

說著說著，這個名叫薩都的生化警察果然掏出藤蔓生物型手銬，伸手過來準備逮捕雷葛新。

核酸警隊「風」支隊的警察出手時都有風的特性，此時空氣中微微地迴盪著風鼓動的氣息。但是這樣的風之氣息，卻被嘩嘩啦啦的隱然水聲打斷。

「住手！薩都！」一個粗豪的聲音響起，聲音中帶著水紋的波動。「不要找無辜者的麻煩！我知道你在動什麼歪腦筋！」

「知道？我叫你知道！」薩都怪眼一睜，他的脾氣相當暴躁，回手就是一記風掌，鼓盪的風將周遭的氣流改變，讓人覺得呼吸困難。

但是他遇上的卻是生化警隊中身手屬一屬二的「水」支隊長陽風，只見陽風面對暗藏凶險的空氣漩渦並不畏懼，只是雙臂一架，跟著兩隻手的腕部一個優雅的交錯，迴出雙掌，便從薩都的風掌下方反擊了回去。

這股水力場的力道說強不算太強，但來得極快，等到薩都察覺的時候，已經掃到了他的跟前。

「噗」的一聲輕響，陽風隊長的水力場猛然擊在「風」支隊薩都的胸腹上，將他擊飛了出去。

這一掌的力道巧妙，雖然把他打飛了出去，卻並沒有讓他受到太大的傷害。

水爲至柔，也爲至剛，在現場的核酸警隊成員中也有幾位「水」支隊的生化戰警，但是看了陽風的出手，還是自嘆遠遠不如。

若是力道大了些，當然可以將對手擊飛，但卻無法這樣巧妙優雅；但如果要顧到力量的柔和，卻又無法將對手打飛。

難怪陽風的「星際至尊」名號會遠遠傳至太陽系各殖民地的角落。許多人只是耳聞這位核酸警隊第一技擊高手的名號，今天才是第一次看到他的身手。

但這只是真正的能量高手才能看得見的巧妙，在大多數平凡人的眼中根本看不出剛剛的數秒間隙中，陽風和薩都已經交上了手，只看見薩都對雷葛新吼了幾句，陽風走了過來，跟著整個人就倒飛了出去，在地上滾了幾滾，神色又憤怒驚惶，卻也不敢再回擊。

陽風也不再理他，只是像天神般站在道路中間，一剎那間，彷彿馬路上滿滿的人、車、殘骸都不存在了，每個人的眼中只看得見這位一身水藍制服的核酸警隊「水」支隊長。

男女兩名匪徒這時以方才落地的原姿勢倒在地上，身上覆滿白森森的冰霜，只有眼睛還能骨碌碌地轉動。

如果沒有什麼差錯的話，大家都知道他們接下來的命運，就靜待同時也有法官裁判權的陽風隊長宣判結果。

果然，陽風隊長立刻朗聲說出判決。

「以星際死難英雄的英名爲證，」他粗豪的嗓音聲傳千里，震得人耳朵轟轟作響。「被告二人擾亂公共秩序，監禁三十年，破壞政府設施，無聲刑兩年，殺害公職人員未遂，心理輔導十年。」

「最後，」這時候，他一改先前的漠然神情，臉色凝重地取出一頂核酸星戰時期英雄姚德的藍扁帽，戴在頭上，嚴肅地說道：「意圖盜取核酸科技，本席宣判被告六百年古代低爆式槍刑，不得上訴。收押後立刻執行。願星戰英雄戰火英靈保佑你們。」

在人工靈魂輪迴科技已然發展成熟的二十四世紀，古代文學家、宗教家所謳歌的「永生不死」，已成了這一代人生命的標準形式，如果不要出太大的差錯，將衰老的肉體替換成新、靈魂不用重新再來的累積式生命易如反掌。

在這種環境下，二十四世紀的最重刑罰已不是死刑，而是將死亡方式在刑期內不斷重覆的刑罰「無間」，也叫做「薛西佛斯式極刑」。

比方說，一百年的斷頭刑指的就是讓犯罪者感受在一百年光陰裡重覆無數次利刃斷頸的痛苦。六百年的低爆式槍刑，就是在主觀感覺六百年的歲月裡，每天都要重覆被子彈射穿身體的痛楚。

兩名匪徒這時身上的冰霜已被核酸警察融化。方才他們被陽風隊長的「水態力場」無聲無息地擊中，身體百分之六十的水分在瞬間低溫下凍住，以致於動彈不得，束手就擒。

聽完陽風的判決後，男人仍然冷漠地沒有表情，個頭嬌小的美女卻俏臉一下子變得煞白。

「人渣！你這半人半鬼的怪物！」她在核酸警察的強力押解下，仍拼命掙扎，回身向陽風隊長嘶聲大叫。「你們不會永遠掌權的，我們的同仁還會再來，有一天，雷葛新會來，我們會在自由的天空下見面！」

她轉向那群目送她被押走的市警隊警察，堅定地大聲叫喊，聲音淒厲，但是又有著無比的堅定。「自主無罪，追求知識無罪！」

陽風隊長充耳不聞，只是像天神一般地站在核酸局大門口，頭上戴著姚德中尉當年血戰狂人莫里多的火徽藍扁帽，一陣微風吹來，卻讓雷葛新打了個寒戰。因爲那個女人臨上警車時，正幽幽地開口高聲唱著那首「雷葛新之歌」，而表情高傲的男人則在被捕後始終沒有開口說過一句話。

在女人漸去漸遠的「……他爲了所愛的人，穿梭三千年的時空，只爲了見到她……」淒厲歌聲中，市警隊的人無言地撤退，只留下一堆廢車的殘骸。馬路上逐漸恢復原來的狀況，人車刻意地繞過警車的殘骸，像是個新癒合的傷疤。

陽風的身形又逐漸轉淡，臨去前，他向雷葛新饒有深意地注視一眼，轉身邁向核酸局的方向，就此消失不見。

一場如古代動作電影般的風波就此結束。雷葛新想，只怪當年沈迷古裝電影的父親走火入魔，給他取了這個英雄名字，同樣是名叫雷葛新，自己的命運和方才女人口中唱出的時光英雄實在也差得太多，在火網中差點送掉小命，而核酸警隊居然不顧他的安危直接向押他做人質的歹徒開槍。一身殘破、一臉塵土不說，末了核酸警隊和市警隊也沒人來問一聲。

這時候，媒體的轉播機器艇煩死人的聲音已經隱隱出現，如果一個不幸被轉播記者抓到，上了星際通訊網，那可就是倒霉中的超級倒霉了。雷葛新今天早上的流年不利，此時上班遲到已經正式邁入第五十三分鐘。

今天他的單位已然排定，要在早晨十點放映核酸簡史給新進警隊菜鳥觀賞。想起這件事，雷葛新一聲低呼，便向核酸局大門口沒命跑去。

在核酸局的大樓中，處處都映照出時間，讓所有員工都能確實知道精準的時刻，但是在一個遲到的傢伙眼中，每一幅映照而出的時間數字，都彷彿張開大嘴在嘲笑他。

衝進電梯裡的時候，時間是早上九點五十四分十六秒。雷葛新不住地按著電梯的按鈕，彷彿這樣就可以加快速度。

他的辦公室在第兩百七十七層，乘高速電梯大概只要四十秒鐘。

快點……快點……

但是，就在這一瞬間，雷葛新很清晰地看到，電梯裡的時間數字突然減緩了下來，整個空間似乎變得寂靜……不，那不是寂靜，而是彷彿有什麼東西被抽離掉了的奇怪感覺。

雷葛新的脖子這時候有點隱隱的刺痛，這時候他才想起來，剛剛在核酸局前那場逮捕行動中，那個女人曾經碰過他的脖子，而且當時的確有微微的刺痛感。

那女人……

突然之間，整個空間刷的一聲全數變了顏色，電梯裡的空間突然無限擴大，像是一個遼闊無比的巨大空曠平原。

無比的靜寂之中，卻又隱隱有著海浪的聲音……

這種場景，好熟悉啊……

雷葛新的脖子上，這時候又像是弱電流一般，規律地閃爍著刺痛感。他忍不住在想，剛剛那個女人到底在他脖子上做了什麼手腳？有毒嗎？還是會不會造成什麼身體的危害……

正當他驚疑未定地想著這些的時候，空間中傳來了柔和的女聲。

「我不是『那女人』喔，我有名字的，」柔和的女聲說道：「我的名字叫做闕亞莎。」

不曉得從何來的，一聲「噗」的輕響，雷葛新的腦海中就像是噴灑了萬千種顏色般地，突然出現了無數的影像，還有聲音。

所有的影像聲音，都在述說這個叫做闕亞莎女人的故事。

闕亞莎是個殖民地小官員的女兒，從小在富裕的環境長大。

闕亞莎從小受的是最完善的星際教育，接受的是養成一個出色人種的全盤智慧。

直到有一天，在她高中時代的某個下午，有個留著流浪漢鬍子的男人翻過圍牆，走進她家的花園，也走進她的心裡……

男人告訴她，許多她從來不曾聽過的故事。

原來，整個地球的美好和幸福，是許多人苦難下的成果，在十三遮蔽幕的愉快生活之外，還有許多人過著飢餓、戰爭的匱乏生活。

原來，真相始終被掩蓋起來，人們所知道的，是政府當局選擇過後的資訊。在古代的生活中，人們曾經擁有完全的知識自由，想吸收什麼知識就吸收什麼知識；人們也擁有完整的空間自由，想去太陽系的任何一個角落，就可以自由來去任何一個角落。

實際上，地球的生命已然在超人戰爭中的殘破中復甦，十三遮蔽幕外，已經有很多地方恢復了生機，人們其實已經可以在那裡生活……

於是，闕亞莎就因爲這個男人的思想薰陶，決定加入反抗軍的行列，爲了知識上的絕對自由奮戰……

大量的資訊不斷地在雷葛新的腦海中宣洩而出，彷彿過了一段很漫長的歲月，在這段歲月中，闕亞莎生命中發生的事情一件件地清晰出現，彷彿是扮演著她的角色，把她的生命重新再演過一次。

也不曉得過了多久，遼闊的異空間逐漸淡出，電梯內的各種裝置逐漸變得清晰，雷葛新「嚇」的一聲陡然從夢境中醒了過來，醒過來的第一件事，就想起自己不曉得又遲到了多久？

今天看來多災多難，不曉得能不能活到下班……？

9：55：23。

令人驚訝的是，眼前映入的時間，卻是上午九點五十五分，從雷葛新陷入闕亞莎的故事幻覺中開始到現在，只過了一分多鐘。電梯的燈號從兩百七十層樓開始減緩，到了兩百七十七樓的時候，「叮」的一聲輕響，空間中傳出悅耳的女聲。

「核酸局資訊處雷葛新先生，您要抵達的樓層已經到達，祝您有個美好一天。」

電梯門「刷」的一聲打開，雷葛新驚疑未定地抓抓頭，又摸摸脖子，此刻那種刺痛感已經消失，但一切記憶都非常清晰。走出電梯他還不住地回頭觀望，完全無法想像剛剛那場奇異的漫長幻夢實際上只發生在不到一分鐘之內。

雷葛新的辦公室距離電梯只有不到十步的距離，眼見這一早上的眾多阻礙苦難，撐到現在居然還可能趕得上十點鐘的新進警察課程，想起來也真是神奇到不得了的奇事了。

還沒奔到辦公室前，一陣大嗓門的聲音就迎面而來。這個聲音的辨識度極高，除了雷葛新的同事米帕羅之外，再沒別的人有這種刺耳的大嗓門了。

雷葛新正走進去，聽了他說話的內容卻停下了腳步。

「是是是！我知道！我知道！是的，知道，我不應該拿這種小事來煩您老人家，但是我覺得身為一個核酸局的忠貞成員，我該報告您這件事！」米帕羅彷彿忘記自己的嗓音可以傳遍三層樓似地，更大聲地說了。「我知道，您說得對，這是小事，但他今天居然遲到了一整個小時，已經要延誤到新生課程的播映了，所以我想我該跟您報告一下……是，是是是，我閉嘴，我閉嘴，我不准再打給您了，我閉嘴……」

通話器中這時傳來極大的一聲「砰」，顯然是另一頭的長官掛掉了。米帕羅有點愣住地望著通話器發呆，一轉頭卻看見雷葛新站在門口，瞪著他，臉上表情似笑非笑，卻又咬著牙。

米帕羅一怔，臉上表情卻像是晚娘變名妓一般地迅速轉換，從打小報告的嘴臉硬擠出笑容，還是一樣的大嗓門。

「你小子幹什麼去啦？知不知道你遲到啦？長官都翻臉啦！要不是我拚命幫你求情，你早就死掉啦！」

時間是上午九點五十九分，雷葛新在核酸簡史放映前最後一刻火速衝進放映室，他的搭檔米帕羅以疑惑的眼神看他，還想要再說些什麼。

「閉嘴！『學長』，」雷葛新打開控制座，讓機器掃瞄手上的DNA條碼。「現在請您閉嘴，先做事再說。」

播放舞臺前坐滿了這一期入學的核酸警校學生，正確數字應該是六十七人，與往常不太一樣的是，這期學生有一半以上是人類，只有不到三十個是生化人。

雷葛新的搭檔米帕羅將放映內容放進VR模擬幻境機之中，他已經在這個機構中待了超過十年的歲月，對於這部即將放映的「核酸簡史」已經倒背如流，顯然沒有太大的興趣。

雷葛新將放映力場打開，舞臺前開始充滿柔和的燈光，音效聲響起。他和放映臺前那六十七名警校新生不一樣，新生們像是古代的小學生第一次上電影院時一般，以崇拜的感情滿心期待，而雷葛新的心中卻對即將播放的「核酸簡史」嗤之以鼻。

米帕羅看著他不屑的表情，心中覺得好笑，忍不住又瞪了他一眼。

「人類的文明發展史，」雷葛新促狹地學著影片雄渾的男聲背誦核酸簡史的開場白。「簡言之，就是一部資訊的發展史……」

大舞臺的燈光陡地一暗，模擬幻境機將所有人帶進一片遼闊的大草原，古生代的植物，澄淨的藍天，地平線有火山冒出雄雄烈火，茹毛飲血的石器時代，人類在大草原上悠閒地行走。模擬空間機將這個空間的氣息和聲音傳入放映廳，讓人彷彿產生置身其中的錯覺。

「人類的文明發展史，」果然，有個寬厚的男人聲音開始了核酸簡史的開場白。「簡言之，就是一部資訊的發展史，」

空間中浮現出立體的生物發展簡圖，沈穩的男聲繼續說下去。

「當人類開始有了資訊的傳遞行為，人類與其他的動物就開始了真正的分野，走出了『萬物之靈』的不同道路。從最早的肢體語言、口耳相傳、結繩、文字，乃至於後來的電子資訊、聲光媒體都是人類資訊文明的偉大發明。」

「然而，無論這些發明如何的先進，聲光效果多麼的花俏，從有記載以來，人類的資訊吸收管道比起資訊的進展程度永遠無法同日而語。從人類對未知的知識領域有需求以來，吸收知識的方式從未超出間接介面的範疇，簡言之，吸收知識的管道從來只侷限於經由視覺、觸聽嗅味覺產生大腦皮層刺激，經由不斷的衝擊產生記憶，這種接收方式，在古代的通稱叫做『學習』。」

投映幕上這時映出了古中國書生的鑿壁借光形象、十九世紀時代歐羅巴洲女扮男裝求學的「楊朵」故事影像。

「這種求學的過程其實是人類史上最富黑色幽默的一大諷刺敗筆。求取的過程萬分痛苦，其慢無比。窮極一生，等到獲取的知識小有成就時，生命又通常已到盡頭。

「如果能縮減低效率的學習過程，讓時間能充分應用在得到知識後的融會貫通上，人類的文明發展會不會跨越另一個鴻溝，進入一個嶄新的境界？這就是當年激發核酸科技之父，二十一世紀名生物科技學家羅世列博士研究靈感的想法。」

螢幕上此時出現羅世列的肖像，只是顯然是張經過破壞，重新修補過的相片。

「羅世列博士在西元二〇六九年首度成功分離出在人腦內形成知識的羅氏核酸激素，證實擁有六十年物理知識的人腦和尋常人腦的差異只在於兩億分之一毫克的羅氏激素。

「羅世列博士有生之年並沒能看見他的核酸知識理論變爲事實。然而，隨著生物型超級電腦、基因工程科技的日趨成熟，第一劑人工合成的五十年音韻知識型羅氏激素，在古美利堅盟邦的德克薩斯共和國問世，志願接受實驗者在實驗前對音韻學一無所知，接受注射後卻成了精研五十年音韻研究的音樂大師。從此，人類的文明史走入嶄新的一頁。自古以來，每當有革命性發明問世，睿智灼見者開始質疑會不會將人類導向滅絕之路。從十九世紀的炸藥、工業革命，二十世紀的資本主義、核子科技、電腦、公害，乃至於二十世紀末的基因工程、複製生物科技，都沒能使頑強的人類種族滅絕。然而，絕沒有人料想到，最後反而是這個人人歌頌的核酸知識科技幾乎讓人類走上萬劫不復的絕種之路。」

「核酸知識科技在二十三世紀初正式普及後，短短十年時間，地球文明科技呈幾何級數躍進，與外星智慧生物交流、靈魂分離轉移術、移民金星水星、臭氧層修補工程、複製絕種生物等科技都在此一時期臻於完備。時光機器也在這個時期完成原型，縱使它送出去的時光探險人員從未生還，但是時光發展局的科學家仍堅信時光旅行的可行性。」

時光機器原型「威爾斯」在螢幕上停留了片刻，影像逐漸模糊，寂靜中，慢慢響起沈鬱的二十二世紀著名的古典樂章：「時空英雄雷葛新」。

米帕羅促狹地拍拍雷葛新的肩，雷葛新瞪了他一眼，不去理他。

「水能載舟，亦能覆舟。核酸科技的激情逐漸消褪後，人類才發現這門神妙科技有著極爲可怕的副作用。個人對知識大量湧入的感受性不同，體質的差異，不同的核酸劑量組合可以產生許許多多未知的副作用。猝死、癱瘓、失去知覺、個性大變的人數與日俱增。人類知識大開，人心、道德步調卻追不上科技腳步。野心家，狂人，獨裁者能力因核酸打開智慧之門，爲害人間尤烈。一時之間，地球戰亂層出不窮，史稱『核酸潘朵拉黑暗時期』。」

「後創世紀公元二一二二年，異想天開的東亞獨裁者布波因爲戰爭失敗，向星際送出訊息，志願與任何外星勢力『共享』地球。來自半人馬星座的野心外星兵團於次年兵臨城下，夾帶高科技戰力準備接收地球所有資源。從此展開爲期十年的星系戰役，史稱『星戰英雄時期』。」

「經過十年大大小小戰役後，公元二一二五年，地球臨時聯邦政府挑選一時精英，選出三百名最出色人選接受『超人症候群』重劑量核酸注射，準備反攻人馬星座侵略者。注射後，絕大多數精英死於高劑量核酸副作用。最後剩下的四十名人選成了智慧、能力都足以毀滅大地的超級人種，該年九月，四十名勇士突襲半人馬星人位於小行星帶的大本營『龍城』，史稱『四十勇士圍龍城』戰役。」

「這場『四十勇士圍龍城』戰役的過程及結果始終是個謎。歷時十四天的戰役後出現出人意料的可怕結果。半人馬星人的特級隕星級戰鬥基地『龍城』於四十勇士攻入後第十四天偏離軌道，直徑九八八公里的巨艦切入大氣層，筆直撞上人口稠密的古歐羅巴洲。猛烈的撞擊力使得數十萬人在一瞬間死於非命，大地爲之變色。從此之後，再也沒人見過半人馬星系生物。隨著『龍城』巨艦回來的，是四十勇士之一的古法蘭西名將『狂人』莫里多將軍。」

「狂人莫里多率領六名一起進攻『龍城』的勇士自封爲地球之主。錯愕的地球軍團立刻反擊，爲了立刀揚威，莫里多選擇不肯臣服的古美利堅國，將其國土大半汽化，數百萬人命遭到化爲煙塵的悲慘命運。在星戰戰役中生還的四十勇士之一姚德中尉，率領不願屈服的人們對抗狂人集團，戰爭慘烈，爲期三十年，史稱『三十年超人戰爭時期』。」

「三十年超人戰爭使得地球滿目瘡痍，也因爲交戰雙方實力極爲堅強，最後演變成一場玉石俱焚的毀滅之戰。戰爭末期，狂人莫里多集團將地球水分子鍵結角改變，在大氣層中放置質子力場，最後對太陽發射熱幅射中和武器阻絕陽光，將地球所有生物在一週內全數消滅，無一倖免。十年期間，地球一片死寂，沒人知道超人戰爭最後結果為何。」

「直到十年後，金星殖民區終於派遣探險隊前來地球一查究竟，才發現歷史綿延數十億年的地球生命已在超人戰爭肆虐下全數消滅，只在南極發現少數地衣類苔蘚植物。當年移居至金星、水星的移民成了地球文明僅存的孑遺。如今，在座的諸位以及所有在地球上居住的人們全是當年移民外星者的後代。」

「頑強堅韌的地球生命，數十億年以來各種災變、損害都無法令其屈服，卻在一場超人戰爭中遭到全體滅絕的命運，追根究底，核酸知識科技必須負起絕大責任。雖然知識的吸收如此誘人，雖然因為核酸科技研發的技術已使人類得到古詩歌中謳歌的永生，衡量輕重，重建後的新聯邦政府仍決定將這只潘朵拉的盒子再度封緘起來。如今，核酸工程已成核酸總局地底陳列的歷史史料遺跡，解析出羅氏激素的方法也由地球十三處圓頂區首長聯名鎖進幅射污染海域：古印度洋的海底。」

螢幕上這時顯現出當年帶頭將核酸科技沉入大海的聯邦主席影像。

「核酸科技為我們帶來的好處已遠超過我們應得，」當年的聯邦主席佛飛以感性口吻說道：「願真神保佑我們，讓我們永不要再有用到它的一天出現。」

這一部供警校教學用的「核酸簡史」上半部到此就告一段落。螢幕在例行的標語「盜用核酸，萬劫不復」出現後逐漸由暗轉亮。警校新生們吱吱喳喳地絡繹走出放映室。

「盜用核酸，萬劫不復。」雷葛新關上放映力場，將所有的機件檢查一次，一邊喃喃自語。「不知所謂。鬼才知道你在說什麼。」

「閣下好像對我們核酸局的心血結晶，曠世名作『核酸簡史』有點不滿，是嗎？」米帕羅戳了戳雷葛新的肩膀，笑了笑。「遲到的時光英雄雷葛新先生。」

「基本上，」雷葛新說道：「應該說我對核酸這種玩藝兒是否存在過根本就非常的懷疑。」

米帕羅狐疑地看著他。

「二十世紀末古美利堅的登月行動就是一個很好的例子，」雷葛新將ＶＲ放映碟取出，換進下一場的「核酸簡史」下半部，和米帕羅並肩走出放映室。「登月的太空人登上荒涼的月球表面，『我的一小步，是人類的一大步！』，場面非常動人。可是，在二十世紀末，甚至到了二十一世紀，都仍有人相信那只是古美利堅政府導演出來的一場活劇，只是找了個地球上的沙漠，便欺騙世人說已經到了月球。」

「可是事實證明登月行動是個事實啊！」米帕羅說道。

「重點不在這裡，重點在於，當時的疑問以邏輯角度來說是完全站得住腳的。」

這時候，他們已經走到了兩人的小辦公室。米帕羅打算將手伸入門口的掃瞄儀，雷葛新笑笑阻止了他，從口袋拿出一支梳子。米帕羅皺著眉，他已經看過太多次這個新同事的鬼主意，只是這次倒要看看他如何不用掃瞄ＤＮＡ條碼就可以打開星系一級機構核酸總局的安全系統。

雷葛新又從口袋取出一付示波儀，趴在地上，將門口掃瞄儀的紅外線映照在示波儀的鏡面上，十六條紅外線掃瞄光束在鏡面上閃閃發亮。

「看，」雷葛新調皮地說。「變魔術的來了。」

他將梳子在十六條紅光上一刷，辦公室的門「呼」的一聲應聲而開。雷葛新悠哉遊哉地走入門口，留下米帕羅在門外張大了嘴，目瞪口呆。

「怎麼做到的？」整個早上，他一直不死心的問。直到吃中飯時，還喃喃地自語。

「到底怎樣打開安全系統的？」

雷葛新在排隊吃中飯的人群中笑了。

「請我吃飯就告訴你。」

吃完米帕羅請客的豐盛中飯後，雷葛新在餐廳對著米帕羅侃侃而談。

「記得我們放完『核酸簡史』後，我說我對核酸科技存疑的事嗎？」

米帕羅點點頭。「還有你也說到了二十世紀有人堅信登月是場騙局的事。」

「是這樣沒錯，」雷葛新說道：「不論是當時，或是現在，我們對事實的認知大部份來自外來的媒體資訊，除非發生在自己身上，否則都沒辦法查證。有時候，連親眼見到的也未必是事實。」

米帕羅仔細地聆聽他繼續說下去。

「另一個古美利堅國的個案就是這種利用媒體隱瞞事實的好例子，二十世紀，古美利堅國的星際生物最高機密檔案。」

「蛇夫座史赫可星人，昆蟲世紀事件。」米帕羅說道。

「按照後來史赫可星人的說法指出，早在二十世紀初，他們便和古美利堅政府有所接觸。然而，『外星智慧並不存在』的說法卻矇騙了世人近百年。」雷葛新悠閒地雙手枕在頭的後方，盯著米帕羅陷入思考的神情。「而現在的情形比起二十世紀來只有更糟。二十世紀的媒體形式脫離不開平面，只要閉上眼睛、捂住耳朵，理論上可以不被污染。可是現在我們除了平面媒體外，又多了植入式虛擬實境，是幻是真，還真的是挺難區分。」

「別說得這麼可怕。」膽小的米帕羅有點呼吸困難的說。

「理論上，雖然我們兩個在這兒閒扯淡，但有可能我並不存在這個世界上，只是一個模擬出來的幻覺。也可能我並沒有調職到核酸局，不是因爲那個我前任的老頭子……那個老頭子叫什麼來著？」

「傑克森先生。」米帕羅低聲說道。

「對！也有可能不是因爲傑克森先生突然想『從新再來』（注：由嬰兒形式再度開始，抹掉累積記憶的靈魂轉移方式。），我才補了這個缺。」

「看看，這是什麼？」

雷葛新攤開手掌，一枚狀似戒指的東西，指環處如DNA模型般迴旋扭曲，盡頭尖銳，上面以小小的燙金字體鐫上：「泰大鵬二三七一」幾個字。米帕羅仔細看了一下，搖搖頭。

「這是我在辦公桌裡找到的。傑克森沒有別名叫泰大鵬吧？也許這個傑克森是個VR模擬記憶，真正做了你十年同事的是這個叫泰大鵬的人。」

「可是，不能這麼說吧？」米帕羅爭辯道：「我可是記得清清楚楚，從我進核酸局到傑克森先生退休，我記得許多他的事，記得他的家人，他的貓，這……總不會是幻想吧？」

「為什麼不會？」雷葛新笑道：「如果是植入式VR虛擬記憶，基本上什麼樣的回憶都可以改變。」

「你這是恐怖烏托邦理論吧？和你這種傢伙講完話總是會心情沈重得要死。」米帕羅抱怨地說。「那核酸科技呢？照你的說法，也可能是虛擬出來的最高級騙局嗎？」

「恰恰相反，如果核酸科技是個騙局的話，會是個不用費太大心思的騙局，」看看米帕羅又搞不懂了，雷葛新笑著說：「想想現在的人，有沒有誰真正看過或用過核酸？四十勇士圍龍城？真的有過這四十個人嗎？當年從金星回來地球的探險隊只看到破壞徹底的大地，金星、水星殖民地的人從所謂的『星戰英雄時期』開始就閉關自保，不敢表態和地球有任何聯繫。我們一切的資訊來自殘破地球留下的不完整史料，就連羅世列的照片也只能找到拼拼湊湊的一張。想想看，歷史的證據無從稽考，現代又找不到實物。真要爭辯起來的話，誰辯得贏我？」

「你小子口才這樣好，辯得贏你的肯定不會是我。」米帕羅翻了翻白眼。

「媒體和資訊本身就充滿了這樣的不可信性，許多小道流言不知從何而來，也不曉得會禍害到哪裡去。像那首『雷葛新之歌』，就沒人知道從哪兒來，什麼『雷葛新爲了所愛的人，穿梭三千年的時空，只爲了見她的淺淺一笑……』。」

米帕羅也會唱這首「雷葛新之歌」，忍不住跟著哼下去。

「『……他俯拾桃源的甘甜流水，看遍豪門的滄桑，坐看星塵墜落，只爲見她的淺淺一笑……』」

米帕羅的歌喉挺不錯，雷葛新沒打斷他的興頭，耐心等待他將歌哼完。

在米帕羅漸低的歌聲中，雷葛新靜靜地說道：「歌當然很好聽，唱唱也沒什麼關係。只害慘了那些相信有核酸可盜的天才分子，爲了這樣虛無的理想，聽說有些人就因爲這首歌，相信時光之謎就在核酸裡面，結果是……」

「結果就成了一場時光旅行。」米帕羅嘆了一口氣。「一場關在聯邦監獄中的時光旅行。」

在二十四世紀的詞彙中，「一場時光旅行」的意思就等於古世代的「不可能的任務Mission impossible」。

號稱「人類史上最大謎題」時光旅行科技是迄二十四世紀止，人類未能完成的極少數壯舉之一。時光機器的硬體發展早在羅世列博士的核酸理論問世前便已稍具雛型，到了核酸時代發展更爲完善。然而，唯一一個問題，也是最致命之處在於，時光旅行送出的探險人員從來就沒能回來過一次。

「理論，實際，設備都毫無破綻，」一位知名時光學者就曾心力交瘁的在病床前如此聲嘶力竭地哭泣。「只要告訴我問題在哪兒，我願用全世界來交換。」

只是，就如同另一位也在英年鬱悶而逝的時光學者所說，「像是鎖在玻璃碗下的鮮美蛋糕，那麼近，卻還是碰不到。」

史上典籍所載的正式時光旅行有六十七次，人員超過百人，卻從沒有人回來過。

「一場時光旅行……」雷葛新沉吟道。

「不過還是有希望的，」米帕羅開玩笑說。「我們的眼前就有個時光英雄雷葛新。」

雷葛新沒好氣地瞪他。

「這個雷葛新也真夠英雄的了，上班遲到，三年沒調過薪水，存了大半年的點數還沒存夠買一套生物植入型百科全書。時光英雄雷葛新果真是『一場時光旅行』哪！」自嘲了一番之後，他的眼神又閃出光芒。「不過，時光旅行永遠不可能完成，我倒有非常有力的證明。」

「說吧！」米帕羅有氣沒力地說道。反正下午也沒什麼事，而且雷葛新的話題其實挺有趣的。「為什麼？」

雷葛新將旁邊一張磁性椅拉過來，在上面抽出一支螺絲釘。

「還是用邏輯的角度想想就可以知道，」他在磁性椅的椅背上刻下幾個字。米帕羅湊過頭來，看見雷葛新刻下的是以下幾個字。

「請至公元二三四五，三，七，錫洛央市核酸總局，證明時光之旅可行。」

「不懂。」米帕羅很誠實地說。

「如果有時光機，如果時光旅行真的成立，現在我們的身邊就該出現一個來自未來的人，因爲他看見了我刻下的這個訊息，」雷葛新說道：「不僅如此，理論上，當我開始動念要刻下這句話時，他就該出現了，因爲在未來，這張椅子早已刻上請他們來的內容。但是，你看見了吧？我們身邊並沒有任何來自未來的人出現。」

「也許他們有事不能來，也可能這張椅子後來壞掉了，沒有人看見過。」米帕羅強辯說道。

「我從小就玩過這種遊戲千百次，有時還做了合金的牌匾，寫明地點、時間，要他們來找我，可是從來沒有人在我面前出現過。」雷葛新越說越起勁，聲音越說越響。「有一陣子，古代的科幻電影喜歡拿回到過去、改變未來的狗屁做文章。可是又何必回到過去呢？如果真的可以時光旅行，念頭一起，你的現在如果會變早就變了，因爲你將會回到過去，改變現在的事，在你動念時就已經決定。」

「等等，我腦子一下子轉不過來。」米帕羅急忙叫停，煞有介事地數著手指。「在未來回到過去，改變現在……」

雷葛新將他的手指撥開，笑著說道：「誰叫你去算那些東西的？只要知道時光旅行並不存在就夠了。是我的話，只要問一個問題，時光發展局就可以關門大吉了，信不信？」

米帕羅有點遲疑，聽起來不太可能，但是這個雷葛新的鬼主意實在太多，難保不會真有讓時光發展局關門大吉的妙法出現。他搖搖頭，不置可否。

「你想想，」雷葛新大笑。「比方說今天要出發一支前往一九九七年的時光探險隊好了，根本不用派他們前去，只要翻翻一九九七年的歷史有沒有過未來人類出現的歷史就好了嘛！因爲當這個探險隊一組成，如果一九九七年的探險成功，歷史上的一九九七年就一定會留下紀錄。如果一九九七年沒有任何來自未來的人的紀錄，就表示探險失敗，也不用讓探險隊白白送命了嘛！」

突然之間，兩人的背後響起一陣掌聲。說得正痛快的雷葛新嚇了一跳，回過頭去。

一個身形高大的老人坐在不遠處的餐桌旁，厚實的雙手「啪啪」地緩緩鼓掌。這時兩人才注意到餐廳已經空盪盪，剩下沒幾個人。

老人的頭頂全禿，臉上一部雪白的落腮鬍，厚鏡片後面的藍眼珠炯炯有神。雷葛新不認識這個老人是誰，但是在核酸局已經超過十年的米帕羅則一眼就認出老人的身分，心下覺得有點好笑，如果這世上有所謂班門弄斧、關公門前耍大刀，最後還踢到鐵板的事，眼前就是個最好的例子。

老人慢慢起身，將磁性椅靠回，走出餐廳，臨出餐廳時又回頭向兩人頷首，又鼓了一次掌，走出門口。

「搞什麼鬼啊！那個老先生是誰？」

米帕羅不懷好意嘿嘿笑著。

「他就是你幾句話要他關店的時光發展局副局長，魯敬德博士。」

一直到走回辦公室時，雷葛新依然覺得核酸局今天的室溫調得太高，混身極度燥熱。

「為什麼時光發展局的大頭頭會跑到小職員的餐廳吃午飯呢？」雷葛新像是演著古代戲一般地，忍不住拉著米帕羅手臂埋怨，卻被他不耐煩地推開。「真沒面子。」

走到辦公室門口，雷葛新伸出手準備讓掃瞄儀掃手腕條碼，米帕羅忙擋住他的動作。

「慢著，」他說。「說了那麼多廢話，我請你吃的中飯還沒付現呢！用梳子再開一次我看看。」

「其實，這和中午的話題很有關係的。」雷葛新拿出梳子和示波儀。「很多事不能看表象，看起來很難的事，有時一轉彎就會十分簡單。」

米帕羅學雷葛新趴在地上，讓掃瞄儀的光束同樣映照在示波儀鏡面。

「我們局裡的掃瞄儀有十六道光束，設定成一定要符合特定DNA條碼才會打開門。在生物電腦的主機中，十六道光束內建十六道長短不一的缺口，掃瞄過你的腕骨，腕骨上的條碼補足缺口，十六條長度符合，門才會打開。基本上，要猜出這十六條條碼的長度是不可能的。」

「可是，」他把梳子遞給米帕羅。「如果是反射出來的光束，只要缺口填滿，電腦就會認定長度符合。你試試。」

米帕羅將梳子刷過光束。果然，門應聲「刷」一聲拉開。

「重點在於，」雷葛新最後說道：「許多似乎不可能解答的謎，只要方法得當，卻簡單得出人意料之外。輕易放棄，下場就是被人騙掉一頓午飯。」

「一場時光旅行，」米帕羅不甘心地再次取笑他。「最後還是敗給你這個時光英雄雷葛新。」

這天是雷葛新到新工作以來第一個發薪日，整個下午心不在焉，等到連線螢幕出現了期待的數字，雷葛新才傻傻地笑了。

下班臨走之前，米帕羅叫住雷葛新。

「時光英雄，站住！」他說。「晚上做什麼？」

雷葛新向他揚揚手上的月薪點數收據。

「時光英雄領到薪水了，決定去把生物植入型百科全書買回家！」

第二章

脫逃者

脫逃者在山崖的最頂端頹然跪倒，一陣沈鬱的無力之感湧上心頭。他已經奔逃了許多個世代，賭下自己的生命，期盼找到一塊自己夢想的淨土。然而，卻在最後到達這片絕望的死亡大地。

在下班的人潮中，雷葛新在「天網」地下交通網前等了一會，上下班高峰期通常得等上一個小時才輪得到一班。

他留意了一下，核酸局大門口早上那場警匪交戰早已清理完畢，連炸裂的馬路都已修補好。雷葛新下午稍微看過在天空二十四小時放送的「蒼穹」新聞網，新聞對這個事件採低調處理，只說是場「糾紛」，警方當場立即處理完畢。嫌犯的身分沒提，只是那名嬌小美女被捕前的淒厲歌聲仍在雷葛新耳旁久久揮之不去。

數據處理能力據說強大到「整個太陽系無與倫比」的交通電腦主機，到了二十四世紀仍然無法處理交通網誤點的問題。

雷葛新等了好久，最後還是決定步行走到「魯肉」資訊超級廣場。

深入地底六十層的「魯肉」資訊商場，是二十四世紀平民購買各種科技產品的所在，亮黃色的燈光下永遠人潮洶湧，人群中散雜著生化人、機械人，以及數量最多的人類。

雷葛新按照往例，從商場的最上層開始逛起。二十四世紀的資訊商場外貌和古工業時代的同類型商場大異其趣。雷葛新在圖書館見過古二十世紀的電腦大賣場，人聲嘈雜，店家的面孔總是千篇一律，有的人站在門口熱烈招呼拉客，有的人坐在小單位中面色沈鬱，身後堆滿了金屬型電腦時代的各類機件。

但雷葛新現在所在的這個「魯肉」資訊廣場卻沒有任何商品，六十層的展示場中完全看不到機械或器材，只有絡繹的顧客人潮或走或站地來來去去。站定的顧客喃喃自語，走動的人們則眼神空白，望向無窮遠處。

雷葛新張目四望，向飄浮在空中的投影機械蟲點點頭。在空中來回穿梭的投影機械蟲感應到了客戶的要求，從空中飛下，眼睛部位散發出黃綠色光芒，擴散開的投影幕逐漸將雷葛新包圍。現在他也像方才那些人一樣，眼神空洞，望向極遠處。

「歡迎光臨『魯肉』資訊超級商場。」女聲出現後，雷葛新已經置身VR虛擬空間。眼前出現最新型的各種資訊商品，他在繽紛的虛擬商品城中前進。逛到一家軟體商店前才停下腳步。

模擬成型的虛幻售貨員帶著媚惑的笑容出現，在虛幻世界中，男的永遠高大英俊，女的永遠高窕美麗，而且，縱使你聊了三個小時不買任何商品，他們也絕不會露出不耐煩的表情。

「請問要什麼，先生。」說話的是美麗的售貨員，名字叫做花子。

「只是隨便看看，」從求學時代開始，雷葛新就已經在這裡逛到不能再熟，他知道只要一開口，銷售型VR就會報出一大堆型號，讓你眼花撩亂。

「要遊戲、休閒、交友、理財、或是歷史人文呢？」花子甜甜地說。「或者，想要看看美麗的女孩?或是俊雅的男孩?如果您已經滿十八歲，要不要試試各類情色產品？」

雷葛新想了一下，簡短地說：「遊戲。」

「好的。」花子簡短地說道，然後在她的身邊像是孔雀展翅一般，開展了一大堆讓人眼花撩亂的遊戲選擇。

星空大迷航、生化幻獸的飼養、回到星戰時期扮演將軍、歷史人物聊天室、冥王星殖民地開發冒險、時光英雄傳之日本三國……

沒啥新意耶……雷葛新有點無聊地看著目錄，這些遊戲大多玩過，就算有新的產品出來也沒有什麼創意。

「那就……試試看山海經星際大戰第四百六十二代吧！」雷葛新隨意指了一項，這套遊戲他玩過一陣子舊版，互動性還算不錯。

「好的……您這次的冒險由我陪伴。」花子甜甜地說道，然後身上的古代日式服發出耀眼的光芒，在轉眼間就轉成了性感的星際戰鬥盔甲。

山海經星際大戰的故事一開始，就是在大地冒著煙，天空殘破不堪的古代時空與各種不同的神獸遭遇，有的神獸友善，有的神獸不可理喻，要用各種不同的方式讓神獸投降，才能通往最終的目的地。

「抓好囉……」在ＶＲ虛擬映像中，花子騎來一頭可以在天空飛翔的神獸「應龍」，要雷葛新與她一樣跨坐在應龍的背上，與她一齊在天空飛翔。

二十四世紀的ＶＲ虛擬空間已經可以做到在視覺、聽覺、嗅覺等感覺上幾乎和現實情況相似的場景，但是廣告上雖然說這種模擬科技「如真似幻，絕對真實」，但仔細體驗下來，還是可以分辨出來的。

比方說現在雷葛新坐在花子的身後，摟著她的腰，在天空急速的飛翔，但那種感覺就是假假的，雖然可以確實地感受到花子豐腴美好的腰，鼻中也似有似無地聞到她髮際的甜香，空中的風也獵獵地作響，但就是沒有那種真正冒險的感覺。

兩人騎乘著飛天神獸應龍在殘破的山海經時空飛翔，地面一個個映入眼簾的是進入遊戲後要破關的無數關卡，有些神獸沉鬱地仰看著雷葛新和花子飛過的身影，有的神獸卻是暴躁不安，還時時發出烈焰和熱光打算攻擊天空的目標。

大地上，一個混身燒灼的巨人不停奔跑，嘴裡一直喃喃地說著「水……水……」，那是逐日的夸父，雷葛新在舊版和他交手過，非常的難纏而且不可理喻，花了好長時間才破了他這關。

更遠的大地上，有另一個巨人，頭顱已經被斫去，但是卻仍然以雙乳作眼，肚臍作嘴，揮舞著長矛和盾牌在天際不住地怒吼。

這個關卡雷葛新也知道，這個巨人叫刑天，在設定裡是被黃帝公孫軒轅砍掉了頭，才變成這等模樣。

天空裡，一部黃金馬車正從東方升起，一個外表尊貴的女王坐在馬車上，身邊飛著十來隻巨大閃著金光的烏鴉。

這個關卡的女王叫羲和，是太陽神之母，據說在新版裡加入了后羿射日的戰鬥關卡，遠望西方，果然有個英雄站在小山丘上彎著弓箭，身邊一群已被太陽烤得半死的巫師。

大海中，則有五座神山，神山上住了無數的小小仙人，撐著五座神山的是幾隻巨大的神龜，但是從大海彼端走過來的，是一個龍伯國的大巨人，手上拿著釣竿，接下來，他會把神龜釣走，把神山搞得天崩地裂……

雷葛新知道，在花子帶領的遊戲展示版裡不會有任何的戰鬥場景，只是讓你看看遊戲裡會有什麼，讓你心癢難搔，最後當然花錢買下。

只是不曉得爲什麼，今天雷葛新對這些新一代的場景毫無感覺，只覺得自己不曉得什麼地方隱隱覺得，世界已經變得不同，我想要的是更寬廣，更強大的東西……

這時候，那種脖子上的微微一痛又來了，雷葛新一怔，但是很微妙的是，居然沒有任何害怕的感覺，反而覺得很期待，不曉得接下來會不會又發生什麼奇妙的事情……

果然，眼前的光影和空間開始出現微微的雜訊，有幾秒鐘的時間裡，所有事物的線條變得模糊。

但是所有的感官，卻隨著這樣的模糊變得清晰起來，而且來的速度之快，簡直就像是迎面撲來的巨大海浪！

在這一剎那間，雷葛新只覺得自己被強大的真實感整個包圍，空間中的聲音變得清晰，視線看得非常清楚，而嗅覺更是排山倒海而來，那種帶著煙塵辛辣的灼熱很具體地吸入肺中，讓他嗆咳不已。刮在臉上的強風冷似鋼刀，幾乎無法呼吸。

而跨坐的飛天神獸應龍，此刻更爲真實了，雷葛新摸著牠的背，感覺到堅硬的麟甲上還有刺刺的鋼毫，而且隱隱還聞得到水生動物的腥臭味。

但是他的另一隻手臂，此刻挽住的卻是駕馭應龍的花子，本來就有的女性觸感，現在更加明確清晰起來，摸起來……簡直就是個活色生香的真實女體。

花子雖然穿著甲冑，但是這些遊戲軟體裡的女主角無非都是這樣，甲冑只是點綴，身上露出的美妙線條常常都是光溜溜的肌膚，此刻雷葛新摟住的是花子的腰，但是那種柔滑帶著體溫的觸感，卻和片刻之前完不同。

鼻際傳來的，是女性頭髮透出來的獨特甜香，就算處於這種高空的絕對快速場景，雷葛新還是忍不住腦海一陣暈眩，被花子呈現出來的性感暗示完全吸引。

「荷……」雷葛新忍不住閉上眼睛，低低地呻吟了一聲。

「你們男人都是這樣吧？」坐在雷葛新前方的花子這時回過頭來，斜看他的眼神中帶著複雜的媚態，有點像是生氣，但那種生氣卻又帶著無比的誘惑。「少給我胡思亂想！你有正事要辦！」

此刻回過頭來的，已經不是花子那機械式的美貌，這時候映入雷葛新眼簾中的容顏，半嗔半笑，甜美中帶著幾分戾氣凶狠……

這個被雷葛新抱住的半裸盔甲美女，居然變成了白天那個核酸女犯人闞亞莎！

雷葛新又驚訝又疑惑，張著嘴看著她，只見闞亞莎「嗤」的一笑，將雷葛新摟著他的手微微上挪，本來雷葛新摟住她的是腰腹之處，這一挪便移到了她柔軟的胸部。

雷葛新直覺地一掙，想到這樣可不是什麼該做的事，但是闞亞莎的手卻不放開，硬是將雷葛新的雙掌按在自己的胸部上。

「沒關係的……」她的聲音低沉，帶著挑逗的口吻。「我不怕，你怕什麼……？」

雷葛新正在驚疑不定，但是整個人卻又以這樣絕對曖昧的方式摟著闞亞莎，一時間還真的不曉得該怎麼應付。

不過闕亞莎並沒讓他遲疑太久，因為兩人又飛了不多久，她便輕輕地嘆了口氣。

「去吧！」

她駕著應龍在空中一個急停轉彎，重重地把雷葛新一甩，然後把他踢了下去。

呼呼的疾風聲這時從正面轉向變成往上，雷葛新完全沒有心理準備地，就被闕亞莎從高空踢下神獸應龍，在急速墜落的慌亂中，雷葛新連叫都叫不出來，只是在風中隱隱約約聽到闕亞莎尖利的呼喊……

「總有一天，我們會活著等到你的到來……」

突然之間，整個空間的感覺一下子寂靜下來，沒有了風聲，那些實際到令人心驚的空間感覺也消失了……

空間裡的光度也陡然變成黑暗，下落的急速感也完全消失。

雷葛新只覺得整個人似乎失去了重力，靜靜地飄浮在無盡的闇黑之中。

然後，彷彿是置身在一個全像的播映空間之中，濛濛的光逐漸亮起，空間中傳來了雄渾的男性聲音。

「脫逃者，在山崖的最頂端頹然跪倒，沈鬱的無力之感湧上心頭。他已經奔逃了許多個世代，賭下自己的生命，期盼找到一塊自己夢想的淨土。然而，卻在最後到達這片絕望的死亡大地。」

雷葛新愣愣地看著眼前的場景，一片世界末日的荒蕪大地，一個小小的身影在這片殘破的平野上用盡最後的力量奔跑。

空間中沒有空氣流動之感，只呈現死氣深重的沈寂。脫逃者在平野中狂奔，舉目望去，看不到任何活物，也沒有任何移動物體。

色彩鮮艷奪目的地平線在脫逃者快速奔跑的視界中隨他的律動向前挪移，身邊的景致快速倒退。遠方的天邊，幾條鮮藍色的質子風暴像垂柳般無聲地掛下，動作和緩地如巨蟲般扭動，那形狀和古籍中所載的龍捲風極爲類似。

雷葛新曾經在歷史書上讀過這樣的場景，知道這是超人戰爭後，地球生命全數毀滅那幾年的地球面貌，而且他很清楚，和眼前遠方的質子風暴相較之下，古代大氣中的龍捲風只能算是巨龍噴焰下的嬰孩呼吸。

質子風暴是地球異變後的奇特氣候產物，超人戰爭的終極毀滅武器將地球的環境全數破壞，形成了近似無人行星的物理環境，質子風暴是地球磁場異變下形成的毀滅性大氣現象，只要是靠近質子風暴百里之內，所有生物都無法倖存。

脫逃者是個長髮的男性，他死命地奔跑，最後登上一座沈靜的山丘。汗水使他的眼睛迷濛，重度的奔跑幾乎撕裂心臟。他持續地奔跑，在山丘巨崖的末端停下腳步。

脫逃者的身影在這片死寂大地上顯得益發渺小，然而卻是空間中唯一有生命的個體。

放眼望去，天空湛藍，只在近地平線處泛成紫色或橘紅。大地是深褐色的肥沃壤土色澤，舒適地橫亙其中的湖泊晶瑩剔透，那一剎那間，脫逃者乾渴的喉嚨彷彿已可感受到湖水的甘甜之美。

「然而，這一幅近似樂土的大地只是個虛幻的假象。」

此刻在雷葛新的腦海中，像是流暢的樂曲般出現這樣的說明，他明知道這是他本來不知道的資訊，但此刻卻很清晰地流瀉在他的腦海之中，有時他覺得有雄渾的男聲擔任解說，但有時就直接在心裡出現這些訊息。

「無論在空間或時間的角度來說，這已是世界的末端。」雷葛新心中出現這樣的訊息。「這一片大地是真正的死神之鄉。眼界可及的深褐色土壤看似肥沃充滿生機，然而經過三十年超人戰爭的摧殘，土壤已經全數充滿致命的幅射，赤足踩上的話，任何活物的心臟立刻可以停止跳動。」

「那些看似晶瑩的湖泊更是絕佳的死亡陷阱。狂人莫里多一役之後，這種和正常水外型相似的量子水像是瘟疫般充滿世界，雖然一樣無色無味，一樣有三態特性，卻可將所有接近的生物在一剎那間送命。」

遠方天邊艷藍色的質子風暴這時彷彿接近了些，緩緩向脫逃者所在之處逼近。

脫逃者在山崖的最頂端頹然跪倒，一陣沈鬱的無力之感湧上心頭。雷葛新很微妙地知道他已經奔逃了許多個世代，賭下自己的生命，期盼找到一塊自己夢想的淨土。然而，卻在最後到達這片絕望的死亡大地。

而且，雷葛新從腦海中的訊息中知道，脫逃者並不是第一個抵達這個絕境的人，在他之前已經有好幾個同樣懷抱不可能夢想的先行者，但是每一個人的下場都淒慘無比。

第一代脫逃者的名字叫做拉森，他在蒸氣時空的大街上被核酸警隊圍捕，在絕不屈服的抵抗中，被生化警察當場拉斷脅部而死！

接下來的脫逃者名叫易天雲，下場是喪生在重工業時代的打樁機下，雖然他有機械外殼護身，但在生化警隊的重重包圍下，仍然擋不住巨樁的連續猛擊。

此後陸續出現的各代脫逃者命運都很悽慘，有人血肉糢糊地被架走；有人被生化戰警的重拳擊入嘴巴，下巴牙齒全數碎裂；有一個最慘的脫逃者，全身被「風」系的戰警以致命的強風颳碎全身血肉，只剩一顆完整的頭顱，身上的皮張開變成透明的破裂簾幕，臉上的肌肉卻仍在扭曲抽搐……

這些恐怖的影像在雷葛新的腦海中不住出現，每一個影像都讓人呼吸困難。

但眼前最清晰的，是脫逃者在殘破大地跪倒的頹然身影。

而且，腦海中的訊息告訴雷葛新，「泰大鵬」是這位脫逃者的名字。

脫逃者泰大鵬的身後這時起了一陣微風。在這無風的世界，這當然是件絕不可能發生的現象。脫逃者也感受到了這陣微風，可是身子一點也沒有動，彷彿對接下來要發生什麼事已經瞭然於胸。

微風在山頂開始旋轉，形成小小的和氣渦流。在氣流中，幾個人影逐漸出現，由糢糊到清晰。脫逃者依然保持跪倒的姿勢，沒有任何動靜。

「你好，」說話的是出現的四個人中爲首的細瘦男人，其他三人的個子都相當粗壯，一言不發地站在細瘦男人的身後。「借一步說話，好嗎？」

泰大鵬緩緩轉身，打量著開口說話的細瘦男人。他們已在時空中交手多次，但每次都讓泰大鵬在最後關頭逃了開去。

因爲每次交手期間總是匆忙激烈，泰大鵬從來沒有機會好好打量眼前這個對手。細瘦男人看似斯文軟弱，和後面那三名古代巨人戰士般的大個子比起來彷彿微不足道。

然而，泰大鵬也知道，就因爲這樣的形貌讓人輕敵，有許多前人的頸血也就因此濺在細瘦男人蒼白纖巧的手上。他以放肆的眼神打量細瘦男人的全身上下：閃閃發亮的七分緊身褲，白長襪，尖頭亮皮鞋，上衣如蟬翼，鑲上金邊，兩排純金圓鈕扣。

泰大鵬體內的歷史核酸作用漸漸擴散作用。細瘦男人有點不安地移動一下身體。

「古歐洲，西班牙古國鬥牛人勝戰彩裝，盛行於舊機械文明時期，沒錯吧？」他露出嘲諷的表情。「俗不可耐。」

看看細瘦男人沒什麼表情，泰大鵬突地站地身來。細瘦男人像磐石一樣無動於衷，倒是身後三名大漢「刷」地邁前一步，劍拔弩張，看細瘦男人沒什麼動靜，才訕訕地退了回去。

「久仰大名，可是沒想到冷血隊長居然好這種古歐洲文明的閹人打扮。」泰大鵬尖酸地說道，企圖激怒核酸警隊首席「風」冷血隊長。

冷血隊長一揚眉，身後三名巨人身形如鬼魅如輕風般掠出，將泰大鵬團團圍住。

泰大鵬似乎沒有任何移動的企圖。冷血隊長取出一具儀器，儀器發出柔和的微風聲響，一幅扇狀的乳白色的光幕出現，將泰大鵬全身籠住。三名大漢之一將泰大鵬雙手反手扣住，加上生物型藤蔓手銬，銬上。

直到這個時候，眾人才鬆了一口氣，連冷血隊長冷峻的臉上也微泛笑意。

「泰大鵬先生，男性，涉嫌身犯核酸一級重罪，」他清晰地以絕無感情的聲調念道：「核酸警隊『風』支隊正式宣布將您逮捕。」頓了頓，他突地低聲問道：「只是我不明白，爲什麼這次你不逃了呢？」

泰大鵬再度露出嘲笑的表情。

「冷血，這是你私人的好奇或是正當的逮捕程序？我又該以哪一個角度回答你？」

冷血以他的藍眼珠森冷地凝視泰大鵬。一招手，站在他左側的黑膚大漢走過身來。

「是，知道了，」大漢俐落地行了個軍禮，旋又低聲說道：「還有，隊長，儀表顯示質子風會在兩百三十七秒時分交會本座標。請您留意。」

冷血隊長點點頭，往後退了幾步，三名大漢從他身後前進，以整齊的平板腔調宣布脫逃者泰大鵬的逮捕程序。

「根據後創世紀聯盟條例第九十七條，核酸警隊宣布將閣下逮捕……」

三名大漢一致地以詫異的眼神看著泰大鵬，被藤蔓手銬層層縛住的他，此刻正以悠閒的神情覆誦他們的例行逮捕詞，彷彿是在十六世紀的古義大利水都威尼斯吟詠詩詞似地輕鬆。

三名大漢有點遲疑地繼續將逮捕詞唸下去。

「您有以星際英雄之名保護的緘默權……」他們朗聲地念道。

「您有以星際英雄之名保護的緘默權……」泰大鵬露出嘲弄的神情，喃喃唸著與他們一模一樣的詞句。很奇異的是，他的表情似乎頗為悠閒，太陽穴近額頭處卻有青筋賁起，並且開始流下冷汗。

冷血隊長也察覺到了泰大鵬的異常，開始屏息凝神，雙拳不露痕跡地緊握起來。

這時候，泰大鵬的眼角開始出現紅絲，他逐漸縮短和大漢們唸逮捕詞的時間差距，兩方唸的內容行將同步一起唸出。

「……逮捕期間任何行止，思想都足以反控您在法庭上的判決……」

四個人一致的語聲在逐漸接近的質子風聲中顯得詭異。這時候，冷血隊長突地在腦海中想起一則久遠以前的古代傳說，一念及此，他立刻飛身向前，在泰大鵬和他的三名手下唸至最後一句時大聲呼喝出來。

「停住！」他長聲叫道：「別跟他唸完！」

只可惜他發現的還是太遲，在那一瞬間，四個人已經將後創世紀的聯邦例行逮捕詞唸完。

「……保有對您的追訴權。」

在那一瞬間，泰大鵬眼白可怕地充著血，露出陰冷的笑容。三名大漢的聲音尚未在風中散盡，眼前的可怕情狀，連冷血隊長森冷的藍眼珠也不禁為之顫抖。

連在一旁觀看的雷葛新也不禁腦中一片空白，覺得自己已經快要暈倒。

只見那三名大漢的頭顱毫無來由地，就像是被高爆子彈打中的蛋殼一般，「波」的一聲碎裂開來，三大團細小的紅色水霧映在遠方的質子雲上，顯現出妖艷的雲霞色彩。

三名大漢的頭顱爆裂得如此迅捷而徹底，其中一人的身體居然還來得及往已經不復存在的頭部一掠，彷彿是為了瀟灑地一掠頭髮似的，而後，三個沒有頭的屍身才直挺挺地往不同角度倒下。

「音波共振彈，」冷血隊長臉上濺滿了三名手下炸散開的血滴，眼中露出殺機。「泰大鵬，想不到你連這種核酸劑也到手了，你好狠。」

泰大鵬顫巍巍地直立著，在高崖上緩緩轉身，背對著冷血，在質子風暴逐漸接近的死寂大地背景裡遙遙遠望。

「你不是問過我，為什麼這次不逃了嗎？」他忍住腦中的劇痛，勉強笑笑道：「因為，我要在這兒，讓你們這些怪物一個都逃不了。」

冷血隊長嘿嘿地笑著，那笑聲極為刺耳，在空間中遠遠地傳了出去。

「逃不了？泰大鵬，你可知道，為什麼像音波共振彈這樣無聲無影，威力強大的武器卻在人間失傳，幾乎連痕跡都不曾留下嗎？」

泰大鵬回頭，視界卻陡地黑暗了一半，好像古代電影科技對焦沒對準似的只剩下一半的影像。

他雙腳一軟，坐倒在地，腦中彷彿有千軍萬馬踩踏過去一般難受。只是在那煩人欲嘔的足音之中，冷血的聲音依然清晰地傳來。

「你方才使出的音波共振彈威力的確和典籍中描述的一樣驚人，只要對手的聲紋被你的聲紋同步，共振作用便可以殺人於百步之外，只是……」冷血呵呵地笑道：「你的核酸劑資訊沒有告訴你，使用音波共振彈的人，高達百分之八十九的機率會傷及自己。高頻度的殺人音波會由對手身上反撲施術者，情形很像腦血管瘤爆裂。」

泰大鵬心裡明白冷血此刻的言詞並不是虛言恫嚇，他只覺得左半身虛軟無力，而腦部的劇痛也正是血管破裂的癥兆之一。

「你可不要亂動，」冷血隊長有點嘲諷地說。「我還是儘可能要將你活著帶回去受審。」

他走過來泰大鵬的身旁，將他已經軟垂的身體攙扶起來，除去手上的藤蔓手銬。泰大鵬冷靜地看著他從懷中掏出一顆紫紅色的橄欖型金屬丸，握在手中，略一凝神之後，反手便將那顆金屬丸拍進泰大鵬的頸部大動脈。泰大鵬狂聲慘呼，本已軟垂的身體又恢復了精力，在地面上不住翻滾。

冷血站在一旁，面無表情地看他痛苦掙扎。

「我只說不讓你送掉小命，」他在泰大鵬重濁的呼吸聲中說道：「你殺了我的三名隊員，我可不會讓你快活好過。」

這時候，質子風暴已經非常接近兩人所處之地。冷血查了一下座標，發現交會的時刻會比方才手下估算的兩百三十七秒延後一些。

泰大鵬這時已經氣若游絲，臉上佈滿冷汗，然而充血的眼神卻是一片清明。

「走吧！」冷血走過他的身旁，以征服者的角度仰望他。「一片雄圖，轉眼都成灰飛煙滅。泰大鵬，你的春秋大夢也該醒了。」

「醒了？我的春秋大夢？」泰大鵬虛弱地笑笑。「你們都不懂，核酸局的老傢伙看不透，更別說你們這些半人半鬼的怪物了。」

「盗取核酸，萬劫不復，這是前賢留下的古訓。可笑的是你們這些野心者從來沒放棄過再度讓這個世界萬劫不復的念頭。」冷血說道：「而我們的責任就是，將你們這些人間禍害正法，過去也好，未來也好，絕不會有人逃過我的手掌心。」

泰大鵬在這一瞬間突然覺得空間中變得無比的清明，感覺上像是古宗教禪宗裡的所謂頓悟。只是不曉得這是他心中真正的感覺，亦或只是體內殘存的宗教核酸激發的作用。就在這一個剎那間，他只覺得冷血的指控已經不再重要，也沒有什麼事足以掛懷。身體上的苦痛依舊，然而精神上卻覺得無比的自在。

冷血見他沈默不語，更尖銳地乘勝追擊。「沒話說了吧？只是你後悔得太晚，如今再要回頭也已是百年身了。」

泰大鵬以一片祥和的表情凝視著遠方的天空。「冷血隊長，」他靜靜地說。「你不瞭解我，也不瞭解我們這種人。但是，我可以告訴你，在我之後，還是會有許許多多的人走這條路。今天我沒能走成，但是有一天，一定會有人走成的。」

「而我也可以告訴你，」冷血說道：「永遠不會有人成功的，現在沒有，未來也沒有。我走遍了過去未來的時空，從來沒有過任何人逃得了核酸警隊的緝捕。正邪對立，邪，永遠勝不了正，這是不變的至理。」

質子風暴交會的時刻已然非常接近。冷血隊長將泰大鵬扶起。

「走了，再不走，你我的身子就會被質子風挫骨揚灰了。」他冷冷地說。

然而泰大鵬只是垂著頭，又開始喃喃地在口中唸著什麼，一如方才他彈指間狙殺三名大漢的情景。

冷血隊長警覺地鬆手，腳步一踮便後退了三步，失去支撐的泰大鵬陡地跌在地上，「砰」的一聲下巴著地，口中流出血來。

「你還想動什麼鬼主意？」冷血隊長疾指著跌坐地上的泰大鵬。「如果你再使用音波共振彈，腦血管會全數炸裂而亡。」

泰大鵬在方才跌倒的時候咬著了舌頭，口中流出一道血痕，講話的語聲也因此含混不清，但是他臉上的表情仍是安詳淡然。

「我只是在想你剛才說的話，」他口齒不清地說。「真的沒有人完成過這趟盜取核酸，全身而退的旅程嗎？」

「沒有。」冷血咬著牙說道。心中卻隱隱知道泰大鵬想說什麼了。

「雷葛新……」果然，泰大鵬說出了那個核酸警隊故意隱晦不談的名字。他喃喃地唸著那首如謎般的傳說歌謠。「雷葛新爲了所愛的人，穿梭三千年的時空，只爲了見到她永恆的微笑……」

雖然明知道眼前上演的只是近似虛擬影像的情景，但是聽到自己的名字，雷葛新還是不禁心中一懔。

冷血隊長咬著牙，雙手拳頭緊握。質子風暴這時已經到達危險的距離了，四周圍開始吹起嗚咽的風聲，山崖上較小的石頭捲起，刮過兩人的臉上。

然而泰大鵬卻宛若身處於陽春三月的江南，悠遊地吟唱那首「雷葛新之歌」。

「時光英雄雷葛新，為了所愛，穿梭三千年的時空

他逃離了凶殘的追捕，只為了見到她淺淺一笑……

他踏入桃花源的無涯守候，踩過豪門的血海起落

他拾取重創的神明盔甲，俯看綠與火的惡戰傾軋

巫術的壯美留不住他，菩提、電腦、少林，慧可的斷臂鮮紅飄血

神界的永生留不住他，悟空、龍馬、八戒，三藏的女身輕蘿飛揚

星塵的淚水難使他回頭，神界之謎因他崩壞顯露

時光英雄雷葛新，為了一份失落的回憶，穿梭三千年的時空

只為了見到她的淺淺一笑……」

「住口！」冷血終於忍不住了，暴躁地欺身上去，抓住泰大鵬的雙臂。泰大鵬面露微笑，再度開口想說些什麼。

「住口！」冷血一反手給了他一個巴掌，不讓他說下去。「你給我聽清楚，所謂的雷葛新傳奇只是個杜撰出來的鬼話，只是你們這些壞分子意淫式的想像。我找遍時間空間，從來沒有過這樣一號人物存在！」

泰大鵬的臉頰高高腫起，臉上清晰的五個指痕。質子風颼起的風沙迷住了他充血的眼睛，有點睜不開來的樣子。

「如果沒有，」他有點憐憫地笑笑。「爲什麼他的傳說會流傳兩個世紀之久？爲什麼公元一九九七年、二〇一二年的古代文字空間也出現過這首歌？而高高在上的冷血隊長爲什麼這麼生氣？」

冷血隊長情緒這時失控了，他咆哮地說道：「我查過歷史上所有叫過雷葛新的人，連數目都有了，三千年來，一共有六十九個，其中還有十七個是因爲這首莫名其妙的歌紀念命名的，可是沒有一個是你們的救世主。沒有！絕對不會有！」

泰大鵬不去搭理他，兀自喃喃地說著些什麼。冷血再一次攙著他的手臂。

「走吧！」

泰大鵬陡地抬起頭來，幾近失明的雙眼有種奇特的光芒。

「走？」他安詳地閉上眼睛，脖子上再度現出青筋。「如果有一天，你有機會見到他，請告訴他，有過這樣一個叫泰大鵬的人，曾經因爲他的名字……」

他的聲音變得更加微弱下去，冷血隊長得湊下身去才聽得清楚他說什麼。

「如我有幸身爲施洗者約翰……」泰大鵬喃喃地低聲說道：「請備辦我身，爲那將來的彌賽亞鋪路而行……」

泰大鵬的臉上開始流下冷汗，脖子上浮現更多血管。他伸出雙手抓住冷血隊長的雙臂。

「……請你告訴他，我泰大鵬，曾經因爲他帶來的信念，在臨死之前，要拉一位專門殘害我們的冷血隊長一起下地獄！」

然後他的頭一歪，就停止了呼吸。

質子風暴這時帶著萬千怒馬的狂濤氣勢向山崖席捲而來。

冷血隊長一甩雙臂，身上瀰漫出微風，打算脫離此刻的時空，卻發現泰大鵬的雙手仍緊抓著他的手臂，而且，從被抓的部位以下都變得麻痺無力。

「畜生！」他在狂風中嗥叫著，因為泰大鵬臨死之前的確又用了僅剩的精力使出一次音波共振術，趁他不自覺一再說出「雷葛新」三字時產生共振高頻，將他的雙手麻痺。

質子之風對著他們的方位席捲而來，這種因為地表磁場混亂產生的終極破壞力量對石頭、金屬之類的無生物不會有太大損害，然而卻會將所有的有機物挫骨揚灰，消滅殆盡。

冷血在狂風中慌亂地企圖甩開泰大鵬的屍身牽絆，不遠處，他三名手下的無頭屍身在質子風吹拂之下逐漸由皮見肉，由肉見骨，最後骨殖化為塵煙。

核酸警隊的冷血隊長這時面對著自然界最可怕的力量也像小孩一樣的無助。而在那所有萬物化為烏有的一剎那，他的腦海中卻很奇異地浮現出那三個傳說中的字眼。

「雷葛新！」他在踏入虛無的永恆死寂前最後一剎那，這樣地高聲喊叫著。

他的聲音是如此的充滿絕望和慘烈，就算雷葛新明知道這段驚人的影像只是訊息，也不禁從心底升起毛骨悚然之感。

根據後創世紀科學家估計，破壞力等於一場小型中子爆的質子風暴終於在短暫的肆虐後向另一個定點遠去。山崖上已無任何活物的蹤影，泰大鵬、冷血隊長，還有三名斷頭核酸警察彷彿不曾存在過似地隨風而去。遠方的山巒，隱隱還傳來冷血隊長撕心扯肺的慘呼，那一長串「雷葛新」在東方的回音山谷還迴盪了好一陣子。

而後，一切再度歸回沈寂。

絕對的黑，絕對的寧靜……

有一刻，雷葛新覺得不曉得自己在什麼地方，但是方才看到的場景，卻每一個細節，每一句話都記得清清楚楚。

泰大鵬。

核酸警隊「風」支隊冷血隊長。

第三章

走私者派洛特

「我不是虛擬的幻象，我是一個真人，叫我派洛特就可以。基本上，我是個賣盜版商品的走私者。」派洛特的神色陰沈，面無表情地說道：「我知道你要博學和互動的，但又不想多花錢，是嗎？」

等到雷葛新終於回過神來的時候，發現自己正倒臥在魯肉電腦商場的光滑地面上。來來去去的人們大多有自己專注的購買介面，所以沒有什麼人注意到這裡躺了一個人。

人群中，一團濛濛的光暈裡站著一個美麗的和服女孩，露出甜甜的單調笑容。

花子。

是虛擬售貨員花子，而不是那個甜美中帶著狠勁的闕亞莎。

明知道不太可能有回答，但雷葛新還是有點茫然地抬頭問了花子。

「剛剛……剛剛到底發生了什麼事？」雷葛新抓了抓頭，一時間也忘了站起來，保持席地而坐的姿勢和花子仰頭說話。

「您剛剛體驗了幾款遊戲的冒險體驗，」花子甜甜地笑道：「請問還有什麼可以爲您效勞的？」

「剛剛……」雷葛新搖了搖腦袋，這才想起來和花子這種低記憶體的虛擬人問複雜的問題根本就是自討沒趣。「算了，沒什麼。」

「請問還要再看新款遊戲，還是找尋別種商品？」花子不厭其煩地問道。

「我想看看生物植入型百科全書。」雷葛新說道。這才是今天來這裡最主要的目的。

售貨員花子優雅地頷首，雙手一合，再張開，整個空間又轉換成一間巨大無比的優雅書房，各式各樣的植入型百科全書書目在空中緩緩飄浮。

「以下是可供您挑選的選擇：內載資料最多的米開朗基羅5400型，互動式賞心悅目的知性美人型『冰冰志玲』，或是唯讀式的經濟型『鄉民z』……」

雷葛新望著五彩繽紛的各式商品，有些眼花繚亂。他已經來逛了好幾次，對這些生物植入式百科全書有初步的了解。米開朗基羅型的資料上至天文地理，下至人文藝術幾乎無所不包，而互動型的好處在於可以與你做常態性的討論。

「互動型和米開朗基羅型兩種一起買，要多少？」他問。

花子迷人的朱唇說出了一個可怕的數字，遠遠超過雷葛新的預算。

「有沒有類似的產品，」他不死心地問。「但是不用花那麼多點數的？」

花子的表情凝結半晌，雷葛新知道這是掌管ＶＲ的生物型電腦搜尋非正式資料的跡象。靜靜地，他脖子上的那個刺痛點又開始隱隱然開始作用，像是靜夜裡亮了盞小小的燈。大概又有事情要發生了吧？

對於這種刺痛感已經開始熟悉的雷葛新，此刻的心情有些雀躍，像是個小孩子一樣屏住氣息，想知道接下來又會有什麼奇異的事情會發生。

果然，花子展顏對他一笑。

「有的，請稍候。」她說，形像逐漸消褪。

四周圍的彩色環境也隨花子的消失逐漸轉換，變成單調的潮溼石洞地道。地道裡有的地方還滴著水，發出空靈的水滴聲。

「請跟我來。」一個平板的聲音說道。

足音在空曠的地道中響起，盡頭是一個坐在地上的中年男人。

「坐。」他說。雷葛新從來沒有看過「魯肉」商場有這種ＶＲ售貨環境，但還是照他所說的坐了下來。

「我不是虛擬的幻象，我是一個真人，叫我派洛特就可以。基本上，我是個賣盜版商品的走私者。」派洛特的神色陰沈，面無表情地說道：「我知道你要博學和互動的，但又不想多花錢，是嗎？」

對於這類型的口氣，雷葛新覺得非常的不舒服，但還是點點頭。

「二手的貨在乎嗎？沒有版權的貨在乎嗎？」他每問一句，雷葛新便搖搖頭，但也沒有任何想買的意願。最後，派洛特拿出一個小小的密封試管。

原先雷葛新已經準備離去了，卻被中年人派洛特接下來的說法吸引。

「這是核酸禁絕時期前的產品，低成本，但因爲有核酸成分在其中，互動情況極佳，可和你做學術性對談，資料庫的容納是米開朗基羅型的十九點八一倍，缺點是資料一旦植入便無法取出。」

雷葛新忍不住深吸一口氣，有股挑戰氣氛在腹中升起。這種夢幻般的配備性能就連市面上的最佳產品也望塵莫及，有股渴望的感覺逐漸佔滿他的腦海。

「要不要？考慮一下。」派洛特說了一個價格，那是個遠低於雷葛新估算的低價。

「要。」他說，心臟不禁「砰砰」跳動起來。

「通常，我不會隨便賣東西給你們這種空白傻蛋，我只和行家做生意，」派洛特冷冷地說道：「但你已經有核酸感應的體質了，所以我就破例做做你的生意。」

雷葛新微微一愣，想要說些什麼，卻被派洛特無禮地打斷。

「關於你發生過什麼事，爲什麼擁有核酸體質，那完全不關我的事，」他冷冷地說道：「我只和你做生意，只是要賺你的錢，懂嗎？其他一律不用多說。」

派洛特打開試管，將開口放在雷葛新的腦門，裡面的溶液「刷」一下進入他的表皮組織，不留下任何痕跡。內藏大約兩億九千萬位元資訊的生物型百科全書，只花了不到十秒鐘的時間就安裝完畢。

「你現在裝進體內的百科全書，他的名字，」派洛特最後說道：「就叫做牛頓。」

第4章

生物式百科全書　牛頓

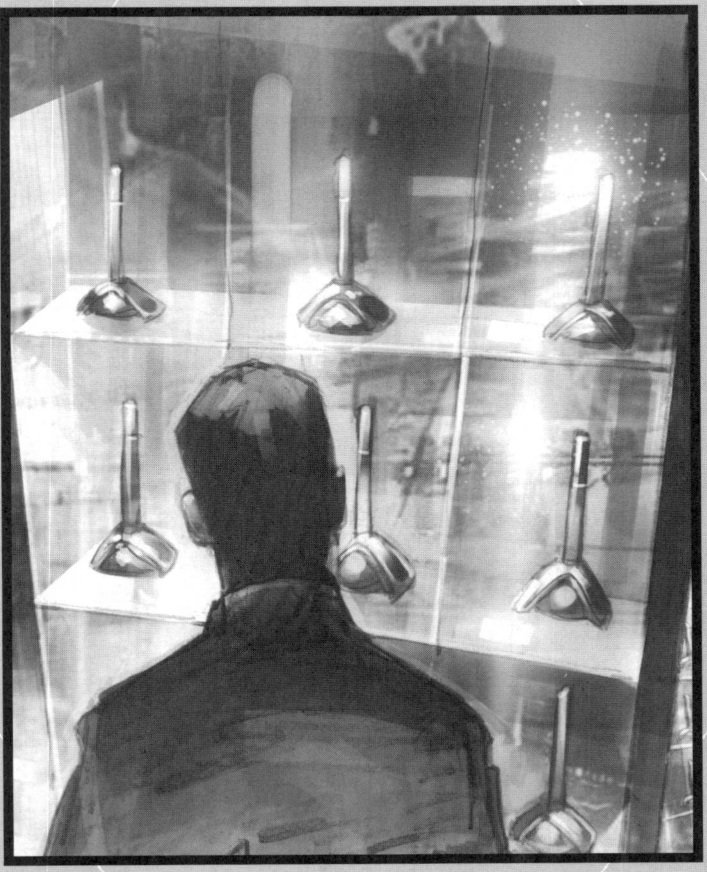

二十四世紀男性最容易上癮的嗜好有十種，現在他正在玩的生物式植入百科全書排行第七。但在此刻，雷葛新覺得就算是將它列在第一也不為過。在深夜裡，雷葛新根本沒有休息的意思，不停地向牛頓發問，像是兩個古中世紀最用功的隱士學者一般，談天說地，一點也沒有倦意。發問的內容五花八門。雷葛新不停的發問，牛頓則知無不言，言無不盡。

走出「魯肉」資訊商場大門的時候，人工太陽已經將天空轉換成柔美的夜色。一輪潔白的下弦月掛在天空，四周圍有人工合成揚聲器模擬出的夏夜蟬聲。

雷葛新在二十四世紀大城市錫洛央的街燈下，捧著剛買的百科全書三巨冊說明書，緩步走向附近的「天網」交通運輸站。

在天網系統的地下小車中，雷葛新根本無心注意夜色下的地底模擬景觀。就算現在身邊有虛擬空間中最美的美少女，他也無暇多看。

胡亂地撕開第一冊說明書的封套，迫不及待地，就開始讀第一章的「啓動須知」。

按照說明書上的說法，核酸禁絕時期前的百科全書用法和現世代的規格型態極爲不同。現世代的植入式百科全書因爲沒有核酸成分在其中，要完成讀檔及互動必須透過機械裝置，等於回到了三百年前的原始做法。

而雷葛新剛買的這套「牛頓」，卻是核酸盛行時代的產品，在某個程度來說，算是違禁品。因爲它用的介面方式是生物型植入，當它進入人體時，便已經和使用者的基因合爲一體，所以賣這套軟體的派洛特才會說，如果使用了就無法再取出。

因爲核酸成分已經與身體合而爲一，要使用它得用極度的精神集中力來啓動。

「冥想遠方一點白色光點……」雷葛新照著說明書上的指示，閉上眼睛努力默想。

白點……白點……彷彿之中，閉上的視覺出現一片清明。

就在這時候，「克」的一下輕震，「天網」已經到了雷葛新住的公務員大廈門口。柔美的女聲打斷了他冥想的動作。

「核酸局雷葛新，您的目的地已經到了。祝您有一個美好的夜晚，明天見。」

雷葛新以最快速度衝進大門，登上光能電梯，回到自己的宿舍中。房間裡光線逐漸轉成閱讀光度，雷葛新急急忙忙將公事記憶組往桌上一丟，挾著「牛頓」的說明書就往臥房跑。坐定在床上，迫不及待地再度閉上眼睛，像方才一樣，專心冥想那個「遠方的白點」。

黑暗中，這一次那種清明之感來得非常之快。冥想的地平線上，果真出現一個自在輕盈的白色光點……

接下來呢？

雷葛新不禁啞然失笑，方才自己太過性急，只在說明書上看到「冥想遠方白色光點」就等不及先試。等到白色光點真的出現了，反而不知道做什麼。

突然間，一陣清晰的語聲在耳邊響起。

「我是牛頓，」那聲音說道：「請輸入使用者名稱。」

雷葛新心想，如果要憑藉集中精神力才能啓動，輸入的方式大概和意念有關。因爲急著想試，還是沒有打開手上的說明書。

「葛・雷・新。」他在心裡很用力地想著。

牛頓沒有任何回答。過了良久，語聲再度響起。

「請輸入使用者名稱。」

雷葛新將手邊的說明書翻開，從目錄上找到「互動須知」。原來，因爲使用顧客的集中力程度不同，用意念溝通的方式並不穩定，所以這套百科全書採用的是語音的互動方式。

「雷葛新。」他清清楚楚地將名字唸了一次，果然，這一回牛頓有了回應。

「雷葛新，您是本程式的新使用人。只要輸入『選項』指令，牛頓將顯示出本程式功能供您選擇，如有任何疑問，請輸入『查詢』指令，牛頓將竭力爲您解答。」

「牛頓，」雷葛新向著空無一人的四周饒有興味地問。「你有形像嗎？」

「牛頓的程式中有四十八萬種形像及語調可供選擇，」牛頓說道：「您可以自由挑選。」

雷葛新思索了一下。

「那麼，」他興高采烈地說。「給我紫紅詩玲！」

紫紅詩玲是二十四世紀著名的虛擬美女歌手，果然，身形嬌小可愛的著名美女歌手紫紅詩玲緩緩投影出現，在雷葛新的斗室中載歌載舞。

「紫紅詩玲載入成功，」牛頓說道。

「我不是要看紫紅詩玲唱歌跳舞，」雷葛新說道：「我是問你有沒有任何形像，能不能像個真人一樣在我面前出現，和我說話？」

牛頓有好一會沒出聲。紫紅詩玲的形像逐漸黯淡下去，房間裡又恢復原來的靜寂。

「搜尋失敗，雷葛新，」牛頓仍以冷靜的聲音說。「牛頓沒有形像互動功能，也沒必要出現。但你仍然可以選擇你想要的影像，只是無法互動。」

雷葛新看了一會閃過的各種形象，良久，才嘆了口氣。

「好吧！」雷葛新說。「那麼，給我選項。」

一陣柔和的藍光出現，空間中投射出飄浮的幾團雲朵，顏色鮮明，每團雲氣中鐫著選項的名稱。

「睿智者。」雷葛新說出指令。

「請說出題目。」牛頓說。

雷葛新想了一下。

「核酸工程。」他說。

「核酸工程理論在二十一世紀由羅世列首創，於二十三世紀普及，」牛頓流暢地報告著。「其主要組成物是配合生物型超級電腦，組成的人工合成化學劑配方，通稱『羅氏激素』。接受注射後的人體去氧核醣核酸鏈結輕度扭曲，」牛頓在雷葛新的腦海中投射出去氧核醣核酸的名稱，並在一旁加上ＤＮＡ英文註解。字母的背景有巨大的ＤＮＡ鏈結放大圖，以綠色箭頭顯示鏈結的人工扭曲度。「經過改變的ＤＮＡ在大腦皮層放射微細生物電，使接受注射者產生知識的模擬之感。此科技因有重大缺陷及副作用，已於後創世紀公元二二八九年全面禁絕。」

空間中再度出現雲氣般的兩個選項：跳出，或是深入。

「深入。」雷葛新說道：「說說它的原理，爲什麼它可以『模擬』知識？」

牛頓停滯了一會，空間突然變爲空白。

「無相關資訊。」

「無相關資訊？」雷葛新奇道：「是你不知道，還是沒有人知道？」

不知不覺間，他已經把這個智慧型百科全書當成一個人，聊起來像是朋友在交談。而他之所以會在這個問題上繼續追問，是因爲他知道核酸科技有一個非常神秘的現象，但從前他只是聽別人提過，並沒有認真搜尋過這個訊息。

「我不知道，」牛頓很簡潔地回答說道：「而且在我的搜尋能力中，也沒有別的搜尋組知道。」

「所以，就是一個沒解開的謎，對不對？」

「以二三三五年頒佈的大百科全書法來說，是的。」牛頓回答。「核酸科技是一種人們只知道如何操作，卻無法找出起源的科技。」

「這倒有趣，」雷葛新露出不屑的笑容。「只知其然，不知其所以然？都公元二十四世紀了，這種話還說得出口？」

牛頓停頓了一下，空間中不曉得爲什麼，彷彿聽到「哼」的一聲。

雷葛新眼睛一睜，露出驚訝的表情。他從前和牛頓這類的人工智能互動過不少次，知道它們大多沒有加上情感參數，說起話來既客氣又平和。加上情感參數的人工智能是層級很高的高價品，只有富人才能買得起。

「那是你發出的聲音嗎？」雷葛新又驚又喜地問道：「你有加上情感參數嗎？」

沒有聲音。良久，牛頓的回答才幽幽響起。

「核酸科技在科技史上，並不是唯一有這種情形發生的個案。」牛頓很清晰地說道。跟著在空間中出現了繽紛的場景。「知道如何操作，但不知道運作的機制。古二十世紀，複製科技『桃莉羊』就是這樣的例證。」

空間中，這時出現了一隻古代綿羊的圖像。

「古二十世紀科學家聲稱『破解』了遺傳複製密碼，以人工無性方式培育出第一隻複製羊『桃莉』，讓當世認爲複製科技已經爲人類掌握。但真相是，桃莉羊的複製過程完全只是碰運氣，以高壓電擊刺激乳泡細胞，活化後形成胚胎，植入母羊子宮而成。成功機率與過程完全無法掌控，只能憑藉大量的失敗得到偶然的成功。但當世人大多誤以爲人類已經掌握造物主的能力，以爲已經能夠任意複製生物。」

雷葛新的眼中發出興奮的光芒，連忙問道：

「所以核酸科技也是這樣嗎?就算我們做得到，但卻不知道它的原理從何而來嗎?」

牛頓又停頓了一會，聲音堅定。

「正確。」

「完全沒有人知道?」雷葛新不放棄地追問。

「在人類所知的範疇內，沒有。」牛頓簡短地回答。

「所以，那些生化戰警也不知道他們是怎麼來到這個世上的?」

「關於核酸科技和生化警察的相關訊息，因爲太過隱晦，甚至有爲數不少的主流科學家、宗教人士認爲，核酸科技並不存在，只是一個騙局。而這派理論的支持者，甚至否定生化警隊的存在，認爲他們只是一個幽靈單位，每年都要在聯邦會議上提案刪除預算。」

雷葛新直覺地哈哈地笑，本來想說哪有這麼笨的人，但仔細一想後，心中一凜。就在今天之前，他也是個常說「核酸科技，不知所謂」的懷疑論者。而要不是在核酸局前親眼目睹那場大戰，他這輩子也從來沒有看過風、水、火、雷生化戰警。但是很奇妙的，這些觀念在短短的一天內，已經全數改變。

牛頓顯現出來的影像，此刻停留在剛剛顯現的，一朵朵雲彩的選項。

跳出，或是深入。

「深入，」雷葛新毫不猶疑地說道：「說說核酸科技的副作用。」

巨大的DNA模型中央出現漩渦，將所有影像打碎。置身其中，彷彿是在一條隧道中急速前進。

「二十三世紀病理專家曾經指出，」牛頓說道：「核酸科技和人體的交互作用在某種定義上來說，可視為一種中毒。中毒產生的症狀就是未經學習便可得到的知識。醫學上的中毒症狀常因體質不同而有所差異，核酸注射也是如此。不同類型知識核酸混合不當也常產生變異式副作用。副作用發生比率為百分之十一。」

影像再度出現選項雲朵。

「退出，或深入。」牛頓問道。

「深入。」雷葛新發現自己已經沈迷其中，雖然夜色已深，明天還要上班，可是一點倦意也沒有。

「我想知道副作用的詳細情形。」

「核酸科技產生副作用病例爲數極多。」影像這時出現統計圖表，隨著敘述呈現各種病例的紀錄影片，詳細列出地點，時間。

「二二二三年，智能消失症病例，患者爲滿懷理想的青年政治家，注射古中國政治史、古島國政府典章制度核酸後突然失去智能，成爲無可救藥智障者。」

「跳過。」雷葛新對牛頓說道。

「二二二三年，沈思者病例，名樂理家注射民謠研究核酸後，突然陷入沈思，終其一生沒再清醒過來。」

「跳過。」

「二二二五年，口哨症病例，注射過戰爭通史核酸的患者，在觀賞完二十世紀古代電影『桂河大橋』後突然狂吹口哨，連續七日後因肺血管破裂不治而亡。」

「查詢。」雷葛新說道。

吹口哨者的影像暫時凍結在空間之中。牛頓的聲音依然沒有任何的情緒起伏之處，只在半空中閃爍「查詢」兩個字。

「請說出查詢事項，雷葛新。」

「我只是想知道有沒有人知道爲什麼會有這種副作用？」

「根據未經證實的說法，產生核酸副作用的原因可能是排斥作用，也有可能是潛意識的覺醒，或稱爲『良知的覺醒』，真正原因從未得到證實。」

「爲什麼？」

這一次牛頓許久沒有回答，只有那個漲紅臉吹口哨的不幸人影像依然停滯在空間中。

「資料不足，請跳出本欄，回到總選項目錄。」最後，牛頓這樣說道。

使用了幾次之後，雷葛新發現如果牛頓這樣說，就表示這套強大的百科全書的確沒有相關資料，但有時候卻可能從別的資訊選項中找到多一點的蛛絲馬跡。

和許多剛買了新搜尋程式的人一樣，雷葛新搜尋完了想知道的各類訊息後，還是捨不得離開，於是便開始隨意搜尋一些天馬行空的疑問。

「搜尋。」雷葛新對牛頓說道：「武技對決。」

牛頓在空間中映出幾個選項，有古中國武術、空手道、柔術、兵器等常見的選項。

「不不不，」雷葛新搖頭。「我想知道一般人和生化警隊成員交手的紀錄。」

牛頓搜尋了一會，聲音沉定地說道：「無資訊。」頓了一下，又說道：「兩方實力相差過於懸殊，無任何對戰紀錄。」

「深入。」沒等牛頓詢問，雷葛新就搶先說道：「麻煩您老人家說得更清楚一點。」

「核酸警隊生化警察成員們因爲體質異於常人，擔任的是最艱難危險的任務。」牛頓有條不紊地一一敘說著。「警隊成員有的可以在人類無法負荷的環境下工作，有的可以到無重力的星際環境出任務，能力遠遠超越常人。」

「二十四世紀職能資料顯示：『風』系生化戰隊可產生一個小型颶風的風能，『水』系成員可以自由運用方圓十公里內的所有水分子，『火』系成員可催動焚毀整條大街，『雷』系成員則可催動大約十分之一個閃電的能量。」

「也就是說，人類的體能無法與生化警隊成員對抗。」

「好厲害……」雷葛新咋舌。「那就是完全沒得商量了。」

「但是……」

「但是？」雷葛新不禁噗嗤一聲笑出來。印象中，似乎從來沒有聽過智能程式會說出這樣人性話的詞彙來。「但是怎樣？」

「在六段記錄於『城市異聞』的個人記述中，曾經有人聲稱和生化警隊的人打過架，但記述者大多喝過酒，也無警隊成員的證詞，因此被歸類在『傳聞』類，沒有任何公信力。」

「哦？那些記述都是怎麼說的？」

牛頓將文件直接投映在空間之中，雷葛新讀了幾段，發現都是很短的記載，內容大多是喝醉了酒發生衝突，而且大部份也都打輸了，仍然打不過生化警隊的人。

只有其中一件發生在奎木狼市的案例比較特別，敘述者聲稱，當時他和生化警隊的人言明，雙方只用肉體力量較量，不可使用別的能力，打完架後雖然還是打輸了，但對方也被他打青了一隻眼睛。

「有趣有趣，所以他們還是會受傷的……」雷葛新還想再問下去，卻被牛頓冷冷聲音打斷。「資訊到此為止，請搜尋下一個問題。」

這時候，雷葛新突然心中一動，想起了一個名字，心中卻「轟」了一下，有種著莫名奇妙的悸動。

在魯肉商場出現的那場古怪經歷又重新出現在腦海之中。

「泰大鵬。」

在牛頓慣有的停頓中，雷葛新忍不住又想起那幾幕令人震懾的場景。

爆裂成血霧的頭顱。

扭曲七孔流血的臉。

還有冷血隊長在荒涼大地上撕心裂肺的慘呼。

牛頓沉靜的聲音打斷了雷葛新的回想。

「無相關資訊。」牛頓回答。「無該人員資料。」

雷葛新皺了皺眉，順手便探入了褲袋，碰了碰那顆鐫有「泰大鵬二三七一」三個字的小裝置。

也許，是因爲受這顆小裝置，才會讓你想到這個名字，引發相關的想像。

如果說給心理重建師聽，大概又會找出來一籮筐這種「預知既視dajevu」的鬼玩藝兒了吧？

「那麼……」雷葛新仍然不想放棄。「我想搜尋冷血隊長。」

牛頓這次花了比平常更久的時間。

「冷血，核酸警隊『風』支隊副隊長，本資訊屬聯邦二級機密，存取已屬違法，」

牛頓沉著聲音說道：「深入，或是跳出？」

雷葛新翻了翻白眼，露出詭異的笑，他接觸這類資訊已經有很長一段時間，對於機密檔案更是不放在眼裡，二十四世紀的各種禁令多如牛毛，但真的要執行起來，還是有很多漏洞可鑽。在這個領域裡，雷葛新已經可以算是職業級的高手，像今天在核酸局裡破解條碼的掃瞄，就是這種功夫的展現。

他隨手抓過來一片「加密神經元干擾片」，貼在頭上，這樣他存取這機密檔案的動作就會被雜訊覆蓋。

「這樣你就沒事了吧？」雷葛新笑道：「深入。」

果然，牛頓的聲音轉爲平和，空間中覆蓋了一層淡淡的光影，映照出「已加密」的字樣。

「加密成功，可繼續搜尋。」牛頓說道，跟著映照出冷血的檔案影像。冷血的影像和雷葛新在魯肉大賣場看到的樣子沒有太大的差別，細瘦、金髮，穿著誇張華麗的古歐洲式禮服，而臉上透現出來的那種陰冷無情的神采，更是讓人印象深刻。

「冷血，本名冷自揚，生化戰警『風』系成員，爲體質能在人形與風組態間變換的生化族。在核酸警隊的戰鬥力排行前十，爲警隊中少數得到赤金勳章之成員。」

牛頓將冷血的相關資訊選項全數列出，但因爲生化人警隊的資訊聯邦中最機密最隱晦的區塊，即使是以非法的方式搜尋，資料也是少得可憐，而且沒有什麼引人入勝之處。

只是冷血的資歷中，有一段敘述是有點不尋常的。在資料上顯示，他曾經被正常人類家庭收養過，但是卻在十六歲的時候再次申請回到生化人的族群。

一般來說，生化人族群沉靜、固執，腦子像是水泥一般的堅持，和人類的個性格格不入，很少有相處得來的案例。像冷血這樣能與人類家庭相處十多年，表示他在七情六慾上接近人類，不像一般生化人那樣與人類保持一定距離。

但是從冷血擔任生化戰警的歷史上看來，他似乎又極度痛恨人類，在他執勤的過程中，對於人類的犯罪者下手極爲殘忍，違規私刑的次數遠遠超過其他生化戰警，也因爲如此，即使他的功勳極爲彪炳，卻始終因爲對付犯罪者的手法過於凶殘，就算「風」支隊隊長職缺空懸已久，但他也一直無法升爲隊長。

但關於冷血的資訊到這裡也已經到了盡頭，再也無法找出任何訊息。連雷葛新想要找出他是否仍然活著，是否真的陷身在泰大鵬之役，也完全無法得知。

「聯邦警隊有句流傳的話語，」牛頓最後這樣說道：「『只有他們來找你』，如果你想要找他們，那是完全不可能的事。」

「這句話我也聽過啊……」雷葛新苦笑。「『只有他們來找你，但找上你你就玩完！』，所以邏輯上，只要遇上生化戰警就一定不會有好事，對不對？」

牛頓不再回答，只是讓幾朵搜尋選項雲靜靜地飄盪在空中。

幾年前雷葛新曾經在一份調查文獻上讀過，二十四世紀男性最容易上癮的嗜好有十種，現在他正在玩的生物式植入百科全書排行第七。

但在此刻，雷葛新覺得就算是將它列在第一也不爲過。在深夜裡，雷葛新根本沒有休息的意思，不停地向牛頓發問，像是兩個古中世紀最用功的隱士學者一般，談天說地，一點也沒有倦意。發問的內容五花八門，從後金屬工業時期神秘的「精密工業敲擊術」開始、到能使人類重覆延長生命的靈魂轉移科技、從來不曾有生還者的時光旅行，百年前的「三十年超人戰爭時期」，到最引人入勝的「風雷水火」轉化型生化人。雷葛新不停的發問，牛頓則知無不言，言無不盡。

買這套百科全書是這輩子最滿意的一項決定。雷葛新在心裡這樣想著。牛頓就好像是一個浩瀚如大海的寶藏，打開了門，裡面的世界令人悠然神往。

不知不覺間，外面的天空已經濛濛亮了，人工太陽正逐漸將月光光度降低，待會，陽光就會從東方映射出來。雷葛新這才發覺，已經和新買的百科全書牛頓玩了一整個晚上。

一連兩天，雷葛新一下班就把心思全放在牛頓身上，持續地查詢不同的資訊。

雷葛新做學生的時候不是挺用功，是那種一拿起書本就睡著的懶學生（**以至於才會被安插到市檔案部，拿了三年的最低薪資**）。

然而，在百科全書牛頓的引導下，連睡覺都彷彿顯得多餘，漫漫的長夜裡，他跨過不同的時空、人種、事物，深深地被牛頓裡的那個無邊浩瀚空間媚惑住，完全沒有辦法停止。

只不過，這樣持續地嚴重缺乏睡眠，在第三天就露出馬腳了，上班的時候，雷葛新勉強張著睡眼，眼睛有紅絲。然而，如果不是局裡嚴格規定，不准在上班時間使用包括遊樂器、計算器或百科全書任何生物植入式產品，他甚至會在辦公室把牛頓叫出來。

同事米帕羅把這一切都冷冷地看在眼裡。

看著雷葛新打瞌睡的模樣，他忍不住問道：「那天不是說去買百科全書了嗎？怎麼一臉沒精打采的樣子？」

「買了，」雷葛新簡短地說。「而且很棒。整個晚上一直玩，結果就忘了睡覺。」

「這種事，千萬要小心！」米帕羅皺了皺眉。「根據市調局發布的報告，二十四世紀十大最容易上癮的嗜好裡……」

「植入式百科全書排第七，這我知道，可是我想沒那麼嚴重。只是好玩而已。」

「我倒不覺得有什麼好玩，」米帕羅雙掌朝內，在太陽穴上由內往外揉兩圈，這個動作在古二十世紀和「聳聳肩」的意義相同。「幾年前我也買過一部，用了幾次覺得沒意思就沒再用了。」

「那是因爲你本就是個俗人，」雷葛新打了個大呵欠。「無窮無盡的知識之海，我不過是個海邊撿拾貝殼的小童……是誰說的話，俗人？」

「艾傑克．牛頓，古英吉利科學家。」米帕羅瞪了他一眼，但也並不是很在意雷葛新的取笑。

「好吧！算我不對，你不是個俗人。但是真的，想到有那麼多的知識資訊就在這個地方，」雷葛新指指自己的腦門。「真想一下子全部把它吸收進去。」

米帕羅饒有深意地望了他一眼，那神情居然有著擔憂的成分在內。

「雷葛新，我知道我的話也許你聽不進去。浩瀚的知識之海，也許我連一個撿貝殼的小孩也不夠格，充其量只是一隻寄居蟹。」他一字一字地說道：「但是，就算是寄居蟹，好歹我也比你多看過十年的風風雨雨。我告訴你，真的要小心。我在核酸局已經待了十年，『追求知識之海』，常常就是核酸犯罪者的動機所在。」

雷葛新仔細端詳米帕羅的表情，想確定他這樣說的真正用意。

「沒的事，」他勉強笑笑。「你想得太多了。」

「你不要以為我在關心你，我才不管你的死活，」米帕羅有點不高興地說道：「只是因為我和你在同一個辦公室工作，你出了什麼事，我會很麻煩的，我可不想幫你擦什麼屁股哦！」

雷葛新翻翻白眼，也回瞪了米帕羅一眼。「你不會的。」其實他的意思是說，就算出了什麼事，米帕羅哪會幫你扛下來？只要不出賣你就已經很好了。

「你還是想太多啦！」

「但願我是，」米帕羅眼神謹慎地環視四周，確定辦公室中只有他們兩人，這才悄悄地說。「你以為那些核酸犯真的都有再度稱霸世界的野心嗎？雖然他們的判決詞中都會提到野心、陰謀，可是，天曉得有很多人真的就只是像你一樣，『追求知識之海』而已哪！」

雷葛新心裡很明白此刻米帕羅所說的沒有錯。他想起幾天前目睹的那場核酸局前大戰。耳際彷彿又響起那個女人淒厲的聲音。

「自主無罪，追求知識無罪！」

當時，她被陽風隊長判了重刑，卻仍堅定地在天空下大聲嘶喊。

「總之，最重要的就是要小心。」米帕羅說著說著，又搖搖頭。「不，最重要的，就是不能連累你爸爸我。」

雖然心裡知道米帕羅說得沒錯，雷葛新還是忍不住嘴硬。「不可能，這種事絕不會發生在我身上。如果你認爲我會變成和那些核酸犯一樣，那你就是有毛病。」

雖然嘴巴上這樣說。那天晚上雷葛新把牛頓叫出來之前有點猶疑，思索了好一會兒，才閉上眼睛。

黑暗的天際出現一個純白的光點。光點的姿勢優雅自在。

「我是牛頓，」牛頓以一貫的冷靜口吻出現。「雷葛新，您好。」

「我想知道，」雷葛新問道：「這幾天我讀取的資訊有多少？不，這樣說好了，我這幾天讀取的，和你的所有資訊比起來，佔多少比例？」

「萬分之二點零八。」牛頓簡潔地說。

雷葛新陡地洩了氣。覺得自己有點像走進童話糕餅彩色世界的小孩，眼前的美味、點心令人垂涎欲滴，自己的嘴巴，自己的胃卻只有小小那麼一點。

「真的有過核酸工程這種東西嗎？」他問。

「請定義『真的』二字。」牛頓說道。

「我是說，」雷葛新深吸一口長氣。「核酸工程是一種實體，而不是傳說？」

「核酸工程是實體，於二十三世紀普及於世，於公元二二八九年全面禁絕。」

「如果有百科全書的話，」雷葛新喃喃自語。「要核酸工程做什麼？像我現在腦海中有了你牛頓，基本上我就是無所不知了。對不對？那我還要核酸做什麼？」

牛頓很罕見地有了短暫的沈默。

「無法歸納，」牛頓說。「請重新整合問題。」

「核酸真的有那麼神奇嗎？」雷葛新問。「像你，你這樣子的百科全書和核酸相比，有什麼不同？」

雷葛新眼前慢慢升起一個老人的影像。旁白的註解寫著，英千格博士，核酸工程學重要學者，爲「超人症候群」核酸研發委員會召集人。

不過，他的下場據說非常慘，後來在「三十年超人戰爭時期」被狂人莫里多親手處死。

投影而出的英千格博士生前必須藉喉部揚聲器說話。牛頓忠實地模擬出他沙啞不明的聲音。

「核酸工程和生物植入式百科全書相差絕不可以道里計。一部百科全書，不論它的資料多麼豐富，聲光、互動裝置多麼花俏，終究是個間接介面。仍究要經由『學習』的過程才能進入人腦。而核酸是有史以來唯一一種能夠直接傳播知識的偉大科技。舉例來說，一部古二十世紀的原始光碟百科全書『因卡達』……」

影像這時出現古二十世紀末獨裁大企業集團的產品「因卡達」。

「其資料雖然極度貧乏，採用間接學習方式仍需要超過一年的時光才能學習完畢。反之，一劑『骨髓』百科全書核酸，資訊容量爲『因卡達』的三千五百倍，卻能使人在二十分鐘內擁有全部資訊。」

英千格博士的資料紀錄很短暫，一下子就沒了。然而，內容卻令人屏息。

雷葛新沈默良久，幾乎忘了呼吸，最後，終於長長吐了一口氣。

「那麼……」他停頓了一下，一時間彷彿忘了牛頓並不是真人，問他這一個問題時還得考慮措詞。「什麼地方可以找得到核酸？」

一霎時，空間中響起此起彼落的警報聲。各種警號在眼前急速劃過，雷葛新被眼前的突發狀況嚇得愣住，場面之亂，彷彿下一刻就可以看見大隊的警力破門而入，強行將他逮捕。

「什麼事？牛頓！」他驚惶地叫著。「發生了什麼事？」

一陣不屬於牛頓的合成機械語聲響起。背景仍是各種紛亂不已的警報聲，許多雜亂的視訊在眼前掠過。

「資訊提取方式觸犯聯邦法規，資訊提取方式觸犯聯邦法規。程式自發式停機，程式自發式停機。」

雷葛新像個酒醉患者般慌亂起站起身來，卻碰倒了椅子，整個人跌坐在地上，一股刺痛之感從大腿部位傳來。

「啊噢！」他痛得大叫一聲。

然後，彷彿是被他的叫聲驅走一般。所有警報聲、影像突地全數消失，像是被什麼強力的東西一下全部抽離。

房間裡一片寂靜，椅子翻倒在地，只有窗外偶爾傳來半夜遠方市警車值勤的長長警鈴聲。

雷葛新坐倒在地上，被方才的混亂之感弄得有點昏沈沈的，心臟跳動非常厲害。

過了一會，他才定下神來，低頭看看大腿外側，褲子上滲出一點血。他苦笑地伸手進口袋，掏出來他在辦公室撿到的戒指狀東西。

方才在慌亂中，這枚東西的尖狀尾端刺破他的大腿，也是那陣刺痛，所有混亂才陡然消失。

雷葛新在昏暗的房間裡仔細端詳那一枚戒指狀東西，上頭鐫的「泰大鵬二三七一」閃著比反光還要強的光芒，尾端的尖銳處還沾著一點血。

回想剛才發生的狀況，一切似乎歸咎於最後雷葛新問的那一句話。

「什麼地方可以找到核酸？」

看來，這個二十四世紀的最大禁忌連在小小斗室中也無法倖免。雷葛新從第一次進核酸總局開始，那句核酸禁語就天天環繞身邊，永遠揮之不去，像隻討人厭的蒼蠅。

「盜用核酸，萬劫不復。」

這句話，雷葛新在受訓時便喊過不下數十次。不只要記在心裡，訓練員還煞有介事地要每一個學員大聲唸出來，「這樣才會記憶深刻」。

縱使雷葛新覺得這種行爲很像古亞洲文明古國的殘暴時代，被稱爲「神」的獨裁者統治的技倆，但還是被迫高喊了幾十次「盜用核酸，萬劫不復」。

不曉得牛頓會不會因此就程式受損，花大錢買的百科全書一下子就付諸流水？

所幸，稍稍凝神之後，牛頓那熟悉的冷靜語聲再次出現。

「剛才發生了什麼事？」雷葛新小心翼翼地問。

「資訊提取方式觸犯聯邦法規，程式自發式停機。」牛頓立刻說道：「建議停止詢問該類問題，以免程式永久停機。」

「好好好。」雷葛新連忙說道。

「請輸入選項。」牛頓說。

一陣沈默。

雷葛新對剛才的狀況實在心有餘悸，生怕再問到什麼犯禁的問題就糟了。可是，又捨不得叫牛頓回去。眼光向四下一看，瞥見了那枚戒指狀的尖銳東西。

「看得到這是什麼東西嗎？」雷葛新把那件戒指狀物件拿在手上，湊近鼻梁。

「視覺互動程式啓動中……」牛頓說道：「雷葛新，牛頓已經可以看見該物件。」

「這是什麼？」

投影上這時出現一個和那物件形貌近似，顏色卻不一樣的東西。雷葛新手上的是淺綠色，投影上的卻是淡紅色。

「袖珍型微處理機，星際調查人員專用，可內存文字、聲音、影像等各類型資料。」

「用法呢？」雷葛新問。

「撥動密碼鍵盤，輸入正確數據即可。」投影上用箭頭指出密碼鍵盤的位置，原來，像ＤＮＡ般扭曲的兩根細臂上的突起，就是密碼的鍵盤。

「密碼是什麼？」雷葛新心不在焉的問，話一出口才知道問了個笨問題。

果然，牛頓答腔了。「資料不足，請再次選項。」

雷葛新找不到任何的參考數字，只好就地取材，輸入在戒指上鐫刻的號碼。

「二三七一。」

沒有任何反應。

「一七三二。」

也沒有用。對於猜數字號碼一事，雷葛新向來沒有任何本事，也許米帕羅可以，因為聽說米帕羅在公餘還兼了個聯邦駭客師的工作。別看他平日少根筋的樣兒，據說，他還擁有二級數字猜測師的執照。

正打算放棄了的時候，突然間，一道靈光在腦海閃起。雷葛新想起來核酸局的員工私底下常自嘲是典型的「六六六六六」，因為傳說中，地球下一次的大劫難會在公元九九九九年出現，而六六六六六代表的就是核酸局員工即使到了世界末日，還是得頭上腳下拼命到局裡來上班。

這是核酸局員工才會知道的玩笑話。

用六六六六六減去戒指上的二三七一，得到的數字就是四二九五。

雷葛新將四二九五輸入戒指，立刻就肯定這是個正確數字。因為戒面上的透明成分開始發亮，逐漸發光。發出的光線呈扇形擴散，雷葛新讓它投影在牆上。影像在牆上由淡轉濃，有一個人的形像在平面的牆上出現，戒指上也傳出清晰的人聲。

影像中的人看來年紀不大，一頭叛逆的長髮，眼睛炯炯有神。

這張臉，在雷葛新的眼中絕對不陌生，因為他就是當天在魯肉商場幻像中出現的「脫逃者」泰大鵬。

「親愛的朋友，我是泰大鵬，當你看見這段我的人間最後留言時，那表示此刻我已經不存在這個世上……」泰大鵬說了以上的話，旋又想起什麼似的停了一下，才再次開口。「對了，如果這是米帕羅的話，米帕羅，請你立刻把影像關掉，丟掉這枚微處理機，永遠忘記這一回事。米帕羅，你是好人，但是我接下來要說的內容，你這種連蟑螂都怕的人是不會受得了的。」

泰大鵬哈哈大笑，聲音明確到讓人以為他就真的在身邊。

「但是，朋友，如果你不是米帕羅的話，我也請你再三考慮。在你看我說話的這個同時，我已經在一個完全未知的時空，你的抉擇，將會影響今後你一生的命運。從此之後，你的生命會走向另一個完全不同的方向。所以，現在關掉我還來得及。」

影像中的泰大鵬這時低頭屈指默數，數完五之後，抬頭凝視前方。連雷葛新都可以感覺到他眼光的凌厲。

「我是泰大鵬，我是核酸局檔案部雇員。與同事米帕羅管理人事檔案有十年的時間。」泰大鵬說道：「但是，我也是這個時代的最大罪犯，因為我盜取了核酸局的核酸。」

「砰」的一聲，雷葛新心頭狂震，手沒拿穩，就把那具微處理器掉在地上。

微處理器中的聲光因為震盪出現紛亂的雜訊。投射而出的泰大鵬形像隨著儀器的滾動而扭曲，映照在雷葛新臉上時，他陰晴不定的表情被強烈的投射光嚇了一跳。

扭曲的光影、轉速偏差的聲音逐漸減弱，最後終於化為沈寂。

又是核酸！雷葛新心想。這已經是同一個晚上的第二次。這門所謂「二十四世紀之謎」的科技一出場氣勢果然不凡，雖然已經失傳日久，每當再度被人提及時總會帶來不同程度的震撼。

方才影像中人泰大鵬所說的話語氣輕鬆，淺顯易懂，可是卻令人不由自主地大為震動。

「我也是這個時代最大的罪犯，」他在投影上這樣說道：「因為我盜取了核酸。」

雷葛新呆坐在斗室之中，一直沒去動那顆微處理機。他想把牛頓叫出來，詢問心中升起的種種疑問，可是又怕觸犯到核酸的禁忌。一整個晚上，終究也沒再把牛頓叫出來。

天亮了，又是一天的開始。

雷葛新枯坐在核酸局人事檔案辦公室裡發呆，久久沒有開口。

「你還好吧？」米帕羅看見這個平日意氣風發的小伙子一整天來心事重重，忍不住問道：「你果然出事了，對不對？」

「沒事。」雷葛新勉強笑笑。過了一會，突然抬頭問了米帕羅一個沒頭沒腦的問題。

「米帕羅，」他問。「我那個前任檔案員，你說……你說他叫什麼來著？」

「傑克森先生，你這傢伙總是記不住。」米帕羅微笑道。

「他是什麼樣的一個人？」

米帕羅仰望天花板，努力回想。「老頭嘛！人還可以，愛留長頭髮，有點驕傲，口氣挺大。頭腦還不錯，家裡養了隻生化貓叫『莫里多』，」他莞爾一笑。「每次你問他，他就會說：『沒錯，我家的貓就是超人戰爭裡那個狂人莫里多！』。」

「他現在人呢？」雷葛新故意問道。因為米帕羅告訴過他，這位傑克森先生後來申請了靈魂轉世局的「重新開始」計劃。

「不是告訴過你了嗎？他去了『重新開始』嘛！」果然，米帕羅說道：「這個人很不滿現實，許多事情都看不順眼，所以才會去『重新開始』。現在大概已經是個初生嬰兒了吧？這老小子人不錯，就是嘴巴壞了點，有事沒事會板起臉來訓人，這樣說著……」

「米帕羅，你是個好人，」米帕羅學著老人沙啞的聲音。「但是像你這種連蟑螂都怕的人，是成不了什麼大事的。」

雷葛新愣愣地看著他。昨天晚上，類似的話也出現在那個泰大鵬的言語之中。

「怎麼了？」米帕羅說。「那老傢伙真的就常這樣對我說的嘛！」

「泰大鵬……」雷葛新喃喃地說。「米帕羅，知不知道誰是泰大鵬？」

「泰大鵬？」米帕羅疑惑地搖搖頭。「沒聽過，是新出道的模擬偶像歌手嗎？」

雷葛新搖頭。

「明星？」米帕羅想了一下，又問。

雷葛新舉起雙手。「沒有，只是隨便問問。」

人事處這時有人來要米帕羅過去一下。一直到出門前，雷葛新還聽得見米帕羅搖頭晃腦地自言自語。「泰大鵬，那是什麼東西？」

一整天雷葛新都心不在焉。有一刻他想告訴米帕羅那個投影器上的事，也想問問那個自稱和米帕羅共事過十年的泰大鵬的事。但是話到嘴邊又忍住。

整個事件透著極度詭異的味道。雖然泰大鵬說米帕羅是個好人，但是事關二十四世紀最嚴重的盜取核酸行爲，雷葛新決定還是除了自己之外，不要相信任何人。

更何況又是這個膽子小，成天只想顧好自己，而且有時還會打小報告的米帕羅。

而且，雷葛新現在幾乎已經可以確認，這件事情的背景絕不單純，米帕羅和所有認識過這個泰大鵬的人要不都在說謊，要不就是經過了精心的VR洗腦處理，把泰大鵬的記憶置換成老頭子傑克森。但是幹這檔事的人一定不是老手，在情節的安排上有了破綻。

一個老頭子是不可能養生化貓的，因爲生化貓的新陳代謝率極高，需要的運動量非常大，所以只有精力同樣充沛的年輕人才會養生化貓。

下班後，雷葛新沒有耐心等一個小時一班的「天網」，攔了一部「吉普賽」計程水陸兩用艇，用最快速度衝回家去。

那枚微處理儀仍然靜靜躺在地上，沒有像古裝諜報劇「〇〇七吉米龐德」一樣在翻箱倒櫃的房間裡消失。

雷葛新將密碼再次輸入。泰大鵬的形像出現，昨晚的開場白又重覆一次。說到「因爲我盜取了核酸」那一段，雷葛新的心仍然「砰砰」地急速跳動起來，拳頭握緊，背脊一陣冰涼。

「親愛的朋友，我先行假設你是核酸局的人，因爲能夠解出六六六六的，大概也不會是別人，」泰大鵬說道：「古中國人喜歡說，凡事都在一個『緣』字，今天你會在這兒看到我留下的訊息，相信冥冥中一定有其特殊的用意及安排。但是，」他的口氣轉爲凝重。「今後，我會給你帶來探索永恆的快樂，還是萬劫不復的不歸之路，老實說，誰也不會知道。就像我現在，也許已經陳屍在時空的某一處，也可能在永恆的天際裡自在遨翔。」

泰大鵬持續地說下去。

「我在一個偶然的機會裡，破解了核酸局存放核酸的機密，得以進入浩瀚無窮的知識之海。核酸工程在近百年前爲人類帶來的浩劫當然是個悲劇，但是因而將探尋知識的這條捷徑阻絕起來，也是一種因噎廢食的顢頇做法。

「知識無罪，有罪的是人心。

「我知道此刻在所謂的聯邦法律上我已是罪無可赦的重犯，然而，在我的心目中，我仍堅信自己追求知識之海的用心，像白紙一樣的潔白無罪。我也堅信，那些不幸被禁錮的兄弟姊妹們，終有一天，真理會給他們一個交代。」

「但是，種種跡象顯示，我這樣子的單純渴求知識行爲也即將化爲泡影了，我已經可以嗅到核酸局走狗們身上的惡臭，相信很快他們就會追上來。

「感謝上帝，在核酸的過程中，我探索到一條似乎可以打開時光之門的道路，縱使時光之旅從未有人生還，但我仍堅信時光之謎的答案就在核酸知識裡，也相信『雷葛新之歌』中所說，有一天，雷葛新將會從時空中回來，到那時，時空之謎就會完全解開。而我，也許會在他之前以屍體鋪出他行走的道路，但是，親愛的朋友，雖然我們也許永遠無緣見面，我還是要告訴你，我，絕不後悔！」

雷葛新深吸一口氣，混身像置身寒冰烈火之中一樣的激動發抖，尤其是從泰大鵬這樣的人物口中聽到自己的名字，雖然自己的名字只是動作電影人物的副產品，然而，泰大鵬的語聲仍帶有令人激動的催眠力量。

「時光之謎，是條錯綜複雜的永恆謎題，就像是這首『雷葛新之歌』……」

居然，泰大鵬也在投影中閉起雙眼，雄渾地唱了一遍雷葛新之歌。

「……他踏入桃花源的無涯守候，踩過豪門的血海起落，他拾取重創的神明盔甲，俯看綠與火的惡戰傾軋……星塵的淚水難使他回頭……時光英雄雷葛新，穿梭三千年的時空……只爲了她的淺淺一笑……」

歌聲在雷葛新的小房間中繚繞縹渺不已，歌聲中卻頗有悲涼的氣息。一霎時，雷葛新恍惚間見到了泰大鵬身著一件古中國長袍白衣，衣袂獵獵，風聲蕭蕭，在水邊悲愴高歌。

「這首歌，其中也有著難解的時光之謎，」泰大鵬唱完了歌，說道：「它流傳很廣，幾乎什麼地方都有人會唱，但我遍尋了古往今來的樂曲，卻找不到它的出處。它應該是二十四世紀出現的歌謠，卻在公元一九九七年和二〇一二年的東亞洲古國也曾經提及。」

「總而言之，我的朋友，過一會兒，我在人間的牽絆就要結束，核酸走狗們的臭氣越來越近。如果你願意追尋我的時空之路，也願意『盜取核酸，萬劫不復』。以下就是我獲取核酸方式的詳細說明。但是，別怪我多口，如果你踏過這一條界線，你就要體認到，你已經沒有回頭路的選擇。」

果然，接下來的內容是盜入攻破核酸局防線的七項步驟詳細說明。

「好了，我的朋友，」最後，泰大鵬感性說道：「也許有一天，我們會在時空的一隅相見，也可能在死後的地獄擦肩而過，至於天堂，我們有沒有資格進去，只有上帝曉得。祝你好運。得失隨緣，心無增減。我即將走過死蔭的幽谷，我也爲你祝福。」

前核酸局檔案員泰大鵬的訊息在此中斷，只在牆上留下視訊中斷的亮點。在這個世界上，永遠不會有人知道有過這樣一個人，也永不會有人知道他發生了什麼事。

雷葛新又重把視訊放了一次，把泰大鵬的盜入攻破程序牢牢記在心裡。

走出陽臺，入夜的錫洛央市夜色神色依舊。只是，在雷葛新的眼中，所見的世界已經完全改觀。遠遠的天際，高聳入雲的星際核酸總局此其他建築都高，幾朵夜裡的雲悠閒地掛在核酸總局頂樓的旁邊。

雷葛新在二十四世紀的人工月色下閉上雙眼。

晦暗的空間，一片清明擴散開來，純白的光點在天空飛翔。

「牛頓，」雷葛新沈靜地說。「告訴我『天網』交通系統，核酸總局附近地段的結構。」

第5章

不歸之路

有什麼東西在遠方突地「波」一聲炸開，他的鼻血忽然像決堤的河流一般一瀉千里，然後，有種像冰冷的尖鑽刺入頭頂般的劇痛無情地將他擊倒在地……

幾天後的一個夜晚，二十四小時不停播放的「蒼穹」新聞網奏著入夜的小夜曲「綠鄉」。馬路上的人車逐漸減少，二十四世紀的一級大城錫洛央市經過一天的繁忙之後，漸漸走入睡鄉。

此刻，在核酸總局後方的一條小巷子裡，有個人耐心地躲在「天網」交通系統候車亭的陰影下。

悠揚動聽的「綠鄉」已經進入最後的旋律，天空中傳來半夜十二點的整點交會鐘聲。在鐘聲中，躲在候車亭陰影下的雷葛新陡地站起，將手腕插入掃瞄孔。

天網系統在半夜的班次總是隨傳隨到。雷葛新向四周張望了幾次，確定狀況無誤，這才走進候車亭。他隨著搭乘的小室沈落地底，四周的牆壁開始模擬地底景觀。

小室輕輕顫動，準備前進。

「中！」雷葛新低聲一喊，將一具低週波放射器接上「天網」小室中的啓動裝置，按下開關。

「蹭……」一聲，整個小室中的光線暗淡下來，模擬地下景觀凝結在牆上不動，本來行將啓動的小室停止前進的動作。

這是在泰大鵬留下的影像資訊中，關於破解攻入核酸局的方法。

「在每個午夜交十二點的時候，」泰大鵬在攻破程序中說。「『天網』中央電腦系統因為必須修改次日的日期，在十二整點這時的監看系統會暫時停擺，所以這一霎那間把一部小車停擺下來，系統會假設它仍在行進，將錯就錯，中央監看系統要等到凌晨天亮前才會發現。只要在這時間點之前，把整個程序重新覆蓋即可。」

泰大鵬在核酸局後面的這個候車亭下方建造了一個深入地底，長達六十九公尺的通道，在通道中，安裝了簡單的牽引裝置。雷葛新也按照他的說明，到附近的「始祖熊貓」零件舊貨場找了幾件電子時代的古舊儀器，像剛才讓「天網」停擺的發射器就是一件電子時代的便宜古董。

雷葛新順著牽引裝置沈入地底。地表上的錫洛央市是看似一個有花有草、有藍天有白雲的天然城市，可是深入地底就可以見到許多巨大機械裝置和外貌醜惡溼黏的有機形式機件組綿延至地心深處。

地球上的十三座巨蛋型遮蔽幕本身都是一部巨大的有機生物體，在地底有著許許多多不爲人知的秘密存在。雷葛新聽人說過在地底有一種叫做「麥柯尼森」的生化種族，他們穿梭在地底的大機械裝置之間，以有機物機件組滋生的黏液、生命組織爲生。傳說中的核酸革命組織也有部分成員躲入地底。

會有這種奇怪的景觀，是因爲二十四世紀的歷史，本來就是一部錯縱複雜，而且恩怨情仇全部糾結在一起的糊塗帳。

二十四世紀的地球之所以會如此殘破，究其原因，是因爲發生了「三十年超人戰爭」，但是超人戰爭的誘發關鍵，卻是更早發生的「半人馬星人侵略地球」事件。

但是，人類之所以能夠在殘破的地球上建立起十三個遮蔽幕，讓人們能在地球繼續生活，卻要感謝半人馬星人帶來的「巨大化生物型飛行艦」的科技。

當年，半人馬星人橫跨四個光年的長途星際旅程來到地球，仰賴的便是他們的巨大化生物型巨大星艦，這種星艦和地球人的科技概念完全不同，並不是以金屬或是無機物構建而成的，每部半人馬星的巨大星艦除了能載送數以十萬計的半人馬星人外，星艦本身也是個類生物體的組織，等於是一種身長可達數公里，大小可比地球一座城市的巨大生物。

當年地球聯軍擊敗半人馬星的入侵者後，除了將半人馬星人全數殲滅之外，也針對他們的科技做了大規模的研究，其中最大的收穫，便是破解了他們建造巨大生物型星艦的技術，並且將這種技術用來建造外星的殖民地。

而現在地球上的十三個遮蔽幕，建造的概念就是來自半人馬星人的科技。

換言之，地球所有人口賴以為生的十三遮蔽幕，從某些角度來看，就是位於地球殘破表面的十三個巨大生物，而人們就像是生活在它們其中的寄生蟲。

寄生蟲啊……

隨著沉降機緩緩墜下的雷葛新忍不住想到這個名詞，覺得有點反胃。這時候，有一滴來自有機物的黏液滴在雷葛新的臉頰上，居然散放出糖味一樣的甜香。雖然如此，還是覺得非常的噁心。

六十九公尺的旅程彷彿永遠不會結束似的。雷葛新一直到著地了，依然有持續直線下墜的錯覺。

著地後的所在處，是一個空無一物的小空間。

「星際核酸總局的防衛系統號稱太陽系第一，」泰大鵬說過。「這樣的說法基本上沒有錯。但是，就好像一扇加了二十道鎖的重防備門一樣，如果你只執著在要把所有鎖破解，把全付精神放在門鎖上當然無法打開。」

「但是，如果換個思維模式，從門的另一方鉸鏈處進攻，你就只需要對付一道鎖。」

「所以，我不去和核酸局的入口防衛系統硬碰硬，我攻入的是它的內壁。」

泰大鵬在通往內壁處挖了僅供一人通過的地道。雷葛新的個子比泰大鵬要高大一些，擠過地道時有點吃力。

地道的盡頭出口處是一個藥品櫃。

「進入核酸局地底後，第一個進入的是外圍的醫療室，從這兒開始要加倍提高警覺，因爲你已經進入重度警備區。」

「核酸局的生物感官式電眼號稱連病毒都無所遁形。這句話基本上也沒錯，但是，現世代的高科技最大的缺點是，看得見毫釐的細小差異，但是大前提卻有可能視而不見。

「檢酸局內部的感官式電眼的確可以監控小至病毒的細小物體，然而我卻發現，因爲分子結構的一個破綻，只要你在身上及室內噴灑某種藥品，它即會對你視而不見。」

雷葛新從手袋中拿出在「始祖熊貓」買的密封藥品。泰大鵬在訊息中只給了個編號，在舊貨場買的時候，老闆遲疑了一下，還是到貨架的最底端拿出來給他。

打開密封的封套，雷葛新覺得有極度的哭笑不得之感。那是一瓶平常的化學噴劑，然而上面的圖文卻讓人覺得是不是泰大鵬平空開了人一個大玩笑。

化學噴劑的標籤上印著一個金髮的古代泳裝美女，上頭印著：「古法精製，婦女聖品，使用時往患部噴灑均勻，長保乾爽清潔，健康衛生。」

而且，這噴劑還有一個名稱，叫做「婦潔」。

只有有點聯想力的人，就可以發現通常它要噴的部位在哪裡。

雖然百般不情願，雷葛新還是在身上灑遍了那劑有茉莉香的「婦女聖品」，心裡胡思亂想著時光英雄和婦女病的患部到底如何扯上關係。

然而，泰大鵬的方法果真有用，雷葛新在核酸總局的地底深處長廊一路走過去，外觀像昆蟲複眼的生物感官式電眼在四周不停地掃視，偶爾「啪」的一聲將細小落塵擊落，資訊也鉅細靡遺送回總監管中樞。

但是，雷葛新這麼大一個人走過去，所有警戒系統卻對他視若無睹。

走到第二個長廊的時候出了問題，泰大鵬沒提到在這個地方有一座ＤＮＡ掃瞄儀。這種掃瞄儀的型類和雷葛新用梳子就能打開的那一型很類似。雷葛新照泰大鵬的指示帶了許多儀器，可是翻遍了全身，就是沒有帶梳子。

核酸局的制式掃瞄儀只要掃瞄光束被折射過一次，用類似梳子的排列狀物品刷過就可以矇騙中央警衛系統，這個方法雷葛新曾經在辦公室裡表演過一次。

但是……沒有梳子怎麼辨呢？

所幸，雷葛新並不是束手無策的人，他環視了一下四周，眼珠子一轉，就想到了代用品。

「難看，真難看，」他喃喃自語，一邊俯下身，趴在地上。「希望沒人看到。」

他困難地將身體儘量貼近地面，抬起頭，做出呲牙咧嘴的可笑神情。

原來一整排的物件不只是梳子，連牙齒都可以代用。掃瞄儀折射出的光束在他的牙齒表面來回劃過。通道門「轟隆」一聲緩緩打開，打開的門後卻有一大群人的身影靜靜地矗立，眼光在稍暗的環境下閃出詭異的光芒。

幾乎呈仰躺姿勢的雷葛新嚇了一大跳，一開始還以爲中了埋伏，直覺就想一翻身落荒而逃。

可是，門後的人群依然沒有動靜。

雷葛新爬起身來，深吸一口氣。仔細凝視陰影中的那一群人。他緩步走進通道門，發現門後是一個類似展示廣場的地方，他站在門邊，發現所有人都靜止不動，空間中，只聽得到雷葛新自己的呼吸聲。他注意到所有靜止不動的人眼神都往上抬，看著雷葛新的上方，於是，他也忍不住往自己的頭上抬眼一看。

在那兒，有一艘傳說中的半人馬星座超級隕星級巨艦，投影在無邊的星際。

雷葛新知道那就是星戰英雄時期的偉大傳說中描述的外星人大本營「龍城」。眼前這些人也不是真人，而是逼真的三度空間立體投影。此刻，他們正神色沈鬱地盯著日後讓他們名留青史的敵方堡壘。整個展示室就是個「四十勇士圍龍城」的立體模型。

雷葛新穿過四十勇士群之間，每個人身上都有名牌，他在其中看到了身材細瘦的獨眼狂人莫里多，也看見了髮長及肩、左耳戴上十字架耳環的姚德中尉，還有犧牲自己生命、攔下莫里多毀滅金星水星殖民地導彈的「吉他手」任傑夫。

雖然只是立體投影，但是上百年前那場大戰前的肅殺之氣仍無止盡地透現出來。

走出展示廣場，再通過一個小小的走廊，核酸收藏庫就到了。雷葛新在收藏庫前閉上眼睛，深深吸了口氣，良久，才把門打開。

「啊！就是這裡了！」

這是雷葛新看見核酸總局的核酸收藏庫的第一個感覺。

巨大的庫房，寬闊得看不到盡頭，天花板離地面至少有三十公尺高。核酸收藏庫的排列方式和古代的所謂圖書館非常類似，一排一排的巨大架子，在裡面排滿了規格不一的盒狀物。人類自從有歷史以來的近萬年歲月，所有的知識累積、結晶都囊括在這個核酸收藏庫裡面。

對於這裡，泰大鵬曾經簡單地解釋過。

「其實我一開始也很困惑，既然已經決定放棄核酸科技了，爲什麼還要收藏這麼多核酸知識劑？但是用統治者的心態一想也就很好理解了。

「古代中國的獨裁者曾經有過『焚書』的行爲，讓後世罵了幾千年，以爲他的做法讓許多很好的知識失傳。但他焚的書只是民間的、別人的書，自己卻把所有的書全部收藏了一份。真正讓這些書滅絕的，是把他的王朝推翻，把皇家的書燒掉的那個傢伙，才是真正的禍首。

「如果他們是以這種心態收藏這些核酸知識劑的話，那麼我就用它，用得一點也不心虛。因爲那本就是屬於全人類的知識寶藏啊……不使用它的話，才等於是讓它從人類的歷史上滅絕。」

雷葛新走到最近的一個架子旁邊，抽出一個盒子，上頭的標題是：「上古亞述帝國文字研究」。他將盒子打開，裡面有亞述帝國文字的簡介，在盒子的最裡層，有一個透明的容器，裡面裝的就是令多少人夢寐以求的核酸化學劑：「羅氏激素」。

「很難想像這樣一滴液體會在你的腦中造成如此天翻地覆的大變動，但是，那卻是事實。」泰大鵬在投影上這樣說道：「當年的核酸使用者們在使用時必須搭緩衝劑使用，但是緩衝劑的製法已經隨羅氏激素解析製法沈入大海。然而，我發現藉由鼻黏膜吸收的方式也可以將核酸吸收。但是，副作用，變異作用的機率將因此而增加，也許運氣不好，一滴錯誤的核酸就會讓你喪命。」

「親愛的朋友，泰大鵬能幫你的只能到此，今後是福是禍，就各安天命，祝你好運。」

雷葛新將那盒「上古亞述帝國文字研究」放回去，又有了好一會的遲疑。畢竟，做與不做的抉擇，天平兩邊都非常的沈重。他無意識地繞行放置核酸的架子，手指抵著一排排的盒子邊緣，隨著腳步，不停地劃過不同的標題。

不過，要使用的話，也要挑自己喜歡的，他想。

突然間，其中一個標題吸引住他的目光。他回過身來，把那個盒子抽了出來。盒子上端端正正寫著：「精密工業敲擊術」。

精密工業敲擊術是二十二世紀第二工業時期流行過一陣，但又神秘失傳的工業生產技術。雷葛新一直對它極有興趣，但是參考資料上對它的敘述非常的少，連牛頓的解釋篇幅也只有短短幾句。

也就是因為這個「精密工業敲擊術」，雷葛新決定走入這個泰大鵬所謂「可能讓你萬劫不復」的核酸之路。

他從手袋中拿出同樣在「始祖熊貓」買的塑膠製古代哮喘噴器，這種噴器拜哮喘症在二十四世紀已然絕跡之賜，反倒成了「掌上花圃」消費者們愛用的澆花工具。雷葛新將噴器打開，注入少量的「精密工業敲擊術」核酸。

「一、二、三！」他默數了三次，閉上眼睛，將核酸噴入鼻腔。

核酸剛剛吸入鼻腔時沒什麼特殊的感覺，只覺得一陣清涼。過了沒多久，很難形容那種感覺，只覺得彷彿在遠方有什麼東西，本來結成一塊，而且龐大遙遠，但是一下子突然變得鬆動，並且開始溶解。

「滴！滴！滴！」那種水滴的聲音感覺很遙遠，聽了一陣子之後，一種腦內過濾乾淨的感覺突地像大浪一般排山倒海擁了過來。大浪過後，雷葛新就清晰地知道了「精密工業敲擊術」的所有內容。

「『精密工業敲擊術』的精髓來自撞擊力度，」流暢的圖文資料在雷葛新腦中出現。「經過精密配方的合金，在重度敲擊下內部形成紋路，發揮和傳統組裝機件一樣的作用。敲擊強度、合金成分、敲擊部位都需經誤差率千億分之一的計算。

「在生物型超級電腦科技問世後，精密敲擊術才得以付諸現實，後期工業生產誤差率降至千分之零點四三。因為成本降低，人事費用幾乎為零，本科技在二十二世紀曾一度極為普遍，後因產銷過剩，工人團體抵制而遭政府立法禁絕。」

幾乎在這劑核酸一進到腦部的那一剎那，雷葛新便意識到了核酸科技的可嘆可畏之處。

這種東西和牛頓一類的百科全書的差別果然是天高地遠，無論牛頓裡面的資訊多麼豐富，但查詢過後許多資訊後，很多小細節幾乎立刻就忘。但此刻進入腦中的這一劑「精密工業敲擊術」卻鉅細靡遺，所有資訊在不到三分鐘的時間內進佔他的腦海。

三分鐘前，雷葛新還是個對「精密工業敲擊術」一知半解的人，現在，卻成了對它耳熟能詳的專家。

所有關於這個領域的大大小小訊息，鮮活地在他腦海中滾動，就算現在要他寫十篇論文探討「精密工業敲擊術」，也是隨手拈來的簡單小事。

「可怕……」雷葛新在心中喃喃地唸著，手底卻已經開始挑選下一劑的核酸。

凌晨近四點的時刻，雷葛新從「天網」的候車亭中出來。天色仍暗，街燈在長長的大街兩旁，隨著午夜偶爾行駛過的車輛一盞一盞點亮，車行過後，再一盞一盞熄滅。一陣清風吹來，雷葛新的髮絲揚起，臉上露出神清氣爽的神情。

此刻他眼中看出去的世界已經完全不同，與不到四個小時前相比較，同樣的街景中，蘊藏的訊息卻要豐富上千百倍。

方才在核酸總局的收藏庫中，雷葛新狼吞虎嚥地吸收了六十三種核酸。從「錫洛央都市結構」核酸中，他知道隨車行駛過亮起的街燈，其感應資訊來自天空的「銀色雲」高空衛星，目的不在駕駛人的安全，而在於確實監控每一部車的行蹤。

而從他現在的角度望過去，「現代建築概論」核酸告訴他，眼前高聳入雲的核酸總局其實在第一百七十七層以上仍未完工。

只是不到四個小時的時間，世界卻變了一種顏色。

此後的幾天裡，雷葛新白天不動聲色地正常工作。從「古世紀養生學」核酸中，雷葛新學會了一種稱爲吐納的呼吸方式取代睡眠，以至於米帕羅還稱讚他「不玩百科全書之後，氣色看來好多了」。

可是天曉得，沒錯，雷葛新是沒再把牛頓叫出來過，但那只是一個假象。此刻他就像一個打開糖果店的小孩，看著滿坑滿谷琳瑯滿目的各類糖果，手上那包糖已經無法吸引他的注意力。

他晚上睡眠時間更少，真的累了，也只是靠「吐納」勉力小憩一下。

每天晚上十二點整，他就會鑽下六、七十公尺深的地底，貪婪地掬飲核酸世界的知識之泉，直到「天網」的監控系統即將掃瞄到停擺的小車了，才依依不捨地等待下一個夜晚的到來。

此刻雷葛新覺得自己身處在一個最美妙的夢中，而這個夢居然是在現實的世界裡。

只可惜，第六天裡的一場意外卻把這場美夢變成一個夢魘。

第六天的深夜裡，雷葛新又出現在核酸總局後的「天網」候車亭旁，幾天來，他的動作已經十分熟練，幾乎是閉著眼睛也能重覆侵入核酸局的動作。在垂直通道中下墜時，他突然覺得耳際有點溫熱，以爲是有機體又滴下了黏液，伸手過去抹了抹，也沒有多加注意。

又下墜了一會，那股溼潤的溫潤之感這次出現在鼻端。

「感冒了？」他用手指了指，弄得滿手溼滑，就著地道中昏暗的燈光一看，卻發現滿手都是鮮血。

此刻他的鼻子冒出了大量的鮮血，而且在耳際也流了血出來。

雖然流了鼻血，但是並沒有任何不適之感。略事清理之後，血也不再流了，於是雷葛新依然循著既定程序來到核酸收藏庫。

靠著幾個鼻部噴器，雷葛新一下子就吸收了「靈魂轉移科技專業手冊」、「兵器研革史」、「古世代商業傳奇：海上霸王」。吸收完了幾劑核酸後，雷葛新仍不肯略事停息，可是，那股溫熱之感又在鼻梁部位出現，他皺皺眉，仰頭，一股血霧陡地從鼻端噴灑出來，將前方的幾個核酸盒子濺得血跡斑斑。

「搞什麼鬼……？」雷葛新喃喃地咒罵著，手裡也沒閒著，又取出了一部「二三四四年當代百科」，盒子上面有一個紅色的骷髏警號。

雷葛新知道那個警號的象徵是指內含資訊量極多，副作用機率較大。但是前幾天他用過幾劑有這種警號的核酸，並沒有出現任何障礙。而且，有這種警號的核酸內含資料特別豐富，特別精彩。

他將鼻血胡亂指淨，把「二三四四年當代百科」注入噴器。

「不行，不可以！」

突然間，一個非常清晰的語聲在雷葛新的耳邊響起。

剛聽到那聲音的時候，雷葛新陡地一震，以爲終於被核酸局的警衛抓到，手腳一陣冰冷。

可是，過了良久，還是沒有任何動靜。他轉頭四下張望，偌大的收藏庫中也只有他一個人。

「牛頓？」雷葛新試著叫了一聲。方才的聲音的確很像是牛頓，但那是不可能的，此刻他並沒有把牛頓叫出來。而且牛頓只是生物性百科全書，不會有這種自主性的言辭出現。

他又等了一會兒，空盪盪的巨大空間中還是如往常一樣，只聽得見自己的呼吸聲。

「是誰？」雷葛新又悄悄地問了一聲。

沒有回答。

他思考了一下，腦海中的直覺告訴他有些什麼地方不太對勁，於是有點遲疑地把手上那一劑「二三四四年當代百科」先放在一旁，看看鼻子裡又流了點血，便先將血跡清理了一下，坐在地方喘了喘氣。

幾天來的疲累加上失血，這時候雷葛新有點昏昏沉沉的感覺，有一刻他居然閃了神，醒來時發現自己的臉緊貼地板，竟是失去了知覺倒在地上。

好在，看看時間，自己失去知覺的時間並不長，雷葛新仍然保持倒地的姿勢，順手看了一下時間，深吸一口氣，正要起身的時候，卻在放置核酸知識劑的巨大架子底下，有個什麼東西吸引了他的眼光。

那是一盒很小的核酸劑，大概只有三個指頭大小，以很精巧的方式，放在底座的下方。如果不是以這種絕對平趴在地上的姿勢，是不可能看到這盒核酸劑的。

雷葛新的好奇心，這時候再次油然而生，於是他伸出手，把這一個小盒子的核酸劑拿了出來。

小盒子的上頭，寫了個數字：「25000」，除此之外，再也沒有別的字眼。但是盒子的顏色是淺淺的天藍，代表它的資訊量不大，所以相對的產生副作用的機率也較小。

在這幾天的經驗中，雷葛新知道這種天藍色外裝的核酸劑性質溫和，有時候還會加了些鎮靜舒緩成分的簡單緩衝成分，反正現在一時也沒有什麼別的選擇，於是他便將這盒寫著「25000」的核酸劑打開，用另一個噴器裝進去，噴入鼻腔。

就在這個時刻，整個空間內實在太過靜寂，突然間，有個極輕極輕的聲音從雷葛新的腦海中響起。

「嗤……」

那個聲音實在太過細微，所以不太容易辨識出來是什麼，但直覺上有點像是誰突然倒抽了一口涼氣似的。

不過雷葛新並沒有太多餘裕在乎這個微小的聲音，因爲接下來這枚核酸劑的內容，居然是個星際最高等級的機密檔案！

這份核酸裡的資訊並不長，大概只有幾個很簡單的敘述，但是在資訊的擴散中，雷葛新知道這是一個非常重要的機密檔案，而且和二十四世紀主宰人類的幾種科技都有直接的關聯！

檔案中的事件，發生在公元二〇五四年，在當時的古法國一個極機密國防實驗室中，曾經發生過一次神秘的大爆炸。

這次的大爆炸之所以神秘，是因爲那是一個生化實驗室，並沒有任何爆裂品，但是那一次大爆炸的強度卻令人無法置信，幾近一次核爆的等級。然而在日後的調查中，這次規模等同一個核爆的爆炸事件現場，卻沒有任何的幅射污染，或是火藥的反應。

如果只是發生了一場爆炸，那麼這個事件並沒有什麼特出之處。但是最神秘的部份，是在爆炸現場，一個最高科技的冷藏庫裡，發現了一段帶著血肉的骨骼，至於是什麼部位，搜查現場者並沒有辦法立即辨識。

但是，因爲發生事故的現場是古法國的國防部實驗區，於是這段帶肉的骨骼便被送到一級生化單位去化驗，但是一化驗下去，卻讓所有最頂尖的科學家目瞪口呆。

因爲那段帶著骨骼的肢體有著異常的基因組，一般人類只有二十三對基因，就已經可以排列組合出如此複雜的人體，但是那段血肉的組織中，卻含有高達兩萬五千組的基因！這個異常的基因組，讓當時在場的科學家眼界大開，就好像在一座只開了兩三道門的倉庫中，突然多開了成千上萬扇門，啓發了爲數極多的分子結構的可能想像！

幾年後，第一劑核酸組成劑便研究發展完成，而且核酸學之父羅世列博士，正是古法國籍的科學家，也是神秘大爆炸事件發生時，在當地實驗區工作的成員之一。

二十三世紀發展成熟的轉化態生化人科技，也是從這個事件得到的科技啓發，才發展出能在人類形態和風、雷、水、火間轉換的生化人種。

更神秘的是，這段擁有兩萬五千組基因的骨肉，在發現後三個小時便從警戒最嚴密的國防部實驗室神秘消失，讓研究人員措手不及，只來得及記錄下其中的三千組訊息，但只憑了這留下的三千組基因，就已經足以開發出核酸與轉化態生化人科技的能力。

這盒「25000」爲標記的核酸訊息就到這裡。很有趣，但是不過是個故事般的資訊，和那些數量龐大、浩瀚如海的知識完全無法相比。

此刻的雷葛新已經像是個胃口被養大的小孩，尋常的糕餅點心已經無法滿足他的食慾。於是他轉個身，再次有點踉蹌地走到那劑「二三四四年當代百科」的噴劑前方，放在一旁的外裝盒上，那個刺眼的骷髏標誌依舊閃亮，但是雷葛新選擇視而不見。

「不行……」突然間，有個聲音再次出現。「這個不行！」

但雷葛新此刻的狂熱已經掩蓋了他的理智，就算現在有人在他的耳旁大叫，大概也會充耳不聞。

於是他不再猶疑，把噴嘴放入鼻腔，按下噴鈕。

「不行！」方才出現過的那個聲音再度響起，惶急地大叫。

可是，太遲了，此時此刻，雷葛新已經將所有核酸噴入鼻腔。

有什麼東西在遠方突地「波」一聲炸開，他的鼻血忽然像決堤的河流一般一瀉千里，然後，有種像冰冷的尖鑽刺入頭頂般的劇痛無情地將他擊倒在地。

雷葛新陡地仆倒，臉頰再一次碰著了冰冷的地板，但這次可就沒有那麼輕鬆了，此刻他的腦袋裡像是心臟鼓動一樣地劇痛起來，那股痛楚的劇烈程度居然使得他的四肢都不聽使喚。

四周彷彿響起了千軍萬馬的雜沓腳步聲，而每一步都在他的腦神經上踩過。

雷葛新在痛楚的半昏迷中試圖看看四周的狀況，卻發現自己的視覺已經消失大部分，只剩下左眼底部窄窄一線光明。

而聽覺神經也好不到哪兒去，「轟隆轟隆」的巨響在耳際不停襲擊，雷葛新彷彿陷身在一個可怕的戰壕裡，幾乎看不見，而致命的火力正朝他置身之處圍攏。

突然間，先前出現過的那個聲音在千軍萬馬聲中出現，聲音音量不高，卻清楚地傳進耳裡。

「鎮定下來，鎮定下來，」那聲音說道：「現在，試著把你的思想提到頭頂上空一公尺處！」

「沒辦法啊，我沒有辦法！」雷葛新痛苦地大喊，可是，卻覺得自己的聲音被四面八方襲來的巨響淹沒。

「現在，跟著我的指示走，我知道你看不見，可是，現在你的處境非常危險，一定要先離開這裡。」那個聲音說道：「還有，不要停止，將你的思想提到頭頂上去！」

雷葛新在極度的痛楚中，沒有聽覺，也幾乎沒有視覺，只能隨著那個聲音的指示前進。奇特的是，那個聲音彷彿對核酸總局的地底環境極度熟悉。在慌亂中，雷葛新依然能夠順利地撤回地道，順著牽引機上升，回到深夜寧靜的地面。

一回到地面，雷葛新就整個人癱軟下來，「砰」的一聲直接躺下。

仰躺在空曠的大街旁，夜來的人工微風拂在臉上，雷葛新一身全是冷汗，微風吹過忍不住打了個冷顫。

這時候，他腦內的劇痛已經緩和，只有像脈搏一樣的陣陣輕微抽痛，而千軍萬馬的巨響已經全數消失，可是，視覺依然沒有好轉，依然只有左眼窄窄一線。

「還看不到吧?我說過，把思想提到頭頂!」那個聲音又出現了，語氣有點不耐煩。

雷葛新艱難地環視四周。寂靜的大街，寂靜的夜，馬路上連個鬼影子也沒有。

「你是誰?」他虛弱的問。突然間，他瞭解了那個聲音說的「把思想提到頭頂」涵義。雖然眼睛看不清楚，將意念集中在頭頂某處，腦中居然出現在上空俯瞰自己的影像。

「這是什麼?」他驚惶地叫道，腦海中的影像隨意念四下張望，而的確，四周圍沒有任何人的蹤影。「你是誰?」

「我是誰?」那聲音依然清晰如在耳旁，聲音中有著不耐煩。「我是牛頓。」

第6章

多層次的米帕羅

米帕羅「虎」的一聲，突然站了起來，從他彎折的腰部，也不曉得有沒有撕裂的傷口（因為他後仰彎折的幅度實在太大），這時候泛出了淡藍色的光。光度增加，形成一個人形大小的光柱，逐漸地升高。而且，從光柱中，開始出現人形的光影，隱隱然的流光中，有個人的臉形出現在淡藍色的光裡。

雷葛新回到家中時天還沒亮。方才的重大變故產生的後遺症，如今除了視覺之外已經逐漸恢復，每當需要看東西時，就用牛頓教的那種「提高思想至頭頂」的奇特方式。

此刻雷葛新虛弱地躺在床上，回想剛才在地底發生的狀況，仍忍不住打了寒顫。

還有牛頓，爲什麼變成了口氣、形式都截然不同的模樣？巨大的變故後，驚疑的思緒在陰暗的房間裡不住翻騰，心裡有太多疑問。

彷彿是要回答雷葛新的疑問似的，這時候，牛頓又幽幽地自動出現。

「你一定要好好的休息，絕對不可以亂動。」牛頓的聲音這時更清晰了，彷彿就在耳邊說話似的，而且解析度也比原來更高，不像原先的生物百科全書那樣制式且平板。

「這一次真的太嚴重了，你真的太亂來了。」

「亂來？」雷葛新的聲音虛弱，但還是像平常一樣喜歡抬槓。「我現在做的事，早就比亂來還要嚴重幾百倍了吧！不過話又說回來，你怎麼了？爲什麼會變成現在這個樣子？」

「我知道你在疑惑什麼，這點等會兒再談。」牛頓說道：「算你的命大，剛才的狀況，是一次非常嚴重的變異作用，也就是通稱的『核酸反撲作用』，發生這種狀況的人，十個有九個會送命。而你居然就是那第十個。」

「核酸反撲作用？」雷葛新茫然地問。「那是什麼？」

「『四十勇士圍龍城』那時注射的『超人症候群』產生的就是這樣的變異反撲，雖然那時有最優秀的科學家全程監控，三百個志願者也都是最出色強壯的人，但最後還是死了兩百多個。」牛頓說道：「所以，你真是運氣好。」

「爲什麼你會變成這樣？」雷葛新再次疑惑道：「你是誰？你真的是牛頓？」

「狹義來講，我是牛頓。但是從另一個角度來說，我也是『核酸反撲作用』的一部份。我是你狼吞虎嚥那麼多核酸後，變異作用產生的一個怪物。我的百科全書本質就有核酸成分，而經過變異後，我和你吸收的核酸成分、你的個性混雜在一起，變成現在我這樣莫名其妙的一堆東西。我是牛頓，但也可以說我是雷葛新，也可以說我是你偷到的八百三十六種核酸組成的一個怪物。」

「說到怪物，你好像還蠻開心的……」雷葛新微弱地笑道。這一笑不曉得又牽動到那條神經，讓右邊的鬢角劇烈地痛了起來。「那麼，你還有以前的搜尋功能嗎？」

「有，而且更進化了，」牛頓的聲音中有著得意。「你可以直接和我討論任何問題，而不用再調出選項的界面。有什麼想知道的，直接說就行，而我也可以直接把圖像或是聲音輸入你的腦中。」

「不對，」雷葛新雖然在巨變後的虛弱中，喜歡抬槓的本性依然不改。「你說你是經由變異產生的，但是爲什麼我在用最後那劑核酸前，也就是還沒出事前就聽到過你的聲音？」

「我叫你別用那一劑玩藝兒，爲什麼不聽？」牛頓氣沖沖地說道：「其實，在你開始用核酸之後，已經產生過幾場小變異，只是你自己沒發覺而已。」

「我有什麼變異作用？」雷葛新問。「除了現在看不太清楚之外，我沒覺得有什麼不同。」

「這點我還沒全部找出來，」牛頓說。「但是，至少你現在已經有移魂術的能力。」

雷葛新覺得現在的牛頓真的和從前是兩回事，連說話都變得誇張。

「移魂術？」他沒好氣地說道：「電影看太多了是嗎？」

牛頓發出笑聲。突然間，雷葛新意識到眼前處境的詭異之處，因爲他發覺自己已經在下意識中將牛頓當成一個人，而此刻，這個本應該是一部生物百科全書的程式卻發出了笑聲。

牛頓在爽朗的笑聲中回答了他的問題。

「別小看你們人類自己的潛能。靈魂轉世局的移魂程序機械固然得動用極大的動力，但是如果運用得當，人體可以動用的能量絕非人造機械可比。」牛頓笑道：「否則，我教你的『思想提高至頭頂』又該如何解釋？」

雷葛新默然，因爲剛才他的確不用眼睛就看見了身邊的景象。

「要不要試試看？」牛頓說道。

雷葛新深吸一口氣，彷彿從他帶著牛頓走出「魯肉」資訊商場那一刻開始，他的生命軌跡便狂烈地轉了個大彎。面臨這樣既危險又吸引人的場面已經好幾次，而他也很清楚自己都會出現同樣的答案。

「好。」他說。

「首先，閉上眼睛，在心中默想『出去』兩個字。」牛頓說道。

「這麼簡單？」雷葛新半開玩笑地說，閉上本就看不太清楚的眼睛。「出去，出去，出去……」

牛頓罵道：「不是叫你唸！是在心裡專心想！」

「然後，隨著我唸……這次就要唸出聲。」

「晴空……」牛頓說道。

「晴空。」雷葛新重覆一次。

「雨雲……」牛頓的聲調逐漸降低。

「雨雲。」雷葛新又跟著他說道，心裡突地覺得自己很像個呆子。

一陣沈默。

雷葛新耐心等了一下，終於按捺不住。

「喂！牛頓……」他低聲叫道。

突然間，牛頓的聲音沈靜響起。

「睜開眼睛。」他說。

雷葛新依言睜開眼睛，眼前豁然開朗。本來不清楚的視覺如今清晰得像「花生米」娛樂電視臺的節目。

放眼望過去，一片美麗的藍天，天上幾朵白雲。自己正在跑步，身上冒出運動的熱氣。他伸出雙手，一邊跑一邊端詳，不禁目瞪口呆。

「回來！」牛頓以同樣的沈靜語聲說道。

一陣恍惚，有點像是被什麼東西抽離似的。雷葛新定睛一看，又恢復了原先的不清晰視覺，人還是在他自己的斗室之中。

「這就是『移魂術』。」牛頓簡潔地說。「在核酸研究記載上，這種變異的例子不多，施術者以意念將靈魂析出，找到宿主，完成轉移。」

「什麼是宿主？」雷葛新問。

「剛才你看到的不是幻覺，而是實實在在的經歷。剛才你的靈魂進入的，就是宿主，」停了停，牛頓突然說出令人目瞪口呆的話。「他現在當然已經死了。」

雷葛新嚇了一大跳。

「死了？什麼意思死了？」他結結巴巴的問。「我弄死的？只因爲我的靈魂侵入就把他弄死了？」

「當然不是。」牛頓說。「移魂術是一種非自主性的轉移，你的靈魂能量在空中游離，遇有剛剛本身靈魂離去的肉體才能進入。方才那個人可能是陽光下運動過度中暑而死，而你只是湊巧經過。這是科技掌握了靈魂組態後，參考古代靈異現象紀錄研發出來的功能。」

「在古代的靈學中，稱這種現象叫『附身』，或是『奪舍』。但是當然，和真正自然發生的靈異現象又大不相同。本來是一種能量轉移的研究，但後來卻發現無法在實驗中做到，反倒只在核酸的變異作用中發生。」

「還要不要試一試？」牛頓接著又說道。

「不不不！」雷葛新忙不迭道：「我不想再進入哪個死掉的人身體裡了，我想休息一下。」

「也好，我認為剛剛的變異作用已經使你的視神經受損，鼻黏膜可能出現病變。你先休息好了。」

牛頓的聲音逐漸遠去。

天色已經開始發白。

結果雷葛新因為身體受創太過嚴重，經過核酸局送過來的醫療評估儀審核，獲准在家休息兩天。兩天裡大部分時間都只能躺在床上，接受醫療儀的分子重組治療，到了第二天中午總算將身體的受創部位大致治療完畢。

牛頓仍像是幽靈一般，有時沒有叫它也會出現。雷葛新喜歡和牛頓談天說地的暢快感覺，與牛頓討論各項核酸知識，也總能得到更深一層的領會。

「我的估計認為，」牛頓變異後最大的差異之一就是言語間已常有「我」之類的第一人稱出現，這是一般正常生物百科全書不會出現的字彙。「核酸收藏庫是個完全信任警戒裝備的機構，而且在定義上來說，那本就是一個人類不應該去的地方，所以你在那兒出事留下的痕跡不會被察覺。」

「因為不信任任何進去清理的機械或人員，所以核酸局的貯存系統只在每五年更新一次時，才會有人去整理。所以只要在這五年內去清理應該就可以，現在你的生理狀況並不穩定，不用急於一時。」

這是雷葛新提出要去清理出事現場的要求後，牛頓給的回答。

「可是我在那裡搞出那麼大的破壞，不說別的，光是血就噴了一地，」雷葛新皺眉。「難道不會被人查出來嗎？」

「這就是頂尖科技的盲點了。」牛頓說道：「因爲核酸局收藏庫是個極度機密的地點，所以當局用了最精銳的科技將它警戒起來，他們認爲這樣的重重外層戒護下，理論上連蒼蠅蚊子都進不去，所以爲了讓核酸劑在最好的狀態中保存，不讓機件的能量影響保存，所以貯藏庫中反倒沒有加裝太重量級的警戒裝備。不要以爲最機密的東西就有最機密的保存設備，有時候預算的考量還是大於一切……等一下！」

牛頓突然沉寂下來，過了幾秒鐘，才沉聲說道。

「有人來找你。」

雷葛新微微一愣，果然聽到門口的知客儀「咯」的一聲輕響，發出了女性悅耳的聲音。

「雷葛新，有客來訪。」

投射儀上這時候出現了訪客的影像，看清他的長相後，雷葛新更是驚訝。

「雷葛新，開門，」來客站在門前，瞪著監視器的鏡頭。「我是米帕羅。」

雖然心裡有著百般的疑惑，爲什麼這個平常和自己並不算熟的傢伙會突然來訪，而且是在上班時間來找他，但雷葛新還是同意了知客儀開門的選項。

房間門打開，走進來的果然是核酸局的同事米帕羅。

只是，此刻米帕羅的表情森然，沒有平常那種小奸小惡的搞笑神情。他一走進來便環視四周，看見雷葛新虛弱地躺在床上，也看見了局裡送過來的那臺醫療儀。看見醫療儀上的數據，米帕羅的表情更是陰森。

「腦細胞受損？鼻腔黏膜受損？」他的聲音低沉，卻有著無法解釋的凶狠，走進門裡就大剌剌地倨坐在沙發椅上。「你騙得了這些笨機器，就以爲可以騙得過所有人嗎？這是什麼時代了，你又沒有去作戰，也沒有和人動刀動槍，哪來這麼嚴重的傷？」

其時已經接近黃昏，雷葛新房間內的光度有些陰暗，不曉得爲什麼，現在的米帕羅的神情、舉止和平常有些不同，而且在陰暗的室內看過去，米帕羅的眼睛似乎發出微微的光，神光湛然。

「你……」雷葛新一方面有著受傷後的虛弱，一方面也有點被米帕羅的神情嚇到，於是勉強說道：「你在說什麼啊？我完全都聽不懂。」

「聽不懂？」米帕羅獰聲笑道：「你以爲我不知道嗎？盜取核酸，就是搞了這種萬惡不赦的事，才會受這麼重的傷不是嗎？」

一時間，雷葛新的腦中一片空白，彷彿有什麼東西「轟」的一聲響起，整個人目瞪口呆。

他雖然對於自己這陣子以來做的事情有多嚴重，已經有了心理準備，但是像這樣被人劈頭說破，還是嚇了一大跳。一時之間，腦海中複雜地閃過許多不同的想法，有一刻甚至想要破門而逃。

這時候，牛頓也在耳邊響起，聲調中有著驚惶。

「不行！這個人已經知道你的事了，非常危險，」牛頓的聲音甚至有些顫抖。「如果有機會的話，制住他，也許還可以爭取一點時間！」

雷葛新有些發抖地看著米帕羅，心中有了殘暴的念頭，於是手上悄悄地握住了身旁的一具水壺，打算照著牛頓的建議，找機會制住米帕羅。但是想了一下，還是搖搖頭，放下手上握住的水壺。他的個性本就不願做這種事，就算能夠。

米帕羅將這一切看在眼裡，冷冷地哼了一聲。

「想制住我，爭取一點時間嗎？你乾脆把我打死好了，這樣你還可以多出三天時間，如果我消失了，局裡會等三天才開始找我，不過我倒要看看，整個地球不過十三個遮蔽幕，你可以逃到哪裡去，」米帕羅冷笑。「而且你還真的神通廣大，連變異性的智慧資訊組也弄出來了，留你這種傢伙在，可真的是世界的一大禍害！」

到了這樣的地步，雷葛新反倒平靜了下來，想了一下，他沉聲說道：「那你想怎樣？」雷葛新搖搖頭。「我看，你也不想真的把我這件事通報當局吧？如果你想這樣做，根本不用跑這一趟。」

米帕羅冷冷地瞪著他，過了一會，才搖搖頭。

「好吧！也許你沒有錯，這個小子也許不是真正的混蛋。」他咕咕噥噥地說著。

本來雷葛新當他是在和自己對話，但是聽起來越有點不太對勁。「反正出了什麼事，你就自己扛著去吧，我可是不奉陪的……」

看著米帕羅在那裡喃喃自語，連牛頓也有點搞不太清楚他在做什麼。

「不過，這個米帕羅現在身上的能量有點不太對勁，我有點不太能夠鎖定他的形體了……不對！這樣不對……」牛頓的聲音變得糢糊，聲音越來越遠。「……我不知……所以……」

「牛頓？」雷葛新低聲地叫他，但是這時候整個空間裡靜寂無聲，連米帕羅的喃喃自語也不曉得在什麼時候已經停止，只是靜靜地坐在陰暗的光影之中，動也不動，像具沒有生命的雕像。

兩個人在黃昏暮光中，有了短暫的，彷彿時光凍結般的片刻。

一時之間，雷葛新很微妙地有了「米帕羅已經不在這裡了」的奇異感覺。

「喂！」雷葛新試著叫了米帕羅一聲。「你在做什麼？你還好吧？」

米帕羅「虎」的一聲，突然站了起來，在陰暗的光影中，仍然有那種沒有人氣的生硬感覺。

然後，他整個人就像是從腰部折斷一樣，頭往後仰，慢慢地從站立的姿勢硬生生「折」成了兩半。

從他彎折的腰部，也不曉得有沒有撕裂的傷口（**因為他後仰彎折的幅度實在太大**），這時候泛出了淡藍色的光。

那種光就像是溫潤的低溫光源一樣，一開始只有濛濛的微光，像是從裂縫中泛出來似的，但是後來光度增加，形成一個人形大小的光柱，逐漸地升高。

而且，從光柱中，開始出現人形的光影，隱隱然的流光中，有個人的臉形出現在淡藍色的光裡。

那張臉，從糢糊到清晰，從純粹的淡藍透明逐漸變濃，幻化成一個人的上半身，逐漸成形，只是仍然帶著藍藍的光。

雷葛新愣愣地看著這一切在他的眼前出現，轉化，成形，腦袋裡卻一片空白，完全無法做出任何反應。

從米帕羅折成兩半的身體中幻化出來的「人」，身量比雷葛新還高，此刻「他」的眼睛發出湛然的光芒，俯看著雷葛新。

「嗯，是你，好久不見……」那泛著藍光的「人」，神情和米帕羅其實甚是相似，但是整個神情和原來的米帕羅完全不同。「你……還記得我嗎？」

雷葛新的喉嚨呈現完全的乾渴，一點也不知道該如何回答。

「哦，也對，你是不會知道我們過去那些事的，我到底在想什麼？」那「人」呵呵一笑，笑聲厚實，很奇異地有著溫暖的感覺。「我是米帕羅。或者說，我是深層的米帕羅。」

「你……是米帕羅？」雷葛新愣愣地看著頭部點著地的那一個「米帕羅」，忍不住問道：「那他又是誰？」

米帕羅哈哈大笑，整個空間中的詭異氣氛逐漸消散。

「他是米帕羅，我也是，我們是同時存在的不同層次，」米帕羅笑道：「這樣你懂了嗎？」

雷葛新搖搖頭，很誠實地說道：「不懂。」

「簡單來說，我們都是米帕羅，只是以不同層次存在著，就好像是俄羅斯娃娃，疊起來是一個，但也可以分成好幾層，好幾個，這樣你懂了嗎？」

「這是什麼原理？」雷葛新抓了抓頭，腦海中油然湧出這陣子以來的各類核酸資訊，但卻沒有任何訊息和這個「俄羅斯娃娃」的存在狀況相符合。「怎麼會有這種事？」

米帕羅的眼睛再次閃出異樣的光芒，上下打量了雷葛新幾眼，彷彿是在掃瞄著什麼。

「嗯，還可以，這次你吸收的核酸品質還可以，就是數量少了點，你是轉性了嗎？像你這麼貪心的人，這一次倒是挺節制。不過你這次居然弄來了一個生物百科全書的跟班，我嫌他煩，所以先把他關掉了。」

雷葛新疑惑地看著「米帕羅」，總覺得他說話的內容有些什麼地方不太對勁，但一時間又說不上來。

只聽見「米帕羅」又哈哈一笑。

「此刻，你的心裡一定有千百個問題要問吧？」米帕羅爽朗地說道：「其實每次都是這樣，他媽的，我總是要花很多時間再說一次給你聽，早知道我就把這些話錄起來，也省了我不少工夫。」

「什麼叫『每次都是這樣』？」雷葛新皺著眉。「難道我們從前見過面嗎？」想了想，又覺得這樣說好像不太對。「不，我的意思是說，我和你這個什麼『不同層』的米帕羅是同事，但我和你應該沒有見過面吧？」

米帕羅又哈哈大笑起來，這個所謂「不同層」的米帕羅似乎是個很開朗的人物，隨便什麼話都可以讓他笑出來。

「不！正相反！」米帕羅笑了一會，沉聲說道：「你和我這個『外層』認識得並不久，但我和你，卻已經在時光中認識了千百回！」

雷葛新凝視著米帕羅微藍閃耀著光芒的眼神，心中卻不曉得為什麼，知道他接下來說的話，自己都會完全接受。

「這些話，我已經告訴了你千百回，但是每一次，我還是要告訴你，」米帕羅沉靜地說道：「我是米帕羅，是時空中的藏匿者，我已經在無盡的時光之海裡躲藏了無窮的時間。」

這時候，雷葛新突然想起了泰大鵬的稱號：「脫逃者」，失聲說道：「你和泰大鵬一樣？你們都是脫逃者？」

米帕羅搖搖頭。

「不是，泰大鵬和我不同，他只是我在這一回時空裡帶出來的一個弟子，雖然他曾經突破過一些障礙，但最後還是失敗了，願他的靈魂得到永生之主的安息。」

「但他明明說過，你是個沒有膽子的人，」雷葛新好辯的個性再次出現。「我聽不出來他對你有什麼尊敬的地方。」

「那是因為我始終沒讓他看到內層的我，只是以巧妙的方式點撥他，」米帕羅搖搖頭。「你的個性經過了千百次都沒變，還是這樣愛鬥嘴。但是今天我們沒有太多時間，我每次出現的能量無法維持太久，你到底要不要聽我把話說完？」

雷葛新點點頭。

「我是米帕羅，是時空中的藏匿者，我的存在，是爲了迎接你的到來，」米帕羅沉靜地說道：「就連泰大鵬所做的一切，也是爲了迎接你的到來。」

的確。雷葛新突然想起，曾經在泰大鵬的幻影中聽他說過這樣的話。

「如我有幸身爲施洗者約翰……」當時，泰大鵬喃喃地低聲說道：「請備辦我身，爲那將來的彌賽亞鋪路而行……」

這是古代基督教「聖經」中的典故，引用的是「施洗者約翰」的遺言，在當時，古代中東的人曾一度以爲施洗者約翰就是將要到來的彌賽亞耶穌，但是在約翰臨刑前，卻說他只是先來清理道路的人，真正彌賽亞還沒到來。

米帕羅饒有深意地看了他一眼，雷葛新想要說些什麼，卻又忍住。但就算是忍住了，還是噗嗤一聲笑了出來。

米帕羅靜靜地看著他。「那麼好笑嗎？你想說，你的名字根本是你父親沉迷時光英雄傳說才取的名字，關你什麼事，對不對？」

雷葛新眼睛有些發直，驚訝地看著泛著藍光的米帕羅。

「我走遍了無數的時空，看過了萬千的世界，天下之大，萬物都在我的眼裡，又怎麼會看不出你的心裡？」米帕羅笑道：

「不過，千百次以來，你總是這樣說，說你的名字是愛看科幻片的老爸隨便取的，我又怎麼不知道？

「但是我總會告訴你，萬千時空的運轉，永遠脫離不開一個『業』字，業力之強，就連最頂層的化生神族也逃不過。因此，我跟你說的這些事，不會沒有意義。而你之所以會叫做雷葛新，也是早就安排好的事。

「現在，就算是我拜託你，請你閉嘴，仔細聽好我接下來要告訴你的事，因為時間已經很緊迫，隨時都可能來不及……」

雷葛新再次點點頭，這次還在嘴上加了個拉上拉鍊的手勢。

「我想要告訴你的是，你所知道的所有世界，並不是真相，而是一個個的謊言和無知的騙局，」米帕羅淡淡地說道：「就連你所知的，關於你自己的事，也有很多不是真的。」

一霎時，雷葛新腦中的核酸資訊再次發揮作用，將有關於「陰謀論」、「政府隱瞞」、「箝制思想」等條例一下子流瀉而過。

「你現在想的，有的是對的，但有的只是想像，有的更是連真相的核心也碰不到，」米帕羅說道：「但是這個世界的真相一點也不重要，不值得花時間去討論。」

雖然剛剛才答應不要頂嘴，但是雷葛新腦中的資訊流過越多，越是想要在這個題目上趁機會問問米帕羅。

「怎會不重要呢？我們只有一個地球啊，我住在這個星球上，這個星球就是我的一切，而且所有的外星殖民地都已經關閉了，我當然得知道它的真相，怎會一點也不重要？」雷葛新理直氣壯地說。「如果我不搞清楚我住的這個地方發生了什麼事，難道還有另外一個地球嗎？」

米帕羅沉靜地看著他，眼睛裡的光采突然間開始波動起來，雷葛新不由自主地盯著他的眼睛，完全無法移開。

只聽見不曉得什麼樣的遠方發出輕輕「剝」的一聲，雷葛新的腦海中突然像是更洶湧的浪潮一般，清晰了出現了更清楚明確的訊息。

而每一個訊息迅速閃過，就好像已經在他腦海裡烙印許久一般，清晰無比。

真相。

此刻在雷葛新腦海中迸現的，就是絕大多數二十四世紀地球人不知道的真相。

原來地球上的十三遮蔽幕外，地表的生機已經逐漸恢復，但是有關當局恐懼人們一旦回到自然，生存的能力不在政府的控制之內，就會變得無法掌控，所以一直封鎖消息，持續誤導大家，讓所有人以爲所有生物都要在遮蔽幕內才能生存。

原來所有的人工太陽，能量發動裝置大多已經損壞，大家賴以爲生的陽光、水、空氣其實九成都已經在仰賴地球復甦後的自然資源。

原來所謂的轉世、重新再來、靈魂重組機能，早就因爲機械的大量故障和動力不足，幾乎已經全數停擺。所有的轉世、靈魂重組機制，現在已經淪爲當局控制人口數量的邪惡手段。當局聲稱參加轉世計劃，靈魂重組方案的人，他們其實並沒有重生，相反的，卻是真的被當局秘密結束生命，屍身則充做城市有機組織的滋養肥料。

而地球上所有人在早晨睡醒前的半個小時，都會吸入當局精心調配的輕劑麻醉性氣體，在陷入半昏迷的狀態中，聆聽人耳無法辨識的低波語音暗示，讓他們相信自己住在一個幸福、安全、什麼都不要想太多的美好世界。但是實際上，整個地球的十三個遮蔽幕都已經面臨維持能量極度不足的窘境。而當局的因應方式，卻是更加重麻醉暗示的劑量和內容，讓人更無法做太多的思考。

還有……

「夠了！」雷葛新忍不住叫了出來。「不要再說了，我不想再聽！」

米帕羅微微一笑，眼中神光逐漸暗了下來，雷葛新腦海中的資訊這才逐漸地從清晰轉為模糊，知道它們的存在，但是卻不再窺見這些資訊的清楚面貌。

「你的反應真有趣，這千百次以來總是一樣，總是興致勃勃地想要全盤皆收，但是給你一點你又開始受不了，」米帕羅說道：「但就像我剛剛說的，這個世界的這些事，對你來說，真的完全不重要。當你走進一個寬廣宇宙裡的時候，一顆石頭上有什麼樣的花紋，對你來說，一點也不重要。」

雖然還是聽不懂米帕羅的意思，但是雷葛新這次真的學乖了，再也不開口，只是專注地聽他說下去。

「剛剛我用的，是『遠距核酸傳送法』，是一種能夠不靠任何試劑就能轉移想法的能力，」米帕羅說道：「這一個能力你沒學會，因為你沒使用這種配方。但是接下來我要告訴你的事，我希望是你靠自己的能力理解的，而不是靠核酸。日後你會知道，自己靠勞力得來的知識，和靠核酸吸收來的資訊，還是有很大的不同。

「所以，我要用敘述的方式告訴你接下來的事。因爲只有靠自己努力得來的，才是真正的寶物。」

「我現在要告訴你的是，你所存在的這個世界的真正面貌。」

空間中，「刷」的一聲輕響，雷葛新的斗室突然消失，變成了一個巨大無比的遼闊天地。

這種場景，雷葛新這陣子也看得不少了，而在這之前，許多電動遊戲的場景也常用這種虛擬的巨大世界來呈現。但雷葛新很微妙地知道，現在在眼前出現的這個空間，和一般電玩軟體還是不同的，比較接近在「魯肉」商場看到的，和闕亞莎一起坐在神獸背上飛翔的那種空間，有味道，有觸覺，有實際的空間之感。

在米帕羅引出的這個空間中，遼闊到看不著邊際，但是在空中卻有兩座上下顚倒的大山懸浮著，山尖對著山尖，彷彿是失去重力一般地在空中浮浮盪盪。

「這才是我們存在的世界真正的面貌，是一個多重世界交疊在一起的時空，」米帕羅悠然地說道：「在這之前你所知道的世界，只是這無窮無盡多重世界裡的一個枝節，就好像是宗教裡說的恆河沙裡的一粒細沙。」

雷葛新定睛遠遠望去，發現那兩座山果然不是真正的高山，沒有泥石草木，只是兩具呈現圓錐狀的巨大物體，而這兩人巨大物體則由無數的小小粒子所組成。

而在兩座巨「山」的錐頂交會處，則有一道微弱的，小小的紅色點狀光芒。

「你可以這樣想像，就好像是接受影音訊息的頻道，你始終只知道其中一個頻道，而且很開心地生活在裡面。但實際上的真相是，在這個巨大的時空裡，不只一個頻道，而是無窮無盡，數量無法想像的許多頻道，只是絕大部份的人都無法接觸，也無法想像別的頻道裡到底有什麼東西，」米帕羅流暢地說道：「就算有人機緣巧合，或是自己有了點超乎常人的能力，能夠約略看到自己頻道以外的世界，卻也常常無法解釋，只能用自己已知的知識敘述出來。所以歷史上宗教裡、神話裡的神、佛、仙、鬼、靈、外星人、飛碟、天使、惡魔的各種描述，其實常常是真的，他們看到了真正的其他頻道外的事物，只是無法很切確的描述出來而已。」

雷葛新愣愣地聽著米帕羅的敘說，心中想當然耳地湧現更多的疑惑，但是聽著米帕羅的話，腦海中又不住地對照著新近加入腦海的核酸知識，不曉得爲什麼在心中隱隱覺得，不管米帕羅說的事情有多荒謬難解，但他所說的卻都是無可辯駁的真相。

「在這之前你所理解的世界，是一個點，所有事物都從這個點的思考方式出發，你看，你生存的地方，就是這個小小的紅點，」米帕羅指著空中兩座大山之間的紅色光點笑道：「你以爲你是世界的全部，但是整個時空卻不只存在一個點，還同時存在著由點組成的『線』，由『線』組成的『面』，甚至還能夠把『面』抬起來，從沒有高度的平面變成立體，這樣的世界，是生活在一個『點』裡的人無法想像的，但它卻才是事實。」

米帕羅仰望著天空，長長地嘆了口氣。

「但是這樣的時空觀念，就已經是全部了嗎？看起來還不是，因爲在我們認知的最大空間範圍之外，也可能存在更外圍的世界，我花費了千百世的時間，也只弄懂了其中的一小部份，至於其他的真相，就不是我這種人能夠理解的了。」說到這裡，米帕羅回頭凝望著雷葛新，那莊重的神情讓雷葛新也不禁肅然。「但我還是以我理解的能力範圍內，跟你解釋一下我們目前所能理解的時空特性。」

雷葛新困惑地抓了抓頭。「我……我有疑問。」

「說。」

「不管你說的這些真相是真是假，但那和我有什麼關係呢？如果你說像我們這種活在一個點裡的生物無法得知點以外的世界，那麼我知道這些有什麼意義呢？」

「對別人或許沒有意義，但對你來說，是你一定要知道的事，」米帕羅露出耐人尋味的表情。「而且，你很快就會用到了。」說著說著，他突然露出不耐的神情。「我不是對你說過了嗎？我能和你說這些事的時間不多了，所以你就仔細聽，反正有很多事你日後就會懂了，就算不懂的話，也可以和你那個人工智慧體討論，它的資訊量很足，反正他什麼都可以和你討論。」

雷葛新點點頭。

「我所知道的時空組成，可以分成三個層，」米帕羅說道：「第一層，就是你們所知道的現實世界，只有一道歷史的軌跡，你們所認知的歷史，從地球的組成開始，到人類出現，到二十世紀，到超人戰爭，都只是一條線，只有一個歷史。」

雷葛新心裡想著「廢話」，但是卻沒敢說出口來。

「但是，卻沒有什麼人知道，時空中的世界不只一個，而是有著無數個，從不同的或然率分出去的世界，而這些世界互相平行，除非有極大的變數，否則完全不相往來，彼此間完全不知道對方的存在。」

「這不是科幻小說裡的題材嗎？」雷葛新在心裡咕噥著，但是仍然裝出一副專注凝聽的神情。「不就是平行世界，連機械貓的書裡都常用到。」

米帕羅看了他一眼，似乎知道他心中的「腹誹」，但是他似乎很急著要把所有話講出來，所以也沒有理會雷葛新在心裡咕噥著什麼。

「但是，這些平行世界卻只是我們所知時空世界的第二層，在它的外層，還有更高層次的世界存在。這個世界的存在幾乎完全找不到證據，也沒有人很實際的看過，但是這個更外層的第三個世界，卻是整個時空中比我們重要太多的世界。我將它稱之爲『神明的世界』。」

雷葛新一愣，一時之間不曉得該怎麼反應，本來談的是正正經經的時空真相，但是現在卻出現了神明。本來以爲自己聽錯了，但是聽米帕羅繼續說下去，才發現米帕羅真的是在說「神明的世界」這回事。

「我知道你在想什麼，」米帕羅哈哈一笑。「但是你很清楚的是，現在在你面前說這件事的我，本來就是一種你從來沒有聽過的存在模式，而我也不是那種隨便和你鬼扯宗教，拉你入教的妄人，所以還是聽我仔細說下去吧，我們的時間將盡，只盼你能夠聽懂我告訴你的事，這樣子對你會比較有利一些。」

「超越平行時空世界的第三層『神明的世界』，是一個和我們一樣，有人、有獸、有花、有草、有空間大地的世界，只是那是一個以我們的知識範圍無法理解的世界。但他們的存在卻並不隱晦，在歷史上有許多宗教裡的人物就曾經和這個神明世界有過接觸，甚至還記錄下來，只是一向都被我們當成是神話或迷信而已。」

雷葛新皺了皺眉，正在想著該如何說幾句話取笑米帕羅的說法，腦海中卻像是閃電一樣掠過幾段記載，不禁讓他目瞪口呆起來。

「上古，有神的兒子和凡間女人交合，生下英武的偉人們。」這是基督教聖經裡的記載。

「天地間有崑崙，建木連結天地，是人和神之間的橋梁。」這是山海經中的記錄，而且在這本古代奇書中，還有許多完全不存在世上的奇異種族、生物。

「天龍八部，爲『非人』，有天眾、龍眾、夜叉、阿修羅、金鵬鳥、乾闥婆、緊那羅、蛇首人身地龍八眾。」這則是佛教阿含經中的記載。

他正在驚疑地想著這些上古記載時，眼前的米帕羅卻開始光芒暗淡下來，發著藍色光芒的形象緩緩地縮小，整個空間也回到了雷葛新的斗室裡。

剛剛米帕羅的確說過，說他的時間不多，但卻沒有想到說走就走，速度快到讓人無法反應。

「喂！你別走！我還有很多事要問你！」雷葛新大聲說道，但是米帕羅的光影卻絕無停留，很快地就消失在陰暗的空間裡。

而實體的米帕羅這時也將上身「折」了回來，如泥塑木雕的神情逐漸融解，又恢復了原來的模樣。

「說完了？」米帕羅哼了一聲。「媽的，每次都這樣，每次都搞得我痛苦得要死。」說著，他便「虎」一聲站起身來，便往門外走去。

「喂喂喂！」雷葛新失聲將他叫住。「等一下。」

米帕羅站在門前，頭也不回，只是沉聲說道：

「今天的事，我希望你忘掉。別問我任何事，因爲我什麼都不知道，所有知道的事，都讓內層那傢伙收起來了。要不你以爲我是怎樣安然地躲過泰大鵬那檔子事的？就是因爲我把所有的記憶都消除掉了，所以他們才以爲我是局外人，所以我什麼都不知道。」

「總之，你就好自爲之吧。」

這是米帕羅走前留下的最後一句話。

第七章

時光警隊

在姚德峰的山頂，核酸警隊佇立在山風中默默無言。良久，冷血隊長才開口。
「他不是消失，」冷血一字一字咬著牙說。「又是一個，又是一個核酸犯進去了時空。」他轉過頭，目光淩厲。「犯人叫什麼名字？」
有個「水」支隊的隊員這時喃喃地說了一句話，語聲極低，卻讓峰頂所有人心頭狂震。
「他叫雷葛新，」他說。「時光英雄雷葛新。」

第三天，核酸局來通知要雷葛新去上班。而雷葛新除了視覺仍有點糢糊外，其餘已無大礙。是以，這天他又像往常一般搭了「天網」去上班。而在辦公室遇見的米帕羅，是比造訪雷葛新家中的那個米帕羅更茫然無知的「版本」，雷葛新試著跟他談前天的事，但是這個米帕羅卻彷彿對所有事一無所知，堅稱自己怎麼可能浪費時間去拜訪雷葛新這種小王八蛋？

近中午的時分，米帕羅帶著不解的神情從上司處回來。

「頭兒說要你過去，」米帕羅說。「頭兒」指的是米帕羅和雷葛新的直屬上司，核酸總局人事隊隊長卓乙丙。「好像說，時光發展局的人想見你。」

一路上，雷葛新狐疑地猜測為什麼時光發展局的人會找上他這個小小職員。雖然規定不准，他忍不住還是偷偷把牛頓叫出來。

而牛頓的回答是，不清楚。現今的牛頓已有脫離雷葛新到遠處察看資料的能力，他已經先到人事隊長室看過，但仍然猜不出把雷葛新叫去有什麼用意。

「在人事室的那個人你見過，就是時光局的副頭頭魯敬德。」牛頓說道。

果然，進了人事隊長的大辦公室，坐在「頭兒」身旁的，就是那天在餐廳見過一次面，臨走前還對雷葛新鼓掌的時光專家魯敬德博士。

魯敬德乍見到雷葛新進來，神色有點訝異。「頭兒」沒有表情地點點頭，示意雷葛新坐下。

「我只是和你的長官聊到那天你說的邏輯式推論挺有見地，」魯敬德的年紀雖大，說話卻十分洪亮有力。「想不到他會把你叫過來。」

雷葛新笑笑。正想答話的時候，牛頓的聲音在耳際幽幽地出現。當然，牛頓的聲音只有雷葛新聽得到，其他二人是聽不見的。

「和他聊，你現在的見識已經絕不在他之下了。」

魯敬德的眼神中有著鼓勵的意味。

「你的論點令人敬服，卻不知道，閣下對時光機器的運作原理瞭解嗎？」

雷葛新笑笑。「應該略知一二，」他說道：「經過修正的廣義相對論，物體運動速度超越光速就會使時光前進方式逆行，理論上，可以回到過去時光，這就是時光儀器的基本原理。」

雷葛新在時光局的大學問家面前毫不怯場地侃侃而談。不知情的人，很難想像幾天前他見到魯敬德這種大人物時，還會有坐立不安的感覺。

「第二工業時代，公元二〇七三年，第一部近光速時空抛擲器研發完成，全速發動後，在歐羅巴洲上空以近光速的速度消失，『假設』已經進入時光洪流。」

「不是假設，」魯敬德固執地說道：「那是事實。」

「二十二世紀，生物型超級電腦科技趨於完善，時光科學家完成『毫釐光速時光器』，從此『假設』載人時光之旅可行。」

魯敬德的臉色轉為潮紅，不悅的神情絲毫沒有掩飾。「我說過，那不是假設，是絕對可行的計劃！」

「什麼是『毫釐光速時光器』？」「頭兒」看看氣氛不對，連忙出來打圓場，轉個話題。

雷葛新禮貌性地看看魯敬德，博士做個手勢，示意他說下去。

「因爲精密儀器工業的發展日新月異，時光研究學者研製出能瞬間加速的超轉速引擎，而這種『毫釐光速時光器』能在一公分的距離內加速到光速，達到廣義相對論中的時光倒流程序。而確實，這樣的加速也的確讓時光器消失，可以進行時光之旅。」

這次，雷葛新刻意不加上「假設」二字。只是……

「只是……」這次反而是魯敬德自己先行開口。「只是送出去的探險隊沒有一次回來過，因此，就一直讓人引爲笑柄。」

「博士……」雷葛新說道：「有時候，單憑時光器『消失』並不能斷定它已經進入時空。早在古典量子理論時代已經把質、能不滅的神話推翻，『消失』也有可能意味著他們就是灰飛煙滅了啊！」

「沒有完全『消失』。」博士低聲道。

「啊？」雷葛新和「頭兒」都詭異地睜大眼睛。

「送出去的隊員，有些人的生物電仍然可以測得到，」博士說出不爲外界知悉的大秘密。「後期的時光探險隊員身上都裝有生物電測定裝置，雖然非常微弱，可是有些人的生物電依然可以測得到。」

「不對，」雷葛新搖搖頭。「以現在的科技，只要有生物電的跡象可尋，就一定可以找到方位，沒理由找不到的。」

「如果不是這樣，怎麼會叫做二十四世紀最大的謎題呢？」博士苦笑地搖搖頭。「我們可以歸納出來的生物電群有十六組，其中有些連屬於哪一個組員都分辨得出來。可是，到了出現的方位，卻硬是沒有，就好像……」

博士在自己、雷葛新和「頭兒」的中間虛畫了個圓。「你甚至可以鎖定他的生物電就在這裡，連他在做什麼事都可以分析出來。可是，明明就是空無一物。三度空間的三個座標都符合了，可是又不見人影。說他不在，可是又有生物電，唯一的一個差異只可能發生在第四度的座標，那就是……」

「時間！」雷葛新忍不住脫口而出。那個有名的四度空間比喻這時浮現在雷葛新的腦海。

在比喻中，說一個身處十二層樓的人，如果陷入四度空間，時間因素改變就可能摔死。因爲在過去或未來大樓可能不存在，所以如果時間因素改變，空間因素仍維持原狀時，人就可能從十二層高處跌下致死。

也到這個時候，雷葛新才知道自己對時光之旅還是犯下了妄下論斷的錯誤。

他正打算向博士道歉，卻看見博士的後方牆上彷彿有一把極熾烈的火閃了一下。那一剎那間雷葛新以爲自己眼花了，定睛一看，那把火又消失了蹤影。

魯敬德博士沒留意他的神色，只是自顧自地講下去。

「可是，你的推論也沒有錯。我們在後期派出的探險隊任務之一，就是到了過去時代就一定要在當代留下他們已經成功到達的訊息，而就如同你所說的，在我們的歷史上，從未有過這樣的記載。」

這時候，窗外傳來悶悶的雷聲，把魯敬德博士的語聲襯托得有點神秘。

「頭兒」走過窗口，推開窗戶。

「看樣子，要下雨了。」他神色有點緊張地說道：「我有事失陪一下，雷葛新，陪博士聊聊。」

說完就快步走向門邊，雷葛新想問他幾句話。

「頭兒，」他叫道。可是，「頭兒」卻彷彿沒聽到似的，逕自走出去。

雷葛新回過頭來，對博士聳聳肩。可是，在博士的肩頭上，又閃起了一把熾亮的火。同樣的，博士也一副沒有察覺的表情。

窗外又響起了陣陣雷聲，這次的聲量變大，彷彿打雷的方位已經越來越近。

空氣中散放出芳香的水氣，彷彿是身處室外，大雨就要下來的前夕。

這時候，連博士也可以感覺到氣氛的詭異。他看見雷葛新的表情古怪望定他的身後，於是也隨著他的眼光轉頭回望。

「什麼事……」他一邊回頭，一邊詢問。「出了……這是什麼……啊哇！！！」

在他的身後，不知什麼時候開始燃起了許多把無聲的熊熊烈火。

眼見博士即將被烈火吞沒，連叫喊都來不及，空中突然出現一道顫動的透明水幕，落在博士頭上，在烈火將他焚燒之前把他重重包住。閃亮的火花灑在水幕上，「嘶……」

地冒出白色的熱氣。

火舌在雷葛新的面前吞吐不已，熱氣使他呼吸困難。

這時候，窗外響起一聲炸雷，一道閃光打進火花四濺，水氣氤騰交錯的辦公室內。

雷葛新想回身衝出室外。腳上一緊，卻發現圍住博士的水幕伸過來一道水流，幻化成一隻透明的手緊緊抓住他的腳踝不放。

這時候，牛頓惶急的聲音陡然傳入雷葛新的耳中。

「快！快！冥想，『出去』，『出去』！」

雷葛新在慌亂中根本無暇細想，只能猛拍腳踝上的水態手，隨著他的拍擊水花四濺，可是飛濺起的水滴繞一個彎，又回來形成那隻水態手。

打進室內的閃電逐漸形成一個人形，本來是蹲姿，慢慢站起。

「雷！」牛頓大叫。

「雷！」雷葛新也用盡全身力氣大吼出來。

「暴風！」牛頓再次大叫。

「暴風！」雷葛新再複述一次。那隻水態手已經攀爬到腰部，逐漸束緊，並且向他的頭部前進。

「野火！」

「野……」雷葛新的口已經被水流蒙住，已不能開口。

從閃電幻化成形的是一名臉色白淨、面貌清秀的高瘦男子，耳際別著一朵紫色玫瑰。他看了一眼被水流制住的雷葛新，一邊優雅地向魯敬德博士行了個古歐羅巴洲禮。

「我是核酸總局『雷』支隊隊長桑德伯寧，逮捕核酸重犯。博士，若有冒犯，恕罪恕罪。」

火光逐漸止熄，從灰燼中走出一個紅髮美貌女子，左額上卻有一道長長的疤。如果被她的容貌所惑，任何男人對她口出輕薄言詞，下場一定非常淒慘，因爲她就是核酸警隊中公認最難惹的「火」支隊隊長丹波朱紅。

「水」支隊隊長陽風這時已經放開緊捉核酸重犯雷葛新的手，站退兩步，臉上露出沉吟的表情。而雷葛新只是直直地看著前方，陽風一放手，身子就軟軟垂了下去。

「火」支隊隊長丹波朱紅搶前一步，便搶先開始唸逮捕程序。站在她身後的「雷」支隊隊長桑德伯寧捻起耳際的鮮花，很悠閒地聞了一下，微微冷笑。

「奉星戰死難英雄之名……」丹波朱紅得意地大聲朗誦著。陽風一伸手，阻止她再唸下去。丹波朱紅杏眼一睁，正待發作。

「逃了。」陽風瞪了她一眼。「他會『移魂術』。」

而軟癱在椅子上的雷葛新依然直直望著天空，沒有任何反應。

在一旁目瞪口呆、半晌說不出話來的時光發展局副局長魯敬德博士，也是第一次看見核酸局的三個特種隊長同時出現。

火光再度迸現，水氣充滿四周，雷聲已經逐漸遠去。核酸警隊三名特種隊長從出現到離去全程不到三分鐘時間，然而，卻已在魯敬德博士腦海中留下多年後依舊難以忘懷的景象。辦公室中，只剩下一室狼藉，還有只剩下軀殼的雷葛新。

方才陽風隊長離去前雄渾地說的那句話彷佛還有回音久久不去。

「他逃不遠的。」

一身溼淋淋的博士又在空盪盪的大空間內呆了半晌，良久，身子這才簌簌地發抖起來。

急速的衝擊前進中，產生絕對的速度之感。有點像是在用盡全力奔跑，可是，卻沒有現實世界中那種勁風撲面，無法呼吸的痛快感覺。

無盡的黑暗，遠方的盡頭有著一道光明。光明已經逐漸接近。

「刷」的一聲，像是高速穿過瀑布的水簾，令人不自覺往後一仰。

四周圍模糊地傳來嘈雜的人聲，像巨浪一樣從遠方席捲而來。視覺也逐漸恢復，焦距逐漸調近。奔跑的腳步卻沒有停下來。

一開始雷葛新還弄不清楚自己身處何處。在核酸局裡，他本以爲自己已經逃脫不了，緊抓住他的那隻水態手，熊熊的烈火，耀眼欲盲的閃電雷聲，而後，突然間一下全部變得沈寂。

「牛頓？」他直覺地大叫。

可是，他的聲音被四周圍的排山倒海聲浪陡地淹沒。雷葛新的腳步變慢下來。放眼四顧，像是從牢籠往外窺視的感覺，視野裡有柵欄圍住，可是，爲什麼還能自由的奔跑呢？

他焦急地環顧四方，發現身處一個像是巨大山谷的谷底，四周的山壁上卻擠滿了萬頭鑽動的人，發出震耳欲聾的巨響。

身後傳來雜沓的腳步聲。他直覺一轉頭，十多名大漢像一群巨獸般高速衝向他。

「等……」雷葛新大叫，可是已經來不及了，帶頭的大漢將他抓住，大個頭，速度形成的重力加速度將他撞倒在地，跟著，十幾名身量超過一百公斤的大漢前仆後繼地把雷葛新壓在地上動彈不得。

全場觀眾發出如暴雷一般的歡呼聲，連地面都為之震動。

雷葛新被十幾名大漢壓在底下，雖然有絕佳的防護盔戴在頭上，仍然感覺像一座山壓在頭頂，呼吸非常困難。這時候，他聽到了牛頓輕鬆的聲音。

「這裡是雲夢市的市立體育場，」牛頓說。「今天舉行的是職業鋼球賽季後半準決賽。你現在是雲夢市的敵隊鐵線草隊的跑鋒，剛剛被雲夢市球隊阻攻下來。」

二十四世紀裡最受民眾歡迎的球類運動之一就是現在場上的職業鋼球。職業鋼球的規則和古二十世紀美利堅國獨有的美式足球類似，只是二十四世紀的比賽用鋼球有四百公斤重，所有球員穿上重力強化衣，是以場上的碰撞，甚至一個簡單的失球落地，大地都會為之震動，聲勢非常嚇人。而現在雷葛新所在的賽事就是季後賽的單淘汰準決賽，時間已經剩下不多，地主雲夢隊以些微比數落後，雷葛新此刻暫時擔任的鐵線草隊跑鋒本來已經拿到一個必中球，如果得分，地主隊就必敗無疑。可是，現在雷葛新被阻攻後，地主隊又燃起一線生機。

壓住雷葛新的隊員們紛紛起身，身上的重壓減輕。雷葛新在四周的噓聲中站起。這場球賽是否可以逆轉就看雙方接下來的表現。

然而，現場七萬名觀眾接下來看到的，卻是比任何大逆轉比賽更畢生難忘的情景。

雷葛新仍愣愣地站在球場中央，空中卻陡地「轟隆」一聲炸開了一陣響雷。本來滔滔不絕的播報員張大嘴巴，看著空中的奇景目瞪口呆。

「火！火！」播報員在擴音器中大聲慘叫。

然而，不需要他的描述，全場觀眾都可以看見在跑鋒的上空出現一大團火雲，夾雜在閃電之中。一張巨大的水幕出現在天空，像毯子一樣捲成筒狀急速旋轉，罩在火和閃電之上。

在水力場空間中，陽風隊長沈聲向「雷」桑德博寧、「火」丹波朱紅交代。「他的移魂術一定會受我們的轉化態力場限制，只要包抄住他的去向，他就跑不了。」

雷葛新站在大鋼球場上，看見天空突然被火、雷、水再度占滿，一時之間不知如何是好。那一朵形狀奇特的三態雲當頭就把他罩住。

全場觀眾愣愣地注視烈火、閃電逐漸熄滅，從其中出現一個瘦高男人，一個紅髮女子。水紋在波動狀態中逐漸縮小，變成一個身材壯碩的大個子。三個人往跑鋒的位置如臨大敵般的靠攏。本來愣愣地站定的跑鋒突地跪倒，垂下頭，又保持了一下跪姿，才慢慢軟癱仆倒在地。

陽風隊長鐵青著臉，走過去將跑鋒的身體抱開，在他的身下，一個下水道的合金圓蓋已經打開。

雷葛新在牛頓的幫忙之下，最後一刻揭開下水道蓋逃離。晦暗的下水道突然轉爲極度黑暗，那種在隧道中奔跑的感覺再度出現。

迎向隧道口的光明後，雷葛新發現自己的身體處於高空，正直線往下掉。自由落體的風速極高，冷風灌入耳鼻，滋味非常難受。

「噗！」的一聲，背上張起一張大傘，下墜速度減弱，人已在空中隨著降落傘飄蕩。

「你附體的這傢伙大概是一出高空艇就已經嚇死了，」牛頓說。「你怕不怕高？」

「爲什麼他們立刻就可以追上來？」雷葛新惶急地問道：「雲夢市和錫洛央又不在同一個遮蔽幕裡，難道我的行蹤他們可以隨時掌握？」

「我還找不出來他們的追蹤模式，但是移魂術的追蹤絕沒有這樣容易，他們一定有秘訣，只要知道這個秘訣就可以躲久一點了。」牛頓說。「但是在這種開放式空間他們是拿你沒辦法的，一定要將你的靈魂波圍住才能逮到你。」

降落傘仍順暢地緩緩向地面接近，雷葛新往地面一看，忍不住叫苦連天。

因爲他已經看見核酸警隊的三名隊長在地面等待，身邊又多了好幾個人。

「準備再逃，」牛頓說。「這次他們多找了幫手，力場的範圍會越大，一被接近可能就沒救了。」

在地面的「雷」桑德博寧以眼力好而聞名，他凝望了從天而降的跳傘者，回頭看看陽風。

「又逃了？」

「嗯！」陽風冷笑。「又跑了。但是，我看你在這個小小的十三個遮蔽幕可以逃多久？」

跳傘者「砰」的一聲著地，靜躺在地上不動。而在他落地之前，烈火、微風、閃電以及千變萬化的水早就不見蹤影。

雷葛新和牛頓在空間中不停奔逃，牛頓後來揣摩出核酸警隊的追蹤方式。他推測核酸警隊用的應該是時光局的新科技，最新一代的生物電探知設備。在人體的各種生物電之中，以靈魂組的強度最大，因此，他們才能如此快速的追蹤到雷葛新的行蹤。但是牛頓想出一個暫時可以喘口氣的方式，那就是在轉換後不做停留，立刻跳出，如此重覆幾次，可以換取一些時間。

「但是，這樣逃不了一世啊！」雷葛新很擔憂地說道。

這時候，他們是在東半球的白羊市地底深處。雷葛新侵入的是一名卡在有機機件組窒息的核酸革命分子，因爲這人死前已經餓了許久，是以也將那種飢餓感傳承給雷葛新，讓他感到極度的虛弱。

「而且，我感覺到他們攻破我們轉移對象位置的能力越來越精準，真是一籌莫展哪！」牛頓頹喪地說道：「除非……」

「又來了！」牛頓突然說道，在幾次的追蹤中，他已經出現感應轉化態力場的能力。於是他們又得繼續逃亡。

二十四世紀西半球「大隕星市」的上班族樊戎楚，這一生永遠忘不了那天深夜在市郊小巷中見到的奇特景象。

當時，樊戎楚下班後和同事多喝了點酒，一身燥熱，醉眼迷濛的走進小巷。小巷中一地零亂，只在巷底角落瑟縮地坐了個流浪漢，一動也不動。

方才一不小心，酒也實在多喝了些，整個人的思緒非常不清楚。他偶爾一閃神，眼前像快速放映的紀錄片一樣，掠過許多影像。

小巷子的路面在他的醉眼裡搖搖晃晃。耳朵這時候也不行了，因爲他可以聽見腦海深處傳來有人交談的語聲。

「怎麼會這樣呢？」一個聲音說道。

「不曉得，」另一個聲音回答。「他並沒有死，原來連意識模糊的人你也可以侵入。」

平凡的上班族樊戎楚肯定自己一定醉得離譜了，因爲除了聽見怪聲之外，他還看見眼前的流浪漢眼睛露出精光，站起身來，然後……

然後從流浪漢身上冒出火花，整個人陡地溶化，化爲一片汪洋。在空曠的夜間小巷子中，樊戎楚居然被一陣大浪淋得混身溼透。

「媽的！」腦海中又傳出一聲憤怒的長呼，呼喊的人氣力雄長，但是卻彷彿漸漸遠去，聲音轉弱，最後終於消失。

地上盈尺的積水波濤洶湧，還亮著一陣陣的紫藍色電流。火光一閃，積水、電流漸漸失去蹤影。

「大隕星市」的上班族樊戎楚此刻酒意全消，張大了口，久久合不起來。日後他終其一生不停地向人敘述這一段奇遇，但是通常朋友只把它當成醉話看待。

在奔逃的過程中，雷葛新和牛頓扮演了從前匪夷所思的角色。

七色星市市立醫院中，雷葛新成爲一名產婦，親身體驗，「生」下了一名男嬰。

在黑深森林中，變成了慘遭生化蟒吞食下半身的不幸探險家。

在空間中，他們不停的奔逃，牛頓想出一個個的方法，但是也被一個一個破解。

核酸警隊的追捕越來越精準，逃脫的兩人已經黔驢技窮，最後，終究還是踏入了精心設計的陷阱。

雷葛新和牛頓在遮蔽幕內的地球最高峰：姚德山的頂峰終於中了核酸警隊的埋伏。

核酸警隊在該處安排了一個虛擬人，在其中模擬靈魂行將離體的場景，然後在埋伏現場架設了天羅地網的力場，不再讓他們有脫逃之機。核酸警隊兵分二路，兩方面包圍雷葛新和牛頓，中心點就是姚德山，再將包圍逐漸聚攏，就是這樣，雷葛新和牛頓終於跌入陷阱。

陷在虛擬人中的雷葛新此刻卻感到無比的平靜，反而有鬆了口氣的感覺。他已厭倦了無窮無盡、而且對方一定會贏的捉迷藏遊戲。從虛擬人的視覺中望出去，核酸警隊破天荒動用了三十名轉化人戰警。陽風隊長正準備開始唸逮捕程序。

牛頓的聲音再度出現。

「牛頓，」雷葛新喃喃地說。「就這樣結束了，是嗎？」

牛頓沈默不語。

陽風知道雷葛新此刻正在和生物百科全書一類的人工智慧交談，但是他並不在意，因爲待會宣判後，人工智慧便會被拔除，讓他們最後再多聊一會並不合程序，但也不是什麼大事。

「還有一個方法，但是……」牛頓遲疑地說道。

雷葛新苦笑。「沒關係，我想處境也不會比現在更糟了。」

於是牛頓在雷葛新的耳際說了他的辦法。

陽風冷傲地看著雷葛新自言自語，虛擬人生硬的臉上露出僵硬的笑容。

他從袋中拿出星戰英雄姚德的扁帽。通常，這是陽風隊長行將判決重刑的暗示。

「奉星際死難英雄之英名……」山風刺骨的姚德山山頂，陽風對陷在虛擬人中的雷葛新宣讀逮捕程序。突然間，身旁一名生化戰警低呼了一聲。他拿著手上的生物電探知儀快步走向陽風。

陽風怒目瞪了他一眼，把探知儀接過，一眼看過，卻也爲之變色。

在探知儀上，雷葛新的生物電指數急速下降，最後終於歸零。

「不可能！」陽風喃喃說道。時光發展局的生物電探知儀是已知未知世界最精密的儀器，連游離空中的靈魂組都可以察知。人體不論是生是死都會有生物電的反應，除非是死亡超過千年，也沒經過任何轉世處理的死靈才會有零指數的生物電。

三十名一流的核酸戰警在峰頂面面相覷，不知如何是好。他們面對最危險的處境時永遠面不改色，此刻，卻像是一群迷路的小孩。

呼呼作響的山風中，這時突然飄起幾片帶甜香的花瓣。

「雷」隊隊長桑德博寧嫌惡地撥開一片吹到臉上的花瓣，將耳上別的玫瑰拿到手上，一副如臨大敵的模樣。

飄落的花瓣數量越來越多。陽風在花瓣之雨中也皺起眉頭。

「這花痴……怎麼來了？難道泰大鵬……」他在心中如此推測著。

隨著飛舞的花瓣出現的是核酸警隊中唯一的「花」型生化人隊員岸本綠，她是當年一位精神失常科學家的失敗作品。

當時，那名科學家異想天開想做出各類植物轉化態的生化人，在終於被逮捕之前已經做出了好幾個，現在出現的「花」岸本綠就是其中之一。

因爲受到「平等條款」保障生化人權條例的保護，「花」岸本綠也就因而存活下來，並且順利進入警隊。雖然植物態生化人的能力並不強，她在核酸警隊中的職階不高，但是因爲她與核酸警隊四大隊長之首「風」冷血隊長關係非比尋常，所以在核酸警隊中倒也頗有份量。冷血隊長在追捕「脫逃者」泰大鵬一役後已經不再露面，也有傳聞說他已在那一場戰役中陣亡。

岸本綠是名身材嬌小豐滿的女子，此刻她正嬌笑地向陽風隊長走近。

「誰讓妳來的？」陽風冷然道：「妳不知道這個逮捕行動不是妳的職級可以參加的嗎？」

「陽風，」岸本綠的笑容依然嬌媚動人。「就是知道你不能搞定才派我來的嘛！」

「大膽！」陽風怒斥。突然間，有一股色作金黃的微風出現在眾人的眼前，雖然山上的風大，可是那一陣微風卻拂過每一個人的臉，隱隱生疼。

「是我叫她來的。」隨著微風出現的是「風」支隊隊長冷血。眾人之中有的見過他，此刻卻被冷血隊長的形貌驚得倒吸一口長氣。

身材細瘦蒼白的冷血隊長依然喜歡做古西班牙鬥牛士打扮。只是此刻他的左臉完全變形，一隻眼球掛在眼窩，他的雙臂已經裝上機械手臂，左腳則裝上古代海盜的木製義肢。

陽風帶著極度驚訝的神情看他。冷血走過來，從他手上接過生物電探知儀。

「什麼狀況？」冷血問。

「核酸犯有移魂術能力，被我們用虛擬人逮捕，可是卻失去了生物電讀數，整個人及靈魂無端消失。」

冷血用森冷的獨眼看他，將探知儀由數字調爲指針，精密度調至極限。

「沒有消失，」他將探知儀丟回陽風手上，一跛一拐地走到懸崖邊緣。

陽風仔細端詳，果然，在最高的精密度下，指針以肉眼也不容易察覺的方式微微顫動。

在姚德峰的山頂，核酸警隊佇立在山風中默默無言。良久，冷血隊長才開口。

「他不是消失，」冷血一字一字咬著牙說。「又是一個，又是一個核酸犯進去了時空。」他轉過頭，目光淩厲。「犯人叫什麼名字？」

陽風嘴唇一動，整個人卻陡地呆住。連脾氣火爆的丹波朱紅，漫不經心的桑德博寧，以及其餘的警隊成員一念及這個問題的答案，全成了不會動，無法思考的木偶。

「叫什麼名字？」冷血不耐煩地高聲再問了一次。

有個「水」支隊的隊員這時喃喃地說了一句話，語聲極低，卻讓峰頂所有人心頭狂震。

「他叫雷葛新，」他說。「時光英雄雷葛新。」

第二章

桃源

雷葛新在色彩繽紛的桃花林中瞪大雙眼，許許多多的桃花花瓣繽紛掉落。一片桃花花瓣落到臉上。驢車木輪碾過地上的枯枝落葉，發出「畢剝」的好聽聲響。此刻他的眼前有兩名做遠古時人打扮的孩子，所在之處又是個實際歷史上不存在的空間……

「晉太原中，武陵人，緣溪行，不覺路之遠近……」

雷葛新覺得身處於一種頗爲溫暖的休眠狀態。那種感覺有點像是午後小憩，將睡將醒的迷離狀況之間。腦海中一片混沌，卻很奇特地，在其中浮現出這一首遠古中國的童話原文。

迷濛之中，他覺得自己彷彿翻了個身，渴睡之感依然強烈。可是，那陣清晰的歌聲再度出現。

「晉太原中，武陵人……」歌聲稚嫩，彷彿來自不遠處，只是偶爾會被微微拂過的輕風吹散，變得有些糢糊。「忽見桃花林，夾岸數百步，芳草鮮美，落英繽紛……」

一陣清涼之感從臉上傳來，像是在臉上灑了冷冽的水花。雷葛新在清涼的觸感中慢慢睜開眼睛，看到眼前景象的那一剎那，整個人卻陡地愣住。

此刻他的眼前只看見一大片清朗的淺藍，似乎整個人懸空置身於一片虛無之中。

「嘩啊！」雷葛新大叫一聲，想整個人虎地坐起，卻很奇異地使不上力，那一大片淺藍隨著他的動作略事挪移，原來，他本來是平躺仰望天空的姿勢，方才那一大片淺藍就是迷濛中仰望的藍天。雷葛新正打算再次試著坐起，卻聽見耳際響起牛頓的聲音。

「別動！老天爺！」牛頓急切地大叫。「千萬不要動！」

「牛頓？」雷葛新說道，身子卻沒聽話地稍稍挪動了一下。「你……」

一句話沒能說完，雷葛新便整個人當場張口結舌，嚇得說不出話來。

原來此刻他身處在一個極高極高的山壁上，在一個突出的小小平臺，以一種絕對不穩定的姿勢半躺半跨坐在上面，身子稍微移動，就有無數的落石「畢剝」地落下。眼角的餘光鳥瞰平臺的下方，深邃的懸崖底部，隱隱約約看得見一條翠綠蜿蜒的河流穿過不毛的深谷。

「牛頓……」雷葛新很困難地從喉嚨擠出顫抖的聲音。

「別動，」牛頓說道：「現在，慢慢地探手到你的身後，看看有沒有什麼東西。」

雷葛新盡量將動作保持緩慢，可是岩層土質似乎非常鬆動，身體一有動作就有許多的小石子滾落。左側仍然不停地傳來清涼的水花感覺，雷葛新偷眼一看，有一道細細的山泉在不遠處滑落深谷，所以剛才才會有水花的清涼之感。

可是此刻絕對不是詠嘆造物者的好場合。那陣吟唱古詩詞「桃花源記」的童音再度響起。雷葛新困難地試圖伸手到身後，童音的歌聲突然停止，雷葛新突地手一滑，身子失去平衡，只聽得一聲驚叫響起，整個人就往深不見底的谷底翻落。

翻落空中之際，雷葛新只覺得谷底那條蜿蜒的河在眼前翻轉。但是，來不及做任何反應之際，只覺得胸口一緊，下落之勢停止，整個人騰空而起，在懸崖前的藍天下畫一個大大的弧圈，「砰」的一聲，背脊著地，跌在一堆軟軟的東西裡。

雖然跌下來的勁道不小，可是身下的軟物吸收了大部分衝力，有點頭暈腦脹，然而並沒有什麼痛楚之感。

雷葛新張目四望，發現自己已經上了懸崖。林蔭幽暗，陽光從枝葉間透現，映照出一陣陣的輕煙，樹幹上像雲朵般怒放著潔白的蕈類。四周圍寧靜恬雅，此刻所在之處，竟然是一座只在古籍記載上看過的幽深松林。

牛頓的聲音也有迷惘不已的感覺。

「松，木本科，自然品種已於超人戰爭時期絕種，」牛頓喃喃地說。這段記載，雷葛新的核酸知識中也有，只聽見牛頓的聲音像是夢幻般地說下去。「二十四世紀地球只有七座植物園有人工再造松科植物，可是，最大的一座松園也不過六十七株。」

雷葛新很艱難地吞了口口水。牛頓說的和他所知相符，可是眼前這片松林，大大小小，至少有好幾千株松樹。

雷葛新掉落之處是一大堆已經枯乾的松樹枝葉。而在枝葉堆左方不遠處，卻站著兩個雷葛新和牛頓這輩子看過裝束最奇怪的人。

兩個人和善地看著雷葛新，臉上露出關懷的神情。其中一人身材高大，寬衣大袖，長髮簡單地攏在腦後，臉上有些骯髒，卻帶著幾分秀稚之氣，看年紀不過十六七歲。另外一個則是個小童，嘻嘻微笑，頭皮剃得青青光光，只在兩端捲起兩個髻兒。身材高大的少年手上還拎了一根花索，連在雷葛新身上。原來，剛剛就是這個少年救了雷葛新一命。

「我們正巧走過松林，」那個少年說道：「見到你有了危險，剛好出手救了你。」

那小童這時也嘻嘻哈哈在一旁插口說道：「我家阿南向來力氣很大，你的運氣不錯。」

那名少年走過來攙他走下松枝。雷葛新想問問牛頓一些事情，可是卻發現他已經沒有聲息，不曉得去了什麼地方。

雷葛新和少年並肩走到一片松林間的空地，小童則在他們身後玩耍嘻笑。空地上有一部小小的驢車，少年示意讓雷葛新到車上坐好。小童也爬上車內。

「坐好，我帶你回我們家休息一會。」少年說道。

驢車在松林中緩緩而行。雷葛新深吸一口氣，覺得有如夢似幻的感覺。空氣中有草木混著松油的芳香，仰頭一看，松林間隙露出湛藍的天空。那種藍色和人工太陽的合成藍並不相同，而空氣中的清新之感也是雷葛新沒有經驗過的。雖然他從出生至今只見過人工太陽，只呼吸過模擬光合作用的人造空氣，但是此刻他再次深深呼吸，清涼爽俐的空氣流入肺腔，卻立刻可以確定這便是只在典籍中讀到過的自然空氣。

但是這是不可能的，二十四世紀的地球絕對沒有這樣的所在。連金星水星殖民地也沒有。在姚德山頂的那場圍捕中，核酸警隊的限制力場只設定在地球球體範圍之內，而牛頓教給雷葛新的脫逃方法就是意念集中於地球之外，將靈魂轉移到外星。在以前從沒有過異星際轉移靈魂的成功紀錄，但是雷葛新和牛頓孤注一擲，希望能脫離地球到金星水星再做打算。

照眼前的狀況來看，轉移是成功了，可是卻到了這樣一個在兩人的知識範疇中不應該存在的奇特地方。

清幽的松林中，偶爾有松鼠在林間跳躍。小童這時又嗓音清嫩地唱起了歌。

「怡然自遊兮，樂安然。松木卓卓兮，無以爲家。桃源流水，避秦憂國之殤兮。」

在小童清亮的歌聲中，牛頓的聲音悄悄響起。

「雷葛新，」牛頓說。「你的核酸裡面，有沒有古中國『桃花源記』童話原文？」

「牛頓，」雷葛新有點不快地說道：「你到哪裡去了？爲什麼剛剛一下子就沒吭聲了？這是什麼地方？」

「這待會兒再說，你有沒有『桃花源記』的原文？」

雷葛新正想回答，小童的歌聲一轉，很巧地就回答了牛頓的問題，因爲，他接下來詠唱的就是牛頓想知道的「桃花源記」。

「晉太原中，武陵人，緣溪行，不覺路之遠近。」小童越唱越開心，拉著雷葛新的手示意要他一起唱和。「忽見桃花林，夾岸數百步，芳草鮮美，落英繽紛……」

雷葛新悄然問牛頓。

「問這個童話幹什麼？」

牛頓的聲音有點苦澀。

「你自己看好了。」

驢車在顛簸中出了松林。眼前豁然開朗，一片平野，驢車順著一條清澈的小河前行，上了一座小坡，眼前卻真的出現了一座顏色鮮艷，桃花遍地的桃花林。

「忽見桃花林，夾岸數百步，芳草鮮美，落英繽紛……」

雷葛新在色彩繽紛的桃花林中瞪大雙眼，許許多多的桃花花瓣繽紛掉落。一片桃花花瓣落到臉上。驢車木輪碾過地上的枯枝落葉，發出「畢剝」的好聽聲響。此刻他的眼前有兩名做遠古時人打扮的孩子，所在之處又是個實際歷史上不存在的空間。雷葛新在那一剎那間自以爲想通了箇中原委，不禁放聲大笑。

小童詫異地看看這個裝束與他截然不同的人突地放聲狂笑，睜大眼睛，不知道發生了什麼事情。

「你笑什麼？」牛頓沒好氣地說。

「我在笑，」雷葛新依然止不住有點自嘲的笑容。「以爲我們逃掉了，怎麼核酸警隊又出了這種VR虛擬實境的把戲？我們不是被他們抓了嗎？搞這種遊戲做什麼？」

「如果是VR虛擬實境，我會不知道嗎？」牛頓冷冷地說。「我自己就是一個VR，難道會有兩個VR虛擬實境重疊在一起嗎？」

「那我們現在在哪裡？」雷葛新悄然地問道。

驢車這時已經走出桃花林，繞入一條夾在山縫中的小徑。小徑旁的河流水面平滑如鏡，雷葛新探頭一看，看見自己在水面上的倒影。浮著幾瓣桃花的倒影中，自己成了一個面目瘦峭，兩眼炯炯有神的中年男人，身上的裝束卻和兩個孩子的寬袍大袖不同，幾近於古二十世紀的土黃色探險裝。

「我又是誰？」他又問道。

牛頓沉吟了一會。

「有可能，我們穿進了時空之流。」牛頓說道：「原先我們是要往外星轉移的。可是，也許在那一瞬間，你我的思想波超越了時光原理上的臨界速度，無形中構成了穿透時光的條件。來到這個可能是遠古中國的地方。」

「所以我們來到了遠古中國的童話裡？」雷葛新不以爲然。「按照史籍記載，這個桃花源只是遠古時代不得志的功名追求者的幻想。」

「這也是我一直想不通的地方。」牛頓說道：「我們再看看好了。」

車行不久，山壁豁然開朗，呈現在眼前的，是一個古意盎然的小小村落。村落人帶著典雅的悠閒氣氛，幾隻黃狗追著驢車吠叫，遠遠傳來悠長的雞鳴。村中人都做同樣的寬袍大袖打扮，村口的大廣場上，幾名鬢髮如霜的老人在松蔭下奕棋。

「其景如畫，其景如畫。」牛頓喃喃地說道。

「可是，這樣的場面也太做作了吧！」雷葛新張望著四下的村景，並且將它和「桃花源記」的原文對照，發現簡直就是一模一樣。而且，在進村門的地方，還有一個大大的石製牌樓，兩個遠古篆字寫在上頭。

「兩個字的意思是『避秦』。」牛頓知道雷葛新不懂那兩個字，這樣解釋說道。

「這種地方，倒像是古二十世紀頗為流行的所謂『主題遊樂區』。」最後，雷葛新的結論便是如此。

兩個帶雷葛新入村的孩子似乎是兄弟，高大少年名叫公冶南，那名小童則叫做公冶襄。公冶家殺雞烹酒，雷葛新便和這一個奇異的家族熱呼呼地吃了一頓暢快的飯。

新鮮的雞肉青菜、糙米粗飯佐茶溫酒，這是雷葛新平生沒有嚐過的口味，菜色未必豐盛，但是粒米青菜入喉，卻似乎充滿了生命，這是在二十四世紀合成食物中嚐不到的奇妙滋味。

酒足飯飽之際，雷葛新和小童公冶襄信步走出村口。一地的自然景致，雷葛新拔起地上一株青草咀嚼，草香透頰，心裡卻更加的迷糊。

「牛頓，」他低聲說道：「也許這真的是古代中國，因爲我看不到任何人工雕琢的痕跡，一切真的都是古代的生活。」

牛頓卻聲音苦澀地反駁了他的說法。「未必見得。」

雷葛新一愣，隨即知道了牛頓反駁他的理由。

因爲就在這時候，空中傳來一陣機械的聲響。一架雷葛新從未見過的飛行器飛到他的上空，丟下一個包裹，然後揚長而去。小童公冶襄則遠遠避開那個包裹，面露嫌惡神情，不願接近。

「我跟過去看看，回來再和你討論。」牛頓簡潔地說道，然後渺無聲息。

蒼茫的大地上，只留下了雷葛新，心中充滿了無數的疑團。

夜幕這時靜靜地落下，天已經黑了。小童公冶襄這時也已經不曉得跑到什麼地方去，不見人影。

那避秦村是個宛若古代鄉下村莊的所在，雷葛新在二十四世紀的古裝劇裡偶爾也見過，但是沒有親身體驗的人，不曉得這樣的村莊在夜裡最大的特徵，就是整個村落在黑暗裡幾乎全無光亮，只有幾戶人家透出微弱的燈光。走在村莊的小路上，整個大地都是一片黑暗與沈寂，但是最令人屏息的風景，卻來自天空。

在二十四世紀的錫洛央城裡，就算到了深夜還是燈火通明，許多城市最熱鬧的角落佈滿了喜歡過夜生活的人，因此在這樣的環境下，對於黑夜真正的面貌，二十四世紀人是無法理解的。雷葛新在一些典籍中讀過，即使是在遙遠的二十世紀，因爲電燈的發明，人們也早已失去了看見天空真正夜裡容貌的機會。

此刻整個天空清朗似鏡，彷彿是最澄透的鏡頭似的，完全沒有地面光害的影響，在滿天的黑幕之中，像是撒落了無數珠寶似地閃爍著群星，那光芒像是可以直透地面似地，把整個大地照得濛濛發亮。

這個夜裡的月亮是新月，像是指甲一般地透現在夜空之上，但即使只是薄薄一片月牙，那光芒也亮到似乎看得到映照在身上的月光。

雷葛新看著那片浩瀚的星空，覺得有點呼吸困難起來，星空的正中央是銀河，他知道在古代英文中，稱呼銀河爲「牛奶大道Milky Way」，總要到這樣的時候，才發現那道橫在夜空的星芒，果然就像是在大道中央潑灑了長長一道牛奶。

在村中走了一會，戶戶人家大多已經熄燈滅火，早早就寢。走著走著，人家逐漸變少，眼前出現了一片平野，但是在夜色裡，卻不太看得出那是一片草原或是光瘠的土地。在平野上不遠處，隱隱泛著一抹燈光，雷葛新好奇地走了過去。

在星光月光的映照下，那抹淡淡的燈光是盞樣式很古老的油燈，放在一個像是小湖泊的邊邊上。那個小湖泊非常小，在核酸資訊中，這時冒出一個已經很久沒人使用的字眼：「池塘」。但是在這個小池塘的上方，卻隱隱然冒著水氣，或是類似白煙的東西。

池塘裡的水發出了輕輕的水聲，嘩啦啦的，其時已經近秋天時分，空氣中雖然不寒冷，卻也有點寒意，那小小池塘卻似乎冒出微微的熱氣，看起來，這片小池塘便是上古時代很常見的一種景觀：溫泉。

雷葛新好奇地更走近些，想要伸手去探探這一汪溫泉水的溫度，卻看見那盞油燈旁坐了個人影。在星光月光中，那人的面目有點看不清楚，卻看得出「他」轉過頭來，也看見了雷葛新。

「對不起……」雷葛新抓了抓頭，微微一笑，既而想起自己這時候，笑對方也未必看得見……

只聽見那人的聲音低沈，卻並不蒼老，聽起來是少年的嗓音。

「先生，您好。」

這聲音聽起來並不陌生，雷葛新心念微動，想起來這人就是白天見到的那位高大少年公冶南。

「你在這裡做什麼啊？」雷葛新笑著隨口問道，一邊探手往溫泉裡碰了碰，發現那是比體溫略高一點的泉水，觸手溫暖舒適。他在公冶南的身邊坐下，這才發現他此刻只穿著一件寬大上衣，光著兩隻腿，將小腿以下的部份泡在水中。

「你倒很懂得享受哦……」雷葛新拍了一下公冶南的肩，在他身邊坐下。這是二十四世紀人承襲了二十世紀前人們的手勢，代表彼此沒有距離，但是雖然只是輕輕一拍，卻彷彿有什麼地方不太對勁，讓雷葛新覺得有點怪怪的。

公冶南輕輕一笑。「什麼叫做『享受』啊？我聽不懂。南兒是奉了爺爺之命，來這裡取暖泉之水回家做醃水棗的。」他轉頭指著身後不遠處，果然有幾個桶子放在那兒。「只是我平常喜歡來這裡就順便泡個暖水，小襄如果跟來，也會一起下來泡個暖水。」

本來他只是隨便說幾句話，但是不曉得爲什麼，雷葛新那種不對勁的迷惑感卻越來越重了。白天他與這少年只是一面之緣，縱有交談也大多是和那小童公治讓，並沒有機會和這少年多談，但是此刻卻有種並不太合理的感覺油然而起。

少年的身材雖然高大，但是說話的聲音卻頗爲稚嫩，沒有想像中粗豪。而另一個不太對勁的感覺，這時也發現了，剛剛雷葛新拍了拍他的肩膀，卻沒有預料中那種健壯結實的肌肉感，反倒是有點偏細偏軟的感覺。

就著月光，雷葛新看見了公治南的臉，白天時他戴了方頭巾，臉上髒兮兮的，也沒留神注意他的長相，這時候仔細一看，卻發現他的頭髮披了下來，長度大概在肩膀以下。濛濛的月光泛在他的側臉上，看得雷葛新卻有些發傻了起來。

公治南側著臉，星星般的眼睛看雷葛新的眼光相對，露出了甜甜的笑容。這一笑，居然讓雷葛新的心臟不曉得爲什麼，有點「砰砰砰」地跳了起來。

然後，雷葛新只覺得眼前一花，卻是公治南站起身來，將身上的衣服輕巧地拂下，他身上穿的是一件寬大的袍子，本來以爲在袍子下面應該是件短褲子，但是這一脫，才知道他除了這件袍子之外，身上片無寸縷，在月色星光的映照下，他靜靜地，如女神般地，毫無褻玩情色之感地，裸身站在雷葛新的面前！

還有，最重要的是眼前這個公治南並不是一個「他」，而是一個「她」！

一時之間，雷葛新在想自己此刻是不是翻了白眼，方才他是坐著的，因此公冶南立起身後，便和他以只有十來公分的極近距離相對，而她的身材高大，俏生生的美麗軀體站在雷葛新的眼前，從雷葛新的角度望去，便是她那圓潤晶瑩豐美的下身，性器上舒適叢生的草叢，眼神逐次往上，便是泛著濛濛月光的美麗小腹，渾圓剔透的肚臍，還有她那一對如母牛般巨大圓滑的雙乳。

這個原本以爲是個高大少年的公冶南，居然是個已經完全發育，身體美如古代希臘雕塑的美麗少女！

雷葛新目瞪口呆地，以絕對不禮貌的仰視角度，從美麗少女的陰部看到巨大的美麗胸型，一邊呆呆地望著公冶南美麗的神之軀體，一邊心中肯定自己絕對是在作夢。

只見那美麗的高大少女公冶南卻完全沒有雷葛新的驚愕反應，像是天底下最稀鬆平常不過的事一樣，她的臉上帶著淡淡的笑，對於自己光裸的美麗身體毫無滯礙，她輕輕地踮腳繞了個小小的圈，來到雷葛新的身後，手指輕柔地，三兩下就同樣褪去了雷葛新身上的衣物。

本來是應該略作抗拒的，但不曉得爲什麼，雷葛新就是沒有動，甚至有點僵硬地任她把自己的身體剝光。然後，公冶南也不多說話，輕柔柔地，便將雷葛新牽至水裡。

在避秦村外的大地上，此時是一幅如在夢中的奇異景象。萬籟俱寂的星空下，天上的浩瀚群星閃著迷濛的光，四周圍很靜，只有附近傳來似有若無的蟲鳴唧唧。雷葛新置身在那一汪溫暖的泉水之中，水深僅僅到腰，他這時已經全身赤裸，與同樣全身不著一絲一縷的美麗少女公冶南面對面相望。

其時雖是夜晚，但是雷葛新的視神經已經適應了黑暗中的光度，少女在岸邊亮了盞油燈，天上又有淡淡的星光月光，於是公冶南那美麗的身體便這樣清晰地出現在雷葛新的眼前。

二十世紀的古代日本曾有位名叫理惠的美少女，將她美麗的少女之軀呈現在世人面前，惹來一位老教授發出一句千古名言：「看了她美麗的胴體，就算是立刻死了也值得！」此刻公冶南那美麗的，映著月光，就著身上水花發出萬千流轉光芒的身體，果然給人一種就算現在死去也絕不後悔的美感。

「妳……」雷葛新的喉嚨突然乾燥了起來，連語聲也有些發不出來。「這是……」

公冶南噗嗤一笑，大大的烏黑眼睛在夜色裡閃著甜美。「先生，我們都是這樣做的啊，怎麼您好像一點也不曉得似的？」

雷葛新這次穿梭時空所佔據的這個身體是個男性，顯然也是個年輕的男人，此刻他只覺得眼睛有點暈暈地，下體卻開始起了反應，突然地昂揚了起來。

公冶南眯著眼睛，眼神往下一看，又忍不住嗤的一聲笑了，她踩在水中發出悅耳的水聲，向雷葛新靠了一步。然後，伸出蔥白粉嫩的手掌，很輕柔地，就將雷葛新握住了。

這男女之間的性愛之事，乃是天底下能量最爲強大，最無法抗拒。此時雷葛新照說應該仍有幾分理智，但是臉上感到公冶南溫熱的呼吸，下體又被這美麗的裸身少女握住後，不管什麼理智，什麼思想，全部就都拋到九霄雲外去了。

男女性愛的接觸時，總會有某種類似電流交會的微妙之感。但是公治南這一握的威力也太強大了，雷葛新只覺眼前一黑，整個人就像是陷入最深邃的宇宙彼端似地，彷彿看到了整個宇宙最遙遠處的星雲、彗星、紅矮星……

暈了……昏倒了……

這並不是什麼文學感很深的描述，那種眼前一黑的感覺非常的鮮明，甚至很可能是真的有那麼一段短暫的時間，雷葛新是真正失去了知覺，這種感覺和穿梭時空的不同是，現下這種喪失知覺之感是很愉悅的，簡直有點那種「就算沒命也值！」的奔放之感。

雷葛新恢復知覺的時候，那種位於宇宙最遙遠彼端的轟烈震盪之感已經消失，身邊仍然是避秦村郊的那種蟲聲靜寂。他微微地翻了下白眼，這才發現自己是躺著的，躺在溫泉旁地上，但是從下體傳來的那種微弱電流的舒暢感覺卻仍然存在……

「呃……」雷葛新長長吐了口氣，以仰躺的姿勢微一抬頭，卻看見了公治南的一頭秀髮此刻光潔地攏在腦後，不住地輕輕上下晃動。

這大概是人類史上最美最動人的影像之一了吧？只見公治南微一抬頭，和雷葛新仰躺抬頭的眼神相對，而她靈活美麗的可愛嘴唇，卻像蛇一樣地，緊緊地含住了雷葛新的下體，偶爾輕巧地用溫潤的舌頭舔個幾下，再緊緊地含住……

在二十四世紀時，雷葛新曾經看過幾次畫質不甚佳的古代性愛影片，這樣的角度也不是第一次看見。但是和畫質不清的古代影片比起來，自己親身經歷了，才知道這是何等讓人癡迷癱軟的美好情景。

看見雷葛新的眼神，公治南的眼睛微現驚訝，彷彿看到了什麼難以置信的事。「您……您醒了？」

雷葛新眼神放空，一下子聽不明白她這樣說是什麼意思。

公治南嫣然一笑，「波」的一聲讓雷葛新的下體離開嘴唇，一邊說話，舌頭仍然靈活地舔著舐著。

「先生您真的和別人不太一樣呢……從前來過的先生們，總是在我摸個他們幾下就暈倒了，而且一直都不會醒過來，總是要等老爹來救，他們才會醒來。」

「妳……妳在說什麼啊？」雷葛新還是聽不懂她說的話，但是說什麼其實也不再重要了，只見公治南露出促狹的笑容，輕巧地爬上來，挪到與雷葛新面對面的位置，然後便伸出嬌紅的舌，伸入了他的嘴裡。

「我……我聽村裡的大娘們說過這件事，但是……從來沒試過……」她的唇、舌與雷葛新相交糾纏，說起話來糢糊不清。兩人便這樣重疊一起，光裸的身子絞纏在一起。

「我……我想試試……」

這少女其實只是十幾歲的年紀，但是此刻全身卻充滿了情欲的氣息，與雷葛新擁抱絞纏了幾回，便像是天底下最自然的事一般，讓雷葛新進入了她的身體。

於是，就這樣，雷葛新在穿梭時空的第一個夜晚，便享受經歷了人世間最強大的一場性愛。

夜更深的時分，雷葛新和公治南一陣激情，在性慾釋放的暢快感後，結束了兩人的一夜纏綿。奇怪的是，結束後公治南並沒有多說什麼，只是向雷葛新微微一笑，也沒解釋她爲什麼如此激情放縱，就穿好衣物離開了，雷葛新想多問她幾句，她也沒有回答，健壯美麗的身影便在夜色中逐漸遠去，消失。

雷葛新信步走在村外的平野上，覺得身體有些乏力，便坐在星空下略事休息，又過了一會，牛頓回來了，語音在夜裡的蟲聲唧唧中出現。

「回來了？」雷葛新猛地坐起。「有沒有結論這是什麼地方？」

「雷葛新……」牛頓的聲音居然有些顫抖。「事情嚴重了……」

突然間，雷葛新眼前的星空逐漸轉成亮灰色，這是牛頓的ＶＲ解說功能，不過自從它變異過後便很少出現。

眼前的景象此刻已經變成一個偌大的實驗室。

「這是公元一九六八年，古美利堅合眾國太空總署的模擬場景，讓它在此刻出現，是因爲它具有歷史性的象徵意義，」牛頓說道：「而我在此向你鄭重宣布，人類的時空之謎已因你而破解。」

「你瘋了。」這是雷葛新唯一的回答。

「你所在的這個村落，叫做避秦之村，是一個理想國，但卻是一個刻意營造出來的理想國。」

「在古代二十世紀的美利堅合眾國有過一種族類，叫做阿米須人，你知道嗎？」

雷葛新略爲思索了一下，點點頭。阿米須人是一種在古二十世紀堅持過倒退兩百年生活的族群，拒絕當時的文明。做古代打扮，也絕不使用電力，科技。

「這個避秦之村也是，大約在數百年前，一群唾棄文明的人在此以古代中國童話『桃花源記』爲藍本，在此世代居住，久而久之，就成了這個理想國度。你的身分，則是來自文明社會的一個人類學家，在這裡做研究。發生事故時，他可能失足跌下山崖，在那一刹那間靈魂和肉體分離。」

「那我們還是在二十四世紀嗎？」雷葛新問。「我們真的進入了時空嗎？」

「我們現在的確已經不在二十四世紀，在姚德山頂那次靈魂轉移的確讓我們進去了時空。但是，卻不是回到過去，進到未來那麼簡單。」

「什麼叫不是那麼簡單？」雷葛新沒好氣的說。「現在、過去，要不就是未來，難道還有第四種可能性嗎？」

「有。」牛頓簡短地說。雷葛新愕然。

「在這個避秦之村外，是一個文明超越這裡許多的城市，叫做古秦晉市。我在那個城市中翻閱歷史典籍，卻發現了一件很有趣的事。」

「說。」雷葛新簡短地回答道。

「在古秦晉市的歷史典籍中，公元十六世紀之前的記載和我們的世界相同，但是，在公元十六世紀之後簡直就是胡扯一通。像是編歷史的史學家突地神經錯亂一樣。」

「爲什麼會這樣？」雷葛新問道。

「這也是我當時心中的疑問，可是，翻了許多其他的書也是一樣，從公元十六世紀後的歷史便和我所瞭解的歷史嚴重脫節。而且，我在那兒得知了現在的年代。」

「哦？」雷葛新揚揚眉。「是什麼年代？」

「今年是公元二二六一年。」牛頓說道。

「不可能！」雷葛新大叫。他略略推算了一下時代，便知道這是不可能的事。「公元二二六一年，地球正進入超人戰爭末期，而且那時候的大氣層已經殘破，不會有這樣澄淨的天空。你一定是看錯時間了。」

「這也是我當時的疑問，但是，你看看天上的星辰，」雷葛新隨著牛頓的指引不自覺地抬頭仰望。入夜的澄淨天空布滿星斗，充滿神秘霧氣的銀河橫亙在天空的中央。「你的核酸中有星辰紀年推算表吧？歷史不是唯一計算時間的方式，星辰的位置會因時間流逝而改變。你算算這應該是什麼時代？」

雷葛新的腦中流過盤狀的星辰紀年推算表，隨著天空的星座位置挪移。

「武仙……昴宿……北極……」

而最後出現的答案證明牛頓查到的年代日期沒錯，雷葛新的推算表甚至能算出這天是公元二二六一年四月十八日。

「爲什麼……」他喃喃地自言自語。

「我們現在所在的地方，在我們所知道的歷史上不存在。我們所熟知的歷史，包括那場超人戰爭，在這個地方也沒發生過。」牛頓一字一字地說道：「但是，我們明明就在這裡，這個地方明明就存在著。」

雷葛新久久說不出話來，心裡覺得有點像古典笑話中那個提出「按照翅膀強度和體重推算，理論上，黃蜂不可能飛翔」的科學家，也可以想像他的四周飛滿黃蜂的出糗模樣。

「有沒有覺得和誰說過的話有點類似？」牛頓問道。

當然有。雷葛新在心裡很容易就回想起來，那一天，在「頭兒」的辦公室中，時光發展局的魯敬德博士就說過同樣的話。

「……你甚至可以鎖定他的生物電就在這裡。可是，明明就是空無一物。三度空間的三個座標都符合了，可是又不見人影。說他不在，可是又有生物電……」

「所以我才會說，千百年的時空之謎因你而解，因爲，我已經找到了這個謎題的答案。」

太空總署的場境逐漸褪色。迷離的夜晚，滿天的美麗星斗。牛頓的聲音在靜夜裡泛出令人迷濛的感覺。不遠處的湖畔，這時飛過去一群晶亮閃爍的流螢。

「有沒有聽過魯一樸這個人的名字？」牛頓問。

「沒有。」

「這個人是個天才時光研究者，但是個性上有極大的缺陷，十七歲那年就和人衝突，被仇人汽化，連轉移靈魂都沒有機會。但是，他以十六歲的稚齡便提出過許多大膽的時空假設，雖然後來因爲主流派的刻意淡化，他的理論並不受重視。然而，現在已經有許多時空學者相信，如果這個人能活長一些，也許時空之謎早就解開了。」

「魯一樸在世的時候曾經提出過一種大膽的時空假設，當時，時空旅行尚在萌芽階段，第一支探險隊也還沒成行。但是，他就曾預言過時空旅行無法生還的可能性極大。」

「他的理論是什麼？」雷葛新問。

「他的理論的假設來自於哲學心理學上的一些現象，也因此，很多主流的學者對他的論點嗤之以鼻，」牛頓說道：「魯一樸相信，夢境、預知現象Dejavu、或莊周夢蝶式的感應很可能就是時空旅行的形式之一。在某種未知的狀況下，人藉由上述行爲穿透時空，但是，有時候那個時空和你所熟悉的時空可能完全脫節。」

「就像現在一樣。」雷葛新深吸一口氣。

「也因此，他假設過一個理論，稱之爲『網狀分叉時間理論』，」牛頓說道。並且在雷葛新的眼前投影出圖解。「他的重點在於，我們的世界可能並不是一個單一的世界，在同一個空間中，可能共存著許多不同的世界，他稱之爲『或然率平行世界』。」

「這許許多多的世界彼此平行，幾乎永不相交，但卻彼此息息相關。比方說，今天你雷葛新走到一條三叉路前，命運的安排中，走右邊你會被車撞死，走中邊沒事發生，而走左邊的話則遇見一個與你廝守一生的女人。也許你最後選了中間那條路，沒有事發生，然而，另外兩個或然率世界已經在你抉擇的那一剎那分歧出去。在那兩個世界中，一個從此沒有雷葛新的後代，另一個則出現不同的未來。」

雷葛新眼前出現第二個分叉圖。

「基本上，時空的真正分佈是比這張圖更多分叉的無數平行世界，而我們卻永遠只記得一個線性歷史，因爲我們的生命就只是無數分叉中的一條線。按照魯一樸的理論，時光旅行會衝破這個線性規律，將人丟到空間因素相同，其他一切卻截然不同的或然率世界中，也因爲這樣，時光之旅才沒有人回來過，因爲轉移到哪一個世界是隨機亂數式的，要在無數平行世界中回到自己的世界，那機率幾乎等於零。」

「事實證明，這個魯一樸真是個天才，他的推論完全正確。我分析了我們現在的處境，再回想那些時光旅行者的命運，只有這個理論才能解釋。而時光局的生物電之所以還能接收到探險隊員的訊息，是因爲他們的確仍然存在，只是到了另一個世界。我們現在所在之處，就是一個在十六世紀產生或然率式分歧的世界，所以，十六世紀前的歷史相同，過後，便截然不同。」

「所以，」牛頓最後說道：「因爲你，雷葛新，這個時空之謎才得以解開。我之前這麼說，一點也沒有誇大之處。」

雷葛新長長吐了一口氣，仰望星空，神情落寞。

「可是，」他靜靜地說道：「我再也不能回錫洛央了，對不對？」

「對。」牛頓簡短地說。「而且，只要你再做一次時空轉移，同樣的，你再也回不來這個避秦之村。這是一條不歸之路。」

雷葛新還想說些什麼，卻冷不防地，從他身後幽幽傳來一個蒼老的聲音。

「您並不是常人，是吧？」那聲音又乾咳了一聲。「先生。」

雷葛新警覺地一回頭，身子後縱了一步，神情緊張。只見從夜色中走出一個老者，雷葛新認出他便是日間曾經招待過他雞肉好酒的公治老頭。

「您好，」公治老頭微一拱手，那是古代中國的問好手勢。「或者我應該說，您們好？」

雷葛新略帶疑惑的上下看了他一眼，方才吃飯時沒有仔細打量他，這時候才發現這老頭是個身量中等的瘦子，腰桿挺直，身體似是相當健康，沒有老人們駝背虛弱的樣子。

「什麼您們好？你在說什麼？」

「恕我不敬，剛剛我已經在旁邊待了好一陣，仔細觀察了您的行止。本來以爲您是喃喃自語，但是聽了一會之後，才發現您對話的對象另有其人，所以大膽推測除了您之外，還有一位您對話的對象。」公治老者說著說著，眼神中露出了銳利精明的神采。「您似乎沒有任何通訊器材，所以交談的對象是植入性人工智慧嗎？」

雷葛新微微一愣，想起這個避秦村是個反對科技的所在，村人應該對科技毫無概念，怎麼這個老人卻彷彿對科技極爲熟悉？

便在此時，牛頓沉聲說道：「跟他聊聊，這個人好像知道更多這個世界的真正面貌。」

「他又說話了，是不是？」公治老人從手上拿出一個閃亮的小型器械，上頭正閃著微微的紅光。「可嘆我這科技只能測知是否存在，對於細節卻無法得知啊！」

「你到底是誰？」雷葛新皺了皺眉，他是個性爽朗之人，不喜歡在話鋒裡猜來猜去。「這又是什麼地方？」

「我聽你們的對話，您大概已經知道了我們這避秦村雖然是個化外桃源仙境，但是在這仙境之外，另有別的城市文明，是嗎？」

「沒錯。」

「但實際上，我們所在的避秦村其實只是一個謊言，這您知道嗎？」

雷葛新微微一怔，直覺地想問牛頓，卻聽見牛頓「噓」了一聲。「聽他講下去。」

公治老人望了雷葛新，似是想知道他是不是要回答，雷葛新微微一笑，擺擺手示意他說下去。

「這個避秦村，是幾百年前，一群自認爲唾棄文明生存模式的人建立的，大家也都一直以爲這個地方是依照他們的願景持續下來的。但是這群人其實沒能撐得太久，大概只聚在一起四十年就起了紛爭，開始動刀動槍了起來，不到三年就吵到幾乎要彼此屠殺光了。

「於是當時的政府動用了軍力將這群人抓了起來，並且判了軍法，但是這二十幾年經營下來，他們的下一代是完全沒有接觸過外界事物的，可以說是真正的純潔人種，完全沒有被現代文明污染過的純潔人類。

「於是當時的政府便開啓了一個『桃源計劃』，讓這些人的後代在這個村裡住下來，永世不讓外面的人進來，保存他們的原始生活型態。村裡的居民之中，有一成不是真正桃源村的原始住民，而是政府派來這裡維繫村子維持原始面貌的政府官員……」

「比方說，你？」雷葛新恍然大悟。「你不是公治家的爺爺，你是政府派在這裡工作的人？」

「沒錯，我的確不是公治家的爺爺，我是他們小時候置換過的人。」公治老人無奈地笑道：「我很希望我是這個避秦村的人，有這裡人的血統。但很不幸的，我不是。」

「置換？」雷葛新奇道：「那是什麼意思？」

「不要以爲幾百年前的政府之所以願意將這裡劃爲桃源之地，是存著什麼愛護文明，保存文化的好心啊……」公治老人搖搖頭。「他們之所以會把這個避秦村劃爲保護地區，是因爲這個村裡的人們有著一種特殊的基因，那是一種強大無比的奇特基因，隱藏著世間無窮的秘密。」

「什麼亂七八糟的？」雷葛新笑道：「什麼基因這麼厲害？」他還想說幾句笑話，但是耳邊卻傳來牛頓沉沉的聲音。「別開玩笑，聽他講！」彷彿是遲疑了一下，牛頓又說道：「別忘了米帕羅也說過這種基因的事！」

「真正的細節，以我的層級根本沒有辦法全面知道，」公治老人說道：「我現在知道的這些，也是我花盡了千辛萬苦的力量才得到的訊息。

「在這個避秦村裡的人們，有一些人擁有所謂的『神族』基因，這個基因的來源是什麼，沒有人知道。有人說來自於公元一九九九年太平洋一個小島的『昆蟲世紀』事件，在那場災變中，有數千人的基因被改變，轉化成附帶昆蟲基因的體質。」

聽著他的敘述，雷葛新心裡不禁暗自驚訝，這個發生在公元二十世紀末期的事件是個掩蓋了近百年的秘密檔案，據說和日後的四十超人戰爭有著非常密切的關係。也曾經有小道消息說，當年帶領地球打敗半人馬外星人的超人族類，就是身上擁有蟲族基因的成員。

「但是我曾經在一個高層人酒後的敘述中，聽過另一種不同的來源說法。當時那個人說，他們曾經在偶然的機會下，得到某種來自天外『神族』的基因，據說，這種神族的基因有兩萬五千對，科學家把這兩萬五千對基因的型態記錄了下來，據說有機構在做這種基因的研究，試圖要做出超越人類能力的種族……」

雷葛新輕輕地吐了口氣，耳裡卻聽見牛頓喃喃地說著：「聽過，聽過……」心裡想起，的確也聽過這樣的說法，而且是在不久之前。而公冶老人口中的「超越能力的種族」，雷葛新早就見過了，而且現在還正在被他們追捕之中。

時光戰警，風、雷、水、火生化警察。

「所以，你說你並不是這避秦村中的人？」雷葛新好奇地問道：「你是這個時代政府派你在這裡觀察他們的人？」

「是的。」公冶老人點點頭。「在這村中有幾個人跟我一樣，都是以村人的身分住在這裡，除了掌管村中事務外，也有時接收政府派來的任務。」

「那麼，你兩個孫女都是這個村裡的人？她們都有著神族的基因？」

「小南有著部份神族基本的特徵，她算是神族。但是小襄就不是，她是個很聰慧的孩子，但她是純種人類的基因，不屬於神族。」

原來如此……

雷葛新想起方才和那美少女小南的奇異相愛，心中仍有不少疑團，但是想想卻不知道該如何啓口問他，只好有點尷尬地沉默著。

天際閃耀出一顆熾亮的流星。雷葛新呆呆地望著那顆流星在地平線上失去蹤影，雖然說是破解了時空之謎，卻一點也沒有欣喜的感覺。過了良久，他仍然覺得無法言語。

第二天一大早，避秦村的小童公冶襄就拉著雷葛新到野外採野蕈去了。一大片青綠的芒草在平野上緩緩地伏，有幾莖早春的芒草花隨風一吹，飄揚在天空。

雷葛新平躺在空曠的大地之上，仰望著二十四世紀人絕無可能親見的湛藍天空。側頭一看，平貼地面的角度，在露水和草莖的間隙中，小女孩公冶襄四處尋找芳香的草蕈，開朗地笑著，間或唱著悠悠的兒歌。

「日月芳華兮，遍布滿地，華美味濃兮，休藏匿，於我見兮，豐饒魚米。」

那一瞬間，雷葛新神清氣爽，突地長長舒一口氣。大聲叫道：「想通了！」

聲音遠遠傳出去，小女孩公冶襄只是好奇地望他一眼，又蹦蹦跳跳找草蕈去了。

「想通了什麼？」牛頓的聲音響起。

「我在想，既然選了這條不歸之路，就得好好過下去，對不對？」雷葛新說。「這個桃源村是個好地方，也許，我們就在這兒長住下來。」他看了看小童公冶襄在翠綠平野下嬉戲的身影。「這兒，也許就是時光旅行者們夢寐以求的天堂吧？」

「你想住在這裡？」

「有何不可？」雷葛新輕鬆地仰望天際，那一望無際的藍讓人心情舒暢。「說不定，我就在這裡結婚生子，把我最好的知識調教給這裡的小孩，讓他們生命變得不同。」

牛頓有了良久的沈默。

「只可惜，」最後他說。「我們在這個地方也待不長了。」

雷葛新愕然。「什麼？」他疑惑地問。「爲什麼？」

「你把身上帶來的水倒一杯出來。」牛頓說道。

雷葛新反手將背上帶的紫竹水筒倒出來一杯水。

「你仔細看水的表面。」牛頓說道。

竹杯裡的水清澈透明，看來本來平凡無奇。可是凝神細看，卻可以見到極細極小的緩慢水紋。

「那就是水力場共振現象，」牛頓說道：「表示陽風已經來到我們這個世界。『水』態生化人出現時，附近的水都會出現這種共振現象。他也許還沒找到我們的位置，但是已經很接近。」

雷葛新驚惶地四下張望，彷彿原先平靜的大地已經染上肅殺之氣。

「應該還來得及，」牛頓說道：「我們要隨時做好轉移的準備。但是，當然越快越好。」

雷葛新眷戀地看了這一片平和的自然大地。微風輕拂，遠方的青山這時還帶有一點霧氣氤騰的山嵐。小女孩公冶襄這時歡暢地大呼一聲，手上拎起一朵蒲扇大小的草蕈。微風再次吹起，「呼」地從雷葛新身旁掠過，卻將他的聲音吹散。

「來了！」牛頓急切地大喊。「脫離！雷葛新，脫離！」

而雷葛新卻沒有任何動作。遠方的小女孩公冶襄只覺得身旁柔柔地鼓滿輕盈的微風，整個人卻不由自主地腳尖踮高，離開地面。

雷葛新陡地向公治裏的方位奔去，把牛頓氣急敗壞的大叫丟在腦後。微風將公治裏小小的身形越抬越高，公治裏在風中掙扎，在微風中，隱隱可以看見一個如惡鬼般醜陋的細瘦男人。如果小女孩公治裏此時從高空跌下必然非死即傷。

「回來！」牛頓大叫。「你鬥不過他的！」

「住手！」雷葛新仍然腳下不停，他從來沒和這時候出現的核酸警隊「風」冷血隊長交過手，對冷血的無情手段毫無概念。

突然間，包圍住小女孩公治裏的微風陡地消失，失去支撐的小小身體從高空掉落。冷血隊長在這一刻發現找錯了目標，放開公治裏，向雷葛新衝來。雷葛新狂奔的身形突然一個踉蹌，步履歪斜如同酒醉一般。

在他的腳步即將軟垂的一霎那，從高空掉落的公治裏已經跌落，跌在雷葛新的懷裡。因爲下落之勢太過猛烈，兩個人抱個滿懷後，「噗」一聲雙雙著地，公治裏身形較小，滾落一旁後並沒有受傷，只是雷葛新卻以極度的扭曲姿勢倒臥在地。

公治裏驚魂未定，嘴巴一扁正待大哭。卻看見一個醜陋似鬼的男人憑空出現，冷眼瞄了倒臥在地的雷葛新一眼，再定睛看著小女孩公治裏，那眼光森冷似劍，硬生生讓公治裏的哭聲噍了回去。

然後那個男人身形轉淡，化作一陣微風消失。

良久，公治裏看看身旁顯然已經死透的男人屍身，流了滿臉的眼淚，一泡尿這時終於溼了整個褲襠。

在漫長的急速後退時空穿越過程中，牛頓在呼呼的時空風聲中大聲說道。「雷葛新，我知道你是個好人，」他說。「但是，我只能勸你，不要和任何世界的人有任何的牽絆。因為你本就不屬於他們的世界，而且，只要你一離開，他們的生命就和你永無關聯了。剛才我們僥倖逃過，可是幸運不見得會常有。」

而雷葛新只是沈默。他何嘗不知道牛頓說得沒錯，可是，他又怎能讓一個無辜的小孩平白送命？

無聲的死寂，就這樣伴隨著時光之旅，再次穿梭到另一個時空。

第9章

豪門

「科技，歷史不同，可是人心的可怕一點都不會變。」雷葛新在時空之風中這樣感傷地對牛頓說道：「權力使人瘋狂，原來，古籍中所載『願生生世世永不生於帝王家』的悲嘆是真的。」

穿梭不同世界實際上並不是一件輕鬆愉快的過程。第一次從姚德山頂轉移至避秦之村時，雷葛新曾經陷入無意識的昏迷。這一次逃離冷血的追捕，再度進入時空之流時，雷葛新全程都是清醒著的。在轉移的過程中像是在高速風洞中逆流而行，有口鼻灌滿冷風的不適之感。

「這種過程，有點像是古代的航行術，」牛頓在時光的颶風中和雷葛新討論道：「起飛，飛行過程都沒什麼大問題，最大的問題是要將它降落著地。」

依稀彷彿可以在快速掠過的光點中見到張張的面孔，一幅幅的形像。那種影像很類似古代電視電影的殘像，只看得出來的確有影像流過，但要仔細端詳卻毫無著力之感。

「那就是時光之流的片斷痕跡，我們現在不止掠過縱的時間座標，連橫的空間座標也一個個經過身邊，」牛頓的聲音聽得出來相當興奮。「真是奇特的經驗，什麼時候會抵達下一個世界，一定有脈絡可以掌握的，只是我還找不出來。」

「你好像還挺興奮是嗎？」雷葛新沒好氣地說。「有時我真懷疑，你的核酸裡難道有時光局那些傢伙的資訊嗎？時光之謎有什麼了不起？這有什麼好高興的？」

「如果掌握到投身下一個世界的秘訣，」牛頓冷靜地說道：「你就成了真正的時光英雄了。因為基本上如果你能自由來去不同世界時空，在狹義上，你就已經是個神。」

雷葛新默然。同樣的，牛頓此刻的說法並沒有錯，但是和前夜牛頓說他已經破解時光之謎一樣，絲毫沒有任何欣喜之處。雷葛新心想，如果可以選擇的話，他寧可回到核酸局做個小小雇員，偶爾吸收幾樣有趣核酸。至於能否破解時空之謎，或是從此成為時光英雄，對他來說，並不具任何意義。

牛頓的聲音緩緩地響起。

「別忘了，再怎麼說，這也是你自己選的不歸之路。」他說道：「泰大鵬不也這樣告訴過你？」

空間之感開始扭曲，在遠方出現一道模糊的白光。雷葛新和牛頓屏住氣息，等待進入下一個世界的入口。

「來了！」牛頓在猛烈的風聲中大聲叫喊。

穿梭時空的最大震盪來自抵達目的地世界的那一瞬間，彷彿是四面八方的無形空氣突地變爲有形，將人擠壓成碎片，再將碎片拼湊成形。存在之感在逐漸沈寂下來的風聲中碎裂開來，流散，幻化成一道巨大的渦流，向渦流的中心流下。一陣類似古絃樂器低音大提琴的嗡嗡聲柔和地響起，雷葛新在想像中閉起雙眼，彷彿是暮春小憩般地有點昏沈。四周圍開始出現一點點聲響，然後，肉體的痛、癢、冷、熱之感逐漸回來。小腹部位有一陣絞痛從無窮遠處升起。空間中傳來模糊的女聲，雷葛新靜靜傾聽，想聽清楚女人說些什麼。

睜開雙眼，這才發現自己正側著頭，趴在一張大桌子上。

說話的是一名個子高瘦的女人，大眼睛，薄薄雙唇，穿著淺綠色的禮服，露出光潔的肩頭，卻很突兀地坐在雷葛新的對面，她的身後站滿了身形高大的壯漢，手上一式舉著古二十世紀的高爆式槍械。此刻雷葛新置身之地是一個廣闊的會議室，桌上鋪上綠絨，散落著許多古代紙牌。

「想不到，林家前代個個都是豪傑，都是人物，到了諸位的手上，卻成了卑劣的下三爛小人。」女人悠然說道，一轉眼看見趴在桌上的雷葛新已經睜開雙眼，眼神微露詫異之色。

雷葛新的身後，陡地冒出一聲暴喝。

「姓閻的！妳到底想怎樣？」出聲叫罵的是雷葛新身後的一個麻臉男人，雙手已被人架住，甫一出聲，就被人狠狠一記槍托敲正腦門，登時暈了過去。幾名同樣在雷葛新身後被架住的男人這時不安地騷動起來。

高瘦女人微一冷笑，眼神盯住坐在雷葛新身旁不遠處的另一個男人。那人的面目頗為英俊，眉目間卻有股凶狠陰鬱的神情。此刻他的臉色慘白，從額際流下冷汗。

「也不怎麼樣。」女人優雅地拿起桌上盤子裡一柄晶亮的精緻小手槍，伸出美麗的舌頭，斜了雷葛新一眼，舔了槍管一下，在晶亮的槍身留下水氣。

然後她舉起槍，就往雷葛新身旁的英俊男人臉上開了一槍。英俊男人連人帶椅應聲倒地，在額頭上開了個洞，流出濃稠的鮮血。雷葛新身後的男人們狂聲慘呼，有幾個還簌簌地發起抖來。

女人虎地一聲站起來，臉上漾出殺氣。她鼓起臉頰，一側頭，吐出一口清澈的液體。

「別以為找個你們的人做替死鬼，就可以毒死我，」女人說道：「旁門左道，只可惜，今天林家的人沒有一個可以活著走出這道門。是諸位對我不仁在先，雖然有點太過心狠手辣，但是也只好對不住了。」

她冷眼環視了眼前幾名被挾持住的男人，再看了看已經坐起，卻仍雙眼茫然的雷葛新。光裸的臂膀正待舉起，卻有一個苦澀的聲音戛然響起。

「賭局是遠竹和妳訂的，在酒裡下毒也是他的主意，」開口的是姓林的男人中一名細瘦的小個子。「現在妳已經把他殺了。但是，別忘了你們賭的是命，桌上的牌還在，這一局可還沒結束。」

女人悠然地看著說話的男人。「人都說林家的腦袋有一半都長在琴哥兒的脖子上，看來傳聞果然沒錯。但是，林遠竹耍奸在先，就光憑這一點，我把你們全殺了也不會有人說話。」頓了頓，又說道：「再說，今天我殺了你們的兄弟，如果讓你們活著回去，我閻家豈不是平白給自己找了麻煩？」

林遠琴鐵青著臉，咬著牙說道：「今天的賭局一切都在錄影紀錄上，遠竹已經還了妳一條命，如果妳硬要幹掉我們兄弟，壞了規矩。妳閻家雖然勢大力大，想來也抵不住我們和城南的杜家、姚家聯手。再說，妳也得顧一顧妳和遠笙的情分，不論如何，你們總算是訂過親的未婚夫婦。」

「琴哥，別說了！」身形高大的林遠笙怒道：「都是過去的事了，說那個幹什麼？」

女人的神情更爲森冷。「那你想怎樣？」

「還是這一把牌。我們兄弟的命，賭妳閻靜敏一個人。願賭服輸，任人處置。」林遠琴沈聲道：「只怕妳沒這個膽。」

「有！怎麼會沒有？」閻靜敏嬌聲笑道：「但是我還是要和這個人賭。」

她的纖纖手指所指之處，就是剛剛回過神來的雷葛新。雷葛新突地感到腹部、胸口一陣狂痛，嘔出一口鮮血。身後的林家子弟臉色一變，林遠琴正待開口，卻被閻靜敏打斷。

「這個小兄弟居然沒被林遠竹毒死，也算是個人物，」閻靜敏悠然道：「而且，我本就是和他賭這一局的，如果你們不肯，那就別怪我翻臉了。」

林遠琴又說了些什麼，但是雷葛新沒能聽得清楚，因爲牛頓的聲音這時已在他的耳邊響起。

「你還好吧？」牛頓道：「你的這個宿主剛剛才服下劇毒，所以你才會吐血。」

「我沒事。」雷葛新低聲道：「這是什麼地方？什麼時代？這些又是什麼人？」

「還不是很清楚，我們靜觀其變。你後面這一群被押住的人好像是另一個家族的人，聽起來，像是被打死的那個在酒裡下毒，而且爲了取信對面那個姓閻的女人，乾脆就拿你當替死鬼。」

這時候，林家子弟正在爭辯些什麼。方才被打量的麻臉男人叫林遠蘭，此刻已經醒轉，正氣急敗壞地大叫。

「不行！再怎麼樣，我也不願意將命交在蘇遠天那狗小子的手上！」

林遠琴不動聲色地凝視著雷葛新，良久，才深吸一口氣。

「三叔已經正式宣布他入了林氏的籍，不論從前怎樣，現在，他也是林氏的子弟。」林遠琴走過來，拍拍雷葛新的肩頭。「遠天，就全靠你了。」

個子高大的林遠笙仍是面色鐵青地看看閻靜敏，卻不願走過來和雷葛新說話。閻靜敏一揚手，身後的大漢紛紛收起高爆槍，垂手走到牆邊。大圓桌旁的發牌荷官戰戰兢兢地洗了牌。

「發。」閻靜敏簡短地說道。荷官熟練地發出第一張牌。兩人身後的眾人都緊張地屏住呼吸，閻靜敏將手上的牌翻起，看了一眼，莫測高深地露出笑容。

而雷葛新卻無視於眼前的緊張氣氛，只讓第一張牌蓋在桌上，完全沒去動它。半晌，卻問了一句所有人都目瞪口呆的話。

「我們玩什麼牌？」

一言既出，每個人都露出古怪神情，林家子弟有人忍不住要喝罵出來。林遠琴略一思索，抬手示意其他人靜觀其變。

閻靜敏愣了愣，冷笑道：「聽說，林家的安爺爺前陣子讓一個在外的私生子認祖歸宗，想必就是閣下您了。果然，深藏不露，佩服佩服。」她隨手點了根菸，徐徐吐出菸霧。「只是，我閻靜敏也不是剛出道的小丫頭了，別跟我來心理戰術這一套。今天咱們玩的是梭哈，但是因爲賭的是命，如果兩方都同意的話，可以蓋牌，再玩下一把，直到定出勝負爲止。這樣……夠清楚了嗎？」

「可以。知道了。」牛頓在雷葛新的耳旁說道：「拿牌。」

雷葛新的第一張牌是張紅心K。牛頓則找出資料庫中的古代牌戲規則，從頭開始教雷葛新看牌。坐在對面的閻靜敏看著雷葛新低頭喃喃自語，近似癡傻的表情，將它解讀爲對手的莫測高深。她的第一手雖然拿到一付兩對，幾經考慮，還是嘆了口氣。

「不跟。」她將手上的牌一推，又點了根菸。

「剛才你那付牌只有一個對子，贏的機會不大，還好她不玩了。」牛頓不厭其煩地說道：「現在我再說一次規則，依大小順序，最大是同花順，依次下來是四條、順子……」

第二付牌，閻靜敏的手氣更差，也只拿了個對子。

「不跟。」

第三付牌，雷葛新一張一張的翻，開在牌桌上的是黑桃四、六、七。最後一張牌發出來，雷葛新不禁面露微笑，旋又止住笑容。他將所有牌支面朝下放在桌面上，等待閻靜敏的動作。一時間，林家子弟都緊張得呼吸困難。

閻靜敏將雷葛新的表情全都看在眼裡，閉上眼睛思索良久，才將眼睛張開。

「機關算盡太聰明，雖然你的演技非常的出色，但是，我可以告訴你，有時人太聰明了，反而會自己嚐到苦果，」閻靜敏眼中突然精光大盛。「當一個人露出最有自信表情時，也就是最心虛的時候！」

說到此處，她厲聲將紙牌往牌桌上一甩。「我開牌！四張七！」

雷葛新身後有人「啊」地慘叫一聲，不知道是林家哪個子弟。閻靜敏森冷地環視著所有人，最後才把眼神回到雷葛新的身上。閻家的手下再度舉出高爆槍枝，發出「卡卡」的槍機聲響。最足智多謀的林遠琴頹然坐倒在地，已經無法說出任何話語。

閻靜敏正要揚手，卻看見雷葛新喃喃地說了句話，再看看自己的牌。

「等等，我知道我贏了，我來跟她說……」他低著頭咕噥了一陣，盯著閻靜敏，翻開手上的牌。「我這樣子的牌，算是贏妳了，對不對？」

翻出來的牌面，一字排開，正是黑桃四、五、六、七、八，一付漂亮的同花順。

「我贏了。」在林家子弟突然爆出的歡呼聲中，雷葛新向錯愕的閻靜敏這樣簡潔地說道。

「你贏了。」閻靜敏側著頭，冷冷地說道。將盤上的手槍一推，滑向雷葛新的手上。「願賭服輸，我任你處置。」轉頭向身後手持武器的大漢們交代。「不論發生什麼事，都不要難爲林家的人。要報我的仇，等到他們回去了再說。」

鼻血依然掛在臉上的林遠蘭快步走過來，伸手就要去抄桌上的小手槍。雷葛新直覺揚臂想攔他，林遠蘭一聲怒吼，順勢一拳便往雷葛新的臉上招呼，雷葛新體內的「古代武術學」核酸發揮作用，左肩一沈，一記「肘錘」正撞林遠蘭胸口，將他打倒在地。

「遠天，住手！」林遠琴大叫，也大聲呼喝在地上掙扎的林遠蘭。「還有你，老九，別在這兒出醜！」

閻靜敏盤著雙手走過來，站在雷葛新的眼前。她的身量高瘦，站在雷葛新的眼前幾乎要和他一樣高。這時雷葛新才注意到她的右頰有一個淺淺的傷疤。

「我不曉得你們之間有什麼不對頭，也不打算知道。我只知道我輸了，而且我還殺了你們的兄弟，現在……」她從桌上拾起手槍，像是拎一瓶香水般地遞到雷葛新的眼前。

「只要你出手，就可以報仇了。」

林遠琴沈聲道：「遠天，動不動手在你。別忘了躺在地上的遠竹是死在誰手上的，雖然遠竹得罪過你，但再怎麼說也是你的親兄弟。」

雷葛新搖搖頭。

「我不殺人，也不懂你們在說些什麼。」他把槍放在桌上。「只要妳讓我們走就沒事了，好不好？」

閻靜敏眉頭微蹙，凝視了雷葛新半晌，點點頭。

手持武器的大漢將會議室的大門打開，門口林氏的保鑣們不曉得著了什麼道兒，全數躺在地上，圓睜雙眼動彈不得。

林遠琴扶起地上的林遠蘭，林遠蘭在嘴裡咒罵著，林遠琴則面無表情。一行人小心翼翼地且退且走。

閻靜敏一直凝視著雷葛新，並沒注意到林氏子弟中的林遠笙也怔怔地看她。會議室的大門緩緩關上，雷葛新和林氏子弟的身形在關上的夾縫中消失。

閻靜敏將桌上的小手槍拿起，晶瑩光亮的槍面上還留著雷葛新的指紋。她有點遲疑地想把指紋抹去，又忍住不去動它。一個漂亮的回手，退出小手槍的彈夾。

在彈夾中，一顆子彈也沒有。方才如果雷葛新對她開槍，那麼林家子弟便會全數死在亂槍之下。

另一名閻家子弟閻敬陽這時走了過來。

「我知道妳放走他們有妳的用意，」他說。「但是林家的老頭子可不像這些敗家子好對付，以後可得小心些。」

「我和你們一樣，也不想放過他們，但是我的確輸了賭局，」閻靜敏喃喃地說道：「那個叫做遠天的，到底是什麼樣的人？爲什麼我完全看不透他？」

「六大家族到了我們這一代，妳是最出色的，如果連妳也看不透，」閻敬陽簡潔地說道：「那就是個很難對付的人。」

閻靜敏不再說話，彷彿之間，她的心緒已經飄到無窮遠處。

和雷葛新在會議室中狼狽而退的男子們，都是這個時代中一個林氏企業集團的二代。林氏企業的總部是一座兩百六十層的高樓，一行人回到總部時已近黃昏。在總部的頂層，此刻企業的總裁正在聆聽林遠琴的敘述。聽到閻靜敏將槍滑至雷葛新面前時，老人枯萎的眼神突地銳利起來，瞳孔收縮。

「我不曉得遠天爲什麼不下手，」林遠琴面無表情地說道：「我也提醒他，躺在地上的遠竹是那女人殺的，要他自己打定主意，結果，他居然就乖乖地把槍還給了她。」

脾氣暴燥的林遠蘭是林遠竹的親弟弟，此刻他紅了眼，恨不得一口將雷葛新附身的遠天吞下。

「那是因爲蘇遠天這個孬種本就是來路不明的雜種！」他大聲地說道：「沒有卵蛋，不配站在林家的屋簷下！」

「夠了！」林氏集團總裁林子安沈聲說道。林遠蘭閉了嘴，卻仍是一臉憤憤不平。「老九，那天我已經正式將遠天入了林家，這世上已經沒有蘇遠天這個名字了。難道我的話是放屁麼？」

林子安緩緩地環視了這群姪兒們，覺得自己又老了許多歲。

「從你們小時候開始，每一年，我都會在過年的時候發給你們一付金鎖片，保的是你們長命百歲，身體安康，」他緩緩地咳了兩聲。「但是，等到你們長大之後，一年一年人就越來越少。今天又折損了遠竹，如果你們再不能一條心，那麼林家又得靠誰來撐呢？」

他招招手示意雷葛新過來，緊緊握住他的手。

「遠天雖然一直流落在外，沒有從小和你們在一起長大，卻真的是你們二伯的骨肉。我知道你們有人和他有誤會，但是爲了這個家，我希望大家可以胳臂朝外，先應付了外來的問題再說。遠蘭，過來。」

林遠蘭倔強地站定不動。林遠琴瞪了他一眼，這才不情願地走了過去。林子安用另一隻手握住他。

「我知道遠竹在世的時候燒過遠天的家，也曾經把遠天打成重傷。但是，你們再怎麼樣也是親兄弟。而且，遠天沒殺閻家的小靜其實不是對遠竹挾怨，事實上，他是救了你們全數人的一條命。我和閻家小靜的爺爺從小到大也不知打過多少架，他們閻家那一套還不清楚嗎?那柄槍裡一定沒有子彈，只要遠天扣了扳機，你們就沒命回來了。」

林遠琴幾人回想了一下當時情景，知道老人家所言非虛。除了林遠蘭之外，其餘幾人臉上的憤憤神情逐漸鬆弛下來。

「我老了，九月的家族會議裡就要把林家的擔子交給你們之中的一個人，所以我希望你們要好好拼一拼，誰能扳倒閻家，誰就是我的繼承人。如果遠天有這個能耐的話，我也一樣讓他當家，」他疲倦地揮揮手。「好了，你們出去。我有事要交代遠天。」

林遠琴緩緩地走在人群的最後面，他饒有深意地看著老人林子安。

「三伯祖，」他同樣面無表情地說道：「一直到目前爲止，我都當您是長輩，也希望您別讓我失望。」

而林子安只是冷笑，目送他細瘦的背影離開。偌大的辦公室中只剩下他和現在身分是「遠天」的雷葛新。牛頓早在來到總部前便游離出去，查尋有關這個世界的各項資訊，不到深夜不會回來。從兩百六十層的巨大落地窗望出去，城市的夜色已經逐漸籠罩，閃爍的霓虹燈中，有泰半是大大一個篆書體的「林」字。看來，這個城市似乎有絕大多數的產業歸這個集團所有。

老人站在窗邊，凝視這座屬於家族的城市背景，良久，才長嘆一口氣。

「你表現得非常出色，遠天，」他說道：「原先我還在擔心你沒有辦法鎭得住他們，現在連遠琴也不敢小看你了。」他招招手，示意雷葛新過來。「看看，如果你加把勁，這個城市也許有一天會是你的，每一棟建築，每一家商店，都寫上你的名字。」

從兩百六十層的高樓窗口望下去，整座城市的夜景映入眼簾，光潔的街道，金碧輝煌的建築格調。這應該是座中型的城市，比雷葛新的家鄉錫洛央市小上一些，而如果和第一工業時代的名城紐約、東京、臺北相較，則要更小上許多。雷葛新到了這個世界之後一直沒有機會和牛頓討論所在的時空地點，他在心裡搜索核酸資料庫，但是完全找不到和眼前這個世界相容的資訊，在歷史上，從來沒有出現過一個有這麼多篆字「林」氏標記的城市。但是這似乎是件合理的事，如果牛頓在避秦村說過的時間理論成立，那麼雷葛新的知識範疇就不見得能解釋所在世界的現象了。

「這個城市，自從你高祖引先公創城以來，經歷過無數的戰亂，」老人幽幽地以黑暗的口吻說話。「他從一個連名字都沒有的拾荒小童開始奮鬥，從街道上起家，最後創造了這個林氏的企業帝國。百年前，林家上代因為被親信趙氏家族出賣，爭戰失敗，失掉了整個江山，整個家族遭到滅絕的命運，只剩下七個半大孩子逃入荒原。他們在荒原經營了四十五年，等到第二、三代成年之後，才再度攻進都城，斬下趙氏所有男丁的頭顱，重新取回先祖所建的城邦。」

他攙著雷葛新的手，走進一座小小的雅致廳房裡。「克」的一聲低響，小廳房落地窗外的夜景逐漸上升，原來，這個小廳竟然是一座偌大的電梯，此刻，老人和雷葛新正站在窗邊，室內的光線映出兩人的倒影，一直到這一刻，雷葛新才看見自己的長相。倒影中的蘇遠天有著瘦而精壯的高個子，左臉頰上有個明顯的刀疤。

不曉得為什麼，雷葛新倒覺得自己在這個時空附身的這個傢伙長得其實挺不錯。

「將林氏的江山奪回當然付出了可怕的代價，當年逃入荒原的七個曾叔伯祖們全數在戰役中陣亡，第二代也只剩下我，你的爺爺子文，二叔公子鑴，和幾個堂叔伯公們，而你父親一代，卻在與閻家的一場戰役之中全數凋零，一個也沒能剩下，才演變成現在仍然要我這個老頭子來撐場面，」這時候，電梯已經到了最底層，打開電梯門，是一個巨大無比的電子原料製造場。「這個，就是你的上代們千辛萬苦打下來的王國基業。」

老人拾起最近一堆零件中的一個小小積體電路，眷戀地看著，好像是個極珍貴的寶貝。「林氏，都是從這些小小零件一件一件組成的，爲了這個王國，我們喪送了無數的子孫。但是，爲了捍衛這一片祖先留下來的疆土，就是付出再多的代價，我也不會皺皺眉頭。要想接下這付承擔整個家族的重擔，也一定要是個能夠扛得起這個姓氏的人。」

「那……」雷葛新問道：「你們……不，我們和那個閻家，又是什麼樣的過節呢？」

林子安說道：「原先，閻家是我們當年攻破趙氏的同盟家族，因爲他們，還有城南的杜家、姚家在攻破趙氏時出了大力，所以在這個城市中也劃分出他們的勢力。杜家、姚家人丁不旺，從來不曾居過城內的勢力主流。倒是閻家三十年前出了個雄才大略的子弟，也就是小靜的爸爸閻猛。他大力整頓閻家勢力，在林氏城內的實力逐漸有淩駕我們之上的趨勢。原先我們和閻家的關係還算可以，兩家子弟也有聯姻的紀錄，像你今天見過的閻家靜敏就差點和遠笙結了婚，如果不是在訂婚典禮上出了事，他們可能已經是夫妻了⋯⋯」

「出了事？」雷葛新問道：「出了什麼事？」

「閻家的大家長閻敬陽和我同輩，是閻家小靜的叔祖，長我一歲，今年算來也有七十六了⋯⋯」老人林子安無限唏噓地說道：「如果不是那場訂婚禮出了事的話，我們兩個老頭又何必這樣拼了老命當家呢？」頓了頓，又茫然道：「我說到哪兒了？」

雷葛新耐心地再將話重覆一次。「說到那場訂婚出的事故。」

「對對，我真是老了，如果待會沒記著的話，可得提醒我。」林子安老耄的臉龐露出歉意。「其實，那個事故到現在還是一個謎。當時，閻家的勢力在城內逐步擴張，你父親和他的兄弟們早已開始不滿，只是沒和閻家正面鬧起來罷了。遠笙和小靜訂婚的當天，兩家的長輩都到了，結果，在典禮開始之前，不曉得爲什麼，你父親和林氏的堂兄弟，連同閻猛在內的閻家子弟，一共十九人一齊進到禮堂的會議事商討事情。可是，一小時過去了，兩小時過去了，一直沒人出來，也沒人敢去打擾。訂婚儀式一直耽擱下去也不是辦法，於是我作主，讓手下開了門，卻發現了難以置信的事……」

「什麼事？」雷葛新好奇地問道。

「好大的一間會議室，空盪盪的，一個人也沒有。沒有撬開窗的痕跡，而門口也一直有人守著，斷無可能從門口出來。兩家的十九名壯年精英，居然就這樣沒聲沒息地消失了。」

「難道沒人知道爲什麼這十九人會平白無故聚在一起嗎？」雷葛新問道：「在訂婚典禮前突然出現這樣的會談，不是很奇怪嗎？」

「這就是整件事的關鍵所在，」老人以讚許的眼光看他。「閻家人堅稱，是林家人出面邀他們會談的，可是，在我們這邊，卻有確鑿的紀錄證明提出邀請的是閻家。兩邊各說各話，當場就在訂婚會場弄僵，起了衝突。混亂中，遠蘭還弄傷了小靜的臉，從此，閻林兩家就結下了梁子。」

雷葛新仔細回想，果然，在閻靜敏的頰上的確有一道淡淡的傷疤。

「自此之後，雙方大大小小的衝突不斷，陸續有子弟在衝突中陣亡，今天遠竹的死，只是個開端。」林子安長嘆道：「我真的老了，而且總裁這個位子本不應該是我坐的，當年，我的二哥子鐫能力、氣度絕對不會在閻猛之下，只是他死得太早，雖然我在任時終於也為他報了仇，但總覺得如果是二哥坐這個位子的話，也許林家可以恢復先祖的獨霸局面。」

兩人之間暫時陷入沈默。工廠中寂靜無聲，只有遠方的氣閥徐徐地冒出白熱的蒸氣。

「和閻家的事，總要有一個了結。杜、姚兩家雖然有既定的勢力，但是只能自保。真正的霸主，還是脫不開閻林兩家，除非我們兩方能夠取得永久性的平衡，否則，一場大戰勢所難免，誰能決定這個大局，就是我們下一代的總裁，」林子安道：「現在每個人都認為這個人選就是遠琴，連他自己也這樣想。剛才他對我的態度，你也看見了。但是我卻仍然對你有信心，因為遠琴雖然足智多謀，卻沒有霸主的氣度。我相信我的眼光，你，遠天，會是比遠琴更適合的總裁人選。」

「別讓我失望。」

這是老人林子安對雷葛新附體的蘇遠天講的最後一句話。

夜已深，雷葛新枯坐在安排給他的房間中。近天明的時分，牛頓的聲音在耳邊響起。

「如何？」牛頓說道：「對這個新世界看法怎樣？」

「不怎麼樣，」雷葛新沒好氣地說道：「是一個瘋子世界。」

「這樣的說法，也許沒有冤枉了他們。我查過了這個世界的資料，這個世界和我們的時光分叉點大概是在公元二十世紀末，距離那個時代大約又過了三百多年之久。」

「怎麼可能？」雷葛新奇道：「這樣來說，他們的時代應該和我們差不多了，但是從市容和他們使用的武器來說，完全看不出來有任何跟得上我們科技的跡象。」

「沒有錯，這的確是個落後的世界。而且，我遍查了這個世界，發現了一個非常有趣的現象。基本上，這是一個沒有國家的世界。」

「沒有國家？」雷葛新好奇地問道。

「應該說，他們沒有我們所熟知的那種國家結構。我推測這是二十世紀末資本主義社會變形導致的後果。在我們的世界中，也曾經一度發生過資本家實力凌駕政治家的現象，我們渡過了那一關，但是這個『豪門』世界卻沒有渡過。政治人物輪替太過頻繁，沒有時間紮下足夠根基，讓資本家取代了統治角色。所以，我們所在的這個世界沒有國家，只有一個一個的企業帝國。」

「那落後的主因在哪裡呢？」

「其實，古二十世紀的社會論者就曾經預言過這樣的世界，只是在我們的歷史上沒發展成罷了。資本主義極度發展的結果，導致出色人才都將精神花在看似複雜，卻無甚建設性的商業行爲上。忽略了基本的人文、科技素養。而且，在這種以資本、金錢爲主的世界裡，主宰權非常不穩，因此花在鞏固勢力的精力極大，也阻礙了文明的進步。」略事沉吟，牛頓又說道：「還有最重要的一點，我帶你去看一個地方，你就會知道。」

天際已經微露魚肚白，雷葛新依著牛頓的指引，走到林氏大樓的一樓大廳。門口的警衛只是冷冷望了他一眼，連句話也懶得和他說。

「看來，你扮的這個人在這個地方不是很吃得開。」牛頓促狹地說道。

走出大門，在地面上看仍然金碧輝煌的大街此刻在晨曦下顯得有些冷清。街上的商店排滿了耀眼的商品，閃著俗艷的光芒。

「好像過的日子還不錯，」雷葛新由衷地說道。

「這只是表象，等到了我要帶你去的地方，你的看法就會不同。」

繞過兩條大街，在一個小巷子的前方，牛頓要雷葛新走進去，穿過牆邊的一座竹籬笆。在微曦的晨光下，看見的卻是和大街上截然不同的景象。

殘破的街道，裂損的人行道上長出一叢叢的長草，有些地方橫陳著一輛佈滿銹斑的汽車殘骸。放眼所及之處堆滿了圾垃。雷葛新的眼光隨著腳步前進，有棟殘敗小屋前坐著一名乞丐，看似熟睡，可是近看卻發現他的鼻孔和耳朵都有巨大的紅蟻爬進爬出，竟然是一個已經死去多時的人。

「牛頓！」雷葛新驚叫。「這個人……是個死人！」

「這就是我要讓你看的東西。」牛頓靜靜地說道：「只有一牆之隔，這條街上卻是個地獄。」

雷葛新站在蒼茫的廢墟街道上，萌生一股絕望之感。這個地方有點像是古籍所載二十世紀美利堅的貧民區，卻多了分死亡的氣息。

「怎麼會有這樣的地方？」雷葛新喃喃自語。

「這就是這個世代的資本結構形成的另一個惡果。掌權的大家族除了和其他家族傾軋之外，也佔盡了所有資源，貧富差距變得越來越懸殊。像這種街道都是經過戰禍、死亡的不祥地點，林家的人將其廢置，再重新建起新的大型街道。隔一條街買份報紙的錢，在這兒卻可以讓人生活上半個月，基本上，不只是這個城市如此，在這個世代中，每一個地方都是一樣情形。」牛頓幽幽地說道：「但是，這種貧富生活並不是絕對。像現在掌權的林家，他們的先祖就來自這樣的貧民區，推翻了原先的統治者。而這個世代就在這種永遠動盪的狀況下一直持續著。」

「所以，這其實就像是公元前古中國的戰國時代，是嗎？」雷葛新隨口問道。

牛頓悄無聲息。

「牛頓，」雷葛新再一次問道：「對不對？」

「噓……噤聲！」牛頓低聲道：「不太對勁。」

街道的另一端出現了幾名男子，此刻正陰沈地向雷葛新的方向走近。幾名男子的年紀都在二三十歲上下，身上的衣物並不光鮮，卻從衣縫中露出強健的肌肉。爲首一人的個頭極高，臉上有憤憤不平之色。

「走過去，沒事的。」牛頓說道。

雷葛新昂然迎著來人走過去，那幾名年輕男子只是兀自站在人行道上冷眼盯視，也沒來為難他。雷葛新好奇地打量這幾個男人，每個人臉上都露出不滿的複雜神情。

「蘇遠天，進了林家，就忘了舊兄弟了是嗎？」當前那名高壯男子嘎聲說道。

雷葛新詫異地看了看這一群人，知道這一定是附體這個遠天的舊友，只是直到現在他才知道，原來在正式入籍林家之前，遠天居然是個出身貧民區的白丁。

在人群的身後，緩步走出一個清瘦的女孩，抬起眼來，以漠然的淒苦眼神看著雷葛新。

雷葛新並沒有停下腳步，他緩緩越過帶頭的男子，越過他的同伴，最後也越過那個女孩。

突然間，一聲暴喝在身後響起。

「蘇遠天，你真行！」另一名長髮的矮小個子怒氣沖沖地跑過來。「不認我們也就算了，難道連蝶兒你也認不得？」他一反手，揪住雷葛新的衣袖。「你飛上了枝頭，看不起我們兄弟也就罷了，但是你不能對蝶兒這樣！」

雷葛新順手一讓，躲過矮個子的手勢，矮個子一個收勢不住，跌倒在地。其餘人見兩人動起手來，紛紛發出怒吼聲，向雷葛新的身邊圍攏。有幾個人順手抄起街上的廢鐵管，有一個胖子甚至掏出一把銹刀。

「砰」的一聲槍響，讓混亂場面陡地凝凍片刻，本來打算向雷葛新興師問罪的男子們轉頭朝槍響的來處觀望。

槍聲來處站著兩名面色木然的黑衣中年男人，其中一人手上的高爆槍還冒著青煙。兩名男人的身後是一部大型的嫩黃色禮車，車窗緩緩搖下，坐在車裡的居然是前一天和雷葛新玩過賭命牌局的閻靜敏。

一眾的貧民區男子愣在當地，不知道如何是好。那名帶頭的高壯男子一咬牙，仍然持著鐵管向雷葛新處逼近，手臂迴處就要往雷葛新頭上砸落。

「哥！不要……！」清瘦的女孩小蝶尖聲大叫。

「砰」的一聲高爆槍響再度響徹眾人的耳際。閻靜敏身旁的另一名黑衣男子氣定神閒地再開了一槍，將高壯男人手上的鐵管擊成兩段。高壯男人持著半根斷棒，圓睜雙眼，氣息急促地喘個不停，但卻又畏懼高爆槍枝的威力，不敢動彈。

豪華禮車的車門此刻緩緩打開，閻靜敏從車內走了出來。今天她是一身的獵裝打扮，英氣中仍然是冷冷的高傲神情。

「這一槍，是看在蘇遠天先生的面子上，如果你再不知好歹……」她清澈的大眼陡地露出殺氣。「我瞄你的鼻子，就絕不會打中你的眼睛。」

一眾的貧民區男子在早晨的天空下倉皇撤退，腳步雜沓，一下子全數繞過街角不見蹤影。只有那女孩小蝶仍靜靜地盯著雷葛新，她的哥哥拉著她的手臂，也緩步離去。走沒幾步，女孩一鬆手，又跑回來雷葛新的面前。這時，閻靜敏也已經走到他們身前不遠處。

女孩淒然地看看雷葛新，眼淚像珍珠一樣地滑落在臉上，又看看一身獸皮獵裝，皮帶環上幾顆晶亮珍珠的閻靜敏。

「遠天，我知道再怎麼樣，我也終究只是梁上的一隻小燕子，比不上別人的光采。但是，」她深吸一口氣，神色堅定。「我只要你知道，我不怪你，真的，我一點也不怪你。」

說完這番話，女孩便掩面轉身，也在街角失去了蹤影。

看見她淒然欲絕的神情，雷葛新也覺得很難過，但是對他來說，他完全不認識這個女孩，也完全不知道這位「遠天」和她有過什麼樣的情感糾纏，要說想做些什麼，似乎也很多餘。

而牛頓的聲音這時又悄悄出現。

「這是古世代常見的男女交往模式喲！在我們二十四世紀已經極少見到。」他說道：「還有你身邊這個女人，她對你有百分之三十四的情欲指數，有機會也和她嘗試這類型的男女交互動作，我好做觀察。」

「察你個頭！」雷葛新忍不住脫口罵道。一出口才想起身邊還有個閻靜敏，此刻她正圓睜著大眼睛，饒有興味地看著他自言自語的表情。

雷葛新也不去理她，一轉身便往回頭路走。閻靜敏追上他。

「喂！」她叫道：「喂！」

雷葛新站定，以詢問的眼神看著她。

「想和你聊聊，到我車上去，有空嗎？」閻靜敏以挑戰性的眼神問道：「或者是說，有這個膽子嗎？」

牛頓這時又突然插進口來。

「去看看，說不定會發現有趣的資訊。」

「我會去，但是休想我會幫你找男女關係的資訊！」雷葛新低聲道，看見閻靜敏又盯著他看，連忙點點頭。「好啊！」

閻靜敏的神情極度驚訝。「上我的車，你真的肯？」

「可以。」最後，雷葛新這樣簡潔地說道。

上了閻靜敏的車後，她一直毫不掩飾地凝視著雷葛新。而雷葛新也不以為忤，只是好奇地打量車內擺設，有時凝神細看窗外的街景。閻靜敏的嫩黃色禮車駛出貧民區，再度回到繁華的大街，開往城西的閻家勢力範圍，最後，在一棟大樓的頂樓停機坪上了一具垂直起落飛行器。

雷葛新毫不猶豫便跳了上去，坐在閻靜敏的身旁。在巨大的獵獵風聲夾雜引擎聲中，飛行器起飛，雷葛新想起在古裝電影中，二十世紀人常用的直升機大概就是這類型的工具。林氏城逐漸在腳下變得渺小，原來，在城邦的外圍是大片的荒原和沼澤，一條綿延深遠的山脈橫陳在地平線的西端。

牛頓此時則在雷葛新的耳旁分析眼前所見的一切。

「在這樣的權力結構下，城市外圍的開發變得幾近不可能，因為城市的統治者不會容許子民脫離可以監控的範圍。」牛頓說道：「但是，雖然處於不同的時空，基本上，這個世代的生活模式和我們的遮蔽幕卻很類似。都無法盡情享受整個地球的自然資源。我們的災禍來自超人戰爭，他們的卻來自本身的生存結構出了問題。」

雷葛新忘情地看著遼闊的荒原，野生的動物在平野上奔馳。

「不過，和我們的世界不同的是，這個時代的動物卻快樂得多，人們花了太多精神在自相殘殺上，反而造就了野生動物的天堂樂園。」牛頓有點啼笑皆非地說道：「人的命運悲慘，卻造就了野生動物的幸福，這不曉得是什麼跟什麼啊……」

從飛行器中的玻璃窗望下去，一群野馬在平野上奔馳。雷葛新一轉頭，打算換個角度看那群野馬，卻看見閻靜敏正目不轉睛地看著他，眼神柔和。

「你到底是什麼人？」閻靜敏的聲音夾雜在引擎聲中透現出柔和的氣氛。「我收集了所有有關於你的資料，但是，上面卻沒有一樣符合我自己親眼看到的。」

「我是蘇遠天。」雷葛新順暢地撒謊說道。

「正確來說，你現在應該叫做林遠天。你是大企業集團林氏子弟和歡場女子生的私生子，是林遠竹、林遠蘭的異母兄弟。從小在廢都長大，沒有受過一般教育，但是因為打起架來十分凶狠，在廢都街上倒也小有名聲。」

「妳知道的倒比我詳細。」雷葛新由衷地說道。

「但是，我卻完全看不透你這個人。」閻靜敏說道：「賭命那天，我算準你只是虛張聲勢，想不到卻栽在你的手中。後來，你有開槍殺我的機會，卻放過了殺掉你親兄弟的仇人。難道，你真的知道我那柄槍裡其實沒有子彈的嗎？」

「不知道，」雷葛新坦然說道：「是後來才知道的。」

閻靜敏仔細看著他的神情，良久，才輕輕地嘆了一口氣。

「我真的不瞭解你，蘇遠天，」閻靜敏悄然地微笑。「就連現在你說的話，我也分不出真假。見過你之後，我一直在想，『這個人是真正的光明磊落呢？還是可怕的演員？』你說，你是哪一種人？」

雷葛新無所謂地聳聳肩，表示不置可否，因爲他真的不知道該怎麼回答她。

「從我開始插手閻家的事務以來，見過許許多多的狡詐人物，但是，會讓我連續打亂布局，不知所措的人，你算是第一個。」她悠然地說道：「賭局完後那把槍是一次，而你會答應上我的車則是另一次。知道嗎？在廢都那兒，我隨時都可以殺了你，只是你這個人太讓我好奇了，而且，你對那個女孩的深情態度也很感動人，所以我才決定和你好好談談。」

本來雷葛新是無言以對的，但是牛頓卻在一旁嘟嘟囔囔地出意見。

「問她爲什麼，爲什麼她會覺得你不理那女孩是件深情的事，或是令人感動的事？」

於是，雷葛新有點無奈地問了閻靜敏這一個問題。

「爲什麼妳會覺得我和那女孩的事很感動人？」

「因爲我從資料上知道，那女孩是你在廢都從小到大的戀人，你會對她假裝視而不見當然不是因爲看不起她，而是不願將她帶入豪門的爭戰漩渦……啊！那是什麼？」

雷葛新順著閻靜敏驚訝的目光往窗外一看，看見在地平線彼端森林中冒出濃濃的黑煙。

閻靜敏將臉湊近雷葛新，兩人的面頰相距極近，連她身上的鳶草花香都可以聞到。

「雖然說我是真的看見森林大火了，可是，即使是最沒江湖經驗的小混混也知道這種打斷交談的驚訝舉動藏著無限殺機，」她輕輕地以舌頭舐舐紅唇，看著窗外的野火。

「可是，爲什麼你又這樣隨隨便便就轉過頭去呢？難道不怕我改變主意，殺了你嗎？」

「爲什麼妳總是要講那些殺來殺去的事呢？」雷葛新皺眉道：「難道世上沒有比那更重要的事了嗎？」

閻靜敏不再理他，只是逕自注意著冒出濃煙的地點。她向駕駛員交代了幾句，向起火點更飛近了些。

那是一場中型的森林火災，在山腰急速地延燒。從閻靜敏關心的程度看來，這片森林應該是閻氏的產業。她拿出飛行器內的通話器，按開了掣鈕，略事猶疑，又將它關掉，幾經考慮，又想打開通話器，按開掣鈕的手指微微顫抖，額上微冒冷汗，卻始終按不下去。

雷葛新將她的神情動作全看在眼裡，悠然地說道：「機關算盡太聰明。做與不做之間，就是一個難解的謎題。」

閻靜敏瞪了他一眼。

「你懂什麼？」她冷然說道：「你知道我在想什麼嗎？」

「如果不去救的話，閻氏會平白損失許多的林產，」雷葛新說道：「但是如果救了火，也許後果會更加嚴重。因爲野火本就是自然界中生生不息的一個重大關鍵，死亡本就是重生的開始。現在的問題在於，是要保住短期的利益控制火勢，或是讓大自然以她的方式繼續生養下一個百年的森林，對不對？」

閻靜敏愣愣地看著雷葛新在機艙中侃侃而談，身後的背景有森林大火的濃煙瀰漫。

「寒帶林木中，有許多杉科、松科植物的毬果非常的堅硬，必須仰賴森林大火的熱度才能爆開，完成繁衍的工作。古代著名的美利堅黃石公園管理處也曾面臨過這樣的兩難局面，後來還是決定讓大自然決定一切的生存方式。」

「什麼……什麼黃石公園？」閻靜敏喃喃地問道。此刻雷葛新才想到在這個時空，世界上也許不曾出現過他的資料庫中有詳盡細節的古美利堅黃石國家公園。

「只是一個例子，至於名稱，那並不重要。」最後，雷葛新這樣含糊地把話題這樣帶過。

閻靜敏思索良久，終於還是沒按開通話器，任由一地的野火在大地上焚燒。一株樹齡上百年的杉樹陡地翻倒，發出必剝的震天巨響。這一霎那，雷葛新心中突地湧現遠古中國詩人的「春風」古詩。

「野火燒不盡……」他喃喃地自語。「春風……吹又生……」

閻靜敏以手支頤，也不知不覺地隨他覆誦一次。

「你……到底是什麼樣的一個人？」她的聲音在野火的焚燒聲中顯得空盪盪。「你還有什麼事是我不瞭解的？」

「妳呢？」雷葛新反問道：「一個大企業的頭頭怎麼會對這種自然生態之事有興趣？換了是別人，也許火早就撲滅了，怎會去管生態如何平衡一事？」

「別小看我，我有兩個自然學的博士學位，」閻靜敏嫣然笑道：「如果不是生在閻家，我應該會是個很煩人的環保工作者。」

「那為什麼不乾脆就去做自己想做的事呢？」

閻靜敏靜靜地看他，搖搖頭。

「生在豪門之家，有許多事不是你想做就去做的，」她遙望天邊，神情寂寞。「想要放開一切，追求自己的理想需要很大的智慧。我沒那種決心，你們家的林遠琴也沒有，聽說林遠琴有一個比他更出色的弟弟遠鶴，也許這個人有這樣的大智慧，因為他就在這附近的小山上耕田為生，從來沒涉足過家族的事業。」

「我聽說過妳和我們家族中的一個人訂過婚，但卻在婚禮上出了事，」雷葛新問道：「妳恨我們的家族嗎？」

「我殺了你的親兄弟林遠竹，你恨我嗎？」

雷葛新搖搖頭。

「我也不恨你們，閻家和林家的子弟在少年時代有很多人是蠻要好的朋友同學。我和林遠琴還曾經同過班，小時候的感情還不錯。而你那個弟弟遠蘭小時候是個愛哭鬼，卻最喜歡聽我爸爸說故事。只是，一旦兩方家族成了仇人，就再也沒什麼選擇的餘地了。這是我們這種家族的宿命安排，沒有一個人逃得過。」

飛行器這時飛過了一個小小山坡，幾間木頭搭建的簡陋小屋，一旁開墾出美麗的翠綠梯田。飛行器在田園上空徘徊幾圈，在田園旁一株大樟樹底下，有個人正悠閒地臥在石上吹著悠長的牧笛。見到雷葛新和閻靜敏的飛行器低空掠過，微笑向他們揚揚手。

「喂！」閻靜敏探出頭去，大笑叫道：「母雞生蛋了沒？」

陽光下，那人走出樹蔭，露出燦然的微笑。

「我改天再來和你喝酒！」閣靜敏向他招手，笑得非常開心。

坐進機艙後，閣靜敏顯得非常愉悅。

「他就是閣林兩代唯一不願接掌家族事業的林遠鶴，」閣靜敏說道：「我知道林家千方百計要他回家族幫忙，可是他從來沒答應過。」

雷葛新望著她，露出神秘的微笑。因爲牛頓此刻在他耳際說了幾句話。

「我的一個朋友說過，」雷葛新說道：「人生幾何，譬如朝露。富貴浮雲，白駒過隙。」

「我沒辦法就這樣離開，」閣靜敏深深一吸氣，神色又恢復了先前的冷傲。「我還有責任未了。」

「有許多人，在世的時候覺得沒了他們，世界就無法運轉，」雷葛新沈靜地說道：「但是，花一樣的開，潮汐一樣的起落，這些人早已化爲黃土，可是，我們還是一樣的過著日子。」

「我們不談這些了，好不好？」閣靜敏柔聲說道：「認識了你，再想想遠鶴，再想想我們兩家的過去，我決定要和你們好好把事情攤開來談一談，不要再打打殺殺了，好不好？所以，請你回去轉告安爺爺，說閣家的小靜想把兩家人聚起來，好好談談。」

「好，我會轉告的。」雷葛新頷首。

「安爺爺一定知道，我是個說話算話的人，而且我是誠心要和你們和好，所以請你們也用同樣的善意回應。談的時間、地點由兩家的家長決定。」

飛行器飛回林氏城時已是近黃昏時分。暮色中，雷葛新走出飛行器，一旁的保鑣與司機已經將禮車車門打開。他朝禮車的方向走去，卻聽見閻靜敏在身後叫了他一聲。

「喂！」她高瘦的身子在飛行器的螺旋槳風中顯得單薄，長髮隨風飄盪，臉上表情似笑非笑。「連聲再見也不說？」

雷葛新走過去，伸出手。閻靜敏不輕不重地握了他的手，一眨眼，卻冷不防在他的臉頰上印了一個吻。

「再見，希望很快再見到你。」她嫣然一笑，就在保鑣的簇擁下離去。

而雷葛新靜靜地佇立風中，臉上唇印處還有一絲水氣蒸發的涼意。

「那個就是傳說中的吻，是嗎？」牛頓在回程很高興地說道：「真是難得的資訊，聽說古時候還有所謂的深吻、長吻、舌吻、溼吻哪！」

雷葛新常常在想，還好那時候和公治南發生激情的時候牛頓不在場，否則不曉得要被他逼問到什麼時候。

在二十四世紀的社會中，因爲人口極度的凋零，生育早已不再仰賴並不穩定的男女交往之上，改由人種傳承局選出合宜染色體配成新生命。也因爲虛擬科技的盛行，實質的肉體接觸早已幾近絕跡，甚至已被渲染爲不潔行爲。

「你實在太吵太聒噪了，別來煩我！」雷葛新沒好氣地說道。

林氏集團的總裁林子安乍聽雷葛新傳回的訊息後，神色極度地驚訝。老人沉吟良久，很欣慰地笑笑。

「如果能在訂出下一任接班人之前和閻家和解，我就能更心安理得的退休了。如果這次能夠有圓滿的結束，遠天，我會考慮讓你接我的位子，因為，能讓那個頑固如石頭的閻家小靜主動提出和解，你是第一人，」然而，老人臉上卻接著流露出憂慮的表情。「但是我擔心遠琴他們會有意見。所以，我希望你別把閻家小靜要你傳話這件事說出去，在家族會議之前，要完全不動聲色。」

雷葛新點點頭。「沒事的話，我先退下了。」

臨走之前，老人林子安又叫住雷葛新。

「遠天，」老人讚許地遠望著他。「幹得好。」

辦公室的厚重木門緩緩關上。可是，在門後的老人臉上卻陡地露出陰狠的沈思神情。

「那個老人不是什麼好東西，要小心。」牛頓說道：「他的思想波有很強的壓抑傾向，說話不盡不實。」

雷葛新跟走廊盡頭的工作人員問了他的住處，按下他的居處樓號，走入電梯。

「要脫離這個世界了嗎？」他問道：「有任何核酸警隊的力場出現了？」

「沒有，」牛頓簡短地回答。「我已經查過四周的水態、火態以及空氣，沒有他們的力場跡象。」

「話又說回來，他們是怎樣追蹤到我們的？」雷葛新問道：「如果你說的網狀時間理論成立，他們怎麼有辦法在無數的世界中找到我們？而且我記得你說過，要尋找一個特定的世界，甚至回到曾去的時空都是非常不可能的事，機率幾近為零。」

「我想，我的這種說法要修正一下。基本上，要進入一個特定世界的確很難，但是如果要進入一個曾經去過的世界，以轉態生化警察的能力而言，並不是不可能做到的事。」

「那……他們怎麼辦到的？」

「詳細狀況我還不清楚，不過依照以前的經驗看來，他們一定又動用了時光局的生物電探知儀。而且我們在時空間穿梭時會留下軌跡，我猜想，他們現在正從上一個世界『桃源』不停地嘗試不同的時空，錯了，再回到原點重新再來一次。」

「真累。」雷葛新嘆口氣說道。

「別搞錯了，他們越累，我們越有脫逃的機會。」牛頓說道：「現在我們暫時沒有問題，而且，如果他們接近的話，我也會察覺的。如果你不介意的話，我想留在這個世界觀察到他們的家族接班會議結束，因為我對這個世界的結構非常有興趣。現在，我打算再次游離出去找找別的資料。」

「隨你。」雷葛新聳聳肩，打開自己的房門，那是一間並不甚大，擺設也相當普通的古式房間，但是對雷葛新來說，這種饒有古意的房間，卻比任何豪華閃耀的挑高大房更是可愛。單人床上此時倒是鋪著整齊乾淨的棉被床套，雷葛新想起曾經在二十四世紀看過的老片子，也就學著劇中人一樣，調皮地「呀呼」一聲，俯身跳到床上去，滾了幾下，魚躍而起，又直挺挺地倒在床鋪上。

便在此時，床邊的一具電話鈴鈴地響了起來，雷葛新滾過去一抓，剛開始還把電話拿反了，後來聽到對方不住的「喂喂喂」，這才轉到正確的方向。

「你在做什麼？」話筒後方說話的是不久前才見面的閻家大小姐，她在電話裡的聲音較爲溫和柔軟，少了許多武裝。「怎麼讓我喂了那麼久？」

「沒事沒事，」雷葛新訕然地笑道：「只是我在發瘋。」

「你已經睡了嗎？」

雷葛新看看房間裡有個電子數字鐘，時間是晚上十一點三十九分。「還沒。」

「那……要不要出來看我……不，不是，」她的聲音似乎變得有點慌亂。「是我想去一個很好玩的地方，你想不想和我一起去？」

本來雷葛新以爲牛頓這時會在一方幽幽地說「去！快去！這樣我才能觀察」，但是不曉得爲什麼，牛頓這時候似乎沒在身邊。

電話那一端，閻靜敏的聲音又帶著幾分微妙的急切傳了過來。「如果你不想去的話，也沒關係啦，我只是想……」

沒等她說完，雷葛新便立刻答應了她的邀請。「我去，我要去！」

過不多久，閻家的豪華禮車便來到了雷葛新住處的樓下。司機將車門打開，坐在裡面的果然是閻家大小姐，此刻她並沒有穿著豪華禮服或是帥氣獵裝，而是輕鬆的白襯衫和藍色緊身褲，看見雷葛新的身影，她立刻露出喜悅甜美的笑容。

閻家的禮車帶著他們，繞過城市的中心，來到一棟外表佈滿霓虹燈的大樓，這種霓虹燈和香菸、酒精、毒品一樣，在雷葛新的時代早已絕跡，只能在古代影片中看到，此時親眼看到，那種帶著燦爛光華、菸酒財氣的氣氛，是古代影片中呈現不出來的。

走進大樓，便是一個寬闊高聳的空間，此時空間內早已被嘈雜的音樂、氤騰的煙霧充滿，在中間的舞臺前，許多年輕的男女又笑又鬧地在舞池中跳著雷葛新看不懂的舞，但是每個人的臉上都是迷濛的笑容，彷彿就算末日將至也毫不在乎。

而閻靜敏就像是整個熱鬧空間的最重要女主角，當她走入舞池時，所有人便讓開一條路，鼓掌讓她經過。她牽著雷葛新的手，開心地和經過的男男女女們不住地揮手致意。走到了舞臺前方，一陣激烈悅耳的音樂響起，所有人更是情緒高亢地開始跳起舞來。

熱歌勁舞的這種行爲，對雷葛新來說是相當陌生的，二十四世紀的人對於這種動作激烈而且極耗體能的舞並沒有很大的興趣，所以雷葛新也不太會跳，好在在他的核酸知識中勉強有幾種和這些熱舞有點接近，於是他也勉爲其難地跟著閻靜敏，還有全場的年輕男女跳了起來。

在這種場合之中，除了熱舞之外還伴隨著酒精。只見在二十四世紀屬於罕見禁品的各類酒精飲料在這個大舞池中無限量供應，而閻靜敏似乎酒量非常好，只要有人跟她敬酒她就毫不猶豫地一口喝乾，而雷葛新也跟著嚐了幾口不同顏色的混合酒，覺得味道果然不錯，難怪有那麼多人如此著迷。

而在燦爛的燈光閃爍中，在酒精和熱舞的催化中，雷葛新似乎覺得閻靜敏比起白天來更是明艷光彩起來，而且比白天時的嚴肅看起來更爲年輕。她在人群中不管和誰說話，總是說兩句便往雷葛新的方向看過來，眼神相對，露出甜媚的眼神，偶爾她會過來和雷葛新跳一會兒舞，但是不久後總會被另一群拉過去，繼續喝酒和盡情跳舞。

突然之間，整個空間的燈光轉暗下來，音樂聲也轉爲柔和。空間中的男男女女紛紛湊成一對一對，輕輕握住彼此的手，開始跳起節奏明顯變得很慢的轉圈圈舞。人群中，閻靜敏高挑的身影從迷濛略暗的光線中走來，她的臉頰因爲酒精抹上了一抹微紅，眼神嬌媚如絲地，向著雷葛新走來。

「這叫慢舞哦……」她的嘴唇輕輕地貼著雷葛新的耳朵，雙手握住了雷葛新的雙手，十指交纏。「我已經好久好久沒跳慢舞了哦……」

在閻靜敏的帶動下，雷葛新一手和她十指緊握，一手撫著她的背，兩人以極貼近的方式跳著舞。閻靜敏與雷葛新差不多高，兩人跳舞的時候臉蛋貼得很近，近到可以聽得到她的呼吸，她的髮香，還有她散發出來的身體熱氣。

「我的心……跳得很快喲……」她的眼睛有些迷濛，鮮紅的嘴唇微張。「你摸摸看……」

說著說著，她便把雷葛新的手帶到她的胸部，貼著他的手，放在她的乳房上。那觸手的感覺溫潤而美好，她的呼吸變得灼熱，也讓雷葛新悄然地又起了男人的生理反應。

閻靜敏發出沉重的呼吸聲，每次呼吸都可以感受到熱熱的氣息。雷葛新這時暈暈糊糊的，只覺得她是世上最美的女人，閻靜敏柔柔地看著他，兩人便很自然地親吻起來。

兩人在音樂中也不曉得相擁了多久，親吻了多久。雷葛新被這樣的浪漫氣息所誘，渾然沒有發現身邊的所有男男女女都已經在慢舞開始的時候悄然離開，等到他終於發現的時候，現場已經全數清空，只剩下他和閻靜敏兩人。

燈光，也很微妙不著痕跡地，轉爲一盞只足夠照著他們兩人的黃色柔光，柔光照著的地方有一套沙發，閻靜敏捧著雷葛新的臉，彷彿捧著是她最珍愛的東西，兩人對望良久，她才嘆了口氣，攜著雷葛新的手，走向那套溫暖黃光照耀下的沙發。

「我要你抱我，」閻靜敏低聲說道：「抱我到沙發上。」

雷葛新笑了笑，果然便將她抱起來，讓她很慵懶舒適的坐在沙發上。閻靜敏輕一伸手，也將雷葛新拉下坐好，兩人繼續剛剛的親密距離，貼著身體坐在一起。

此時的光度和方才跳慢舞的時候不同，因此雷葛新可以很近距離地和閻靜敏對望。這位當世最大家族的第一號女當家，此刻卻像是隻柔順的小貓一般，摟著雷葛新，怎麼都不願放開。她的臉上帶著淡妝，卻仍然隱隱然看得到臉上那道傷疤，這道傷疤的事，雷葛新在日間也聽林子安說過，說是兩家爭鬥時被林遠蘭弄傷的。

「你在看我臉上的傷，對不對？」閻靜敏低聲說道：「很醜很醜，對不對？」

「好可憐……」雷葛新親了親她的臉，也親了親她的傷疤。「妳不但不醜，妳很美。這是我看過最美的傷痕了。」

閻靜敏靜靜地看著雷葛新，彷彿想從他的眼神得知他的真正想法，良久良久，她的眼裡泛出了晶瑩的眼淚。「你是真心的，你是真心對我好的。」

她輕輕地解開了白襯衫，解開了內衣，露出了光裸的胸部，在左胸的地方也有一道淡淡的傷疤。「這裡，也是受傷的地方，也是和敵人打仗時受的傷。」

雷葛新微微一笑，也親了親她的胸口。閻靜敏輕輕地抹著他的耳朵，讓他的嘴唇碰著自己的乳頭。

「那裡，也要親……」她的聲音有些顫抖，聲音低低的。「我……很久沒跟男人在一起了，輕一點，我怕痛……」

在昏黃的燈光下，兩人除去了身上的衣物，靜寂地，彷彿是怕吵醒誰似地深擁在一起。雷葛新進入閻靜敏身體的時候，她只在嘴巴裡喃喃地重覆這樣一句話……

「我要永遠和你在一起，我要永遠和你在一起……」

第三天一大早，雷葛新便被急促的呼叫鈴吵醒。林氏家族的大家長林子安將所有子弟群集至總部，宣布將在當日由二代子弟出面和閻家展開和平會談。會中老人並且和閻靜敏以影像通訊器材取得聯繫，由閻靜敏本人做下錄影紀錄，保證這次會談的誠意。

「我閻靜敏，以本人的生命及名譽爲證，」閻靜敏在顯示幕上鄭重地表示。「這次會談，閻家有絕對的誠意與貴家族言歸於好。」

出乎意料之外，以林遠琴爲首的二代子弟們沒有明顯的反對跡象，只是問了老人幾個相關細節，便紛紛告退。

「遠琴他們答應的話，我也就放心了，因爲按照規矩，在這樣的錄影紀錄下，表示閻家小靜絕不會在會議中弄鬼，否則她就不再有立足之地，」林子安告訴雷葛新道：「你在會議桌上要和遠琴多多合作，這樣的會議不會一次就完，但是，如果你表現出色的話，我也比較容易讓你接班。」

過午不久時分，林氏子弟陸續抵達兩方的會議場所：城南杜氏大樓頂層。雷葛新到的時候，林遠琴等人早已在會議廳中，正交頭接耳地說些什麼，見到雷葛新出現，便陡地停口不說，只各自看著手上的資料。

過了不久，閻家子弟也在閻靜敏的帶領下出現。爲首的閻靜敏一身火紅打扮，神情高傲，她環視了林氏子弟一圈，眼光見到雷葛新時，矜持的表情略爲鬆弛，露出親近的笑容，可是那笑容霎眼即逝，一行人走近會議桌坐定。由這次會議的公證人，城南杜氏的長老杜雲風揭開會談的序幕。

一般來說，雙方會談的氣氛尚稱融洽，偶有意見不合之處，也總是有一方會退上幾步接受。閻靜敏秀眉微蹙，彷彿在思索什麼難解的問題。她看了看林氏兄弟們輕鬆的神情，又看了看自己閻氏子弟眾人的表情。

「不對勁，」牛頓的聲音不知道從何而來，悄然出現在雷葛新的耳旁。「閻氏那些人大部分都有心跳加速、汗水流出的徵象，除了那個女人之外，幾乎每一個人都偷眼看過時間。」

雷葛新不安地轉頭四顧，有幾個林氏子弟注意到他的動作，微感詫異。閻靜敏也注意到了他的不安，眼神微帶詢問。

寂靜的會議室中，不知從什麼時候開始響起了一陣嗡嗡的低鳴，但是那聲音太過低沈，除了牛頓之外，沒有人注意到。

「有事情發生，一定有。」牛頓很肯定地說道：「你自己小心了。」

突然之間，閻氏子弟不約而同站起身來，往四下翻滾。「中！」其中幾人大聲叫喊，紛紛滾到牆邊，連閻靜敏也被其中一人攔腰抱住，狼狽地翻身落地。

「砰」的一聲巨響，閻氏席次的背面牆上整片崩垮下來，揚起硝煙味極重的煙塵，從煙塵中閃身走出三名持著重型連發槍械的蒙面人，指住林氏子弟。林遠琴絲毫沒有驚訝表情，彷彿眼下的狀況早在他的預料之中。

「住手！」閻靜敏從地上爬起來，擋在三名槍手的面前。「你們是什麼人，膽敢在我們的會議場上放肆？」回過頭來，又向閻氏子弟中一人大聲問道：「這是誰出的主意？明知道我用生命和名譽保了他們的安全，為什麼這麼大的主意也沒和我商量？」

林遠琴無視於三柄橫陳於前的高爆槍械，舉起雙手悠然地「啪啪」地鼓掌。

「好安排，好計謀，」他朗聲說道：「犧牲小靜一個人，可以換林氏十來個，果然是筆好生意。只是，要玩，你們還差得遠了。」

一陣垂直飛行器的螺旋槳聲由遠而近，落地窗上出現偌大的陰影，緊接著，高速的連發機砲聲響起，巨大的落地窗應聲粉碎，窗外凌空停峙著一部巨型的戰鬥飛行器，黝黑的砲管冷冷地注處一室的狼藉，閻氏子弟臉色慘白，那三名殺手也頹然將高爆槍械放下。

從飛行器中垂下一條一條的鋼索，幾名黃衣人俐落地盪進室內。林遠琴從其中一人手上接過一柄短槍。

「杜爺爺，今天不是我們下手太辣，您也看見了，是閻家不給我們活路走。」他神色輕鬆地對公證人杜老這樣說道，隨即臉上閃過一陣殺氣，回身一槍，一名閻氏子弟胸部中槍，應聲倒地。

閻氏子弟紛紛長聲慘呼，不住後退，縮到牆角。閻靜敏一閃身，張開雙手，擋在他們的面前。

「不關他們的事！」閻靜敏的長髮已經散開，聲音淒厲。「殺了我就好，別爲難他們！」

雷葛新見情勢不妙，連忙走到林遠琴的身旁，急聲道：「別殺他們，有什麼事大夥好好說！」

林遠琴側頭看他，臉色溫和。雷葛新正待開口，冷不防一記重擊，被林遠琴回手一記槍托打倒在地，一霎時天旋地轉。

在痛楚中，還聽得見林遠琴冷冷的聲音。

「如果不是你這白癡平白訂了這場會議的話，也許大家還不會弄得這麼難看，你還有臉來和我說話？」

林遠琴轉身向閻靜敏說道：「小靜，我很遺憾。但是我還是要殺妳，而且今天閻家的人沒有一個可以活著走出去。我沒妳那麼傻。」

然後他冷靜地扣下扳機。一個高大的人影陡地閃身擋在閻靜敏的身前，子彈正中眉心，從腦後濺出的鮮血灑在閻靜敏紅色的衣裳胸前。

「遠笙，你這個笨蛋！」林遠琴長聲大叫，幾名林氏子弟連忙過去扶住。曾經和閻靜敏有過婚約的林遠笙身子微晃，倒在閻靜敏的身前，雙眼兀自圓睜。

當年，閻靜敏與林遠笙的婚約只是雙方家族策略性的安排，兩人在訂婚之前連話都沒說上幾句。林遠笙個性本就極爲沈默，林氏子弟在訂婚破裂後也從未聽他提及閻靜敏，最後，他卻在最危險的一刻爲閻靜敏擋了子彈。

然而，此刻閻靜敏卻只是怔怔地望著雷葛新發呆。雷葛新緩緩從地上爬起，額上因爲挨了林遠琴一記槍托鮮血長流。

「笨蛋！」林遠琴望著林遠笙的屍身，憤憤地啐了一口。卻仍持槍向閻靜敏的方向走近。

從落地窗攻進的黃衣人之一這時橫跨半步，擋在林遠琴的面前。

「你們的任務已經結束了，」林遠琴不耐煩地說道，閃身想越過黃衣人，可是黃衣人又跨一步，仍然擋住他的去路。「可以撤退了，這兒我們處理就可以。」

「任務，還沒結束。」黃衣人冷冷說道，然後舉起槍，便在林遠琴的胸口開了好幾槍。

林遠琴離開人世的時候仍然不曾意識到發生了什麼事，他盯著黃衣人的槍口，彷彿從那兒射出的不是子彈，而是兒時遊戲常玩的肥皂泡沫。他踉蹌地倒退幾步，仰天倒地，胸口開了個大洞，臉上仍帶著輕鬆的表情。

「殺！不留活口。」黃衣人冷然向其他四名黃衣人下達命令。於是，高爆槍口毫不留情地噴出火花，一記一記準確打入這個城市最顯貴的兩個家族子弟的身體。

雷葛新在火網中只覺得身體一陣辣燙的痛楚，他伏倒在地，一回腳將林遠琴掉落在地的短槍踢往閻靜敏的身邊。自己一個打滾，拖著身邊的林遠蘭躲在倒地的會議桌後方。

子彈火網在室內交織，一顆子彈透入雷葛新的體內，灼熱的痛感讓他長呼出聲。

五名黃衣人一致停下火力，往雷葛新和林遠蘭藏身的會議桌後方逼近。

「怎麼辦？大哥，怎麼辦？」一向對雷葛新極爲不友善的林遠蘭此刻卻像是個無依的小童般躲在雷葛新的身後發抖。

突然間，一聲低喝聲在黃衣人們身後響起。閻靜敏一身血污，在閻氏兄弟屍身堆中巍巍站起，手中握著兩柄短槍。

而那就是五名黃衣人在人世所見的最後一幅景象。

閻靜敏是閻林兩家中槍法最出色的子弟之一，在黃衣人們來得及舉槍之前，五發子彈便在不到半秒鐘的間隙裡洞穿了他們的右眼。

然後，她的身子也突地一軟，倒在地上。

雷葛新在林遠蘭的攙扶下，走到閻靜敏的身旁。她仰躺在血泊之中，臉色有著異樣的蒼白美感。此刻她虛弱地看著雷葛新將她抱在懷中，露出淒美的笑容。

閻靜敏的身上中了數槍，大量的失血，有一槍直接命中心臟部位，卻不知爲什麼子彈沒有貫穿身體。

她抬了抬手，示意雷葛新將她左胸口的東西拿出來。

雷葛新滿手沾滿了閻靜敏的鮮血，探入她的胸口，拿出來一塊小小的金鎖片，正中央已被子彈貫穿，上頭鐫著「林閻靜敏」四個篆字。

「這是我和遠笙訂婚時的東西，原先以爲這輩子再也用不著了，」她笑笑，隨即猛烈地咳了起來。「但是，遇見你之後，我卻想再讓自己有一天用上這個名字。」

林遠蘭站在兩人的身後，茫然地環視著一室的血污屍身。幾個閻氏和林氏子弟的屍身親蜜地互相交疊，流出的鮮血混在一起。雄心萬丈的林遠琴屍身此刻仍圓睜雙眼，露出志得意滿的表情，彷彿下一刻便可以殺盡閻家子弟，奪回家族勢力。會議室外，一陣沈緩的腳步聲響起，仍然活著的三個人不約而同往大門口的方向看去。

出現的是兩名年近古稀的老人，林氏總裁林子安，閻氏總裁閻敬陽。林遠蘭見了兩名老人身影，歡呼一聲，向他們跑過去。

雷葛新懷中的閻靜敏掙扎了一下。

「別……」她虛弱地說道：「別……」

牛頓在一室的靜寂中開始說話。

「雷葛新，走了。」牛頓冷靜地說道：「接下來的場面你不會太喜歡的。」

「我還好，」雷葛新撫了撫懷中閻靜敏的臉。「沒關係……」

言猶在耳，「砰」的一聲槍響，林遠蘭奔向兩名老人的步伐受阻，跑了兩步之後便軟倒在地，和他的親哥哥林遠竹一樣，也是額上一記彈孔，泊泊流下鮮血。

雷葛新被這一個場面驚呆了。然而，懷中的閻靜敏卻彷彿早就料到似的，靜靜地望著老人林子安槍管上冒出的硝煙。

「你還看不出來嗎？這些事都是他們一手導演出來的，連我父親他們十九個人的失蹤也是，」她以悲憫的神情看著兩個老人逐漸走近的身影。「根本沒有所謂的接班人，他們也從來沒有想過要把江山讓出來……」

「走了，雷葛新，」牛頓說道：「都說過你不會喜歡這種場面的。」

逐漸模糊的影像中，雷葛新只聽見幾聲槍響，身上淡淡的灼熱感。閻靜敏在他懷中安詳地溘然長逝。雷葛新在這個世界的經歷便隨著宿主生命消逝的眼神結束。然而，印象最深刻的，卻是離去前兩名老人桀桀的得意笑聲。

「科技，歷史不同，可是人心的可怕一點都不會變。」雷葛新在時空之風中這樣感傷地對牛頓說道：「權力使人瘋狂，原來，古籍中所載『願生生世世，永不生於帝王家』的悲嘆是真的。」

「我還是要再勸你一次，」牛頓再一次說道：「這些人，在這個世界發生的事與你本就無關。因爲他們而傷感、而詠嘆，其實是完全沒有意義的。」

第10章

綠火地球

「公元二〇九九年，三月，記錄者紀光允，世界將滅，願上帝降福庇佑於我等人類，於此巨災之際能得神蹟。」

石碑上的記載，果然只到二〇九九年為止，之後便再無紀錄。那也就是說，二〇九九年的世界末日後發生了什麼事，就沒有再記錄了。但只是這樣的內容，已經足以讓人屏息，久久無法順暢呼吸。

算一算，這已經是雷葛新第四次穿越時空了，縱使知道在過程中可能有各種令人知覺極度痛苦的經驗，但是每次進行穿越時空的時候，還是會像小孩子一樣，有著那種對寬廣奇幻空間時的好奇與期待。

幾乎在穿梭時空的過程啓動那一剎那開始，雷葛新就已經覺得整個人陡然鬆了口氣。從剛剛進入穿梭的過程中，眼前的視野之中，就出現了一片絕對的綠。明亮、愉悅，且讓人呼吸陡地全然順暢的一片寬廣之綠。

雖然雷葛新此刻仍在穿梭時空的過程之中，在這個過程裡，通常有許多極端而且非常痛苦的感覺，有時覺得整個人已被撕碎，有時覺得全身的知覺全數放大千倍百倍，痛、癢、冷、熱，連輕輕的一動身體也是徹骨的疼……

但是這一次並沒有那些極端的感受，只是一片無盡無邊的生命之綠。

耳際仍像是高速飛行一般，有著呼呼的聲響，但是在那聲響中，偶而還是聽得到牛頓的聲音，只是斷斷續續。

「……這個，奇哉怪也……奇怪奇怪……」從他的聲音中，雷葛新雖然身處極度的不舒服狀態，仍然不禁失笑，彷彿還看得到那種老頭子般的困惑表情。有時候雷葛新覺得，自己甚至可以在腦海中編繪出牛頓的長相，已經有些忘記他本來只是個人工智慧，覺得他已經是一個實實在在活生生存在的人。

那一片無盡的綠，仍然在眼前排山倒海的存在……

但是，不知道從什麼時候開始，雷葛新偶而已經可以辨別出這片無盡的綠裡的一些細部影像。

那是樹，也有葉，甚至有時候還可以從眼中的餘光看到藤蔓、寄生植物！

而且，最後這些全數是綠色的影像，更像是一條急速的漩渦或隧道，而雷葛新便是在這條隧道中以無比的快速前進。

穿梭時空過程總有個終點，而這個終點即將到來之前，便是感官的真實感會逐漸凝聚回來。雷葛新在一片無盡的綠意中逐漸地聽到呼呼的快速風聲逐漸減弱，知道這段穿梭時空的過程已經快要到達目的地。

有趣的是，連牛頓也知道這個現象。

「……真他媽的不是人過的感覺……」不曉得是不是資訊進化後的人工智慧會越來越人性化，雷葛新不記得原來的牛頓是不是會爆粗口，但現在聽起來似乎順得很。「簡直是折騰人哪……」

「是我在痛苦，又不是你，」雷葛新隨口回他。「你很好啊，什麼感覺都沒有。」

牛頓沉默了一下，咕噥了一句什麼。

雷葛新一時間沒聽清楚他在說什麼，但也沒有什麼機會問了。

因爲在下一個刹那間，所有的時空感陡然消失，實體世界的各種感官、觸覺「刷」的一下，排山倒海地將他席捲而來。

第一個映入他眼簾的影像，是一張扭曲的，滿臉都是鼻涕眼淚的臉。

然後，耳中聽到牛頓一聲暴喝，聲調中充滿了惶急。「危險！」

雷葛新大吃一驚，發現此刻自己的左手正緊緊揪住了眼前那人的脖子部位，對方採跪姿，像是膜拜一樣地跪在雷葛新的面前。

而更令人驚詫的是，此刻雷葛新一隻左手緊揪住人家的脖子，右手卻高舉在空中，手握一把刀子，正猛力向那張扭曲哭泣的臉刺下去！

以手上這樣的力道來看，這一刀如果刺下去，對方一定當場死於非命！

雷葛新「嚇」的一聲，眼睛像銅鈴一樣睜得老大，也來不及細想，猛地一旋肩膀，那高刺下來的刀略爲偏轉，就從對面那人的臉旁劃了過去，沒有刺中對方，而是往地上插了進去。

雷葛新也因爲這個動作太大，整個人便向前一個踉蹌跌倒，臉部著地，所幸地面是軟軟的土質，就算這樣跌個狗吃屎，也沒有受到什麼明顯的傷。

那個跪在地上，臉上涕泗縱橫的人見雷葛新猛然跌倒，卻也不逃，反倒是跪地膝行地過來，一邊哭，一邊想要把雷葛新扶起來。

「大人，閣下沒事吧？」那人的聲音嬌嫩，竟是個身材嬌小的女孩，剛才一時間只看見她表情扭曲，滿臉鼻涕眼淚，卻沒看出她的性別。「來，讓在下助您一下。」

雷葛新跌倒在地，正想勉力起身，卻發現左大腿後方一陣劇痛，但是不曉得爲什麼，整個人卻像是虛脫一般的無力，那劇痛的部位在視野難及之處，一時之間還真搞不清發生了什麼事。

那嬌小女孩仍然跪在地上，神情從一開始是就惶恐中帶著恭謹。她看見雷葛新痛苦的表情，靈活的大眼睛一轉，便看出他的痛楚部位，於是俐落地一翻雷葛新的身子，看了一下，便發出「啊」的一聲驚呼。

那嬌小女孩驚惶之下卻仍然冷靜，四顧看看，看到一旁地上插著雷葛新本來握在手上的那把刀，便將刀拔起來，神情轉爲凝重，將刀子很謹慎地反握，嘴裡喃喃地唸著聽不太清楚的話。

「……俱疑在地，天神再起，賜我神力，佑我生機……」

然後她猛然地將刀子插向雷葛新後腿部位，雷葛新只覺又是一陣劇痛，忍不住又慘叫起來。

但是這陣劇痛卻是轉折點，痛楚出現時讓人慘呼，但是痛感漸去之後，整個人卻輕鬆了許多。

那嬌小女孩將刀子舉起，只看見明晃晃的刀子上插著一隻圓盤狀，像是蠍子，又像龍蝦類的奇異生物，大概有嬌小女孩那張臉的大小，此刻那生物還在不停扭動，肚子上一個宛若嘴喙的部位仍不停噴出淡綠色的汁液。

看起來，雷葛新大腿後方的劇痛便是這生物幹的好事，方才雷葛新被牠叮住，而且在他身上注入了毒液，才會有那麼強烈的痛楚。

嬌小女孩神情莊重地凝視著那生物，嘴裡仍然喃喃唸著那種不清楚的字句，然後她便將那生物「虎」的一聲插下，隨刀子插在地上，隨手撿了顆大石頭，便將那生物砸成碎片，濺出大量的綠色汁液。

這時候，雷葛新總算鬆了口氣，躺在地上呼呼地喘氣。

「牛頓！」他悄聲地叫著。「你在不在？」

牛頓的聲音幽幽地在他耳邊響起。

「當然在。」牛頓幽然地說道：「你剛剛差點死掉。不，應該說，你現在附身的這個人，剛剛差點死掉。不不不，這樣說也不對，他是死掉了，要不你也沒有辦法附在他身上。」

「什麼亂七八糟的？」雷葛新有點生氣。「現在是什麼狀況？這裡是什麼時代？」

牛頓沉默了一下，彷彿不曉得該怎樣措辭。「目前還看不出來。還沒有看到天空和星辰，不曉得是什麼時代。而且整個空間裡的狀況，都和我所知的歷史不太相同。空氣濃度不對，磁極的力場也完全異常……而且，剛剛差點送掉你小命的那隻動物，我的資料庫中完全沒有牠的資訊。看樣子是節肢類，但卻又不是蠍子或蝦類，而是一種介於其中的怪物種。」

「什麼鬼地方？而且這個小女孩是怎麼一回事？」

「我看，你現在附體的這個傢伙大概跟她有什麼深仇大恨吧？」牛頓的聲調中彷彿有著詭異笑容。「你剛剛真的想殺了她耶！如果不是你良心發現，在最後關頭把刀偏了偏，以那時候的力道，她的小腦袋大概會被你那一刀刺穿吧？但是看情形，她又不是你這個身體的敵人，反倒還對他很好，你看看，這不是又過來了……」

果然，那個女孩把怪蟲砸死後，拔起那把刀，在鞋上揩了幾下，把怪蟲的汁液除去，又走過來跪在雷葛新的身邊。她把臉上的涕淚擦了擦，雖然仍有點髒污，卻已經看得出來長相，是個稚氣仍在，卻已經不是小女孩的年輕女子。

女孩露出惶恐的神情，把刀恭敬地放在身前，跪在地上雙手撐地，對著雷葛新嗑了幾個頭。

「韓克大人，在下有罪，請大人懲罰，」女孩的額頭點地，彷彿不敢正視雷葛新。「在下甘願領死，請大人將在下處死。」

雷葛新聽到牛頓「噗嗤」的一聲，彷彿覺得這個場景很有趣，雷葛新這時不想理他，只是哼了一聲，有氣沒力地對女孩說道：「妳……妳沒罪，妳是誰？我們在這裡做什麼？」

女孩抬起頭，烏溜溜的大眼睛裡有幾絲困惑，卻不敢細問。「回……回韓克大人的話，在下是吉娜，是大人家中的侍僕，我們家自從祖父一輩便在大人家中侍候，此番本應由我姐姐服侍您，但她臨時有病，是以由我替代。在下經驗粗淺，是以惹來大人不快，罪該萬死……大人，您還好嗎？」

雷葛新想要回答，但是牛頓的聲音又幽幽地出現。「這小妞，好像比較習慣被人家踩在地上，你對她凶一點看看。」

雷葛新會意，於是假意地做出生氣的表情，聲音也惡狠狠了起來。

「大膽！」雷葛新一聲低吼，果然又把吉娜嚇得低下頭去。「我……我受傷了，記不起來很多事，現在我問什麼妳就說什麼，不得有誤！」

不知不覺間，連雷葛新自己也被吉娜傳染，說起話來有點古風，好像是古代華夏文化戲劇的臺詞。

「我是誰？我們現在什麼地方？發生了什麼事？」頓了頓，他又咬著牙做出更凶狠的表情。「還有，妳不要這樣跪著，給我抬起頭來說話！」

吉娜抬起頭，本來想要站起來，但是看見雷葛新仍然躺在地上，猶疑了一下，便以半跪姿勢立在雷葛新前方，神情中仍然是一派的恭謹。她的思緒靈活，頭腦極好，微一思考便知道眼前的主人可能傷到了腦部，這一轉念，便開始很清晰地回答雷葛新的疑問。

「是，您是韓克大人，乃是我綠天族的第四行政長。我等在抵禦艾隆壞爾族惡人的戰事中，被指派到此鹿靈之森埋伏，意圖伏擊對方援軍……」

她的聲音清脆流暢，持的是古代華文類語言，但還算聽得清楚。在她流利的敘述中，雷葛新不經意地看了看周遭的環境，看著看著卻有些發愣了起來。

剛剛因爲狀況詭異，變故陡生，所以一時間沒空觀察周遭是什麼環境，現在好不容易緩和了下來，只見自己身處在一個極深邃極寬廣的森林之中，但是這個森林的模樣卻和印象中的所有森林完全不同，整個森林的「樹木」排列得極爲緊密，放眼看過去，雖然在「樹木」間有些空隙，但是卻是層層疊疊，完全看不到盡頭。

而且，在這個森林中的所有「樹木」都是高達數十公尺高的蕈菇類植物，仰望上去，幾乎看不見天空。

雷葛新此刻和吉娜所在的地方，是一片森林中的空曠之處，地上的土壤呈褐黑色，鬆軟肥沃，而在這片空曠處卻七橫八豎地躺著幾個完全不動的人，這些人的身上或有血跡，或有極嚴重的傷口，看起來像是已經死了。

而最古怪的東西，是在半空之中，被一大團像是樹藤，又像粗絲般的植物組織纏住的物事，離地大概只有三十公分，但卻被纏到無法動彈。那種樹藤或粗絲類的植物看來似乎彈性頗佳，被纏住的那個物體在空中輕輕的擺盪，卻絲毫也無法動彈。

仔細一看，那是一個人形的物體，但是卻和一般的人類絕不相同，「他」的體型矮壯粗大，身上像是覆了層層的金屬盔甲，露出來的肌膚部位也和一般人大不相同，是一種在灰暗中透現出死亡的組織顏色，宛若屍體，泛出一種令人極不愉快的光澤。

而在這樣一個蕈類緊密的的森林中，卻沒有太陰暗的感覺，因爲了除了天空之外，整個森林的植物上還泛出濛濛的光。

因爲被這些情景吸引，所以吉娜敘述的事，雷葛新有一小段是錯過的，等到回過神來的時候，發現她也停下來，睜著大大的眼睛看著他。

「不……不要停，」雷葛新勉強笑道：「繼續說下去。」

吉娜隨著他的眼光看了一眼那吊著懸空的鐵甲怪人，露出嫌惡憎恨的表情。

「……是以，我等在巨蕈森林中支援我族，準備伏擊艾隆壞爾援軍……」

雷葛新奇道：「等等，我沒有聽清楚，什麼是埃……埃什麼冷壞爾軍的，那是什麼東西？」

吉娜怒叱一聲，彷彿有著很深的怨恨，隨手抄起一顆石頭便往那個懸空吊著的鐵甲怪人砸去。別看她個子小，力氣卻很大，抄起來的石頭有拳頭大小，砸在鐵甲怪人的身上還發出沉重的金鐵之聲。那怪人居然還有氣息，被石頭砸中時還發出了呵呵的低吼聲，在空中不住地晃動。

「艾隆壞爾，就是這類惡人啊！他們從天而降，乃世上最邪惡殘忍的惡霸，是我等不共戴天之仇敵！」吉娜憤恨地說道：「大人您帶領我等眾人在此伏擊，卻有人行跡敗露爲此惡人察覺。此惡人強橫凶惡，立將我等同伴誅殺數人。但大人智勇雙全，指揮我等餘下數眾，引動林中蕈絲，將此惡人纏住擒下……」

她說話的腔調有點奇特，而且遣辭用字簡直就像是在演古代劇，但好在她的語音清脆，說起話來又頗有條理，所以雷葛新大概能夠聽得懂她的意思。大致上就是說，自己此刻附體的這個人，帶領著包括吉娜在內的一眾屬下在這裡準備伏擊敵人，卻被這個奇異的「艾隆壞爾」盔甲怪人將大部份人都殺了，但這個艾隆壞爾人也被制住，但是死是活卻還不太清楚。

只聽見吉娜的敘述毫不停歇，繼續地說下去。「……主人您以無比智計將此大惡人擒住後，命餘眾繼續盯住我方作戰情境，並命在下以此刀將惡人頸項血管切開誅殺，以決後患……」

說到這裡，她神色有些黯然，不自覺看了一眼那柄刀子。「……殊不知在下一時膽怯，並未依照主人指令將其誅殺，而此惡人被蕈絲纏住時並未完全纏緊，只因我一時猶疑，便被他掙脫手臂，又以鐵火惡器誅殺了餘下同伴，幸賴主人再次發揮智勇雙全之能，再次發動蕈絲攻勢，才將這惡人制住……只可惜，只可惜我等同伴因我一時之誤，便斷送了性命……」

說著說著，吉娜又流下了滿眶的眼淚，神情痛悔。「吉娜自知罪該萬死，此命已無顏留在世上，是以甘願受大人懲戒，就死！」

搞懂了。雷葛新點點頭，還聽見牛頓也「喔」了一聲。只是，人世間的怨恨憎嗔本來就是虛無得很的事，有些不共戴天的累世冤仇，在當事人的心中也許是綿延幾代也無法化解的死結，但是在旁人的眼中看來卻是無聊至極，甚至無法理解的小事。

在吉娜的敘述中，雷葛新依附的這個韓克大人，可能真的想要把吉娜當場處死，但是現在韓克大人早就不曉得去了什麼陰曹地府，九天之外，而對於雷葛新來說，剛才發生了什麼事一點也不重要，因此當然沒有任何理由要讓這個小女孩吉娜「就死」。

雷葛新微一苦笑，正想說些什麼，卻聽見空間中發出了一聲「轟隆」的巨響，聲音來自於森林的外圍。

只見吉娜神色警戒，眼神望向巨響來處。「我族和鐵火族已然開戰！情勢凶危，請大人示下，在下自當遵從！」

雖然看她一臉正經，但這種表情在一個年輕女孩的臉上還是很有趣，雷葛新忍不住笑道：「所以不用殺妳了?這敢情好……」

吉娜臉色一變，神色慘然地說道：「吉娜知道罪該萬死，若大人要吉娜此刻就死，那就……」

雷葛新連忙說道：「不不不，我是開玩笑的，妳不用死，現在不用死，以後也永遠不用死，好嗎？這件事就這樣算啦！」

吉娜用力點點頭，也不多說，一躍而起，像是猿猴一樣便爬上巨蕈，踩踏間如履平地，不一會兒身影就消失在森林的上空。

雷葛新仔細一看，才發現這些巨蕈森林的巨大枝幹上，有著宛若踏板的瓣朵，成長得相當整齊，像是階梯一般地以螺旋狀環生在枝幹上。他忍不住好奇，便勉力站起來，發現後腿的痛楚雖然仍在，卻已經減緩了一些，而且身上的毒性似乎已經大幅消失，原來那種虛脫的感覺也褪去了不少。

「上去看看吧，」牛頓說道：「可能會多知道一點訊息，搞清楚這個時空到底是什麼樣的地方。」

雷葛新順著吉娜方才的路線，踩在蕈瓣之上，一步一步地爬上去，這些巨蕈的枝幹看似光滑，但是因爲排列緊密，所以一邊爬，還能一邊以手支撐，爬起來像是走階梯，比想像中容易不少。

爬了一會，雷葛新估算這些蕈狀巨枝大概有十幾公尺高，而這種巨蕈頂端的蕈傘比一般的蕈類小，所以爬到頂端時只要一翻身就可以輕易爬上去。

到了森林的頂端，映入眼簾的，是一幅雷葛新和牛頓從未看過的奇異景象。

在雷葛新和牛頓曾經去過的時空中，包括雷葛新自己居住的二十四世紀，總有天空、大地、空氣、陽光、水。

但是在眼前出現的這個世界，卻和所有人認知的環境完全不同。

整個空間，在原本應該是天空的地方，是一片灰濛濛，讓人產生無比絕望之感的深灰，沒有天空，沒有光源，不，應該說在這片晦暗的「天空」中雖然有光，但卻是一種讓人絕望，彷彿還要把最後一絲光度吸走的晦暗。

但是空間中卻並不陰暗，因爲整個大地是一片無可救藥的綠，真的毫無疑問，是一片有著各種層次的絕對之綠，放眼看去，直到遙遠的地平線，整個大地全都是綠的，泛出各種層次的濛濛光影，和天空的晦暗相比，這種光影有著無限的生機，讓人鬆了口氣。

如果說一般人認知的天空大地光源來自天上，那麼眼前這個世界剛好相反，整個世界的光來自地面的綠，而天空卻是暗暗的，悶悶的，看了就讓人覺得無比的憂鬱，很想結束自己的生命。

「天哪……」雷葛新聽見牛頓在耳際喃喃地說道：「這是什麼鬼地方啊……爲什麼會把整個世界搞成這樣的德性……？」

此刻雷葛新和吉娜所處的巨蕈森林，位於地勢較高的一個小丘，再加上森林本身的高度，視野可以看得非常遠。但是眼前吸引住雷葛新目光的，是大概在數百公尺外的一個綠色平野上，有著兩隊人馬正在對峙。

看看一旁的吉娜，面露憂色，聚精會神看著的，也是這兩隊在平野上的人馬。

因爲整個空間中的光源清晰明亮，而且是從大地上的綠泛散出來的，位在巨蕈森林頂端的雷葛新在這個距離可以將整個場景看得極爲清楚，像是在古二十世紀的巨蛋型場地看球賽一樣。

在左端，是一群數量並不多的隊伍，大概只有十來個人，而且還有幾部奇形怪狀的金屬器械，這群人的打扮和森林裡那個「艾隆壞爾」族人類似，人人身上都有詭異奇特的盔甲，身形有高有矮，人人持著似乎火力極爲強大的武器，雖然距離有點遠，但還是看得出他們猙獰凶猛的模樣。

在右端，則是一群數量遠較艾隆壞爾族多上許多的隊伍，大概有數百到上千人，這些人的形貌看起來就正常許多，而且穿的都是粗布和皮毛的衣物，他們也沒有什麼進步的武器或裝備，頂多就是帶上刀、棍棒類的武器，雷葛新仔細地遠望，他們似乎連火器類的武器也沒有。有的人牽著牛馬類的動物，有少數幾個也騎在動物背上，但就是沒有一個人有任何擅於戰鬥的模樣。

光從外表來看，這兩路人馬一旦打起來孰勝誰負，早就已經一目瞭然。

雷葛新轉頭看看吉娜，只見這年輕女孩看得十分專注，手上卻像是在數著什麼一樣，不住地屈指計算。

雷葛新忍不住問道：「他們……是誰？是你們族裡的人嗎？」

吉娜點點頭。她已經猜測這位「韓克大人」的腦袋有了問題，因此對他沒頭沒腦的疑問也就不再多想。「他們乃是我們族中的外圍先鋒隊伍，每當有外敵入侵，便由他們先行抵禦。」

「可是，」雷葛新再看了看雙方懸殊的裝備。「爲什麼你們族人的裝備這樣落後？這樣是完全打不贏對方的啊！」

兩人正在對話間，平野上的戰局突然間有了變化。

那群騎著動物，人數較多的人，這時紛紛取出了一種看似小鍋子的器物，在手上拉著繩子搖晃起來。那物事看起來似是會發出聲音的，這樣搖了一陣後，空中便飛來了數十隻巨大的昆蟲類生物。

只聽見身邊的吉娜悄聲地說道：「現在他們把蟲鈴拿出來了，這樣就行了……」

那些人們把發出聲音的物事繫在巨大昆蟲身上，讓牠們再次起飛，讓身上的「蟲鈴」發出嗚嗚的聲響。接下來發生的事，讓雷葛新瞪大了眼睛。

古往今來，大概從來沒有人見過這樣一場奇異的大戰。只見吉娜的族人以飛翔在空中的大型飛行蟲類攜帶蟲鈴，在空中不住地發出高頻率的蟲鈴聲響，引出來蕈絲草原底下躲藏的銀盔蟲，數以億萬計的銀盔蟲從草原深處蜂擁而出，每隻銀盔蟲都有巴掌大小，但身體的體積不是牠們的優勢，數量才是。

也不曉得綠天族的人用了什麼樣的技巧，這些大量湧出的銀盔蟲只是往艾隆壞爾軍的方向而去，不一會兒便將所有艾隆壞爾軍的人、裝備、武器全數包圍，從遠方望去，就像是一灘水銀逐漸將整個艾隆壞爾軍所在之處浸漬、佔滿。

雷葛新看得目瞪口呆，一時間說不出話來，倒是牛頓還算冷靜，只是低聲地說道：「喂！去問問她，這種蟲子會傷人嗎？被牠們這樣覆蓋起來，會不會被牠們吃掉？」

這也是雷葛新的疑問，於是依著牛頓的問題問了吉娜，吉娜搖搖頭。

「銀盔蟲以蕈原的黑土為生，並不食肉，」吉娜恭謹地說道：「但被牠們席捲覆蓋之後，有許多人因而窒息而死，因此彼等雖不食人，卻也凶險萬分。」

只見艾隆壞爾軍所在之地擁入越來越多的銀盔蟲，地面逐漸變成實體的銀灰色，有幾個艾隆壞爾軍的部眾想要逃離，但是腳上似乎被什麼東西陷住，無法動彈，而蜂擁而來的銀盔蟲逐漸聚在同一個位置，大約是以艾隆壞爾軍部眾為中心，向外再延伸一倍的一個不規則圓形，只見那十數名艾隆壞爾軍開始急了起來，有人更是舉起武器，向一地的銀盔蟲之海開火，但是這些高爆性武器打在無窮無盡的銀盔蟲上頭，就好像丟石頭進大海，不管丟上多少顆，總是無聲無息，一點也不影響這片浩瀚之海。

在遠方，方才四散逃開的綠天族人這時又三三兩兩從隱蔽處現身了，他們刻意停留在離開艾隆壞爾軍更遠之處，靜觀這支本來具有毀滅性火力的軍隊，此刻卻在銀盔蟲的群聚之下，逐漸要遭到沒頂的命運。

銀盔蟲之海這時聚得更為緊密，那片令人驚訝的深邃銀海，這時候從艾隆壞爾軍的腳下逐漸淹沒到他們的腰間，有一個艾隆壞爾族的軍人也許是嚇慌了，看到身上也擁上了大量的銀盔蟲，本來手上的武器掃射的是前方地上，但是一時之間可能神經錯亂，居然回轉槍口，往自己的身上開火，立刻把自己打得血肉糢糊，爆散開來。

從銀盔蟲出現到現在已經幾乎要將艾隆壞爾軍的半身淹沒，時間其實並不長，只是一會兒的工夫。此時吉娜的族人綠天之族站在遠遠的地方，看著這群本來窮凶極惡的艾隆壞爾軍陷入極端的劣勢，人人都是氣定神閒，沒有人驚惶失措，也沒有人得意忘形。本來似乎渺小平凡的身形，此刻看起來卻是強大無比。

只聽得吉娜大聲叫著，清脆的聲音在高聳的巨蕈森林頂端遠遠傳了出去。

「從天而降的惡族，殺我同胞無數，本該如此！罪有應得！」

本來艾隆壞爾族還有零星的火力不停地掃射在銀盔蟲之海上，但是等到他們的上身也被這片銀色之海淹沒的時候，就連那零星的火花也已經全數消失。

絕對的困死！

但是，就在這一個剎那之間，整個戰局又發生了讓人意想不到的變化！

只見在艾隆壞爾軍的陣地，此刻那片銀盔蟲之海已經將他們淹沒到了脖子的部位，原先這一群數以億萬計的大量蟲族只像是一窪銀亮的水，現在有了高度，開始像是一顆巨大的，有著立體形狀的不規則銀色水滴。

但是在水滴的正中央，此時卻陡然地暗了一下，然後又亮了起來。

整個巨大的「水滴」，開始像是搖晃的胖子肥肚一樣，激烈地抖了起來。

這整個過程說起來似乎有幾秒鐘的時間，在雷葛新的腦海中留下的記憶，也似乎是眨上幾次眼的工夫。但實際上，這一切發生的時間極短，連零點幾秒都不到。

然後，那來自巨大「水滴」內部的亮光像是火花一樣，整個炸了開來，把所有人眼前的世界化成了一片熾眼無法直視的空白。

平野上的綠天族人、身處在巨蕈森林頂端的雷葛新、吉娜，所有人在一時之間都不曉得發生了什麼事。

唯一察覺到事態嚴重的，只有實際上並不算存在於這個空間的牛頓。

「糟了！不妙！」牛頓的聲音極為惶急。「是絕對型自我毀滅武器！他們同歸於盡了！」

在那片絕對的熾熱白亮光芒出現時，雷葛新的確沒有反應過來，但他和牛頓已經逃離了好幾次極端危險的場面，遇到這種突發的狀況，卻仍然沒有驚惶失措。

整個空間開始像是鬧肚子一樣，咕嚕咕嚕地顫動搖晃起來，那片熾烈的閃光中心點來自於艾隆壞爾族所在之處，閃光眨眼即逝，很奇怪的，卻也沒有讓人失去視覺，傷害任何人的眼睛。

但是，接下來發生的，才是最要命的事。

只見那片銀盔蟲形成的銀色之海已經在強光下消融殆盡，雷葛新在驚詫之餘，不曉得為什麼眼光卻無法離開原先艾隆壞爾族所在的位置，只見強光過後，在整個地面上形成一個小小的光點，光點逐漸擴散，中心變得空了，形成一道逐漸變大的光環。這過程就真的比較沒有那麼電光火石，只見那道光環逐漸變大、擴散。

然後，好像是吸飽了一口氣，再將所有能量吐出來一樣，「轟隆」一聲巨響，便從艾隆壞爾族原來所在的那個區域，冒出了凶爆的火雲，像是妖魔一般地，向著四面八方急速地擴散！

因為距離算遠，所以這片向四面八方幅射擴散的火雲給人一種緩慢延燒的錯覺，但是雷葛新和牛頓也算是見多識廣，知道這片火雲極為凶險恐怖，只要眨眼工夫就會席捲燒到巨蕈森林這邊來！

一旁的吉娜彷彿從來沒有見過這樣的場景，一時間驚得呆住，雷葛新連忙拉住她的手臂，一把便將她拽下蕈傘，兩人半跌半爬地便從森林的頂端溜了下來。

著地之後，巨蕈森林中原來那種深邃、清幽的氣息已經完全消失，空氣中有著炙熱和不安的躁動。高達數十公尺的巨蕈這時不住地抖動，有的急速縮小，發出「波波波波」的聲響，有的巨蕈則像是臨死前的哀號一般，從蕈傘處「砰」的一聲爆開，在空中發散出漫天的胞子。

原來深邃不見盡頭的森林，這時候因爲有一大部份的蕈枝開始縮小，於是變得空曠起來，從艾隆壞爾族引發的大火方向，這時也能夠看到隱隱的火光。

從剛剛火勢蔓延的速度，雷葛新判斷火雲大概不要幾分鐘就會蔓延到這裡來。

空氣中充滿了煙塵，有的煙塵是大火隨著氣流先行飄過來的灰，有的則是巨蕈垂死噴發出的大量胞子。「轟」的一聲巨響，卻是原先被韓克等人制住的那個艾隆壞爾人，本來纏住他的菌絲因爲巨蕈縮小，失去了支撐，已經無法承受他的重量，是以讓他從空中重重摔下。

森林之中，這時紛紛逃出了許多奇形怪狀的生物，有的像是禽類的，有的則是長得像是鹿、羊，卻有著六足、八足的奇異生物，這些生物張惶失措地穿過雷葛新身旁奔跑，顯然也知道大禍將至。

空氣中這時候更是熾熱，雷葛新被那迎面而來的熱氣烘得呼吸困難，轉頭一看，卻看見吉娜背對著他，跪在不遠的角落，手上猛力揮動那柄刀子，彷彿在砍些什麼。

「吉娜！快逃！」雷葛新大聲叫道，卻發現在熾熱的空氣中，連自己的聲音都變得模糊。「大火快來了！」

不曉得爲什麼，吉娜並沒有回頭，只是更猛力地持刀猛砍。

雷葛新正想再大聲叫她，冷不防腳上一緊，發現是那個被菌絲纏住的艾隆壞爾人，此刻他身上仍被無數菌絲纏住，也無力站起來，剛好他掉落的地方正在雷葛新的腳旁，也許是求生的意念使然，便勉力伸手抓住了雷葛新的腳，但是並沒有用上太大的力氣。

雷葛新直覺一回頭，便和那個艾隆壞爾人打了個照面，只見他臉上也是那種死屍般的慘黑顏色，一半被金屬的結構物遮住，連嘴巴也蓋上了一片狀似醜惡的管狀金屬。看到這樣的情景，雷葛新不曉得爲什麼突然間想到，也許這個人身上戴的並不是盔甲，而是比盔甲更複雜的東西。

而這個艾隆壞爾人的整張臉，唯一有生氣的只是那隻露在「盔甲」外的眼睛，他的眼珠子是澄淨的藍色，眼白雖然佈滿血絲，但是眼神中卻流露出智慧的神采。

看到這樣的眼睛，雷葛新很直覺地感覺到，這種艾隆壞爾人並不是妖怪，也不是外星生物，而是人類！

也因爲有了這樣的心念電轉，便決定了這個艾隆壞爾人接下來的命運。

當雷葛新和那名艾隆壞爾人打了個照面的時候，吉娜也已經停止了揮刀的動作，此刻她一轉身，雙手高舉，拖出了一塊大如床墊的巨型蕈傘，對著雷葛新大喊。「大人！我們走！我們去伏義神洞！」

空氣這時候更爲熾熱了，那火雲已經又逼近了許多，雷葛新一時也沒有多想什麼，一把拽住那個艾隆壞爾人的腳，對著吉娜大喊。「把他也帶走！」

吉娜瞪大眼睛，但是因爲情況太過急迫，也無暇拒絕，於是一隻手扯著那片巨大蕈傘，另一隻手也拽住那個艾隆壞爾人的腳，和雷葛新一起氣急敗壞地將他拖走。三個人便以這種手忙腳亂且完全不搭調的姿勢前進狂奔。

這時候，整個巨蕈森林發出畢畢剝剝燃燒的悲鳴，那巨大的火雲無聲無息地襲到，雷葛新只覺得有一股極爲灼熱的風在後面追趕，吉娜領著他，向空地的某一個方向急速跑去，一邊把那張蕈傘猛力往前一扔，站定腳步，讓雷葛新越過她，然後猛然一踢，便把雷葛新踢了個跟頭，雷葛新還沒搞清楚發生了什麼事，整個人便天旋地轉地身子陡地一輕，跌進了一個全身都無法著力使力的空間！

原來，在這座巨蕈森林的後方，是一個宛若懸崖的地形，中間一條山脊遠遠地延伸出去，而山脊的中央是一條平滑的空洞。吉娜把那片巨蕈傘丟進這個溝槽也似的空洞，墊在身下就是一個絕佳的交通工具，她將雷葛新「踢」進蕈傘後，順勢一推，想要把那個艾隆壞爾推離蕈傘，但是那個艾隆壞爾人身量實在太重，她這麼一推反倒讓他晃了兩下，倒進蕈傘裡面。因爲情勢太過緊迫，女孩也無暇再理會，一聲輕叱，便推著巨蕈傘跑了幾步，躍入傘中，三個人便坐在蕈傘上順勢滑行而下。

而就在這個時候，火雲也席捲來到了巨蕈森林，但因爲三人滑下的山脊地勢較低，所以火雲在他們的上空延伸出去，彷彿是空中衝出來一道巨大的熾熱巨毯，一開始還能感受到那種熱氣逼人的灼熱，但隨著山脊而下，離開越遠地勢越低，過了沒多久，便已經將那道火雲遠遠拋在後頭。

得救了……

從平野上的艾隆壞爾軍發動終極烈火武器開始，到現在也不過三五分鐘，但是雷葛新的主觀感覺中，彷彿已經經歷了天長地久。

「得救了……」這時候，牛頓的聲音也再次出現。「剛剛真的很危險。」

此刻那張巨大的蕈傘順著山脊急滑而下，載著雷葛新、吉娜，以及那名艾隆壞爾人劃著呼呼的風聲前進。雷葛新在慌亂中力求鎮定，勉力看向前方，卻發現蕈傘隨著山脊往山下滑去，前方不遠處卻已經是個盡頭，是個陡然崩斷的山脊。

「得救個屁啊！」他一時之間驚惶不已，隨口慘呼。「要掉……」

說時遲那時快，這時蕈傘帶著眾人一眨眼已經來到缺口處，因為下滑的速度極快，是以一過山脊的缺口，整張大蕈傘便騰空而起，往山下的茂密森林直飛而去。

但這山脊的斷口處似乎是人工刻意設計而來的，因為整張蕈傘從斷口處飛起，在空中畫一個完美的弧線，落地的裝置卻是密林中一個黑壓壓的缺口，雷葛新等人連慘叫都還來不及發出聲的時候，整個蕈傘便巧妙地滑入那個缺口，進入另一個長長的凹道，直滑而下。凹道的弧度似乎也經過精密設計，坡度逐漸減緩，一行人隨著蕈傘的速度逐漸變慢，最後終於停了下來。

這時候，才算是真的得救了……

只見雷葛新等人滑入之處，是一個巨大無比的石窟，石窟頂上巧妙地打出幾個洞口，讓光線透進來，不至於讓整個空間陰暗無法看見，卻又不會太亮，顯然也是人為造出的一個空間。

雷葛新轉過頭，想要對吉娜說些什麼，卻看見她已經閉上眼睛，忍不住困頓，已經不自覺沉沉睡去。

「小孩子嘛……」他會心地笑笑。環視了一下四周，還是對這個奇異石窟的構造覺得很是好奇。和牛頓相處了這麼長的時間，他知道此刻牛頓一定已經在四周觀察，不用多久就會來和他討論這個石窟的特別之處。

他伸了伸懶腰，覺得後腿部份還是相當疼痛，正想勉力看看那隻怪蟲在自己身上螫出什麼樣的傷口，一回頭，眼角餘光卻瞥見了那個奇異的艾隆壞爾人。

這一陣天翻地覆的折騰後，雷葛新才想起來，自己其實並沒有好好地觀察這種奇異族類到底是什麼來頭。想起不久前在巨蕈森林時曾經和他的眼神相對，雷葛新很微妙地覺得這個怪人的眼神有著人類的靈動和智慧，也就是因為這樣的一剎那，雷葛新才決定將他一併救了下來。

此刻那個艾隆壞爾人就在吉娜身邊大概幾步距離，以扭曲的姿勢平躺在地，一身的鐵製甲冑讓他看起來像個破碎的金屬玩具，此刻他動也不動，但是可以看得見他的胸口微微起伏，顯然還活著。雷葛新仔細看了他幾眼，眼睛忍不住瞪大起來。

這時候，牛頓的聲音又幽然地響起。

「很驚人的傢伙，對不對？」牛頓沉靜地說道：「他身上的那些金屬外衣，並不是盔甲，而是和他的肉體嵌在一起的生化組織。簡單來說，這個人是人類，但是身上卻裝了各種非常先進的生化金屬組織，他是一個生化人。」

「所以，這裡並不是個落後的中世紀時代？」雷葛新想起吉娜和她族人穿的衣物。「不過，這兩個族類爲什麼會有這麼大的科技落差？而且，高科技的這一方，怎麼會落到打不過低科技這一族的下場？」

「這個……我現在還想不出原因，這個空間裡的事，每一樣都讓我想破頭都想不出原因，」牛頓長嘆一聲。「我在外頭的空間中曾經有機會到高空去看一下，發現這個空間的天空會這樣晦暗，是因爲大氣層被高濃度的二氧化碳封住的關係，等於是二十世紀末的古人最擔心的溫室效應，而且是最糟糕的那一種。」

雷葛新吸了幾口長氣，臉上露出疑惑的表情。

「但是這裡的空氣卻又沒有那麼糟，甚至覺得比我們那時代還要好一點，」他抓了抓頭，又拍了拍腦門。「爲什麼？」

「依我看，是這一大片綠色植物的關係吧！」牛頓說道：「因爲數量太多，所以發散出的氧氣量也多，在地面上恰巧形成一層薄薄的氧氣膜，但是只有幾十公尺的厚度。所以，這裡的人不能做任何空中的活動，剛剛我們看到的那些巨大飛行蟲類也只能在低空飛行。但是，我在高空看到了星辰，所以可以推算出這個空間的時代，這個地方的時代是公元二二三九年左右。」

「所以真的不是古代？」雷葛新奇道：「二十三世紀啊……和我們的年代很接近了。」

「但是它們的發展，卻和我們所知的歷史完全不同，」牛頓說道：「這個小女孩的族人們，爲什麼會過這種中世紀時代的落後生活，完全無法解釋。而這個生化人身上的科技爲什麼這麼先進，但是卻以這麼悲慘的方式活著，也完全不瞭解。」

「悲慘？」雷葛新奇道：「什麼悲慘？」

「你看看這個艾隆壞爾人身上，他的皮膚顏色會那麼糟，那是長年營養不良導致的，」牛頓說道：「但是他的肌肉卻又那麼發達，顯然是以人爲方式改造的。但最慘的是他的嘴巴，你看到那管子沒有……」

雷葛新點點頭，他早就注意到這個艾隆壞爾人的嘴巴連著一條管子，本以爲是氧氣罩之類的東西，這時候仔細一看，才發現管子是以手術方式直接鑲嵌在他嘴上的，無法自行卸下，而且這條管子延伸而下，接頭的另一端，居然是他的肛門！

「那是一種營養再生的連結裝置，代表他們必須從排泄物再次得到營養，這是古代最原始的太空旅行的做法。以他們這麼先進的科技能力，卻要用這樣糟糕的方式得到營養，真不曉得他們是從什麼地方來的。明明這個空間裡有這麼多植物、生物，隨便一抓也有東西吃，爲什麼要搞到這樣呢……我真的不懂。」牛頓又長嘆了口氣。「不過，我倒是找到了些東西，你跟我來，在你的右後方。」

這座石窟乍看之下長了許多的藤蔓和苔蘚，看起來是自然之物，但是雷葛新仔細觀察之下，卻發現它的結構極爲平整，整個空間是個很有幾何概念的形狀，上半部是個極大的半圓形空間，下半部卻是個四方形。在牛頓指點他去看的地方，有一個相當大的石室，那石室是從巨大石脈鑿出來的，裡頭卻靜靜地聳立著大量的石碑。

雷葛新仰頭一看，從石洞的頂端透入的天光，再加上石窟壁上的濛濛光影，可以很清楚地看到那些石碑上的字。那是以很細緻的手法在平滑石碑上刻下的字體，看看石頭上長出了青苔和泛出時光摧殘痕跡的銹斑，可以看出它們已經有一段歲月，並不是新近做成的東西。

雷葛新微一尋思，不禁點點頭。「好智慧。這樣留下的資訊果然可以保存得最久。」

「沒錯，這是非常思慮周密的做法，」牛頓的聲音聽得出來佩服和讚許。「人類歷史幾萬年來，用過很多材質保存資訊，獸骨、金屬、竹簡、木頭、絲絹、紙，後來還用上了晶片和磁碟，但是最終的結論，還是把它刻在石頭上能夠保存得最久。

「把這些資訊刻在石頭上的，是公元二〇九九年左右的人，他的名字叫做紀光允，身分是當時一個亞細亞洲強國的總理。」牛頓長長地嘆了口氣。「他們的世界，最終也滅亡了，看來，不管是什麼時代，不管是什麼時空，人類總能找到各種方式把地球毀滅……」

雷葛新微一凝神，果然在石碑上看到紀光允的名字，在這批石碑上，數種不同的文字刻上內容，以雷葛新擁有的核酸資訊來看，辨識得出來的是古代英文、中文、拉丁文、德文、法文，雷葛新在二十四世紀慣用的語言，是接近古代中文的方塊文字，是以他就把眼光放在古中文的部份，仔細地看下去。

看著看著，不禁張大嘴巴，目瞪口呆。

石碑上，大致是以編年史的方式記敘的，時間從公元一八二〇年代開始記敘，從這段敘述看起來，這個時空的歷史大方向和雷葛新的時空在公元二十一世紀之前，似乎極爲接近，許多歷史事件都和雷葛新已知的事件相符合，一些主要科技的發明似乎也很類似。

所以，這個時空和雷葛新所在的時空產生的分歧點，大概發生在二十一世紀。從這個世界的二十一世紀後發生的大事看來，這個推論應該是正確的。

石碑上的記載，從二十一世紀，也就是公元兩千年之後，就和雷葛新已知的歷史有了極大的不同。從敘述上看起來，這個時空的科技發展步調要比雷葛新所知的歷史還要快上許多。

「公元二〇〇一年，神經性觸突網路界面開發完成，全球使用神經性網路元件者佔總人口八成。神經性元件的高敏感度組成需用大量稀土元素，因此全球稀土元素開採需求大增，多國因爲爭奪稀土元素發生多次區域性衝突。」

「公元二〇〇四年，大量開採稀土元素技術更爲成熟，新技術可開採出比從前更高千倍的礦藏。但新技術開發六個月後，全球需求量又開始不足。」

「公元二〇〇九年，世界能源會議於美利堅丹佛市召開，席間由環保權威丹星博士首度提出『開採稀土元素毀滅地球理論』，丹星博士以蓋亞理論及古中國文化爲佐證，認爲所有能源皆爲地球精華，石油、天然氣、甲烷等能源屬低密度精華，放射性元素及稀土元素屬高密度精華，過度開發將如同把人體的生命能源抽盡，將導致地球的提早衰亡，無法負擔所有生物的生命機能。

「丹星博士的理論在初期引發學界一致的反駁，將其認定為神經錯亂的囈語。但本年度下半年陸續發生發生史上最嚴重之風災、震災、洪水、海嘯。令學界不得不正視丹星博士的毀滅理論。」

「公元二〇一一年，馬雅文明預言世界末日前一年，科學界預測地球發生大災變可能性增高。世界頂尖研究單位以最高等級量子電腦模擬，預測地球全面地殼崩裂可能性極高。」

「公元二〇一二年九月，全球科學家對於地球末日束手無策。『風水地球』團隊出發，以古中國人體大地理論為基礎，假設地球為一個倒懸人體，以中醫針灸理論『回陽九針』為參考，找出於地球九處地點，以爆炸、引水等方式發揮針灸作用，改變地球磁場。地球巨災因而延遲，人類得到喘息，預期可多得數百年時間，研發挽救地球的科技。

「十二月，『風水地球』團隊完成任務，地球表殼劇烈活動奇蹟式趨於平緩，人類暫時獲得喘息。但世界各大強國並未從此得到教訓，於次年（二〇一三年）開始，所有工業污染，資源開採工程盡數恢復原狀。但『風水地球』計劃極為有效，地球暫得數十年平安，並無巨大災變。」

「公元二〇七五年，美利堅東北地區黃石公園發生大範圍土地崩陷，超級火山活動明顯。二〇一二年以來六十年間，人類科技只重慾望貪念，對於災難並無遠見，科技進展未若預期，甚至出現倒退，無法解決地球危機，只能精準預測模擬災害規模。當世強國的幾個機構訂出全球地殼崩毀時間表，經過無數模擬，一致同意地球將在二〇〇九年六月發生全面性地殼崩毀，世界末日提早到來。」

「公元二〇八〇年，地球末日時間表仍屬最高機密，當世除了幾個強國高層外，世人並無所知，且因『迴光返照』現象，從本年度起，地球出現大豐收，舉世罕見災難，連地殼異動也趨近停止，世人對於二〇九九年的毀滅時間表全無概念，縱有少數消息走漏，也無人理會。

「從本年開始，世界五大強國開始秘密建造巨大飛行器，預定在世界末日前離開地球。此計劃在我國名爲『伏羲』，巨大飛行器名爲『葫蘆』，計有十六部，每部可載二千人，特定珍奇動物若干。全球此類飛行器共打造七十部，規格相近，預定可載十四萬人避開末日災難。

「然此避難計劃也只是絕境中的不得已之計。地球科技從一九六〇年代進入太空伊始，虛度了百年光陰，短視各國，並未將資源投注於星際旅行科技之中。當今最高科技傾全球資源，也無法在十數年內發展出完善的星際旅行能力。『伏羲』計劃所建之飛行器，並無星際航行能力，即使是離開地球表面也無法獨力完成，需仰賴『天梯』類升降器輔助，方能離開大氣層。進入太空之後，飛行器內維生設計雖可供所有搭乘者生存十五年，但這七十部當世科技最高結晶無法在星際航行，即使順利升空，也只能讓搭乘者再存活十五年。十五年維生資源用罄後，搭乘者命運爲何，令人無法想像。」

「公元二〇九六年，地球末日在即，種種跡象顯示預測無誤，地球確實將在二〇九九年六月全面崩毀。本年度三月，七十部『伏羲葫蘆』飛行器秘密於智利納茲卡高原起飛，離開地球。其間因法蘭西國護送部隊得知無法隨飛行船離開地球，曾發生小規模戰鬥，數千名士兵強行爬上飛行器外殼，然全數死於高空或是墜地而亡，另有四艘飛行器因故障無法升空，順利離開地球表面的飛行器總計爲五十部，約十萬人之眾。

「我國之十六部『葫蘆』飛行船最後決定停留地球，不隨眾人進入太空。主因爲我國研究末日機構研發十年，破解了百年前奇異『先知』的古代中國智慧檔案，『先知』爲百年前活躍於臺灣的智者陳怡魁氏，陳怡魁氏以畢生之力，傾其鉅富財力，將中國文化中的科技密碼破譯，並且研究出地球末日時人類存活方式。我研究機構經過長期研究，評估出留在地球的存活率遠大於乘『葫蘆』進入太空，是以本人在『伏羲』計劃執行之時，決定取消離開地球之舉，留在地球，與全球九十億人共存亡。」

「公元二〇九六年，我國向全世界所有國家告知世界末日與『伏羲』計劃真相，並與有意願國家結盟，建立末日後存活據點。主要重點爲：保存人類文化訊息、增加存活人口、讓存活者能渡過地球巨變、維繫人類一脈……」

「公元二〇九九年，三月，記錄者紀光允，世界將滅，願上帝降福庇佑於我等人類，於此巨災之際能得神蹟。」

石碑上的記載，果然只到二〇九九年爲止，之後便再無紀錄。

那也就是說，二〇九九年的世界末日後發生了什麼事，就沒有再記錄了。

但只是這樣的內容，已經足以讓人屏息，久久無法順暢呼吸。

雷葛新仰頭看著石碑，看得入了神，等到終於回過神來的時候，才發現脖子因爲後仰太久，已經有些僵硬起來。

「很驚人吧？如果不是親眼看到記載，還真的想像不到會有這種事情發生，」牛頓長聲嘆了口氣。「看起來，不管是什麼樣的時空，人類總是有辦法把地球搞到烏煙瘴氣，不支倒地。」

這句話，牛頓剛剛已經說過一次，但是看過碑上的文字後，感覺更是深刻。

雖說別的時空發生的事令人震憾，但是想起雷葛新自己所處的二十四世紀時空，一場超人戰爭把地球滅絕，其實也沒有什麼好說別人的。

「所以，他們的世界末日真的發生了嗎？」雷葛新喃喃地說。「他們後來發生了什麼事？」

「公元二〇九九年，是現在這個時代一百多年前的事了，看看現在整個空間發生的狀況，很難判斷。」牛頓說道：「一百多年的歲月，可以發生很多事情，世界末日也許發生過了，所以整個空間才會變成這種不可思議的狀況，但是人們似乎存活了下來，或至少有那個小女孩吉娜和她的族人，還有個艾隆什麼爾的種族，也一樣存活了下來。只是發生了什麼事，目前還找不出來資訊，也許相關的訊息也記錄在這個洞裡。我們再四下看看，說不定可以找出什麼端倪。」

從記載世界末日的石碑位置更進入一些，是一個比較小的洞窟，在這個洞窟裡，陳列著滿滿的石柱，石柱的高度有高有矮，高的可達三公尺，矮的也有一公尺多。雷葛新走過去仔細看看，發現這些石柱都是花崗岩的材質，堅硬度高，也最耐久。石柱上頭光滑鑑人，沒有什麼文字，但很奇怪的是，每根石柱上都有一道橫紋，紋路極細，卻入石頗深。

「這……這是什麼東西啊……」雷葛新仔細看著，還伸手去摸摸那些石柱上的細線，發現那的確只是從石頭表面刻入的線條，裡面並沒有別的東西。「我還以爲是微型訊息呢……那年代的人很喜歡玩這種玩藝兒。」

每一根石柱都有一個基座，在所有基座上都刻有兩個數字，兩個數字間都有一條斜線。數字以四種方式呈現，一是雷葛新時代仍有人使用的古阿拉伯數字，二是古代羅馬數字，三是單純的數量點狀，而零則是一個空心點來表示，第四種雷葛新一時看不出來，牛頓提醒他一下，才想起那是電腦的二位元數字。

「這個……是什麼？」雷葛新好奇地抓抓頭。「爲什麼每根柱子上都有一條線，還有兩個數字。」

牛頓沉默，這時候通常是他在「思索」答案的時候，雷葛新又問了兩聲，得不到他的回答，也就信步離開了這個石窟。

除了這兩處所在之外，整個石窟似乎也沒有別的什麼出奇之物了，整個石窟似乎已經長年累月不見人跡，處處長滿了苔蘚和長草。雷葛新繞了一會，看見再也沒有什麼可以吸引目光的東西，加上這一折騰之下，人也覺得有些累了，於是便往剛剛的休息處走回去。走不多時，卻聽見從休息處傳來急切的狂吼，雷葛新心知不對勁，於是便加快腳步奔了過去。

遠遠的，只看見吉娜此時雙手持了顆大石，舉在頭上正要往那個艾隆壞爾人的頭上猛砸下去，而那個艾隆壞爾人雖然身受重傷，卻不曉得什麼時候醒了過來，身體雖然無法動彈，但是卻能看見吉娜正想用大石頭砸死自己，情急之下，便大聲狂吼起來。

奇怪的是，雷葛新從見到這個艾隆壞爾人以來並沒有聽過他的聲音，此刻他狂吼的聲音雖然氣急敗壞又口齒不清，但是卻能聽得出來他此刻狂吼的，居然是古代英吉利語，雷葛新在唸書時曾修過幾年古英吉利語，所以聽得出來他狂吼的字句是「停止！妳這瘋婆子！」的古英吉利語。

「Stop！Stop！You crazy bitch！」

那艾隆壞爾人的聲音在石窟中遠遠傳出去，充滿了困獸垂死前的凶狠絕望。雷葛新當然不願意吉娜弄死這個奇特的機械生化人種，於是便大聲喝止她，要她停止。

吉娜聽見了雷葛新的呼喊，愣了一下，但是彷彿下定了決心一般，決意要把這個艾隆壞爾人弄死，於是手上的大石頭仍然用力砸了下去。

雷葛新情急之下，身體內的武術核酸發動，也不曉得是什麼地方來的靈感能量，右手戟指，居然發出一道淡藍色的力場，遠遠地飆了過去，把吉娜手上的大石頭擊開，餘勢未停，「咻」的一聲把那顆極大極重的石頭擊到一旁，落在地上碎成數片。

這一情急發出的力量居然有這等威力，雷葛新自己也是嚇了一跳。不過這時候來不及思考這個，他急急地奔上吉娜和艾隆壞爾人休息的平臺，大聲叫道：「別殺人！在這裡不要殺人！」

那艾隆壞爾人似是用了極大力量呼喊，此時身體不住抖動喘息，看見雷葛新救了他，心知一時三刻不會再有生命危險，這才軟癱了下來，不住地喘息。

吉娜憤恨地瞪著他，緊緊握著雙拳，眼睛似是要冒出火來，假使此刻沒有雷葛新的阻止，勢必要把那艾隆壞爾人弄死才肯罷休。

「別這樣，」雷葛新有點尷尬地對她搖搖手，示意她不要再這樣氣沖沖。「有什麼事情好好說。」

「大人恕罪，在下失禮了，」吉娜死命地瞪著他，過了良久才想起來雷葛新和自己的關係，於是露出惶恐的表情，跪了下來。「實是這惡鬼與我族仇恨太深，殺我無數同胞，血海深仇不共戴天也。大人平日也教誨我等，需將此惡鬼魔族當成最下賤的禽獸對待，遇者必殺，不知大人何以阻止在下報我家人族人血海深仇？」

雷葛新微微一愣，抓了抓頭，有點滑頭地笑道：「我不管我從前說過什麼，反正今天我不想有人死掉，這樣說可以吧？不管怎樣，還是看在我面子上，算了吧？好不好？」

吉娜雖然跪在地上，卻仍然怒目地瞪著那個艾隆壞爾人，過了一會，才像是鬆了口氣般地垂下肩膀，對雷葛新又磕了幾個頭。「大人交代，在下必當遵從，只是大人如天之高，如林之翠，對在下只要吩咐便是，不必與在下相商。」

雷葛新哈哈一笑，伸手便把她扶了起來。「我知道了，那妳也要答應我，以後跟我說話就說話，不要再搞這種跪下來趴下去的勾當，我不習慣，這妳可以答應我嗎？」

吉娜一怔，直覺又想跪下，見到雷葛新瞪了她一眼，這才垂下頭拱了拱手。「在下遵命。」

那艾隆壞爾人此刻似乎力氣放盡了，氣息也更微弱緩慢了些，雷葛新想起來他剛剛說的古英吉利語，於是想和他說說話，看有沒有辦法溝通。

「你……」雷葛新想了一下英吉利語該怎麼說，於是慢慢地對那艾隆壞爾人說道：「你是什麼人？你叫什麼名字？」

那艾隆壞爾人的眼神這時有些渙散，但是乍聽到自己聽得懂的語言，精神卻陡起振作了一些。

「我……」他看著雷葛新，眼神開始有些溫和起來，閃著嘴唇有些困難地開口說話，他的嘴唇看來長年都接著那種連接排泄管的裝置，說起話來相當吃力。「我，艾隆壞爾。我……阿瑪迪亞斯。」

「艾隆壞爾？原來你們這名字是『鐵火』的意思？」雷葛新睜大眼睛，恍然大悟。「還有，你的名字是阿瑪迪亞斯？」

「是，是，」那阿瑪迪亞斯喘了幾口氣，無力地說道：「天空來的艾隆壞爾，阿瑪迪亞斯。」

吉娜看見雷葛新居然能和艾隆壞爾人溝通說話，露出駭異的神情，但是雷葛新此刻的身分是她從小便服從聽命的主人，因此她只是張大了嘴，並沒有多說什麼。

雷葛新還想和那阿瑪迪亞斯問幾句話，但是卻發現他已經翻了白眼，昏了過去。

「從現在開始，我不要妳殺他，我要妳照顧他，」雷葛新對吉娜說道：「要把他當成我一樣照顧，總之，我要他好好的，知道嗎？」

吉娜點點頭，臉上雖然露出不服氣的神情，卻也不敢違逆雷葛新的交代。也不曉得從什麼地方，她取出了一點水，將水灑在阿瑪迪亞斯的臉上，也餵他喝了點水，但是阿瑪迪亞斯卻彷彿極不習慣似地，只喝了一小口便嗆咳不已，之後仍然翻著白眼躺在那裡喘氣。

雷葛新坐了下來，打算休息一下，吉娜見他坐下，連忙用青草和大葉子幫忙雷葛新墊在身下，讓他舒服地躺著。十足地貼心，也服侍得很盡心。

直到這個時候，雷葛新才有機會仔細端詳她的模樣。只見這女孩吉娜身材嬌小，所以乍看之下會以爲她是個孩子，但仔細一看，才發現她是個有著古代歐羅巴白人血統長相的女子，她的頭髮雖然骯髒，卻看得出是金色的頭髮，五官也長得立體，高高的鼻子，藍色的眼珠，臉頰上有幾點淡淡的雀斑，長相卻相當的美麗清秀。

「大人，在下幫您寬衣。」只見吉娜跪坐在雷葛新的身邊，恭敬地說道。

其時雷葛新也有些倦了，便嗯了一聲。但是接下來吉娜做的事，卻讓他目瞪口呆，不知如何反應。

她剛剛說的是要「寬衣」，但是卻是伸出手來解開了雷葛新的褲頭。這時候雷葛新身上穿的是一種粗布的上衣、寬鬆的過膝半長褲，但是吉娜一解開他的褲頭，他這才發現自己褲頭裡完全沒有穿任何的衣物，她一解開褲頭，整個下身就光溜溜地露了出來。

「啊？」雷葛新驚叫了一聲，正要坐起身來，卻發現吉娜開始做了一個令人更是瞠目結舌的動作。

彷彿是已經做過千百次似地熟練，吉娜解開雷葛新的褲頭後，便低下頭來，右手拎著雷葛新的下體，搓揉幾下之後，便非常理所當然地張開嘴巴，將雷葛新的下體輕輕含住。

「住……住手！」雷葛新囧然地驚叫出聲。「妳在做什麼？」

便在此時，空間中只聽見「噗」的一聲，卻是牛頓不曉得什麼時候鬼鬼祟祟地回來了，隨即傳來「哈哈哈哈哈哈」的笑聲。

「不准笑！」雷葛新又驚又怒，他此刻說話的對象是牛頓，但是吉娜卻以為是在對她說話。

這是一幅讓人尷尬不已卻又爆笑萬分的景象，年輕女孩吉娜本來專注地將雷葛新的寶貝含在口中，聽見他對牛頓的大叫卻停下動作，愣愣地看著他，但是嘴巴裡卻仍然含住雷葛新的寶貝，做了個時光凍結的表情。

而在雷葛新的耳中，牛頓依然開心暢快地一直大笑。「哈哈哈哈哈哈，哈哈哈哈哈哈……」

「請問妳在做什麼？」雷葛新不知所措地保持躺著的姿勢，頭部微抬，也不曉得是該推開她，或是保持原來的動作。一個吉娜仍然把他的重要部位含在口中的動作。

吉娜「波」的一聲，終於把雷葛新的寶貝部位從口中「拉」了出來，臉上卻還是那種不知所措，不知道該如何是好的表情。「大人，可是在下做錯了什麼嗎？可是在下沒有做好，讓大人不舒服嗎？」

雷葛新露出無可奈何的表情，輕輕把她推開，連忙把褲頭拉起來，遮住下體。「妳常常做這件事，是嗎？」

吉娜點點頭，有些惶恐地說。「每日只要大人歇息的時候，便會命在下爲您施行這等服務，這是我等的職責，不知是否在下疏懶不力，令大人不滿意？」

耳邊的牛頓依然發出笑聲，雷葛新這時候也已經大概猜到事情的真相是什麼，他附身的這個男子顯然是個很低級的主人，除了對吉娜很不客氣之外，還要她提供這種等同性服務的勾當，可能平時還要發生性行爲之類的事。

「媽的！真她媽的不是個東西！還有你也是，牛頓，你這下流胚子，你給我閉嘴！」

吉娜有點愣愣地看著主人又在那裡自言自語了，從被毒蟲螫到之後，主人的腦袋似乎出了問題，除了說話的方式不同外，很多行爲舉止也變得不同。只見雷葛新又在那裡彷彿跟誰發了脾氣似地，看到她依然怔怔地望著自己，這才嘆了口氣。

「以後，不要再做這種事了，ＯＫ？」雷葛新露出無奈的表情，既而想起她說不定又會惶恐擔心，於是又說。「不不不，以後妳要做什麼都可以，但是要我吩咐，妳才做，好嗎？妳只要好好地休息，做妳自己的事就可以。現在，我想自己靜一靜，所以請妳到我看不見的地方，看是要休息或是做事都可以，等我叫妳才過來，知道嗎？」

說著說著，想起這吉娜已經當奴隸當習慣了，於是便露出狠惡的表情，大聲說道：

「我這樣交代了，聽到了沒？」

果然，用這種惡狠的方式說話，吉娜便立刻照做，她又跪下來對雷葛新磕了個頭，便乖乖地在雷葛新眼前消失。

空間中，傳來牛頓的聲音。

「這是古代人類性愛的手法，稱為口交，是男女間前戲的一種，也可以是付費性服務，」牛頓嘆道：「你為什麼不持續下去呢？我可以觀察男性射精的各類數據啊！」

「數你個頭！」雷葛新沒好氣地說道：「你為什麼會對這種事有興趣？關你什麼事？」

「因為你前兩次性行為時，我都沒能收集得到數據啊！和避秦村公冶南那次，豪門時空和閻家小姐那次，我都不在現場。」牛頓說道：「實質性行為的能量、人體解剖構造，都是很珍貴的研究資訊，這一點我的資料庫裡並不多，有機會當然要好好把握！」

「不准你把握！」雷葛新怒道：「今後只要是我的這種行為，你都不准在場，我要你立即自行關掉，這是命令！」

「好。」牛頓簡單地回答。「只要是你的命令，我都可以遵循。」

「為什麼你會笑得那麼開心呢？」雷葛新皺眉。「你不是人工智慧嗎？為什麼會有這麼明顯的情緒反應？」

「因為我並不是平常的人工智慧，」牛頓這時恢復了原來的冷靜，語聲穩定。「我是變異過的人工智慧，和你的異常生理狀態結合，所以會有這樣的奇怪反應。」

「好了，不跟你計較這些了，說說你發現了什麼吧？」

「不多，我在這個時空中，沒有辦法找到太多的資訊，」牛頓說道：「這個世界裡的整個環境被嚴重破壞，充滿了異常的磁波，嚴重干擾了能量，很多原本我能做到的事，在這裡就好像關在高牆裡一樣，四處碰壁。」

「所以，我們無法得知這個世界發生了什麼事嗎？除了那石碑的記錄之外，在他們的滅亡之日後發生了什麼，沒有辦法得知嗎？」

「目前我還找不到解決的方法。但是往好的方向想，我們可能可以在這裡停留久一點的時間，因爲在這樣的異常環境中，追捕我們的時光戰警同樣也很難找到我們的位置，說不定我們可以逃久一點。」

「在這裡待下來嗎……」雷葛新皺眉。「我可不太肯定我喜歡這裡呢！奇怪的民族，還有那個怪里怪氣的小女人。」

「不過，我還有另一個收穫，是關於那些石柱的事。」

「哦？」雷葛新奇道：「它們有什麼秘密嗎？」

「這是一種在古二十世紀，甚至更早的時代就已經發現的數學技巧。這些石柱的作用，是記錄當年地球所有文字的貯存器具。要說能夠保存訊息的話，比那些石碑還能耐久。」

「怎麼存？我看那些石柱也沒有任何晶體、微型記錄器啊！而且除了在石碑上刻字之外，還有什麼貯存方式能比它更耐久的？」

「我們在石柱上不是看到一條線嗎？每根石柱都有。那就是貯存訊息的方式。」

「那不過是一條線，能存多少訊息？」

「那一條線，其實就把石柱分成兩個長度，每個長度分別代表一個質數，也就是在石碑下方那兩個數字。以兩個數字選一個當分母，一個當分子，就可以除出一長串不會重覆的數字，無窮無盡，這數學原理你知道吧？」

雷葛新微一思索，從「古今數學論」核酸中便出現了這個理論。

「知道。」他點點頭。

「所以，有了這個原理，我們可以把世上所有的文字，不管是方塊字或字母，以三個數字代表一個字母或字元。比方說，用〇四五來代表C，〇四三代表A，〇六三代表T，所以要記錄『貓』的古英吉利語CAT，就用〇四五〇四三〇六三來代表。所以，我們可以把世上所有的文字都化爲一個可能包含幾億個數字的字串，對不對？」

「啊……我聽懂了，」雷葛新點點頭。「所以只要得到這個億萬數字的字串，就可以倒推回去，將它轉化成分子和分母的形式，這樣只要用兩個數字相除，就可以把這個超長字串貯存起來了，對嗎？」

「沒錯，那些石柱就是用這樣的原理貯存了不曉得多少內容的資訊。理論上，只要一根石柱就能存下整個地球所有的文字，但也許是爲了分類，他們還是立了許多根石柱。」

「只是，也不曉得要到什麼時候，人們才會有能力讓它們重新轉爲可以閱讀的文字了……」

兩人聊著聊著，不覺天色已經暗了，看看旁邊，吉娜又在不遠處的石頭後方探頭探腦，但是因爲雷葛新囑咐了不叫她不准過來，果然就乖乖地只是在遠處看著。雷葛新哈哈一笑，便把她叫過來。

這個小個頭女子吉娜看起來是個手腳極爲俐落精幹的工作者，只是一會工夫不見，她便採了許多果類葉類的植物，手上還拎了隻似兔似鼠，但是個頭卻比兔子還大一點的動物。就著一旁的樹枝土石，她很快地架起了個烤架，用不曉得哪裡生出來的打火器材生了火，用石頭敲了幾個碗，也煮了滾水，將那隻動物脫毛後放在火上烤，還順便煮了幾碗加了果子葉子的湯。不一會兒，便飄出來芳香的味道。

「她……好厲害呀！」牛頓在雷葛新耳邊讚嘆地說道：「比我見過的所有廚子還要厲害。」

更有趣的是，她不知道從身上哪個地方變出來好幾小袋的調味料，有的看起來像鹽，有的看起來像是香辛料，這樣調理了一會，烤在火上的動物也泛出了肉香，肥肥的油滴在火上，發出明亮的光芒。

「大人，您請用。」吉娜將幾個石碗盛上湯和肉，恭敬地放在雷葛新的面前，還放上了調羹和一支叉子，還是不曉得她是從什麼地方變出來的。

這頓飯吃起來頗爲開心，吉娜的烹調技術算是不錯，在這樣的簡陋環境下能做出如此口味的食物，對雷葛新和牛頓來說，已經是神一般的手藝。雷葛新吃得很是滿足，一轉眼看見仍然躺在地上的艾隆壞爾人阿瑪迪亞斯，忍不住問道：

「他……能吃東西嗎？可不可以餵他吃點東西？」

「我看最好不要，」牛頓說道：「他的消化系統未必能夠吃正常的食物，拆掉了餵食管，也不曉得他能不能吃東西，而且他現在又在昏迷狀態，還是等他清醒一點再說。」

看見吉娜這時又忙碌地清理剛才煮食時的東西，雷葛新問道：「妳吃了沒有啊？忙了這麼久，自己怎麼沒有吃一點？」

吉娜一邊忙碌，一邊恭敬地回答。「在下等把事情做完了再吃，大人您請休息。」她手腳俐落地將餘下的食物收拾好，把燃燒的剩柴清理了，雖然忙碌，動作卻極爲有效率，一點也不見混亂。做到專注之時，還不自覺地哼著歌。她的嗓音清朗，聲音不大，卻帶著一種穿透空間的力量，讓人不自禁地聆聽著，心情放鬆舒適。

但是聽了一會之後，牛頓突然說了句令人費解的話。「不對，她唱的歌，歌詞有蹊蹺……」

雷葛新微微一怔，也開始仔細聽吉娜唱的歌，發現那是一種單純的鄉野小調，大多是半音，聽起來有點像古代中國的民間曲調。音樂上沒有什麼特別，真正令人好奇的，是她唱的歌詞。

「……青翠森林張開魔鬼的嘴，山火爆發時誰能安睡……

「……鐵爺大公從百年的沉睡中醒來，身邊親人全無蹤影……

「……他帶來天上的知識和神明的旨意，讓我們活了下來……

「……公元二〇九九年的道別，讓我與家人永世不得相見……」

那是一種近似古代中文的語言，但是雖然相近，卻完全不懂它的意思。雷葛新細聽了一下，覺得是一種語言，但卻完全聽不懂意思。

「這什麼啊……」雷葛新奇道，於是對吉娜揮了揮手。「吉娜小姐，請妳來一下。」吉娜好奇地轉頭望他，停下歌聲，走了過來。

「主人，請問是我唱歌的聲音吵了您嗎？萬分歉意。」

雷葛新搖搖頭。「不，剛好相反。妳唱的歌真好聽，這是什麼歌？」

「我唱的這歌？」吉娜微微一怔，隨即笑了起來。「這是我們族人都要會唱的歌啊，我們在祖先祭、年節、不死節裡都要唱的。」

「這歌，有很多首嗎？」雷葛新問道：「是什麼做的？」

「我聽爺爺說過，說這歌都是鐵爺大公寫的，大概有幾十首。」

「那……」雷葛新問道：「妳知道這歌裡面說的是什麼嗎？」

「我們從小就得學這歌，但是沒有人跟我們說這歌裡面是什麼意思。」

「我也不懂。」雷葛新搖搖頭。「所以，這種語言是什麼？裡面說的是什麼意思？」後頭那句話，是對牛頓說的。

「你叫她再多唱幾句，最好從頭開始唱起。」

吉娜睜大眼睛，不曉得主人為什麼突然對這種歌謠產生興趣，於是清了清喉嚨，但是清了清，卻像是想起什麼重要的事一般，拾起兩根乾木，點了火把。

「不好意思……」雷葛新詫異地問道：「這位小姐，您是在做什麼？」

吉娜撇了撇頭，嫌惡地望向躺在地上的阿瑪迪亞斯。「我唱的歌，只給我敬重的人聽，不唱給這種下賤的畜類聽。」

雷葛新笑了笑，也不好再說什麼，便跟著她走遠了一些，找了個舒服的角落跟她坐了下來，插上火把，火光忽明忽暗地照著兩人的臉。

果然，她便從歌謠的最起頭之處開始唱起。

「最早的時候，他們都說世界要滅亡，末日欲來時，人人號號泣。

「沒人理睬它，一九九九年，二〇一二年，世界完全沒有事，沒人相信伊……」

在石窟中，吉娜幽然地唱著，聲音迴盪出奇異的氣息。雷葛新很仔細地傾耳聽著她的歌，只覺得音調很是特別，她的歌聲唱來也算悅耳，但是就是完全無法理解歌詞裡的意思，那是一種接近中文的語言，裡面有幾個詞可以勉強猜猜，但是卻完全不懂她在唱些什麼。

牛頓卻在虛空中似乎非常專注地聽著，有時甚至聽得到他在吉娜唱完後，也跟著喃喃地唸出同樣的字句。那也就是說，牛頓是聽得懂這種歌謠使用的那種語言的。

吉娜有點詫異地繼續唱著，但是雷葛新既然沒有說停，她也就一直唱下去，一直唱了六首，這才停了下來。

「其他的，我就不會了，因爲爺爺只教了我這些。」

雷葛新知道空間中的牛頓知道這種奇妙歌謠的關鍵，因此剛剛吉娜在唱的時候，他就沒刻意去打擾他，吉娜唱完後，良久良久，才聽見牛頓輕輕地吁了口氣。

「好厲害。」這是牛頓說出來的第一句話。

其時天色已經全然暗了下來，吉娜在雷葛新面前生了一盞火，火光不大，大概是足以照亮身邊三公尺左右的範圍，聽見雷葛新沉默下來，她也就悄然地退到火光的範圍之外，不見身影。

「怎麼了？」雷葛新奇道：「什麼東西這麼厲害？」

「那個女孩剛剛唱的歌，用的是一種古代中國東南方的方言，你知道的，古代中國有著多種地方方言，語系和主要語言接近，但是發音卻可能完全不同，有的地區甚至只差個幾十公里，用的語言就可能完全無法溝通。」牛頓說道：「而這女孩唱的歌裡面，使用的是大約四百年前，一個南方叫做『閩』的地方的語言。」

「難怪我完全聽不懂，」雷葛新苦笑。「雖然聽起來很熟悉，但卻幾乎沒有一句聽得懂。」

「最重要的是，她唱的歌裡面，把這個世界的部份面貌描述了出來。寫這些歌的人，是一位名叫『鐵爺』的人，這個人是這個時代人們之所以能夠存活的重要功臣，也可以算是他們的先祖……」

在黑夜的微光中，牛頓把吉娜唱的歌詞大略地翻譯解釋出來，原來，這六首歌說的是吉娜部族在這個世界存活的歷史。

在石碑中記載的世界末日後，地球上的人類幾乎全數死在災變之中，根據「鐵爺」的估算，整個世界近百億人口之中，大概只有十幾萬人存活下來。

末日後的地球，環境變得極爲惡劣，連立碑的那位大國領導人紀光允也死在災難之中，但是因爲存活下來的人，有古代那位智士陳怡魁氏留下的智慧輔助，所以總算能夠在非常險峻的環境中苟延殘喘下來。這樣的日子大概過了近百年。

令人驚訝的是，這位像是救世主身分的「鐵爺」，自稱是紀光允的兒子，但他卻是在世界近乎滅亡後百年才出現在人們眼前的。

牛頓敘述到這裡，雷葛新忍不住插嘴。「什麼跟什麼啊……哪有這種事的，那他這一百年又是到哪裡去了？難道這個世界裡有金星殖民地嗎？就算是有別的地方可以去，怎麼會一去就是百年？」

「一開始我也想不通，但是在歌詞中有這樣的幾句：『……冬眠近百年，前生如螻蟻，性命幾垂危，一旦得重生，柳暗花明又新生……』，如果歌詞說的是真實的事，大概是用冬眠科技維持生命了百年，後來才醒過來的。」

「好吧，這件事其實並不重要，重要的是這位『鐵爺』活過來了，而且把他們的文明持續下去了，是嗎？」

沒錯。牛頓語氣相當肯定。不管這位鐵爺是什麼時代的人，總之他就是突然出現在百年後的殘存人們面前，他擁有超越當時所有人的知識，帶領大家運用殘存下來的資源重建人類居住的地方，建立出幾個適合人們在這個惡劣環境居住的國度。

災變百年後的地球也逐漸恢復了生機，環境不再像剛發生末日時那樣惡劣，在「鐵爺」的領導下，人們總算能夠喘息下來，過比較好的日子。

但是好景不常，到了第四首歌快結束的時候，出現了「來自天空的惡鬼」、「鐵與火的惡魔」，也就是艾隆壞爾人。

從第五首歌開始，所有的歌詞描述的都是吉娜族人和艾隆壞爾人抵抗奮戰的戰歌。

從歌詞中可以聽得出來，從天而降的艾隆壞爾人極為殘暴，用的武器也是霸道非常，一開始地球上的人們被艾隆壞爾人全面壓制，完全無法抵抗，但是在「鐵爺」的領導下，人們開始知道如何和這種擁有強大火力，卻對地球和大自然一無所知的種族對抗的技巧。

於是，兩方的戰爭便一直持續下去，直到現在，仍然難分難解。艾隆壞爾人擁有鐵與火的強大武器，吉娜的族人們卻知道整個大地的力量，兩方長久相持爭戰下來，沒有誰能佔得絕對優勢。

這六首歌謠，敘述的便是從末日開始，到後來艾隆壞爾人從天而降，和地球上的種族戰鬥的歷史。

聽了牛頓的敘述後，雷葛新一時之間覺得資訊過量，有點承受不住的感覺。這個空間世界的歷史如此曲折複雜，大大出人意料之外。兩人一時之間也不曉得該說些什麼，沉默了好一會兒。

空間之中，只有火種畢畢剝剝的聲音，和這樣奇異詭譎的故事搭配起來，讓人油然生出某種近似魔幻的感覺。

也不曉得過了多久，雷葛新也有些睏了，正想睡上一陣的時候，卻聽見不遠處又傳來了狂急的吼聲，那聲音並不陌生，跟入夜前阿瑪迪亞斯狂急的吼聲一樣，顯然是又出了什麼意外狀況。

聽到他的吼聲，雷葛新第一個湧進腦海的念頭，便是「吉娜又想殺他了？」，於是立刻抄起火堆中一根乾木做為火把，往阿瑪迪亞斯躺著的位置飛奔過去。

阿瑪迪亞斯的狂吼聲極為響亮，很輕易地便找到了他所在的位置，雷葛新跑了過去，用火把一照，映入眼中的情景又讓他張口結舌地無法置信。

只見在阿瑪迪亞斯躺著的平臺上，他壯碩的身體此刻依然倒在地上，不住地狂吼翻滾，身上卻纏著一條極大的蟒蛇。那蟒蛇的身體極粗，幾乎有大人的大腿粗細，此刻那蛇的身體蜷曲，將阿瑪迪亞斯的身體緊緊纏住，人蛇交纏在一起，不住地掙扎扭動，動作極為劇烈，把地上的石頭掃了個四下橫飛。

而在阿瑪迪亞斯與大蛇相抗的地方大約一兩公尺的角落裡，吉娜小小的身子蜷臥在那裡，似是非常害怕。

雷葛新從來不曾見過這樣的大蛇，他曾在二十四世紀逃離生化戰警的纏鬥中，附身在一個被生化蟒吞噬的人身上，但那是人造之物，在自然界的動物中，這麼大的蛇，還真的是第一次見到。

眼見那大蛇越纏越緊，逐漸在爭鬥中佔了上風，阿瑪迪亞斯雖然奮力抵抗，卻也是逐漸力竭。雷葛新一時之間不曉得如何是好，卻聽見耳邊傳來牛頓沉穩的語聲。

「用火把燒牠！」牛頓說道：「燒牠的七寸！」

雷葛新一震，果然想起來在戰鬥核酸知識中，曾經提及蛇的弱點所在。於是他將手伸長出去，把火把「嗤」的一聲刺在大蛇身上。那大蛇被火的熱度燙傷，加上雷葛新這一刺的力道也不小，於是蛇身急速地扭動起來，這一扭動，纏著阿瑪迪亞斯的力量也鬆了，阿瑪迪亞斯奮力一撐，便將上身從大蛇的束縛中脫困出來，他將虎臂一張，雙手便緊緊扼住大蛇的頭，準備將牠的頭扭下。

「別殺牠！」雷葛新大叫，用的是古英吉利語。「要不然牠會越纏越緊！」

那阿瑪迪亞斯果然聽得懂雷葛新的說話，於是住手不再發力，雷葛新又用火把刺了大蛇幾下，那大蛇果然鬆開了阿瑪迪亞斯，阿瑪迪亞斯放開手，於是那大蛇便滑行離開了他的身子，消失在黑暗之中。

這一陣子的激烈抵抗後，阿瑪迪亞斯更是全身虛脫，力氣一鬆，只能躺在地上翻著眼睛喘氣，連話都說不出來了。

吉娜看見大蛇已經離去，這才扁了扁嘴，放聲大哭起來。

費了好大工夫，雷葛新最後才讓她止住哭泣，問清了發生什麼事。原來剛剛吉娜過來看看阿瑪迪亞斯是否仍有呼吸，但可能是石窟中的食物香味引來了那條大蛇，在黑暗中，吉娜一開始並沒有看見大蛇，等到看見的時候，已經被大蛇逼到角落，準備將她勒死吞食。

正在危急之中，躺在地上的阿瑪迪亞斯卻勉力翻身而起，擋在大蛇和吉娜中間，才會演變成雷葛新看到的，他與大蛇交纏搏鬥的情景。

也就是說，這次救了吉娜一命的，正是這個萬惡的艾隆壞爾人。

第11章

鐵火族是什麼

離開地球百年後，連月球城市的資源也即將耗盡。從望遠鏡中，艾隆壞爾族看見地球已經再次成長復甦，便找到百年前離開地球的「方舟」，其中有七部仍然可用，便搭乘這七部「方舟」，艱苦地回到地球，並且與地球上的種族開戰……

第二日清晨，阿瑪迪亞斯卻開始發起燒來，神志更不清楚了。雷葛新和牛頓並不是沒有醫治他的方法，但是因為地處蠻荒，沒有可用的藥品，卻也不知道如何是好。吉娜煮給雷葛新的食物中，也多準備了給阿瑪迪亞斯的份，但是他完全無法進食，只要是入口的食物，吃下去不多久就吐了出來。

這種身上裝滿了生化器械和管子的族類，似乎對地球上所有的事物都不適應，連新鮮的空氣也無法好好呼吸。這樣發燒又昏迷了一整天，雷葛新暗地裡和牛頓討論，可能是救不回來了。

第三日中午，吉娜突然不見人影，雷葛新在石窟中找了幾次也沒找到她。直到黃昏時分她才從石窟外頭回來，帶了幾大束顏色詭異的植物。

入夜的時候，雷葛新看見她靜靜地坐在阿瑪迪亞斯的身邊，不停地嚼著那些顏色奇怪的植物，有的敷在阿瑪迪亞斯的身上，有的則是餵在他的口裡。那些植物的味道看起來一定很苦很難吃，有幾次吉娜嚼著嚼著，還忍不住嘔了出來。

但即使是這樣難以入口的東西，她還是很執著地嚼了一整夜，把嚼過的纖維不停地敷在阿瑪迪亞斯的身上，餵入他的嘴裡。

剛開始，阿瑪迪亞斯完全無法吃任何東西，只要是餵在嘴裡的東西一定吐出來。但是到了第四日，他開始能夠吞下吉娜餵他的植物纖維了，雷葛新過去探了探他的身體，溫度也逐漸降了下來，不再發燒。

後來，雷葛新還曾經看過吉娜煮了食物，在口中嚼了嚼之後，以口就口地餵在阿瑪迪亞斯的嘴裡。

而守護在阿瑪迪亞斯身邊的時候，吉娜有時候還會溫柔地唱著她的「鐵爺之歌」。

在吉娜守候阿瑪迪亞斯的這幾日裡，雷葛新也沒閒著，他和牛頓試著循吉娜爬出石窟的路徑也爬出去探查周遭的環境。走了幾次之後，發現這個石窟所在之地，是那日觀看艾隆壞爾族和吉娜族人戰鬥那座山山下的深谷。谷內森林極為茂密，而且處處都有險惡的猛獸和蟲類，只是不曉得為什麼，在石窟內卻不太看得見蟲子和各種禽獸，只有蛇很喜歡在洞裡來來去去，有時候也會看見那日那種大蛇從眼前蜿蜒而去，讓人有點毛骨悚然。

燒退了之後，阿瑪迪亞斯的身體逐漸恢復了，有時候雷葛新也看見吉娜會坐在他強壯的肩膀上，像是騎著馬一般地笑鬧嬉戲，只是吉娜仍然嚴守著對雷葛新極為尊敬的態度，只要是雷葛新在場，便會收起輕鬆的態度。

和吉娜關係變得親暱了之後，阿瑪迪亞斯也比較和氣了，雷葛新有時候會試著和他說話，發現他的古英吉利語並不是太流利，只是能夠稍微表達自己的程度，但只要雷葛新問他一些較深入的問題，他總是變得沉默，也不曉得是不想講還是不知道怎樣講。倒是吉娜為了和他能夠溝通交談，有時會央求雷葛新教她幾句英吉利語，也試著教阿瑪迪亞斯她自己的語言。

也許是因為時空磁場錯亂的關係，雷葛新和牛頓這次在綠火世界停留的時間較長，住了好一陣子仍然沒有時光戰警追來的訊息，算了算，兩人在這個世界停留的時間已經過了四個月。

在這四個月裡，雷葛新不停地和阿瑪迪亞斯說話，也教吉娜說古英吉利語，在雷葛新的引導下，阿瑪迪亞斯的語言技巧也更好了些，能夠更精確地說出自己想要說的話。他的智能和人類並沒有很大的差別，只是因爲後天環境的關係，在資源不足的條件下，才會有些不擅言詞。

溝通的方式順暢了之後，雷葛新便詢問了阿瑪迪亞斯有關艾隆壞爾族的事，得到的答案卻讓他和牛頓驚訝不已！

在此之前，雷葛新和牛頓曾經討論過這個艾隆壞爾族到底是什麼地方來的種族，因爲他們是「從天而降」，所以一開始本來以爲他們是從外星來的生物，至少也是像雷葛新二十四世紀家鄉的「金星殖民地」來的人，但是在這個時空世界裡，世界在二〇九九年全面毀滅，在此之前，他們並沒有足夠的科技能夠發展出金星殖民地的設備，所以艾隆壞爾族也不可能是來自別的星球殖民地的人。

經過雷葛新和牛頓好幾次努力的以有限詞彙和阿瑪迪亞斯討論之後，再對照石窟中石碑上的記載，最後才赫然發現，艾隆壞爾族也是地球種族，是和地面上人類同種同基因的人類！

他們在一百多年前離開地球，企圖避開世界末日的災難，但是最終的命運，卻是將自己的後代子孫變成了艾隆壞爾族這種可悲的生化機械人種。

是的，所謂的「艾隆壞爾」族，其實就是當年以「伏羲方舟計劃」離開地球的那群人留下的後裔。

原來當年成功離開地球的那五十部太空飛船，離開地球後便在地球軌道上繞行飄浮，他們在太空中親眼見到地球的災變，整個地球幾乎全數滅亡，剛開始還覺得慶幸，自己沒有留在地球，至少還保住一條小命。

但是隨著資源逐漸減少，在太空船中的生活也開始逐漸轉爲煉獄。原先，這個名爲「伏羲葫蘆」的方舟計劃中，設定所有人們在太空船中生存的時間是十五年，但是這個設定經過實際驗證，發現那是在「最低生活需求」的條件下才能勉強維持十五年，到了第五年開始，長年在太空中生存的人們，部分開始出現嚴重的精神病癥，因爲缺乏陽光、水、空氣的調節，居住在太空船中的人們大量死亡，還曾經爆發過瘟疫。生存下來的人也沒能好過，他們面臨糧食的短缺、疾病的威脅，還有機件的老化衰退，於是在離開太空的第七年，不得已只好選擇迫降在月球，這時候，原來的五十部方舟只剩下三十六部。

所幸，在月球上這群地球的倖免者找到了位於月球背面的一座城市。這是在地球滅亡前，一群納粹後裔建造的城市。這群納粹後裔在地球上得到一筆極大的財富，並在二次大戰時希特勒留下的訊息中，找到位於中美洲地底的一處古代文明遺跡，那遺跡位於百慕達三角洲下方的地底，是一處能夠把人、物資轉移到月球背面的時空通道。納粹後裔存著想要重新建國的理想，以五十年的光陰，將地球上的大量物質、武器、設施由時空通道移至月球背面，建造了城市。

當方舟內的移民抵達月球背面時，這座城市已經空無一人，不曉得當初的建造者發生了什麼事，已經全數滅亡。但是當年運至月球城市的物資仍然部分存放完好。靠著這批物資，方舟中的移民便在月球度過了極爲悲慘的九十餘年。

在月球居住，無法像在地球一樣靠耕種和養育牲口取得食物，因爲環境不佳，很少有植物和動物能存活。當年在方舟中帶上的地球珍稀動物，早在前幾年已經被吃光。爲了節省物質的消耗，移民的子孫利用武器和殘存的設備將人體改造成生化機械，只求節省物資的消耗，在九十年的改造中，將原本正常的人類改造成醜惡的生化族類，爲了更有效地節省物資，這些人被迫以排泄物再造的食材爲食，也就是現在出現在雷葛新和地球人們眼前的「空中惡鬼」：艾隆壞爾族。因爲他們的生命中一切以求生爲主，所以在月球基地生活的他們沒有文化，沒有藝術，只有求生的技巧和戰鬥的訓練，因爲隨時要提防他人來搶走自己的食物，而在戰鬥中被殺的人，也常常成爲對方的食物。

但即使是這樣，最後艾隆壞爾族的資源也幾近全數耗盡。離開地球百年後，連月球城市的資源也即將耗盡。從望遠鏡中，艾隆壞爾族看見地球已經再次成長復甦，便找到百年前離開地球的「方舟」，其中有七部仍然可用，便搭乘這七部「方舟」，艱苦地回到地球，並且與地球上的種族開戰……

雷葛新和牛頓雖然已經經歷了好幾個時空世界，也見過各種慘酷惡劣的場景，但是艾隆壞爾人的遭遇還是讓他們聽得目瞪口呆，想起這些地球子孫在太空經歷的這一百年歲月，心想當初也許在地球的災變裡死去會是比較幸福的選擇。

在吉娜的照顧下，阿瑪迪亞斯也恢復了基本上的健康，也能夠以地球上的食物爲生，但是他身上的生化機件與他的肌肉、骨骼緊緊地結合在一起，雷葛新和牛頓看過了幾次，怎麼樣也沒有辦法將它們全數拆下，只是隨著阿瑪迪亞斯逐漸適應了地球上的自然生活，有些小一點的器械會隨著他的肌肉組織癒合而自然地掉下來。

雷葛新研究過阿瑪迪亞斯的身體，發現他的身高大約一米七十，是一般地球男人的高度，但是肌肉經過人工的強化，所以整個人像是石頭一般的橫肉賁張，估計大概有兩百公斤重。他的肌肉素質很強，所以力氣和跑跳能力也比地球人強大。在石窟映入的日間陽光下，雷葛新常常看見吉娜很快樂地坐在阿瑪迪亞斯的肩上，騎著他在石窟裡四處跑跳，兩人玩得很開心。

雷葛新也曾經跟吉娜聊過一些她在部族裡的事，雖然對於「鐵爺大公」的崇敬之感絕無懷疑，但是從她的描述中，可以發現生活在她的部族中也不是什麼愉快的事，那是一個階級分明，所有好處都集中在少數貴族身上的部落，大多數人還是過著奴隸一般的清苦生活。雷葛新很早就叫她不用再隨身伺候，只要她煮好大家要吃的食物即可。因此她將大部分的時間都花在與阿瑪迪亞斯的相處上，兩人指手劃腳，有時請雷葛新居中翻譯，不多久，兩人便可以絮絮叨叨地窩在角落裡聊上老半天。

最重要的是，從她的身上可以看得出來，這段日子是她過得很快樂的時光。

阿瑪迪亞斯恢復得更好了之後，吉娜開始帶著他到外面的世界探險，有時雷葛新也會跟他們一起出去。剛開始他曾經和牛頓努力地想要研究石碑上的無理數字串，想要找出可以破譯的方式，但是那種承載訊息的方式必需有強大的電腦系統輔助才能做得到，因此也就放棄了，他也和牛頓更詳細地讀了紀光允留下的石刻記載，發現其中還有不少他們不懂的訊息，特別是裡面提到的，那位古代先知陳怡魁氏留下來的智慧知識，像是風水、祝由、命理、中醫等學問都很不容易懂，想要理解其中的奧妙可能要花上很長的時間。研究得累了，雷葛新就會跟吉娜、阿瑪迪亞斯一起出去密林中探險。

在探險的過程中，雷葛新不住地和牛頓討論這個時空的異常之處，發現這個時空的磁場非常紊亂，很多空間的物理性都變了，像是有的地方的重力發生異常，河裡的水會高出河岸地潺潺流動，不會傾流下來，像是透明水族箱一般地，高出地面幾十公分地流著。

森林中，也充斥著一些異常的生物，彷彿是要經過幾萬年幾百萬年才能演化而出的生物，在這一百多年的歲月便已經成形，雷葛新曾經在密林的某片空地上看到一群長著如衝浪板大小長齒的象，吉娜說那是暴齒象，凶猛到會殺人。也曾經在突出河岸的水邊看到長著絢麗長毛的水母、魚身狼頭的魚。還有在密林中也生長著沒有實體，只有光影的幽靈狐鬼，似乎在空間混亂的世界中，連異世界的靈體也能像生物一般地在這裡生活。

有一日，阿瑪迪亞斯敏銳的聽覺聽到密林遠方有奇異的聲響。雷葛新和吉娜在他的帶領之下，找到一處密林中的空地，卻發現了幾個時光戰警正被一群翼虎包圍著。這種翼虎是密林中常見的猛獸，身體大概有一條狗那麼大，算是小型的貓科動物，背上和前臂間連著一道薄膜，可以在樹與樹之間滑翔而行，算是相當難纏的猛獸。

那群翼虎大約有二三十頭，在牠們的圍攻之下，那幾個時光戰警彷彿失去了力量一般，只能勉力抵抗，其中一人還被咬中了喉嚨，血流如注。

在雷葛新的耳中，這時傳來了牛頓的聲音。「磁場的異變，讓他們失去了能量的運作能力，所以等於是武功盡失。」

雖然時光戰警是雷葛新的敵人，只要被他們遇上了，那是絕無倖理，但是雷葛新並不是見死不救的人，他只微微一愣，便指點著阿瑪迪亞斯出手，自己也用在這個時空出現的光能量趕跑那群翼虎。

那群戰警算算有七個人，躺在地上喉嚨被翼虎咬傷的，是他們的隊長，說是「水」支隊的小隊長李睿，雷葛新讓幾個還能走路的先行，叫阿瑪迪亞斯扛了三個，自己攙著兩個，一路走回石窟。

這些核酸局的時光戰警在這個時空失去了控制能量的能力，連辨識能量的能力都失去了，居然沒有人認出來這個解救自己的人，便是整個警隊欲得之而後快的第一號通緝犯：「時光英雄雷葛新」，只是忙不迭地道謝。

「你倒是心地好啊……」牛頓有點不快地說道：「按理說我們遇到他們，連跑都來不及了，你還真是好心，還救了他們。」

「要不然要怎樣？」雷葛新沒好氣地說。「你也看到當時多危急，如果不救他們，他們不就被翼虎吃掉了？」

「那個倒是沒關係，」牛頓悻然地說。「但是也沒有人叫你把他們帶回來吧？萬一他們能力恢復了，第一個先把你抓回去，判你個六百年。」

「那萬一他們的能力就這樣不會恢復呢？」雷葛新搖搖頭。「把他們放在那裡，沒多久就被猛獸蟲菌吃掉了，這跟害死他們有什麼兩樣？」

等到時光戰警們從虛弱軟癱中恢復一點之後，雷葛新試著和他們聊了一下，發現這七個人，除了小隊長李睿外，有兩個是「風」支隊的，有一個是「火」支隊的，其他都屬於一個較為少見的支隊「土」，平常沒有負責警隊的職務，都是支持工程方面的任務，這次連他們都派了出來，可見得核酸局是精銳盡出，一定要把雷葛新捉拿到案才肯罷休。

雷葛新細問他們來到這個時空的細節，這才知道這群在所有時空幾乎沒有敵手的時光戰警，在這個世界遇上的卻是令人驚悚的遭遇。

「我們大概是進入這個時空的那一個瞬間，就知道事情不大對頭了，」說話的是「風」支隊的一個隊員伊黎雅思，敘述當時發生的情形時，臉上依然有著驚恐的表情。「本來可以藉著能量四處搜捕核酸犯的我們，在這裡的天空只飛了幾分鐘，就紛紛失去了力量，掉在密林之中，我們幾個掉落的位置林木較為濃密，都掉在樹枝的間隙，停留在高高的樹上。」

另一個也是「風」支隊的隊員叫小安，聽到這裡，剩下的一隻眼睛瞪得老大，忍不住呻吟起來。伊黎雅思諒解地拍拍他的肩，無力地嘆了口氣。

「另外幾位隊員掉在密林的平地上，因為沒了能量，所以有人摔傷了腿，大聲地呼痛起來，我們看見他們的狀況，正要跟他們呼聲聯繫，好在『火』支隊的這位祈絢支隊長十分警覺，叫我們不要出聲。因為，掉在地上的那些隊員們，這時候已經被一群穿著……」他驚詫地瞪著眼，看著吉娜。「對！就是她這種衣飾打扮的人，他們大概有三四十個，不曉得什麼時候從林中冒了出來，靜靜的，像是螞蟻群一樣地，從密林中走出來，圍著那幾位隊員，盯著他們看。」

吉娜本來很專心地聽著伊黎雅思的敘述，聽到「穿著跟她一樣打扮的人」的時候，扁了扁嘴，露出不在乎的神情，彷彿聽到了什麼再平常不過的話。

「爾後，我族人等把受傷之人集中一處，尤其是無法行動之人，是否？」

眾位時光戰警神色驚恐地互望一眼，點點頭。「對。其中兩位腳傷得很重，完全無法行走……」說著說著，他突然情緒激動起來。「但是，但是不論怎樣，他們只是無法行動，又不是沒有生命跡象或是快死了啊？」

「但是，他們也對他們敬了禮，而且還唱了祝歌了，不是嗎？」吉娜說道：「所以他們是對他們致敬了啊！」

她這番話下來有點沒頭沒腦，但雷葛新和她相處了多日，知道她這樣族類的邏輯，所以也聽清楚了她的意思。但是他不瞭解的是，目前聽起來還好，但是爲什麼伊黎雅思這時的情緒會如此激動？

不過，接下來再說下去，他就懂了，而且嚇了一大跳。

「什麼敬禮？什麼致敬？」伊黎雅思臉色變得赤紅，而且聲音開始大了起來。「不過是跳了一下舞，跪下來磕了幾個頭。但是他們接下來就用石頭把他們打死了，就這樣當場打死，妳知不知道？」

他此言一出，雷葛新和牛頓都嚇了一大跳，同時「啊」的一聲驚呼出來。「啊？什麼？」

「就是這樣啊？有什麼不對的？因爲他們做爲食物，是我們最偉大的恩人，所以我相信我的族人一定對他們非常尊敬地祝禱了，而且一定是用靈棒一棒就把他們的頭打碎，一點痛苦也沒有，不是嗎？」吉娜睜著無邪的大眼，像是在敘說著再正常不過的事。「他們一定是完全沒有行動的能力了，就算活著也是拖累，所以才會決定將他們當作食物啊！沒有受傷的那幾個，我們就不會當場吃他們了，而且會救他們，這樣有什麼不對嗎？」

「所以，妳也知道，那些人……不，妳的族人吃掉了我們的隊員？」伊黎雅思怒道：「那我們另外幾個人呢？也會被吃掉嗎？」

「不一定啦，」吉娜搖搖頭。「要回去給族長們看看，認定他們是什麼種類，如果不是敵人，也不是禽獸類，就有可能不吃掉。」

那幾名時光警隊這時候露出了悲憤不安的神情，要不是他們已經能量盡失，加上旁邊有著奇形怪狀的阿瑪迪亞斯和看來也非善類的雷葛新，也許就要當場把吉娜打倒，但是此時狀況對自己大大不利，於是只好喘著氣，狠狠地瞪著吉娜。

看看兩邊的氣氛越來越不對，雷葛新皺了皺眉，連忙揮手出來打個圓場。「吉娜，別說了！妳不懂他們的規矩。還有你們！」他轉頭對著時光戰警們大聲叫道：「別忘了救你們來這裡的也有她，就算她的族人有千百個不對，也和她無關，至少你們的隊友不是她吃掉的！」

他此言一出，時光戰警們想想也對，於是便逐漸收起了憤恨的神情，紛紛找個空地或坐或躺了下來，疲累地開始休息。

看見大家總算暫時止了爭端，雷葛新忍不住鬆了口氣。「吁……還好，總算沒事了。」

牛頓冷冷地說道：「別高興太早。」

這時候，本來靜靜地立在一旁的阿瑪迪亞斯也開始警戒起來，發出低低的吼聲。吉娜看見他不尋常的樣子，也是身體緊繃，眼神露出閃閃的光芒，跟著阿瑪迪亞斯注視的方向一致，仰頭望向石窟的頂端入口。

在那裡，這時隱隱傳來人聲，不一會兒，便看到幾個人頭鬼鬼祟祟地從石窟的洞口冒出頭來。

那幾個人從高處的石窟洞口往下看，其中一人看見石窟中有這麼些個奇形怪狀之人，仔細看清楚這幾個人的長相，看到吉娜時，便有一人高聲叫出來。「妳！妳這賤婢在這裡！」

幾個人一邊叫，一邊就往石窟裡跳進來，就著外頭映入的光線，有人終於看見了蜷縮在角落的阿瑪迪亞斯。

「鐵火！鐵火惡鬼！」那幾個人驚聲大叫，紛紛抽出身上的武器，圍成半圓，向阿瑪迪亞斯的方向緩緩逼近。

阿瑪迪亞斯這時眼中露出凶狠的光芒，低聲吼叫地也站起身來。吉娜縱身一躍，擋在他的跟前，也擋在那幾個族人的跟前。

「妳這賤婢，妳在幹什麼？」其中一人怒聲大叫。「快快拿起刀來，隨我等把這惡鬼殺掉！」

另外一人更是不多話，抄起手上一支短矛便往吉娜和阿瑪迪亞斯的方向射過去，絲毫不在意吉娜的生死。阿瑪迪亞斯彷彿早就知道有這一招，大吼一聲，便伸出粗壯的猿臂護住吉娜，那短矛「嗤」的一聲插入他的手臂，但是因爲阿瑪迪亞斯的肌肉太過強壯，因此只是刺入幾公分。

「住手！住手！韓克大人在此，爾等莫非要犯上，不等大人的命令嗎？」吉娜大叫。那幾人聽了她的叫喊，都是陡地一怔，轉頭看看雷葛新，看清他的長相後，紛紛跪了下來。但是其中卻有一人哼了一聲，並不下跪。

「是啊！我就是韓克大人，」雷葛新昂然地踱著雙手，站在幾個人的面前，裝出得意的神情。「我現在命令你們停下手來，聽我的指示。」

那跪下的幾個人面面相覷，一時間不知如何是好，那沒跪下的人往前走了一步，沉聲說道：「你是什麼東西？你叫韓克？」

這個面生之人，吉娜其實也不認識，只是看他們和族人一起，便以爲搬出雷葛新就可以嚇倒他們。這時候看兩個人對雷葛新毫不懼怕，心中暗叫不好。

「你又是什麼東西？」雷葛新笑道：「本大人就是韓克大人，見了還不下跪？不怕我打你一頓再閹了你？」

那人露出凶狠的表情，下跪的人之中，有一個是胖胖的老者，這時候連忙仰頭，腳下跪著，雙手卻對著雷葛新不住地拜著懇求。「別……別這樣說話，韓克大人，他是鐵族的大公之子，是我們領主的主人，請不要惹他生氣。」

雷葛新哈哈大笑，整個人躍了出來。「太好太好，我這輩子最喜歡的就是什麼公的兒子，來來來，我再給你一個機會，來這裡跪下，跪得好我就不閹你！」

他平常並不喜歡跟人耍這種嘴皮，但是此刻會這樣做，是想要分散他們的注意力，一邊說，一邊把手背在後面，對吉娜和阿瑪迪亞斯做出讓他們溜走的手勢。

但是那個大公之子卻是相當敏銳之人，他一轉眼便看見吉娜帶著阿瑪迪亞斯打算躲到一旁，於是也來不及理會雷葛新了，兩隻手拽著那幾個跪下之人，把他們拉起來。「先別理他，先把這個妖怪殺了再說！」

他言語間手裡也沒有閒著，抄起手上一支手斧便擲向阿瑪迪亞斯，這一斧來得好快，阿瑪迪亞斯一個不察，便被手斧射入了肩頭，只是他的身形和綠天族人相差甚多，這隻手斧雖然插入他的肩頭，但是因爲武器的尺寸相當小，所以只是皮肉之傷。

但是方才那一矛再加上這一斧，就把他徹底惹毛了，吉娜還要安撫他，但是他卻很敏捷地縱身一躍，在空中翻了個跟頭，便越過了吉娜，衝向幾個綠天族人的方向。

衝在最前頭的那人這時候看他的來勢像是風火又像是大山一樣地猛惡非常，直覺地伸手一擋，兩隻手居然被阿瑪迪亞斯的巨掌同時挨住，阿瑪迪亞斯將他的雙手用單掌抓住，順勢又抓住他的腰，一個轉身便把他重重地摔了出去，「碰」的一聲巨響，撞上了一塊大石，發出了筋骨斷裂的可怕聲響。

看見他在轉眼間便打飛了一人，其餘幾名綠天族人嚇得再次跪倒，不敢面對阿瑪迪亞斯，這艾隆壞爾人也不難爲他們，一個箭步便向前衝去，伸出巨掌，目標正是那名大公之子的貴族。

這幾個動作如電光火石，雷葛新根本來不及反應，嘴裡還要說「住手！別……」，阿瑪迪亞斯已經用巨掌握住了那貴族的頭，猿臂畫出一條半弧，便將他的頭重重地往地上一撞，「卡」的一聲，立刻把他撞個頭破腦出而死。

他這一出手，瞬間便殺了兩人，幾個綠天族人嚇得連跪都跪不住了，阿瑪迪亞斯跳到他們面前，張大巨口，狂吼出聲，那聲音極爲嘹亮驚人，把那幾人嚇得紛紛尿了褲子。

這時候，吉娜表情十分複雜地躍了過來，又擋在阿瑪迪亞斯和族人的前面。只不過這時候，情況已經和剛才完全相反，如果說當時是爲了阻止不要讓族人傷害阿瑪迪亞斯，現在就是希望阿瑪迪亞斯可以饒過他們的性命。

吉娜擋在阿瑪迪亞斯的身前，示意要族人們逃命要緊。「快走！你們快走！」

那幾個幾乎軟腳的綠天族人連滾帶爬地越過吉娜和阿瑪迪亞斯的面前，頭也不回地逃走，直到他們的身影消失在天空之中，雷葛新這才鬆了一口氣。

而時光警隊的人這時只看得傻了，他們本是有大能力的人種，但是能力消失後，人的膽氣也會跟著變小，看了這場迅如電火的戰鬥後，也不免有些心驚。他們到了這個時空後，只遭遇過綠天族人，而且還有隊員被他們打死吃掉。但是現在又見到這個粗壯強大，又貌似機械生物的艾隆壞爾人，彈指間便將兩個綠天族人以驚人的手法殺掉，更是讓他們膽戰心驚，不曉得在這個時空還有什麼可怕的敵人。

「他們目前還沒有能力穿越時空，所以對我們不造成威脅，」牛頓對雷葛新說道：「如果你想留下來，是可以的，但問題在於，你想不想留在這裡。」

「但是這個石窟也不能待了吧？」雷葛新嘆了口氣。「剛剛那幾個人過不多時一定會再帶人過來，到時候可就麻煩大了。」

只見吉娜和阿瑪迪亞斯躲在一旁竊竊私語了好久，最後彷彿下定了決心似地走過來，和阿瑪迪亞斯一起對著雷葛新跪下，磕了幾個響頭。

「韓克大人……不，吉娜雖然駑鈍，這段日子下來，也早已應知大人並非韓克大人，」她的眼神堅定，聲音朗然悅耳，在洞穴中遠遠傳了出去。「承蒙大人的教導和厚愛，使我等二人相識相知，但我族人此去必再回來，到時恐怕又有殺戮之事，這是我們兩人不願意的，因此，我們將會離去，在這裡特地向大人道別，並請大人惠賜自由，讓吉娜能夠和夫君離去。」

「夫君？」雷葛新笑道：「所以你們兩個已經……」

「我二人除非蒙大人允許，絕不行夫妻之事，但我倆已然結為盟誓，願意生生世世在一起。」吉娜正色道：「但此一盟約仍要大人允可。」

「可可可！」雷葛新哈哈大笑。「我再可不過了，你們兩人能在一起，我比誰都高興。」

吉娜大喜，而阿瑪迪亞斯此時也已經可以聽懂一些吉娜與雷葛新交談的語言，聽到雷葛新的祝福，也是興奮不已。

「只是……」雷葛新嘆道：「你二人此時出去，可是艱險不已啊，妳的族人未必能接受阿瑪迪亞斯，而艾隆壞爾族更可能見到你就當場開火，這條路，並不好走哦！」

吉娜與阿瑪迪亞斯轉頭對望，彼此點了點頭。

「我等二人要做的事，會比生存更加艱辛萬倍，」吉娜堅定地說。「我等二人除了生存之外，我們要做的，是讓鐵火族與綠天族能夠相互瞭解，互相共存。我們最終的目標，是要所有鐵火族與綠天族的人能像我們一樣，能夠結爲夫妻連理，可以做朋友，可以當鄰居。」

聽見她說的話，雷葛新不禁咋舌，心想這個小小的女子，身體裡不曉得藏著多強大的火焰，這樣艱困萬分的事，也能這樣琅琅而談，沒有任何遲疑。連牛頓也被她的豪氣所感，不住喃喃地重覆著。「好強大，好強大……」

只是很微妙地，雷葛新在心裡很肯定地知道，這個女子許下的這個願景，一定能夠實現。

「妳的想法，我相信一定能實現！」雷葛新由衷地對她說道：「妳的子子孫孫，日後一定會被妳的偉大所庇蔭。我只希望妳能告訴你的子孫，或是族人，只要有任何困難，就到石窟裡的石碑去找尋，找尋的奧妙在於……」

在石窟映入的微光中，雷葛新仔細地告訴了吉娜解開無理數分子分母的關鍵，也用古英吉利語解釋了一次給阿瑪迪亞斯聽，怕兩人聽不懂，雷葛新還以他們看得懂的文字寫了下來。

「就算你們兩個看不懂，日後你們的子孫一定有人可以解開這個關鍵，重新把文明找回來，恢復地球的原來面貌，」雷葛新笑道：「只不過，也許我已經看不到了。」

再次向雷葛新道別後，吉娜小小的身影便和阿瑪迪亞斯爬向天空的入口處離去，但是她的身影消失後，卻又探出頭來。

「主人，雖然是非常不禮貌的行爲，但是我真的很想知道，您的真實姓名，」她的聲音清脆，在石窟裡清亮地傳遍每一個角落，也清晰地傳入時光戰警們的耳朵裡。「阿瑪迪亞斯說，我們要把您的名字永遠留在世代裡，我們之後的子孫，每一代都要有人以您爲名，爲您的恩德永遠留下印記。」

雷葛新仰頭看她，開心地笑了。

「我的名字啊，叫做雷葛新。」

微風，輕輕柔柔地，再次吹進了石窟之中。從外頭映入的微光映照在時光戰警們的臉上，沒有人說話，也沒有人動，所有人靜靜地思考著，想著剛剛發生在這個空間裡的事。

「我的名字啊，叫做雷葛新。」這句話在片刻前清晰地傳入時光戰警們的耳中，此刻似乎回聲仍在石窟中迴盪。眾人面面相覷，卻一時間不曉得該怎樣回應。

而那個本來以爲叫「韓克」的男人，這時候仍然坐在時光戰警們的不遠處，臉上露出他看著眾人時的最後一抹微笑。

但是，這個軀殼早已經停止了呼吸。

第12章

少林地球

「時光英雄雷葛新，為了所愛，穿梭三千年的時空，為了一份失落的回憶，他穿梭萬千宇宙，跨越人神的足蹤，只為了見到她的淺淺一笑……」

西元一九七四年早春時分，天空蔚藍，天際一道排氣雲劃過天空的中央，凌晨時分，空氣清新美好。

美國東岸，文化名城波士頓，位於城東的唐人街，哈里森大道上，此刻因爲還是清晨，街上人車仍稀，只偶有三兩流浪漢蹣跚而過。紅磚牆上，處處可見翠綠的長春藤，爬滿了泛滿古意的老建築。

這裡是美國文化最悠久的名城，二十世紀歷史上有許多出色的人，都曾在這裡留下過他們的足跡。

但是，對於十九歲的大學生威廉來說，這個春天早晨一點都不好，他留下的足跡如果會說話，大概只會發出一長串的慘叫呼聲。

此刻威廉在唐人街的哈里森大道上，心臟狂跳到幾乎破裂，還不時差點被車子撞死。是的，如果在你的身後有三個體重兩百五十磅以上的大個子狂追你，而且追上了不只給你一頓好打，甚至送掉一條小命的話，你也會覺得這個波士頓的春天早晨真是糟透到家。

這三個大個子是在學校附近鬼混的小混混，幾個禮拜前，威廉才在校門口被他們搶劫，還被他們打了一頓，想不到他們居然從此記住了他，只要是在街上遇見，就會像這樣狂追他。

前幾天，威廉又冤鬼似的遇見他們，好在當時校門口人潮眾多，混在人群中好不容易躲開他們，那時候他們就在大街上狂吼：「再讓我們遇上，你就死定了！」

但是誰會想到，在校門口遇見這群惡煞已經夠倒霉了，一大早開車到波士頓的唐人街來吃個中式早餐，也會遇上這群打起人來拳頭重得要命的壞蛋？

於是威廉決定在清晨的唐人街狂奔而逃，如果這一次被他們逮著了，誰知道這幾個黑心腸的壞蛋會幹出什麼事？

但運氣不好的是，這三個體重超過兩百五十磅的胖子，居然也很能跑，威廉只恨自己成天都只會窩在電腦室裡打程式，平日不多做點運動，這時候只恨沒有多生兩條腿，就算他用盡全身的力量狂奔，也只是勉強不被他們抓著。

哈里森大道很長，跑了好一陣子還是沒到盡頭，更糟的是，威廉對波士頓唐人街的路不熟，跑啊跑著的，也不曉得哪根筋不對，威廉突然決定在又直又長的哈里森街拐了個彎，本想這樣可以多點機會擺脫他們，但是拐進這個彎後，威廉就知道自己犯了個天大的錯誤。

因爲，他拐進來的這個彎，是一條死巷。一條陰暗的巷道，盡頭處是一道上了重重深鎖的鐵門。

威廉頹然地跑到鐵門前面，看看鐵門的高度，又看看那幾道重鎖，心裡知道今天大概難逃噩運了……

三個大個子，其中兩人是白人，一個是非裔黑人，共同點是三個都是一式的醜惡嘴臉，也不曉得怎樣長的，都是一副「我將來會坐牢坐到死」的樣子。

環視四周，整個巷子空空盪盪，地上都是垃圾雜物和積水，沒有人，只有角落一個不知道是不是酗酒死掉的流浪漢，蜷曲在一大堆報紙裡面。

威廉的心中，此刻像是走馬燈一樣，十九歲生命中的事一幕幕地從眼前掠過，人家說這就是死前的迴光返照，只有在行將離開人間的傢伙身上才會發生。

空氣中，此刻泛起了一陣不易爲人察覺的微風。不過，也可能是一個可能快要送掉小命的年輕大學生行將往生前的錯覺。威廉只覺得腳一軟，整個人坐倒在地。癱軟的程度，連頭都抬不起來，於是他閉上了眼睛。

跑到心臟已經幾近爆炸，再也跑不動了。

如果要怎樣，就怎樣吧！如果要搶錢，要殺人，就隨便你們吧！威廉心中這樣頹然地想著。

沉默。

四下不知道從什麼時候開始，已經變得寂然無聲。威廉好奇地抬頭，張開眼睛，卻剛好看到長長的巷子彼端，那幾個黑人小子落荒而逃的最後身影。

得救了……

就讀哈佛大學的年輕學生威廉在春天的波士頓早晨逃過了這一劫，但是到底是怎樣逃過的，他卻一點概念也沒有。環顧四周，整個長巷空無一人，只有在角落處一個年老的流浪漢躺在那裡，似乎仍然在香甜地呼呼大睡。

大學生威廉小心翼翼地看著四周，確定了那幾個小混混已經遠去，這才躡手躡腳地離去。

長巷子裡恢復的原來的沉靜，陽光隨著時間的前進逐漸偏斜。那個老流浪漢繼續在角落裡一動也不動地沉睡，直到有雙腳沉穩地走著，來到他的面前。

走到那老流浪漢面前的，是一個年紀也已經相當大的東方老者，他的長相森冷如鷹，臉上的皺紋像是刀刻出來一樣既深又立體。只見他站在老流浪漢面前，神情卻相當的恭敬。

「我等待您已經等待了六十年，師叔。」那老者說道。「師父說您會來與我相見，卻沒料到您讓我一等就等了六十年。」

在他的身後不遠處，長巷盡頭的鐵門開著，顯然是他走出來的地方。此刻鐵門打開了，才發現在鐵門裡有幅遮住半扇門的藍色布簾，上書一個大大的「當」字，顯然是一家中國式的當鋪。

那老流浪漢彷彿是沒睡飽似地，好不容易才睜開一隻眼睛，聲音枯乾又低微。「什麼啊……沒事幹嘛吵我睡覺啊！」

那老者冷然地繼續站著，神情仍然恭敬。「弟子肅千鉞，是本門六十七代弟子，奉師父命在此等待師叔，今日師叔已到，請至我們師門一敘。」

老流浪漢又睜開了另一隻眼睛，正要回答的時候，卻臉色一變。此刻他是躺在地上與那老者肅千鉞說話的，因此視野中只見到肅千鉞的兩隻腳，但是透過老人的兩隻腳看過去，卻看到他後頭不曉得什麼時候又多了好幾雙腳，慢慢地走近。

在老人肅千鉞的身後，這時候居然從長巷的另一端出現了許多穿著黑色大衣的人，這些人的服飾相同，都穿著厚重的呢毛長大衣，戴著黑色禮帽，算一算至少有幾十個人，一瞬間便把長巷塞得滿滿的。

「你……你後面有很多人啊……」老流浪漢低聲說道。「你沒看見嗎？」

「當然有很多人哪！師叔，你別跟我開玩笑啦！」肅千鉞咬著牙，露出極為恐懼的神情，低著聲音，彷彿怕被那些黑衣人聽到。「他們是摩侯羅迦眾啊，我們師門已經被他們追殺了幾百年，自從被他們找到我之後，他們已經在我門前盯稍了三十年……」

「什麼東西？」老流浪漢笑道。「他們在追殺你？」

「當然！」肅千鉞牙齒越咬越緊，聲音從牙縫中擠了出來。「我們師門最大的敵人便是這摩侯羅迦眾！師叔您這都什麼時候了，還在跟我說笑！」

「說真的，」那老流浪漢嘆道。「我真的沒跟你開玩笑，我從來不曉得這個是什麼魔洛哥哥眾。」

肅千鉞聞言臉色大變，整張老臉像是抽去血液般地變得灰敗難看。「什麼？你不是師叔？」

老流浪漢搖搖頭。「我真的不是什麼師叔。」

那老人肅千鉞這時知道大事不好，腳上一縱，便想往當鋪方向逃跑，別看他年紀如此蒼老，動作卻仍是十分俐落，但是此刻身後那些穿黑色大衣的「摩侯羅迦眾」卻已經無聲無息地把他的退路封住。

為首的兩名摩侯羅迦眾如大鳥般地縱起，對肅千鉞做出「餓虎撲羊」的招式，登時便要把他制住。肅千鉞腿一沉，整個人往後一仰，使出一招極爲漂亮的「鐵板橋」，避開了兩名摩侯羅迦眾的撲擊。但是這些人似乎對於群體作戰極爲熟練，前面兩人攻擊不中，後面更有三人同時從下盤出腿攻擊，肅千鉞這一後仰的勢子將身體降至地面，此時又有三個人橫腿掃來，避開了前兩人，卻終於避不開第三人的腿擊，登時在臉頰上中了一腿，雖然他在千鈞一髮之際將力道大量卸去，但是被那一腿掃中臉也相當的疼痛。

此時第三波的攻擊不曉得爲什麼，卻收住不發，但是第四撥攻擊者這時卻已經悄然來到肅千鉞的身後，肅千鉞大駭，但是卻不想往長巷的另一端退去，而是想盡所有力量回到當鋪大門的方向。

便在這個時刻，當鋪方向卻傳來一個女性清脆的嬌嗔。「住手！放開我爺爺！」

只見從當鋪門口縱出一名穿著白色輕紗的少女，這少女肌膚如雪，竟是個清麗如桃花的極美女子，只見她的動作俐落，似乎也學過武術，眼見肅千鉞在巷子裡被這些摩侯羅迦眾圍攻，便衝出來準備救援。

說也奇怪，那群摩侯羅迦眾圍攻肅千鉞時的動作極爲狠辣，招招都想致他於死命，但是他們對這少女卻似乎極爲忌憚，少女迎向他們，打算奔到肅千鉞的身邊時，她一個俏生生的身影卻像是狼入羊群一般，所到之處，那些摩侯羅迦眾像是遇上什麼凶險敵人般地紛紛走避。

但雖然對這少女相當忌憚，但是這群奇特的怪人卻十分懂得戰陣之理，一小群摩侯羅迦眾面對少女時左閃右避，但卻是巧妙地將她引到另一個方位，不僅沒有靠近肅千鉞，反倒離他離得更遠。

「回去！玄青妳快給我回去！」肅千鉞大叫。「不要出來，千萬不要出來！」

這時候肅千鉞仍然勉力抵擋，打算避回當鋪去，但那一群摩侯羅迦眾似是知道他的心意，於是將他團團包圍起來，不住地出掌出腿地攻擊，圈子越圍越小，越聚越攏……

肅千鉞心中一震，知道今天可能要命喪在這裡，他勉力地抵抗四面八方圍攻而來的摩侯羅迦眾，但是因為圍攻者們出手的方位太多，沒幾下便在肩頭、耳際中了幾拳，腦袋受擊後有些昏暈起來。

正在老人覺得自己已無倖理的時候，只見身前有個灰影一閃，卻是那個流浪漢站到自己的身前，伸出左臂，一個巧妙的勢頭，便將幾個摩侯羅迦眾「震」了出去。

那幾個摩侯羅迦眾被他這一擋便輕飄飄地飛了出去，那老流浪漢雖然一擊而中，卻也是驚訝萬分。「你……你們，你們不是人類，沒有形體？」他驚聲地大叫，但是聲音中卻有著歡喜的感覺。「既是這樣，那就好辦得多啦！」

那老流浪漢這時雙臂交叉，奮力一縮，身上立刻顯現出微微的光暈。這一縮，身體一舒，雙臂和雙腿便像是個「大」字形一樣張開！只見他身上的光這時變得更為明亮，隨著這個舒展的動作，整個光團擴散出去，本來圍住他和肅千鉞的摩侯羅迦眾立即像是被什麼大力擊中一般，紛紛四散而避。

這時候肅千鉞見機不可失，便拉住那老流浪漢的手迅速後退，退到當鋪門口。說也奇怪，只是退了這樣幾步，那一群摩侯羅迦眾便似乎有所忌憚似地，在當鋪前大約五公尺處便不敢越過，只是在那個範圍後頭不住地徘徊。

老流浪漢好奇地看著他們的動作，不禁笑了出來。只聽見肅千鉞在耳邊說道。「那地界我師父當年設了結界，他們無法越過。三十年來我就是靠這個才能活命下來。」

老人一邊說著，一邊對另一端的少女玄青大叫：「玄青！不要再跟他們糾纏了，我已經回來了，快回來！」

那少女聽見肅千鉞的呼喊，轉頭便往當鋪的方向奔去，好在那群摩侯羅迦眾本就對她十分戒慎恐懼，她這一轉頭回奔，卻也沒人敢擋著她。

「砰」的一聲，肅千鉞領著老流浪漢走入當鋪大門，少女玄青也輕巧地一縱，閃入門裡，肅千鉞關起厚重的門，整個空間登時變得寂靜起來。等到那門終於關起來了，老人肅千鉞這才像是氣力放盡一般，軟軟地坐在地上，不住地喘氣。

那老流浪漢卻像是個剛進遊樂場的小孩一般，好奇地打量四周。那當鋪裡面是個相當大的空間，陰暗的室內擺放了來自各個朝代的古董，在黑暗中閃著奇異的光芒。

那少女玄青也打量著他，眼神泛出奇特的光芒，似乎看到了什麼不可思議之事。

肅千鉞坐倒在地上喘了好一會兒氣，但是喘氣之間仍然仔細觀察這個老流浪漢，想要看出他真正的來歷為何。看見少女玄青對老流浪漢好奇的神情，老人的臉上閃過一陣陰霾。

「玄青！妳不要在這裡，我有事要辦，妳回去妳房間！」

那少女玄青微一皺眉，似乎不甚情願，但是她彷彿對於老人極為敬重，於是輕輕一跺腳，便飄然地消失在另一扇門後。

「在……在下肅千鉞，」老人氣息微促地說道。「卻不知閣下是何方高人？」那老流浪漢看著少女玄青離去的背影，嘻嘻而笑。「那小女孩倒是很有趣，她是誰，是妳孫女嗎？」

肅千鉞臉色更沉了，但是他對眼前這位老流浪漢也相當尊敬戒慎，是以不敢發作出來。「她是我的孫女，叫肅玄青。敢問這位前輩，您是何方高人？」

「你，不叫我師叔了？」那老流浪漢笑道。「知道我的名字，對你有什麼意義嗎？」

「不，前輩您誤會了，在下並不是要探您的底，只是您救了在下一命，若不知前輩姓甚名誰，豈不是失禮至極？」

「沒啦，我是跟你說笑的，」老流浪漢笑道。「我叫雷葛新。」

肅千鉞將雷葛新的名字唸了幾次，確定從未在江湖上聽過，露出疑惑的神情。

「閣下……」肅千鉞睜開老邁的眼睛，卻散發出銳利的神采，在陰暗的空間中有著奇異的光芒。「並非一般人，可不可以告訴我您來歷爲何？」

雷葛新笑笑。「我可以說，但你不會相信的。」

「但說無妨，」肅千鉞深吸一口氣，眼睛裡的奇異光采更是明顯。「我可以試試。」

雷葛新正要說話，卻聽到牛頓低低的語聲突然傳來。「他這種眼神，很像是古代中國武俠小說中的『眼露神光』，這人可能會那種傳說中的『武功』。」

雷葛新奇道。「武功？那不是古代戲劇誇張演出來的體育活動嗎？不是說那只是一些加油添醋後的表演藝術嗎？」

「一般來說大家認為是這樣，」牛頓說道。「但我認為這個人很不尋常，他似乎有和一般人不同的體能和思考模式，有機會問問他。」

肅千鉞見雷葛新並不回答，只是在那裡喃喃自語，一時間也想不到他居然有牛頓這樣的人工智慧可以相談。他年紀已經極老，個性早已內斂到極有耐性，於是也不接話，只是沉靜地看著雷葛新。

「總之，你先不要吵我啦，」雷葛新皺了皺眉。「讓我跟他說。」

於是，在當鋪深邃黑暗的空間裡，雷葛新把自己的事簡單敘述了一下，如何自己只是個二十四紀的平凡上班族，如何因為那首「時光英雄雷葛新」之歌捲入核酸的世界，如何在核酸警隊的追捕下逃到不同的時空，在敘述的過程中，也簡單地說了桃源、豪門、綠火等空間的事。

說著說著，雷葛新自己也覺得到目前為止的這場奇異冒險，已經遠遠離開了一般人的認知，簡直比任何故事還要荒謬。

「不過，如果你不相信，也是很正常的事，」雷葛新苦笑。「說起來，連我自己都有點搞不清楚了，到底這是真的發生過，還是一場古里古怪的夢……」

肅千鉞雖然見多識廣，但是聽了雷葛新的敘述後也一時說不出話來，要不是他已經看出雷葛新的異於常人，聽到任何人說這樣的經歷也會一時無法接受。

但是，不曉得為什麼，肅千鉞卻直覺認為眼前這個看似老流浪漢的人，說出來的事不管如何光怪陸離，卻都是實際發生過的事。

「世上真有這樣匪夷所思之事啊……」肅千鉞這樣喃喃自語。「所以，那天眾龍眾八部之事，果有其事……」

「天眾龍眾？」雷葛新笑道。「那是什麼啊？」

「關於這事，因為我的師父沒有細說，只說過那是與我師門極有因緣相關之事，」肅千鉞說道。「只不過他們並不是我師門的傳承，甚至是敵對的勢力。剛剛我們遇到的摩侯羅迦眾，據說就是天眾龍眾們的屬下，他們對於我們在做的事並不認同，就像您所見的，摩侯羅迦眾有機會便要干擾我們，甚至追殺我們。這事已經發生了千年，多年來我師門與他們交戰無數，雙方都有很嚴重的死傷。

「但是因為我師父過世時我還太年幼，所以有很多事我沒有機會理解，師父就仙去了。

「本來以為師叔若是再次出現，可以助我更理解師門的奧秘，所以您出現時，我才會以為是師叔終於回來了。」

「不好意思，」雷葛新笑道。「可惜我真的不是你的師叔。」

「但是，我以為您是比我師叔更高明的前輩，和我師門的前輩比起來，也許您能給我更多的啓發。」肅千鉞說道，眼中似乎燃燒著如少年般熱切的光芒。「是以我正在慎重地想……」

他這一說，居然就不開口了，兩人在當鋪的沉靜陰暗空間裡有了短暫片刻的沉默，彷彿是在想著如何措辭似的，肅千鉞有好一陣子沒有開口說話。

「喂……」牛頓低聲在雷葛新耳邊說道。「老頭兒是不是睡著啦……？怎麼一下子靜了下來？」

看看老人的模樣，此刻他眼睛微閉，像是泥塑木雕一樣地靜止不動，果然很像是睡著了。

雷葛新苦笑。「如果聽不下去也沒關係，就當做我說了個瞎編出來的鬼話吧！」

肅千鉞搖搖頭，神情肅然。「不，您誤會了。也許因爲您說出了您的事，卻讓我更能坦然。要不是您說出了您的遭遇，可能我也無法對您敘說我想告訴您的事。」

於是，在這樣一個平凡靜寂的空間裡，老人肅千鉞緩緩地敘說，卻說出了連雷葛新也覺得驚訝無比的奇異故事。

「我的師承來自少林，我們是少林弟子。」首先，肅千鉞悠然地這樣說道。

在雷葛新的核酸資訊中，在「古代民俗」的部分很輕易地便流瀉出和「少林」有關的資料，雖然來自二十四世紀的他本來不知道這個名詞的意義，但是此刻核酸開始作用，卻讓他在片刻間對於這個傳說中的武學系統極爲熟悉。

「嗯！」雷葛新點點頭，表示他知道老人在說些什麼。但這一聲「嗯」卻是牛頓發出來的，表示他也知道老人現在所說的「少林」是什麼意思。「天下武功出少林，那是古代中國高深武術的發源地。」

「天下所有人都以爲是這樣，都覺得少林弟子一定都是武學高手，」肅千鉞淡淡地笑道。「但卻只有很少很少的人知道，我們少林弟子真正最擅長的，並不是武學。」

雷葛新奇道。「少林寺最擅長的不是武學？那最擅長的是什麼？」

「我少林的開山祖師，是達摩先師，」肅千鉞說道。「關於他的一些傳說，閣下應該知道的，是嗎？」

「嗯！」雷葛新又點點頭，此刻關於少林開山祖師達摩的一些事蹟，鮮明地在他腦海流過。

達摩，南北朝時人，佛教禪宗初代祖師，被尊稱為「東土第一代祖師」。

達摩，「易筋經」撰寫者，少林七十二絕技的創造者。

達摩的身世，後世傳說甚多。他的弟子曇林說，他原是南天竺某國王子，後出家為僧。達摩，於西元四七〇年間，乘船來到中國南越地方。與當時統治者梁武帝的佛教理念不合，遂「一葦渡江」止於嵩山少林寺，於寺中面壁九年，傳下獨步當世的少林武學。

是這樣一個傳說中的人物……

耳際傳來的，則是肅千鉞的敘說。

「我達摩先師從天竺而來，世人皆以為他是為了傳法而來，也以為他是武學高人，傳下了少林千古以來的各種精深武技，」肅千鉞說道。「但是，達摩先師真正的來歷，並不是武學高手，他的身分，以現代的詞彙來說，應該是個數學家，工程師。」

「哦……」雷葛新揚了揚眉，繼續很專注地聽下去。「然後呢？」

「你……」肅千鉞苦笑。「你真的很特別，一般人聽到這裡，都會無法接受，要不就是驚訝不已，要不就是覺得我在說什麼鬼話，但你似乎沒有什麼特別的感覺。」

雷葛新微微一怔，然後開朗地笑了。

「那是因為你說的事，對我來說並不是真正融會貫通在我腦部的訊息，是核酸『告訴』我的，就好像我是在一個圖書館翻到的資料，不管它多麼浩瀚淵博，終究只是外來的資訊，我還來不及讓它成為我思想的一部分。比方說，我可以告訴你少林是什麼，達摩又是什麼人，但我只能把現成的資訊說給你聽，但是對於他們真正的面貌，卻可能不太清楚。」

「這便是所說的核酸……是嗎？原來世上真有這樣的奇物……」肅千鉞嘆了口氣。「請問我剛剛說到哪兒了？」

「說到你們的達摩祖師是數學家，或工程師，」雷葛新笑道。「有了，現在我覺得有些奇怪了，因為大家都知道他是高僧，是武學高人，甚至是禪宗的創始者，說他是數學家工程師是真的蠻突兀。這一點，在我的核酸資訊裡完全沒有提到過。」

「是的。我達摩先師在人們的認知中，除了是高僧、武學大師之外，更理解一點的人還知道他是佛法中的『禪宗』之祖，但的確沒有人知悉他的真正身分。」肅千鉞嘆道。「我們師門中傳下來的法，曾經說過先師的來歷。先祖師達摩是天竺人士，也就是生活在古代印度的人。他的確是皇族，也可能的確是王子，但因為祖師本人對這種虛無的世俗身分毫無興趣，所以也沒有多談。但達摩先師所屬的國族，卻是一個奇異的國度，他所屬的國家，是一個超越時代，以數學和科技為擅長的種族。」

「是，」雷葛新點點頭。「印度文明本就是一個以數學和天文、邏輯知名的文明，大家都以為他們著重在宗教，但實際上印度文明始終以數學和科技最為擅長。但如果你們的達摩是個數學家、科學家，為什麼又會以武學聞名於世呢？」

肅千鉞想了一下，似乎在思索應該如何措辭。「這些關於達摩先師的事，是當年我的師祖以口傳的方式傳授給我們師兄弟的。當時我的年紀很小，連十歲都不到，所以在傾聽的時候，其實有很多內容是聽不懂的。雖然日後我們師兄弟曾經在知識漸增的時候討論過，但還是有很多無法索解之處。所以我只能以我的資質可以理解的程度告訴你，也許其中一些我無法參詳的部分，你可以提點我。

「我們這一派的先祖達摩，來自於古印度南方的香緻國。他是這個國家的皇族，因此有資格可以參與香緻國最精深的知識和科技。

「香緻國的歷史有三千年以上，傳到達摩先師時，已是一千多年前的事。而這個國度的智者據說承襲了上古天神的智慧，對於數學、科技有著超越時代的成就。要注意，我這裡說的『超越時代』，不單單指的是超越一千年前的時代，在達摩先師傳下來的資訊中，有的甚至連二十世紀的現在也望塵莫及……」

他望了望雷葛新，才想起眼前這個神秘的人物來自二十四世紀，微微一怔，有點苦笑起來。

「當然，你的時代比我又多了三四百年的科技發展，我這『望塵莫及』，指的是我們現在這個時代，二十世紀。」

「無妨，」雷葛新露出同樣的苦笑。「其實你只是不知道詳情而已，我們那時代的人要說蠢的話，搞不好還遠遠超過你們。」

「達摩先師時代的南天竺香緻國，在數學和器械上的成就遠遠超過當時的科技，特別是在人工智慧的領域上，有著很大的成就。」肅千鉞說道。「當時，他們的科技已經進展到能夠以器械的輔助增強人體的體能和智慧，但是在達摩先師的時代，卻發生了嚴重的歧見，誤會之深，後來竟然還引發了內戰，幾乎把整個國家滅掉！」

「嘩！」雷葛新揚了揚眉。「好嚴重。」

「根據我派先師們傳述，當時整個香緻國爲了科技的方向產生了非常嚴重的歧見，動輒就是刀劍相對，流血衝突。香緻國的掌權者『孔雀白象族』堅持將整個科技的方向發展爲開發出戰鬥力堅強的部隊，以便征服鄰國，一統天下；另一派『冪族』則主張捨棄所有器械、科技，進入人類的深層肉體、思想領域，達成增強人體能力的目標。

「而達摩先師所屬的一派，稱爲『畢缽羅族』，則是取兩者之折衷，保留了以器械、科技增強人體能力的部分，但並不主張把研究成果用在戰爭和刀兵之上。而是將它用在增進人體健康、智能的用途上。

「三個主要派系在很長的一段歲月裡完全無法妥協。經過了長年的戰事和相互殘殺，最後還是以軍事爲優先的孔雀白象族得到最後的勝利。戰敗的冪族和畢缽羅族被大肆虐殺，僅存的生還者逃離香緻國，主張以肉體、精神增幅人體潛在能力的冪族逃往中國，輾轉在西北處定居下來。這一支，最後發展出各種不同的『手印』和『轉世』能力，成爲舉世皆知的一個宗教派別，甚至還統治了那一個區域超過千年。

「而我達摩先師則是和族人帶著畢鉢羅族的神樹，往中國的南方而行。達摩先師本人先行和當時中國的帝王見面，尋找得到掌權者支持的機會，但是因爲兩方無法在理念上相合，最後只好南渡，最後找到了少林寺，從此在少室山定居下來。所有後世和少林有關的傳說，都是從這個時間點後才開始的。」

雖然對於達摩、少林的往事並沒有太深的理解，聽了這樣的故事，雷葛新還是覺得非常的驚訝，其中還帶著幾分的好奇。

虛空中的牛頓似乎也對這個故事有著無比的興趣，連聲催促。「快，快點問他，什麼叫做畢鉢羅樹，爲什麼他們畢鉢羅族會帶這個『畢鉢羅樹』來中國？」

雷葛新想了一下，還來不及開口，就聽到牛頓又在那裡不住催促。「快問，快點問他！」

「閉嘴！」雷葛新忍不住叱了一聲，卻看見老人肅千鉞已經站起身，隨手找了幾炷香，點了香，便在旁邊一個角落虔敬地跪了下去，磕了幾個頭。

「弟子曾經立下重誓，絕不將畢鉢羅樹示於外人，然今日情境特殊，來人非比尋常，」只聽見老人這樣喃喃地唸著。「我門興亡在此一舉，萬望先祖原宥弟子，將畢鉢羅樹示以來人。」

雷葛新有些發愣，到了嘴的話卻不曉得該怎樣說出來，肅千鉞饒有深意地看了他一眼。

「請跟我來。」他簡潔地說道。

老人在陰暗的巨宅空間中，穿入一道很長的長廊，雷葛新不經意地看了一下四周，卻發現那個清麗的少女肅玄青正躲在一處房門口看著他們，雷葛新向她遠遠地笑了一笑，對她招招手，示意她可以一起過來，但是少女卻搖搖頭，輕飄飄地又在門後消失了身影。

肅千鉞領著雷葛新穿過當鋪的幾個房間，這棟看似古代美國式住宅的房子內部空間出乎意料地大，很像是那種一個房間接著一個房間的狹長式構造，每個房間都是陰陰暗暗，擺著許多說不出是什麼的奇異物事。

走進一個滿滿排列著各式佛像的房間，肅千鉞毫不遲疑地繞過一地大大小小各種佛像，走到一尊巨大的釋迦牟尼佛像前。

「在這裡，請跟我過來。」他的聲音在各種不同佛像的注視中顯得空洞，微微的光從氣窗映入，空氣中有著無聲飄浮的塵埃。

肅千鉞領著雷葛新，繞過那尊大概有兩百四十公分高的佛像，走到佛像的背後，拍了拍佛像，「鏘」的一聲悶響，便在佛像的背後開了一扇黑黝黝的小門。

這尊佛像，居然是個通道的入口。

雷葛新帶著好奇的情緒，隨肅千鉞走進佛像後的小門，走下一座螺旋梯，眼前又出現了一道長長的石造階梯。

走下階梯，空氣中微微地泛出水氣的味道，也聽得到自己走路的腳步回音。走著走著，雷葛新不禁有點訝異起來。

「這道階梯好長……」牛頓的聲音裡透著疑惑。「算算你們已經深入地下超過六十公尺了，大概是這時代的建築十幾層的深度。二十世紀波士頓的市區裡，怎會有這麼深的地下空間呢？」

大約又往地下走了數十層階梯，就走到了一片平地，光線昏暗，肅千鉞伸手將一具閘式開關打開，數十盞黃色燈泡發出熾熱的光，整個空間「轟」的一聲陡地變亮。

這是一個相當大的空間，大概有三層樓高，幾棟平房的面積。舉目望去，還可以看得到壁上、天花板上的斑駁表面，看起來很像是古代城市地下的水利系統空間，地上還有一些已經乾涸的水道，一些排水口。

但是所有人來到這裡，最先映入眼簾的，一定是位於這個空間的正中央，那具大概有一個小花房大小的奇形機器。

雷葛新仰著頭，目瞪口呆地看著這部奇形機器，一時間卻完全不知道它是什麼，縱使他的資訊庫中有著那麼多核酸資料，但是腦海中快速地翻閱後，卻也完全搞不清楚這部機器到底是什麼。

肅千鉞走到那部巨型機器前面，神情肅穆地合什參拜，然後在旁邊拉下幾根金屬桿子，手勢不一，有上有下，隨著他的動作，只聽見那機器像是老人咳嗽一般，重重地「哼」、「噗」、「磅」地劇烈搖晃幾下，就像是有生命一樣地緩緩運作了起來。

在機器各類隆咚匡鎯的聲響中，肅千鉞回過頭來。

「這便是我派不世之傳，先人們智慧的終極結晶：畢缽羅樹。」他的神情恭謹，彷彿在說著一件神聖無比的事。「自我五祖之後，我派先輩或將它稱之爲『菩提明鏡』。但其實它就是一部電腦，一部沒有晶片，不用電力，純粹以機件和燃油動力運作的電腦。」

如果只聽聲音的話，雷葛新會以為這部巨大機械是一部蒸汽時代的發動機，甚至有點像是古老的火車。在地下空間中，這部「畢缽羅樹」有幾個部分冒出陣陣的白色煙霧，顯然是動力系統燃燒時產生的氣體。

雷葛新一邊看，一邊在腦海中與核酸資料中的各種類似器械對照，資料庫中這時列出幾種機械時代的運算器，也就是後來俗稱的電腦，但是資料庫中找得到的都是相對簡單的機型，沒有一臺有這樣複雜的構造，也沒有任何機型像它這樣巨大。

虛空之中，牛頓的聲音也有著驚詫和茫然。

「這……這個世上，居然有這樣的機器……」牛頓的聲音有些顫抖，卻帶著無比的興奮。「雷葛新，它是一臺怪物，簡直不是人類的智慧能夠做出來的怪物啊……你看它機件模組的架構，光是排列的模式就已經超越了我們已知的科技，它的排列是超越三度空間維度的，簡直是鬼神才想得出來的架構！」

雷葛新自己對於機械和科技並沒有很深的瞭解，對於這類學問也僅止於來自核酸的資訊，但他體內的核酸很明顯的對這具「畢缽羅樹」一無所知，因此對於牛頓的讚嘆，還有牛頓接下來說出的高深術語，卻是一臉的茫然。

唯一能夠確定的，就是這部機器真的非常特別，而且非常的驚人，牛頓在讚嘆之際，連「只有鬼神才做得出來」的話都用上了。

想到這裡，不曉得為什麼，雷葛新腦海裡聯想到的，卻是在二十四世紀時，以變異姿態出現的米帕羅說過的，那段有關於「神族」的奇異敘述。

雖然兩者並沒有什麼直接明顯的關聯，但是卻不知道爲什麼，會把眼前這具「畢缽羅樹」和米帕羅的神族故事聯想在一起。

雷葛新帶著崇敬的心情走過去，忍不住摸了摸那具「畢缽羅樹」，觸手是金屬的冰冷，但在顫動中卻可以感覺得到，這是一具有生命的機器。那是一種真實的生命之感，並不單單只是因爲它在晃動的關係。

「這……這是一部電腦？」雷葛新喃喃地說。

此刻他和肅千鉞對談的語言是古代中文，因此說出來的是「電腦」，但是如果以古英文來說，它的正確名稱應該是「數據高速運算器」，因爲這部「畢缽羅樹」顯然用的是燃燒的熱動力，並沒有用到電能。只是在數世紀以來，中文系統的語言都習慣以「電腦」稱呼這樣的運算器，也就積非成是地用下去了。「它能做什麼？」

「哪有人這樣問的，你不會問啦，」牛頓不耐煩地說道。「應該問他，這部『電腦』是怎樣運作的，它的顯示螢幕在哪裡？我並沒有看到顯示螢幕啊……而且輸入的系統又是什麼？這東西也沒有鍵盤，難道是聲控輸入嗎……但是看起來又不像。」

肅千鉞又向一旁走了幾步，看了看地上，這時候雷葛新才注意到整個偌大空間裡其實還放了許多奇形怪狀的東西，只是因爲那具「畢缽羅樹」太過顯眼，才一時沒注意到。

此刻肅千鉞站在一堆黑色金屬物的前面，看起來像是在思考該拿哪一片。那些黑色金屬物大大小小，一片一片地堆疊在一起，每片都是黑色的板子，但是在板子的上面卻布滿了尖尖的針，最大的快要有一公尺長，小的也有巴掌大小。

不過，在雷葛新看來，這些黑色金屬板倒是有點像是古代插花時用來固定花莖的劍山。

肅千鉞挑了一片大概三十公分大小的黑色「劍山」，捧在手上，看起來也頗有分量。他將那片金屬板抬到「畢鉢羅樹」旁，在眾多機件裡大概到人胸口的高度，有片比旁邊機件更晶亮些的方形突起，肅千鉞將那片「劍山」舉起，「克」的一聲，把整片金屬板沒尖刺的那一邊貼上去，兩邊的機件極爲合拍，發出「鏗、鏘」兩聲輕響，整片「劍山」就固定在「畢鉢羅樹」上了。

「所有的電腦都有輸入裝置和顯示裝置，」肅千鉞畢竟年老，抬了這片金屬後還是有些喘氣。「而我派的『畢鉢羅樹』用的便是這機件，我們稱之爲『因陀羅盤』。據說最早時用的是現代螢幕類的顯示裝置，所以當才叫『菩提明鏡』，但是六祖之後就決定全面停用了，就變成了現在這種『因陀羅盤』的構造。」

雷葛新看著他，露出疑惑的表情。因爲這時候核酸資訊中流瀉而出的，是和肅千鉞所說的有點關係，但是又完全不相干的訊息。

古代中國禪宗由達摩伊始，累傳二祖慧可，三祖僧璨，四祖道信，五祖弘忍。至六祖時，五祖弘忍令眾弟子各述一偈。

當時弟子中地位最高的神秀便在壁廊上寫了一偈：「身是菩提樹，心如明鏡臺，時時勤拂拭，勿使惹塵埃。」

弘忍聽了，告訴眾人這一偈未見本性，於是慧能便在牆壁間也寫了一偈：

「菩提本無樹，明鏡亦非臺，本來無一物，何處惹塵埃？」

五祖弘忍聽了，認定慧能是個絕佳的繼任人，能傳他的大法，於是在晚上密召慧能入室，授給他禪宗衣法，就是禪宗的六祖，並遣其連夜南歸，隱於四會、懷集之間。

肅千鉞饒有深意地看了雷葛新一眼，猜到他也想到了六祖傳法的這段往事。

「本來無一物，何處惹塵埃……」他幽然地說道。「世人都以爲他們在說禪說法，但其實是在爭論畢缽羅樹的發展方向。

「一千多年前，當達摩先師和族人將畢缽羅樹運至中土的時候，它並不是這樣的結構，隨著時間的過去，畢缽羅樹的設計和結構一直在變，功能一直都在變化，有時發展得非常繁複，有時候又變得很精簡，眾人的思想也一直有爭議，時時都有不同的意見，只是因爲當年那些戰爭的記憶太過殘忍血腥，大家怎麼也不想再回到那種絕境，就多方克制罷了。

「這樣的爭端，每個年代都有，有時候還是不小心一個擦槍走火，釀出嚴重的後果來。二祖慧可就曾經在這樣的爭端中，在雪夜裡在少林寺的立雪亭當場斷臂，紅色的血染紅了潔白的雪，只爲了爭辯畢缽羅樹該往哪個方向發展。

「到了五祖挑選繼承人的時候，這樣的爭端又起。當時的畢缽羅樹是有螢幕的，所以又叫做『菩提明鏡』。五祖的弟子之中，又以神秀上人的地位最高，當時整個畢缽羅樹的『菩提明鏡』系統，都出自他的設計，大家也都以爲日後的發展會照著這個方向走下去。

「但是，當時只是個孩子的六祖慧能，卻洞悉了『菩提明鏡』的致命缺陷，發現如果照著『菩提明鏡』的方向發展下去，整個系統會負擔越來越重，需要的動力會變得無法負擔。當年我少林一族的畢缽羅樹科技雖然遠遠超越當代的文明水準，但在能源方面卻仍然力有未逮，還沒有辦法開發出電力、核能之類的強大來源，所依賴的仍然只是獸力、人力，或是燃燒木材、油料的動力。如果照著『菩提明鏡』的方向發展下去，對於動力的依賴越來越重，卻無法開發出新種能源，在沒有動力支援的情形下，整個機件最終還是會變成一堆廢鐵。

「因此，六祖提出的，便是大膽捨棄了『菩提明鏡』概念的『本來無一物』，全力發展最精簡的機械式畢缽羅樹系統。最後的事實證明，神秀上人的『菩提明鏡』系統後來果然在能量的來源上出現致命的補給不足，最終消失在人間。只有我少林的機械式畢缽羅樹系統得以留存超過千年，至今仍然可以運作。」

肅千鉞把那片三十幾公分長的「因陀羅盤」放在畢缽羅樹的一個裝置上，隨著畢缽羅樹本身的搖晃律動，那片本來黝黑無奇的因陀羅盤也開始動了起來，彷彿注入了生命。

此時不住蠕動的，是在因陀羅盤上的那些針尖，像是海浪一樣地不斷高低起伏。

「高明！真是高明！」牛頓失聲說道，聽見牛頓這樣說，雷葛新突然也在這個剎那間弄懂了因陀羅盤的運作原理。

那片因陀羅盤上有針尖的一面，滿滿地排著大量的規律長針，以目測來看，長和寬都各排有幾百根針，當針尖高低起伏的時候，就會在整個平面上形成深淺不一的光影，這樣就形成了一般電視或電腦螢幕的「解析像素」，可以在針尖形成的平面上出現圖像或是文字。

以這片因陀羅盤來說，它的長寬都有數百甚至上千根針，整個平面等於有了近似早期電腦螢幕的解析度，雖然無法形成很清晰而且有色彩的圖像，但要構成還算清晰的黑白影像卻是輕而易舉的事。

雷葛新懷著崇敬的心情，看著那片因陀羅盤上的針尖不住地上下起伏，然後逐漸平靜下來，形成了一片圖像。

不，要說那是圖像也不盡然，其實此時因陀羅盤形成的，是一篇大概有百來個字的「影像」，使用的文字，是古代的中文。

雷葛新在二十四世紀慣用的幾種文字裡，有一種和古代中文相近，因此他是讀得懂古代中文的，但此時在「螢幕」上出現的這百來字卻是內容艱澀，整篇文字看似有意義，但是卻又不太通順。每個字都看得懂，但是不管從直行看，或是從橫向看，都無法找出連貫的意思。

但是肅千鉞接下來的動作，卻讓雷葛新和牛頓同時恍然大悟，牛頓甚至還「嗯嗯嗯」地發出讚嘆的聲音。

不曉得從什麼地方，肅千鉞這時取出了一支細細的鐵棒，前端微彎，還有一個拇指大小的頭。他將鐵棒伸向那片因陀羅盤，在上頭那百來個字上找了一下，便在上頭的一個「木」字和「人」字各自點了一下。

然後，整個畢缽羅樹就像是聽到了指令一般，開始發出低沉的震動聲。

原來，這篇百來字，看起來語意並不連貫的文字，其實就是一個輸入鍵盤，裡頭的這百來字顯然經過精心的選擇，可以排列出無數的指令。

第13章

十八銅人 木人巷

「此是木人，在寺中凡六十四眾，也就是在少林寺裡的正式編制中有六十四具，少林弟子稱之為『木人眾』。」

但很有趣的，此刻在雷葛新的腦海中隨著「木人巷」出現的圖像，是一個大鼻子的東方人臉孔，頂著膨膨的長髮，和一字排開的木人不停地打鬥。

在畢鉢羅樹的旁邊有著相當寬敞的空間，放滿了許多奇奇怪怪的東西，方才肅千鉞就是從其中一處取出那片因陀羅盤。這時候，隨著畢鉢羅樹的低沉震動聲不住地顫動，從另側一堆奇怪東西裡，這時候像是有生命般地，緩緩地立起來一個「人」。

那一堆東西，看起來彷彿只是一堆不起眼的木頭，有長有短，有圓有方，還有幾根大小不一的柱子。但是隨著那個「人」站起來的動作，這才看出那些木頭之間都有細細的線連著。

當肅千鉞在因陀羅盤上按下「木人」指令時，木頭中幾片長長短短的部分就連結起來，形成一個木偶般的人形，身量和一般人差不多。

只見那木人緩緩站起，手足的動作卻像常人一樣的靈活，它搖搖晃晃地微動雙臂，兩腳不丁不八，腰沉坐馬，便像是一個武林高手一般地立定，淵停峙嶽地做出拳法的起手勢，穩穩地立在當地。

這時候，因陀羅盤上那篇文字「刷刷」幾聲開始變幻，消失，很快地又形成另一個畫面，在上頭這時出現了幾行字，看了看，上頭寫的是幾種武功的名稱。

般若拳。瘋魔杖。達摩劍。韋陀掌。金剛指。

肅千鉞看了雷葛新一眼，便伸出鐵杖，在「般若掌」的選項上按了下去。

「此是木人，在寺中凡六十四眾，也就是在少林寺裡的正式編制中有六十四具，少林弟子稱之為『木人眾』。」

但很有趣的，此刻在雷葛新的腦海中隨著「木人巷」出現的圖像，是一個大鼻子的東方人臉孔，頂著膨膨的長髮，和一字排開的木人不停地打鬥。

這時候，那個木人隨著肅千鉞按下指令，便開始急速地打出許多繁複的動作，沉腰拔肩，掌腿生風，姿勢靈動而且力道十足。在木人打出這套「般若掌」的時候，它身上的木頭不住地相互敲擊，發出「梆梆梆」的清脆聲音，相當的好聽。

「一般的傳說故事中，總把少林寺木人眾描述成一個通道，通道兩旁都是木人，而少林弟子要學成出關，就得通過這條叫做『木人巷』的巷道，」肅千鉞搖搖頭。「但這個傳說是不對的，我派從來沒有將木人當成考試過關的工具，它的主要功能，是示範體位動作的練法，也可以畢鉢羅樹研發出來的武學技巧。」

在那個木人俐落地打著般若掌的時候，空間中靜靜地夾雜著木材碰撞的清脆聲音，幻化出一種很魔幻神秘的氣息。雷葛新有些出神地望著那個木人的身法、姿勢，一時間有種錯覺，彷彿忘了那只是個以細線和木材構成的木人，從它變幻的身影中，彷彿看到了一個身著古代長袍，神色從容的武學高人，和腦海中那個大鼻子男性諧趣但並不令人感動的身形完全不同。

這時候，牛頓悄然地開口了，他想問的問題，和雷葛新這時候湧入腦海的疑問是一致的。

「喂！你問問他，那另外一種『十八銅人』又是什麼東西？」牛頓的聲音有著小孩子看到神奇事物的興奮。「也是這樣的機械裝置嗎？」

在雷葛新的核酸資訊中，「木人巷」和「十八銅人」幾乎是同時湧現的，而且相關的圖像都和那位名叫傑奇．倩（不曉得為什麼東方臉孔的他會取一個古英文名字）的大鼻子功夫高手有關。而且似乎這一木一銅兩種奇特的「人」，是少林寺最引人入勝的傳奇，只要是和少林寺有關的記載，大多有它們的身影。

「十八銅人？」聽見雷葛新的疑問，肅千鉞微微一愣。「哦，你說的是多羅葉羅漢法。沒錯，在世人的眼中，的確都把他們稱爲『十八銅人』。」

「所以，真的有這種十八銅人嗎？」雷葛新好奇道。「那是人，還是機械？」

肅千鉞一如先前，並沒有直接回答這個問題，而是同樣轉過身去，又走到一堆奇異物件的前方。

「這人好像很喜歡搞懸疑啊，」牛頓沒好氣地說。「看他還要變出什麼鬼玩意兒來……」

肅千鉞從那堆物件中，挑出一個月餅盒子大小的木盒來，上頭已經積了不少塵埃，但從木頭的質料上，看得出是極爲上等的材質。

老人把那盒子上的蓋子打開，雷葛新湊過去一看，看見裡面用上等的黃絹繡錦絨鋪著，上面放著大大小小八根有點像釘子，卻又比一般釘子大上一些的金屬物件。仔細一看，最長的大概有十來公分，短的也有三五公分，會說它們像釘子，是因爲這些金屬物件上豐下銳，上頭較粗的部位還有圓形的凸頭。

這八根「大釘子」色彩灰亮，上頭有著複雜的紋路，從盒子的狀態上看來像是歷史悠久的古物，但這八根「釘子」卻泛出嶄新的色澤，彷彿是昨天才打造好的。

「這……這應該不是釘子吧？」雷葛新喃喃地說。「這是什麼東西？」

「這是我派多羅葉羅漢法的秘訣，向來不示於外人。但閣下並非凡人，我想就算告知於你，先祖師父們也應該不會怪罪才是。」肅千鉞說道。「這種器械，我派稱之爲『界』，以現代科學詞彙來說，它們是一種人體植入技術，是達摩先師來到中土後，從中土匠人學得高深機關之術後才領悟開發出來的器材，就算在天竺本國，或是遠赴西北的羃族，也絕無這樣的技術。」

「植入技術嗎？」雷葛新皺了皺眉，也不曉得是在和肅千鉞對話，或是向牛頓發問。「怎麼植入？植入哪裡？」

肅千鉞眼神有些耐人尋味地望向雷葛新，但是仔細一看，他的眼光投注的部位，是雷葛新的頭頂。

「頭頂？」雷葛新嚇了一跳。「不會吧？這麼大的東西插進腦袋，人不就腦漿迸裂了？」

但是，肅千鉞卻很肯定地點點頭。「正是插在頭頂。」

這時候，身邊那個木人眾已經快把一套般若掌打完了，就算雷葛新和牛頓都不知道這套掌法的奧妙，但是從它的手勢漸緩，肅殺之氣變淡，可以看出這套掌法已經快要結束。空間中，除了已趨緩和的木人碰撞聲響外，顯得又靜了下來，在雷葛新的耳中，只聽到牛頓喃喃地說話。

「其實這並不是不可能，人類的身體有百分之七十是水，腦部結構更是，水分大概佔了九成，如果把這些水趕開，是可以挪出不少空間，」牛頓說著說著，語言又急躁起來。「快叫他說啊，這東西是怎麼運作的？還有，我們不是在說十八銅人的事嗎？跟這個鬼大頭釘又有什麼關係？」

彷彿是在回答牛頓的疑問似的，肅千鉞果然悠悠地開始敘述整個事情的來龍去脈。

「我達摩先師到達中土後，發現中土地大物博，民間更隱藏諸多奇人異術。經過多方探訪後，將整個畢鉢羅樹的性能增進不少。

「對了，當年，他們是把畢鉢羅樹放在少室山裡一處石洞裡的。先祖們在山中鑿出通道，畢鉢羅樹所在的石洞可直通少林的藏經閣、立雪亭，還有方丈的房間床鋪底下，只要有任何變故，少林的方丈都能立刻奔至畢鉢羅樹所在之處，就算是整個少林寺毀了，也絕對要保住畢鉢羅樹的周全。

「包括達摩先師在內的所有本派人士，追求的最終目標，始終是開發出人體的潛能極致，想要把人類的所有內在能力全數找出來，開發出來。至於爲什麼認爲人類有這麼多的潛力可供開發，我的師尊們也泰半不懂。只知道比達摩先師更早先人相傳，這個訊息來自天神，而只要找人體的最終極致，便可重啓與天神的連結。」

聽到這裡，雷葛新心裡一動，而牛頓也知道他的想法，雖然知道肅千鉞無法聽到他的聲音，但牛頓還是放低了音量。

「又是天神，又是神族……」牛頓沉聲說道：「只要是遇到無法解釋的環結，就會出現天神，這是什麼跟什麼啊……？」

「不管是天竺、冪族，或是我派的諸位先祖，追求的都是同一個目標：完成人體所有潛能的開發，不同之處，在於概念不同。天竺本國藏有最多前人留下來的史籍，但是因爲戰亂，已經亡佚了絕大部分，而且知曉箇中奧秘的人常常死於鬥爭之中，傳下的法門就此斷絕，所以他們對於這門技術留下的印記反倒最少，只殘存了阿育吠陀醫術及瑜珈等強健身體的修行方式。

「至於冪族到了西北邊陲後，以精神力和手勢爲主流，發展成另外一支面貌完全不同的教派。而達摩先師來到中土後，畢鉢羅樹也經過幾次重大變革，其中有高手匠人發明了速成之技，能在短期間內讓一個平凡人成爲力量強大的武學高手，這種技術，就是多羅葉羅漢法，也叫做『界法』。」

肅千鉞轉過身，走到畢鉢羅樹上那片因陀羅盤前面，用鐵棒在上面點了幾下，又回到了那篇百來字的控制選項總頁，他在上頭點了幾個字，因陀羅盤上的針尖又不住地起伏波動，形成了一個頁面，上面的圖像是一個光頭男子的頭部側像。

在男子頭上，這時出現了八根長短不一的針狀物體，看來就是盒子裡的那些大針，那八根巨針緩緩透入男子的腦部，堅硬的腦骨便像是豆腐一樣即插即沒，原來，這八根針是完全插入腦部的，最後只留下後面那個圓形凸狀物。

而且，插入腦部後才發現，這些圓狀凸物的大小是一樣的，針狀物全數插入後，留在外頭的就只剩下圓形凸狀物，大約都只有小指頭大小，排在頭頂之上，一邊四個，以頭頂心爲中心點，排成兩條線。

這時候，圖像中出現的，是一個光頭男子的頭像，在光溜溜的頭頂上，有著兩排，一排有四個點的奇異印記。

出乎意料的是，雷葛新居然對這樣形貌的樣子並不陌生。

在核酸訊息流動中出現的古代僧侶圖像，有很多人都在光頭上有這樣的印記，都是兩排，有的人是一排各三個，有的則是四個五個都有，在資訊中，說這個印記叫「戒疤」。

「這在一般人的認知中，以爲它是戒疤，是出家的標記，」肅千鉞說道。「但世人只知其一，不知其二，這是我派的『界法』，但以我和多位科學家談過後，認爲它應該是一種『神經觸突增幅感應器』。」

「就這些東西？」雷葛新伸出手去摸了摸那八枚「界法」的釘狀物，發出叮叮的清脆金屬聲響。「它們的構造是什麼？裡面用的是什麼材質？」

其實，這也是牛頓想要知道的事。他在雷葛新的耳邊不住發問，像是個進了糖果屋的小孩。

「其實，『界法』的研究並不完整，我派從天竺遠古的繼承中，並沒有得到完整的技術，所以它是個不完美的產品，」肅千鉞嘆了口氣。「這個缺陷，一直到現在還是沒有解決，也因此『界法』始終沒有成爲畢缽羅樹科技中主要的法門，因爲始終無法讓它完全發揮作用。」

「是有什麼BUG（設計上的缺陷）嗎？」雷葛新好奇地問道。

「『界法』的最主要作用，是能夠讓人裝上這裝置後，完全發揮體能的極限，不只是在體能上，連智能上也能提升。據說，在千年前，我派的前輩高人們比現在更能掌握

『界法』，裝上『界法』的人可以成爲能力強大的高手，而且還能幫助畢缽羅樹的設計僧人們研究出更強的武術。

「本來畢缽羅樹追求的目標，是能夠讓擇定的對象藉由裝上『界法』，成爲能力強大的高手，不需要經過冗長的練功過程。通常，沒有裝上『界法』的人，要學會幾項少林武術動輒就要花上數十年的光陰，但是如果『界法』的研究成功了，就能夠讓一個普通人在幾天時間內，成爲能力強大的高手。因此在早期，少林武學並不是很注重招式和動作，因爲一個力量強大的高手，並不需要太多的武學招式，所謂的『摘葉飛花皆可傷人』，就是這樣的境界。但因爲裝上『界法』的人，本身的動作就蘊含了許多極有效率的武術招式，所以後來有很多少林武學的招式，就是從裝了『界法』的人身上學來的。

「千年前，本派的前輩們對於『界法』還有較多的掌控能力，所以當時少林寺內裝有『界法』的人數量較多，在唐太宗時代還曾經同時有十三個人裝有『界法』，還曾經幫大唐打過天下，這個傳說廣爲流傳，叫做『十三棍僧助大唐』。

「但即使是在那個時期，一個人要能裝上『界法』，還是需要有種種嚴苛的條件，要有絕佳的練武資質，也要智慧聰穎，而裝上『界法』的過程是一個凶險無比的程序，裝的時候非常困難，就算裝上了，還是有人會發生嚴重的副作用，以現代的角度來看，大概是各種不同的排斥作用。有人會在過程中死去，有人則是身體發生嚴重致命的變化，就算沒有送命，也可能導致身體上很多異於常人的反應。

「像所謂的『銅人』，其實就是『界法』裝置失敗後的產物。唐代的『十三棍僧』

之後，『界法』的技術不曉得爲什麼，不僅沒有精進，反倒還退步了，失敗的案例常常發生，出事的案例一多，久而久之，就比較少人願意冒這種風險了。據我先師所說，大約在北周承光年間，當時的武帝下令廢佛，少林寺被廢。當時的僧眾爲了自保，曾經大舉挑選青年僧人數十名，將他們裝上『界法』，以期能夠肩負起保護僧眾的責任。

「當時之所以會這樣做，是因爲研究僧們自以爲發現了精進『界法』的技術，也因時機緊急，所以就一下子挑了數十名青年僧人裝置『界法』。這一次的大規模行動一開始並沒有什麼差錯，接受裝置『界法』的人大多順利完成，並沒有如往年那樣凶險。但是等到裝置後數日，這一批青年僧人身上開始出現了後遺症，因爲這一批『界法』的裝置雖然成功讓他們保住性命，卻還是傷了肝經，以現代的醫學來說，便是產生了嚴重的黃疸現象，讓這批僧人們的身上、臉上、皮膚變成金黃，終身不褪。

「但除了這個嚴重黃疸現象外，這一批僧人並沒有別的明顯後遺症，他們也依照原來的設定，成爲一群實力極強的高手。這批僧人日後果然肩負起保衛少林的責任，在廢佛的動亂中保住了少林，也讓少林在日後成功地復寺。而後世的寺僧不明白這其中的緣由，只看見這群在少林活躍了近五十年的金黃色皮膚僧人，於是便以『銅人』來稱呼他們。說也奇怪，從這一次開始，日後只要是接受『界法』的人，仍有一半以上會出現『銅人』的金黃色皮膚現象，但在接下來的幾百年歲月中，仍有不怕副作用的忠心僧眾志願接受裝置『界法』的手術，其中有人依然出現『銅人』現象，於是『少林寺有銅人』的傳說便流傳了下來。」

雷葛新伸手取了一支「界法」的釘狀物在手上，聽了肅千鉞的敘說後，不禁從心中油然生出奇異的感覺。

「所以，現在還能做這種手術嗎？」雷葛新好奇地問道。「我的意思是說，你會做這種『界法』的手術嗎？」

肅千鉞搖搖頭。「『界法』的裝置技術，分為『裝設』、『緩衝』兩個部分。早在我師父幼年的時候，少林已然凋零，便沒有人知道如何正確裝上『界法』的技術了。在畢缽羅樹裡有實行『界法』說明，但是裡面有些環節我們根本就看不懂，當然也就不敢隨便找人來施行了。理論上我們可以做，但是後果如何卻不得而知，所以也就沒人敢試了。」

「好可惜……」雷葛新笑了笑，但這句話卻是對牛頓說的。「如果真的能裝的話，我倒想裝裝看，反正我什麼東西都當白老鼠試過了，不缺這一樣。」

牛頓冷冷地「哼」了一聲。「誰說只有你想，連我都想……」說到這裡，他陡然停住，把話題轉開。「你去裝啊，說不定你這種腦袋可以頂得住。」

雷葛新把那幾根界法的釘子放在手上滾動，臉上露出期盼的神情。

「依你看，我可以試試裝上這個『界法』嗎？」他很認真地對肅千鉞說道。「我很想知道裝上『界法』之後是什麼樣的感覺。你知道我本就是不屬於這個時代的人，我的肉體對我來說只是個暫時的軀殼，就算失敗了，也不過就是脫離這個軀殼罷了。」

肅千鉞露出駭然的神情，嘴巴張開，一時卻忘了合起來。

「你想試……？這這這……這怎麼可以？」他一驚之下，連說話都變得結巴。「你想試……？我沒有辦法，我根本不知道該怎麼做，不只我不知道，說不定連我的師父都不知道……」

「別緊張，別緊張，」雷葛新笑道。一邊叮叮地把玩著那幾根「界法」的釘子，一邊還比著手勢，想知道怎樣把它們釘入腦袋。「就算真的幹了，把我弄死了，我也不會怪你啊……不，那時候我都已經死掉了，當然更不會來怪你了，不是嗎？」他輕鬆地笑笑。「你還是把你那個畢缽羅樹裡跟這個『界法』有關的資料給我看看吧，說不定可以看出什麼端倪來。」

肅千鉞有些遲疑地看著他，但是想了想眼前這個人的奇異來歷，最後還是決定聽他的話。他換了兩個不同大小的因陀羅盤，裝到畢缽羅樹上，那部奇異的機器像是老人一般地震動起來，雷葛新好奇地走近過去，正想好好看它的內容，耳中卻傳來了牛頓焦急的聲音。

「不對！這震動不對！」牛頓的聲音很是惶急。「剛剛被這部機器的震動摻雜了雜訊，我一時間沒有發現。那是時光戰警的波形震動，這附近有時光戰警出現了！他們已經找到了我們這個時空。」

雷葛新一怔，心中也是有些緊張，但是不曉得爲什麼，卻沒像牛頓那樣驚惶失措。他的心中微微一動，覺得體內彷佛有什麼東西被啓動了，他想起剛剛從肅千鉞那裡聽到的武學故事，雙手輕輕一抖，卻是古代「太極拳」中的起手勢：「雲手」。在那種只有自己體會得到的微妙變化中，雷葛新發現自己已經可以聚起來自思想深處的能量。

想著想著，他的身體不禁開始淵停嶽峙地站好馬步，或輕或重地擺著手、腰、腿，很流暢地身體不自主動了起來。

肅千鉞有些驚疑地看著雷葛新的動作，這時候他發現在其中一部因陀羅盤中，這時候並沒有啓動，卻開始出現圖像，圖像隨著幾千根針上下起伏，卻是一個人在打拳的動作。

只見雷葛新這時也似專注似失神地盯著那個因陀羅盤看著，手上的動作和圖像中的人形開始同步，打著的是一樣的身形和拳法。在他的耳中，這時牛頓很惶急地大聲叫著，但是雷葛新卻是恍若未聞。

「快走啊！時光戰警已經很接近了，再不逃你就要被他們抓到啦！」

但是雷葛新此時卻是恍若未聞，只是隨著因陀羅盤上的動作不住地出掌、成拳，身形像是流水一樣，打得暢快淋漓。他的身形隨著越打越暢快，手腳揮出的幅度也變大許多，一方的肅千鉞還得讓開一些，否則會被他波及。

至於牛頓的驚惶叫聲只有雷葛新聽得到，一旦雷葛新不理他，那也是完全無解，什麼事都無法改變。

肅千鉞自己也是武學高手，看著雷葛新流暢的拳法，心中不自禁想起小時候聽過師父提及少林有幾種最頂級的武功，從來沒有人練成。他的師父告訴他，這幾種最高級的武功之所以沒有人練成，是因爲它們要練成得花上兩百年的時間和光陰，如果一個人能活上兩百五十歲就能練成了。但是剛剛有幾次和雷葛新揮出的拳掌之風錯身而過，老人的心中真的覺得，當年師父說的那種兩百年武功如果真的練成了，可能就像是雷葛新此刻這樣子的身架和力道。

一時之間，整個偌大的地下室瀰漫著壓力極強的拳掌之風，充滿了奇異的氣息。便在這個時候，一盞裝設在天花板的紅色警示燈突地閃爍響起，發出了「咿哦咿哦」的聲音。

肅千鉞急忙遠遠避開雷葛新的打拳範圍，繞過去地下室的另一端，打開了一個小房間，在那裡，有著一套影像監視裝置。這個時代是西元一九七四年，他使用的影像監視裝置自然是機能簡單，解析度可能比因陀羅盤還要差上一截，但是即使是這樣的機件也是當代最高級的科技裝置了，是肅千鉞透過了軍方人士，用很高的金額取得的當代高科技裝置。

只見在黑白的顯像幕中，這時出現了當鋪入口處的情景，有一個探頭探腦的年輕人不曉得用什麼方式，居然打開了深鎖的當鋪大門，正躡手躡腳地走了進來。這個年輕人並不陌生，剛剛雷葛新在當鋪前打退摩侯羅迦眾之前，就曾經救過這個年輕人一命，只是肅千鉞並不曉得雷葛新是否和他相識。後來雷葛新並沒有理會他的意思，於是肅千鉞也就沒再注意他了。

這個年輕人，正是在波士頓大街上被幾個黑人青年搶劫施暴的大學生威廉。他是個來自美國西北區的青年，家世良好，但是在書蟲優等生的外貌下，有個喜歡冒險的衝動靈魂。他雖然讀的是嚴謹的私立學校，但是在少年時期曾經偷偷背著父母和一群輟學少年過往甚密，也學了不少街頭生存手法。

比方說，開鎖。

此刻威廉用了他的開鎖工夫打開了肅千鉞當鋪的大門，偷偷地溜了進來。他剛才被雷葛新出手救了一命，雖然已經離去了，但還是大膽地跑回來看看，看到後來發生的衝突場面極爲嚇人，便躲在一旁，好一陣子不敢動彈。

但這個青年威廉是個個性奇特的人物，膽子有時很小，有時又極爲大膽，他看見雷葛新打退了那幾位摩侯羅迦眾後，跟著肅千鉞進入當鋪，便久久不見出來。威廉心中極爲好奇，很想知道這個奇特的老流浪漢到底是什麼樣的人，他在旁邊等了好久，觀察了好久，於是在好奇心的趨使下，便偷偷打開了肅千鉞的當鋪大門。

肅千鉞在監視螢幕裡看著威廉鬼鬼祟祟的樣子，臉色陰沉了下來，他自認將整個空間的保護裝置做得極爲完美，因此平時並沒有聘請任何的員工，只是自己一個人在這個偌大空間盡著守護師門的任務，此時因爲雷葛新和摩侯羅迦眾戰鬥時的場景非常混亂，之後心中又只想著帶雷葛新去看畢缽羅樹的事，於是便忘了設定力場和結界，只是鎖上了大門，這才讓威廉陰錯陽差地闖了進來。

肅千鉞「哼」了一聲，切換鏡頭，發現他已經向後方逐漸走來，正在思索該如何處置他的時候，卻發現在威廉的身後，這時候開始出現幾道微微抖動的各色光影。

那螢幕是黑白的，但是之所以看得出那幾道光影有著不同的顏色，是因爲它們呈現出不同的光度，如果是彩色螢幕的話，應該會是不同顏色。

突然之間，那幾道光影像是發現了什麼似地，突然從威廉的身後衝向前去，超過他的時候，似乎完全不閃躲地直接從後面直接撞擊，那力道極爲強大，因爲力量來自後方，所以威廉完全沒有任何防備，被這股強大力道撞得整個人飛了起來，然後重重落地。

這威廉看來也不是什麼運動神經發達的人，這一被撞飛，整個人生生地繞了半圈，落地的時候卻是腦部著地，那撞擊力道似乎極大，頭部著地後，整個人便像是爛泥一般地再也沒有動彈。

便在此時，肅千鉞聽見地下室的樓上開始出現轟然的巨響，「磅磅磅」地從遠而近，由頂層逐漸下來，顯然是有什麼人以暴力的方式闖了下來。

肅千鉞駭然地轉頭看著雷葛新，卻發現他仍然不住地揮出各類掌拳招式，雖然因陀羅盤上的影像這時已經打完一套拳法，畫面靜止，但是雷葛新卻仍然沒有停止招式，只是此時他的眼睛已經露出銳利的眼神，手上打著招式，眼睛卻盯著樓梯的方向，顯然也知道上方已經來了不速之客。

那不絕於耳的巨響這時候似乎已經來到上一層，突然之間，「磅磅磅」的濁重巨響陡地停止了，整個空間一下子被寂靜佔滿，但是那種山雨欲來的緊張感卻更加明顯。

肅千鉞額上流下汗珠，死命地盯住樓梯的頂端。這時候，雷葛新的掌拳動作開始逐漸收攏起來，但是他的眼睛也是銳利專注地盯著樓梯的方向。

只見樓梯與天花板交界之處，這時線條開始抖動起來，彷彿是水面的波紋一般，起了像是漣漪的光影。

從光影之中，這時候泛出了幾道光芒，肅千鉞知道自己剛才並沒有看錯，這幾道光影果然有著不同的顏色，有的紅，有的黃，有的藍，也有界於藍綠之間的奇妙顏色。他從雷葛新的敘述中，知道有一種來自二十四世紀的警察正在時空之中追捕他，眼前出現，應該就是雷葛新所說的時光戰警。

從光影中出現的，是幾個人形，算了算有六個人，他們從空氣中憑空出現，像是聚焦的模糊影像一樣逐漸轉爲清晰，六個人之中有男有女，身上的制服有著不同顏色，有白色服飾的，有青色服飾的，也有紅色服飾。

雷葛新將手上的掌掌招式逐漸收攏，身形微鬆地站好，站在地下室的中央，向飄浮在空中的六位戰警微微仰視。

那六名戰警看見他的這種神情，反倒有點驚疑起來。在從前，只要是和核酸犯在時空中遇上了，所有人都是驚惶失措，大多數人都是先逃再說，剩下的一小部分是嚇到連動都忘了動，像此刻雷葛新這樣沉靜而且完全不害怕的，可說是絕無僅有。

六名戰警之中，有兩人曾經在追捕的過程中遭遇過雷葛新，隸屬「水」支隊的隊員彭達，曾經在桃源時空遭遇過雷葛新，當時他還沒什麼經驗，差點被捕；而另一位「風」支隊的吉嘉頌郭則是在二十四世紀時差一點逮到雷葛新，當時他也是逃得非常緊張匆忙，完全不是現在這種氣定神閒的模樣。

帶領這個追捕小隊的是一位女性戰警，是個高大清秀的黑髮女子，她看了看雷葛新的沉靜表情，又看了看隊友們猶疑不敢出手的樣子，於是皺了皺眉，大聲說道：

「以星際死難英雄的英名爲證，本人尹徐荷在此宣告逮捕核酸逃亡要犯雷葛新。爾等有不發言權利，爾等在此時所說一切將成爲呈堂證供，或將成就起訴閣下之證。請問嫌疑人，有何抗告意見，請於此時宣誓。」

雷葛新昂然地看著他們，朗聲一笑。「知識無罪，求知無罪！我拒絕就範！」

另三位核酸警隊成員分別是「雷」支隊的趙守意、德魯米勒，還有「火」支隊的女戰警派羅波拉，三人都是小隊中層級較低也比較沉不住氣的成員，聽見雷葛新這樣說，身上不約而同閃爍出能量場的光芒，身形移動，便從三個不同的方位向雷葛新直撲而來。空間之中這時瀰漫著「雷」和「火」的力場，鬱悶而熾烈。

三位核酸警察同時聯手出擊，已經是一股極為強大的力量，在以往，像雷葛新這樣的凡人幾乎連核酸戰警的一招都無法招架，三個人這時同時出手，對於將雷葛新立即制服已是胸有成竹之事。

但是，事情的發展卻大出所有人的意料之外。

兩位「雷」支隊的戰警同時發出帶有強大電荷的攻擊，閃出藍色的光芒，如長鞭的閃電從地面上刷過，「火」支隊的派羅波拉這時出手的是如尖銳兵器的「火神錐」，藍色紅色的能量光波向著雷葛新蜂擁而去。只見雷葛新伸出雙臂畫一個圓，正是一招太極拳中最基本的「如封似閉」，他的能量場是一種淡淡的紅色，將他的身體全數籠罩，這時和「雷」、「火」兩種能量正面相逢，「波」的一聲重濁聲響，竟是將「雷」、「火」兩道能量硬生生地擋了回去。

三名戰警看見這樣的景象，心中既是驚疑又是憤怒，但是他們久經戰陣，從來不曾在對手面前居了下風，於是將包圍的圈子縮小，不住地發出能量，繼續攻擊雷葛新。

雷葛新在包圍圈中仍然臉色鎮定，絲毫沒有驚惶的神情。只見三名核酸戰警不住地攻擊，雖然能量強大卻是招式單純，用的手法是一般人鬥毆時的互擊方式，但是雷葛新雖然身處包圍圈中，手上的動作卻是輕鬆流暢，隨意出手之間都能擋住戰警們的攻擊，有時一個反擊回去，還讓他們驚惶地手忙腳亂，顯然是屈居了下風。

忽然之間，只聽得悶悶的一聲「堵」，卻是那位「雷」支隊的德魯米勒被雷葛新一掌欺過他的雙手，直接印上他的胸口，重重地把他打了出去，騰空而起，背脊著地滑了出去。

餘下的三名較高層戰警這時看情形不對，也紛紛怒喝地飛身而起，衝向雷葛新，形成一個五打一的局面。

本來一個對三個，打起來還算輕鬆寫意，但是後三位核酸戰警加入後，雷葛新發現情勢已經產生變化，因爲除了人數變多之外，後來加入的尹徐荷、彭達，還有吉嘉頌郭都是級別高，能量強的高手，他們這一加入後，要以一打五就變得較爲困難了。

在戰鬥的忙亂中，雷葛新也無暇細想，除了專注地使出招式抵擋五位戰警的圍攻外，沒有辦法分神再去關心別的。但是在他的耳中，這時候卻傳來了牛頓的語聲，他對雷葛新說了幾句話之後，雷葛新恍然大悟。

在一旁的肅千鉞眼見著這場一輩子可能再沒有機會見到的能量之戰，他是個對於古代武學極爲熟練的高手，知道許多武術的奧妙，但是此刻在他眼中映入的，卻是此後再無機會看到的壯觀場面。只見五個時光戰警的能量極強，和傳說中的內力雖然有所不同，但是卻更爲強大，彷彿是來自天地間的自然力量，有風、有雷、有水、有火。

而居中被圍攻的雷葛新卻是另一種境界，雷葛新的能量和時光戰警們相較之下，光度較爲微弱，但是那並不表示他的能量比戰警們弱，只是顯現出來的光較爲黯淡一些，在力量上似乎和戰警們不相上下。但是雷葛新的能量卻比戰警們略勝一籌，因為在武學的引導下，雷葛新的作戰能量是有方向的，可強可弱，可上可下，可前可後，這樣就比戰警們的能量多了幾種選擇，可以在其中得到變化。

簡單來說，戰警們的力量即使較強，但是因為他們只能有一個方式的進攻，只能像是常人鬥毆一般地直來直往，但是雷葛新的能量卻能有所變化，可以選擇和戰警們正面對打，也可以順著力量卸去攻擊。

肅千鉞以他近七十年的武學修為眼光看出，雷葛新可能只是新學到武學的技巧，用起來還不是特別順暢，假使他能夠多多適應武學的技巧，這五位戰警可能不到片刻便能被他打倒。

但是這時候，五位戰警的合力圍打開始逐漸佔了上風，剛剛被打倒那位這時回過神來，也加入了戰鬥的行列。武學上有云：「雙拳難敵四手，猛虎難鬥猴群」，肅千鉞擔心，再打個幾回合，雷葛新可能就要落了下風。

便在這個時候，只聽見雷葛新高聲大喝：「去！」整個人一個內縮的動作，而後舒伸雙臂，將力量展延到最大，將六個圍攻他的戰警逼退了兩三步。

然後，他便一個縱身，衝到階梯旁，連跑帶爬地一溜煙上了樓梯，轉眼不見人影。

那六位戰警沒料到雷葛新會來這招，他們知道雷葛新若要再次穿越時空，需要一段時間的凝聚能量，不能說走就走，於是才用圍攻的方式想要制服他，這時候被他一溜煙地往上跑，眾人只是一怔，便再次催動身上的能量，身形逐漸模糊地，化為一道道的光追了上去。

這一奔一追之間發生得極快，只是一轉念之間，整個地下室便突然恢復了靜寂，很難想像只在數秒前還是滿室的能量交戰，激烈萬分。

肅千鉞愣了一下，豎耳聆聽上方動靜，卻發現完全靜寂了下來。空間中，只剩下畢缽羅樹偶爾移動機件的聲響，彷彿什麼事都沒有發生過。

老人小心翼翼地走上階梯，一層一層地走，一邊傾聽是不是有什麼聲響，但是整個空間中依然寂靜無聲。走到了地下一層，從佛像的身後走了出來，卻發現在通道上癱著一個身體，動也不動，那便是那個大學生威廉。

方才他被時光戰警的強大力量撞飛，整個人頭部著地，肅千鉞走過去看了一眼，心中便不住地搖頭。他是武學高人，對於人體的傷、病、結構極爲清楚，此時他只看了一眼，便看見威廉的頭上一個很大的撕裂傷，正在流著血。

一陣輕輕的衣衫摩擦聲音，輕巧地出現在長廊中的，是肅千鉞的孫女肅玄青。她看見威廉躺在地上，眉頭微皺，似是想到了什麼難解的事。

肅千鉞這個當鋪的建造，是以古代少林寺的建寺概念完成的。地面上砌的是尺半見方的青磚石，堅硬非常，剛剛威廉被時光戰警猛力一撞，整個人在空中飛了半圈，落地時頭部著地，頭蓋骨吃下所有的撞擊力道，立刻把腦袋摔破了。

這「腦袋摔破了」可不是文學上的形容辭，而是這一摔把威廉的頭顱真的摔破了，肅千鉞只是目測了一下，心中不禁暗叫不好，因爲在威廉的腦袋旁那個撕裂傷中間，紅色的血還算好，但是在血色中卻透著一些白色痕跡，看著看著，肅千鉞仍然只能不住搖頭。

肅玄青盤著手，凝視著威廉的傷勢，不住地輕輕搖頭。

「很嚴重，怎麼會摔成這樣？」

「那個白白的東西是腦漿吧？」肅千鉞問道。「他這一摔不只摔破了頭，連腦漿也摔了出來。」

「這樣嚴重的傷，只有送到大型的腦科醫院才有一線生機，要在我們這樣的私人住宅中處理，是不可能的事。」肅玄青冷靜地說道，語氣就像是個專業的腦科醫生。「但就算是送到醫院，也有九成的機會死亡，很難救……」

肅千鉞一探威廉的頸部，可喜的是仍然沒有失去心跳和脈搏，但是以他對外傷的理解，這年輕人的小命大概是救不回來了……

「啊……好嚴重的傷啊……」突然之間，肅千鉞的身後響起了一個蒼老的聲音，他此刻為了觀察威廉的傷勢，身體是背對當鋪大門的，因此沒有察覺有人走了進來。「他的腦漿爆出來了，是不是？」

說話的是雷葛新，此時他的肉體身分是一個年老的流浪漢，只見他神情輕鬆，彷彿從來沒有經過剛才那一場惡戰。

肅千鉞和肅玄青都瞪大眼睛看他，張大嘴巴，但肅千鉞的表情是驚訝，肅玄青的表情卻是好奇。

「喲，小姑娘又出現了呢，」雷葛新輕鬆地笑笑，又伸手拍拍老人肅千鉞的肩，也俯身下去看看威廉的傷勢。「唉！這傷真的好嚴重呢，也許會有生命危險。」

「他……他們呢？那些圍捕你的時光警察呢？」肅千鉞有些結巴地問道。

「他們？」雷葛新大笑。「正在忙著打架呢！我跟他們打了一場，眼看快要打不過他們了，於是有人跟我說，要不把他們引去跟另一群傢伙打，這樣還會省力點。」

肅千鉞直覺地看了一眼當鋪門外，猛然想起一件事，露出恍然大悟的表情。「是他們！是那些站在我大門外監視的摩侯羅迦眾！」

「是啊！」雷葛新哈哈一笑。「我在想，既然門外那些傢伙都不是人類，也有能量作戰的能力，如果我把時光戰警引出去和他們直接對戰，說不定可以順便逃掉，不被他們抓到。

「但是萬萬沒想到，這些摩侯羅迦眾居然是時光戰警們的剋星，他們不曉得什麼原因，特別能和時光戰警們纏鬥，而且數量上又比時光戰警多，看見時光戰警們跟著我出來，我又跟摩侯羅迦眾說『我帶朋友來幹掉你們囉！』，於是他們二話不說就打起來了。」

「那……你就不走了嗎？」肅千鉞露出期盼的神情。「你會留在這裡嗎？」但是他一轉眼，看見肅玄青也露出了期待的神情，整張老臉又陰沉了下來。「不，我的意思是說，您什麼時候要走？」

雷葛新看了他一眼，發現這老人和這少女之間似乎有著什麼讓人覺得耐人尋味之處，但是因爲肅千鉞那種拒人於千里之外的神情，也就不想深究了。

「我得快點走了，」雷葛新搖搖頭。「雖然摩侯羅迦眾可以纏住時光戰警，但是總不會永遠都把他們纏住，時光戰警如果還有援軍來，那就不知道誰輸誰贏了。我之所以回來，是想想還有一點時間，來跟你道個別，謝謝你告訴我那麼多關於達摩、少林和你師門的事。但是……這小子這樣，也是個問題……」

只聽見空間之中，牛頓的聲音又再次傳來。「這小子的事，可以用『界法』的釘子試試看。」

「界法？」果然，肅千鉞一聽之下，整個人又像是要昏倒似的。「要用界法？但是我完全沒有做過，也沒有完整的配套訊息啊！」

但是聽到「界法」二字，那少女肅玄青卻是完全不同的反應，她的眼神露出興奮的光采，似乎聽到了世界上最有趣的事。

「界法！這可能真的能把他救活！」肅玄青興奮地雙掌一拍。「這總比讓他等死好吧？看他這個狀況，就算送去醫院也可能救不回來了，不如就死驢當作活馬醫地試試。」

肅千鉞愣愣地看著威廉頭破血流的樣子，腦海中出現了許多從小到大，師父和長輩們對他說過的，關於「界法」的事，他在當鋪走廊的微光了思索良久，從外頭映入的光影開始西斜，他發呆了良久，這才深深地長嘆了口氣。

「好吧！那麼……」老人直覺地開口想要跟雷葛新說些什麼，但是一轉頭才發現那個蒼老的流浪漢身影不曉得什麼時候已經消失在長廊裡。

沉靜的陰暗空間裡，這時候靜靜地站著老人肅千鉞，少女肅玄青，以及躺在地上垂危的大學生威廉。

按照往常的模式，雷葛新和牛頓轉移時空的時候，只是靈魂和意識的轉移，所用的身體因爲是實質的肉體，會留在當時的時空裡。但是這一次肅千鉞卻只是發現雷葛新已然消失，而不是倒臥在他眼前的流浪漢身體。

因爲，雷葛新和牛頓的確是用走的方式離開的。

在肅千鉞陷入沉思的時候，雷葛新和牛頓不想吵他，於是便悄然地從後門離去。離去的時候，肅玄青彷彿想要跟雷葛新說些什麼，但是想了想，卻又忍住。

從當鋪昏暗的長廊步入門外的波士頓大街，遙望隔著一條街的地方，光影仍然交錯飛舞，顯見時光戰警和摩侯羅迦眾仍然打得不可開交。

「打得好精彩啊……」雷葛新苦笑。「但我真的很不想離開這個時空，好像有很多很有趣的事還是沒有解開謎底。」

牛頓「哼」的一聲，沒好氣地說。「天地宇宙萬物，萬千平行世界，有那麼多奇怪奇妙的事，如果真的都要深究，都要解謎，你會很痛苦的。」

「這樣說也沒錯。」雷葛新笑道。「不過，我還真想留下來看看肅千鉞是不是能把威廉救活。」

「不過現實就是，你不能留下來，而且時光戰警隨時都有可能撲過來，」牛頓的聲音又開始平穩沉靜下來。「你是沒有辦法留下來啦，但是威廉是不是能被救活，我倒是能告訴你答案。」

「什麼答案？」

「答案就是，能。他會存活下來，」牛頓簡潔地說。「而且『界法』最後在他身上發揮了作用，讓他幹出了影響後人幾個世紀的大事來。」

「啊？」雷葛新奇道。「為什麼你能知道？」

牛頓在他耳旁說了幾句話，雷葛新恍然大悟，哈哈大笑，笑聲遠遠地傳出去，傳得好遠好遠。然後笑聲戛然而止。

春風，在一九七四年的波士頓大街上吹啊吹的，不知人間的歡樂憂愁，也不理人間的悲歡離合，中國城當鋪裡發生的奇事，因為沒有什麼人知道，所以很快就不再有人記得。

第二年，一個本名威廉・亨利・（比爾）・蓋茲的不起眼青年，創立了一家名為微軟的公司，看似一個電腦書呆子的他，卻是史上最強大的商業奇才。從此之後的四十年，整個世界的電腦空間都有這家公司的身影，人類對於電腦的依賴，也在這家公司的影響下達到了頂點。

只是從來沒有人見過比爾・蓋茲的腦部斷層掃瞄，沒有人知道他的腦袋上有六個微微凸起的傷疤。也沒有人知道為什麼，比爾・蓋茲總會在每天早春的時分消失幾天，出現在波士頓的中國城，過後回到電腦的世界，每年都會發表出各種撼動世界的成就。

而雷葛新和牛頓抵達的下一個世界，是一個和他們的認知完全相反的世界。

他們抵達的是一個「巫術世界」。

第14章

巫術世界

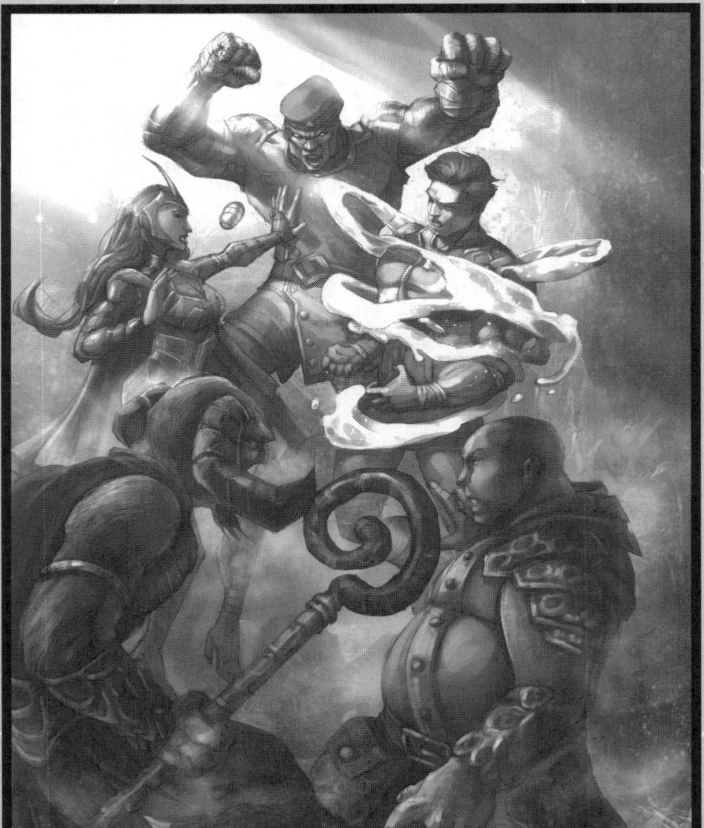

「人類文明的發展，一直都和巫術的力量息息相關。」圖靈在眾目睽睽的注視下，聲音有點發顫。他有點無助地看了看雷葛新，卻看見名動天下的博士眼露讚許神色，點點頭。「在遠古時代，人類早已認知天地之間存在著強大的未知力量，基本上，一部文明的演化史，就是人類對巫術世界探索的發展史。」

蔚藍的天，嘈雜的人聲，像水波中的漩渦由四面八方聚攏過來。

雷葛新發現自己正仰躺在一個大廣場，睜開雙眼，幾個人以好奇的關懷眼神看著他。

「來了！來了！」人群中有人大聲喊叫。

雷葛新覺得身子半邊灼熱，想掙扎坐起身來，卻有一隻溫暖的大手按住他的肩膀。

「別動，我來幫你治好。」仰望晴空的角度中，一張溫和的老人面龐出現在眼前，溫言阻止雷葛新坐起。

老人取出一張黃色紙條，微一凝神，紙條便在指尖起火燃燒，火焰中透現出美麗的藍光，化為穩定溫和的波紋，凝聚成一束，在雷葛新的身上略作游移，便鑽進他的左胸。

老人的臉上流下汗珠，雙掌似實若虛地操控藍光走向。隨著波紋進入體內，雷葛新陡然覺得灼熱感消失，全身清明舒泰。

「牛頓……」他偷偷地低聲呼叫牛頓，想確定牛頓也在場經歷這種奇特的治療方式。

牛頓回答了，但是聲音極度遙遠，模糊得連內容都聽不清楚。

「我聽不到……」雷葛新將聲量提高一點，卻被老人所覺。手上微一使勁，示意他不要亂動。

那道鑽入雷葛新胸內的藍光逐漸轉紅，最後，那名老人長喝一聲，打了幾個劇烈的手勢，將光芒收回。人群中爆出一陣低低的喝采聲。一個較年輕的聲音由遠而近，語調中透現出惶急的情緒。

「沒事吧！醫公？」那年輕的聲音詢問。「鬍百教授沒事吧？」

老人醫公扶著雷葛新坐起，笑著點點頭。

「沒事了，您教授得的乃是心竅之疾，的確可能令人失去生命，但是因為恰好我在左近，現在已經沒事了。」

牛頓這時在雷葛新的耳旁說了聲什麼，但是聲量仍然極為微弱，沒能聽得清楚。那個年輕聲音是個胖胖的男人，此刻他一頭大汗，氣喘吁吁，彷彿已經奔跑很長一段時間。老人醫公微一頷首，做出一個奇特的手勢，閉上眼睛。

在雷葛新的眼前，老人的身形逐漸轉淡，化為透明，溶入空氣，最後終於消失不見。

雷葛新張口結舌，眼睛瞪得老大。

「牛……牛頓……」他結結巴巴地說道：「他……」

廣場上原先圍觀的人群逐漸散開，老人在眾目睽睽下化為透明消失，完全沒有引起任何人的詫異神情，彷彿那是件再正常不過的事。在散去的人群中，一個高瘦女子雙臂迴旋，身形一矮，居然整個人生生沒入廣場堅硬的混凝土地之中，不留一點痕跡。

更遠處幾個十六七歲學生模樣的孩子嘻嘻哈哈地互相推擠，卸下肩上的書包跨坐上去，幾個人整齊一致地緩緩升空，飛往遠處的天邊，像是騎著掃把的女巫，人去得遠了，還依稀傳來嘻笑的聲音。

雷葛新被眼前的奇特景象驚得愣住，渾然不覺身邊那個胖胖的男人詫異的眼神。看見老人化為透明那一剎那間，雷葛新還以為老人是核酸警隊的轉態人之一，直覺就想脫離這個時空奔逃。

牛頓的聲音這時突地從模糊轉爲清晰。

「別緊張！不是核酸警隊！」他在雷葛新的耳邊沈穩地說道：「看看你的後面。」

雷葛新在這個新時空的早晨陽光下緩緩轉頭，脖子像陳年重機械一樣的遲滯僵硬。身後傳來衣袂破空的聲音，一個寬衣大袖的胖女人正振臂升空，張開的衣袖像一隻大鳥，舒適地在天空遨翔。

雷葛新愣愣地在偌大的廣場上仰望天空。是早晨，天空蔚藍，而天上卻忙忙碌碌地飄滿了神色不同，衣飾各異的人們，來來去去地在天空飛翔。有的只是單純的振臂而飛，有的足跨不同的器物，有的則騎乘在醜怪的動物身上，像二十四世紀的上下班人潮般地幾乎佈滿整個天空。

「凌空術、隱身術、土遁術、馭獸大法……」牛頓的聲調掩不住興奮。「這都是古代『玄學通史』上記載的法術項目，但是…不可能……，這些應該都只是傳說啊！」

但是，眼前所見的一切，卻是實實在在的景象，就連雷葛新身旁的胖胖男人也使出令人難人置信的奇異法術。他以雙掌圈出一個虛圓，在虛圓中，平白出現一條冰涼的毛巾，捧在手上，畢恭畢敬地送上雷葛新的跟前。

「教授，您擦擦臉。」那胖胖男人神色恭謹地說道：「博物館的人已經將場地打理完畢，弟子圖靈是來請您前去的。」

「變出毛巾這招叫無中生有術，或稱五鬼搬運大法。」牛頓在雷葛新耳際悄悄說道。

原來，雷葛新此刻附體的人在廣場上發作了心肌梗塞，湊巧爲路過的老人醫公所救。胖胖男人的名字叫做圖靈，身分是這個時空中一家博物館的研究員。雷葛新此刻的身分則是個名叫翳百教授的中年學問家，應邀前往演講。但是，這個充滿神秘行為的時空又是什麼樣的地方呢？

在去博物館的路上，牛頓很難得地沒有脫離雷葛新身旁前去調查相關資料，只是在他的身旁不住地觀察。

「沒有任何機械文明的特徵，器材的使用也很少，」牛頓最後下了個雷葛新前所未聞的定論。「這絕對是個我們毫無概念的時空，簡單來說，這是個『巫術世界』！」

他並且在進入博物館之前，悄悄交代了雷葛新一些事情。

博物館研究員圖靈此刻也心情緊張，止不住強烈的興奮之情。翳百教授是當代最負盛名的大學問家，脾氣極為古怪，這次他肯前來博物館受訪是館方費盡心血才達成的目標。圖靈自己事先便已經將相關的資料背誦了千百次，生怕在大學問家前一個不慎出了紕漏。

走進城內規模最大的「玄術之館」，在接待廳早有許多社會名流在那兒等待。當博物館的接待員迎進當世的大學問家翳百教授時，眾人響起一陣熱切的掌聲。

掌聲中，中等個子的翳百教授臉上微有茫然神色，附在接待員圖靈的耳際，低聲說了幾句話。胖胖的圖靈面露驚疑神色，連忙搖頭擺手。翳百教授又低聲說了幾句話，圖靈仍然一臉的懷疑，最後，才勉強點頭。在眾人微帶訝異的注視中，翳百教授站起身來。

「今天，我將採用和以前不同的演講方式，由我的助理研究員圖靈先生全程解釋博物館的精髓所在，」雷葛新故意裝出厚重沈濁的聲調。「至於為什麼要用這種方式，以在座諸位的聰明才智，一定會在演講完畢後領悟出來。」

一眾的社會名流雖然聽不懂教授的論調，仍然紛紛點頭表示同意。由圖靈帶頭，雷葛新扮演的翳百教授尾隨在後，逐一參觀新落成的「玄術之館」。

第一個展示館，顯示的是原始人類部族，巫醫祈靈求雨的場景。

「人類文明的發展，一直都和巫術的力量息息相關。」圖靈在眾目睽睽的注視下，聲音有點發顫。他有點無助地看了看雷葛新，卻看見名動天下的博士眼露讚許神色，點點頭。「在遠古時代，人類早已認知天地之間存在著強大的未知力量，基本上，一部文明的演化史，就是人類對巫術世界探索的發展史。」

一席話下來，聽得眾人紛紛點頭讚同。雷葛新在人群中覺得有點好笑，因為同樣的臺詞，他在二十四世紀的核酸局幾乎每天都要聽上一次，基本上，核酸局的「核酸簡史」講的就是大同小異的事。

在圖靈的祈雨術解說中，舉了個古代中國清朝的一本古書中的故事「孛星女身」，圖靈用了類似投影術的法術，顯現出一個荒謬的故事：一個道士作法將一個女人赤身露體地呈在道壇上，女子陰戶漫出黑雲，緊接著就下了場大雨。

「什麼鬼啊……」雷葛新搖搖頭。「怎麼會有這種怪故事……」但是在他腦海中流露出的資訊，卻明白顯示出這是記載於袁枚「子不語」中的故事。

這時牛頓的聲音又轉為模糊，這已經是來到這個時空的第二次了。雷葛新有點不耐煩地低聲呼喚。

「又怎麼了？」他的聲調略為提高。「怎麼會這樣的？」

「……」牛頓喃喃地說道：「……不會……」

這一分神，就錯過了圖靈的解說，等到雷葛新將注意力轉回來時，已經到了另一個展示館。在場景中，是一幅陰風慘慘的墳場景觀，堆積成山的骷髏，滿山遍野的群眾神色慘然，居中一具高高掛起的絞架，美麗的年輕女人神色堅決，綁在十字架上，旁邊法官模樣的黑衣男人露出森冷笑容，女人腳下正燃起熊熊烈火。

「中世紀時代，異教學說盛行，有一派名為『科學』的邪說理論興起，曾一度擁有極大勢力，該學說主張諸如邏輯、辯證、實驗、推論等迷信。『科學教派』信徒在當時為害人間尤烈，居間也曾發生過將玄術研究人視為『魔女』而予以殺害的荒謬情事。所幸，隨著文明的進步，『科學教派』終於埋藏在歷史的洪流，成了現今江湖術士賴以餬口的騙術。」

圖靈帶領大家走至一座名為「迷信展示館」的場景。古代電學研究人在雷雨中拉著風箏，一個禿頂的智者手持鵝毛筆推算數學，古生物研究者面對化石皺眉沈思。在一旁參觀的社會名流們這時有人苦笑搖頭，彷佛見到了最荒謬可笑的東西。

「推論、實驗、證據。」居中一名貴婦搖頭太息。「這樣荒謬的思考體系，真不曉得什麼樣的愚夫愚婦會去相信？」

為了加強她的說服力，她指著展示館中一組生物進化模式模型嬌聲大笑。「進化？物種演變？同位素計年法？真不曉得什麼樣的漿糊腦子會相信這種論調。」

人群中有幾個同樣的貴婦也同聲附和，彷佛不持同樣的論調就顯得無知似的。

「難道你們沒人聽過邏輯辯證嗎？」雷葛新忍不住說道：「進化論、電學、工業革命……難道你們沒聽過蒸氣機嗎？機械文明呢？電子科技呢？生物科技呢？」

此語一出，眾人都露出驚疑的神色，面面相覷。半晌，有個中年男人突地爆出一聲長笑，在笑聲中向雷葛新走近。

「想不到翳百教授居然如此幽默，」那男人笑道：「世人都說你脾氣古怪，不近人情，我看是錯怪您了……」

雷葛新還要再分辯幾句，卻聽見牛頓的聲音再度清晰，阻止他繼續說下去。

「別再說了，這是個和我們的認知完全相反的世界，」牛頓說道：「對他們的認知來說，你剛剛說的話，就好比在古二十世紀的太空登月計劃中，使用八字算命來決定太空人人選一樣荒謬可笑。我們還是靜觀其變好了。」

果然，隨著胖胖男人圖靈的介紹，這個時空的文明逐漸演進，沒有科技，沒有機械產品，只有一項項施法方式更完善，法力效能更趨完美的巫術。

據說，早期的巫術施法得經由特定的咒文、器物集中人體精神力施法，後來演進爲以巫術力量激發腦部結構的方式，雷葛新也注意到，巫術世界中的人們頭上大多有形貌奇特的突起，牛頓推測，那是經過激化的腦神經原，如果經由正確的使用，的確可以自在役使自然界的力量。也許是這個時空中的人在某一個文明的進程點時，發現了激發人體潛能的術法，就用它更增強了人們使用巫術的能力，也讓整個文明走了個完全不同的方向。

玄學館研究員圖靈其實是一個思路極爲清晰的人，經由他的解說，雷葛新和牛頓也和一眾的觀眾一樣對巫術悠然神往，彷彿進了一座無窮無盡的遊樂場一般，看著巫術世界中的凌空術、隱身術、各種遁法、無中生有術、心靈感應術。兩人時時目瞪口呆，讚嘆不已。圖靈的解說已然完畢，臉上也流了滿頭的大汗。社會名流們由他領著走進另一座大廳，在廳中有場盛大的歡迎會，歡迎前來演說的翳百教授。

可是，不知從什麼時候開始，翳百教授已經在人群中消失了蹤影。

走出博物館的大門，雷葛新眼中映入燦爛的陽光，總算有點回到現實世界的感覺。

「怎麼會有這樣的怪時空呢？」雷葛新忍不住問牛頓。「怎會有人完全感受不到科學文明的好處呢？」

「積非成是，習以爲常。對不瞭解的事物排斥或否定本就是人類的本性。」

雷葛新還想問些什麼，卻看見遠方天空有些什麼東西出現。他遙望藍天，白雲的形狀明顯，有幾個似人似飛鳥的生物在那兒飛翔。但是，吸引他注意力的卻不是那些奇特的生物，而是隱隱浮現其中的一幅景象。

「牛頓，我看見了一幅奇怪的影像。在天空，有點不清楚，是你的互動VR作用嗎？」

「不是。」牛頓簡短地說道。

「怪了，」雷葛新納悶道：「你要不要用互動視覺看一下那是什麼？」

牛頓沈默。

「有件事我想我要告訴你，雷葛新，」牛頓道：「我想，我們這次穿梭時空出了毛病了，這是我一直在擔心的事，也希望它永不要發生，但是恐怕已經出現了。」

「我覺得還好啊！什麼樣的毛病？」雷葛新問道。

牛頓沈默了一下，彷彿在想著如何措詞。

「你現在的能力和知識大多來自核酸，但是時光轉移時產生的衝擊增加核酸變異的可能性，每一次轉移都得冒一次危險，」牛頓說道：「但是我們卻別無選擇。一旦核酸警隊出現，我們還是要逃，還是只能使用時光轉移。而我這次就產生了變異。」

「什麼樣的變異？」

「方才有一陣子，你是不是聽不到我的聲音？」

「嗯！」雷葛新點點頭，開始意識到這個現象可能潛在的嚴重性。

「我已經感覺到和你聯結的力場出現鬆脫的現象，當然現在還不會出現任何問題，只是有時聲音變得模糊。但是，我希望你隨時有心理準備，因爲，也許有一天我會從此消逝在你的身邊。」

「沒那麼嚴重吧？」雷葛新勉強笑道。

「還有，你看到了什麼影像？」

「現在看得更清楚了，看起來像是一張照片，」雷葛新很仔細地向牛頓形容，因爲他發現兩人的確已經無法做視覺的互動。「一個長堤之上，時間可能是黃昏，有夕陽，一個短頭髮的女人背著鏡頭站在那兒。」

「你……」牛頓沉吟良久，問道：「以前從來沒有見過這個影像？」

「沒有。」雷葛新說道：「但是總覺得這個影像和一個很重要的記憶聯結在一起。

可是，我肯定從未見過這一幅影像……」

這時候，在博物館的大門口有一個人賊兮兮地往雷葛新的方向張望。是那個方才解說巫術世界文明歷史的胖胖男人圖靈。

一開始，雷葛新並沒去理會他。圖靈從大門口走過來，手上做出幾個大約也是巫術的手勢，像雷葛新一樣的低聲喃喃說話。雷葛新有點詫異地看著他自言自語的動作，耳際，卻聽見牛頓清楚地開口說話。

「你聽得見我的聲音？」牛頓的聲音掩不住驚訝，但是顯然說話的對象不是雷葛新。這在從前是完全不曾發生過的情形，顯然，在這個無奇不有的巫術世界，又出現了令人驚訝的現象。

「你知道他不是那個騶百教授？」牛頓持續地追問他的談話對象。「你是誰？不不不，你先告訴我你是誰？」

耳際是牛頓和人急促交談的聲音，眼前則有胖胖的圖靈喃喃自語，緩步走過來。

「他是雷葛新，我叫牛頓。」雷葛新在耳際聽見牛頓這樣說道。圖靈低頭凝神了一會，臉上露出訝異神色。

「你真的不是騶百教授？」他驚訝地說道：「你的名字，叫做雷葛新？」

雷葛新愣了愣，不曉得牛頓在虛空中和什麼樣的對象交談。也不曉得爲什麼圖靈會得知他的真正身分。

牛頓知道他的困惑，悠然地告訴他整個事件的原委。

原來，在巫術世界中的人們普遍具有和靈界溝通的能力，而且陰陽兩個世界的種族有時還是交往密切的好友。和牛頓交談的是一個女靈，名叫金色曉釘，是一個從未存在人間的靈體。金色曉釘在另一個空間看出佔據翳百教授的靈魂已不再是教授本人，她也「看」到了牛頓的存在，才通知了圖靈，讓圖靈有機會和雷葛新交談。

「我想，教授大概在心竅之疾發作時就過世了。」圖靈說道。在巫術世界中，「心竅之疾」大約就是雷葛新認知中的心肌梗塞。「但是，你們是怎樣進到教授身體內的呢？」

原來，在巫術世界中早已破解人間與靈界的相互關聯。金色曉釘所屬的靈界和人類靈魂其實是完全不同的兩個族類。人類靈魂離開人體後並不會進入靈界，而只是在人間游離，直到訊息消失。

在雷葛新所在的二十四世紀科技中，人類已經找出將靈魂保存的方式，但是和靈界並沒有溝通的先例。基本上，兩個世界都同意所謂的鬼魂之說，其實只是調皮的靈界成員假借人形做出的惡作劇罷了。

牛頓向圖靈的靈界朋友金色曉釘約略解釋了自己和雷葛新的來處。圖靈經由金色曉釘的轉述也得知了原委，像是個小孩般的充滿好奇。

「我們在巫術的幫助下的確找到過其他世界的力量，就像曉釘這樣的種族，但是像你們這樣的旅行者則完全沒接觸過。」圖靈這樣說道。

雷葛新隨著圖靈回到他的住處，圖靈表示自己還有另外幾個好友對這類型的議題也極有興趣，便發動千里溝通術通知他們前來。

天黑之前，圖靈的朋友們紛紛出現在他暫租的小小斗室。來人的形貌也令雷葛新和牛頓嘆為觀止。

一個長得活脫像隻公羊，卻口吐斯文人言的名叫符揚清，據說是古時魔羊族的後裔，而另一個膚色近似透明的女孩，是個來自深山溪流的水精，有個秀氣的名字叫做路小仙。

根據圖靈的解釋，在巫術世界中，人類早已發現自己並不是空間中唯一的智慧生物，和山精、水怪間的交流早在文明萌芽初期就已經開始。圖靈本人是無中生有術的高手，外貌粗魯的公羊人符揚清卻擅長天眼通一類的法術，經由他的幫助，靈界女孩金色曉釘的形象得以出現在雷葛新的面前，有趣的是，在雷葛新的眼中，金色曉釘眉目卻極為酷似二十四世紀的虛擬美女歌手紫紅詩玲，只是色彩看起來有點淡，似乎對焦沒有對好。

「因為在你的潛意識中，金色曉釘就是這個樣子，」符揚清如此解釋著，一邊將色彩稍淡的女孩形像轉濃。「好了，這樣應該沒有問題。」

而水精路小仙卻對移魂術情有獨鍾，對這門法術的能力也最強。雷葛新穿梭時空的故事她聽得極為出神。雷葛新將自己的時空旅程約略敘述了一下，也提了牛頓所說的網狀時間理論。

符揚清對牛頓的力場施術，將牛頓的思考波轉為聲波，讓在場諸人都能聽見牛頓的聲音。只是，牛頓力場轉弱的情形依然沒有好轉，聲音依然時大時小。當牛頓詳細解說時光學者魯一樸的網狀時間論時，水精路小仙忍不住「啊」了一聲。

面對眾人微感詫異的詢問眼光，清麗的水精笑了。

「只是突然間想起在巫術大學中一些個案罷了。」她說道：「在歷史上，研究離魂術的例子中有一個很有名的現象，我們通稱爲『行屍走肉現象』。這種例子發生的機會不算多，但是卻一直令人感到百思不解。」

「我也聽過這種『行屍走肉現象』的個案。」圖靈點點頭。「基本上，離魂術到了極深的境界，有些施術者的靈魂就回不來了。通常如果發生這種離魂回不來的情形，可以用他心通之類的法術溝通，但是，就有些例子是連他心通也找不到施術者靈魂所在之地，換句話說，就是他們的思想徹底消失，只剩下軀殼，對不對？」

「可以說對，也可以說不對。」路小仙說道：「在這種意外發生的時候，的確連他心通也無法和本人溝通。但是，在研究的過程裡，卻有人曾經藉由圓光術一類的感應方式傳回訊息。只是，傳回來的訊息影像太過匪夷所思，所以，一般正式的研究機構並不承認這種影像。」她凝神想了一下，繼續說道：「八十年前，離魂術大師白羚先生離魂後與機構失去聯絡，可是，擅長圓光顯像術的研究人卻時時收到令人不解的影像。」

「什麼影像？」符揚清晃晃他的大角，很有興味地問道。

「天空中，飛過鐵灰的鐵製大鳥，大鳥伸出黑輪著地，腹中卻走出擁擠的人群。」

除了雷葛新和牛頓之外，眾人發出不以爲然的嗤聲。

「哪有這種事？」胖胖的圖靈嗤之以鼻。「一定是搞錯了。」

「還有，也有人傳回來某種奇特的景象。偌大的顯像光幕，有點像是圓光術，卻有上千名男女聚精會神看著那片光幕，露出狂笑表情。」

「這更是不合常理了，」圖靈搖搖頭，不以爲然地發笑道：「圓光術是人人皆知的基本術法，根本就用不著盯著什麼光幕。而且，到哪裡去找這樣大的一塊光幕？我長到這麼大，還沒聽過有什麼場合會有上千人聚在一起狂笑的場面，也根本無法想像。」

「所以，這些訊息通常不會留爲正式紀錄，會被當成是施術心神不集中產生的幻覺。」路小仙說道：「但是，今天聽了牛頓的『網狀時間理論』，我想這其中一定還有什麼我們沒看透的關鍵在。」

一直沈默沒吭聲的金色曉釘這時打破了沈寂。

「以一個靈界的族類身分來說，我有強烈的感覺，」她靜靜地說道：「這些離魂術出了紕漏的人，說不定就是進了這種平行世界的時空。」

雷葛新點點頭。

「我想，也許對你們來說，方才路小仙提出的鐵鳥、光幕景象非常難以接受，但是，我很肯定的告訴你們，那些東西在我來的世界中，卻是再平常不過的東西。」

「我想，即使我們瞭解了時光的真正結構，但是它仍是個可以讓人鑽研千百年的謎。」牛頓的聲音忽遠忽近，有時更會微弱得幾乎聽不清楚。「雖然每個世界都是平行，永不相交的，可是卻有許多的例子證明，來自其他世界的資訊，常常會無聲無息地流至另一個世界。」

「舉個例子來說，歷史上所謂的先知、神仙很可能就是時光旅行者，來自別的世界，所以人們對他們的行徑無法瞭解。夢境，莊周夢蝶，前世今生也可能是在時光之流分歧點夾縫中出現的變異產物。就像我們的時空中那首『雷葛新之歌』，到目前我和雷葛新的時光之旅已經應驗了那首歌的大部分。」

「這樣也不對，」胖胖的圖靈雖然對邏輯一無所知，思路卻非常縝密。「雷葛新的名字其實只是他的父親照這首歌取的，可是，照理說寫這首歌的時候早就該有過一個叫雷葛新的人，如果真有穿梭時空三千年的旅程，這趟時光之旅應該早已發生過。」

「所以我們才說，這是另一個千古之謎，」牛頓說道：「就像一個周而復始的循環，他因這首歌而命名，可是也許未來又會有一首歌因爲雷葛新的事蹟而成型。」

「還有你那個常出現的影像也許也是這樣的訊息，」牛頓喃喃地唸著「長堤，夕陽，短髮女子」，這樣微弱地對雷葛新說道：「也許會在你的未來發生，但在其他世界已經是過去。」

符揚清以雙掌做出繁複的手勢，將那張相片隱約顯現眾人面前。

「這種現象，」牛頓最後這樣說道：「在古代中國有一個很貼切的說法，叫做『宿命』。」

巫術世界的一眾年輕人互相交換了個眼神，紛紛頷首。

「我們的世界裡，也有這樣的說法，」金色曉釘幽幽地說道：「緣深緣淺，宿命天定。」

除了這幾位形貌特殊的異族年輕人之外，另外幾個年輕人則是一般的人類長相，看著雷葛新和金色曉釘等人聊得很開心，卻一個個抱著雙臂，雖然仔細聆聽他們的對話，並沒有什麼發言。

這幾個人雖然沉默不發一言，但是個個有著敏銳的眼神，長相不能算是美麗俊俏，但卻都有著不太一樣的氣質，眼神中似乎閃亮著熊熊的光芒。

個頭很高，眼睛細長的長髮男生自我介紹說是叫史蒂夫。

眼神靈活不定，口袋裡一枝沾水筆墨水染上了口袋卻不以爲意的叫湯瑪士。

一個身量高大，臉蛋卻像鷹隼一樣精明銳利的女生，有個很長的名字，叫瑪莉斯克洛度甫斯卡。

另一個年紀大一點，一頭黑色捲髮膨鬆展開的男生，說叫他亞博特就行。

最後一個，是一個戴眼鏡，直髮的高壯男生，叫霍金。

這幾位年輕人似乎和圖靈很熟，介紹的時候也都是圖靈在中間說話，打破沉默冷掉的場面。而且牛頓告訴雷葛新，說這幾個年輕人的巫術能力比起圖靈還要更弱，是以這幾個人沒有一個能夠像圖靈那樣，察知牛頓的存在。

雷葛新很微妙地發現，圖靈其實並不想讓這幾個人得知他的真實身分，或是牛頓的存在，也許他有他的用意，因此雷葛新也就不說破了。

此後的幾天裡，雷葛新和牛頓在巫術世界盡情地觀察，每天都有令人目瞪口呆的有趣發現，也從逐漸深入的觀察中發現，雖然這是一個和已知世界完全相反的玄學世界，但是在社會上發生的問題，卻也和科技社會沒什麼兩樣。比方說，包含圖靈在內的幾個年輕人擅長的法術都不是社會上需要的熱門法術，以至於在社會上的地位也並不高，生活頗爲窘困。

「我知道理想不能當飯吃，」圖靈很樂天地說道：「但是要我違背自己的興趣，去研究熱門的法術，這我可不幹！」

圖靈說這話的時候，其實正在吃一顆蘋果，便是這個動作，讓雷葛新陡地想到一件事，眼睛睜得老大。

這個名字。這個吃蘋果的動作……

「牛……牛頓，」他悄悄地說道：「我突然發現了一件事。」

「你現在才發現嗎？」牛頓的聲音有著促狹的味道：「不只是他，另外還有好幾個，只是不曉得爲什麼，會同時出現在這裡。」

雷葛新啓動了思緒中的核酸訊息，在一部名爲「古代科學家」的百科全書中找到了關於圖靈的記載，在這以前，他只知道圖靈和電子計算機的發展有很深的關係，以及他很有名的「毒蘋果事件」，但是翻動了百科全書之後，才知道了更深的訊息。

「圖靈……」雷葛新饒有深意地看著他，示意讓他坐下。「我有些話告訴你，聽聽看，告訴我這些話對你來說，有沒有什麼特殊的意義。」

圖靈有些不安地帶著笑，乖乖地坐下。他想說些什麼來解開現在這種有點古怪的氣氛，但是卻一時想不出來要說什麼。

「機械有智慧嗎？你可以做出有智慧能力的機械嗎？」雷葛新笑著說道：「你會不會用演算法來證明你的圖靈機是否會停機？還有我可以告訴你，Entscheidungsproblem是沒有答案的……」

此刻雷葛新說出來的話，連自己也不太懂是什麼意思，這只是在「古代科學家」中記載的內容，列在「圖靈傳記」中，他只是照著其中幾句唸了出來。

但是言者無心，聽者有意，這樣簡單幾句話，聽在圖靈耳中卻比最震撼的巨雷還要響亮，彷彿在腦袋裡「轟」的一聲巨響，整個人腦袋變得空白。雷葛新只看見他猛然一震，臉上刷的一下變得慘白，動作之大，居然讓這個年輕人從椅子上摔了下來。

雷葛新連忙過去扶他，只見圖靈的臉上從煞白瞬間轉爲通紅，那一刹那間的轉變讓人擔心他會不會在這個時候中風了。

「你……你是撒旦，你是不是撒旦？」圖靈的眼神驚疑不定，死命地盯著雷葛新。「沒有人會知道我在做的事，我用了多層的掩蓋術藏起來的東西，沒有人會知道的，你怎麼會知道？」

「這個說起來就話長了，」雷葛新嘆了口氣。「所以，我說的這些東西是對你有意義的？」

「當然，當然！」圖靈手忙腳亂地把椅子扶好，坐了下來。「但是因爲我研究的這些東西是絕對違法的，所以我們把它當成最嚴重最嚴重的秘密，絕對不讓外人知道。」說著說著，他猛然一震，張大了嘴巴。「所以，您剛剛說，Entscheidungsproblem是沒有答案的，是嗎？」

「我看到的記載是這樣說的。」雷葛新點點頭。

圖靈想了一下，在手上劃了好久，這才像是解開了一個世上最難的難題一般，整個人軟癱在椅子上。「我早知道，我早就知道它是沒有答案的，但是要證明出來，我想還要花上我好幾年。但是現在知道結果了，我想證明它的速度會加快很多。」

雷葛新看著他專心思索的表情，又看看他放在桌上那顆咬了一口的蘋果，突然間心中有點激動，忍不住便說。「有件事我要告訴你。不，是有件事我要你答應做到。」

圖靈微微一怔，停止了手上的動作。「您請說。」

「我要告訴你，不論你喜歡的是什麼人，你都要勇敢堅持下去。」雷葛新堅定地一字一字說道：「喜歡男人，並不是什麼錯事，就算有人再怎麼迫害你，都不能喪失了生命的希望！」

在二十世紀的傳記中記載，圖靈是不世出的電腦天才，是後世電腦學的重要啓發者之一。但是他一生卻極爲悲慘，因爲同性戀的傾向飽受古英吉利政府的迫害，最後更是以吃下毒蘋果的方式結束了生命。

這幾句話說出口，圖靈更是激動不已。他本來就是個情感極爲豐沛之人，短短幾句話裡被雷葛新道出他人生中最深最壓抑的兩個領域，遮蓋日久的陰暗處突地被掀開，陡然之間，讓他放聲大哭起來。

圖靈涕淚滂沱地哭了好一會，情緒這才逐漸回復回來，他抱著頭想了好久，最後終於抬頭，對雷葛新大聲說道。

「我知道了！我決定了！現在請讓我帶你去一個地方。」

圖靈領著雷葛新走出大學的研究室，在校園裡繞個幾個地方。這巫術世界和一般世界不同的是，因爲能量與力場的不同，是以常常在某個不起眼的角落出現空間通道，可以轉移到另一個地方，有的入口看起來只是個不起眼的牆壁，但是看圖靈隨意張開雙手做個法術手勢，就能夠開啓一個通道。

「不合理啊……」牛頓跟著雷葛新，聲音幽然，似遠似近。這是他在這個空間常出現的狀況，顯然也跟力場異常有關。「這些現象和我們所知的物理性完全不符合啊，爲什麼他們能夠這樣輕易地就打破空間的制約呢？」

跟雷葛新的個性比起來，牛頓更像是個一板一眼的科學家，遇到了理論上的事更是堅持，只聽見他在身後不住地「啊」、「咦」、「怎麼會這樣？」，雷葛新忍不住偷偷地笑了，也懶得理他。

圖靈領著雷葛新走過五六個轉移通道，最後來到一棟小小的古代歐式小樓，走進小樓，雷葛新發現這是一棟沒人居住的廢棄房舍，裡面佈滿了灰塵，傢俱雖然還不至於殘破，但卻不是覆上塵埃堆積的布，就是在那裡卡上厚厚的塵。

在小樓的樓梯下有個三角型的空間，圖靈取出一把鑰匙，將那空間的一道門打開，裡面是一排階梯，隨著他走下去，便看到一個地下室。

在地下室裡，像是個研究室一般地，在牆壁旁排著幾張桌子，讓出空間中央的一個空間。在地下室裡有幾個人，這時候看見圖靈帶著雷葛新下來，不約而同露出了驚訝又憤怒的表情。

「圖靈！你在搞什麼？」大聲叫嚷的是那個長髮男子史蒂夫，他重重一拍桌子，把桌上的幾個小零件震得四處飛散，然後一躍起身，怒氣沖沖地走過來。

圖靈急忙走過去，插身在雷葛新和史蒂夫中間，一邊握著史蒂夫的手，拍著他的胸口，一邊好聲安慰。「沒事，沒事，小史，他不會對我們不利的。」

雷葛新沒理會史蒂夫的不友善態度，只是悠然地看著這個地下室。幾張緊靠牆壁的桌子前，這時幾位前幾天見過的年輕人愣愣地看著他，臉上的表情陰晴不定。

臉上佈滿尖銳線條的鷹臉女子瑪莉緊閉著雙唇，盯著雷葛新看；一頭鬈髮的笑嘻嘻男生亞博特神情較爲輕鬆，彷彿是看好戲地捧著雙手，呵呵一笑；戴眼鏡的高大男生霍金只是漠然地回頭看了雷葛新等人一眼，便彷彿失去了興趣地轉過頭去繼續忙他的事；最遠的桌子上，則是趴著一個熟睡的男子，他似乎睡得很香，這一陣吵嚷也沒能把他吵醒。

身邊的圖靈這時一直小聲地對史蒂夫耐心勸說，雙手搭著他的肩膀，說著說著，還不時把頭親暱地輕輕觸著史蒂夫的額頭。

「好嗎？OK了嗎？答應我好好跟他談談，」只聽見他輕聲地勸著史蒂夫，那史蒂夫陰沉的臉總算勉強點點頭。圖靈欣喜地笑笑，轉頭對雷葛新笑道：「可以了，老師，請你跟我們談談您知道的，我們的事。」

一時之間，雷葛新其實不太知道要跟他們談什麼，本來以爲是要談兩人很明顯的親暱互動，「我們的事」，也許是要談他們兩人同性之間的親密，但是這種事向來是很難措詞切入的，正在沉吟之際，卻聽見史蒂夫冷冷地開口了。

「圖靈說，你知道我們在做的事，也知道Entscheidungsproblem，」他的語聲中還是充滿著不信任感。「那我要問問你，我們在做什麼事？你知道了多少我們在做的事？」

「我只知道圖靈一直在研究數學，也一直想做出會思考的機械，」雷葛新抓抓頭。

「至於你……」

看見雷葛新不知道該說什麼，牛頓悄然地提醒他。「問他已經把蘋果計算器做到了什麼樣的程度。」

「蘋果計算器？」雷葛新奇道，突然之間，腦海陡然想通了一件重要的大事。「蘋果電腦？你是說，他是做蘋果電腦的那個……」

雷葛新這番話本來是跟牛頓的對話，但是只是那句「蘋果計算器」就讓史蒂夫圓睜雙眼，像是看到了什麼難以置信的奇詭妖異之事。

一旁的圖靈聽了也是丈二金剛摸不著頭腦。「什麼？什麼『蘋果計算器』，你在做什麼我不知道的東西嗎？」

史蒂夫露出駭然的表情，但是先前的冷漠就這樣完全消失，他推開圖靈，很急切地過來握著雷葛新的手。「你真的知道，你真的知道別人不知道的東西，對不對？這個『蘋果計算器』整個世界只有我知道，連圖靈都還不曉得，您居然會知道？」

他一改先前的倨傲態度，很熱切地拉著雷葛新到他的桌子前方，在那裡有個木箱，木箱中排著幾個木頭軸承、密密麻麻地纏在一起。「這是圖靈叫我幫他做的東西，圖靈一直想要做能夠思考的機械，但是我卻覺得一定有什麼地方可以讓它變得更好用，我一直在想，要怎樣才能讓所有人都能使用它，想破了頭都想不出。」

圖靈靜靜地看著他，伸手幫他整理了一下亂髮。「所以，你要把這個東西叫做『蘋果計算器』，是因爲我喜歡吃蘋果的關係？」

史蒂夫沒理會他，只是用熱切的眼神看著雷葛新。「所以，您知道我可以怎樣改進，讓它能夠成功做出來嗎？」

「他這樣，行嗎？」雷葛新低聲問牛頓。「要怎樣才能做出他要的蘋果電腦？」

「做不出來。」牛頓的回答很肯定。「他們這個時代沒有矽晶科技，沒有微晶片，就沒有辦法做出小型的家用電腦，還是叫他死了這條心吧，除非能夠有人先做出矽晶科技。」

看著史蒂夫熱切期待的神情，雷葛新一時之間還真不曉得該怎樣澆熄他的熱切火焰。看看那個木箱的旁邊，卻是一盆清澈的水，在這個世界待了幾天，雷葛新知道這是使用「圓光術」的道具。

圓光術，是一種能夠將遠方人的影像映入水面的法術，在這個世界是很平常的法術。

「除了研究計算器，你也研究圓光術，是嗎？」雷葛新問道。

「是啊，只是隨便玩玩的小東西，」史蒂夫搖搖頭。「沒什麼用處。」

「哪裡沒什麼用處？」圖靈笑道：「史蒂夫很有創意，他一直想要把我想做的思考機械和圓光術結合起來，而且還發明了幾種別人無法做到的圓光術。」

「沒有用的東西啦，不要拿出來笑壞人家，」史蒂夫沒好氣地說道：「根本沒有用。」

「史蒂夫很厲害的，」圖靈將那個盆子移過來，雷葛新仔細一看，才發現這個盆子上多了幾個不知名的裝置。「他用自己發明的器械，把圓光術能做的事擴展開來，比方說，這樣……」

圖靈把那個盆子裝了水，催動圓光術，便現出了彼方的圖像，此時在水中映出了一個海邊，海灘上有著許多遊客。

「史蒂夫很厲害喔，」圖靈把圓光術映出來的畫面引導出來，用手指輕輕地張開，合起來，就能把畫面變大變小。「別人的圓光術都做不到這樣，可以大小伸縮。」

「大小伸縮有什麼用啊？」史蒂夫扁扁嘴，露出不屑的神情。「我是在請教您，如果我想做『蘋果計算器』，應該怎樣去修正突破？」

但是雷葛新並沒有理他，只是專注地看著圖靈的示範。在放大縮小的圓光術影像中，圖靈伸出手來，在影像中海灘上某個遊客前方寫了個字，那個字居然就留在影像上，而且那位海灘上的遊客居然露出詫異的表情，伸手碰了碰那個字。

「所以，你在這裡寫的字，對方是看得到的？」雷葛新睜大眼睛，好奇地笑了。「所以是可以和他互動的？」

「這只是隨便好玩的，好不好？」史蒂夫無奈地攤著手。「要聯絡溝通，隨便心電感應術就能做到，比寫字還容易。」說著，他有些不耐煩地問道：「您到底要不要告訴我蘋果計算器的事？」

雷葛新想了一下，正色說道：「不要再管蘋果計算器的事了，就算你做到了，最後還是會失敗的。真正讓你成功，在歷史上留下一筆的，不是蘋果電腦，而是這種改良的圓光術。」

圖靈的眼睛閃爍出異樣的光芒，史蒂夫還想爭辯幾句，卻被他示意擋了下來。

「這個改良的偉大之處，最關鍵的點就在於『連結』、『互動』，」雷葛新一邊翻閱著二十一世紀初，另一個平行世界中的這位史蒂夫．賈伯斯的故事，以他在別的世界做過的事，告訴他這個觀念。

「如果你能連結到很多人，建立一個地點，放上很多有趣的遊戲、有用的資訊、甚至是商品訂購的管道，讓連結得到這個地點的人都能上這個地方，做他們想要做的事，這樣你的世界就會大到不得了，而且能迅速達成你想用蘋果計算器做到的事。

「這件事，你的發明器材做得到嗎？」

雷葛新簡單地把另一個平行時空的賈伯斯做的事略爲描述一下，圖靈和史蒂夫就懂了，彷彿是開啓了一扇童話之門，史蒂夫整個人便像是著魔一樣，坐在桌前開始拚命計算起來，連雷葛新是誰都早拋到九霄雲外了。

「老師，您真是太厲害了，您怎麼會知道這麼多事的？」圖靈露出一臉佩服的神情。

「這個，其實是史蒂夫自己創造出來的概念，我一點功勞都沒有。」雷葛新大笑。

「我只是把事情照本宣科說一次而已。」

圖靈微微一愣，並不是很理解雷葛新所說「這是史蒂夫自己創造出來的」是什麼意思，但他是個思緒縝密的左腦人，不喜歡問太多自己不瞭解的問題，於是笑了笑，也沒再說什麼。

「我本來還想順便告訴他一種叫做『臉書』的概念呢！」雷葛新笑著對牛頓說道：「不過，我看光是這個線上商店的概念就夠他玩上一輩子了。」

那位一頭亂髮的開朗青年亞博特在一旁聽著雷葛新和圖靈、史蒂夫的對話，這時也忍不住走了過來。

看見他走過來，牛頓只簡單地說了一個名字：「愛因斯坦。」

於是，雷葛新便挑了幾個亞博特愛因斯坦的量子學說、狹義相對論、廣義相對論概念，但說實在的，連自己都聽不懂自己在說些什麼，但是對於亞博特來說，卻像是最美麗的語言一般，如癡如狂地聽著雷葛新的敘述，聽了怕忘記，還把雷葛新說的每一個字用鵝毛筆寫在自己的衣服上。

「最重要的，還有這個公式：E=mc2，千萬別忘了。」看著他如癡如狂地趴在衣服上死命地計算，雷葛新還是忍不住提醒了他這個最重要的公式。

這時候，那位神情高傲的女子瑪莉不知道什麼時候，也很恭敬地站在雷葛新的身邊。但是她想知道的，卻不是學理上的事。

「您好，我是瑪莉斯克洛度甫斯卡，」這位瑪莉悄然地將雷葛新拉到一旁，是因爲她愛上了一個同學，但是種種跡象卻顯得很不樂觀，所以想問雷葛新她該如何解決這個疑惑。「我喜歡上的，是史蒂夫。」

雷葛新搖搖頭，給了她確定的答案。「史蒂夫愛的是別人，妳這麼聰明，應該也看得出來。」

這時候，雷葛新也不知道該說些什麼，卻聽見牛頓幽幽地開口了。「查到了。原來是她。」

雷葛新低聲道：「她是誰？」

「問問她，身邊的朋友同學裡，有沒有人叫做皮耶．居禮。」

「居禮夫人？」雷葛新駭然。「這個女孩是居禮夫人？」

詳問之下，果然是有的。瑪莉的同學中，果然有位年輕男性叫做皮耶．居禮。

「可是，那個人很呆啊……」瑪莉皺了皺眉。「連說話都說不清楚。」

「只要妳放開心胸去跟他說話，他就會說很清楚的，」雷葛新滑頭地說道：「而且日後妳人生中最重要的學問，也是和他一起研究的。」

至於那位戴眼鏡的霍金，雷葛新實在不忍心告訴他，目前已經有點徵象，走起路來踉蹌不順的他，未來會得到很嚴重的硬化症，最後終將失去身體大部分功能，只好安慰他，如果跟亞博特一起研究的話，會有極大的成就。

至於那個熟睡的男子一直沒醒，睡得極爲香甜，牛頓認爲沒有必要去吵他，也許這個時代並不需要發明留聲機、燈泡，也許這位名叫湯瑪士．愛迪生的男生在這個世界並不需要發明那麼多東西，會過得比較幸福一些。

對於雷葛新和牛頓來說，在巫術世界生活是一件相當愉快的事，既沒有在綠火世界時那樣落後蠻荒，也不像在豪門世界中那樣充滿絕望。在這裡雖然沒有高科技，但是人們的生活似乎相當的悠閒愉快，也許在這裡有著所有世界都存在的悲傷和痛苦，但是目前爲止還沒有體驗到。

在大學的研究室裡，雷葛新仍然常常遇到圖靈，但是卻再也不曾見到過史蒂夫這些人，圖靈的解釋是說，他們得到雷葛新的提點後，資訊一下子巨量流入，一時間難以全部消化，所以沒有時間走出他們的研究室。反正這幾個人也在巫術上沒有什麼出奇之處，見不到他們，對雷葛新來說也不是什麼在意的事。後來比較常見到的，反倒是幾個形貌不似人類的同學，像是羊頭人符揚清，透明水精路小仙，除此之外，也見過幾位來自大海的龍族、來自深山的鳥族。

某一個寂靜的夜裡，雷葛新住處來了位奇妙的客人，一位清麗似夢幻的女子，這女子在他抵達巫術世界的第一天就遇到過了，是一位來自靈界的族類，叫做金色曉釘。

金色曉釘來的時候，整個空間有著不尋常的波動感覺，和時光戰警們出現時的狀況有點像，但牛頓很快就發現這種波動模式和時光戰警不同，示意雷葛新可以放心，靜觀其變。

金色曉釘是來自異世界的族類，在心靈的溝通上有著很強的能力，她能夠得知牛頓的存在，早在第一次見到雷葛新的時候，她就「看」到了牛頓，因此知道是她來了，牛頓也相當開心。

雷葛新在這個世界居住的地方是騶百教授的宿舍，位於一棟木造小洋房的三樓，金色曉釘來的時候，並不是從大門進來的，而是直接出現在三樓的窗口，乘著一頂古代日本的華麗轎子而來，她出現的時候，從窗口映入明亮柔和的光，雷葛新走到窗口，看見她的「轎子」從遠方天邊飄然而來，走得近了一些，又讓雷葛新嘖嘖稱奇起來。

那「轎子」是有人扛著的，剛出現的時候，雷葛新和牛頓還不知道裡頭是誰，光是看到抬轎子的「轎夫」就覺得既好奇又有趣。

扛著「轎子」的轎夫共有六人，一邊三個，他們似乎擁有在空中行走的能力，但最有趣的是他們的長相，這六個「轎夫」清一色是綠色的皮膚，像昆蟲一樣大而沒有眼球的眼睛，頭頂光禿，四肢細長，走在空中輕飄飄的。如果不是出現在這個巫術世界，這樣的奇異場景，任何人看到這六個轎夫的模樣，第一個直覺反應會說他們一定是「外星人」！

在雷葛新的核酸資訊中，有八成以上的外星人都是這樣的長相，只是在大部分的記載中他們是乘著飛碟出現，有的會綁架人，有的會給受害者動手術，有的甚至還被傳說曾經在賭城逛大街！

「只有在最早期的外星人目擊事件中，有的研究者們說他們是來自靈界的，」牛頓說出來的話，也是雷葛新此刻想到的事。「只是後來不曉得為什麼，所有的研究和觀念都把他們歸類成為外星來的訪客。大部分人都忘了，最早這種長相的『人』都被認為是從靈界來的。」

金色曉釘從「轎子」裡走出來的時候，還是原來那種清麗脫俗的模樣，但是符揚清說過，說她的形象是雷葛新心中的投射，可能是他心目中希望呈現出來的樣子。

「我來找你，是因為我對你看到的那幅景象很是在意，於是便帶回去跟族裡的人研究了一下。」金色曉釘甜甜地笑道。

她所說的景象，便是從這個時空開始，常在雷葛新的視野中出現的那個場景。

看起來像是一張照片。一個長堤之上，時間可能是黃昏，有夕陽，一個短頭髮的女人背著鏡頭站在那兒。

這時候，金色曉釘催動了靈界的圓光術，把那幅景象投射在雷葛新房間的牆上。呈現在牆上的影像，這時更是清楚了，天空是美麗的寶藍色，帶著夕陽，遠方是一道長堤，有位短髮的女子站在那兒，背對著拍攝的鏡頭，所以看不清楚她的長相。

這樣的顯示後，更看得清楚影像中的細節。那女子雖然只是背影，卻可以從頭形和臉的線條看出是個年輕的女子，不曉得爲什麼，雷葛新只要看到她的樣子，心裡就開始砰砰地跳動起來，明明從來沒有見過她，但是不曉得爲什麼卻對她非常的心動。

金色曉釘凝視著雷葛新的神情，嫣然一笑。「你喜歡她，對不對？」

雷葛新微微一怔，臉上覺得有點發熱，正想說些什麼，金色曉釘卻搖搖頭，把手指放在唇上。「噓……仔細聽，不要說話。」

她微微催動了手上的一道光芒，雙掌虛張，彷彿在調動著什麼東西。此刻她的手上泛出一道淡綠色的光，慢慢地伸長，接觸到牆上的影像，她的口中喃喃唸著類似咒語的話，說也奇怪，她持續這樣調動著手，連結著綠色的光，那道光連結著影像中女子的背景，那女子的身影居然慢慢開始動了起來……

「牛頓，牛頓……」雷葛新目瞪口呆地看著金色曉釘的動作。「你看她在做什麼？」

牛頓在虛空中的聲音也充滿著驚訝。「這……不合科學道理啊……這是怎麼一回事？」

金色曉釘的手這時緩緩地晃動，好像在拉著什麼。而那幅影像這時候像是活了一般，開始出現動作，聲音，本來只是一張靜止的照片，這時候卻開始出現了生命。從影像中，這時傳來了風聲、嘈雜的人聲，而那女子的頭隨著金色曉釘拉動的動作，似乎也要緩緩地轉了過來。

隨著她極爲緩慢的轉側動作，雷葛新屏住氣息，連呼吸都不敢太重，生怕一個不慎，就把整個狀況破壞。

「轉過來……轉過來……」他在心中這樣祈求著，很想看到這個女子的長相。

很緩慢地，那女子果然逐漸轉過頭來，像是拉慢四百倍的慢動作影像，耳朵、髮線、側臉……

而影像中的聲音，這時更是聚焦一般地，靜靜地，彷彿是真的有人說話似地，很清楚地傳來一句話，女聲，語音低沈溫和，卻萬分地堅定。她的聲音是那麼溫柔，似是在唱一首歌。

「……我早就知道，時光英雄穿梭了三千年的時空，就是爲我而來的……」

但是，雷葛新卻沒有機會仔細聽清楚這句話……

便在此時，只覺得整個空間突然緊縮了下來，彷彿所有東西都被凝縮了一下，隨即展開……

跟著，整個世界就突然暗黑如墨，一切似乎凝結成靜止，但是那靜止卻只是錯覺……

因爲，「轟」的一聲巨響，強烈的光從窗外映了進來，所有的地板、窗戶、天花板都像是篩子刷落的穀粒一般，無可救藥地晃動起來。

在轟然巨響響起的那一刹那，金色曉釘整個人便從雷葛新眼前消失，那幅在牆上映照出來的女子影像也完全消失，地面不住地顫動，雷葛新勉力想要站好，但是搖了幾下之後，終於還是跌倒在地。

「牛頓！牛頓！」他惶急地大叫，第一時間便是想要問他到底出了什麼事。但是此時牛頓悄無聲息，不管怎麼叫都沒有回應。

雷葛新勉力地爬到窗邊，從窗口往外一看，只看見城鎮彼端像是童話中的地獄一般，彷彿畫面靜止似地，在城西立著一朵極高極大的蕈狀雲，那蕈狀雲高大到似乎插入雲霄，而在它的底部卻是冒出熾亮的火光，火光像是妖魔之毯似地，以蕈狀雲的底部爲基點，向著四面八方擴散開來，把整個城鎮的三分之一吞噬進去。

彷彿是從噩夢中初醒過來似的，整個宿舍這時開始發出嘈雜的人聲，樓梯聲，跑步聲，有人大聲哭叫，有人則是惶急地不曉得在斥責什麼。所有在宿舍裡的人急忙奔出宿舍，會飛行術的人急忙從窗戶飛出來，有人則是取著掃把從樓上逃走，但是一整個慌亂之下，有的人無法聚集精神施行法術，飛了沒幾下便從高空掉了下來，重重落地。

雷葛新混在逃跑的人群中下了樓梯，人群中有人對他大聲叫嚷。

「教授！教授！」

這時候，即使是已經下樓也可以看得見城西那朵巨大的蕈狀雲，妖異靜止地立在半空之中，底下是四下奔逃，哭喊紛亂的人們，有的人在空中飛行，但是因爲情勢紛亂至極，在空中的人也不時相撞，重重地掉下來，反倒是在地面上奔跑比較安全些。

在逃散人群中叫著雷葛新的，是那個羊頭學生符揚清，他的身邊看了看，都是熟悉的臉孔，有那位水之精靈路小仙，助教圖靈，愛睡覺的湯瑪士愛迪生，眼鏡男孩霍金，符揚清的肩頭上這時伏著一個失去知覺的女子，仔細一看，卻是剛剛在雷葛新房間裡隨著爆炸而消失的金色曉釘。

「發生了什麼事？」

雷葛新在嘈雜的人群中大叫，但是卻沒有人能夠回答。一行人跟著人群逃往城東，想要遠離那朵妖異恐怖的巨大蕈狀雲。跑了一條街，卻看見瑪莉跪在大街上哭號尖叫，雷葛新衝過去把她扶起來，但是她卻更加歇斯底里地大聲哭叫。

「是他們！是他們！」她的臉上都是鼻涕眼淚，一邊指著西方的巨大蕈雲，一邊繼續地號叫。

雷葛新抓住她，右手探往她的後頸風池穴，指上用力，讓她慢慢鎮定下來。這是在「針灸大全」核酸中得到的訊息，後頸風池穴是人體諸氣的重要樞鈕，如果有人心神喪失、癲狂不已，按壓這個部分可以讓其中氣血歸位，恢復正常。

「妳在說什麼？」雷葛新問道：「他們是誰？」

瑪莉這時仍然情緒激動，不住地哭泣，但是顯然已經比剛才好了許多，至少可以說話了。「是史蒂夫和亞博特，還有居禮。他們瘋了，他們說要做改變天下世界的事，他們真的做了，真的做了！」

「妳胡說！」圖靈臉色大變，怒聲叫道：「他們明明答應我，沒有我，他們不會開始做細小之彈的！」

「他們做了，他們一定做了！」瑪莉情緒激動地哭泣道：「居禮說，他已經找到了元素，亞博特也說他已經完成了公式。史蒂夫有一群圓光術的伙伴，他還找到了異世界的連結。他說：『一定要在這個世界稱王稱霸，把那些作威作福的人拉下來！』……」

雷葛新夾雜在奔逃的人群中，聽得他們大叫大嚷的對話，心中隱然猜到了發生什麼事，但是卻又那麼的難以想像。他告訴史蒂夫等人那些科學理論不過是幾天前的事，爲什麼只用了幾天，就能夠做出把整個世界炸個天翻地覆的炸彈？

他正在驚疑不定，腦裡不住思考的時候，並沒有發現大街的另一端，有個奇怪的身影正在向他緩緩靠近……

等到他發覺有些不對的時候，已經遲了。

沒有了牛頓的警覺，自己也正在分神思考這場驚人的災變時，只見滿天「嘩」的一聲佈滿了水花，卻是一個不起眼的賣水小販，將板車上所有的水全數爆開，淋在雷葛新的身上，把他淋個溼透。

這個小販，當然不是個尋常的小販。

他揭開身上的斗蓬，身上的肌肉賁張，神情威猛，眼神銳利地盯著全身已經溼透的雷葛新。

果然，這一次追蹤來的是和雷葛新已見過幾次面的「水」陽風隊長。

其實，這一次陽風早已隻身一人來到了巫術世界，他知道雷葛新可能已經掌握了追蹤時光戰警的能力，便刻意隱藏身上的力場，假扮成一個平凡的小販，在這次出現前已經在巫術世界部署多時，一出手就打算將雷葛新的退路全數封死。正好巫術世界這時發生了重大的災變，於是在混亂的奔逃人群中，陽風假扮爲一個販賣食用水的小販，趁著沒人留神的時候，震破所有的水罐，將雷葛新全身淋得溼透，以水力場防堵雷葛新靈魂轉移。

只是陽風沒料到的是，這是個巫術世界，能夠自在運用力場的人大有人在，在千鈞一髮之際，圖靈、符揚清、路小仙即時在陽風的水力場中找到一個破綻，催動罕見的「虛彌芥子術」，讓雷葛新逃入一顆雞蛋中的分子世界，陽風窮追不捨，也進入分子世界中的水分子力場。

然而，這卻是心思縝密的圖靈設下的陷阱。他集合幾個人的術法，將雞蛋以高溫加熱，蛋中的水分子與凝固的蛋白質結合，將陽風困在雞蛋之中，再將雷葛新引出。眼看核酸警隊的「水」隊長陽風就要喪身在這個奇妙的世界。雷葛新卻在最後一刻陡地折返進入雞蛋的分子世界，將陽風救出。

在陽風死裡逃生的疲累眼神中，雷葛新不發一言，再度逃入時空。

其實，雷葛新在這個巫術世界渡過的，是很愉快的一段時光，他曾經想過，如果沒有核酸警隊尾隨而至，也許他會選擇在巫術世界終老一生。

但是，雷葛新也知道，自己的存在給整個巫術世界帶來了無法解救的重大災難，只是片刻的相談，他和牛頓就給這個世界帶來了極爲重大，而且可能無窮無盡的災難。

而牛頓也在這一場穿越的震盪中，再度產生變異，一進入時光之流就聲音越來越微弱，在下一個時空便開始聲音斷續，終至無聲無息，和雷葛新終於失去聯絡。

第15章

悟空 三藏 G遊記

「我們當妖怪的，從來沒想過後果，」他的聲音嘶啞，帶著邪惡的氣息。「只要吃得到三藏的肉，我就算是碎成萬片，一點也不後悔！」他說著說著，發出令人耳朵發酸的笑聲，轉過頭去，打開了酒類飲料的冰櫃門。「第三排，第四行，第九隻瓶，沒錯吧？」「小男孩」哈哈大笑，笑聲宛若鋼鐵摩擦，讓人覺得牙齦發酸。「人家都說人界魔界入口不可隨便亂開，我看也不過如此……」

花都巴黎。

十里洋場，香榭大道，左岸風情，凱旋門前人車永遠熱鬧，絡繹不絕。這裡是全世界最浪漫的城市之一，許多動人精彩的愛情故事，人們對美好世界的幻想，都在這裡發生。

巴黎市的中心，一座巨大的拱門式建築巍然聳立，這裡是凱旋門，只要是講到法國，講到巴黎，就一定會想到這座金碧輝煌的偉大建築。

從凱旋門旁放射狀的大路走出去，沿著香榭大道，左轉，走進霍莎宜道，入夜的巴黎大街上人車依然洶湧，但是繞進這條街上，卻有些詭異的靜寂。

從公車上下來的法國青年亞蘭德倫，伸著懶腰，深深地吸了一口氣，那是城市的煙塵、脂粉香、食物氣味混雜在一起的味道。

從外表上看來，亞蘭德倫是個再平常不過的年輕人，身上衣服有點舊，簡單地披了件磨破發白的牛仔外套，短汗衫，短褲，腳上踩了雙涼鞋，背上背了個帆布背包；這樣打扮的人在巴黎街頭隨處都是，在歐洲大陸上有許多國家的年輕旅人都是這副模樣。像這樣的人走在馬路上，即使是在深夜的巴黎大街，都不會有人多看一眼。

但是，沒有人知道的是，此刻亞蘭德倫即將要做的事，是一件明天即將轟動所有報紙頭條的大事。

或者說，是他自以爲會「轟動所有報紙頭條的大事」。

在他的背包中，此刻帶的是一具號稱爲「窮人炸彈」的鋼珠式爆破裝置，只要簡單地引爆炸藥，內藏的鋼珠便會激射四散，傷人的破壞力遠遠大過一般的炸藥。亞蘭德倫在前幾天的報紙看到過，同樣的炸彈，在美利堅的波士頓馬拉松終點引爆，爆炸威力驚人，死傷了許多人，而且還在全世界報紙的頭條刊登了好幾天。

這，就是我要幫組織做的事，亞蘭德倫在心中暗暗地這樣告訴自己，他所屬的組織，叫做「日爾曼光明之路」，訴求是恢復白種人在世界的榮光，將所有血統不純正的人類從地球消除。

但是身爲一個法國青年，亞蘭德倫卻是沒認真讀過什麼書的，他的組織成員是一群整天不見天日，只愛玩電腦、電動和喝可樂的傻蛋，這幾個人並不知道他們所屬的這個「日爾曼光明之路」其實只是一個老掉牙的二次大戰德國激進團體，當年就是德國人用來凌虐法國人的工具。時至現代，德國早把這個組織列爲年非法集團，並且定義爲「德國之恥」，在德國已經很多年不見這個組織，現在反倒在法國重新死而復生起來，成員還是亞蘭德倫這一類的笨蛋。

然而，笨歸笨，要做起蠢事來還是可以很有殺傷力的。亞蘭德倫深吸了一口氣，把法國夜裡的氣味吸進肺裡，然後推開最近的一間超商大門，那是一家有著綠、紅、橘色標記的數字超商，在夜空裡仍然泛著明亮的室內光芒，在大部分商店都已打烊的大街上相當顯眼。

「叮鈴」一聲，超商的自動門打開，亞蘭德倫有點警戒地走了進去。以一個恐怖分子來講，他算是謹慎小心型的，雖說從另一個層面來說，所謂的「謹慎小心」，其實也可以說是沒什麼膽子的意思。

超商裡的燈火通明，但很奇異的是，白亮的光源卻泛出一種陰暗的氣息。琳瑯滿目的商品陳列在架上，音響中泛出熱鬧的樂聲，但是整個超商裡卻是一股完全無法解釋的森冷氣息。

亞蘭德倫一邊觀察，一邊盤算著要在什麼時候開始發難，正在考慮的時候，有個客人「叮鈴」一聲走了進來。

既然有人來了，就觀察看看吧……

來人是一個臉色陰森的中年女子，身上穿著整齊的套裝，看起來是個上班族。

中年女子也沒有到貨架上挑什麼東西，直接走到櫃臺。

「我要裏海貝露嘉魚子醬，」中年女子冷冷地說道：「六百人份。」

「砰」的一聲，彷彿是早就準備好一般，櫃臺放上了一個還冒著森然冷氣的冷凍箱，女子付了錢，抬起箱子轉身就走，彷彿只是隨便買了條口香糖。

幾乎在她離開的同時，自動門又「叮鈴」一聲響起，和她擦肩而過走進來的，是一個衣衫襤褸的街頭流浪漢。

「我要CPE—6997345國防等級智慧晶片，十七組達梭公司衛星導彈控制碼，」他抓了抓屁股，一邊在鼻子裡聞一聞。「還要輝瑞製藥配方主機安全密碼。」

他要的這些東西體積非常小，只是一部手機大小的平板電腦，店員也彷彿準備好了似的，一句話也沒問，就把平板電腦「拍」的一聲放在櫃檯上，讓流浪漢拿走。

流浪漢臨走前，還對亞蘭德倫古怪地笑笑。

同樣的，在他走出店門那一瞬間，又進來一個胖胖的東方和尚，穿著露出右肩的僧袍和肥嘟嘟的胸部。

「我要馬里亞那海溝馬頭章魚做成的納豆口味冰淇淋，」胖和尚呵呵地笑道，從懷裡掏出一隻溼淋淋的巨大蛙類也似的生物。「是要給我的娃娃魚吃的。」

緊接著，彷彿是約好了似的，一個個魚貫地來了好幾個顧客，要的都是聽起來匪夷所思的商品，有人要的是千年巨爪龍的生指甲，有人要的是吉力馬札羅山巔的白色雪蓮花，有人要的是一顆東南亞的古怪食品：「蛋裡孔雀」，還有的人要的是亞蘭德倫完全聽不懂的地名，什麼「東勝神洲」的兩頭馬犄角磨成的粉……

亞蘭德倫目瞪口呆地看著這些古怪的人，來到店裡買更古怪的物事。好容易等到沒有人進來，他這才宛若大夢初醒，伸出腳來踹翻了旁邊一個飲料架，發出嘩啦嘩啦的巨大聲響。

「通通不許動！我這裡有炸彈！」

「通通不許動！」亞蘭德倫又高聲大喊，但是聲音明顯有點氣沮。「我……我這裡有炸彈！」

沒人理會他。

在超商中，雖然那些買奇怪物事的顧客已經不再進來，但此刻並不是空無一人，環視四周，一個老伯坐在餐桌旁吸著菸斗，生鮮食物區兩個情侶也似的年輕人在那裡低聲說話，一個中年太太皺著眉正在挑著雞蛋，一個面目陰沈的女店員在拖地，還有個十歲不到的男孩正在書報區翻著雜誌……

然後，完全沒有人理會他。

唯一還算有反應的，是超商的店長，一個高大禿頂的中年人，胸前別著一個明顯的大牌子：「店長」，此刻，他正和一個斜倚在收銀櫃臺旁的客人聊著什麼，看到亞蘭德倫這樣狂聲大叫，他也只是看了他一眼，嘴裡模糊不清地嘟囔了一句「accueil presence（法文『歡迎光臨』）……」，就不再理他，自顧自地和那位客人低聲說些什麼。

亞蘭德倫微微一愣，跟著就是心頭一陣火起，想像中，像自己這樣大陣仗闖進來，就是要幹件轟轟烈烈的大事，在接下來的幾分鐘裡，他期待的是整個超商裡所有人鬼哭神號地抱頭鼠竄，哭天搶地，然後大批警察蜂擁而來，響著警號亮著藍光劃破夜空聚集，空中警隊開著直升機在空中盤旋，最後，連媒體也來了，也許很快就會在新聞快報裡出現他，法國青年亞蘭德倫的名字，以及他的一生……

是的，搞恐怖活動的人，無非就是想要這樣的一次，就算只是一次，也要風風光光浩浩蕩蕩。

但是，這樣的期待在一開始就落了空，整個超商的人完全當他是透明，當他是空氣，就算他第三次大叫「通通不許動！」，還是沒有人理他……

「喂！」亞蘭德倫真的生氣了，從腰間抽出一柄改造半來福槍，在手上揮舞。「我在說話，你們有沒有聽見？」

說著說著，他順手一揮，把旁邊一堆罐裝飲料掃倒，發出轟然的撞擊響聲。

「你！就是你！我在說話你在那裡還在多什麼嘴？」亞蘭德倫大聲叫道，彷彿生怕沒有人聽到。「我說，我有炸彈！信不信我一下子把你們炸個稀巴爛？」

他狂吼的對象正是這家超商的店長，那位看起來有點陰沉的中年大叔，此刻他正在和旁邊一位顧客竊竊私語，彷彿在說著很重要的事，看見亞蘭德倫這樣的狂暴動作，店長大叔只是微微一怔，有點驚訝，跟著，這位店員更做出了一個令人費解的動作。

他將手指放在嘴上，對亞蘭德倫做出一個「噓」的嘴形，示意他不要出聲。

然後，更令人生氣的是，店長大叔竟然又回過頭去，和那位顧客像是有什麼天長地久的事要說似的，又開始竊竊私語起來。

亞蘭德倫這時候更火大了，正盤算想要做出更激烈的動作時，突然間整個人像是被什麼巨大動物撞到一般，視野突然變成天花板，而後是顛倒的世界，最後看到的，是地板。

就在這一刹那間，亞蘭德倫突然被一股巨大的力量撞擊，整個人騰空而起，在空中一個翻轉，重重地跌落地上！

在天旋地轉的視野中，他還看得到的，是一雙細小的小腿，因爲此刻亞蘭德倫整個人是仰躺在地的，所以看到的是這樣的角度。

將他撞飛的，正是那個剛剛在書報區翻雜誌的小男孩，小男孩的腳步輕盈，一邊跑還輕輕地跳著，完全無法想像剛剛能夠以那樣大的力量把一個成年人撞飛，還在空中翻了一圈。

小男孩走向的目標，是超商裡的酒櫃，和書報雜誌區比起來，這是個更和他毫不相關的區域。

未成年者，不得買賣飲用酒精性飲料。這已經是全球一致的共識了吧？

只聽見大叔店長「哼」的一聲乾咳，沉聲說道：「你確定要這樣做嗎？你想過後果沒有？」

小男孩停下腳步，回頭看他，稚嫩的小臉，長長的睫毛，湛藍的眼珠轉了幾轉，臉上還漾著幾點可愛的雀斑，但是從他口中發出的聲音，卻宛若來自地獄，低沉而且夾雜著人類無法聽見的尖銳音頻。

「我們當妖怪的，從來沒想過後果，」他的聲音嘶啞，帶著邪惡的氣息。「只要吃得到三藏的肉，我就算是碎成萬片，一點也不後悔！」他說著說著，發出令人耳朵發酸的笑聲，轉過頭去，打開了酒類飲料的冰櫃門。

「第三排，第四行，第九隻瓶，沒錯吧？」「小男孩」哈哈大笑，笑聲宛若鋼鐵摩擦，讓人覺得牙齦發酸。「人家都說人界魔界入口不可隨便亂開，我看也不過如此……」

這時候，亞蘭德倫的意識有些回來了，他聽不懂小男孩和店長大叔的對話，也沒發現兩人的口氣極不尋常。亞蘭德倫本來就是個有點蠢，有點不正常的青年，此刻他持續著摔倒前的怒火，也沒多想什麼，一個敏捷的躍起，三兩步就跑到了小男孩的背後。

「媽的！臭小鬼！」亞蘭德倫大聲怒道：「你不曉得未成年不可以買酒喝酒嗎？」

他這一躍，一奔，恰好越過了店長大叔站的櫃臺，店長大叔失聲叫道：「喂！不行……」

但說時遲，那時快，亞蘭德倫根本沒聽到他的驚呼，就算聽到了也不會理他。小男孩的背影由遠而近，然後一切彷彿變成了慢動作……

日後，在亞蘭德倫一生的記憶中，這個場景雖然後來從他的主觀意識中消滅了，卻仍然深藏在他的潛意識之中，偶爾會在深沉的噩夢裡出現。

就在亞蘭德倫搭在小男孩肩上的那一瞬間，小男孩也拉起了冰櫃中的那瓶酒，那是一瓶霧面瓶裝的伏特加。本來亞蘭德倫看過去的角度是小男孩的背面，但是此刻他卻千真萬確地看見小男孩的臉。

一張猙獰咧著血紅大嘴的臉。

因為此刻小男孩的頭硬生生地在亞蘭德倫面前轉了一百八十度。而他搭在小男孩肩上的手，此刻也像是摔在地上碎裂的果凍一般，像是最脆弱的東西一般地碎散炸裂開來。

店長大叔此刻和他們兩人的距離大概只有三公尺左右，他只「啊」地叫了一聲，就看到亞蘭德倫從後頭搭住了小男孩的肩，聲音還沒止歇，就看到這個倒霉法國青年的右手臂炸了開來。

「笨蛋……笨蛋哪……」店長大叔苦笑，像是腦袋發燒一樣隨即雙手抱住腦袋。轉頭一看，原先和他竊竊私語的客人饒有興味地看著眼前這一幕，店長大叔抱著頭，又搖搖頭。「這下麻煩了，待會我又不曉得要忙多久才清得了他那堆血肉啦……」

一時間，本來泛著白色清冷光芒，透現出詭異陰暗氣息的超商，這時候突然像是炸開了一般鬧哄哄了起來。亞蘭德倫的手臂的確炸開來了，原來屬於手臂的血肉，這時漫成細細碎碎的血霧，灑在空中，落在地上。

然後，從冰櫃中發出燦然的光芒，把整個空間佔滿，彷彿是無可救藥的侵蝕一樣，把小小的超商無限擴展，變成一個妖氣衝天的寬廣平野。

那個原先和店長大叔一直在談著話的客人這時睜大了眼睛，眼神綻現出奇異的光芒。「哇，真的變了，整個空間真的變了！牛頓，你有沒有看到……？」

「小男孩」把那瓶伏特加抽起後，彷彿觸動了什麼開關，一片奇異的空間就在短短幾秒內寬廣地延伸出去，在眨幾次眼的過程中，整個超商的四面牆突然消失，而超商外的巴黎街景也完全消失，變成一片色彩詭異的巨大曠野，天空是深沉的，有著許多層次的紫；遠方有綿延到地平線盡頭的山脈，有的山上還冒著紅亮亮的火山熔岩。整片大地已經不是城市的水泥地面，而是崎嶇不平的岩石地形。

但有趣的是，整個超商的室內擺設卻依然存在，櫃臺、貨架、冰櫃，甚至連休息區的桌椅也都在，雖然天花板已經隨著四面牆消失，但不曉得為什麼整個室內的白亮光源仍在，整個超商裡還是光線充足，但是和外面這片大地比起來，超商的內部空間相對變得渺小，有點像是在公園的沙地中間放上一個火柴盒大小的玩具模型，但這空間小則小矣，因為光度的明亮程度大過四周圍的空間，所以仍然相當的醒目。

而片刻之前發生在超商裡的變故也依然持續上演。整隻手臂被炸成血肉四散的法國青年亞蘭德倫，這時才意識到發生了什麼事，開始覺得失去手臂的痛楚，他放聲慘叫，腿一軟躺在地上，抱著只剩下肩膀部分的手嘶聲狂喊。

而讓他的手這樣絕對毀損的小男孩，這時早已經不是原來那種稚嫩可愛的模樣，只見他的頭仍然保持一百八十度地後扭，臉上長出長毛和獠牙，身上的衣服也「剝剝剝」地裂開，被身上膨脹而出的毛茸茸肌肉撐破。

看他的外型，應該是類似狼怪一般的妖魔。只見牠眼睛泛出昏黃的光芒，張起血盆大口，仰頭對著天空震人耳膜地狂嗥起來。牠狂野混亂的黃色大眼咕碌一轉，看見一身是血，仍在地上慘叫打滾的亞蘭德倫，一聲更震耳欲聾的狂吼，抄起巨爪就向亞蘭德倫猛擊了過去！

但是他這猛力的一擊，卻沒如預期那樣將這個倒霉的法國青年打個血肉橫飛，而只是擊中了地面，把地板打裂了一個洞。

就在這電光火石的一瞬間，超商店長大叔伸出強壯的手臂抓住了亞蘭德倫的雙腿，敏捷地把他的身子往內一拉，就在這間不容髮的瞬間，逃過了狼怪的重重一擊。

那狼怪更生氣了，雙手重搥胸部，在「咚咚咚」聲中發出一聲更大的巨吼。但超商店長大叔卻好像習以爲常似地，只是站起身來，對著狼怪伸出食指，對著牠搖搖手指。

「Non, non, non,ne pensez meme pas a ce sujet. pas a ma place，你不是要這個，別忘了你要的是別的東西！」

他的態度看起來輕鬆，但是卻自然流露出一種淵停嶽峙的氣度，那狼怪微微一愣，喉頭發出低低的吼聲，低吼了幾聲後，果然緩緩轉身，向著另一個方向飛躍出去，一邊縱躍，還一邊對著天邊狂吼：「我要三藏的肉，我要三藏的肉，我要吃三藏的肉……！」

店長大叔聳聳肩，露出無奈的苦笑。這時候亞蘭德倫仍在他的腳下輾轉翻滾慘叫，但是大叔方才雖然救了他一命，此刻卻像是把他當成空氣一般，輕巧地跨過他，竟然再也不理會這個受了重傷的法國青年。

「他……」那位原先在和店長大叔聊天的客人探頭看看亞蘭德倫，皺了皺眉。「他這樣不會死嗎？」

店長大叔無所謂地扁了扁嘴。「這種事，就不歸我管了。我們當土地神的，要管的事太多，但是能做決定的太少，管這麼多事，我哪有辦法？你還沒遇到山神或是揭諦呢！我還算脾氣好的，遇上了他們不挨上一頓好打，就算是運氣啦！」

「所以，你真的是土地神？」那客人露出又好奇又好笑的神情。「而且還有山神和揭諦？在法國的巴黎？」

那店長大叔「土地神」露出睿智的神情，眼神閃爍出深邃的光。「很難理解嗎？什麼時代，什麼地點，什麼名稱，都只是人腦裡面運作出來的一場戲而已。你說現在是二十一世紀，這裡是法國巴黎，但那只是人的腦袋裡這樣想而已。世界太過複雜，所以人的腦部組織才被修正成那麼單純，這一點，你不會不知道吧？」他淡淡地一笑。「像你，突然跑出來跟我說，你是二十四世紀的逃犯，有一群核酸警察在追捕你，我不是一下子就相信了嗎？雷葛新。」

那「客人」思索了一下，抓了抓頭，露出不好意思的神情。「沒錯，你說得對。正因爲我可以是雷葛新，所以你就可以是土地神。」

兩人正在說話時，眼前的魔幻空間又開始出現騷動了，幾個在超商裡的顧客都像是時光停止一樣，泥塑木雕地完全不動，只有幻化成狼怪的小男孩狂吼著「我要三藏肉」飛奔出去。抽菸斗的老伯一動也不動，但是菸斗上的菸卻氤騰嬝繞，並沒有凝結不動，兩名情侶似的男女好像講到什麼有趣的事，笑得開懷，但兩個人卻是定格的。

只有那名清潔中的店員，仍然懶洋洋地一前一後在那裡拖著地，在一眾靜止不動的人裡面反倒很顯眼。

但是在超商範圍外，就變得非常熱鬧了……

雷葛新探著頭往外面看，看到整個遼闊的魔幻世界大地上，這時候像是遊行一般地湧出來各式各類的妖魔鬼怪，放眼望出去，有的形貌依稀熟稔，有的卻是古怪到無法辨認。光是一眼看去，就看到了幾個個子大得很顯眼的獨眼山怪、樹妖、各類山禽奇獸，每一個手中都握著奇形怪狀的各類兵器，叮叮噹噹地從四面八方冒了出來。

「哇……這些是什麼啊？妖魔鬼怪？他們不都只是在書上才會看到的嗎？」雷葛新看得目瞪口呆，一時間總覺得不太真實。

「他們真的存在嗎？是從什麼時代開始存在的？」他走過了好幾個平行時空，甚至連巫術的世界都去過了，所以直覺上就認定這個時空之所以會出現妖魔，肯定也是某個時間點出現分歧才會導致這樣的結果。

那店長大叔「土地神」呵呵一笑。「從什麼時代開始存在？從一開始就存在了，只是因為你們都被『清洗』過了，所以才會不知道。我剛剛不是已經跟你說過『搜神震盪』的事了嗎？誰叫你剛剛不仔細聽，還在那裡一直牛頓牛頓什麼的。」

雷葛新不好意思地又抓抓頭，露出苦笑。

「不好意思，真的不好意思。我是在對我的同伴說話，我的同伴是個人工記憶體，但是不曉得為什麼，到了這裡他的聲音卻斷斷續續的，有時候我聽不見他，他又聽不見我。」說著說著，想想這個「土地神」雖然也不是個凡人，但畢竟不是來自二十四世紀時空，也不曉得他懂不懂什麼是人工記憶體。

「我這樣說，你聽得懂嗎？那是我們時代的一種高科技產品，但是……核酸……」一時之間，又想起不知道該向一個古代的人解釋二十二世紀的核酸科技，整個人有些結巴了起來。

那「土地神」豪爽地大笑。「不用擔心，我懂！我雖然不見得知道你說的『核酸』是什麼，但我們又不是那些自我設限，把簡單事搞複雜的凡間人，事情哪有說不通的？你那朋友就是個陰界的人，無形無影，凡人無法看見，但卻能夠在你腦袋裡活動，不就是這種陰間的人嘛！沒什麼搞不懂的。」

雷葛新一怔，本來聽見「陰間」還有點突兀，但轉念一想，像牛頓這種只存在他腦海中的人工智慧，的確很像是古代民間傳說中的「鬼」，忍不住點點頭，表示他說的沒錯，在某些定義上，牛頓就像古時候的人認知中的「鬼」。

「我是真的沒仔細聽你說的『搜神震盪』是什麼，好像是一種將凡人和神魔區隔開來的力量，是嗎？」雷葛新笑道：「要不你再說一次，這次我會很認真聽的。因為牛頓的聲音剛剛又消失了，就算他回來，我也會叫他等一等。」

「土地神」好脾氣地呵呵一笑，正要開口說話時，冷不防一個陰惻惻的聲音從他的身後響起。

「說個屁啊！什麼時候了，三藏那群人都要來了，你還跟這個傻豹浪費時間？」

說話的是剛剛一直在拖地不抬起頭的另一個店員，這時候站在「土地神」的後面，說起話來聲音低啞，卻是凶狠無比。仔細一看，那店員是個亞洲女子，矮胖膚黑，嘴唇厚大，混身散發出一股不令人樂近的黑色氣息。

土地神有些尷尬地笑笑，不知該如何是好，但是那女店員卻讓他沒有任何反應的空隙，人在還在土地神的後面，手上那柄拖把就在空中揮了一個漂亮的圈，發出響亮的「呼」一聲破空聲響，猛然地攻向雷葛新。

這一記動作用力極大，如果是尋常人可能就會被打個當場倒地，顯然並沒有手下容情。

但是此刻的雷葛新已經不是尋常人。他在少林的時空裡已經學會了「界法」力場的運用，更是在幾次與時光戰警的交戰中鍛鍊出自在使用力場的能力，這時候的他若是真的要和時光戰警對抗起來，已經不是必敗的局面。

那胖黑女店員的這一擊雖然猛烈，但是畢竟只是一般的肢體攻擊，事出雖然突然，但是雷葛新卻並不在意。

不只毫不在意，而且神情很輕鬆。

只見他伸起右手中指，扣住拇指，向那女店員飛擊而來的拖把輕輕一彈，兩指交扣，彈出一道灼亮的黃色力場光芒，「轟」的一聲響，便讓那女店員後仰而倒，登時震飛出去。

「老婆！」那「土地神」急聲大叫，他也是見機極快，一看雷葛新一扣手指便知道不好，一個猿臂急舒，在女店員被震飛的一剎那就縱身過去拉住她，腰腿一轉，比他老婆向後疾飛的勢子更快便閃至她的身後，在她後頭當了墊子，將她後仰急跌的強大力量阻住。

但即使是這樣，兩個人還是往後滾了老遠，哼哼唧唧地倒在地上，一時間爬不起來。

雷葛新看見自己這樣隨便一擋，居然有如是強大神力，也是吃了一驚，他即使俱備了這些使用力場的技巧，但畢竟除了和時光戰警們少數交手外，很少有機會使用，這時隨手一出，才知道自己已經擁有這樣強大的力量。

「對不起……」他的個性並不好鬥，相反的還相當溫和，這時雖然是土地神的老婆先出手，但看到兩人被他這一彈指就摔得如此狼狽，還是有些不好意思。「你們兩位有沒有怎樣……？」

那黑胖女子既是土地神的「老婆」，那就是土地婆了，只是在俗世的形貌上看來，這個土地神是個禿頭的法國男子，土地婆卻是個亞洲女人，一時間讓人覺得有些詭異，又有些好笑。

土地神見土地婆還是一臉狠惡的神情，彷彿隨時還要出手攻擊，連忙擋在她的前面，一邊陪笑說道：「沒事，沒事……雷葛新先生，你可別太在意，我這老太婆脾氣不好，但她人是很好的……」

雷葛新笑道：「我這一指，也未免太厲害了吧？你們爲什麼會跌這麼遠？從前我和人動手的時候，好像也沒有這樣大的反應。」

「那是因爲我們不是人間的生物，我們的體質偏向精神界，所以當然比較輕飄飄的，經不起打，不像肉身的你們那麼耐打，」土地神苦笑。「要不是這樣，我們怎會成天要對那些妖魔客客氣氣？」

就在這個時候，超商外的寬闊空間這時又有了新的場面，所有的妖魔們圍成圈圈，空氣中開始瀰漫著妖異的氣息，彷彿連天際的夜色也開始變得不同。

雷葛新爲了想要看得更清楚一點，便走到超商的門口，更專注地看著妖魔們群舞的情景。

空間裡，這時開始出現一種類似有著高頻聲響的樂聲，糢糢糊糊聽不真切，但卻又可以聽得出有著抑揚頓挫的起伏。

然後，彷彿是大家都同時約好一般，所有妖魔都張開口，拉開嗓門，用彼此截然不同的各種奇異嗥叫聲開始唱起一首歌來……

那歌聲在空中遠遠地傳出去，雖然妖魔們的發聲器官各有不同，但是唱出來的歌卻有著一致的字詞：

「世人皆愛黃金珠寶，我們獨愛長生不老……

「三藏老兒抓到手，清蒸、紅燒，煎煮炒炸任你挑……

「蔓陀羅、人參果、碧莉子、瓊漿玉、猩猩唇、麒麟卵、鳳凰胎、龜壽膏，末了再加，一把鍾馗鹽，炒上閻王油……

「人人都道功名好，我卻只吃一口肉，三藏老兒入腹來，萬年江山都不要……」

眾妖魔唱得興起，聲音越唱越洪亮，在夜空中遠遠傳了出去，而且不曉得為什麼，這首歌的每一個字都很清晰地傳進耳裡，在腦海中字字清楚，連那些奇異食材的每一個字都鮮明地印在腦海裡。

雷葛新有點驚訝又有點好笑地看著這群妖魔在空間中又唱又跳，忍不住「噗嗤」一聲笑了出來。

「這什麼啊？跳部落舞蹈嗎？」

在他的歷史核酸中，這時映出了古代島國的原住民舞蹈影像，同樣的魔幻黑夜下，一群穿著華麗，打扮成各種山野動物的人們，圍著火圈，手牽手繞成一個大圈圈在跳舞。

這種奇特的歌聲，嚴格來說也是一種感應的音頻，雷葛新很敏銳地察覺到，以人耳的聽覺，只聽得到妖魔們唱歌的音調，但是歌詞卻是自然而然流露進腦海裡的，好像有什麼力量將資訊印入腦海，而不是憑聲音辨識出來的。

其實，簡單來說就跟核酸資訊的運作方式是一樣的。

空間中，這時候妖魔越來越多，不曉得從什麼地方冒出來似的，幾乎要把整個大地佔滿，它們唱著歌，跳著舞，紛亂中有著波浪舞一般的規律。

但是，這樣的規律，卻像是一塊奶油派被一把刀切開一般，從遠到近，妖魔們被一股力量排開，大地上明顯畫出一道越來越長的口子。

雷葛新看著這樣的場景，看到有點眼睛發直，卻又看得興致盎然。

在妖魔群中劃出一道口子的的，是一群人，不，更精確地說，是四個人。

看到這四個人的形影，雷葛新不禁「啊」的一聲叫出來，心裡充滿驚訝的好奇之感。因爲這四個人的影像，他是曾經看過的，而且看過不只一次。

早在二十四世紀的時候，在他還沒開始這場穿梭時空旅程之前，他就常常做著奇怪的夢境，在夢境中，就曾經看過這四個人的模樣。

站在前頭的，是一個個頭矮小，卻十分精壯的怪人，他的毛髮異常的多，全身都是淡金色的毛髮，他的手上拿著一隻亮閃閃的棒子，站在四人隊伍的最前方不住揮舞旋轉，劃出很漂亮的圈圈，好像在他的身邊無數個大金球。

他揮動棒子主要的作用是讓擋住他們去路的妖魔們閃避，那棒子看似細長，但是似乎殺傷力很強，幾隻閃避不及被打中的妖魔不是頭破血流就是唉嚎逃開。

圍在他們四周圍的妖魔們數量何只千百，大家都是一副想要撲上去，將這四個人撕咬吃盡的凶狠勁，但是顯然對於這個小個頭的棒子非常忌憚，棒子的揮動光芒到處，大家還是紛紛閃避。

在這個小個子的身後，是一頭看起來像馬，但是卻又有著水生動物鱗片綠光的奇異坐騎，坐騎上坐著的，是一個面目俊美，穿著著天主教主教服飾的年輕男子，顯然是個神職人員。他的膽色顯然沒有小個子那麼大，只見他臉色鐵青，彷彿還瑟瑟地發著抖，看見身邊這麼多奇形怪狀的妖魔在那裡叫囂狂吼，似乎讓他嚇得不知如何是好。

在妖魔群中，這時候狂吼著「三藏！三藏！」的聲音更是狂野巨大，有個長著巨大犄角，背上有著肉翅的妖魔這時一躍而起，跳過前方的小個人，就向坐在坐騎上的那位年輕主教飛撲而去，那個金毛小個子沒料到有這一招，一棒「呼」的一聲招呼過去，卻慢了一步，撲了個空。

坐在坐騎上的年輕主教驚惶失措，瞪著大眼身子便往後仰，差點跌了下去。

只見從那年輕主教身後掠出一道灰色的身影，從身影中更快速地穿出一道銀光，跟著便是一聲嬌喝。

「大膽！」

那道銀光是支前端作月牙形狀的長形武器，雷葛新在「古代武器圖鑑」的索引中見過，知道是一種叫做「月牙鏟」的兵器。只見從年輕主教身後閃出的人影以「刺」字訣的招式前戳，人還沒到武器便已經到達，前端的月牙重重地叉在那妖魔的脖子上，立刻將他飛撲而來的勢子阻住，並且還將他叉了個後腦著地。

這幾個動作都發生在一瞬之間，從妖魔的飛撲、金毛小個子的揮擊落空，然後灰色身影使用月牙鏟將妖魔刺得向後仰倒，其實都只發生在一眨眼間。

然後在這個電光火石的瞬間，金毛小個子已經回身跳躍過來，掄起金棒就要往那妖魔的腦袋上招呼，打算給他來個爆頭而死。

「Stop！」只聽見那位年輕主教朗聲大叫，他雖然剛剛被嚇了一大跳，整個人差點摔下來，語聲卻仍然很洪亮。「不准殺人！」

「砰」的一聲巨響，只見那金毛小個子仍然揮下棒子，但卻錯過了那妖魔的腦袋，「鏘」一聲將棒頭砸在地上，激起了好大的灰塵，他恨恨地「呸」了一下，橫眼看看那些妖魔，便走到年輕主教的前方，很不情願卻又繼續忠誠地和前方圍住的妖魔們對抗。

不知道什麼時候，土地神已經悄然走到雷葛新的身邊，他也將剛剛發生的情景看在眼裡，深深地嘆了口氣。「苦啊……」

雷葛新瞪了他一眼。「苦什麼？」

「悟空苦得很啊，」土地神苦笑地搖搖頭。「想當年的天宮之戰，他不曉得在南天門殺了多少神兵天將，多少個神仙，現在卻連殺個妖魔也不行，這樣還不算苦啊？」

「悟空？」雷葛新睜大眼睛。「哪個悟空？」

「還有哪個悟空？」土地神露出疑惑的神情，彷彿雷葛新問了個再蠢不過的問題。「還有別的悟空嗎？」

「《西遊記》裡的悟空？」雷葛新繼續維持目瞪口呆的表情。「那不是小說裡的情節嗎？什麼時候真的有西遊記這件事發生了？」

「從古到今，從宇宙的最盡頭到這裡，西遊記都是真真切切，真正發生過的事，這誰都知道。」土地神悠悠地說著。「只是不同時空的人有不同的方式聽這個故事，每個時空的發生模式不一定相同，但卻一定會發生。而這件事在每一個時空裡都會變成永恆不變的傳說。」

「所以你的意思是說，在這個時空裡，他們就是《西遊記》裡的悟空、八戒、三藏、沙僧嗎？」雷葛新笑道：「那個小個子是悟空，那麼坐在馬上的就是唐僧囉？」

「不，你還是沒有弄清楚，那個坐在馬上的是三藏，但不是唐僧，」土地神正色說道：「他們在這裡不是從大唐出發的，他們是從梵蒂崗出發的。在你們的時空中，悟空是猴子，對吧？但是在這裡，他不是猴子，他是個絕種後被復育出來的尼安德塔人。

「尼安德塔人，是古代曾經絕種過的上古人種，和人類的基因相似，但在細節上大不相同。他們是在生理基因上強過人類許多的人種，在血緣上和神族較接近，他們可以做到許多人類做不到的動作，包括超能力。他們的腦力雖然不是特別好，但是大腦的運作方式卻和人類很不同，因此他們有時還會出現能夠飛行、變幻外觀，或是驅策自然界力量的能力。」

「出色的族類，」雷葛新搖搖頭，苦笑。「但是卻滅亡了。」

「強者未必生存，適者才能生存，」土地神哈哈一笑。「剛者易折，柔者易存。自古以來，本就是這樣。」

「所以悟空是尼安德塔人？」雷葛新奇道：「那麼其他人也是嗎？」

「不，」土地神搖搖頭。「三藏是神族之人，但他們自己都不知道。普天之下所有妖怪都知道了，就只有他們自己不知道。那三藏是個從小在義大利人環境中長大的華人小孩，保守矜持，腦袋僵硬到讓誰都受不了，但是他卻擁有神族人的兩萬五千個基因，只是自己不知道也不相信罷了。」

「所以那就是爲什麼這些妖魔都要『吃塊唐僧肉』的原因？」雷葛新奇道：「吃了他的肉，真的有什麼好處嗎？」

「神族的基因是完全開放的活性組織，他們的基因和人類一樣，基數只是二十三對，但是卻能夠以時間、空間、暗黑與光明的三種維度同時共存，擁有很強大的能量。對於在物質屬性上很薄弱的妖魔來說，的確能讓他們得到很大的能量來源，只是有多大的效果，還是要看妖魔的種類而定。」

雷葛新帶著驚訝又好笑的心情，看著遠方悟空一行人和妖魔拉拉扯扯，相互對峙的模樣。「那你又說三藏不是『唐僧』？明明妖魔們唱的歌都是要吃『唐僧』肉的。」

「妖魔們爲什麼會這樣唱，沒有人知道，也許牠們並不屬於單一時空，也接收到來自別的空間的訊息，總之，牠們的確常常都在唱著唐僧肉。」土地神露出不置可否的神情。「整個宇宙和時空充滿了無數無法理解的事物，也因爲如此，人類世界才要有『搜神震盪』，否則這麼多無法解釋的事情天天都在出現，以人類的腦子來說，如果沒有一陣子來個『搜神震盪』的話，大概大多數人早就瘋了。」

「你又在說『搜神震盪』了，」雷葛新笑道：「我還是不太清楚那是什麼。」

土地神想了一下，抓抓頭。「我想你還是等它來的時候再說吧，一時三刻，三句兩句還真的解釋不清，天亮的時候會來一次，到時我再告訴你。」

這時候，遠方的悟空等四人又更接近雷葛新和土地神所在的超商了，走近了一些，雷葛新更可以看得清楚四人的模樣和長相。那「悟空」經土地神一解釋，他的長相看起來果然和雷葛新的古生物核酸訊息裡的尼安德塔人有幾分相似。因為在雷葛新的歷史線中，人們對於這種在人類發展前的另一支類人種族沒有什麼太大的興趣，所以關於他們的研究也相當少，而且都停留在「那是一種比人還遜色的種族，所以才會滅絕」的刻板印象裡。

悟空的長相和一般的人類差不多，如果硬要挑毛病的話，就是他身上的毛髮比人類多，而且臉型看起來有點粗野，眉稜骨高，嘴闊牙尖，要說像猴子猩猩一類也不算過分。只是他的身形敏捷，力氣又大，混身散發出的精力比普通人大上許多。

而在土地神的形容中，血統屬於神族的三藏，看起來是個有點瘦，但是面目很俊美的年輕男子，此時他坐在那匹似馬似龍的坐騎上，雷葛新看了那匹坐騎幾眼，心中又開始好奇來。

「三藏主教胯下騎的那匹，叫做龍馬，」彷彿是看穿了雷葛新的疑問似的，土地神呵呵一笑。「他是龍族的家人，本來是住在英國尼斯湖的蛇頸龍後裔，也是介於人界和靈界的生物，後來就被派來當三藏主教的坐騎了。」

方才以一記月牙鏟打退妖魔的那人，這時看得清楚一些了，也是讓人覺得發怔的長相。那是一個長相破爛憔悴的女子，長長的頭髮好似多年沒有洗過，只在頭上用個簡單的海草束著，脖子上掛個九顆骷髏頭。而之所以會說她「長相破爛」，並不是因為她的衣著襤褸，而是她整個人的身上都是傷疤和手術的痕跡，彷彿是一個用不同材料硬補起來的身體。

「她是『悟淨』，名字叫紗織，是一個生化人，從德國來的，」土地神說著說著，看雷葛新還是一副疑惑的樣子，淡淡一笑。「就是『科學怪人』那樣子的生化人啦。至於走在龍馬後面那個長頭髮，個子很高，卻戴著一付豬鼻子也似的防毒面具的，就是八戒。聽說他有很嚴重的過敏病，所以要長年戴著具。

「對了，忘了告訴你，在很多時空世界裡八戒是豬，但在這裡不是，他是別的血統的生物。八戒是個吸血鬼，是羅馬尼亞卓九勒家族血統的人，不過參加了『取經』團體後，他就不再吸血啦，吃的是人類的食物，血癮犯了的時候，就吃納豆和番茄汁。」

第16章

搜神震盪

「『搜神震盪』是一種能將所有人的腦內思想改動的奇異現象，只要是被掃過的人，對於許多事情的記憶都會改動，這些記憶有的是剛剛發生的事，有的是不記得的事，但是不管怎樣，都會朝向一個『維持基本秩序』的方向而行……」

雷葛新聽得有趣，但是只聽好像不太過癮，於是他奔出超商的大門，向著超商外的黑暗壯闊空間跑過去，想要更近距離地看看悟空、三藏那一行人。

就在這個時候，空氣中陡地暗了一暗，整個空間似乎被什麼力量緊縮了一般，氣息變得十分滯澀，然後再次張開。

從遠方的天空，這時候急速地擁來一片非常大的黑色烏雲，又像是某種巨大無比的生物。那巨大黑雲似的東西是從悟空和三藏等人後方飛撲而來的，但雷葛新卻是正面迎向他們，所以把那片黑雲的模樣看得清清楚楚，然而悟空等人因爲是背對著它，所以第一時間並沒有看到。

那片巨大黑雲帶著咻咻的風聲，速度極快，打從天邊出現到接近悟空等人的距離，只花了幾次眨眼的時間。

雷葛新看見那黑雲撲過來的勢子極爲猛烈，忍不住大叫出聲。「小……心……哪……！」

但是，這一出聲已經來不及。悟空在這一刹那間感覺到後方的氣息有異，又聽到雷葛新的大叫，在這電光火石的一刹那間，那片黑雲已經來到，而且從高空俯衝而下，伸出一雙似手似爪的黑色長形物體，登時便將坐在龍馬上的三藏主教拎了上去！

這個動作來得極快，眾人在一時間都反應不及。雷葛新因爲和他們仍有一段距離，就算用飛的也趕不及搭救。悟空的反應已算極快，但是這一轉頭卻只見到三藏被那團巨大黑雲抓走，眼睛一閃，只來得及看見三藏的鞋子掉落在半空之中。

距離三藏最近的是他的坐騎龍馬，這龍馬顯然也不是凡物，牠在三藏被拎起的一瞬間並不是毫無反應的，當牠察覺背上陡地一輕時便知道不好，身上的綠色鱗片立刻幻化出十數條宛若長鬚的觸角追了上去，只是那黑雲的來速太快，縱使這十幾條觸鬚追了上去，但還是差了好幾公尺，撲了個空。

眾人紛紛仰頭轉頭，看向天空，只見那片黑雲來得極快，離去的速度也是急速無比，向著天邊越離越遠，轉眼間就在眼前消失。

悟空、八戒、紗織和龍馬在地面上氣急敗壞，卻是無計可施，雷葛新迎向他們的勢子不變，也不曉得哪裡來的一個靈感，他突然開口嚷了句連自己也莫名其妙的話。

「筋斗雲哪！你不是有筋斗雲嗎？飛上去追！」

那悟空的個性極為暴烈，自己的師父在眾妖魔和師弟們眼前硬生生被抓走，一肚子氣正無處宣洩，聽見這個長得奇怪的傢伙突然跑過來講了這句莫名其妙的話，更是怒氣迸發。

「筋你的媽啦！」他怒氣沖天，看見雷葛新沒頭沒腦地衝過來，於是丟下手上的棒子，迎著他一拳就捶了過去。

沒料到他會突然出手，雷葛新雖然嚇了一跳，但是這幾個時空下來訓練出來的身手卻讓他能夠立即反應。眼見他這一拳來得猛惡，於是他將腿一鬆，整個人便往後面仰了下去，屈膝沉踝，身體和地面平行地仰望天空，避過了悟空那石破天驚的一拳，腳上順勢滑行繼續前進，與悟空錯身而過。

那悟空的身手也著實了得，他這一拳打得空了，又看到雷葛新這樣仰身滑行地與自己交錯而過，因爲實在非常火大，於腰一沉，腿一伸，一個轉身一個拐腿便向雷葛新的臉上飛踢過去。

雷葛新雖然整個人以仰身、滑行的古怪姿勢前進，但是從本能的反應上，卻知道悟空又出了這一腳，於是他雙手在地上一按，整個人在半空中翻了半個跟頭，避開了悟空這一腳，並且雙腿餘勢不歇地，在空中猛力一踹，便重重地踢在悟空的背上。這一踢的力量加上悟空前行之勢，相加之下是股很大的力道，登時將悟空踢得往前踉蹌幾步，趴跌在地上。

兩人這一交手說起來話長，但發生只在電光火石的一瞬間。只見悟空一個趴跌在地上，滾了幾滾，躍起身來。他起身的角度是背對雷葛新的，眼前看見的便是那座超商，於是他頭也不回地，立刻往超商衝過去，登時忘記了剛才和雷葛新的交手。

看見悟空頭也不回地衝進超商，八戒、紗織和龍馬也無暇再理雷葛新，也急忙跟在悟空後頭奔向超商。

雷葛新喘了幾口氣，覺得有點呼吸不過來，他用的這個身體體能似乎並不甚佳，打個幾回就喘個不行。他緩緩地站起身來，心念一動，便往身後一看，只見剛剛還滿坑滿谷的妖魔鬼怪們這時已經大部分散去，顯是三藏已經被劫走，已經沒有什麼搞頭，便很快地散去。

便在此時，遠遠的超商已經傳來喝罵東西摔碎的聲音，雷葛新心中一震，連忙也奔向超商。

進了超商，只見裡面已是狼籍一片，瓶瓶罐罐散落滿地，許多在貨架上的東西也被打飛，超商裡的妖魔們已經全數避開，悟空在那裡大吼大叫，揮著手上的金棒，隨著他的每次揮動，便有一堆物品被他打落在地。在他的面前，禿頭的店長「土地神」還是陪著笑，一臉和氣的笑容，不時地對悟空彎腰道歉，不時地舉起手放在眉旁，做出行禮的恭敬手勢。

在收銀臺的地上，那位黑黑胖胖的「土地婆」這時已經直挺挺地昏暈在地，顯然她已經先和悟空起了衝突，以她的個性應該是一言不合便是大打出手，只是遇上了悟空這樣的身手，沒幾下就被打倒在地。而八戒、紗織和龍馬則是乖乖地瑟縮在冰櫃旁邊，完全沒有吭聲。

「伸出你的狗腦袋！讓爺爺打個三百棍方能洩忿！」悟空大聲叫道，金棒在地上「鏗鏗鏗」地敲著，把地磚都打裂了。「媽的，你這什麼土地，妖魔這麼多，你什麼都搞不定，要你這廢物做甚？」

那土地神聞言大驚，腿一軟就跪了下來，臉上露出愁苦表情。「不不不，大聖饒命，小神不是故意的。」

悟空大怒，掄起金棒便要打下去，手上一緊，卻發現雷葛新不知道什麼時候已經悄然站在身邊，手裡卻緊緊地握住了悟空的金棒尾端。「客氣點！他是我朋友。」

這悟空在多年前的一場大鬧天宮之役裡闖下名聲，後來雖然被收服了，暴烈性子略有改善，但他是個鮮少遇到對手的戰鬥高手，平素對任何人都不看在眼裡，這時候被雷葛新冷冷地指責，哪還能受得了，於是奮力一抽金棒，雷葛新也不和他的蠻力對抗，便由得他抽開棒子。

悟空惡狠狠地盯著雷葛新，似是隨時就要出手，手上的金棒舞得滴溜溜的，發出咻咻咻的聲音。

雷葛新在方才便已經觀察過悟空的力量，發現他雖然有著力大、動作敏捷的長處，但以乎對武學並無太深的領悟，在以往之所以能夠在戰鬥上無往不利，也許是因爲沒有真正遇過能量強大的武學高手。而來自於「他是大鬧天宮的悟空」的既定印象，也是對手未戰先怯的主因之一。但是觀察過悟空的戰鬥技巧後，雷葛新認爲，自己能夠打得贏悟空。

悟空斜著眼看他，臉上露出獸類凶狠的表情，他將手上的金棒一丟，「匡鎯」地滾了開去。「來來來，你這個不知死活的小鬼，就讓你爺爺來修理你一頓！給你一頓好果子吃！」

他的雙手緊握，手臂上的肌肉箕張，似乎連身上的皮袍子都要撐破，身上瀰漫著滿溢的力量，他大喝一聲，一拳便往雷葛新的臉上招呼過去，這一拳凝聚了他的所有力氣，看起來就要把雷葛新打死在當場。

只聽見「磅」的一聲巨響，但是被打飛出去的卻是悟空，只見他的身子向後飛去，重重地撞上飲料櫃，那撞上的勢子極大，壓扁了許多碳酸飲料，噴出了無數道的氣泡。

悟空生平和人打架從來沒有遇見過這樣的場面，就算被人打敗也從來不曾像這樣被打得莫名其妙，他被雷葛新的一掌打中了腦門，整個人昏天暈地，一時間有點搞不清楚自己身在何處。

八戒和紗織連忙過來把悟空扶起，八戒一邊扶還嘟囔著：「還說你一路從天宮殺到五指山呢，這一傢伙還不是給人打了？」

悟空重重了敲了腦門幾下，還是一陣昏暈，他推開八戒和紗織，又跳到雷葛新面前。「你……你這小子用的是什麼騙人招？爲什麼我會被你打飛？」悟空怒道：「不行！再來過！」他不住地蹦跳著，全神貫注地看著雷葛新的動作。

然後，他的身上所有力量陡地一縮，跟著便是更猛烈的一拳又向雷葛新打了過來。

彷彿是重播鏡頭似地，又是「磅」一聲巨響，悟空毛茸茸的身子又被雷葛新打飛了出去，這一次他向後仰倒的地方有著八戒和紗織，兩人看見悟空又被雷葛新打了出去，連忙伸手接住。但是悟空被打飛的勢子頗是猛烈，兩人一個沒抓好，便被悟空撞倒，三個人倒成一團。

「邪門！邪門！」悟空大叫。「若不是我擔心師父的安危，一定不放你善罷干休！那個兀那土地！我師父是被哪個妖怪抓了去的？速速給我說出來！」

他和八戒、紗織倒在地上，但是他的腦袋似乎沒什麼章法，明明片刻前才被雷葛新打倒，人還倒在地上，卻轉向土地神開始問師父的下落，頗爲突兀。

土地神不敢怠慢，連忙走過來欠身說道：「大聖息怒，大聖息怒，方才小神便要向您稟報，現在小神向您稟明。那劫走三藏主教的，是本地巴黎的妖魔蜘蛛精。但是她在人間也有人類形體，巢穴所在之地便位於這裡不遠處。」

悟空眼睛露出精光，一個俐落挺身便躍了起身。「罷罷罷！既然知道了在什麼地方還在這裡磨菇什麼？咱們立刻殺了過去，把咱師父救回來！」

土地神陪笑道：「大聖，現在去救是不成的。」

「不成？」悟空目露凶光。「誰敢擋我孫悟空去救人？」

「不，不是要擋您去救人，」土地神只差沒有跪了下去。「只是那蜘蛛精在日間人們的眼中，就是巴黎市裡的聞人名媛，您這時如果貿然而去，是見不到她的本體真相的，要等到晚上去了，才能見到她的真正本體。」

「那蜘蛛精的老巢在什麼地方？」悟空不耐煩地怒道：「你絮絮叨叨地這麼多廢話作甚？」

「那蜘蛛精的老巢位於巴黎市中心，但現在大白天是不會現形的，如果您現在去，只會看到那是『維多莉亞的秘密』法國總部大樓。那蜘蛛精在人類世界的身分是巴黎時尚名媛，在本市名聲極好，是上流社會很受歡迎的人物。」

悟空怪眼一翻，沒好氣地瞪著土地神。「然後你是她的老相好是不是？這麼幫她說話，總之就是要騙老孫不去找她晦氣麻煩是不？」

土地神聞言登時嚇了一號，立即跪了下來，悟空伸出金棒又作勢要打，手臂一動，心中突然一怔，暗叫不好。果然，此時他的棒子一緊，又被雷葛新握住。

但這悟空其實是相當出色的戰鬥高手，真正的高手不會犯第二次同樣的錯誤，於是他手一鬆，整個人頭也不回，向後就是一腳直踹過去，然後另一腳奮力一蹬，隨著這一腳急速後退，身體環抱，一個肘錘，便向雷葛新發出了兩道攻擊。

只是不曉得爲什麼，這一腿一肘的兩道攻擊都沒有碰到雷葛新分毫，他虎的一轉身，卻看見雷葛新輕巧巧地把金棒丟給他，悟空直覺地抓住，然後不曉得從什麼地方飛來一股大力踹在他的胸腹處，轉眼間又被雷葛新踢飛出去。

這一被踢飛出去，人又跌在八戒和紗織的身上，三個人又是倒了個滿懷。

雷葛新左腿跨步，右腿伸出，雙掌虛含，做出了個古代武學電影「黃飛鴻」中的姿勢，望著悟空三人，冷然地說道：「出去！你們實在太吵了，我有事要問他。」

「他不是叫你們等到天黑嗎？在這之前不准給我亂動，出去！」

悟空等人被雷葛新這幾下打得有點傻了，八戒和紗織本就沒什麼主見，只能跟著悟空跑來跑去，悟空怔怔地看著雷葛新，頹然地低下頭，果然走出了超商的門口，在門口像流浪漢一樣的蹲著。八戒、紗織和龍馬這時也悄悄地跟了出去，四個人便像是洩了氣的皮球般地蹲在門口。

雷葛新看了他們的樣子不禁好笑，轉過頭來，看見土地神正把土地婆扶起來。環視整個超商，這時已經是滿目瘡夷，物品、瓶罐散落一地，更別談那個被妖魔扯斷手臂的法國恐怖分子亞蘭德倫，此刻，他直挺挺地以扭曲的身形仰躺在地，失去了知覺，但是應該還留了半條命在。

土地神把老婆扶到一旁，對雷葛新露出苦笑，然後拉著亞蘭德倫剩下的一隻手，把他拖到門口，整個人丟了出去，滾在馬路上。

「怎麼這樣處理他？」雷葛新奇道：「不用把他送到醫院嗎？」

「等一下你就會知道了，」土地神做了個無可奈何的手勢。「幾千年來都是這樣處理的。等一下搜神震盪會把他搞定的。」

「又是搜神震盪，」雷葛新皺了皺眉。「你已經說了好幾次，那到底是什麼？」

土地神很熟練地把昏迷的亞蘭德倫丟到街上後，又進來超商的正中央，把屋頂的一個拉環用長勾勾下來，拉出一具折疊梯，這折疊梯一拉下來，屋頂便出現了一個通道。

「上來吧，在這裡看得比較清楚。」土地神很俐落地爬上梯子，人影消失在屋頂的通道中。「搜神震盪快要來了，上來看看。」

雷葛新依言跟著他爬上了折疊梯，通道通往的是超商的屋頂。這座超商是棟獨棟的平房，屋頂是個平坦的空間，位於巴黎市區的這個地點，照理說應該是高樓大廈林立的地點，但是在此時放眼望出去，卻仍然是剛剛佈滿了妖魔的那個寬闊平野，只是現在妖魔已經全數離去，整片黑暗又遼闊的大地上，只有超商這個地方是亮著的，整片大地上，也只有超商這個建築，看起來像是玩具模型一樣，完全沒有真實的感覺。

「爲什麼會這樣……」雷葛新喃喃地自語，也希望牛頓會跟他搭腔，但是此刻卻是寂靜無聲，不曉得牛頓去了哪裡。「爲什麼所有大樓都不見了？」

「其實它們沒有不見啊，它們都還在，」土地神站在超商的屋頂，抱著雙臂遠遠望出去。「你再仔細看看。」

雷葛新心中一動，微微凝神細看，果然看到在一片空曠黑暗的世界裡，有些隱隱然的光影，而那些光影如果專注地看，可以看出來正是巴黎市區大樓街道林立的圖像。

「人類的眼睛，只能看到很少很少的東西，如果以廣播電臺來說，世間有幾百個頻道，但是人類只看得到一兩種，」土地神悠然地說道：「因為看不到，所以人類很幸福，可以很單純地過日子。我們的世界，是以各種不同的形式交錯堆疊在一起的複雜世界，還好人類什麼都看不到，所以可以過著相對平靜的生活。」

雷葛新點點頭，這種理論其實在很多時代都有人發現過，只是因為沒有明顯的證據，所以常被一般人認為是瘋子的囈語。

「就像你剛剛看到的妖魔世界，其實跟人們熟知的世界是重疊一起的，交錯互動的機會非常多，如果真要探究下去，有妖魔的世界，有鬼靈的世界，也有各種牲畜動物的世界，無窮無盡。但是人類的腦袋是無法接受這麼多資訊的。人類的腦袋是一種被封印過的存在，因為種種的原因，人類有許多能力都是被關掉的，因為他們有限的腦力無法應付這麼多的『頻道』，如果讓他們多看幾種世界，大部分都會瘋掉，變成無可救藥的神經病。只有少數腦袋比較特殊的，可以承受這種大量資訊，不過他們也常常被一般人當成瘋子。」

雷葛新心中一動，思緒中的核酸知識立刻擁現好幾張臉孔，有的人開創了宗教，但是卻為世人所棄；有的人向世人解說這些不同的世界，最後還死於非命；有的被吊上十字架，有的被亂石打死，有的則是被火燒死。

天空這時開始濛濛發亮了，原來已經快要天亮，隨著光度逐漸變亮，整個黑暗空曠的大地也像是溶解一般，顏色變淡，而巴黎現代化街道的光影變得越來越清晰。整個城市的模樣像是從顯像的照片中出現一樣，開始變得清楚。

「這些不同世界和人類的世界既然相連，所以免不了會發生許多人類世界不可解的事，像是那個斷了手臂的傢伙……」土地神走到屋頂邊緣，指著仍然躺在大街上的亞蘭德倫。「雖然他不見得知道妖魔世界是什麼，但是他的手被妖魔弄斷卻是實實在在發生的事。」

土地神說著說著，舉起右手看了看腕上的手錶。「快來了，快來了……大概再四十秒鐘。」

雷葛新好奇地四處轉頭看看，卻仍然看不出什麼端倪。土地神哈哈一笑，張開雙臂，彷彿要迎接什麼東西似地。「跟著我這樣做，朝向東方。」

雷葛新好奇地看著他，果然也跟他一樣，做出張開雙臂的動作，朝向東方。

在那裡，天際隱隱然已經出現了陽光，太陽即將升起。只是，在天空最高的地方，這時出現了一個有些模糊的光點。那是一個迷迷濛濛，卻閃爍著奇異光芒的光，之所以會覺得那是一個光點，是因爲距離還是極爲遙遠，不管多大的東西都還只是一個點。

但是很快的，那「光點」已經逐漸接近，隨著它的接近，它的面積也開始變大，本來只是一個點，但是一下子便佔據了三分之一的天空。

「來了！來了！」土地神在空間中有些忘情地大喊。「這個就是搜神震盪。」

雷葛新目不轉睛地盯著那「搜神震盪」，心中覺得既驚訝又期待。他穿梭時空這麼多次以來，總以爲已經見過時空中最奇怪的事物，但是此刻眼前所見的東西，卻是超乎所有知識、想像的現象。

不曉得爲什麼，這時候除了驚訝有趣之外，雷葛新心中卻油然升起一種悵然的感覺，他很明顯地知道此刻牛頓並不在他的身邊，也沒有看到這場時空中的奇景。

那片光這時已經幾乎佔據了一半的天空，雷葛新可以看見它是一片無法想像有多大的光幕，像是一張巨大無比的網一樣，有著滿佈的光之線條，交錯其中，有的線條像魚網，有的線條是美麗的幾何圖形，有些線條就像是極光，呈現出布幕的形狀。

從這「搜神震盪」的形狀可以看出來，它可能是一張極大的平面光幕，從遠到近地，像一張床單似地橫掃過大地，至於這張光網的真正大小，可能遠遠超過人類的想像，雷葛新甚至可以想像這張光網可能比地球還大，腦海中不禁出現一張透明的大網橫掃過地球的壯觀景象。

當他心中想著這些的時候，那「搜神震盪」已經橫掃而來，掃過遠方的山，掃過城市旁的塞納河，然後向著自己的眼前橫掃而來。

當「搜神震盪」的光網終於掃到雷葛新面前時，他很努力地不要閉上眼睛，想要體會這光網掃過自己時會是什麼樣的感覺，很奇妙的是，這光網雖然如此寬闊，把整個世界都籠罩起來，但是它的厚度卻相當的薄，可能只有被單或毛巾那麼薄，但是當它掃過雷葛新的時候，他卻感受到一種前所未有的感覺。

那光網掃過他的時間非常短，可以推測整個光網速度大概只是人類跑步的速度，和光網交錯而過的時候，雷葛新直覺地一仰一退，但是卻發現光網經過身體時，肉身並沒有什麼感覺。

但是雷葛新因爲體質和核酸作用的關係，對於天地間許多人類感受不到的訊息會有很明顯的反應。他很敏銳地在光網通過身體的那一剎那間，可以感受到大量的情感訊息，有哭泣、有歡喜、有憤怒、有悲傷，有許多人的臉，有許多地方的風景，也有大量的各類影像。

那種感覺，有點像是有張巨大無比的螢幕從眼前「刷」地過去，而在那張巨大螢幕中有成千上萬的影像、聲音，只是剎那間閃過，但是卻能夠知道上頭有萬千人的臉，千百種不同的風景，還有無數人們的喜怒哀樂。

搜神震盪從身上經過之後，雷葛新有好長一段時間沒有動彈，除了驚訝的情緒外，也想把那剎那間的影像、聲音儘可能地記下來，生怕一個動彈，那種感覺就會煙消雲散。

等到雷葛新再次回過神來的時候，這才發現土地神正站在他的跟前，臉上的表情似笑非笑，又有點促狹。「怎麼樣？很強吧？這就是『搜神震盪』，不管我跟你說過千百次，總要你自己體驗了才知道厲害。」

雷葛新定了定神，深吸了一口氣，腦海中有種無法解釋的古怪之感，有很多事物仍在腦海之中，但是不曉得爲什麼，卻又微妙地覺得有什麼東西變得不同。

「腦袋怪怪的，對不對？」土地神笑道：「這是很正常的反應，因爲『搜神震盪』就是這樣了不起的東西。簡單來說，就是剛剛這樣一下子，你的腦袋已經被改過了。」

「腦袋被改過？」雷葛新睜大眼睛。「什麼被改過？」

土地神抓了抓頭，一時間彷彿不知道該怎麼措辭。「不要問我為什麼，也不要問我搜神震盪是怎麼來的，這麼幾千年來，我看過了無數次『搜神震盪』，知道它可以做什麼，但是你問我什麼是『搜神震盪』，或是它是哪裡來的，誰做的，這個我完全沒有概念。」

雷葛新吞了口口水，輕輕揮了揮手，示意他繼續說下去。

「『搜神震盪』是一種能將所有人的腦內思想改動的奇異現象，只要是被掃過的人，對於許多事情的記憶都會改動，這些記憶有的是剛剛發生的事，有的是不記得的事，但是不管怎樣，都會朝向一個『維持基本秩序』的方向而行。它對於記憶的修改是非常鉅細靡遺，而且是非常全面的，只要是被它掃過的地方，所有人對於某件事，某個人的記憶都會被全面修改，修改後，大家只記得『搜神震盪』要你記得的情節，真正的事實反倒沒有人記得，就算有時出現特例，有極少數人沒有被洗過記憶，但是他們也會被大多數人當成瘋子或是腦袋有問題。

「而據我的觀察，『搜神震盪』改動的記憶，最重要的原則便是『讓人好好地活著，不要想太多』，有許多事情的真相，人類知道了可能會發瘋或是造成社會動盪，這種記憶常常會被『搜神震盪』改掉。」

土地神說著說著，便指著樓下的大街。在那裡，大街上已經來了救護車，不少路人在那裡圍觀，議論紛紛，救護車上的救護員把亞蘭德倫扶上擔架，巴黎警察這時候也來了，幾個路人指手劃腳地告訴警察發生了什麼事。

因為路人的聲音很大，所以在屋頂上的雷葛新也可以聽得到他們的敘述，幾個人言之鑿鑿地說看到一部小貨車撞倒了亞蘭德倫，車禍之猛烈，把他的一隻手都撞斷了，有個老人還報出了肇事車輛的車牌號碼。

「你看到了沒？」土地神苦笑。「被『搜神震盪』掃過之後，所有人的記憶都改變了，現在他們的記憶中，整個事就是一個車禍，那老人還是在超商裡看到他的手被妖魔弄斷的，但是他們現在完全不記得任何跟妖魔有關的事，只記得是一場車禍。」

「不對，」雷葛新瞪了他一眼。「那為什麼我們的記憶沒有被改動？為什麼我們還記得妖魔的事？」

「那是因為我不是人類，我是另一個世界的人，開這家超商只是我在人類世界的幌子，所以我的記憶不會被改動，」土地神露出古怪的笑容。「但是誰知道呢？誰知道我們的記憶有沒有被改過？說不定整件事的真相是第三種情形，只是我們記得的是妖魔弄斷他的手這個版本。至於你，你應該也不是人類吧？至少不是一般的人類，你的腦部運作方式和人類不同，所以記得的事和人們也不同。」

「這種『搜神震盪』常有嗎？人們的記憶常常被改嗎？」一時之間，雷葛新只覺得有點頭昏，想起自己的記憶也許是騙人的，更是覺得腿軟。「所有人都會被影響嗎？」

「『搜神震盪』來的時間非常準確，你看我都能知道幾秒鐘後會來，」土地神又是苦笑。「它每天會有一次小震盪，改動的是較短時間內發生的事。每七天會來一次中等震盪，這時候連人的久遠記憶都會改動，有時候連已經被改動的記憶還會再改一次。然後，每四十九天會來一次總括的大震盪，有的人甚至會在大震盪後消失，而身邊所有人都不會記得他曾經存在過。」

「記憶真的能修改嗎？」雷葛新喃喃地說道：「要改動所有人的記憶，那是什麼樣的科技才能做到的事？」

「當然偶爾也有漏網之魚啦，不過非常少，而且沒有人會相信你，」土地神笑道：「我看過有些人，不曉得是沒有修改乾淨還是什麼原因，記得一些大家覺得理所當然，他卻不以爲然的事。有的人記得一個不存在的朋友，但是問遍了所有人卻沒人記得他。有的人記得一個字應該是這樣的寫法，但是全世界的人，包括字典和圖書館都告訴他，那樣的寫法才是對的。這種人就是搜神震盪沒有修改完整的人，但是他們也沒有任何方法證明自己的記憶是對的，因爲大家都不記得，就算只有你記得也一點用處都沒有。」

「我跟你說過，我去過許多平行世界，那麼所有平行世界都有『搜神震盪』嗎？」雷葛新問道。

土地神又抓了抓頭，臉上露出抱歉的神情。「這些世界因爲我沒去過，所以我就不曉得了，但是據我所知，只要是我知道的世界，不管是妖魔或是鬼魂，都有『搜神震盪』這種事。但如果你問我這『搜神震盪』是哪裡來的，什麼人弄出來的，我就完全不知道了，也許只有神族的人會知道吧。」

「我已經聽過這種『神族』好多次了，他們到底是什麼？」雷葛新奇道：「你們都說神族的基因有兩萬五千組，又說他們的組織異於常人什麼，到底神族是什麼東西？」

他在這些穿梭時空的冒險之中，聽過很多次神族的事，但是真正接觸的機會極少，除了那個會折成兩段的米帕羅可能是神族之外，只有在桃源的時空中遇見過據說有神族基因的高大美少女公冶南，但也沒有機會真正瞭解她到底有什麼特徵。還有就是在這裡遇見的三藏主教，但是連接近的機會也沒有，就被蜘蛛精抓走了。

「神族啊……那說來可就話長了，」土地神悠然地說道：「許多人都見過神族，也有很多文明的祖先記載過他們的出現，在宗教、神話中也處處可見他們的身影。」

「他們是所謂的『神仙』嗎？」雷葛新好奇地問道：「全世界的神話、傳說中都有各種神仙，他們是這種族類嗎？」

「少部分是，但大部分的神仙都很差勁，不只不是神族，連做人都不夠格，」土地神說道：「傳說中的神仙，有的是人假扮的，扮個戲法騙騙老百姓，就成了神仙。有的則是憑空想像出來的，連虛構的小說人物都能變成神明。你看看他……」

土地神指著在樓下大街旁懶洋洋蹲著的悟空。「在很多地方都有他的廟，他的神像，但是他其實就是一個跟人類不同種的族類而已。

「但是神族就不同了，真正的神族有什麼能力，其實是很難想像的。在希臘羅馬神話的神族，隨便一個就可以主宰人類的命運。聖經裡出現的神族，還可以和凡間的女子生下偉大的人物。另外，在佛經中提到的『天人』也可能是神族。」

「難道你從來都沒有遇到過神族嗎？」雷葛新問道。

「沒有，」土地神搖搖頭。「我在人間凡間待了幾千年，聽無數人說過好多神族的事，但卻沒有一次有機會見到神族。剛剛遠遠看到三藏主教的那一次，是我這幾千年來第一次看到神族。這就跟看到神仙一樣嘛，世上有那麼多神仙的故事，但是真正看過神仙的人卻很少，當然那些產生異常幻覺的人不算。」

「他們真的有那麼強大的能力嗎？」雷葛新看向天空。「真想看看。」

「如果我聽過的故事是真的，那麼神族的能力真的是我們完全無法想像的，」土地神說道：「我曾經聽人說，神族能夠來回不同的時空，甚至能夠自由操弄時間，他們也可以輕易毀掉一個星系，甚至幾千個星系。在有些故事裡說，神族甚至能夠超越生死，掌控生死。」

「這麼厲害？」雷葛新笑道：「我不太相信。」

「跟我說這些事的人，都是曾經見過神族的人，」土地神微笑。「其中有些人甚至還跟神族談過戀愛。」

「還談戀愛？」雷葛新笑得更開心了。「不是說神族能夠掌握一切嗎？那麼根本就不用談什麼戀愛啦，隨便一個指頭，不就是成千上萬的女人投懷送抱了嗎？」

「這就是天地之間最有趣的事了，」土地神的笑容露出耐人尋味的表情。「按理說你是對的，既然神族有那麼強大的能力，爲什麼還要談戀愛呢？這件事，我大概在三千年前就問過了，這才知道有件奇妙至極的事。

「原來，神族縱使有著穿越時間、控制無數宇宙的能力，但是他們的世界裡卻沒有音樂、戲劇、娛樂等人類世界再平常不過的事，也沒有愛情和各種情緒的互動，因此他們之所以會在人類的世界流連，就是因爲他們迷上了在人類世界的這些事物，聽音樂、看戲看電影、喝酒、抽菸，當然還有最重要的：談戀愛。

「在我遇過的這些人之中，就有人是被神族愛上的俊男美女，而且聽說神族的人談起戀愛比人類還要盲目，有的愛上了對方、對方卻不愛他的，還要尋死尋活鬧自殺呢！」

「神族的人鬧自殺？」雷葛新大笑。「這倒是新鮮事了，卻不知道他們鬧自殺會不會死呢？」

「據說，神族的人不是不會死，只是要讓他們完全死掉是很不容易的。我曾經聽過有人曾經用美色引誘過神族，並且將那個神族人弄得非常悽慘，只是不曉得有沒有死。不過在佛經裡說過神族也會死，大概活了幾億萬年後，頭上的髮髻會枯萎、天衣污穢、芳香的身體會發臭，原本災變光潔的天衣出現污垢，兩腋下出汗，如果出現這現象的神族就會死。」土地神笑道：「不過，這些都是說說的，我從來沒有看過任何神族，當然也沒有和他們說過話，所有的故事，都是聽來的。」

「所以，『搜神震盪』是神族做出來的事嗎？」雷葛新好奇地問道：「感覺上兩者似乎有關聯。」

「這個……只是我的猜測，沒有證據的，」土地神搖頭。「在我的觀察中，我覺得『搜神震盪』是淩駕於神族之一的東西，即使是神族也要受到『搜神震盪』的影響，沒有辦法與它對抗。當然這只是我的猜測，也許神族會知道『搜神震盪』是什麼，但是就像我說的，我從來沒見過他們，也沒有機會問。」

「那麼，這種『搜神震盪』到底有什麼作用？改掉的記憶爲什麼要改掉？」

「以我的感覺，我覺得『搜神震盪』是要讓人過得好一點，有很多事情忘掉了，人們會活得快樂一些。」土地神嘆道：「其實人類過的日子是很難捱的，地球成天都是災難，有殞石、有外星的惡棍、有靈界的傳染病、有妖魔的殺害……但是『搜神震盪』會把大部分有關於壞事的記憶都洗掉，把人記得的事情換成比較溫和的，不太有傷害性的記憶。

「像那個手被狼妖弄斷的傢伙，如果他記得這件事的真相，他這輩子可能會活得很痛苦，光是想到妖魔的樣子就會嚇到睡不著。但是被『搜神震盪』洗過之後，所有人都記得他的手是被車禍撞斷的，包括他自己都是這樣記得的，也許這樣他的日子會好過一點。

「基本上，只要是關於靈界、妖魔、外星人、魔界時空的事，大部分都會被洗掉，就算偶爾有人記得，說出來也會被大家當成瘋子，久而久之，也就沒有人會認爲原有記憶是真的了。

「但我也見過有的人記憶被洗掉之後，換上去的是更可怕的記憶，但是爲什麼會這樣，我就不曉得了……」

雷葛新的腦海中這時映出古代美利堅的老片子「ＭＩＢ星際戰警」裡的臺詞：

「……人類過得快樂，是因爲他們什麼都不記得，不知道……」

他對於這種「搜神震盪」極有興趣，但是土地神似乎真的就只知道這些，除此之外也沒有辦法再提供什麼樣的看法了。他這時候很希望能和牛頓討論，但是從進入這個時空開始，牛頓的聲音就出現了嚴重的雜訊，甚至變得無聲無息。

雷葛新和土地神兩人坐在超商的屋頂上，談談說說，不知不覺中，一天就這樣過去，天色漸暗，黑夜將要來臨。

暮色來到大地的時候，只聽得悟空大喝一聲，整個人充滿精力地躍起。「走啦！去救師父啦！」

在巴黎華燈初上的夜色中，悟空、八戒、紗織帶著龍馬，四個身影逐漸遠去，竟然頭也不回地，彷彿在這個超商發生過的事從來不曾存在。

雷葛新看著他們的背影，心中突然覺得很有趣，又很好奇，正想一躍而下，跟過去看看，土地神搖搖頭，示意他停下動作。

「不要去。」土地神簡短地說。「他們還是自己解決這件事比較好，你不要插手。」

「那裡的妖精不好打吧？」雷葛新奇道：「我過去可以幫幫他們。」

「不要去，他們的命運早就已經決定了，不論你做什麼都沒有用。」土地神搖搖頭。「我讓你看點東西。」

兩人從折疊梯爬下來，雷葛新有些狐疑地望向超商外頭，這時候還隱隱看得到悟空等人的身影，快要消失在人潮車潮之間。

土地神從超商的書架中隨意拿下一本圖畫書，遞給雷葛新。

雷葛新看了一下，發現那是一本再尋常不過的漫畫書，畫風線條粗獷，有些古代美利堅漫畫的風格。只見那本圖畫書的上頭一個很明顯燙金的「G」字，一翻開看到裡面的圖畫，整個人就傻了。

在那本圖畫書的第一頁，畫的便是昨夜亞蘭德倫被爆掉手臂的場景，那畫風雖然很漫畫，但是卻能將人物的臉畫得很有神韻，一眼就能看出是在畫誰。在每一格的背景中，連不是主場人物的樣子也簡單幾筆畫了出來，站在禿頭的土地神旁，有一個打扮新潮的男性，顯然就是雷葛新自己，這是他來到這個時空後第一次看到自己的模樣，而且是在漫畫中看到的，是非常有趣的經驗。

雷葛新逐頁翻下去，看到自己和土地婆的動手，看到空間的變換，也看到群魔的舞蹈、聚攏。

然後，悟空等人出現了，在群魔的圍攻中還手……

因爲懶得再將發生過的事重覆一次，雷葛新跳過好幾頁，看到自己和土地神站在屋頂看搜神震盪，又看到悟空等人在大街上逐漸遠去。

接下來，他們走到了巴黎市中心的某棟豪華大樓，大樓上果然亮著巨大的招牌：「維多利亞的秘密」。

雷葛新這時候已經完全被這本圖畫書迷住了，爲了想知道悟空他們發生了什麼事，於是更專注地看下去。

在維多莉亞的秘密總部大樓，一開始四個人還被守衛刁難，以爲他們是流浪漢，只好爬上四十六層的樓梯上去。

到了頂樓的大舞池裡，悟空將迎上來要把他們趕走的幾個保鑣打出原形，幻化成蠍精和蜈蚣精等妖怪。

本來是歌舞聲光眼花撩亂的舞廳，這時候被悟空打回了原形，現出充滿蜘蛛絲的陰暗巨大洞穴。

在洞穴的高點，這時有個挖空的淺洞，三藏主教便被剝了個乾淨綁在那裡，對著悟空呼救。

蜘蛛精這時候出現了，她的尾部是個美麗妖艷女子的上半身，但是從腰部以下卻是隻手腳極長，大概有四五公尺寬的巨大蜘蛛。

她的手下是各形各樣的蟲蟻妖精，這時候開始張牙舞爪地纏住悟空等人，大戰起來。

這一場惡戰爲時極長，至少佔了三四頁，那蜘蛛精的戰鬥力極強，和悟空等人打個難分難解。

打了一陣子之後，蜘蛛精覺得不想再纏鬥下去，於是噴出漫天的白色毒霧。

在毒霧之中，八戒、紗織和悟空先後中毒倒下，只有龍馬仍在苦撐。

看到這裡，漫畫裡有件奇詭到了極點的事發生了。

雷葛新忍不住從漫畫裡抬起頭來，張著嘴巴望向土地神。「這……這什麼鬼？」

土地神彷彿早知道會發生這個情形，只是淡淡地笑了。「你繼續看下去便是。」

在漫畫中，這時候悟空等人先行倒了下去，龍馬只多撐了片刻，最後也終於倒下。

蜘蛛精在瀰漫著白色毒霧的空間中得意地尖聲大笑，便在這個時候，本來被綁在洞裡的三藏卻發出怒吼，形貌開始發生變化。

經過變化後，三藏法師居然幻化成女身，戰力極強，個性猛烈強悍。

在這個形體的旁邊，有著字幕提示：「第二三藏，女身」

第二三藏接下了蜘蛛精和蟲蟻精怪們的攻擊，打起來毫不遜色。

蜘蛛精看見第二三藏如此難敵，便召來她的六位姐妹，另外六隻更爲獰惡的大蜘蛛精。

看見對手實力大增，於是第二三藏又開始幻化，幻化後是一個全身散發出金色光芒的男性，面貌和原來的三藏主教類似，但是卻沒有任何衣物和毛髮，像天使一樣，全無任何瑕疵。

這個新形體在漫畫中同樣有著標示，他叫「第三三藏」，這位第三三藏的能力似乎極強，一出手便是強大的能量，七位蜘蛛精完全無法抵擋……

漫畫到了這裡，這一本已經結束，至於接下來發生了什麼事，顯然就要看下一本漫畫才能分曉。

雷葛新把眼光從漫畫中抬起，望向土地神的眼神卻更是困惑。

「這……這是什麼原理？爲什麼這本漫畫會把還沒發生的事描寫出來？這是悟空他們真正會發生的事嗎？」

土地神露出抱歉的表情，搖搖頭。

「我從剛才就跟你說了，我只是一個看門的人，我也許看過天地間許多事，但是這些事我都不曉得它們是哪裡來的，是怎樣出現的。」

「所以……」雷葛新想了一下，露出駭然的神情。「所以悟空他們的命運，早就已經決定了，是嗎？」

「是的，」土地神肯定地點頭，臉上卻露出悲傷的表情。「雖然我這裡沒有書，但是已經有別的地方的土地神、揭諦神、山神看過了最後的版本。

「悟空他們這場冒險，其實只是一場遊戲，只是犧牲他們的一局棋。這個結局，在他們一開始出發就已經決定了。許多人知道這件事，派他們出來的梵蒂崗大主教們知道，所有的土地神們知道，連許多妖魔也都知道，只是悟空他們不曉得而已。

「他們在這之前，已經循著時空中的『西遊記』走過了許多地界，也依照那些世界通過了很多考驗。像是位於中亞沙漠的黃風嶺、北歐瑞士的歸元莊、甚至連最凶險的火焰山都渡過了，但是他們卻不知道，他們這趟旅程，無論如何都會在印度的通天河中止，在那裡，只有三藏會存活下來，其餘的像是悟空、八戒、紗織、龍馬都會在那裡死亡。」

雷葛新一邊聽著土地神帶著悲傷的敘述，一邊翻閱自己思緒範圍的《西遊記》，發現那都是在那部有名的神怪小說裡，悟空等人經過的關卡，在書上說，他們一共要經過九九八十一道難關，最後才能修成正果成佛。

「所以他們不會完成這趟旅程？」雷葛新嘆道：「而且他們自己都不知道？」

「不知道，而且他們永遠不會成功，」土地神哀傷地說道：「最終，他們只是玩這場遊戲背後操縱者手上的玩偶。」

從雷葛新和土地神此刻所在的超商中，遠遠可以看得見大道盡頭的「維多莉亞的秘密」總部大樓，這時候在夜色裡，大樓的頂端隱隱冒出激烈的火光。

大戰已經開始。

雷葛新和牛頓的聯繫，在這個時空之後完全斷絕，因此在接下來這一趟時空之旅，雷葛新已經沒有牛頓在他的身旁。

在時光之流裡，雷葛新獨自一人，來到下一個時空。

這個時空，叫做「星塵組曲」

第17章

星塵組曲

「她從小就在燈光、攝影機前長大，那些仰慕她的人，因為她賺進許多錢的人都成天說著動聽的好話。可是，有時候她卻會偷偷看著普通女孩子逛街、談天的身影，偷偷地羨慕那種沒有強烈光芒的簡單生活。」

年輕的女孩橫濱五月是個天生的巨星，也是個一出生就擁有一切的天之驕女。

她從一出生就在電視廣告上嶄露頭角，童星時代的身價就已然超越出色的成人明星。她的一生充滿了閃耀的水銀燈光，星途始終順暢無比。少女時代的橫濱五月避開了童星成長後光芒黯淡的窘境，出落得更是如水蔥般的美麗清新。

十七歲那年，美少女巨星橫濱五月以一個稱之爲「流沙之星」的音樂專輯，一部描繪初戀的青春電影正式將她推上一級巨星的地位。如今，在這個廣大世界裡，只要有媒體的地方，就沒有人不知道暱稱「紗琪」的日出之國超級巨星橫濱五月。

然而，此刻美少女巨星橫濱五月卻在黑暗夜裡的污濁海水中載沈載浮。

初落水的時候，橫濱五月喝了好幾口苦鹹的海水，混著搖晃的噁心之感讓她頭腦昏沈。仰望天空，中夜的星辰在天鵝絨般的空中閃耀。原本這些星星應該是她的，不知道爲什麼，年輕的橫濱五月這時突地在心中浮現起交代經紀人把星星全數摘下給她的荒謬想法。

橫濱五月身上那套價值不菲的亮光禮服已經全數殘破，和裹住她上身的一大面魚網糾纏不清，但是，也是因魚網上的浮標才救了美少女巨星的一條小命。這幾天的天氣尙稱溫暖，橫濱五月不知道自己已經在海水中泡了多久。她在昏沈的狀態中回想，覺得這一切都是因爲接了那個東印度樂手的菸引起。

回想的影像此時在橫濱五月的腦海中逐步清晰，回到不久前豪華渡輪「五月丸」的慶功宴上。

當時，宴會中有來自各國的演藝界人士，其中，來自中央之國的「梨花園」影業集團打出天文數字的合約請她拍片。會場中的燈光、目光全數集中在橫濱五月的身上。經紀人毛洪典在事前便刻意將這個宴會營造出嘉年華會的狂歡氣氛，於是，在橫濱五月簽下合約的那一瞬間，船頂冒出燦爛萬分的煙火，渡輪上的歡樂氣氛到達最高點。

橫濱五月在嘈雜的各國樂聲中，像個小女孩般大聲叫鬧，和來自世界各地的樂手、歌者喝酒狂歡。在渡輪第二層的一個陰暗船艙中，一個長髮的東印度樂手騎在一個裸身的女子身上，在佈滿汗味、檀香的晦暗房間裡遞給橫濱五月一根皺皺的菸，以挑戰性的神情看她。

橫濱五月一甩頭，毫無猶豫就深吸了一口帶甜味的菸。一室的衣衫不整男女怪叫歡呼。可是，一走上甲板，橫濱五月就後悔了。清涼的海風下，她覺得天旋地轉，噁心欲嘔，也許那根菸裡有東印度人的頹廢麻藥成分。

混沌之中，彷彿有人在背後叫她。「紗琪」橫濱五月勉強走到甲板上的欄杆抓緊，緩緩回頭，連眼前的景象都變得十分模糊。

突然間，迷濛的視野中，她只聽見「砰」的一聲巨響，人就失去了知覺。

醒來後，就發現自己漂流在黑夜的大海上。放眼四望，一片無可救藥的漆黑，不用說是五萬噸級的「五月丸」了，連最起碼的小船也沒看見。

天上的星辰在她的視野中逐漸模糊。原先全部屬於美少女巨星橫濱五月的滿天星斗這時逐漸黯淡，融入黑暗。在搖晃的海水聲中，她再度失去知覺。

橫濱五月再次醒來的時候，以爲是在一個充滿自己新專輯歌聲的綠色夢境之中。睜開眼睛，只看得見一片漆黑，四下寂靜沒有聲息。只有細細的木頭碰撞聲隨著空間的搖晃傳來。是晚上，而且，身處的空間應該是一艘船。

從船艙的窗口望出去，可以看見遙遠的漆黑山坡上，巨型的電視牆在夜空閃閃發亮，正播放著橫濱五月的專輯新歌「青綠」的MTV。原來，剛剛夢中她聽到的歌聲就是從那兒傳來的。

「紗琪」橫濱五月的目光隨著室外的電視牆逐漸挪移，回到陰暗的船艙，這時候，她才發覺到，在她的身邊不遠處靜靜地坐了個人。

紗琪嚇了一跳，連忙躲進被窩不敢動彈。兩人無聲地對恃了一會，她發現這個人除了悶聲不響外，還可能有點精神上的毛病。因爲每隔一會兒，紗琪就聽見他低低地說話，也像是悄悄地在叫著什麼人。

有幾回他的聲音大了些，紗琪聽出來他一直重覆著兩個字。他說的是，「牛頓」。

過了良久，紗琪覺得自己已經忍受不了這種氣氛，決定開口說話。

「非常對不住，我是『紗琪』橫濱五月，」她說道：「請送我回去好嗎？」

那個人依舊不吭聲。

「對不住，」紗琪有點失去耐性了。「我說，我是橫濱五月，請安排送我回去。」

曾經有一個知名的記者說過，在這個世界上，只要是長了耳朵、生了眼睛的人就知道「紗琪」橫濱五月。更何況這個城市是她的家鄉，不知道她的人簡直不可能存在。

然而，眼前這個人顯然就是個不應該存在的人，因爲，在陰暗的空間裡他搖搖頭，一臉茫然。

「你不認識我？」紗琪驚訝地說道。看見那人點點頭。她的表情更爲驚訝。「你是誰？你叫什麼名字？」

「我的名字，」那人抬起眼來，那眼神有種在黑暗中也會發光的錯覺。「叫做雷葛新。」

此時的雷葛新正面臨著一個重大的變故。在時空轉移的最後衝擊中，因爲那種衝擊感太過強烈，雷葛新曾經失去知覺一陣子。醒來後發現身處於這樣的一艘小漁船中，身分應該是個二十五歲上下的漁夫。而且，牛頓從轉移到這個世界來以後，一直沒有任何聲息。

從白天到黑夜，雷葛新不停地叫著牛頓，可是，牛頓依然沒有消息。隨著牛頓的消失，那幅夕陽下，短髮女子在長堤憑欄小立的景象也不再出現了。雷葛新記得牛頓提過核酸變異作用的事，也曾經暗示時空轉移有時會激發變異。入夜的時候，他在偶然機會下將漂流在大海上的橫濱五月救起。縱使她在這個世界多麼有名，對雷葛新來說，絲毫不具任何意義。

兩個人在狹小的船艙中，腦海各自翻攪不同的心事。雷葛新不再理會紗琪，自顧自地試圖在腦海中的無盡知識中找出把牛頓找回來的方法。紗琪究竟是個年輕的女孩，大半夜的海上浮沈幾乎耗盡了她的體力，於是過了一會，也就沈沈睡去。

第二天清晨是個艷陽高照的好天氣。紗琪被早晨斜照的陽光曬醒，發現自己身上已經換上了粗布的寬鬆衣褲。身處的小小空間有著細微的搖晃之感，偶爾傳來一陣濃厚的魚腥味，她回想了一下昨晚發生的事，才想起來現在應該是在一艘漁船之中。

紗琪將漁船的艙門推開，走上甲板。的確，這是一個非常明亮的晴朗早晨，日出之國的第一大港朵酒灣海面一片湛藍，遠方的海天之際有著幾點白帆，在岸上，現代化的朵酒市大樓高聳在天空底下，號稱亞細亞最大的電影牆架設在小山的山坡之上，正播映著晨間的新聞報告。而昨天那個怪人雷葛新就坐在碼頭上的一根矮柱上，癡癡地望著遠方山坡上的電視牆，彷彿勾起了什麼回憶似的。

這時候，紗琪才第一次有機會仔細打量這個奇怪的男人。

一身曬得黑亮的古銅色肌膚，頭髮剪得極短，長相沒有什麼出奇之處，可是，那雙眼睛卻閃爍著和外貌不相襯的奇異光芒。而此刻，那個自稱雷葛新的男人就用這樣的眼睛回頭看她。

雷葛新從矮柱上翻身下來，輕盈地跑跳兩步，就上了船上的甲板。紗琪想，如果影迷歌迷看見她這時候的模樣一定會目瞪口呆，脂粉未施，還戴了頂麻製遮陽帽。身上的漁人裝束有點太短，遮不住她的長手長腳。

而在雷葛新的眼中，只覺得眼前這個女孩像是個扭扭捏捏的漁家少年。

「我要出海了。」他簡短地說，因爲他的腦海內有「海上霸王」的核酸，對傳說中的海有著無比的嚮往。二十四世紀的大海已成幅射污染的水域，根本沒有活物可以進得去。此刻這片仍純淨的大海充滿了未知的魅力，雖然牛頓失蹤的事仍令他煩心，但仍想親自到海上看看。「妳要走的話，就走吧！」

而此刻紗琪已經對他產生了莫大的興趣。

「我跟你出去。」她說道。

雷葛新在「海上霸王」這劑核酸上學到的海洋知識極為豐富。他熟練地駕船划進朵酒灣，經過電視牆的時候，紗琪拉低帽緣，不讓人看到她的臉。電視新聞此刻正在播放緊急快報，快報上說，昨晚超級巨星橫濱五月搭乘的「五月丸」號與一艘快艇有小小擦撞，而橫濱五月小姐在擦撞後即不見蹤影，「疑似」失足落海。

螢幕上，全市媒體，紗琪的所屬公司已經人仰馬翻，尤其是經紀人毛洪典，幾乎都快放聲大哭了。

紗琪惡作劇地笑笑，坐在漁船上漸行漸遠，電視牆上經紀人的哭喪表情在許久以後仍讓她忍俊不住。

船到外海之後，雷葛新撒網下海，紗琪也在一旁嘻嘻哈哈的幫手。她柔嫩的手指因爲拉網割出了一道道的傷口，如果美膚保養師茉莉小姐見到，一定當場暈倒。

近中午的時候，紗琪覺得又熱又渴，翻遍船艙，才發現兩人都忘了帶水出海。

雷葛新微微一笑，取出小刀，在捕獲的魚中間挑了隻最肥大的，劃下一大塊魚肉，切成小塊，遞了一塊過來。

「嚼。」他簡潔地說道。

紗琪嫌惡地搖搖頭。卻還是把魚塊接過，看著雷葛新將魚肉放進口中咀嚼，仍然覺得難以置信。雷葛新嚼完了一塊，又把另一塊丟入口中，他一邊咀嚼，一邊示意紗琪也照做。

那一片魚肉放進嘴裡時的腥味差點令人作三日嘔，而且那種生肉的嚼感也十分噁心。可是，嚼了一陣之後，居然有種鮮甜涼爽的滋味，而且彷彿能夠止渴。

再一次，紗琪覺得，如果影迷此刻看見美少女歌星蹲在小漁船上，嘴角淌著魚血大嚼生魚的話，也一定會有人昏倒吧？

「海水魚的體汁有種奇異的特性，」雷葛新說道：「將鹽水轉淡的能力沒有任何機械比得上。」

紗琪發現，這個怪人雷葛新的知識和大海一樣無窮無盡。比方說，他指著一條下巴突出，狀似怪獸的怪魚說，這種魚叫做鮭魚，生在淡水，卻生活在海水，每到產卵季便會旅行數百哩，從大海溯游回到出生地的淡水，產卵，然後死去。而在產卵季時，公魚會一路陪伴母魚，而且公魚會變異成猙獰的怪獸長相，以嚇退沿路上的天敵。

近黃昏的時候，外海的水天相連處揚起了幾根水柱。

「那是灰鯨。」雷葛新說。「鼻腔長在背部，每當從水底升起時，急速的呼吸會形成龍捲風般的水柱。」

小漁船在暮色低垂的時候，回到了朵酒灣。大電視牆在暮色中更顯得明亮。雷葛新看著電視牆上五彩繽紛的畫面，忍不住又想起了二十四世紀的「蒼穹」電視網。

漁船在潮水中緩緩飄盪。雷葛新慵懶地枕著頭，躺在甲板上。大電視牆越來越近，突然間，奏出了悠揚的快節奏音樂，整個畫面呈現令人舒暢的綠色系圖案。一個膚色白晰，身材高挑的美麗女孩穿著一身鮮綠，撥開綠葉走出來，開始曼聲唱歌。

歌聲中，紗琪坐在雷葛新的身邊，船隨著潮水前進，在一個巧妙的角度裡，她的側影擋在雷葛新和電視牆的中間，跳動的光影在她身後投射出奇幻的圖案，襯托出她清麗的輪廓。她回頭俯看著躺在甲板上的雷葛新，突地脫下遮陽帽，一頭秀髮舒適地披到肩上，眼神溫柔。

而雷葛新此刻仍然沒能看出這個落水的女孩和電視牆上的女歌星是同一個人。

夜，在溫暖醉人的日出之國朵酒灣潮水上緩緩擺盪。雷葛新仰望天上的星辰，突然想起自己只剩下孤單一個人了，二十四世紀的錫洛央人工太陽夜景已成遙不可及的回憶，現在連牛頓都失去了蹤影，和自己出生世界的唯一聯繫也從此斷去，更奇特的是，此刻心中又浮現那幅因爲核酸變異產生的奇異影像，「長堤，落日，短髮女子憑欄而立，天空如火焰般紅艷……」那一剎那間，他突然有股很強的念頭，很希望那些核酸警察就在這一刻出現，就此了斷這場讓他成爲時空浪人的荒謬旅程。

緩緩盪回碼頭的小漁船上，兩個身分奇特的人各自想著自己的心事，一夜無語。

此後的幾天裡，雷葛新一到天明就出海作業，除了下網捕魚外，自己也開始使用船上的潛水器材潛至海底觀察生態，和體內的「海上霸王」核酸對照，得到極大的樂趣。

爲了某種微妙的原因，紗琪一直沒有離去，像一個勤奮的漁家少年一般，清晨起床和雷葛新一起出海，晚上則和漁人聚在碼頭邊，點燃鐵桶中的熊熊火焰，當天捕的魚一條一條在火上燒炙，滴落的魚油漫出濃香。粗壯的打漁人家在海碗中倒滿烈酒，在夜空下爽朗地高聲歡唱。

紗琪在歡唱的歌聲中偶一回頭，卻總是看見雷葛新靜靜坐在高處，身邊一壺酒，遠望蒼茫的水天交界之處，癡癡地出神。

幾天來，朵酒灣的天氣非常的晴朗，夜空下海平面平滑如鏡，從港灣緩緩駛出一艘燈火通明的巨輪，在海面上劃出一道長長的水紋。雷葛新深吸一口氣，這幾天在海上的經歷與胸中的海洋知識印證之下，失落感頓時減低不少。

他環視了一下四周，不遠處的漁人們仍然歡暢地高聲唱著歌，空氣中飄散著烈酒和烤魚的香味。是個很和善的世界，但是並沒有什麼太値得留戀的地方。他凝神細思，考慮著要不要再次脫離，前進到下一個時空。

一雙溫暖的手臂親暱地環著他的頸項，飄過來女孩特有的芳香。紗琪悄悄登上雷葛新所在的小山坡，溫柔地摟著他。

「想些什麼事？」她說道：「爲什麼不下來和我們唱歌？」

雷葛新微笑不語。

「有時候我真覺得你奇怪，好像心思不在這個世界上似的，」紗琪在雷葛新身旁坐下，遞過去一塊烤魚。「你收留了我這麼多天，難道就沒有一丁丁疑問，想知道我是誰嗎？」

「那……妳是誰？」雷葛新反問。

「只是一個平凡的女孩子，」紗琪撒著謊道：「在海邊散步的時候，不小心跌到水裡面去，被你救了上來。那你呢？除了知道你叫做雷葛新，我對你也一無所知啊！你又是什麼樣的一個人呢？」

「妳不會想知道的，」雷葛新靜靜地說道：「而且，說來話長，還是算了。」

風中幽幽傳來一陣輕柔的歌聲，遠方朵酒灣市的大電視牆又開始播放「紗琪」橫濱五月的新歌ＭＴＶ「青綠」。雷葛新被歌聲吸引，目不轉睛地看著螢幕中一身綠的紗琪載歌載舞。

二十四世紀的歌唱界中也有這樣的美女巨星，不過都是虛擬出來的影像，虛擬巨星的容貌總是完美無瑕，聲音、歌藝也一定無懈可擊，像雷葛新自己在二十四世紀時就很喜歡一位個頭嬌小的美女明星紫紅詩玲。

「唱歌的這些，應該都是真人，對不對？」雷葛新喃喃地問道。

「啊？」紗琪疑惑地看他，並不十分瞭解這個問題是什麼意思。

「看起來好光亮，好耀眼，」雷葛新回想二十四世紀虛擬明星同樣光芒萬丈的出現場面。他記得在一個記載中讀過，在古二十世紀之前的年代的確存在過真人擔任的超級影視巨星。「人真的可以一直過這樣光彩耀眼的生活嗎？」

「不是你所想的那樣，」紗琪低聲說道：「那些光采、掌聲，常常都只是假象。」

「啊？」雷葛新以同樣的疑惑神情看她。

「我的意思是說，」紗琪有點不自在地說道：「我有一個朋友，剛好是這一個行業的人，所以約略聽過裡面的事。」她環著雙膝，也看著遠方的天邊。「攝影機前面拍出來的，永遠是最美的一面，可是沒拍到的地方，其實就和我們的日常生活一樣，有時甚至還要更差勁，像這樣的場景……」

遠方大電視牆上這時映出另一名少女歌星的廣告片頭。水波盪漾的湖邊，開滿了一地的野花，少女頭戴花冠，牽著高駿的白馬涉水而行。

「其實這是刻意在棚內造出的假象。導演花了大錢造了個大池，灌了冷水，卻因爲省錢的關係，沒被攝影機帶到的地方就看得到破損的表皮。露出光溜溜的木架子。少女明星也不好過，馬的身上臭得很，在攝影棚內的冷氣又強，混身其實冷得發抖。」

雷葛新很有興趣地聽著紗琪忘情地描述著。

「那些掌聲和喝采也是。我的朋友從小就在燈光、攝影機前長大，那些仰慕她的人，因爲她賺進許多錢的人都成天說著動聽的好話。可是，有時候我的朋友卻會偷偷看著普通女孩子逛街、談天的身影，偷偷地羨慕那種沒有強烈光芒的簡單生活。」

「但是妳的朋友一定會說，只是我還有理想還沒完成，真正要她去過平淡的生活也不見得會受得了，對不對？」雷葛新笑笑說道。

「真的是這樣嗎？」紗琪喃喃自語。「你認識過這樣的人嗎？」

「嗯！」雷葛新低低地應了一聲。心中不禁浮現出遙遠的時空之外，在他懷中去世的閻靜敏生前那副倔強又冷艷的微笑。

紗琪怔怔地看他，突地萌生一個奇特的念頭。

「我帶你去一個地方。」

雷葛新也不去阻止她，任紗琪拉著他的手，走下小坡，在夜裡將小漁船開出朵酒灣，順著城市的五光十色夜景滑向郊區。上了岸，紗琪彷彿對四周的景物非常熟悉，在黑暗中就著月光進了一座小樹林，左一拐，右一繞，來到一個偌大的廣場之前。

月光下，遼闊的廣場空盪盪的，一個人也沒有，兩人的腳步聲在空曠的四周響出清脆的足音。廣場的四周圍每隔一段距離就有一個碩大無比的棚狀建築。走到廣場的盡頭有一長排的鐵柵欄，門口燈火通明，站著幾名身材高大的警衛，紗琪走過去，和其中一名警衛交談幾句，警衛張大嘴巴，驚訝地看著她，忙不迭地點頭。

紗琪敞著一臉的笑，回過身拉著雷葛新走進鐵柵欄正中央的大門，沒去理會一旁警衛們的驚訝眼神。

「這是朵酒市最大的電影片廠遊樂園，」紗琪調皮地說。「我剛好認識這裡的警衛，就帶你來看看了。」

「噗」的一聲，整個片場遊樂園的燈火全數通明起來，映照出一座座色彩鮮艷的遊樂場境。

「每一個場境，都曾經是著名的賣座電影。」紗琪帶雷葛新走過一個一個的夢幻遊樂場地，微笑說道。

雷葛新仔細觀察每一個場所，有些頗有似曾相識之感。在以往，每到一個新的時空，牛頓便會游離四方，仔細蒐集並分析當地的時空狀況。這一回因爲牛頓已經在轉移過程中消失，雷葛新沒有很認真地去推測這個世界的特徵。但是從方才的星辰位置看來，這應該是個時間軸在公元一九八〇年代的世界，文明、生活方式甚至歷史應該和雷葛新的世界相距不遠。比方說，他們現在走過的場境，應該就是遠古希臘史詩中的「特洛伊之戰」。一匹碩大無朋的木馬橫陳在城池之前，古希臘聯軍勇士躲在木馬腹中，城池上站的是傾國傾城的美女海倫。

紗琪牽著雷葛新的手，走進一個古中國格調的場境。私塾學生在三月陽光下吟哦詩詞，走過小橋流水，女扮男裝的美麗女孩正試圖用十八種暗示打動男孩的心。末了，一座古中國文明特有的古墓在煙塵下裂開，翩翩舞出兩隻粉蝶。

「這是中央之國的童話，」紗琪說道，望著那兩隻形影不離的粉蝶幽幽地說道：「我們叫它做『無緣故事』。」

雷葛新皺皺眉。原來即使文明模式接近，細節還是會有點不同，古中國最有名的「梁祝」故事在這兒就變成了「無緣故事」。

走過一座古歐羅巴洲式建築，一個女孩在陽臺上偷偷地和緣繩而上的男孩相會。而在紗琪的世界中，「羅密歐與茱莉葉」的故事則有截然不同的結局，兩人的家族因爲這一雙戀人結合宣告合解，幾年後卻因爲兩人婚姻決裂，而在一場大戰役中同歸於盡。

紗琪和雷葛新在巨大的遊樂場中走過一個個的夢境，穿過每一個童話。最後，他們來到一個湖面瀰漫輕煙的翠綠山谷場境，湖邊靜靜停泊一艘小船。

「上去吧！我們在這兒坐坐。」紗琪笑笑。「很浪漫的地方。遇到情人節，這裡還會放煙火呢！」

湖面上籠罩著薄薄的輕煙，雷葛新緩緩划槳，船身划過水面，發出叮鈴的美麗水聲。湖心開滿了翠綠的睡蓮，蓮上幾隻青蛙，目光炯炯地看著兩人划船而過。

紗琪將手伸入水中，任它在水中劃出一道波紋，一邊在口中漫聲而歌。

小船划至一座假山的山壁，紗琪向山壁中一個洞口一指，示意雷葛新往那個方向划去。

雷葛新將船划近洞口，卻看見紗琪一臉的調皮神色，正在屈指默數。三……二……一……

突然之間，一陣淙淙水聲從頭頂傳來，來自山壁頂端的人工瀑布從天而降，清涼的水花將兩人淋個溼透。紗琪撫掌大笑，雷葛新愣了一會，也哈哈大笑起來。

越過瀑布，卻到了一個明亮的綠色空間。洞口內掛滿了青翠的垂柳，光源從上方透入，將所有景物映成一種很美麗的淡湖綠色彩。

雷葛新忘情地看著四周，一轉眼卻看見紗琪混身溼透，晶亮的黑髮後攏，露出光潔的額頭，此刻她正凝視著雷葛新的側臉，眼神迷濛。

「有件事，我一直沒告訴你，」她輕輕地說道：「在電視牆上看到的女明星，就是我。我叫橫濱五月，『紗琪』只是我的小名。」

「妳……」雷葛新遲疑說道。

紗琪搖搖頭，閉上眼睛，然後睜開，柔柔地擁住雷葛新，將溫暖的紅唇印上雷葛新的嘴唇。

雷葛新僵硬地承受著紗琪的親吻，略一遲疑，也迎著紗琪清涼靈活的舌尖，驚喜地經歷他生平第一次的親吻。

如果此刻牛頓在身旁，一定會呱噪地破壞氣氛，要他「詳細做出接觸的各種動作」。但是現在身旁沒有牛頓，只有紗琪柔軟的身軀。她輕輕地帶著雷葛新的手，敞開衣襟，讓他探進自己光裸的胸前。觸及女孩胸前肌膚那一剎那，雷葛新忍不住「啊」地驚叫出聲。

美妙的夜晚時光逐漸流逝。雷葛新和紗琪划出小山洞時，天際已經露出了魚肚白。紗琪靠在雷葛新的肩上，臉上的潮紅久久不退。

船行至湖邊，卻看見岸上滿滿地站了一地的黑衣男人。

紗琪面露慍色，離開雷葛新的肩頭。這時候，船身突地起了一種奇特的震盪。紗琪拍拍雷葛新的肩膀，卻發現他額上冒出冷汗，正盯著湖上的水紋出神。

「沒事的，我來解決。」紗琪說道。她不待小船靠岸，便縱身跳了上去，黑衣人群中閃出紗琪的經紀人毛洪典，毛洪典苦笑道：「紗琪，妳到底怎麼了？知道我們大家都有多著急嗎？」

突然之間，天空陡地響起一陣炸雷，讓眾人都嚇了一跳。

「我沒事，過一陣子我會回去，」紗琪冷冷說道：「我和他一起……」

紗琪隨手指往雷葛新，眾人不自覺順著她的手指看過去，卻看見了生平從未見過的奇特景象。

一陣波紋在湖面上形成漩渦，將雷葛新所在的小船高高拱起，小船上燃起熊熊烈火，交雜著亮灼的閃電。

「啊呀！」黑衣人中有人高呼出聲，好幾個乖覺的就地伏倒，唯有紗琪只能愣愣地盯著小船在風、雷、水、火中翻攪。

「雷葛新！」她高聲尖叫，涉入湖中，向小船的方向奔過去，經紀人毛洪典追上她，攔腰抱住。

微風淡去，雷聲漸止，火光乍滅，水幕已隱。空中隱約出現四名男女，佔住四個方位，將小船托在半空。面容醜陋的「風」隊隊長冷血面露凶光，狠狠俯看著紗琪，「水」隊長看了看雷葛新，向冷血搖搖頭。冷艷的「火」隊隊長丹波朱紅喃喃地咒罵幾句，瞪了身旁的「雷」隊隊長桑德博寧一眼。然後冷血微一頷首，四個人同時消失，雷葛新所在的小船失去支撐，陡地從半空中跌入水裡，濺起莫大的水花。

此時，也許是機件故障的緣故吧！人工湖畔的煙火突然全部點燃，陡地綻放在微露晨曦的天空，繪出一幅巨大美麗的火網。

雷葛新的身軀在水中載沈載浮，幾名黑衣人七手八腳將他撈了起來，卻發現他已經軟軟沒有了呼吸。

火花璀燦的天空下，紗琪撫著雷葛新冰冷的臉，終於流下了眼淚。

第18章

雷蘭

雷葛新像夢囈般地凝視雷蘭美麗的容顏，在霞光下彷彿發著柔和的微光。

雷蘭展顏微笑。「我早就知道，時光英雄穿梭了三千年的時空，就是為我而來的。」

雷葛新再一次穿越時空，在時空之風的獵獵巨響中，他的腦海中再度產生變異，又不停投現出那個女子的背影形像，心裡又開始迷濛起來。

夕陽，河堤，短髮的女子背影。可是，就是沒有辦法解釋爲什麼這個形像會像附身的幽靈一般時時出現。方才他又在最後一刻發現水力場的異常，知道陽風已經欺近，只是他並不曉得，這是陽風刻意爲他安排的警號，故意加大水力場的衝擊向雷葛新示警，以報他在分子世界中救了他一命之德。否則這一次四個隊長聯手圍剿，雷葛新斷然沒有逃脫的可能。

時空風聲已經逐地減弱，這是行將抵達另一世界的前兆。牛頓說過，每一次的穿梭之旅就像是古世代的飛機駕駛術一樣，在穿梭中的過程問題不大，但是「起飛降落」的時候就比較棘手。而牛頓自己，終於就在這種衝擊下消失。

這一次的轉移歷時出乎意料的久，雖然在時空之風中的時間長短並不具任何意義，但是其間的過程感覺比前幾次要長上許多。時空之風逐漸止息，四周圍的景物像排山倒海一樣的向雷葛新擠壓而來。「刷」的一聲，劇烈的震盪之感再度將他震得幾乎失去知覺。

視野中的迷霧逐漸清朗，也像是攝影機的鏡頭開始距焦。雷葛新在眼前看見一個前所未見的美麗女子正以關懷的眼神俯身看他。

那個女子有著明亮的大眼睛，一頭長髮像是黑色的絲緞般隨著動作漾出柔美的光澤。此刻她看見雷葛新已然睜開雙眼，臉上露出欣喜的表情。當那名長髮美女欣慰地露出笑容之際，連雷葛新都覺得有點嫉妒，因爲他心裡明白美女關懷的對象當然不會是他。

然後，她明艷的臉上漾出殺氣，拔起腰際一柄手槍，便往雷葛新的臉上開了一槍。激光槍開火的那一剎那，雷葛新本能地一閃，順手一托，將女子的槍管打偏了幾分。卻聽見身後一聲長聲慘呼，彷彿有人自高處墜落。

「克南！」那女子急聲叫了個名字。「走！」

雷葛新睜開雙眼，發現自己此刻正置身一個廢置的鋼鐵鷹架上。剛才女子擊中的是一個在他身後打算偷襲的敵人。更遠一點的背景是殘破的戰後廢墟城市，建築物多半有摧毀的痕跡，有些地方還冒出陣陣狼煙。天空陡地一暗，原來有一部飛行機械正無聲無息地欺近過來，機首冒出閃亮的火花，擊中雷葛新置身的鷹架。

鐵架像是二十四世紀量子槍擊中後的物體結構般崩垮下來。那名女子閃躲著四下掉落的鐵架向地面接近，雷葛新尾隨在她的身後，「啪啪」兩聲，兩個人先後來到地面。

地面上，卻有另一輛類似甲蟲的銀色機械隆隆作響，顫抖著向兩人的方向衝來。

那長髮的美麗女子向雷葛新淒美地一笑，便快步以血肉之軀迎向那部衝撞而來的巨型甲蟲車輛，手上一柄重武器開火，擊中甲蟲車的車窗。

眼看那名女子就要被撞成粉碎。雷葛新長聲大叫，腦子還來不及反應，就疾步將那女子撲到一旁，在千鈞一髮之際躲過甲蟲車的衝撞。甲蟲車「磅」的一聲巨響，撞倒了正在崩毀的鷹架。

因爲雷葛新的衝撞力實在太大，兩人在地上翻滾的勢子不停。身子一翻空，兩人就往道路邊緣深不見底的地下水道掉落。

掉落的過程十分漫長。雷葛新和那名女子掉進去的下水道系統極度複雜，寬度只有一人大小，有時乾涸，有時帶有細細的水流。滑行過程中，雷葛新企圖抓住管壁，卻滑溜溜地全無著力之處。最後，終於跌落到一個居然沒有任何積水的奇特空間。跌落的時候，雷葛新先著地，整個人正迷迷糊糊之際，那名女子芳香柔軟的身子又剛巧和他跌個滿懷。

女子掉落的時候似乎碰撞到了頭部。此刻她閉著眼睛，失去了知覺。雷葛新勉強起身，略為觀察了一下四周的環境，不禁暗暗叫苦。

原來他們身處之地是個極長極狹的圓錐空間，兩個人就在圓錐的底部，四壁都是極平滑的金屬表面，絲毫沒有著力之處。

雷葛新在圓錐空間底部困難地想盡所有方法，最後不得不承認無計可施。他空有絕世的豐富知識，卻沒有法子讓自己脫困。

圓錐空間的底部極深，兩人向上空處仰望，也只能看見一小片天空，也只能靠著那一小片天空判斷外面是白天還是黑夜。

雷葛新強自鎮定地檢視了身上的裝備，除了乾糧之外，只剩下小小一壺食水，看來連一個人要在這兒存活上幾天也有問題。

將身子略為移動一下，雷葛新發現自己還有一個更嚴重的問題，因為他所附身的這個軀體的脖子已經斷了，頸椎骨折，應該是在他佔用這個身軀之前就已經受了這個嚴重的傷害，也是這個軀體致死的原因。雖然雷葛新在這個時間點上接收了他的身體，但是並沒能將頸椎的重傷復原。

從這幾個時空下來，雷葛新已經掌握到利用自己的方式控制強大的能量，但是這種能量用在戰鬥上或許很足夠，要用在修補身體上就要費很大的力氣了。雷葛新試著將身體能夠運作出來的能量全數放在頸椎的傷口上，發現對於將它復原的效果上不太明顯，但是卻能夠利用能量的方式取代身體組織的結構力量，可以用能量暫時扶住斷裂的頸椎，至少讓這個身體能夠勉強行動，雖然動作較為遲鈍無力，但畢竟還是能夠活動。

雷葛新同時也發現，這樣的使用能量方式要花比想像中更大的力氣，因此如果想要讓頸椎維持接近正常的活動，他就必須把身體的大部分能量用在頸椎，而原來能做到的戰鬥、移動、探知能力會大量減退，甚至會比一般人還要虛弱。

但是看看目前的狀況，也只能這樣了，還是先把現在的處境解決了再說。

不過對雷葛新來說，這並沒有什麼好擔心的，在所有的世界中，他從來就只是個過客，在這個看似飽經戰火煎熬的世界也是。只是，有某種頗為微妙的感覺，讓他陪著眼前這個有一頭黑亮長髮的美麗女子在這個困境中留了下來。

做完所有檢視動作之後，那女子仍然緊閉雙眼，沒能醒過來，雷葛新探了探她的呼吸，所幸發現她只是暈了過去，身上也沒什麼明顯的傷痕。

雖然身上已經出現飢渴之感，但是雷葛新還是忍住了沒去動那剩下的一點點食物和清水，因為不是自己的軀體，所以對一些感官上的欠缺比較能夠容忍。雷葛新將它們全數放在那女子的身邊，自己找了個洞底另一端的角落坐下。這個新軀體除了嚴重的頸椎傷害、飢渴之感外，還有著濃濃的睡意，他百無聊賴地注意女子，如雲般直洩下來的黑亮長髮，長長的眼睫毛，秀挺的鼻梁，小巧的嘴唇，但是還來不及看到下巴，就陷入了沈沈的睡鄉。

在深沈的睡眠中，雷葛新覺得自己正置身在核酸局的放映室中，一切彷彿都沒有變，舞臺上正要放映雄偉的「核酸簡史」，米帕羅在操控室的另一端嘀嘀咕咕的不知說了些什麼。

「……」米帕羅的神情清晰，但是說的話完全聽不清楚。「……」

雷葛新想說些什麼，卻冷不防有個冷冷涼涼的東西搭上了脖子。

他從夢中醒來，卻看見那名美貌女子已經早他一步醒來，手持激光槍，槍管指著他的脖子。

「為什麼食物和水你會一口也沒動？而且還把它放在我的身邊？」她的表情肅殺，咄咄逼人。「克南，你又在玩什麼把戲？」

「我不懂妳在說些什麼，也不曉得妳是誰。」雷葛新滿不在乎地說道：「那些食物和水是給妳的，我用不著。」

那女子以狐疑的眼光盯著他，想找出任何作偽的神情，良久，才長嘆一口氣，喃喃自語。

「撞到頭了？失去了記憶？」

雷葛新有點著迷地看著她蹙著雙眉的神情。如今他附體的人應該名叫克南，而且看起來這女子看他並不順眼，甚至有殺了他的念頭。

那女子起身察看了四周，敲敲打打，發現自己正處在這個絕望的深形圓錐空間的底部，她努力了好一陣子，最後也像雷葛新一樣徒勞無功，頹然坐下。她帶著警戒的眼神，撕開食物包吃了兩口，又喝了口水。沉吟良久，分了一小分給雷葛新。

雷葛新搖搖頭，沒去動它。過了不久，陽光從圓錐洞口直射進來，雷葛新的嘴唇開始乾枯，可是仍然沒去動食物和水。他心裡明白自己隨時可以在失去生命之前脫離，絕不願因為自己讓這女子多去一分求生的機會。濃濃的睡神之手又拂上他的思緒，雷葛新再度陷入沈沈睡鄉。

這一次，雷葛新夢見了二十四世紀在地底悠遊的「天網」交通系統，也彷彿牛頓又回到他的身邊。後來，天網的小車也不見，只剩下他獨自一人，在明亮的透明地底浮游，一張口，就有甜美的液體順暢地流入喉嚨。

可是，那種甜美液汁流入喉嚨的感覺卻是真實的。雷葛新張開眼睛，卻看見那長髮美麗女子正倒轉了水壺，將珍貴的食水倒進他的口中。等到雷葛新終於發現了的時候，水壺裡已經剩下不到小半壺的水了。

「妳……」雷葛新急道：「妳怎麼……？」

那女子只是搖搖頭，柔聲說道：「我想，你真的是失去記憶了，你眼睛裏的光采真的完全不一樣。不過這樣也好，如果你不再是那個混蛋的克南，也許我們就可以做共患難的伙伴。」

然而，她明艷的容顏已經有明顯乾枯的跡象，嘴唇乾裂，流了一點血。陽光在正午的時刻直射入洞，兩個人都覺得非常燥熱。然而，連汗彷彿都已流乾。

「你已經不記得你自己的事情了，對不對？」她沈靜地說道：「我的名字，叫做雷蘭。本來我叫做雷秀蘭，但是三個字太累贅了，所以我都喜歡人叫我雷蘭。」

於是，日光逐漸偏斜，在雷蘭柔美的臉上映出神秘的光影，就在這樣的處境下，她侃侃地敘說了一切的來龍去脈。

原來，雷蘭所在的這個世界是一個殘破的失序世界。雷葛新的推測是時間座標在公元一九九八年左右的年代。在這個世界中，因爲經濟發生嚴重的崩潰現象，迫使政府必須與黑社會勢力妥協，借重黑幫的經濟實力。然而，在黑幫出現神秘的領導人物之後，整個社會逐步被黑道勢力蠶食，百業消條，戰火仍頻。

在雷蘭所在的這個國家中，面對的是一個名叫「大鵬王朝」的黑幫組織。雷蘭是大學的助教，但在暗地裡是潛伏的地下革命分子。她的未婚夫在婚禮當天被大鵬王朝的殺手當著眾多賓客面前處死，雷蘭因爲美貌，被帶回王朝總部「海東青宮」，成爲現任大鵬王的女人。而雷葛新此刻附體的人名叫克南，是大鵬王的一名心腹，因爲被雷蘭的美色所惑，便私帶雷蘭逃出海東青宮。一路上，他們被大鵬王朝派出的追緝人手追殺，而在那個鷹架之上，便是遇上了追殺部隊的一個小支隊。

等到弄清楚這一切的時候，天空已經開始晦暗，算來已經過了一天。

「爲什麼妳會相信我是失去了記憶呢？」雷葛新問道：「說不定，我是騙妳的。」

「因爲，」雷蘭流暢地說道：「如果你還是克南，你會把水和食物全部霸在自己的身邊，因爲你本就是個自私的人，有可能分我一點，但絕不會爲了我不吃不喝。」

「不會嗎？」雷葛新虛弱地笑道：「說不定我只是演演戲，最後還是會露出我的爪子和牙齒，把妳吃掉啊……」

「你嗎？」雷蘭噗嗤一笑。「你沒有爪子，也沒有牙齒的。就算是原來的克南，也沒有這樣的膽子。」

她美麗的眼睛目不轉睛地看著雷葛新。「真的，你真的不是克南那個混蛋，你眼睛裡的光采，是他再活個一百年也不可能有的光采。」

雷葛新深深地嘆一口氣。「怎麼聽起來好像妳會讀心似的？光看眼睛就知道我不是克南？」

雷蘭若有所思地凝望著他，美麗的眼睛出現神秘的光采。

「我的家族，是一個古老的祭師家族，雖然我從小受的是現代教育，但是對於家族中的一些古老能力，還是多少碰過一點的。我們家族中的人，的確能夠從眼神中讀出人的內心。早在我遇到克南的時候，我就知道他只是個小角色，但是他對我的身體和容貌非常垂涎，對於這種好色的人，美色誘惑他的力量遠遠大過組織對他的掌控。於是我就假意對他示好，跟他上過幾次床後，灌他幾碗迷湯，他就帶著我逃跑了。」

她說著說著，凝望著雷葛新的眼睛。「我這樣的女人很下賤，對不對？」

雷葛新淡淡地笑了，搖搖頭。「不，妳一點也不下賤。這是生存，爲了生存而努力，妳很勇敢。」

雷蘭靜靜地望著他，晶瑩的眼睛裡流下了淚水。

「你是真心的，你是真心這樣想的。爲什麼你的心裡會這麼乾淨？爲什麼你的眼睛裡有那麼深、那麼浩瀚的光，好像你已經活過了幾千年？你是什麼人？你是從什麼地方來的人？」

「這個啊……說來話就長了，」雷葛新笑道：「不過我現在沒有力氣，等過了這關後我有了力氣，我會把從頭到尾的故事告訴妳。」

兩人所在的這個金屬洞穴深度極深，而且因爲金屬壁非常的光滑，沒有什麼方法可以爬出去。這個藏身所在的環境也非常之差，白天在陽光的曝曬下很熱很不舒服，到了晚上卻是溫度降低，冷得讓人受不了。雷葛新說沒有什麼力氣跟雷蘭說話並不是謊話，在這種極端的環境下，他除了要用身體大部分的能量撐住斷掉的頸椎外，還要維持自己基本的生理機能。

當然，以他現在的能力，大可以輕鬆地脫離現在這個身體，將思想波轉到另一個平行時空去。但是因爲一種很奇怪的情懷，他只覺得很想跟眼前這個叫做雷蘭的美麗女子在一起，不想輕易離開她。當然，另一個考量就是如果將她獨自留在這個空間，她很有可能會困在這個地底深洞中飢渴而死，或者是被大鵬王朝的人抓回去。雖然現在的雷葛新能力大爲降低，但是至少陪著她，會讓她比較有存活下去的機會。

入夜以後，氣溫更冷了，雷葛新將身體瑟縮在一起，覺得自己的體力像是滴著水的水龍頭一樣一絲絲地流失。他催動腦海中的核酸知識，從醫學寶典大全中知道自己因爲低溫和受傷，身體的體力已經開始衰退了，更是沒有力氣說話。

雷蘭看著他虛弱委頓的樣子，也不知該如何是好，夜深了之後，洞裡的光度降低，兩人沉默了良久後，因爲疲累的關係，年輕的女子終究也忍受不住瞌睡蟲的纏絞，不知不覺地睡著了。

就著深洞頂處泛進來的微光，雷葛新看見她清麗的面容深深地沉睡，依稀彷彿，可以看見她長長的眉毛微微抖動，很是可愛，似乎在做著什麼美夢，但那抖動可能只是個錯覺，因爲此刻雷蘭因爲身體發冷，一邊睡著一邊微微地發著抖。

兩人身上帶著的維生物品中，有著兩條小小的毛毯，此刻雷蘭披著一件，雷葛新也披著一件，雖然自己也覺得很冷，但雷葛新還是勉力地托起身子，將身上那件毯子也蓋在雷蘭身上，自己則是更緊地瑟縮起來，咬著牙靜靜地坐在一旁。

過了一會兒，雷葛新開始覺得身體的力量更快地流散而出，但是腦海中卻是一片清明。他從核酸中的「道家古錄」中找到這樣的記載，說人快要死掉的時候，有的人會覺得體力大量流散，腦部的運作轉快，幾十年的記憶可以在數秒內輕鬆閃過；也有人在臨死之前會突然精神變好，體力大增，讓身邊人以爲病狀有所改善，但其實這是一種稱爲「迴光返照」的現象，短暫的恢復後，人就會很快地面臨死亡……

在這時候，雷葛新突然想起，自己總是能在時光戰警追捕到來的時候適時脫離附身的軀體離去，但是卻從未嘗試過隨著附身的肉體一起死亡的體驗，想到這裡心中不禁一凜，發現自己並不確定，會不會在附身的軀體死亡時也跟著一起死亡……

但是不曉得爲什麼，即使有這樣的疑懼，他望著眼前靜靜睡著的雷蘭，卻仍然不想離她而去。此刻她多蓋了一張毯子，身體的溫度得以保溫，也就不再發抖，臉上是一種睡得很香甜的可愛神情，彷彿正在做一個很好的美夢。

寂靜的夜色中，兩人無聲地躺坐在洞底，遠方偶然傳著幾聲槍響，幾個遙遠模糊的爆炸聲，但是卻不至於將雷蘭驚擾起來。

睡夢中的雷蘭，此刻的確做著很舒適的美夢，在夢中，她回到了童年時代，她的家族是前代政權的祭師家庭，小時候在大鵬王朝還沒掌權之前，住在青翠美麗的山區，因此在雷蘭的童年記憶中，有著青翠的山野，滿地的牛羊，還有新鮮美好的空氣。

然後，睡到中夜，她卻突然在一陣哆嗦中驚醒過來，微一凝神，她的第一件事便是瞇著眼睛四下摸索，想知道雷葛新狀況如何，一伸手，才發現自己身上蓋了兩件毯子，方就著夜色看去，卻看見雷葛新已經軟軟地倒在地上，動也不動。

雷蘭一驚，連忙伸手過去探探他的身體，卻發現雷葛新氣息極爲微弱，因爲把毯子給了她，雷葛新整個身子冷得發抖，手腳冰冷，身體也是涼的，額頭的溫度卻像是火一般地燙人，顯然是正在嚴重發燒！

「喂！」雷蘭低聲叫道，本來想叫他克南，但是想想這樣叫也不對，於是更用力地搖著他。「喂！你還好吧？」

此時雷葛新因爲頸椎上的重傷，身體免疫系統大幅減弱，因此發起燒來。這場發燒來得極爲猛惡，讓他暫時失去了知覺。雷蘭因爲家族的關係，對於醫療方面也有一點概念，此刻她很快地檢查了雷葛新的身體一下，發現他正在嚴重發燒，但是身體和四肢卻開始失溫。雷蘭連忙把兩張毯子都蓋在他的身上，但是這失溫的狀況一旦開始，被動的保溫就已經沒有太大的效用了。毯子蓋了好一會，雷葛新卻依然無法醒來，身上的冰冷，還有額頭上的發燒都沒有任何改善。

過了一會兒，雷蘭突然想起小時候曾經從曾祖奶奶那兒聽過一些民間治療的故事，她想了一會，最後還是咬緊了銀牙，準備用家鄉的民間療法來救活雷葛新。

「人哪……只要在寒冷中失了體溫，那可是很凶險的事喔，」小時候，曾祖奶奶蒼老的聲音此刻像是昨天一樣地湧現在雷蘭的腦海。「這樣的人隨時會死掉，如果沒有藥沒有醫院，只能夠用另一人的身體脫光了煨著他，這樣還有點可能把他救回來的……」

在靜靜的夜裡，雷蘭很快地將自己身上的衣服脫去，赤著身子把脫下來的衣物攤開放在一旁，再把雷葛新身上的衣服也很快地全數脫光。眼前這個男人的身體，對她來說並不陌生，因爲這個名叫克南的傢伙，就是因爲她跟他上了幾次床後，才甘冒奇險地幫助她從大鵬王朝逃出來的。但是從一開始，雷蘭就對這男人的身體嫌惡到幾乎要作嘔，自然也沒有什麼好印象。

但是在這個時候，整個感覺卻完全不同了，雖然仍然是克南的身體，此刻身體內在的思緒卻是雷葛新。這樣的轉變，雷蘭雖然沒有雷葛新那樣的能量可以測知，但是在女人敏銳的直覺下，也發現了其中的不同。將昏迷的雷葛新脫光之後，雷蘭很驚訝地發現他的身體居然在夜色下泛著淡淡的黃色光芒，那是一種類似靜電般薄弱的光，若不是在這樣的極度黑暗環境中，是無法看出來的。

「你……到底是什麼人啊……」雷蘭喃喃地說道，臉上卻不曉得爲什麼突地熱了起來，雖然在這麼暗的夜色下看不清楚，但是她的臉上卻像是初戀少女一樣地泛出淡淡的紅暈，彷彿眼前不是克南的身體，而是一個她傾慕已久的暗戀情人。

剛要抱上的時候，雷蘭還在想著該用什麼樣的姿勢，是從背後抱著他，還是兩人正面相向面對面地抱著？想起曾祖奶奶曾經說過人體的重要臟器都在前方，最重要的溫度也要保持在前方，於是便以側躺的方式，和雷葛新全身赤裸地面對面擁抱在一起。雷蘭將兩人的衣物儘量攤開，和毯子一起全數蓋在兩人的身上，因爲兩人此刻是緊緊地面對面抱在一起的，所以能夠將身子完全蓋住，保溫的效果也此先前好上許多。

此刻兩人是以一種絕對曖昧的方式緊抱一起的，前胸貼前胸，下身對下身，耳朵旁則是彼此灼熱的呼吸。雖然是救人，但是此刻雷蘭的心臟卻是莫名其妙地砰砰地跳個不停，彷彿有什麼熱熱的，水霧般的東西從腰椎深處湧了上來。這是救人，這是救人……雷蘭這樣不止一次地告訴自己，但是不曉得爲什麼，整個身體卻開始發熱起來，好像是那種準備和男人燕好之前的灼熱與溫暖……

雷葛新的身體溫度此時是一種很微妙的狀態，因爲失溫，所以他的皮膚表面相當的冰涼，雷蘭熱熱的身體和他肌膚相接時，有一種很奇妙的涼感，有點像是在夏天時，鑽進冷氣房的被窩那一瞬間的舒適感覺。但是當雷葛新的胸前大片肌膚和雷蘭緊緊貼在一起後，女性的柔美溫度融入他的身體，於是原本冰涼的肌膚便開始出現了一股暖意。

雷蘭的臉這時也和雷葛新交纏一起，鼻梁輕輕碰著他的耳朵後方，頭髮的的位置。就在沒幾天前，當雷蘭不得不跟這個克南上床的時候，克南也曾經猴急地把她的頭緊緊地按在這個部位，嘴裡還發出讓人噁心的聲音，然後在雷蘭的身體裡不住地抽動。對於這幾次的上床，雷蘭當然覺得是生命中最不想回憶的片段。但是現在卻感覺完全不同，同樣的軀體，同樣的姿勢，卻讓雷蘭覺得安全，很想這樣跟這個男人永遠緊緊地抱在一起。

雷葛新的髮際有一種屬於男人的奇異味道，雷蘭將鼻子深深埋入他的頭髮裡，輕輕地吻著他的後頸，享受著那種美好的味道，雙臂將雷葛新抱得更緊，彷彿覺得鬆開手來，這個美好的男人就會消失而去。

雷葛新的體溫在與雷蘭緊緊相擁後，得到了溫暖，也似乎將身體的發燒逐漸減緩了下來，熱度下降後，原來昏迷的他，這時候似乎微微恢復了一點神智，雷蘭聽見他輕輕地「嗯」了一聲，微一轉頭，就著夜色，看見了他的眼睛微微張開，但是因爲身體仍然虛弱，還是沒能完全恢復神智。

「噓……不要說話……」雷蘭在他的耳際輕聲說道。「你生病了，我來照顧你，不要亂動。」

雷葛新還想說些什麼，微一轉頭，有點乾燥的唇卻在一個巧妙的角度下與雷蘭嘴唇貼在一起。雷蘭「嗤」的一笑，並沒有閃避，反而將她的紅唇迎了上去，更緊地貼住了雷葛新的唇，兩人的舌頭輕輕地一伸，便像是激情的蛇一般地交纏在一起，靈動地互相品嚐對方的滋味。

雷蘭並不是個未經世事的少女，在情欲方面雖然並不是閱人無數，但也有過一些經驗，此刻她只覺得臉上燥熱，臉頰想來已經是紅暈滿面，和雷葛新這樣長時間肌膚相親，而且在嗅覺、觸覺、味覺的引動下，年輕女人的情欲領域已經被撩起，於是她輕輕地喘息著，將手移到雷葛新的下身，輕輕地握了幾下，便發現男人的情欲也緩緩地升起，只覺得雷葛新的下體在她的手中逐漸挺硬起來，溫度灼熱……

但是雷葛新此刻的身體還是太過虛弱，人體在體力低落虛弱時若是要行性交做愛之事，其實是對生命有所威脅的危險行爲。本來略爲恢復知覺的雷葛新這時突然間身體一陣劇烈痙攣，眼睛開始糢糊起來。

雷蘭察覺了他身體的劇烈痙動，一時間還不曉得發生了什麼事，兩人的舌頭依然交纏著，她直覺不對，想要放開兩人緊貼的嘴唇，卻發現雷葛新的身上開始散射出那種淡淡的黃光，而她的嘴唇居然和他緊緊地黏在一起，無法離開！

雷蘭吃驚地睜大眼睛，卻發現雷葛新的身體痙動越來越劇烈，整個視野中的黃光也越來越強，到後來，彷彿是整個空間都充滿了黃光，一時之間，連周遭的夜色也完全消失，只是一片絕對的黃。

然後，雷蘭只覺得自己彷彿陷入了一個整深極遠的洞裡，整個世界變得靜寂，雖然在原先的深夜裡本來就很安靜，但是現在這種安靜，卻是一種完全沒有任何聲響的靜寂。

此刻，雷葛新因為肉體的虛弱和來自雷蘭體溫的治療，一時之間，藏在腦海門中和身體的能量產生了劇變，他的能量在很短的時間內大量地膨脹，而後收縮，因而影響到了與他極為貼近的雷蘭，讓她暫時地被自己的能量包圍影響，進入了腦波的世界。

這是一種類似清明夢的現象，是一種不在睡眠狀態中的做夢狀態，但是此刻雷蘭當然對於這種現象一無所知，而雷葛新更是近乎失去知覺的狀態，因此在某種奇妙的狀況之下，雷蘭短暫地陷身在雷葛新的思維世界之中。

靜，黑暗。

原先雷蘭覺得自己彷彿是陷身入一個極大極深極黑暗的洞裡，但是那種陷身的下墜感很快就消失了，取而代之的是一種身體像是失去重量的輕柔飄浮之感。

然後，就像是所有的東西都被什麼強大力量吸走一般，彷彿是置身在一個其大無比的漩渦之中，整個空間又開始轉換了色彩。

而且，這次的色彩就像是有形之物一般，在她的身邊周遭一點一絲地堆砌起來。等到所有周遭環境全數聚攏完成的時候，雷蘭突然從迷迷濛濛中回過神來，發現自己置身在一片極其寬大的星空之下。

放眼望去，整個平野上完全看不到任何的建築物或是任何有文明的光源。

這是一種很奇妙的感覺，雷蘭覺得自己似乎身處在一個清醒的夢境中，又有點像是在觀賞一部置身其中的虛擬影片，在大鵬王朝的戰爭時代之前，她曾經和父母親到城市去，在那裡的遊樂場玩過類似的場景。置身其中，腦海裡有著影片中的資訊，但是自己又很清楚地知道不是作夢，只是身處在一個很像是夢境的地方。

在清朗的星空下，雷蘭發現自己身處在一個泛出淡淡水氣的溫泉旁邊，從依稀的水面倒影中，她看見自己的形體是一個身材高大，體態健壯美麗的年輕少女，一頭秀髮綁了兩個髻，正在溫泉旁的木架上坐著，雙腳探入水中，溫暖的泉水讓整個人覺得舒適又慵懶。

而這個少女形象的真正身分，此刻卻像是順暢的流水一般，流過雷蘭的腦海之中，彷彿有人很清晰地唸著，但是卻又毫無聲音，只是有著資訊從腦海中流過。

「她叫公冶蘭，神族後裔，體內容納萬千宇宙……」順著這樣的資訊流過，雷蘭像是真的有視覺一般地，覺得自己的小腹部位微微地有著奇異的感覺，低頭一看，卻看見在少女公冶蘭光滑美麗的小腹裡，彷彿能夠看得穿透過去一般地，有著萬千星雲、宇宙在那裡緩緩旋轉、移動……

黑暗之中，靜靜地走過來一名年輕男子，他的面容在不甚明亮的星空下看不清楚，但是不曉得為什麼，雷蘭卻很清楚地知道，這個男人，就是公冶蘭一直在等待的人，也是自己片刻前依然深深擁著的那個男人。

此刻，雷蘭可以很清晰地感受到那名壯健美少女公冶蘭的強烈情緒，也對眼前出現的這個男人有著非常強大的慾望，因為這個男人身上，掌握著能讓神族永遠昌盛下去的關鍵。她的小腹內那片廣大宇宙，只有這個男人可以將其填滿，只有和這個男人相愛相合，才會有讓神族永遠持續下去的機會……

在這種奇異的體驗中，雷蘭甚至可以感受到這個男人進入自己體內的那種情欲滿溢的美好感覺。在星空之下，這個跟她的感知相融一起的少女公冶蘭，忘情地在溫泉旁和這個奇特的男人相愛，那種狂烈的情欲和滿足，讓雷蘭的臉頰也不禁燥紅許久。

情欲，在雷蘭的小腹中漲開，達到頂點的時候，退散。但是她很清楚的感覺，有一個生命種子已經進入她的體內，不，應該說是那個高大美少女公冶蘭的身體裡面，這顆種子是一個小孩，擁有神族基因和奇特男子的能量血緣，日後將會出現許多傳奇的故事。

星野下的情欲，就在這個時候逐漸淡淡地褪去。

空間在這時候緩緩地更暗了下去，重新又聚集，這一次，雷蘭發現自己身處的地方，是一個充滿古代中國氣息的大房子，陰暗而清幽，在充滿神秘氣息的空間中，擺放著許多陳年的古董器物。

從一面古鏡中，她看見自己是一個清秀的年輕女孩，穿著輕飄飄的白紗，而她也很清晰地知道，這個女孩的名字叫做肅玄青，名義上是老人肅千鉞的孫女，但實際上，她也是個神族後裔。自幼在一場驚心動魄的戰爭後被肅千鉞收養，但是這個老人在日後卻對肅玄青產生了強烈的情愫，在她成長後，對她做出了許多匪夷所思的行爲。

肅千鉞對肅玄青並沒有做出任何侵犯的行爲，但是卻將她的自由完全束縛。老人從肅玄青出生開始，幾乎不讓她接觸任何外來的人，只是提供她各種圖書和訊息，讓她只能在這棟深達地底數層的巨宅中活動。肅玄青對於外面的世界相當熟悉，因爲老人提供了任何能讓她理解外界的資訊，而因爲有著神族奇特的基因血統，肅玄青並沒有發展出那種長年不見天日的畸形人格，而是像個書卷中走下來的神仙一般，輕飄地在巨宅中走來走去。

老人肅千鉞在多年的收集下，把這棟巨宅經營成一座寶庫也似的所在，有時間跨越千年的古董，有來自古代數算家的武學裝置，有古代奇異文明的超時代器械，也有無數有趣的典籍資料，因此長年來，肅玄青在裡面並不會覺得太過無聊，也因爲老人從未讓她接觸過外界的事物，因此她雖然有時想過要去外面看看走走，但是在老人的勸說欺矇之下，也總是打消想要出去的念頭。

但是在一個奇異的午後，老人很反常地打開了巨宅的大門衝了出去，在他衝出門後，就著門縫，肅玄青看到了外面的天空，也看到了老人急切地跑到一個老流浪漢的面前，因此遭到了古怪黑衣人們的攻擊。奇怪的是，這些黑衣人卻對肅玄青極爲懼怕恭敬，當肅玄青跑出門外要幫手的時候，黑衣人卻看到她就閃躲避開。

但是，最奇怪的就是那個老流浪漢了……肅玄青從來沒有見過他，卻是第一眼見到他就沒有辦法把眼光移開，那老流浪漢的身上散發著流動的奇特光芒，從他的身上，肅玄青看到了好多個不同的形體和長相。

此刻體會著肅玄青奇異心情的是雷蘭，在她的思緒中，完全能夠感知到肅玄青的感覺，而且那種小腹中的宇宙、銀河的遼闊之感又開始出現，彷佛只要有「他」的出現，就會出現這種宇宙銀河在體內奔流的感覺。

雷蘭很奇妙地感覺到，這個老流浪漢也是「他」，是那個藏身在克南身體裡的「他」，也是在星野大地上與公治蘭親密做愛的「他」……

只是，「他」到底是什麼人？為什麼會讓自己和這些神族女孩有著無法以語言描述的眷戀之感？

然後，只覺得有股很深很濃的睡意襲來，這股睡意讓雷蘭毫無招架之力，眼睛迷濛地，很快就陷入了睡鄉。

等到雷蘭再次醒來的時候，已經天亮了，睜開眼睛，卻看見雷葛新已經坐起，身上已經穿了衣服，他的神情依然虛弱，但是看起來已經恢復了不少體力。

想起昨天晚上諸多詭異奇妙有趣的經歷，雷蘭在這一刻有些發怔起來，看見她已經醒來，雷葛新露出了欣慰的微笑。

「妳醒了？」他淡淡地笑著。「昨晚是妳救了我的命，謝謝妳。」

雷蘭有些慵懶地坐起身上，身上披著的衣物、毯子卻滑落下來，露出了晶瑩的胸部。原來雷葛新醒了之後，只是挑了自己的衣物穿上，並沒有幫她穿上衣服，想起昨晚和他相擁的情景，雷蘭的臉上不禁起了一絲紅暈。

「喂喂喂，」她鼓起臉頰，作出生氣的神情，但是又忍不住笑了出來。「女孩子沒有穿衣服的時候，你還好意思盯著人家看麼？」

雷葛新一怔，爽朗地哈哈笑著，便轉了過身去。

雷蘭匆匆將衣服穿上，走過去探了探雷葛新的額頭，已經不再觸手滾燙，顯是發燒已經退了。

雷葛新靜靜地看她，什麼話也沒有說。雷蘭看見他盯著自己，心中突然有著甜蜜的感覺，心想如果以後都能這樣，在早晨醒來的時候看見的是他，不曉得是什麼樣的美好感覺。

就在這個時候，突然之間，遠方的天空響起了一聲炸雷。

那聲「轟隆」巨響響起，雷葛新心頭陡地一震，振作起虛弱的身體，直覺就擋在雷蘭的面前。

風、雷、水、火，核酸警隊的四態生化人。根據以往的經驗，聽到雷聲，應該就是那個「雷」態核酸警察即將出現。

雷蘭輕輕將他推開，臉上露出欣喜的笑容。「救命的來了。」

果然，那陣雷聲並不是核酸警察「雷」桑德博寧，伴隨雷聲而來的是一場驟雨，雨勢極大，水量極多。雷葛新和雷蘭將圓錐空間的出水孔塞住。兩個人在大雨中又叫又笑，像小孩子一樣潑水嬉戲。雨水在圓錐空間中越積越深，不到中午，兩個人就已經浮上出口，就此脫困。

站在金屬的巨大建築物頂端，入夜的殘破城市被雨水一洗，看起來順眼多了。兩個人在夜空下淋著雨，開懷地大笑。然而，雷蘭溼潤的容顏在雨中突起愣住，歡欣的神情凝結在臉上。雷葛新順著她的眼光望過去，也知道了雷蘭神情陡然變化的原因。

靜靜的，四周圍集結了同樣一身濡溼的黑衣軍隊，大約有數百人左右，靜靜地將兩人包圍住。

「這就是惡名昭彰的走狗大鵬軍，」雷蘭冷然說道：「只可惜我們最後還是落入了他們的手中。」

她向雷葛新淒然地笑笑，逕自便往建築物盡頭一大步跨過，從數十公尺高的頂層向地面跌落。

「別……！」雷葛新一驚，也跨了一步，打算拉住雷蘭，一探手卻抓了個空，自己也一個收勢不住，跌下頂層。

「噗」的一聲巨響，佇立頂層的大鵬軍彷佛對這個變故視若無睹。在城市的夜景中，一架無聲的飛行機械緩緩從眾人的視野中升起，飛越頂層，底下一道長長的鋼索巨網，盡頭處像粽子般把雷葛新和雷蘭包得緊緊，隨著飛行機械迅速離開大鵬軍的視野，消失在夜空之中。

飛行機械抵達的地點，就是「大鵬王朝」的總部海東青宮。

海東青宮原址是一座機場的巨無霸客機機棚。大鵬王朝蠶食整個城市後，因為戰火連年，沒有足夠人力重新搭建一座巨大皇宮，便依著機棚的結構建出佔地極廣，屋頂高達四十三公尺的巨大宮殿。雷葛新和雷蘭到的時候，現任大鵬王已經得知訊息，通令全體王朝成員集結在海東青宮內，準備在眾人面前將雷葛新附體的叛徒克南殘酷處死。

雷葛新在押解人簇擁下走入海東青宮，偌大的宮內還殘留舊機棚的鐵架，地面上擠滿了衣飾千奇百怪，面目美醜魯文不一的桀驁不馴之士。有些人還爬到鐵架之上。見到雷葛新和雷蘭進來，全體幫眾怪聲大叫，呼聲震天，傳入耳膜時，還讓人有暈眩之感。

狂呼大叫的人潮在宮殿的正中留下一個通道，直通一座金碧輝煌，卻十足是拼湊成型的高臺，隱隱可以看見高臺中央一具玉雕巨椅，上面坐著現任的大鵬王。

嘈雜聲中，鼓樂隊長聲奏起宏亮的號角聲，「得嘟」地一字傳出雄壯的樂聲。

突然間，一陣震耳欲聾的槍聲響起，宏亮的號角聲陡地潰決，發出刺耳的破碎聲響。號角手們全數愣在當場，手上的號角已經從中被高爆槍打成兩段。出手的是高高坐在臺上的大鵬王，眾人的聲浪也因為這個突發狀況一下子沈寂下來，繼而是一陣低低的私下交談聲。

「搞什麼屎蛋！」大鵬王的聲音如同敗革，非常的刺耳，他的聲量並不高，卻清晰地傳入每個人的耳中。「又不是送了命的英雄，還給他什麼號角？」

雷葛新被身後的大鵬軍人押至大鵬王的跟前。雷蘭只是直挺挺地倔強站直，大鵬軍也不來難為她，卻一腳踢在雷葛新的後膝，讓他一下子仆倒在地。在地面的角度側頭看去，只見大鵬王穿著長筒皮靴的巨足從階梯上大步走下，走到雷葛新的跟前站定。

雷葛新勉力一抬頭，從大鵬王壯碩的身軀往上看，只見大鵬王是個身高比常人高上兩個頭的巨漢，身材粗壯肥胖，穿著一身鮮紅的古俄羅斯貴族獵裝，然而那張臉卻異常的瘦削清秀，像死魚般露出不自然的灰暗蒼白色澤，他的眼神淩厲，留著一頭叛逆的長髮，這種長相，卻在什麼地方有過似曾相識之感……

突然之間，雷葛新在腦中閃過一個影像，忍不住脫口大呼。

「是你！你就是泰大鵬！」

在這個戰火綿延的奇特時空中，雷葛新失去了牛頓，也再不能回到二十四世紀的錫洛央市，成了一個孤單的時空浪人。然而此刻，卻在這樣一個奇異的場合中遇見了這個改變他命運的前核酸犯「脫逃者」泰大鵬。

大鵬王聞言也是一震，眼睛透出懾人的精光。

「你知道泰大鵬？」他在眾人目瞪口呆的注視下，一字一字地沈聲說道：「你不是克南，我知道你是誰……」

於是，大鵬王便在這個陌生奇特的時空世界中，說出那句讓二十四世紀千百人至死不悔的話語。

「穿梭時空三千年！」大鵬王雙眼血紅，長聲大吼。「你是雷葛新！」

整個海東青宮的幫眾被大鵬王的神情嚇得目瞪口呆，連雷蘭也愣愣地看著雷葛新，張大嘴巴合不攏來。雖然已經和他相處了幾日，但是這卻是第一次聽到他的真正名字。

大鵬王環視四周，高舉雙手，將十隻手指在空中張開。

「全部給我滾蛋！」他在海東青宮內高聲大吼，聲勢震天。「只留下克南和雷蘭！」

大鵬王朝的子民全都瞭解，大鵬王每次下達這樣的命令時，就是表示在他數完十根手指之前必需完成交代的動作，否則縱使是位居寵臣，甚至是大鵬王的親信子弟，只要沒能在數完十指之前完成動作，都一概立殺無赦。

數千名的幫眾在大鵬王數到第六根手指時便走得乾乾淨淨，連一句廢話都沒多說。

片刻之前仍然人聲嘈雜的巨大空間裡，此刻卻只剩下大鵬王、雷葛新和雷蘭三個人。

大鵬王叉手站在雷葛新的面前，不發一言打量著他。

「克南，真的不是你？」他粗豪地問了這個彷彿不合邏輯的問題。

「你真的是泰大鵬？」雷葛新反問。

大鵬王縱聲長笑。

「我是泰大鵬，但是，我也不是泰大鵬！」他傲然說道：「就好比你是克南，然而，你卻是雷葛新！」

顯而易見，眼前這個大鵬王說話喜歡玩哲理辯證的格調。雷葛新索性閉上嘴，只是仔細端詳大鵬王那張和身體絕不搭調的臉。

「傳說中，大鵬王朝的創始人是個來自天神之地的神人，」大鵬王的眼睛神光湛然，目不轉睛地睜住雷葛新。「當第一代大鵬王在廢街上遇見他的時候，他的形貌似鬼，混身受了極重的重傷。據說，他當時曾在高燒的囈語中提及他的重傷來自一場神人間的慘烈爭戰，最後，稱之為『風』的惡鬼終於伏法，但是神人也因此受了重傷。」

「神人雖然後來終生沒有痊癒，只能靠顏面表情傳遞訊息，然而，這樣便已足夠，在他的指點之下，第一代大鵬王終能擊敗當世所有強敵，建立了這個千秋萬載的大鵬王朝。而在神人臨終之前，才透露出有關於某位名叫『雷葛新』的聖者即將來臨的預言訊息。」

「祖訓規定，歷代大鵬王必需將臉部修整為神人的容貌，以神人的形象統治王朝。」

而神人的本名『泰大鵬』，更是只有歷代大鵬王才會知悉的重大秘密，最後，還留下了聖者雷葛新降臨時與祂相認的歌訣。」

大鵬王微一揚手，海東青宮的巨大頂層燈光浮現，清晰地映照出巨幅大字寫出的「雷葛新之歌」。

「時光英雄雷葛新，為了所愛，穿梭三千年的時空
「他逃離了凶殘的追捕，只為了見到她淺淺一笑……
「他踏入桃花源的無涯守候，踩過豪門的血海起落
「他拾取重創的神明盔甲，俯看綠與火的惡戰傾軋
「巫術的壯美留不住他，菩提、電腦、少林，慧可的斷臂鮮紅飄雪
「神界的永生留不住他，悟空、龍馬、八戒，三藏的女身輕蘿飛揚
「星塵的淚水難使他回頭，神界之謎因他崩壞顯露
「時光英雄雷葛新，為了一份失落的回憶，穿梭三千年的時空
「只為了見到她的淺淺一笑……」

當日泰大鵬和冷血交手後，的確曾經逃離質子風暴的終極毀滅力量，逃至大鵬王朝所在的這個時空。與雷葛新不同的是，泰大鵬穿梭時空的方式是以傳統式的人身穿越方式，是以當日他啓動「音波共振術」時，身體的損害並沒有復原。創立大鵬王朝後，這位一代核酸怪傑終於也老死在這個殘破的戰火時空。

雷蘭極為專注地聆聽兩個人交談，不時露出迷惘的神情，她仰頭看著那首「雷葛新之歌」，再看看雷葛新，嘴裡不自覺地開始覆誦。

「時光英雄雷葛新，為了所愛，穿梭三千年的時空，只為了見到她淺淺一笑……為了一份失落的回憶，穿梭三千年時空，只為她的淺淺一笑…」

她逐字地唸著這首時光英雄之歌，和昨夜那場奇特的心靈之旅印證下來，不禁整個人癡了。

大鵬王癡癡地望著雷蘭秀麗的身影，長嘆了一口氣。

「我對她一片真心，到頭來，還是一場鏡花水月，只為了不和我在一起，她連最低賤的男人都可以獻身，只為了不和我在一起……」一言及此，他的表情又變得凶狠起來。

「但是，我不管你是誰，總之你現在頂著的，就是克南的軀殼。雖然當年神人泰大鵬的確一手創立大鵬王朝，但那也是百年前的往事了，將我的臉改成這般模樣本就是我最為遺憾的一件事，祖先的家訓固然重要，但是死守舊規更是不可原諒。」

大鵬王越說越是激昂，轉身步上高臺最頂端，俯看著雷葛新和雷蘭，戟指厲聲大叫。

「雷葛新！我不信你是聖者，也不信你來到我們這個世上會有任何意義，但是，祖宗家法不可廢。現在我決定，讓你帶這女人走！一小時後我發動大軍追捕，如果你逃得出這個城市，我就不再為難你！如果你真是時空英雄，就一定能辦到。如果不行，我不止要殺你，也要將這個女人活祭歷代大鵬王！」

雷葛新和雷蘭步出海東青宮時，還依稀聽得到大鵬王充滿自信的笑聲。

一個小時候，大鵬軍果然傾巢而出，在城內大舉搜捕兩個人的下落。大鵬王親自坐鎮海東青宮，打算一舉將大鵬王朝的「雷葛新傳說」殲除，改變祖宗家法。斥堠小組將情報一件一件傳來，隨著情報的累積，大鵬王的臉色益發難看。

因爲，雷葛新和雷蘭居然在這個空間中失去了蹤影。數以萬計的大鵬軍在城內翻遍了每一寸土地，兩個人卻依然無影無蹤。

雷葛新和雷蘭並沒有在城市中憑空消失，相反的，他們正藏身在一個距離大鵬王極近的地方，連大鵬王咆哮的聲音也隱約可聞。

他們此刻就藏身在海東青宮東側的一個器材室中。雷蘭深知大鵬王暴燥卻又思緒周密的個性，已使海東青宮成爲一個手下不敢接近的險地。也因爲如此，大鵬軍搜遍了全城，卻也沒敢搜到海東青宮來。最重要的是，大鵬王沒料到雷蘭會故技重施，會將當日和克南偷出海東青宮的逃脫路徑重演一次。雷蘭深知大鵬軍的守備在正午時分有一個盲點，是以她便盤算和雷葛新在海東青宮蟄伏至次日中午，再一舉逃出城去。

兩人發現這個器材室是個藏躲的好地方，除了隱密之外，還有一些簡單的食糧食水，餓了幾天的他們，終於可以吃點東西喝點水。

在兩人吃喝的間隙中，雷蘭仔細端詳雷葛新。良久，才問了一個問題。

「所以，」她把臉靠近雷葛新。「你到底是誰？你真的是大鵬王口中所說的，時空英雄雷葛新？」

雷葛新深深的吸了一口氣，在那一瞬間，決定將一切告訴雷蘭。

月光在兩人臉上形成的淡淡的光影。雷蘭很仔細地聽雷葛新的敘述，一句話也沒打斷。雷葛新鉅細靡遺，從核酸局前那場大戰說起，如何他親見陽風逮捕那兩名男女，那名女人在核酸局前如何高唱「雷葛新之歌」，如何到「魯肉」商場買了牛頓，如何依照泰大鵬的訊息盜取核酸，如何在「頭兒」的辦公室脫逃，如何在姚德山頂中伏，終於逃入時空。逃入時空後，牛頓與他破解了時光之謎，如何在避秦之村郊外與冷血隊長交手，進入「豪門」的世界，在「綠火」的世界中遇見鐵火之族，在一九七四年的波士頓遇見少林的後代，在妖魔的世界遇見三藏和悟空，進入「巫術世界」，又在轉移時如何和牛頓失去聯絡，在朵酒灣遇見「紗琪」橫濱五月。最後，雷葛新還細細地描述了那個常出現在他腦海的奇異影像。

這其中的某些情景，雷蘭已經在昨夜的心靈夢境中經歷過，但是有些細節卻還沒聽過，像是巫術世界、橫濱五月、三藏和悟空，還有在雷葛新腦海中出現的女人背影，就是她還不知道的事。

「所以，你看不見她的臉嗎？」雷蘭很認真撫著自己的長髮問道：「夕陽，長堤，短髮女人的背影是嗎？」

「是的。」雷葛新說道：「而且，彷彿有一種說不出的魔力，只要眼光一投注上去，就再也放不開。」

「那首『雷葛新之歌』是不是說，」雷蘭問道：「時光英雄為了所愛，穿梭三千年的時空，只爲見她的淺淺一笑？」

「對。」

「那個『淺淺一笑』，一定就是那位美麗的橫濱五月小姐了，是不是？」

雷葛新覺得有點發窘，巧妙地換了個話題。「其實，歌裡面還說，他俯拾桃源裡的甘甜流水，坐看豪門的滄桑，驚詫於巫術天地之壯美，遍歷星塵的墜落……」

說到此處，自己的經歷和歌中的內容相對照，避秦村就是桃源，豪門，巫術世界都已應驗，而紗琪的確是個巨星，一念及此，他不禁目瞪口呆。喃喃地繼續說道：「只爲了見到她的淺淺一笑……」

一念及此，雷葛新苦笑搖搖頭。

「這麼荒謬的情節，如果不是我的親身經歷，打死我也不會相信，」雷葛新問道：「爲什麼妳會相信呢？」

雷蘭笑了，那笑容充滿了令人著迷的神采。「因爲是你說的，所以我就信了。如果你是我，就會知道這種不用說話也可以感受到的感覺。」

天明之後，大鵬軍前來回報的次數變少了，雷蘭在一張紙上計算時間和巡邏部隊的交互關係，近正午的時候，她攏起長長的秀髮，拉住雷葛新的手。

「走了。」

雷蘭帶著雷葛新在市區中穿梭而行，打算衝過層層的巡邏警備，穿過城市到市郊山上的革命分子基地。但是沒走多遠，就被大鵬軍的一個斥堠小組發現，雖然最後終於將小組的兩名成員殲滅，可是還是讓他們傳出了訊息。

過午不久的時分，大鵬軍集結得越來越多。雷葛新和雷蘭且戰且退，雖然雷葛新運用了核酸知識中的游擊戰法成功地逃過好幾次危機，可是敵我的數量實在太過懸殊。近黃昏時，兩人終於被大軍團團包圍，大約總數有上千人的部隊從四面八方逐漸圍攏，將兩人圍在城市已成廢墟的大遊樂園中。

傾埼的大型摩天輪殘破地倒在地上，兩人跨過銹痕斑斑的情人旋轉咖啡杯，在荒涼的園內小徑上，原本充滿歡樂爆米花奶油香的遊戲攤位七零八落，有些地方已成了動物築巢的小窩。走過一個玩具娃娃的遊戲攤，攤位上擺著一隻玩具小熊，左眼上卻插著一支羽箭。追兵此時在遊樂園門外暫時按兵不動，因爲他們也忌憚雷葛新和雷蘭的破壞性游擊戰法，而且，雷葛新推測他們打算活捉，否則一顆高爆彈就可以結束這場戰爭遊戲。

雷蘭在棉花糖攤位前佇足下來。紅色的攤位上畫著褪色的歡樂小丑，棉花糖機已經積滿了灰塵，幾包空空的塑膠袋在攤位上隨風飄搖。

「我小的時候，」雷蘭靜靜地說道：「爸媽常常帶我到這兒來，而且每次來，一定要吃粉紅色棉花糖。」

繞過乾涸的噴水池，雷葛新和雷蘭步上一條斜坡，走了一半才發現這條斜坡本是遊樂園內高聳的瞭望塔，此刻這座高塔已然倒塌，架在圍牆上。圍牆本來是古代中國式的長城設計，遊客可以在上面漫步，也可以利用上面的望遠鏡瞭望，或用付費式立拍式照相機拍照留念。雷葛新和雷蘭在圍牆上眺望四周的狀況，本來在圍牆旁的河川已經乾涸，成爲一道極深的深谷，大鵬軍在遊樂園的大門口集結，將兩人像口袋裡的獵物般的緊緊包住。

雷蘭的臉上因爲急速爬上斜坡微現通紅，光潔的額上有汗珠。雷葛新伸手將汗珠抹去，自己也停下來喘氣。

方才在巷戰的時候，雷蘭的長髮被一發激光波及起火燃燒，此刻，她一頭光亮美麗的長髮末端已經燒焦，她在空氣溫潤的天空下取出一把小刀，一甩頭，把燒焦的頭髮自耳下劃落，一陣輕風吹起，將無數莖髮絲吹入深谷。

「你走吧！」雷蘭沈靜地說道，轉頭遠眺遠方的大鵬軍。「我會照顧自己的。」她的短髮雖然參差不齊，卻將整個臉型襯托出來，在殘破的背景下別有一分凄艷之感。此時已是黃昏，一顆紅艷艷的落日已經快要下山。

遠方的天空這時響起了陣陣的雷聲，空氣中充滿電離子碰撞的「滋滋」聲響。靜電在空中無止息的游離，兩個人身旁的好幾架付費式照相機同時被靜電干擾，發出滋滋的聲響。「克嘰」的一聲，一部在雷蘭身後的照相機不停顫抖，良久，從取相口緩緩送出一張立拍式相片。

雷葛新和雷蘭手牽著手，走過去拿起照片。

立拍式的相片剛開始總是一片模糊，在夕陽餘暉的照耀中，影像逐漸清晰。此時，空氣中開始吹起微風，風中帶有芳香的水氣，雷聲轟隆地不住炸開，閃電亮起之際，也像是燃起了熊熊烈火。可是，兩人恍若未覺，只是盯著那張相片看。

那是一張雷蘭的背影照片，短髮，夕陽，在圍牆的邊緣彷彿向無窮遠處眺望。原來，雷葛新腦海裡的那個女子佇立的地點並不是河堤，而是廢棄遊樂園的圍牆。「夕陽，河堤，短髮的女子背影。」這個神秘的影像曾經讓雷葛新莫名地沈迷其中。

「牛頓說過，」雷葛新像夢囈般地凝視雷蘭美麗的容顏，在霞光下彷彿發著柔和的微光。「這個影像也許是個宿命。但是，他也說過，時空轉移的人，只要離開了這個世界，就不可能再回來。」

雷蘭展顏微笑。「我早就知道，時光英雄穿梭了三千年的時空，就是爲我而來的。」

核酸警隊的四名隊長如臨大敵地在兩人的四周布滿了重重的力場，冷血、陽風、桑德博寧和丹波朱紅在天空、地底、水面將所有退路封死。

而雷葛新和雷蘭卻像是在九月秋陽下攜手渡假的伴侶一般，悠閒地看著微風、水幕、雷電和熊熊烈火在空中盤桓。

此刻距離核酸警隊將他逮捕還有幾分鐘的時間，然而，雷葛新卻願意爲了多和雷蘭相處這短短幾分鐘甘心束手就擒。

其實，只要他在這一個剎那間離開克南的身體，他還是能夠靠自己的全數能量脫離到下一個時空。

但是他不願意，只希望能將這最後一刻永恆留住。

雷蘭怔怔地望著雷葛新，突然流下眼淚，將他的手握得更緊。雷葛新心裡一陣酸楚，將她摟在懷中。

時光彷彿在那一剎那停止流動。連陽風隊長走近的腳步也顯得特別緩慢。

然而，雷葛新終究還是落入核酸警隊的手中。

「我一定會再回來。」這是雷葛新臨走之前，留給雷蘭的最後一句話。

時空之風獵獵聲響中，雷葛新在四名核酸特警的押解下不發一言。雖然相見之日已經遙遙無期，但是他下定決心，終其一生，也要再去見雷蘭一面。

未知之光在時空的通道上閃爍白亮的光芒，雖然核酸警隊在這一役中，成功地逮捕了傳說中的時空英雄雷葛新，可是沒有人有欣喜的感覺，除了在圍捕泰大鵬一役中受傷，從此恨透時光旅行者的冷血隊長之外，每個人都覺得心頭沈重。

逮捕了毫不抵抗的傳奇英雄說老實話並沒有什麼光采之處。尤其是臨走前那名美麗女人沈靜卻充滿哀傷的表情，更是在大家的腦海中揮之不去，有的人手上已經逮捕過許多核酸犯，但就在這一刻，也開始對自己的任務有所懷疑。許許多多的人事光影在時空之流裡迅速流過。一行人「刷」的一聲，沈默地衝向那道未知的光芒。

第19章

時空大審

「根據二三七四年的戰鬥百科指出，轉態生化特警的能力在當世無人可以匹敵。而以這樣強勢的戰鬥能力，遇到吸收過核酸的泰大鵬仍然鎩羽而歸。我們計算過，泰大鵬偷取的核酸種類有五百四十六種，但是，庭上眼前這位雷葛新先生，卻擁有八百三十六種核酸知識……」

核酸警隊終於成功地將所謂的「時光英雄」核酸犯人帶回二十四世紀受審。本來時空轉移是無法任意在各個世界間自由來去的，可是因爲轉態式生化人的力場比人類的靈魂頻率強上許多，能力高強的警隊隊長們可以循來去不同世界的能量軌跡找到轉移參考點，回到二十四世紀。而帶著雷葛新的靈魂組回來，則需要四個隊長合力才能做到。

回到二十四世紀後，聯邦當局通知核酸局高層，因爲時光發展局提出不尋常的申請，本案不得由隊長們逕行判決，聯邦已經備好程序，準備執行一場時空大審。

這場空前的時空大審在聯邦最高法庭的戰鷹大廳秘密舉行。偌大的戰鷹大廳當時除了相關人等外，旁聽席上都是星際政府首長級的人物。大廳上只坐了不到一百個人，格外顯得空盪。大審當日，第一道程序是由控方代表，核酸局的總司法長成貞銘宣讀控詞。審理的三名法官都是退隱已久的終身聯邦大法官。而被告雷葛新則已經回到了他在二十四世紀的肉體，孤零零地站在巨大的戰鷹大廳的正中央。

控方代表宣讀了被告雷葛新私盜核酸的罪狀，並且合併控告雷葛新在核酸警隊逮捕時的拒捕行爲。

「盜取核酸，萬劫不復！」神情陰森的主控長成貞銘最後朗聲說道：「本席請求庭上依法量刑！法律之前，人人平等。」

旁觀的各級首長們紛紛交頭接耳。熟知聯邦所有條例的人都覺得這場大審基本上是件多餘的動作。在二十四世紀人人皆知的核酸禁令之下，在場沒有人想得出來有什麼翻案的可能性。

接下來宣讀的是辯方的答辯詞。首席法官古德說道：「請辯方辯護官宣讀答辯詞！」

從答辯區出現的是一個個頭極高的中年人，身後跟著一個老人。在座的許多首長「哦」一地低呼一聲。因爲這兩個人本不應該出現在法庭的答辯席上的。旁觀席中認識他們的知道帶頭的那人就是星際時光發展局的局長艾傑克，而身後的老人就是雷葛新見過面的副局長魯敬德。

艾傑克環視四周，旁觀席的聲音逐漸止息。每個人都屏息想知道他爲什麼會出頭爲這個不屬他該管的小小雇員辯護，也想知道他如何辯贏這場似乎絕望的案例。艾傑克微微一笑，逕自走向被告雷葛新，在眾目睽睽下，與同樣驚訝的雷葛新擁抱。

在眾人的驚呼聲中，古德法官重敲木槌的聲音響遍整個大廳。雷葛新正驚疑之間，卻聽見艾傑克說出令人張口結舌的話。

「小子，我來幫你了，」艾傑克笑笑，旋即低聲說道：「我是牛頓。」

在穿梭時空的旅程中，與雷葛新如父子兄弟般親近的生物性植入式百科全書牛頓，居然是時光發展局的局長艾傑克。

在全場一致的錯愕中，艾傑克侃侃而談。

「這件所謂『雷葛新盜用核酸』的案例，其實是時光發展局的一項實驗，實驗的代號就叫做『穿梭三千年』。」

「眾所周知，時光研究領域是千百年來人類文明最大的一個謎題。長久以來，許多才智之士投身於這門科技之上，可是，有史以來的時光旅行卻從未有過一次成功。經過多年的研究，我們仍有完全無法解讀的灰色地帶。」

「核酸局曾經有過一位名叫泰大鵬的天才侵入過資料庫，並且從中得到穿梭時空的秘訣，但最後仍被生化戰警處決。我們得知核酸局已有生化特警完成過時空之旅，所以我們多次向核酸請求釋出相關資訊。不幸的是，核酸局只對處決核酸犯有興趣，對解開人類文明之謎興致索然，我們的要求始終石沈大海。」

「後來，我們研究了以靈魂穿越時空的方式，發現破解時光理論灰色地帶之謎的關鍵可能就在此。我們也從時光學前輩魯一樸的時光倒錯理論得到靈感，決定找這一位和民謠『時光英雄雷葛新』同名的雷葛新先生，暗中助力，導他走入時光之旅。」

「經由精心的安排，由我本人扮演雷葛新先生在資訊商場購買的生物式百科全書『牛頓』，助他侵入核酸局，成功進入時空之旅。事實證明，我們的假設完全得到證實。時光之謎也因此解開，我們因而導出『網狀時間理論』。這一趟時空之旅我曾經跟隨雷葛新許久，從中得到的資料極爲豐富，現在，我們幾可以斷言，日後，時光之旅將不再是『不可能之任務』。這個實驗曾經過聯邦的認可，因此，雷葛新先生不僅無過，反而有功。我懇請庭上將其當場釋放。」

旁觀席此時議論紛紛。大法官取過艾傑克準備的文件，文件上有十三名聯邦主席的簽名，表示這個命名爲「穿梭三千年」的計劃事先曾經得到過他們的首肯。

整個案情急轉直下，如果大法官認定文件合法，認定雷葛新的行爲經過刻意的主導安排，那麼雷葛新就很有可能自由走出戰鷹大廳。

艾傑克充滿信心地拍拍雷葛新的肩頭，「我會帶你安然走出這裡的，我從哪裡帶你出來，我就帶你回去哪裡。」

他極有自信地走回答辯席。雷葛新面無表情，此刻，他的心早已不在這場時空大審之上。縱然牛頓的身分出現令人驚訝的答案，時光英雄之旅原來只是個白老鼠般的實驗，不過這些都已經不再重要，即使是當堂改判無罪，對他來說都沒有什麼差別。他的心中早已留在那個殘破的戰火時空，只被一個人的倩影佔滿。

和他的態度同樣漠然的是主控長成貞銘，凝神細思，彷彿身邊一切都引不起他的注意。大法官們確認文件無誤，低聲討論了一會。另一位大法官頌紫鋼敲敲木槌。

「交叉結辯。」他高聲道：「控方出席。」

核酸局司法長成貞銘冷然站起。「庭上，請傳第一證人到場協助結辯。」大法官古德頷首認可，法庭上的機械法警叫出第一證人。

證人到場的時候，雖然全場的旁聽群都大有來頭、見多識廣，還是有許多人忍不住驚呼出聲。

因為來人的形貌實在太過詭異，不，與其說詭異，倒不如說是可怖。他的半邊臉五官完全變形，眼珠吊在眼眶外頭，頭蓋骨有幾處塌陷，兩隻手臂已經換成機械，一隻腿裝上木製義腿，「奪奪奪」地敲打在地面，那聲音迴盪在整個大廳。

核酸警隊「颪」冷血隊長沒有像往常一樣隨微風出現。他筆直地走到證人席，挺胸縮腹地向成貞銘行一個漂亮的軍禮。

「庭上，這位是核酸警隊的首席，冷血隊長。」成貞銘說道：「隊長一向是核酸警隊最優秀的領導人物。庭上一定注意到冷血隊長身上的重傷吧？冷血隊長的傷，全都是拜艾傑克局長提到的那位核酸局天才泰大鵬先生所賜。將泰大鵬繩之以法的，就是大家眼前的冷血隊長，但是，冷血隊長並沒有像艾局長所說全身而退。在那一役之中，我們陣亡了三名最優秀的核酸警察，而冷血隊長也身受大家現在親眼所見的重傷。」

艾傑克這時候隱隱猜到了成貞銘的用意，可是卻萬萬料想不到核酸局居然如此趕盡殺絕。

「反對！」艾傑克高喊。「反對在庭上提及不相干情節！」

「反對無效。」古德冷冷說道：「控方可以繼續結辯。」

「各位，」成貞銘說道：「冷血隊長是當今轉態生化人中能力最強的族類。我想請問隊長，以你的能力，作戰指數可以達到多少？」

冷血傲然道：「我一人可以抵擋三千名的傳統部隊。如有必要，這三千名敵人我可以全數將其殲滅。」

「根據二三七四年的戰鬥百科指出，」成貞銘將一份資訊投影在大廳的壁上。「轉態生化特警的能力在當世無人可以匹敵。而以這樣強勢的戰鬥能力，遇到吸收過核酸的泰大鵬仍然鎩羽而歸。我們計算過，泰大鵬偷取的核酸種類有五百四十六種，但是，庭上眼前這位雷葛新先生，卻擁有八百三十六種核酸知識……」

「反對！」艾傑克怒道：「控方已經開始誤導兩個不相干的案例！」

在大法官「砰砰」的木槌聲中，成貞銘仍自顧自的說下去。

「庭上，三十年超人戰爭的殷鑒不遠，我們現在的平和世界中，又多了這樣一個當年的禍根……」

「反對！」艾傑克簡直已經在怒吼了。「反……」

「砰」的一聲，大法官古德的木槌重重敲下。「控方，請停止發表預設立場式的結辯。」

成貞銘輕鬆地一聳肩。「抱歉，我剛才的言語的確有失公允，在此向全場道歉。」頓了頓，他環視四周。「我對第一證人的問話已經結束。」

可是，他很清楚的知道，方才的話，已經像毒藤一樣深深地植入了全場人士的心裡。而全場人士，當然也包括三位大法官在內。

艾傑克在答辯席中氣得滿臉通紅。他本以爲有聯邦主席的聯署一切就沒有問題，現在看來，他的確低估了核酸局堅守核酸禁用條例的決心。現在成貞銘已將整個案例轉成了社會可能浩劫再現的公共議題，一不小心，說不定連十三名主席的聯署也保不了雷葛新。

「庭上，我請求傳我的第一證人，魯敬德博士。」他向庭上要求。身材健壯的老者魯敬德博士走上證人席。

「魯博士，請向庭上簡述那一日你拜訪核酸局時發生的過程。」艾傑克說道。

魯敬德博士的腦海中這時候又回憶當時的情景：三名核酸特警隊長無聲無息在人事組長辦公室出現，肆虐一番後又突地消失。老人不禁皺起眉頭。

震耳欲聾的閃電、熊熊的凶猛烈火、冰冷的水花，人事組長以他爲餌，讓雷葛新毫無防備，卻在最後一刻自己走出門去躲避，事後，只留下魯敬德一個人在狼藉的辦公室中溼淋淋的發抖。魯敬德將這一切轉化成語言，鉅細靡遺地向大法官們敘述。

成貞銘的臉越來越陰沈，低聲向身旁的一名助手交代，那名助手點點頭，走了出去。

「核酸局的副局長是星際聯邦政府的四級主管，」艾傑克高聲說道：「但是核酸局的特警為了達成逮捕的行動目的，將魯博士玩弄在手掌心。我手邊還有核酸警隊搜捕被告雷葛新時的過程報告。」

他手一揚，大廳的投射幕投射出一個巨大的鋼球球場，場面紛亂，球場表面一片狼藉。

「這裡是雲夢市的鋼球季後決賽場地，」艾傑克指出畫面下欄的統計數字。「核酸警隊為了追捕被告，在爆滿的決賽場面製造可能失控的狀況，置市民的生死安危不顧。」

「因此，除掉本案已有聯邦主席們背書的考量外，本席也考慮控告核酸警隊的逮捕程序嚴重失當，後續的逮捕動作應該視為無效。時光發展局並保留追訴核酸警隊權力過於擴張之權利！」

艾傑克答辯完畢，向雷葛新點頭致意，昂然走回答辯席。他同樣也將議題導向公眾方面，但是，最重要的是給了核酸局一個訊息，如果成貞銘繼續趕盡殺絕，日後時光發展局也不會善罷甘休。

艾傑克走過成貞銘席位時，成貞銘冷冷地說了幾句話，艾傑克沒有回頭，兩人有了短暫的沈默，之後，艾傑克舉步，走回答辯席。

「艾傑克，」成貞銘說道：「以天神之名為證，不管你玩什麼把戲，我絕對不會讓被告再看到外面的陽光。」

接下來，控方傳訊的是在逮捕過程中居功厥偉的核酸警隊「水」陽風隊長。

「陽風隊長，」成貞銘說道：「請簡述你幾次逮捕雷葛新失敗的過程。」

身材高大魁偉的陽風以一貫的洪亮嗓音簡述了幾次和雷葛新交手的過程。如何在核酸局人事辦公室中被他脫逃，如何在雲夢市的鋼球場藉下水道脫困，也提及了「巫術世界」一役中的雞蛋分子世界中的追捕，最後，雷葛新才在那個夕陽下的圍牆上束手就縛。

「在你的看法中，」成貞銘問道：「雷葛新先生是不是一個能力極強的對手？」

陽風點點頭。「是。」

「同樣在你的看法中，他的能力與超人戰爭中的超人族類比起來如何？」

「反對！」艾傑克大聲叫道。

「反對無效。」大法官古德說道：「我也想知道這個答案。」

陽風思索片刻，搖搖頭。

「我對超人族類的能力沒有任何概念，只能說，就他目前已經發揮的能力來說，我絕不願與這樣的對手爲敵。」

「那麼……」成貞銘斜眼看了看艾傑克。「假設雷葛新先生在這個世界有任何不法意圖，會不會是個極難應付的敵手？」

艾傑克幾乎是從椅子上跳了起來。

「反對！」他漲紅了臉大聲說道：「控方正在預設未發生狀況，控……」

「砰」的一聲巨響，古德法官敲下法槌說道：「證人有權不回答這個問題。」

陽風沉吟良久，才低聲道：「我無法想像出這個狀況，無法回答。」

控方主控官成貞銘的辯詞至此結束，陽風隊長也向他行一個漂亮的軍禮，正要離去的時候，突地被辯方的艾傑克叫住。

「庭上，本席請求也請陽風隊長作證。」

大法官古德點點頭。陽風一臉詫異之色，連成貞銘也不懂得艾傑克的用意。

陽風望向成貞銘，臉色陰森的核酸局總司法長做個眼色，點點頭。

「陽風隊長，」艾傑克問道：「請問你，在你的看法中，雷葛新有罪嗎？」

「有罪。」陽風毫不猶疑。

「盜取核酸，萬劫不復？」

「是的。」陽風肅然道：「以星戰英雄英名為證，盜取核酸，從重量刑！」

「那麼……」艾傑克的眼神突然轉為凌厲。「雷葛新是個窮凶極惡的犯罪分子嗎？」

陽風愣了一愣。

「他是個核酸犯罪份子，有罪是無庸置疑的。」

「那麼如果我問你，除了盜取核酸之外，他有沒有做過任何傷害人的事？」

陽風又沉吟了良久，才低聲道：「沒有。」

「所以，如果我說，除掉盜取核酸的行為外，雷葛新是個好人，對不對？」

「反對！」成貞銘叫道。

「反對有效。」古德說道：「證人不用回答這個問題。」

艾傑克重重一拍桌沿，大聲說道：「其實，你不只覺得他是個好人，而且是個心地極為善良的人，對不對？」

不待陽風回答，他又流暢地說道：「你心裡明白，他在脫逃的時候，沒有和你們抵抗過。在『桃源』的時候，冷血不惜犧牲小孩生命要逮捕雷葛新，而他卻拼著被你們逮捕的危險救了那名小孩。在『巫術世界』中，你遇到了意外，他本可以揚長而去，卻還是折返回來救你一命。你說，這樣的人格會是罪該萬死的犯人嗎？」

「不是，」陽風大聲道：「以人格來說，他沒有問題，相反的，他是一個極善良的人……」

就在此刻，成貞銘一聲暴喝。「陽風，你在胡說些什麼？」

陽風對他的呼喝恍若未聞。「我在追捕他的過程中，也有很大的疑惑。而最後終於抓到他也不是我們的功勞，因為是他自願就縛的。」頓了頓，他又昂首大聲道：「可是，法令就是法令，在私德上，我敬佩他。但是在法令規章上，他仍然犯了法，必須受到制裁！」

成貞銘憤怒地一捶桌子。艾傑克面露微笑，因為這一著險棋的目的已經達到。

「庭上，」他高聲道：「在盜取核酸上，雷葛新有罪，但是請別忘了我們有聯邦主席的背書。而雷葛新的人格，剛剛相信已從陽風隊長口中得知真相。」

到了這時候，大家才知道他找陽風隊長作證的用意。

三名大法官只簡潔地討論一下。爲首的古德大法官反手戴上紅色的司法之鷹帽，看到那頂紅帽，艾傑克心中非常愉悅，因爲，那通常就是無罪判決的暗示。

「聯邦最高法庭宣判……」

就在這一霎那，戰鷹大廳的大門「匡」一聲巨響打開，走進來的是一隊昂首闊步的紅衣軍人，帶頭的是最高法院的軍方總指揮官，他和一眾部隊步履雄壯地走進大廳，將一份文件交給古德大法官，再全隊帶隊離開。

古德大法官打開文件，充滿皺紋的老臉微微變色。另兩名法官也湊過來，三人開始低聲討論。

偌大的戰鷹大廳此時一片靜寂，只有法官們喃喃的語聲。

接下來的動作，更是讓艾傑克的心沈到了谷底，因爲古德法官已經將戴得妥當的紅色司法之鷹帽又摘了下來。

果然，他並沒有將雷葛新判爲無罪。

「被起訴人雷葛新，雖然盜取核酸行爲屬事先設定，本部分獲判無罪。然而雷葛新身上存留的核酸知識卻可能危害到當今世界。」他將木槌重重敲下，繼續說道：「因此基於核酸與該員記憶已緊緊結合，本席判定，被告雷葛新可以有兩種選擇：一、洗去在核酸局工作期間及穿梭時空過程全部記憶，回到市檔案局工作。二、放逐至其他時空世界，永遠不得回到本世界。」

判決一出，全場嘩然。

「本席請求司法仲裁，」艾傑克在喧鬧聲中大聲高喊。「判決明顯不公！被告行為事先經過許可，完全合法！」

古德冷然看著眼前這紛亂的一切，不發一言。另外一名大法官頌紫鋼向艾傑克一招手，示意他到法官席來。艾傑克走過去，頌紫鋼將方才紅衣軍送來的文件遞給他。

那是一份最急件的傳真文件，上面同樣的有十三名聯邦主席的簽名。文件內容表示，基於整體環境的考量，雷葛新的核酸知識確有值得當局擔憂的潛在威脅，是以，聯邦提出兩點折衷辦法：洗腦，或是放逐。

原來，無論怎樣的努力，最後還是被政治因素所犧牲。

艾傑克愣了一會，突然哈哈大笑。然後將那份聯邦主席們的傳真當場撕成粉碎。嘈雜的空間中因他的失控行為逐漸停息下來，每個人都靜靜地看他把文件慢慢撕成碎片，揚手拋在空中，散成滿天雪花。

「方法是我提出的，保證實驗者沒事也是我保證的，」艾傑克沈聲說道：「要罰，來，把我的命拿了再罰他！」

在場的星際首長們面面相覷，連法院警隊也不知如何是好。

第20章

神族

「我是阿婆盧吉低舍婆羅，」那人說出了一個字音很奇怪的長串字。「但是你們地球人不太能唸得出來，所以大部分時間我都被他們叫做『觀音』，我旁邊這兩位也是一樣，只要叫他們『羅漢』和『無常』就可以。我們是來自於天界的天眾，但是你們通常都叫我們『神明』。」

便在此時，空氣中突然開始出現一種奇妙的異樣之感，彷彿是什麼東西將整個空間緊緊地縮了一下。

這種感覺，在「巫術世界」的時空曾經出現過一次，那是在幾個年輕人引發大爆炸之間，空氣中曾經出現的狀況，是一種即將出現重大變故前的奇異現象。在場的時光戰警中，包括陽風在內的幾個戰警當時都在現場，此刻出現這種狀況，大家都是警戒萬分起來。

然後，接下來發生的狀況，是核酸警隊成立以來絕對沒有發生過的事，這件事因爲太過詭異，被後代研究專家稱之爲「時空大審撞鬼事件」。

正當幾名時光戰警開始面面相覷，覺得空間中有異常現象時，古德法官也察覺了有異，銳利的眼神看了戰警們所在的位置，那是一個比旁聽席還要高上半層的包廂，專門讓列席作證的警務人員停留的地方，在那個包廂前方有一道長長的階梯，讓前來作證並且要上證人席的警官們可以走下來。

古德法官和在場的大部分將軍、官員們都不是生化人，因此並沒有感受到那種空間突然一縮的力場變化，但是戰警們開始躁動不安，四下察看的動作卻吸引了他的注意。

「奇怪……」古德法官碰了碰旁邊副審判官派洛的手肘。「你看看，他們怎麼……」

說時遲那時快，也不曉得怎麼發生的，只聽見「碰」的一聲輕響，像是被什麼東西炸開了一般，十幾位時光戰警居然像是米袋一樣，直挺挺地從半層樓高的地方紛紛地「掉」了下來。不，那種勢頭看起來不像是直直地掉下來，而像是被誰同時間「丟」出來一樣，有的時光戰警從包廂直接彈出來，摔在地上，有的則是滾到樓梯上，聲勢極大地「匡鎯匡鎯」掉下來。

十幾個掉下來的時光戰警最奇怪的，便是他們都沒有失去知覺，而是意識清醒地從半空中掉下來，像是堆疊的米袋一樣跌成一團，也不曉得是什麼樣的力量把他們「丟」出來，跌得如此狼狽。

這些時光戰警們平時都是力量強大，時空間來去自如的大能力者，不用說水裡來火裡去了，就算是不同的空間，不同的平行世界他們也都可以四處來去，但是此時卻像是無助的巨大玩偶一般，哼哼唧唧地跌成一團，久久爬不起身來。

在這場重大的時空大審中，雷葛新始終保持沉默，對於整個審判的進行完全不放在心上，此刻，他的心思早已和進入時空冒險前大爲不同，見過那麼多的平行世界，對於眼前這場看似聲勢浩大，影響深遠的大審，心中卻是沒有什麼波瀾，只是靜靜地聆聽，也完全不在意接下來的審判會是什麼。

只是在那種空間緊縮現象發生的時候，他也察覺了，心中同時想起的，也是在巫術世界發生的那場大爆炸。他心中一動，但是只是輕輕地「哼」了一下，並沒有太大的反應。

正當時光戰警們紛紛交頭接耳，察覺不對勁的時候，雷葛新很敏銳地發現，空間中的頻率開始有點不太對勁了，整個審判大廳中的光度開始發亮，那是一種濛濛的亮，而在大廳的正中央，從懸空處開始出現三個身影。

這時候，時光戰警中似乎有人也看到了這三個身影，但是他們並沒有來得及做出任何反應，因爲就在這一瞬間，整個大廳裡的所有人、事、物和聲音全部都瞬間凝結。

雷葛新有點驚訝地看著這時候出現的奇妙場景，總算把他從冷靜沈默中拉了回來。他四下看看，發現除了他自己之外的所有人，所有空間中的事物全都像是定格一樣地凝結住了，審判桌上的古德法官張著嘴，手臂揮到一半，彷彿想要宣布什麼；時光戰警中的騷動正在開始，有幾個人已經飛出了包廂，人卻凝結在半空中；辯護席上的艾傑克這時怒氣勃發，把手上的文件撕成碎片，飄揚在空中不動；在場的所有人這時候就像是在影片中的暫停影像中似地，即使是動感的姿勢，也是瞬間凝結一般地動也不動。

而出現在大廳半空中的三個身影這時候越來越明顯了，雷葛新有點愣愣地看著他們，這三個「人」是從來沒見過的奇異打扮，但是不曉得爲什麼，卻完全沒有突兀的感覺，明明沒看過他們，卻覺得很熟悉。

雖然仍然身處在時空大審的法庭大廳之中，但是這時候雷葛新很明顯地感覺到，整個時空中，這時候只剩下自己和那三個突然出現的「人」。其餘的人、事、物雖然依舊在身邊，但這時候他們已經進入絕對的靜止狀態，變成停格的影像。

如果沒有猜錯的話，這是一種將時光停止的能力，這種能力在二十四世紀不僅還沒有實現，連基本上的理論也沒有人想得出來。

那停留在半空中的三個「人」，身上的裝飾是一種非常難以描述出來的打扮，他們身上毫無疑問是有衣服飾品的，但從他們的外貌上看來，卻很難確定這些衣服飾品的材質，因爲它們流現著溫潤光華的寶光，而且看不出來和那三個人身上的肌膚有什麼明顯的交界點，你可以說那是他們身上的衣物，但是如果說是屬於他們身體的東西，那也說得通。只見這三個人的身上泛出各種層次不同的光芒，但是那些光芒卻又不顯眼，要細看之下才能發現泛著的光，但是那些光的層次又非常的繁複，彷彿隨時都能映照出極為深奧的世界。

一剎那之間，雷葛新腦海中泛出許許多多的資訊，而那些資訊都和眼前這三個人可以產生聯想。

這些資訊，大多來自佛教經典中的描述。

那三個人之中，居中的看似是一個女性，有著長長的黑髮和柔美的肌膚。但是「她」的臉色在明艷中也有著男性的瀟灑，一時之間其實也不太能分得出來是什麼性別。

在「她」的後面那兩人，其中一個長相頗為醜怪，巨大而方形的頭顱光溜溜的，連一根毛髮也沒有，但是這種長相雖然醜怪，不曉得為什麼也散發出英偉和高尚的氣質，他的皮膚是深藍色的，但是那種藍色同樣在空間中散發出層次繁複的寶光。

另一位的長相，就和一般人沒有什麼差別了，他的外形看起來是個中年男子，眼睛細長，嘴唇極紅。他的頭飾較為奇怪，是一頂極尖極高的帽子，他的衣飾的服色也較為簡單，是一種很純淨的灰白，長長的宛若袍子。

居中那個長得較像女性的人，這時笑著開口了。「你是雷葛新，我知道是你。我們從三十三天外而來，就是為了找你而來的！」

他的聲音很是特別，似男似女，和尋常人類說話的音波極不相同，彷彿是融在空氣中一樣地，不需要聽覺也能聽見。雷葛新好奇地看著他，又看了看他身後的另兩名怪人，從他們的外貌、聲音的特殊狀態，在時空中的經歷這時湧上心頭，心中逐漸出現一個名詞。而那位對他說話的奇人這時果然說出了雷葛新此刻在腦海中升起的答案。

「我是阿婆盧吉低舍婆羅，」那人說出了一個字音很奇怪的長串字。「但是你們地球人不太能唸得出來，所以大部分時間我都被他們叫做『觀音』，我旁邊這兩位也是一樣，只要叫他們『羅漢』和『無常』就可以。我們是來自於天界的天眾，但是你們通常都叫我們『神明』。」

眼前這三個奇人，居然便是雷葛新曾經在這場冒險時，聽過不少故事的「神族」！

在雷葛新穿梭先前那幾個時空的時候，便曾經聽過這種族類的許多故事。在這些神族的傳說中，敘說的人大多是講著從別人那裡聽來的事，很少有人真正遇見過神族，而如今，卻有三個神族之人此刻出現在雷葛新的面前。

此時雷葛新和三位神族身處在審判大廳之中，但是隨著神族的出現，整個空間卻像是停格一般，除了雷葛新之外，所有人都籠罩在一種濛濛的光度之中，停止了所有的動作。看起來，這應該是一種讓時光停止的現象，或者更精確地說，是一種能力，因爲很明顯地，是這三位神族做出來的事。

只聽見那位居中的「觀音」繼續發出聲紋極爲特殊的音色，朗聲地說道：「我等此番到了這裡，爲的便是要見見你，因爲你非常特別。」

雷葛新奇道：「我有什麼特別？」

「我等皆是神族，能縱橫宇宙時空萬物，能來去時間過去未來，這是我等神族天生如此。但你本是凡人，卻因機緣巧合，得到無數奇異大能，是以我等族內眾生，都有意與你一敘，我等此次前來，便是帶你前去天界，與我等族人一敘。」

這觀音說起話來並不是十分容易瞭解，他的用字是一種近於古文的風格，說起話來像是在演古代劇，但好在雷葛新這陣子以來遇過無數奇人，胸中的見識也進境許多，倒也還算聽得明白他的意思。

「你們……」他仔細端詳了那「觀音」，還有另兩位「羅漢」、「無常」的形貌，皺了皺眉。「你們要帶我去你們的世界？」

「那是自然，」觀音笑道：「我等此次前來，便是要給你這等人世難得之福分，讓你得以去我天界，得以成我族類。」

「所以，如果我跟你們去了天界，我也會變得跟你一樣，成為神族？」雷葛新笑道：「你們是在給我一個機會成為神仙，是嗎？」

「你可以與我等到達天界，以你的資質，料想成為我族不難，只消經歷七七四十九日，或許可成，」觀音說道：「只是到我天界後，需摒棄凡間種種，不可心有所絆。我天界一日，是凡間千年，四十九日後、凡間已是近五十萬年後，縱使你追憶凡間種種，也早已無可捉摸。」

「你明明說你們可以來去時間，回到過去未來的，」雷葛新笑道：「那麼難道我成仙了之後，不能再回到五十萬年前，找我認識的人嗎？」

那觀音臉上的笑容微微一斂，從他那光華萬千的臉上突然出現淡淡的一陣陰影，感覺上在那一剎那間，臉上的光華有些枯萎下來，彷彿是這簡單的一句話讓他整個人都光華收斂起來。

「我等神族，縱然可以來去千萬宇宙，大千世界，也能前進過去未來，但是卻無法改變凡間的因緣。我等神族雖然法力通天，但是遇到了因果與業報，卻是無法可想，無力可及的。縱使回到你想要的過去，那也已經不是你真正的過去了。縱使你穿越時光，但是你愛的那人，也不會是你愛的那人了……」

他說著說著，彷彿有些失神，如果說本來的他有著莊嚴的寶光法相，現在的神情卻光華盡失，倒像是個平凡爲情所困的年輕人。「只要你錯過了，就算乘著法力神通再找到她，她也不是原來那人了……也許她的樣子完全沒變，也許她一樣的笑，一樣的看著你，但那真的不是她了。人們不知道，她自己也不知道，但是我們神族的人卻知道，那已經不是真正的她了……」

隨著觀音的喃喃自語，整個空間這時候也開始轉變了顏色，本來是二十四世紀審判大廳的空間，這時候開始變了色調，所有除了雷葛新和三名神族的人、事、物這時已經消失，進入了浩瀚的宇宙，整個場景似乎是在宇宙中快速前進，星辰和宇宙、銀河快速地在眼前倒退。

雷葛新朗聲道：「喂！我可沒答應跟你們一起去天界啊！沒有我的答允，不要擅自帶我去天界！」

那神族觀音這時一怔，方才從回憶中醒過神來，伸手一揮，整個空間速度開始減緩下來，宇宙星辰逐漸落在後頭，眼前出現的，是一個空曠無比，卻又佈滿各類奇妙宮殿、建築的所在。

「我還沒帶你去天界，這只是讓你看看天界的樣子，」這時候，觀音又恢復了原來的寶相，光華流轉。「如果你選擇了跟我們去天界，這就是你要去的地方。」

整個視界像是個巨大無比的虛擬空間，雷葛新只覺得自己在那個華麗充滿宮殿的大地上開始下降，眼前的宮殿群逐漸減少，在空曠的金玉之地上，出現了一座比所有宮殿還要大的巨型建築。

雷葛新隨著眼前的影像緩緩下落，掠進了那巨大建築之中，只見裡面也是珠玉滿佈，呈現的是耀眼的極大空間，在其中一個像是寢室的空間裡，整個影像停了下來。

只見在這個巨大寢室中，只有一張鑲滿了華美珠寶的大床，但是最吸引人的，卻是在那張床前面的一張巨大的網。

「此是我君王帝釋天的至寶，名爲『因陀羅網』，」觀音靜靜地說道：「因陀羅網，帝釋天至寶，其網之線，珠玉交絡，以萬物之交絡涉入泛入深入無窮無盡者。

「忉利天王，帝釋宮殿，張網覆上，懸網飾殿。彼網各部皆以寶珠作之，每個目眼懸珠，光明赫赫。照燭明朗，珠玉無量，出算數表。網珠玲玲，各現珠影。一珠之中，現諸珠影。珠珠皆爾，互相影現，無所隱覆。了了分明，相貌朗然。此是一重。各各影現珠中，所現一切珠影，亦現諸珠影像形體。此是二重。各各影現，二重所現珠影之中，亦現一切。所懸珠影，乃至如是。天帝所感，宮殿網珠，如是交映。重重影現，隱映互彰，重重無盡。」

雷葛新張大了嘴巴，癡癡地望著這張大網。在觀音呈現的這個空間中，物體的大小似乎失去了意義，這張網懸在極大的空間中，但是細看之下，發現它的大小遠遠超過了本來的想像，在網上有無數的線，每條線裡都有大量的珠玉類的東西，整體散放出來的，是一種會把人吸進去的深奧之光。而在網上交錯處懸掛的珠玉並不是單純的珠玉，雷葛新湊過去看，每顆珠玉裡面都映著深邃的光影，細看下去，那些光影居然都是宇宙、銀河的星辰影像，但只要盯著其中任何一個點凝神下去，會發現光影不斷聚焦，從宇宙、銀河，到星球，星球上的生物、文明，生物身上的細微毛髮、細胞，如此不斷聚焦下去，從生物的細胞再放大下去，最後又會出現另一個宇宙和銀河……

而這只是其中一顆珠玉裡面蘊藏的影像，在整張因陀羅網上有千千萬萬這樣的珠玉。

在驚疑讚嘆中，雷葛新聽見觀音這樣清晰流暢地繼續說下去。

「因陀羅網，寶玉千萬。你可以從其中一顆珠玉看到其他所有寶石，網上的所有寶石也都可以看到你這一顆寶石，它不僅僅是自身，也是千千萬萬個其化。一顆寶玉是千千萬萬顆寶玉，千千萬萬寶玉也是一顆，他們是彼此，也是自己。在每一粒灰塵中，藏有呈現出無數的佛。每一顆珠玉都可以得知人界、天界所有萬物之事。」

雷葛新愣愣地看著那張巨大的因陀羅網，覺得自己的聲音有些乾渴。「這……就是在天界的物事，在天界有這樣奇妙的東西？」

觀音嘆道：「不是只有這件東西，在天界，這只是千千萬萬奇境之一，你若是去了，會見到更多奇妙的人、物、事。」

整個空間裡，出現了奇異的沉默。雷葛新愣愣地站在帝釋天豪華空間裡，仰望著那張因陀羅網，心中思緒跑得極快，湧上無數的想法和事物。

「雷葛新，二十四世紀時光英雄，」觀音悠悠地說道：「你來天界之事，是早已命定之事，只是你此番若是決定不去，他日你仍要再去一次，這是業力所決定的事，不管是你，是我，是諸神，甚至是天界最高的帝王，都沒有辦法改變。因此，奉我天界諸神之命，我要在這裡問你，你，願不願意跟我去天界？」

雷葛新靜靜地裡望著他，眼神中有奇異的光彩。「你們之所以要我去，是因爲我有特定的作用吧？神族的世界，一定不像世間人想像的那麼平安無事吧？如果我不去，告訴我會有什麼事發生？」

觀音淡淡地笑了，神情卻有些苦澀。「我等既是神族，也不跟你誑語了。天界的確出事了，的確需要你的助力，但此事需得你自己的情願，任天地最高諸神也不能違背你的心念。」

「當然，」雷葛新哈哈一笑。「神通不過業力，業力不及念力，是不是？」

「業力決定之事，任誰都無法改變，」觀音正色說道：「就算是神通最廣大的神明，也無法改變。而比業力更大的，唯有一念，但要將這個念改變，卻是比業力還要難上萬倍之事。」

「所以，這是你的經驗之談，是不是？」雷葛新問道：「你願不願意告訴我，爲了神界的永恆和無盡的強大，値不值得犧牲你最心愛的人，最心愛的事？」

觀音一怔，沒料到雷葛新會問這問題，他的身上光華再次黯淡下來，有很長一段時間，他沉默不語。

寂靜的空間中，雷葛新沒說話，觀音也沒說話。就連他身旁的羅漢、無常也一樣沒說話。

巨大的空間中，在帝釋天宮中的巨大因陀羅網隨著天界的微風輕輕擺動，發出晶瑩悅耳的碰撞聲響。

每個人，都在等待著觀音的回答。

在聯邦法庭的大審判廳中，這時候像是突然甦醒一般地，充滿了紛亂的聲音。同時間發生的許多混亂，讓整個空間像是打翻了一窩熱鍋螞蟻似地，吵個不停。

十幾名時光戰警「砰」的一聲從休息包廂中跌了出來，有的人直接跌在旁聽席中，把坐在下面的人壓得四下奔逃，大聲慘叫。有的人則是從階梯處跌出來，「匡匡匡」地狼狽滾了下去，跌成一團。

古德法官一開始是被時光戰警們跌出來的意外狀況嚇了一跳，看見全場一片混亂，憤怒地舉起議事槌「鏘鏘鏘鏘」地敲個不停。

「肅靜！肅靜！」

而代表時光英雄陳詞的時光局長艾傑克更是氣得大叫大嚷，除了把手上的判別通知撕個粉碎，更是跳上桌子指著古德法官叫罵。幾個法警連忙衝過來想壓制他，但是卻和艾傑克滾成一團。

突然間，極度的混亂之中，有一個沈靜的聲音在大廳的正中央響起。

「不要這樣，牛頓，」一直保持沈默的雷葛新這時露出開朗的微笑。「庭上，我自願選擇放逐。」

按照二十四世紀的聯邦法令，如果被告自願接受判決，所有司法程序便告終結。連辯方也無權要求再審。

於是，雷葛新在庭上當場選擇放逐，並且志願被放逐至西元一九九八年的戰火空間。

時光局長艾傑克有太多的疑問想問雷葛新，只可惜他自己已經被法警先行帶走。臨走之前，雷葛新只向他點點頭，露出滿足的微笑。

此後的歲月中，艾傑克始終不瞭解爲什麼雷葛新會選擇被放逐。他沒有跟雷葛新去過「星塵」和「大鵬王朝」兩個時空，不曉得雷葛新和兩名女子發生過什麼樣的往事。在神族三人前來的時候，他也置身在時光停止的凝結中，根本不知道發生過什麼事，也不曉得雷葛新曾經和神族有過對話。

最高法院判決終了後，艾傑克因爲藐視法庭被判了一年的心理輔導。等他服完心理輔導役後，雷葛新已然在核酸警隊的力場催動之下，被放逐至另一個空間。終其一生，兩個人再也沒見過面。

在永遠離開二十四世紀之前，雷葛新曾經說過一句話，一句泰大鵬說過的話。

「知識無罪，有罪的是人心。」

多年後，有位也在場旁聽的年輕法官歐陽建康因這兩句話得到啓發，畢生致力於拯救因核酸被處刑的人們，成爲另一個傳奇。不過，那自是後話不提。

但是在雷葛新最後離開之時，艾傑克還聽到雷葛新很清楚地說了另一句話。

「我也跟你一樣，選擇的不是永恆。」

艾傑克永遠不會知道，雷葛新爲什麼會說出這句話。當時在場的幾位媒體記者也聽到了，把這句話原封不動地放上這場審判的頭條，後世幾百年來，有無數的時光史學研究家鑽研過雷葛新這最後一句話，卻沒有人能夠參透他這句話是什麼意思。

這句話，從此便和「雷葛新選擇放逐之謎」、「時光戰警跌倒之謎」放在一起，並稱爲「時光英雄三大謎團」。

而公元二十四世紀的時光英雄穿梭三千年傳奇就在人間永遠流傳下去。

風，吹過飽經戰火摧殘的城市，吹過乾涸的河川，也吹過等待的女人臉龐。

在那一個傳說中的黃昏夕陽下，雷蘭撫著心愛的人冰冷的身軀，眼淚還沒被風吹乾。那個她心愛的男人就再次睜開了眼睛，彷彿只是睡了場午覺。

雷葛新在核酸警隊的力場驅送之下，再次跨越時之風，睜開眼睛，就看見雷蘭滿臉的淚痕。

「為什麼哭呢？」他伸手溫柔地擦去她的眼淚。「我不是說，一定會再回來嗎？」

「轟」的一聲巨響，大鵬王朝的部隊已經集結完畢，以重武器將遊樂園的大門炸得粉碎。黑衣的軍士們開始向兩人所在之處挺進。

只是，夕陽實在太美。雷葛新已經找到了所愛的人，此刻她就在自己的懷裡。

大鵬軍踩著落日的餘暉，一步一步靠近雷葛新和雷蘭……

只是，那已經不再重要了。

初稿完成於二〇一五年七月二十日

第二次修訂於二〇一五年九月十七日

超異時空年表大事紀

半信史時代

西元前四〇〇〇年「龍族秘錄」，山海經神話時空。

西元前一〇六六年，商朝末期，「封神時光英豪」、「龍族祕錄」時空。

西元前八四二年 周厲王遭遇政變，太子姬靜出走

西元前八二八年 宣王姬靜中興

西元前七九七年 羊舌野出生

西元前七八七年 褒姒出生

西元前七八〇年 歧山崩，三川乾涸

西元前七七三年 褒姒下嫁幽王，逐太子宜臼至申國

西元前七七一年 鎬京陷落

Thank You

穿梭時空三千年集資活動參與名單
謝謝你們，好朋友

薩妲 / bulefox / 蘇延任 / mew / 祈絢 / Jerrybear712

小安 / 張億平 / RungYan / Fyu, Lin / 芷姍

Feng Zhang / 黃海 / 許藝瀚 / Gillian Alison Hsu / 澐由

羅慧伶 / Kaworu & Katz Chang / 廖小淳 / 洪宏明

巫承祚 / 張華舜 / 巴克 / 曾知浩 / 黃元榕 / 周榮政

余雅婷 / iscu / 陳李睿 / SP & JE / 林佑達 / 李金穎

范清華 / 洪嘉敏 / 陳巍仁 / 洞觀 / 香思 / Po-Wen Tsai

黃敏禎 / 李後賢 / 高普 / 高志峰 / 陳英作 / 余佳蓉

林宏彥 / Kine Hsieh / 湯姆 唐 / 張草 / 戴鴻年

kaiyeah_alex / 林彥夫 / 余學林 / 王瑞 / 李兆朋

李兆玨 / 劉啟聖 / 西雅圖陳家 / 林上錦

吳時燦 / 廖閱鵬 / 蘇英聰

新本穿梭時空三千年

作者：蘇逸平
發行人：陳曉林
出版所：風雲時代出版股份有限公司
地址：105台北市民生東路五段178號7樓之3
風雲書網：http://www.eastbooks.com.tw
官方部落格：http://eastbooks.pixnet.net/blog
Facebook：http://www.facebook.com/h7560949
信箱：h7560949@ms15.hinet.net
郵撥帳號：12043291
服務專線：(02)27560949
傳真專線：(02)27653799
執行主編：朱墨菲
美術編輯：吳宗潔

法律顧問：永然法律事務所 李永然律師
北辰著作權事務所 蕭雄淋律師

版權授權：蘇逸平
圖片授權：柯界明
初版日期：2016年5月
ISBN：978-986-352-322-2

總 經 銷：成信文化事業股份有限公司
地　　址：新北市新店區中正路四維巷二弄2號4樓
電　　話：(02)2219-2080

行政院新聞局局版台業字第3595號 營利事業統一編號22759935

定價：399元

國家圖書館出版品預行編目資料

新本穿梭時空三千年 ／ 蘇逸平 著. -- 初版. -- 臺北市：
風雲時代，2016.04- 冊；公分

ISBN 978-986-352-322-2（平裝）

857.83　　105003037